U0117122

三晋法学

第三辑

主编 王继军

主办 山西大学法学院

中国法制出版社

CHINA LEGAL PUBLISHING HOUSE

# 目 录 *

## 改革开放三十年法治建设回顾与展望专栏

## 名家讲演

## 探索与争鸣

# 目 录

## 法学各科专论

## 课题成果

# 目 录<sup>*</sup>

## 法学教育

改革开放三十年法治建设回顾与展望专栏

# 山西大学法学院的复建与发展

## 王继军[*]

山西大学法学院成立于 1906 年，1950 年院校调整时被撤销，后分别并入北京大学和中国人民大学。党的十一届三中全会后，随着党和国家工作重心转向经济建设和第一批法律的颁布，1978 年 12 月经国家教育部批准复建[①]，由山西大学政治系负责筹备法律系复建。山西大学法学（系）院从 1980 年 9 月开始招收第一届干部培训班，1981 年 9 月开始招收第一届本科生，近 30 年来已培养各类法律法学人才近万名（其中本科生 2740 名，研究生 1805 名，委培生和专科生近 5000 余人），在法治战线上发挥着重要作用。山西大学法学院 2004 年被评入中国大学法学 100 强，在全国 361 家本科院校中居第 24 名，进入全国一流法学院校行列，成为在全国有影响、山西省最大的高级法律法学人才和法学研究基地。

今年是改革开放三十年的纪念年，也是山西大学法学院筹备恢复三十年的纪念年。山西大学法学院的恢复与发展不但为我省培养和提供了大批法治建设人才和法治研究成果，而且是十一届三中全会以来山西省法治建

---

* 山西省政协委员，山西大学法学院教授，法学博士，博士生导师，山西大学法学院前任院长，全国法律硕士教育指导委员会委员、中国法学会高等法学教育委员会常务理事、山西省法学会副会长、山西省法学会学术委员会主任、山西大学法学学位分委员会主席、山西大学法学院教授委员会主任、山西省委联系的高级专家，主要从事民商法学、经济法学和法学教育研究。本文根据作者参加山西省政协纪念改革开放三十周年研讨会上的讲演整理而成。

① 据山西大学法学院复建后第一任系主任陈绍兴教授说。（法学院原为法律系 1996 年改为法学院）。

设的一个缩影，见证了我省法治建设历程的一个侧面。在纪念改革开放三十年的时候，回顾山西大学法学院恢复与发展三十年的历史，对于我们建设社会主义法治国家、依法治省战略方针的贯彻实施具有十分重要的意义。我作为山西大学法学院恢复与发展的亲身经历和参加者，发表此文以示对改革开放三十年周年的纪念。

## 一、陈绍兴教授与法学院的复建

我是山西大学法律系复建初被吸收的第一个法学专业教师，亲身经历和参加了法学院恢复与发展的全过程。山西大学法学院复建，我觉得最不应忘记的是，为此做出重要和杰出贡献的人——陈绍兴教授。

我于1980年2月从吉林大学法律系毕业（工农兵大学生，之前在太原市原南城公安分局桥东派出所当民警），被分配派遣到中共太原市委政法办公室工作，因当时不是中共党员，要对我改派。后经山西省教育厅侯桂萍同志推荐，我抱着试试看的想法找到了时任山西大学政治系主任的陈绍兴教授，当时法律系的筹建由政治系负责。我第一次见陈绍兴教授时很紧张，但见面后陈绍兴教授和蔼的态度使我比较轻松地与他进行了交谈，当时我的顾虑一是文化水平低（因文革随父下放农村插队，7年制初中都没有毕业），二是工农兵学员。通过交谈，陈绍兴教授说："文化水平低可以在干中学，工农兵学员是历史的责任，我看你思维清楚，表达清楚，只要愿意努力一定能当好大学老师，请你考虑好后告我。"陈绍兴教授中肯的话语彻底打消了我的顾虑。第二天我再次找到陈绍兴教授表达了愿意到山大工作的意愿后，陈绍兴教授当下起草了同意接受函并给省教育厅大中专毕业生分配办公室张秉让同志写了便条。我持陈绍兴教授起草的函和便条到省教育厅大中专毕业生分配办公室找张秉让、梁豫秦同志办理了改派手续，在办手续中张秉让、梁豫秦同志说了陈绍兴教授不少好话，我的改派手续办的也很顺利。在以后的28年中，我完成了从一个工农兵学员到法学博士，从一个普通教师到教授的转变。我常常庆幸在我的人生转折时遇上了陈绍兴教授这样的好领导。

法律系开始筹备时条件很差，主要活动在主楼二层东南边科社教研室，在此期间，陈绍兴教授除要完成原政治系的管理工作，还承担着大量的教学任务和法学院的筹备工作。为了适应十一届三中全会后法制建设对人才的迫切需要，他亲自备课，为政治系77、78届学生主讲了国家与法的基础理论课，由我助课，同时还让我主讲了刑法专题。

由于受文化大革命的冲击和破坏，山西大学的法学师资和图书资料等已经荡然无存。1980年夏天，陈绍兴教授委派我与山西省政法干部学校副校长史林同志、教务主任王立功同志、资料室王绍敏同志一行赴北京大学、中国人民大学、中央政法干部学校和北京政法学院进行实地考察，搜集了大量的教学计划、方案和部分教材，为制定法律系的培养方案和教学计划起了重要作用。

1981年5月，学校正式宣布恢复法律系。设法学、科学社会主义2个本科专业和1个科学社会主义专业硕士点。任命陈绍兴教授为法律系主任，程俊长任法律系党总支书记。在恢复初期，原政治系科学社会主义专业的陈绍兴、张海山、艾斯超、闫肃、申战、赵肖筠、王士如、杨捷胜、卞晋平、李荣栋和张水莲等教师转入法律系。还有政治系的15名本科学生自愿转入法律系的科学社会主义专业学习。

陈绍兴主任深知人才的重要性，只有具备了雄厚的师资力量，才能从根本上推动法学教育的不断发展。在他的主持下，法律系一方面从其他教学单位选调教师，另一方面从公检法等实际部门具有法学本科以上学历的人员中选调教师，同时接收法律本科院校的毕业生。特别是选调了曾于1939就在山西大学法学院任教的窦之锦副教授，1948年毕业于中央政治大学的研究生李志道老师，以及在各类学校中任教的林一雷、唐鸿儒、杨成功、李森、王威宣、刘国盛和郭润生老师等。从政法机关等实务部门选调了韩葓青、谢松山、夏珍、黄抛、刘若河、王伟敏、孙广华、郝文英、雷维林、侯润梅、李允芬等老师。由于当时教育特别是高等教育仍处于社会的边缘，调人是非常困难的，一是到处缺乏法学专门人才，人事部门普遍不支持，二是商调的老师普遍是本单位的骨干，且在中年期，特别是实践部门的老师处于提拔重用的阶段。为此陈绍兴教授不辞辛苦，四处奔走，在很短的时间里选调了上述教师，为法律系正式招生准备了雄厚的师资队伍。记得当时陈绍兴教授还派我到南郊区（现小店区）和北郊区（现尖草坪区）去联系老师选调事宜。

选调来的法学教师，无论在生活还是工作上都面临着很多的困难，他们都能自觉克服，实在难以克服的，只要提出来，陈绍兴教授都会去与学校协调或亲自帮助解决。这些选调来的老师在生活和工作条件很差的情况下，都能以饱满的热情投入到教学和科研中，为法学院的复建做出了不可磨灭的贡献。

在法律系有了一定发展的基础上，陈绍兴教授一如既往地重视吸收高素质的人才，特别是从本校和全国各高校吸收了一大批应届毕业生充实师资队伍。包括了完珉、彭云业、郑宪、田斌文、张耀仁、孙陆冉（本校）、赵康（西北政法学院）、魏建宾（北京大学）、吴闽莺（本校）、王宪、武军（北京大学）、刘慧娜（山西医学院）、范建年、张虎、刘耀国、陈少英（本校）、王桂元（北京大学）、李显冬、李建华、董国强、白红平、薛小建、范述功、吉瑞田、张世荣、尤春媛（北京政法学院）、李玉杰（南开大学）、张建华（北京大学）、杨临萍、张天虹、张天才、马爱萍、薛荣、师华、汪渊智、侯怀霞、丁兰、何建华、刘丽萍（本校）等。

山西大学法律系在陈绍兴教授领导下，复建后的十多年间在科研方面，累计出版 95 部专著、译著和教材，发表论文 300 多篇。许多论著在国家一级出版物和期刊发表，有的被国内学术刊物多次转载。在民主与法制理论建设问题、社会主义理论问题、犯罪问题和专史研究等方面取得突破性进展，承担了国家级、省级和校级重点科研项目 9 个，部分科研成果获省级以上奖。一批教师在省级以上学术团体担任了重要领导职务。

陈绍兴教授不仅注重教学科研工作，他还主张法律应当广泛地为社会服务，充分发挥法律系学科优势，面向社会广泛开展法律知识普及、法律咨询和代诉活动。从 1985 年至 1990 年，山西大学法律系积极参与普法活动，举办大型普法教育活动 85 次，教育干部群众 10 万人次，撰写调研报告 307 份。这些活动曾多次被《中国青年报》、《法制日报》、《山西日报》、《太原日报》、《山西法制报》等多家报刊宣传报道。

陈绍兴教授没有教授和主任的架子，非常关心群众生活。如：1981年底我结婚，参加完集体婚礼后在家里宴请亲朋，请了陈绍兴教授参加，快到吃饭时找不见他，后来发现他在厨房在炒菜。再如：我刚调来时原单位不给转我的工资关系，使我的生活非常困难，陈绍兴教授多次亲自到我原单位去协调解决。当然陈绍兴教授不仅对我这样，对所有的困难老师他都有求必应。为了解决教师生活困难，陈绍兴教授积极创收给大家发放奖金、福利，法律系老师的福利在全校始终是比较好的院系之一。

陈绍兴教授十几年如一日，任劳任怨地忘我工作，牺牲了许多节假日的休息时间，按他老伴武玉凤的说法："找老陈要广播找人"。在我的印象里，陈绍兴教授就没有休息过，不是给学生上课，就是写文章或在解决问题。无论是在办公室还是在他家，谁去找他都会热情接待，即便是在吃饭和休息时他都没有拒绝过。他这种孜孜以求的敬业精神和模范带头作用也深深地影响着我，影响着他身边的许多人，从而形成了法律系的拼搏精神。他是我们山西大学法律系学人们在法学院复建之初，爱岗敬业的优秀代表，他的这种精神是一笔值得我们永远珍藏的宝贵精神财富。

饮水思源，法学院今天的成绩是与陈绍兴教授当年的辛勤工作分不开的，当纪念改革开放30周年的时候，我们更加思念为山西大学法学院的发展做过贡献的那些人们，更加思念已经离开我们三年的陈绍兴教授。

## 二、复建初的教学活动与首届干部班和第一届本科生

在法学院复建初期，虽然没有正式独立招生，但已开展了一些教学活动。法学院筹备是在原政治系的基础上依托科学社会主义专业进行的，因此，首先在政治系77、78、79、80级开设了国家与法的基础理论课，由陈绍兴教授主讲，我助课，开设了刑法专题讲座，由我主讲。1981年分系后，以科社专业的教师和15名同学为基础组建了法律系。在科社的课程体系里增设了法理学、宪法学、刑法学等法学专业课程。这些教学活动不仅

为法律系的恢复积累了宝贵的教学实践经验，也同时培养了如杨志明（甘肃省副省长）、张兵生（太原市市长）、常高才（省人防办主任，曾任司法厅副厅长）、吕苟青（省粮食厅副厅长）、宋万奎（晋城市党校常务副校长）、郑宪（中央社会主义教育学院教授）、焦亮梅（运城市检察院副检察长）、王德云（省司法厅政治部副主任）、完珉（法学院副教授）、石飞（太原市委党校教师）、崔宏斌（长治市公安交警支队政委）、张春安（省体育局处长）、李忠泽（中国银行山西分行办公室主任）、郭春华（太原市商务局纪检书记）、张耀仁（省政法委处长）、田斌文（忻州市水利局局长）等一批同时具有法学理念的优秀毕业生，为我国的改革开放事业输送了急需的具有法学理论素养的人才。

1980 年 10 月，陈绍兴教授带领刚从政法干校调来的林一雷老师和我以及以后陆续调来的老师，一起开办了属于专科性质的首期法律干部培训班，招收了 106 名太原市公检法等实际部门的学员。这个班是法学院恢复后，正式招生前办的第一个班，它为正式招生摸索了教学经验，为办好法律系奠定了重要的基础。当时虽然师资少，没有教材，但是我们克服了很多的困难，为学员们开设了比较齐全的课程，大多数教师是自己动手将讲稿印刷出来给学员当教材。我记得当时我主讲刑法学，但是没有教材，学校图书馆仅有两套中央政法干校 1957 年出版的刑法教材还被全借了出去，我只好整理我在学校学习时的课堂笔记为教案。当时虽然条件差，但这些来自实际部门的学员，学习热情高涨，原定一年的学习期限，后来在大家的一再要求下改为两年。这批学员学习非常努力，克服了很多的困难，比如，这批学员全不住校，家最远的西边的住在西山矿务局，北边的住在太钢或兴安化工厂，但从没有迟到和早退现象；而且这批学员很多在当时已是处级干部，但从来没有一人利用职权乘坐单位汽车来上学的。这批学员也很活跃，举办各种研讨会和模拟法庭等活动，活跃了校园的气氛。这批学员毕业后不但极大地缓解了政法部门恢复时期专业人才大量缺乏的局面，而且成为了山西省政法战线法治建设的中坚和骨干。后来他们绝大多数担任了政法部门的领导职务，在山西省的大法官、大检察官、大警官、大律师中均有这批学员的身影。

1981 年 9 月法律系迎来了复建后的第一届本科生，共计 92 人，分为甲乙两个班，班主任为田斌老师。可以说这批学生是法律系的宝贝，所有的老师和行政教辅人员都围着他们转，所以后人戏称他们是法学院的"嫡长子"。这批学生大部分出生在 1960 年后，少部分出生在 50 年代后期，虽然受到文化大革命的冲击，但影响不大。他们文化基础扎实，年龄相对较小，学习热情饱满。这个班的同学在后来的发展中，很有出息，如省政协的闫默彧、省法院的副院长王文雅、省法院刑事审判一庭庭长仇拉锁、省检察院公诉处处长周东署、李晓玲、阳城县检察长王红玲、壶关县检察长王慧琴、省警校教授邢曼媛等都成为了山西省法治战线上的优秀人才。对这个班的培养为之后法律系本科生的培养奠定了基础，法学院目前很多课程至今还沿用当时的名称。

## 三、市场经济的建立与法学院的发展

1991 年底陈绍兴主任因年龄的原因离开了领导岗位，由政治学系总支书记武敏忠担任法律系主任，贾一民任总支书记，我从普通教师被提拔担任系副主任分管科研和创收，1992 年 8 月辞职，1993 年 6 月又任法律系副主任代理主任，后任系主任。1996 年 8 月法律系改系建院后，我担任法学院院长。

市场经济的建立，为法制建设提出了大量的新课题，为高校的发展提供了广阔的发展空间。学校党委和行政部门提出了"三年打基础、五年上水平"的目标，要求广大师生苦练内功，将山西大学办成国内一流大学。当年学校以彭堃墀教授为首的光电学科取得了山西大学有史以来的第一个博士授权点，法学院取得了山西省的第一个法学硕士授权点——行政法。这在现在看来，是微不足道的（现在山西大学有博士点 47 个，硕士点 137 个），但在当时整个山西大学仅有 14 个硕士点，相比之下法学院的学科建设还是了不起的。

在市场经济的环境下，法学院在抓好教学科研和学科建设的同时，抓了创收，效益非常好，改革了分配政策，对教学科研起到了非常好的促进作用，不但改善了教学科研条件，还改善了教师的生活条件，极大地调动了教师的积极性。1994 年我们提出了"教学依南，科研靠北，引进来，走出去，三年打基础，五年大变样"的发展思路。当年暑假召开的"教学科研恳谈会"邀请了国内一批泰斗级法学家，来为法律系发展献计献策，如：刑诉法学泰斗陈光中教授、宪法学泰斗许崇德教授、法理学泰斗郭道晖教授、法制史泰斗刘海年教授、刑法学泰斗马克昌教授等前辈。之后，又将所有的中青年教师分期分批地派往社科院法学所、人民大学、武汉大学进修，这批教师现在已成为法学院的中坚骨干和学术带头人，如汪渊智教授，先后在《法学研究》、《中国法学》发表多篇论文，主持多项国家和省级社科基金项目，到英国剑桥大学法学院留学，攻读博士学位；陈晋胜教授，主持多项国家和省级社科基金项目，取得法学博士学位；还有张天虹、李麒、刘丽萍等教授、副教授。

1996 年 8 月，根据高教体制改革和社会发展的实际需要，法律系改系建院，进入了一个新的发展阶段。山西大学法学院在校党委、校行政的正确领导下，全院师生执著进取、锐意改革、开拓创新，在学科建设、师资队伍建设、党建和思想政治工作建设、教学改革、科学研究、基础设施建设以及管理创新等方面取得了丰硕成果。1999 年以来，法学院成功举办了国务院学位办主办的学科建设现场会、全国第十届海峡两岸法学研讨会、全国第十届法学院院长联席等重要会议。

目前法学院有教授 12 名，副教授 15 名，讲师 13 名，助教 6 名，（具有博士学位的教师 16 名，多名教师有在英国、美国、日本、加拿大、荷兰、澳大利亚等国的留学经历），兼职教授 62 名。教师在近 30 年间主持了国家和省级课题的科研课题 205 项，出版著作 151 部，在国家和省级核心期刊杂志上发表学术论文 899 篇，获各类省部级教学科研奖 205 项。现在校本科生 750 人，研究生 496 人；1995 年又取得了经济法硕士点，1999 年取得了法律硕士点，2000 年取得了民商法硕士点，2003 年取得了法理学、国际法、诉讼法硕士点，2005 年取得了法学一级学科硕士点（涵盖 10 个二级学科硕士点）。法学本科专业面向全国 18 个省、市、自治区招生，为全国高考第一批 A 类录取的专业；硕士研究生专业面向全国招生。山西大学法学院在 2004 年跃入全国 361 所高校法学 100 强中的 第 24 名，这标志着山西大学法学院经过两代人近 30 年的努力，进入了全国法学教育的一流行列，成为了山西省最大的培养多层次、高质量法律人才的基地。

# 山西省地方立法的回顾与展望

马春生*

摘　要：地方立法是我国立法体系和法制建设的重要组成部分。改革开放以来，山西省地方立法经历了起步阶段、规范阶段，现在已进入成熟阶段。山西省地方立法密切结合本省的经济与社会发展实际，体现出鲜明的区域特色。今后，应从扩大民主立法、加强科学立法等方面来提高立法质量。

关键词：地方立法权　山西省　地方立法

## 一、地方立法与地方立法权的产生

地方立法是我国立法体系和法制建设的重要组成部分，是国家立法的补充和完善。地方性法规和地方政府规章又是中国特色社会主义法律体系的重要组成部分。地方立法是我国民主与法制建设进程中，政治体制改革迈出的重大一步。1978 年 12 月召开的党的十一届三中全会提出："全党工作的着重点应该从 1979 年起转移到社会主义现代化建设上来。必须加强社会主义法制。从现在起，应当把立法工作摆到全国人大及其常委会的重要议事日程上来。"党的十一届三中全会以后，随着党和国家工作重点转移

---

＊　山西省政府法制办主任助理，主要从事立法研究。

到以经济建设为中心的社会主义现代化建设上来，以及改革开放方针的实施，我们国家政治、经济以及社会生活各个方面发生了巨大变化，法制建设的步伐不断加快。1979 年 7 月 1 日，第五届全国人民代表大会第二次会议通过的《中华人民共和国地方各级人民代表大会和地方各级人民政府组织法》（简称《地方组织法》）第六条和第二十七条分别赋予了省级人大及其常委会制定地方性法规的权力。这是我国第一次以法律形式赋予省级人大及其常委会立法权。1982 年 12 月 4 日，第五届全国人民代表大会第五次会议通过的《中华人民共和国宪法》肯定了 1979 年《地方组织法》确立的地方立法权，同时赋予国务院各部、委员会制定规章的权力，还规定了自治条例和单行条例的制定和批准程序，从而改变了 1954 年宪法单一和统一的立法权。1982 年 12 月 10 日第五届全国人民代表大会第五次会议修订后的《地方组织法》第二十七条第二款又赋予了省会市和经国务院批准的较大市的人大常委会制订地方性法规草案的职权，第三十五条规定还赋予了省级政府、省会市政府和经国务院批准的较大的市的人民政府制定规章的权力。1986 年 12 月 2 日，第六届全国人民代表大会常务委员会第十八次会议修改后的《地方组织法》第七条第二款和第三十八条又分别赋予了省会市人大及其常委会和经国务院批准的较大的市的人大及其常委会制定地方性法规的权力。1992 年 7 月 1 日，第七届全国人民代表大会常务委员会第二十六次会议作出决定，分别授权深圳市人大及其常委会和深圳市人民政府制定法规和规章的权力。1994 年 3 月 2 日，第八届全国人民代表大会常务委员会第二次会议作出决定，分别授权厦门市人大及其常委会和厦门市人民政府制定法规和规章的权力。1996 年 3 月 17 日，第八届全国人民代表大会第四次会议作出决定，分别授权汕头市和珠海市人大及其常委会制定法规，汕头市和珠海市人民政府制定规章的权力。

截至 2007 年 12 月，我省的地方立法已经历了六届人大，走过了 28 年的历程。20 多年来，省人大及其常委会在中共山西省委的领导下，认真履行宪法、法律赋予的职权，坚持以邓小平理论和"三个代表"重要思想为指导，根据宪法和地方组织法赋予的职权以及山西省的实际需要，把立法同党的改革、发展和稳定的重大决策相结合，卓有成效地开展了地方立法工作。据初步统计，截至 2007 年底，省人大及其常委会制定地方性法规 232 件，修订 74 件，现行有效 161 件；批准太原和大同两市地方性法规 154 件，修订 52 件，现行有效 131 件；省人民政府制定规章 243 件，现行有效 124 件；太原市人民政府制定规章 61 件，现行有效 37 件；大同市人民政府制定规章 59 件，现行有效 23 件。这些法规和规章的制定与实施，对于保证宪法、法律和行政法规在我省的实施，为全省深化改革、扩大开放、全面建设小康社会、促进社会和谐创造了良好的法制环境，提供了有力的法制保障，同时也为中央立法提供了有益的经验。

## 二、山西省地方立法回顾

山西省地方立法历程大致可分为以下三个阶段：

### （一）起步阶段（1980. 3. 10 – 1994. 2. 30）

此阶段的社会背景是党的十一届三中全会和十二届三中全会的召开，其标志是省人大常委会第一部地方性法规的出台。党的十一届三中全会决定指出："为了保障人民民主，必须加强社会主义法制，使民主制度化、法律化，为使这种制度和法律具有稳定性和极大的权威性，做到有法可依、有法必依、执法必严、违法必究，从现在起，应当把立法工作摆到全国人大及其常委会的重要议事日程上来。"党的十二大提出，为了保证经济建设的顺利进行，必须加强社会主义的法制建设，要继续制定和完备各种法律，并要从各个方面保证政法部门严格执行法律，每个公民都知法守法。1984 年 10 月，党的十二届三中全会作出的《中共中央关于经济体制改革的决定》指出："经济体制的改革和国民经济的发展，使越来越多的经济关系和经济活动准则需要用法律形式固定下来。国家立法机关要加快经济立法"。

此阶段主要包括省五届人大、六届人大和省七届人大期间。就全国而言，省级人大及其常委会是从 1979 年 7 月 1 日《地方组织法》的实施开始具有立法权的，就山西省而言，真正启动地方立法权是从 1980 年 3 月开始的。1980 年 3 月 10 日，山西省第五届人民代表大会第二次会议作出了《关于批准〈山西省人民政府关于对排放有毒有害污染物超标单位实行收费和罚款的暂行规定〉的决议》（1985 年 4 月 30 日已废止），这是我省出台的第一部地方性法规，标志着我省地方立法拉开帷幕。从 1986 年 12 月 2 日六届全国人大常委会修订《地方组织法》开始，太原和大同两市陆续也拉开了地方立法的帷幕。1987 年 10 月 22 日太原市第八届人大常委会第四次会议通过，1987 年 12 月 16 日省第六届人大常委会第三十一次会议批准的《太原市人大常委会对市中级人民法院、市人民检察院工作实行监督的办法》，是太原市的第一部地方性法规。1989 年 1 月 24 日省七届人大常委会第七次会议批准的《大同市人民代表大会常务委员会监督市中级人民法院和市人民检察院工作的试行办法》，是大同市的第一部地方性法规。

这一时期，省市先后出台了制定法规规章的制度。1984 年 9 月 18 日，省六届人大常委会通过了《山西省人民代表大会常务委员会制定地方性法规的程序（试行）》。1985 年 6 月，山西省人民政府办公厅印发了《地方性法规、规章草拟送审程序（试行）》，山西省人民政府先后于 1987 年 6 月 25 日和 1989 年 3 月 17 日印发了《关于起草地方性法规草案和制定行政规章程序的暂行规定》和《关于起草地方性法规草案和制定规章的规定》。1991 年 10 月 17 日山西省人大常委会办公厅印发了《关于批准太原市和大同市制定地方性法规的工作程序》（1994 年 5 月 24 日又重新印发）。太原市人大常委会于 1988 年 12 月出台了《太原市人大常委会制定地方性法规的程序》。1992 年，大同市政府开始以人民政府令公布规章。

这一时期，省市人大和政府先后设立了专司法规规章草案审查的法制机构。1979 年 10 月，省五届人大常委会在政治法律工作委员会内设法制组，1984 年 9 月，省六届人大常委会设法制室。省七届和八届人大常委会设立法制工作委员会。1982 年，省政府办公厅办公室兼管经济法规机构。1983 年 12 月，省人民政府办公厅设法制处。1988 年 6 月，省人民政府成立省人民政府法制局。

这一时期，立法工作逐步引起了有关方面的重视。1991 年 1 月，在中共山西省委五届委员会向省第六届党代会的报告中，多次讲到了地方立法工作。1991年3月，省七届人大四次会议和省政协六届四次会议期间，人大代表和政协委员都十分重视我省的地方立法工作。列为省人大七届四次会议的11件议案中，有9件是有关立法事宜的，省政协委员提出立法提案5件，人大代表提出立法建议和意见2件。1992年初，省人大常委会法制工作委员会和省政府法制局共同召开了山西省地方立法经验交流会。

这一时期立法工作的指导思想是，坚持四项基本原则，坚持为改革服务，坚持从实际出发，坚持法制统一，为四化（农业、工业、国防和科学技术现代化）建设服务。立法宜粗不宜细，快比慢好，多比少好。

这一时期的立法工作呈现出三大特点：短、平、快，其内容也比较单一。这一时期省和两市的立法人员都相对偏少；法规规章的起草程序也比较简单，没有立法计划，临时动议较多；立法的程序相对简单，征求意见形式单一，审议的次数多为一审通过，表决的方式最初为举手表决；法规、规章特别是规章的标准也不尽统一，法规案表决的方式开始是举手后发展到计票，发布形式也比较灵活，在前期往往是通过内部文件发布的。从内容看，资源管理方面的立法比较突出；地方性法规的内容在基层政权建设、民主政治方面比较突出；政府规章的内容在经济体制改革方面比较突出。

这一时期，影响比较大的地方性法规和规章有：《山西省水资源管理条例》、《山西省煤炭开发管理条例（试行）》、《山西省实施〈中华人民共和国义务教育法〉的办法》、《山西省集体矿山企业和个体采矿管理条例》、《山西省统计检查监督规定》、《山西省劳动保护暂行条例》、《山西省汾河流域水污染防治条例》、《山西省计划生育条例》、《山西省工业劳动卫生管理条例》、《山西省文化市场管理暂行条例》、《山西省农业投资条例》、《太原市晋祠泉域保护条例》、《太原市商业网点管理办法》、《山西省泉域管理暂行办法》、《山西省行政性事业性收费管理暂行办法》《山西省罚款没收财物管理办法》、《厂长（经理）活动经费试行办法》《山西省煤炭开发管理条例（试行）实施细则》等。《山西省统计检查监督规定》出台后在全国统计系统产生较大反响，国家统计局在我省召开了全国统计法制工作经验交流会，并把这一法规译成英文参加国际交流。

（二）规范阶段（1994.3.1–2000.2.20）

此阶段的社会背景是党的十四大、十四届三中全会和十五大的召开，社会主义市场经济体制目标的确立和依法治国方略的确定，其标志是省人大常委会开始编制立法计划。1992 年 12 月 12 日，党的十四大确定我国经济体制改革的目标是建立社会主义市场经济体制。党的十四大提出："加强立法工作，特别是抓紧制订与完善保障改革开放、加强宏观经济管理、规范微观经济运行的法律法规，这是建立社会主义经济体制的迫切要求。"1993 年 11 月 14 日，党的十四届三中全会作出的《中共中央关于建立健全社会主义市场经济体制若干问题的决定》提出要"加强法律制度建设"。1997 年 9 月 12 日召开的党的十五大把依法治国确定为治国方略，而立法是依法治国的前提和首要环节。党的十五大提出："要把改革和发展的重大决策与立法结合起来。""加强立法工作，提高立法质量，到 2010 年形成有中国特色社会主义法律体系。"1996 年 3 月 15 日八届全国人大四次会议通过的《国民经济和社会发展"九五"计划和 2010 年远景目标纲要》指出要"加快经济立法，建立和完善适应社会主义市场经济体制的法律体系，进一步推进管理体制和运行机制的规范化、法制化。"

这一时期，省市人大和政府都强化了立法计划的编制。1994 年 3 月 1 日，省八届人大常委会编制印发了《山西省人大常委会 1994 年制定地方性法规计划》和《山西省八届人大常委会制定地方性法规规划》（晋人办发［1994］9 号），即《山西省八届人大常委会 1993–1997 年五年立法规划》，这是省人大常委会编制的第一个年度立法计划和第一个五年立法规划。列入省人大常委会 1994 年立法计划的项目有 23 件，列入省八届人大常委会五年立法规划的项目有 110 件。

这一时期，强化了立法计划实施的责任。1995 年 2 月 10 日，省人大常委会和省人民政府举行了年度立法责任制签字仪式。省人大常委会与省人民政府之间，省人大常委会与有关工作委员会之间，省人民政府与有关工作部门之间签订了立法工作责任书。此后连续 4 年，省人大常委会与省人民政府都举行立法责任制签字仪式。

　　这一时期，强化了立法制度的完善。1993 年和 1994 年省人大常委会先后制定和修订了《山西省人大常委会关于立法工作方面若干问题的意见》及其修改补充意见，确立了由省人大常委会各工委分工承担立法工作任务，法工委审查把关的分散与集中相结合的内部立法审查机制。1999 年 9 月 21 日，大同市人大常委会就《大同市古城保护条例（草案）》召开立法听证会，开创我省立法听证之先河。

　　这一时期，立法机构逐步健全。1995 年，省人民政府于机构改革中将省政府法制局内设处室升格为正处级建制，将原法规处撤销另设行政立法处和经济立法处。2000 年 6 月，山西省在机构改革中，撤销原副厅级建制的省政府法制局，成立正厅级建制的省政府法制办公室，内设行政法规处和经济法规处。

　　这一时期立法工作的指导思想是，以邓小平理论和党的基本路线为指导，服从和服务于市场经济，促进改革开放和现代化建设。立法工作要紧紧围绕经济建设这一中心来进行。立法必须坚持为经济建设服务，为精神文明建设服务，为改革、发展、稳定服务。

　　这一时期，注重立法的省外调研和重大问题或疑难问题向中央有关部门的请示。这一时期，山西省的地方立法和全国其他省市一样，全面提速，其中一个口号就是"将立法推入快车道"。

　　这一时期，注重立法经验的总结和交流。省人大常委会分别于 1993 年 5 月 17 日、1995 年 1 月 6 日、1996 年 12 月 3 日至 5 日召开山西省地方立法工作座谈会。1994 年 4 月，省人大常委会副主任吴达才率山西省经济立法考察团一行 11 人，于 4 月 7 日至 4 月 24 日赴江苏省、浙江省和上海市进行为期 17 日的考察。

　　这一时期立法工作的特点是：（1）计划性明显增强。（2）立法速度明显加快。省八届人大制定和修改的法规共 126 件，比改革开放前 15 年的总和还要多。（3）经济方面的立法项目明显增多。经济方面的立法项目占立法项目总数的一半以上。（4）人大机构主动参与，提前介入。此外，这一时期立法的部门化倾向比较明显，大而全的倾向也比较突出。

　　这一时期影响比较大的法规规章有：《山西省农村集体经济承包合同

管理条例》、《山西省集体农用土地使用权转让租赁条例》、《山西省防震减灾条例》、《山西省基本农田保护条例》、《山西省农业投资条例》、《太原市禁止燃放烟花爆竹的规定》、《太原市清洁生产条例》、《山西省矿产资源补偿费征收管理实施办法》、《山西省经纪人登记管理办法》等。其中，《山西省基本农田保护条例》被国家土地局作为起草全国基本农田保护条例的参考文本。

（三）成熟阶段（2001.2.21 - ）

此阶段的社会背景是我国加入世界贸易组织，党的十六大和十七大的召开，《中华人民共和国立法法》的出台以及国务院《全面推进依法行政实施纲要》的发布，其标志是《山西省地方立法条例》的出台。2000年3月15日第九届全国人大三次会议通过的《立法法》对地方立法应当遵循的原则、权限范围、制定程序和适用范围等问题都作了明确规定。《立法法》的公布与实施，在我国立法进程中具有里程碑意义。2001年11月16日和2001年12月14日，国务院又分别公布了《规章制定程序条例》和《法规规章备案条例》，进一步规范了地方政府规章的制定行为。

党的十六大进一步明确了新时期我国立法工作的基本思路和重点，把加强立法工作，提高立法质量摆在推进我国法制建设十分重要的位置。党的十六大报告指出："适应社会主义市场经济发展、社会全面进步和加入世贸组织的新形势，加强立法工作，提高立法质量，到2010年形成中国特色社会主义法律体系。"2003年10月14日，党的十六届三中全会通过的《中共中央关于完善社会主义市场经济体制若干问题的决定》指出，"要按照依法治国的基本方略，着眼于确立制度、规范权责、保障权益、加强经济立法。"要"完善社会领域和可持续发展等方面的法律法规，促进经济发展和社会全面进步。"2004年3月22日国务院发布的《全面推进依法行政实施纲要》指出："进一步加强立法工作，更加重视有关社会管理、公共服务方面的立法，改进政府立法工作方法，扩大政府立法工作的公众参与度。"党的十六届六中全会决定指出，"要坚持科学立法、民主立法，完善发展民主政治、保障公民权利、推进社会事业、健全社会保障、规范社会组织、加强社会管理等方面的法律法规。"党的十七大报告指出，"要坚持科学立法、民主立法，完善中国特色社会主义法律体系。"

这一时期，省市立法制度趋于成熟。2001 年 2 月 21 日，省九届人大四次会议通过了《山西省地方立法条例》。此后，大同市和太原市人大分别于 2001 年 5 月和 2002 年 5 月出台了本市的立法条例。2002 年 5 月 19 日，省人民政府印发了《山西省人民政府拟订地方性法规草案和制定规章程序的规定》。

这一时期，社会公众参与立法的条件也成熟。2002 年 11 月 13 日，太原市人大常委会发布了《关于向社会征集地方立法项目的公告》。这在太原市乃至我省是第一次向社会公开征集立法项目。2003 年大同市人大常委会首次通过媒体向社会公开征集立法项目。2002 年 12 月，太原市人大常委会在广泛征求意见的基础上，编制了《太原市人大常委会 2002－2006 年立法规划》。这是该市人大常委会编制的第一个立法规划。

这一时期，立法的机制日趋成熟。省市人大根据《立法法》的规定，设立了统一审议机构（人大法制委员会），对地方性法规实行统一审议。实行统一审议对于克服地方立法中的部门倾向，维护国家法制统一，提高立法质量起到了积极作用。

这一时期，立法的技术日趋成熟。2003 年 8 月 25 日，省人大常委会印发了《山西省制定地方性法规技术规范》（晋人发［2003］13 号）。

这一时期立法工作的指导思想是，以邓小平理论和"三个代表"重要思想为指导，坚持立法为民，加强立法工作的计划性和科学性。

这一时期对立法工作的基本要求是，不抵触、少照搬、有特色、可操作。在改革开放、社会管理公共服务领域方面的立法明显增多。

这一时期立法工作的特点是：（1）征求意见的范围不断扩大，方式不断增多。省九届人大期间，省人大常委会就《山西省计划生育条例（草案）》、《山西省土地管理法实施办法（草案）》、《山西省村民委员会法实施办法（草案）》在《山西日报》公开征求意见。省十届人大期间，省人大常委会又就《山西省城市房屋拆迁条例（草案）》、《山西省焦化产业条例（草案）》、《山西省民办教育法实施办法（草案）》在《山西日报》公开征求意见。2003 年太原市人大常委会在制定《太原市劳动就业管理条例》时，通过《太原日报》将条例草案向社会公开征求意见。从 2005 年开始，省人民政府的部分规章草案在省政府网站向社会公开征求意见。2001 年 8 月，山西省人大法制委员会和山西省人大财经委员会就《山西省盐业管理条例（草案）》涉及的一些问题，举行了我省地方立法史上首次立法听证会。这次听证会受到了中央和省内众多媒体的广泛关注，不少媒体还对听证会进行了充分报道。2003 年 9 月，省人大法制委员会与省人大常委会城建环保工委、省人大常委会办公厅、省人大常委会办公厅研究室、省政府法制办、省建设厅共同就《山西省房屋拆迁条例（草案）》涉及的重点、难点、热点问题再次举行立法听证会，这次听证会除了媒体广泛关注外，还受到了社会各界和行政相对人以及利害关系人的高度关注，要求参加立法听证会的人员达 400 多人。（2）审议法规草案的次数增多。以往省人大常委会审议法规草案的次数通常为两次，这一时期有《山西省实施〈中华人民共和国妇女权益保护法〉办法（修订）》、《山西省实施〈中华人民共和国村民委员会组织法〉办法》、《山西省农村集体经济审计条例》（二审表决未通过）、《山西省工程建设项目招标投标条例》、《山西省水资源条例》等 5 件法规是经省人大常委会三次会议审议通过的。2005 年 12 月，省人大常委会又制定了《关于制定年度立法计划的意见》。（3）立法质量不断提高。加强了对立法项目的调查研究、科学论证、协调平衡，增强了立法计划的科学性、计划性，减少了盲目性和随意性。（4）重视了立法的修订和废止工作，修订和废止的法规和规章数量明显增多。这一时期，立法后评估工作在太原市和大同市开始启动。2006 年，太原市人大常委会选择该市 16 件地方性法规进行了评估。太原市政府法制办也在同年开展了对本市政府规章的立法评估工作。

这一时期科学立法、民主立法的意识进一步强化，立法为民的理念进一步清晰。制定《山西省万家寨引黄工程保护条例》、《山西省高速公路管理条例》、《山西省公路养路费管理条例》、《山西省汾河上游水资源管理条例》、《山西省中小企业发展条例》等法规时，有关人员还到国外进行了考察。

这一时期，影响比较大的法规和规章有：《山西省高新技术产业发展条例》、《山西省农村初级卫生保健条例》、《山西省规范性文件制定与备案规定》、《山西省行政执法检查规定》、《山西省征收征用农民集体所有土地征地补偿费分配使用办法》、《山西省非法违法煤矿行政处罚规定》、《山西省行政执法责任制规定》、《山西省重大行政处罚决定备案办法》等。2002年5月24日省九届人大常委会第二十四次会议通过的《山西省高新技术产业发展条例》，是全国第一部有关促进高新技术发展的地方性法规。2005年5月31日省十届人大常委会第十七次会议通过的《山西省促进旅游产业发展条例》，是一部调整产业结构，促进山西旅游产业发展的地方性法规，树立了山西崭新的形象。2005年7月29日省十届人大常委会第十九次会议通过的《山西省焦化产业管理条例》，是我国第一部规范焦化企业发展，保护资源和环境，促进焦化产业健康发展的地方性法规。2007年6月1日省十届人大常委会第三十次会议高票通过的《山西省农民工权益保护条例》，是我国第一部专门保护农民工权益的地方性法规。2004年8月27日太原市第十届人大常委会第二十一次会议通过，2004年9月25日省十届人大常委会第十三次会议批准的《太原市查处传销和变相传销办法》，是我国首部打击和查处传销和变相传销的地方性法规，对国家立法起到了试验田的作用，对兄弟省市相应立法起到了示范和先导作用。《大同市住宅小区物业管理条例》是全国第一件小区物业管理法规。

这一时期，更加重视立法经验的总结和交流。省人大常委会于2003年10月召开了山西省立法工作座谈会。太原市人大常委会于2006年5月23日也召开立法工作会议。2005年10月和2006年8月，省人大法制委与太原、大同两市人大法制委召开了立法工作座谈会。

## 三、对山西省地方立法的总体评价

从以上可以看出，我省的地方立法经历了一个从无到有，从粗放到精细，由激情到理性，由慢到快再到稳，由注重速度和数量到速度与质量并重，逐步完善的过程。我省立法的内容基本上体现了山西的经济和社会发展特色，围绕全省的工作重点，能够感受到时代的脉搏。我省的地方立法是在改革开放的大背景下产生，并随着改革开放的深入而深入、发展而发展的。改革开放为地方立法提供了社会条件和发展基础，地方立法又为改革开放提供了制度保障和强大的动力支撑，从而又促进了改革开放的深入发展。因此，地方立法体现了改革开放，改革开放又促进了地方立法；地方立法与改革开放二者是互为依存、相辅相成、相互促进的关系。

我省的地方立法将法律、行政法规与本地实际情况相结合，对保证法律、行政法规的贯彻实施发挥了重要作用。通过探索和发展，我省的地方立法工作也积累了宝贵经验，培养了一批立法人才。

### （一）山西地方立法的特点

1. 资源环境和安全生产立法较多。在资源的开发、保护和利用方面，出台了《山西省矿产资源管理条例》、《山西省矿业权公开出让暂行规定》、《山西省非法违法采矿行政处罚规定》。在环境保护和污染治理方面，出台了《山西省排放污染物许可证管理办法》、《山西省重点工业污染源治理办法》等。在安全生产监督管理方面，针对我省为煤炭资源大省的情况，为依法规范煤炭开采行为，遏制重特大事故的发生，保护人民群众生命和财产安全，省人大常委会作出了《关于严厉打击非法违法煤矿有效遏止重特大事故的决定》，出台了《山西省安全生产条例》并及时修订了《山西省实施〈中华人民共和国矿山安全法〉办法》，出台了《山西省乡镇煤矿安全生产规定》、《山西省煤矿安全生产监督管理规定》、《山西省安全生产监督管理办法》、《山西省危险化学品安全管理办法》等。

2. "三农"方面的立法在全国影响较大。《山西省农业投资条例》、《山西省农村集体经济组织土地承包合同管理条例》、《山西省集体农用土地租赁管理条例》、《山西省农村集体经济审计暂行条例》、《山西省基本农田保护条例》、《山西省农业环境保护条例》、《山西省农村地区劳动用工监督管理暂行规定》、《山西省农药管理办法》、《山西省肥料管理办法》、《山西省征收征用农民集体所有土地征地补偿费分配使用办法》等在全国都有一定的影响。

3. 城市建设立法体系较突出。在城市建设管理方面，我省的法规规章已自成体系。如，《山西省实施〈中华人民共和国城市规划法〉办法》、《山西省建设工程勘察设计管理条例》、《山西省建筑市场管理条例》、《山西省建筑工程质量和建筑安全生产管理条例》、《山西省市政公用事业特许经营管理条例》、《山西省城市公共客运管理暂行条例》、《山西省燃气管理条例》、《山西省城市房地产交易管理条例》、《山西省城市房屋拆迁条例》、《山西省城市供水和节约用水管理条例》、《山西省建筑工程招投标管理办法》、《山西省建设监理管理办法》、《山西省建筑工程质量监督管理办法》、《山西省城市绿化实施办法》、《山西省城市建设档案管理办法》等涵盖了城市管理的各个方面。这在全国各省、自治区、直辖市的地方立法中是少有的。

我省地方立法的数量和质量在全国处于中游偏上水平。

## （二）山西省地方立法存在问题

我省的地方立法存在以下问题：

1. 社会公众参与的力度需进一步加大。社会主义的法律应当是人民意志的体现，社会公众只有广泛地参与立法活动，才能使法律最大限度地体现人民的意志。社会公众应当在各个环节参与立法活动。我省在地方立法中尚未真正建立起公众参与立法的机制，编制立法计划时也没有充分调动社会公众的力量。四川、安徽、吉林、重庆、广东、河北等省市已经开始向社会公开征集地方立法项目，但我省的省人大常委会和省政府还没有开展向社会公开征集立法项目的工作。在法规规章草案的征求意见环节也需要深入基层征求意见。地方立法需要深入了解民情，充分反映民意。法规规章草案向社会公开征求意见是反映民意最好的方式。我省虽然开始在网上征求社会公众对法规规章草案的意见，但没有注重社会效果，没有针对性地采取改进措施和调动社会公众参与立法的积极性。

2. 提请法规议案的主体需进一步增多。根据《地方组织法》的规定，能够向省、市人民代表大会提请法规议案的主体有：（1）人民代表大会会议主席团；（2）人大常委会；（3）人民代表大会的各专门委员会；（4）

人民政府；（5）10 名以上的人大代表联名。能够向省、市人大常委会提出法规议案的主体有：（1）主任会议；（2）人民政府；（3）人民代表大会各专门委员会；（4）5 名以上的人大常委会组成人员联名。有些执法主体多元化或涉及到多方职责的法规、规章，完全可以由人大的专门委员会或人大代表提出。2007 年底，我省还没有人民代表大会会议主席团、专门委员会、人大代表联名向人大或人大常委会提出法规议案。即便是人大常委会向人民代表大会提出法规议案的情况也不多。立法议案主体的多元化不仅能够使人大机关充分地履行职责，激发工作热情，而且能够避免法规规章的部门化、利益化，提高立法的质量。

3. 立、改、废三者的比例需进一步协调。立、改、废是立法的三种形式，其意义都是十分重要的。尤其在社会转型时期，法规和规章的修订和废止显得更为重要。制定法规规章不应是立法的全部，修订法规规章应当是地方立法的重要组成部分，废止一件与改革发展不相适应的法规规章其意义不亚于出台一件新的法规规章。我省的立法是重制定、轻修订和废止，或者说修订和废止相对滞后，新旧衔接不够。2001 年入世清理法规、规章的过程中，最终确定省人大常委会有 49 件法规、省政府有 26 件规章需要修订，但在后来的立法计划中并未全部体现。《行政许可法》于 2004 年 7 月 1 日起实施，但以后的各级立法计划没有很好地体现与《行政许可法》相衔接的修订项目。

4. 委托立法的内容和形式需要进一步完善。对于一些法学理论或专业技术性较强的法规规章草案，完全应当委托大专院校或科研单位组织起草，这是科学立法的需要。在我省，虽然《山西省煤炭管理条例》、《山西省焦炭产业管理条例》、《山西省引黄工程保护条例》等草案是委托科研单位和大专院校组织起草的，但不是真正意义上的委托起草。目前，北京、上海、广东等省市早已开展了委托立法工作。这对于提高立法质量具有十分重要的意义。

5. 地方立法的内容需进一步充实。从地方立法的内容来看，我省的法规规章体现经济调节、市场监管的多，体现社会管理、公共服务的少；体现经济立法的多，体现社会立法的少；按执法部门立法的项目多，按行为性质立法的项目少。如《山西省农作物种子条例》和《山西省林木种子条例》完全可以合并为《山西省实施〈中华人民共和国种子法〉办法》或者《山西省种子条例》。

6. 人大代表和政协委员的作用需进一步发挥。人大代表是人民的代言人，政协委员是社会各民主党派、无党派和各界别的代言人和参政议政者。人大代表、政协委员参与立法的程度直接体现着他们参政议政的程度，体现着立法的质量和效果。我省的地方立法对人大代表和政协委员的作用发挥得还不够，除了在"两会"期间代表和委员提一点关于立法的意见和建议外，很少能形成法规议案或重要的立法项目建议。在法规规章草案的起草、调研、征求意见、论证等环节中，人大代表、政协委员参与程度和作用发挥还需要进一步提高。

7. 地方立法的质量需进一步提高。我省的法规规章条文规范行政相对人的多，规范行政主体或者其他国家机关的少；维持现行体制的多，打破旧体制的少。旧体制往往是经济和社会发展的桎梏。如《山西省城市客运管理暂行条例》和《山西省道路运输管理暂行条例》规定分别由城市建设行政主管部门和交通行政主管部门管理城市客运和公路客运。在一个县级政府，要同时在交通局设运管所管理公路客运和城建局设城市客运管理办公室（处）管理城市出租汽车。这在城乡统筹发展的今天早已显得十分落后。此外，诸如水行政主管部门和水资源管理委员会对水资源的管理；煤炭行政主管部门对煤炭的管理和经济综合部门对焦炭的管理；财政部门对预算外资金的管理和计划部门的特定预算外资金的管理；建设行政主管部门的建设工程设防和地震主管部门的防震减灾管理等在管理体制上都或多或少存在这样或者那样的问题，这些问题在立法中还没有得到很好地解决。此外，立法万能主义和激情立法在一定程度上还存在。

## 四、未来山西省地方立法展望

目前，我省与全国其他省份一样，已进入"后立法时代"。

党的十七大报告中指出："要坚持科学立法、民主立法，完善中国特色社会主义法律体系。"2007 年 11 月 27 日，胡锦涛总书记在十七届中央政治局第一次集体学习时指出：要"加强和改进立法工作，进一步提高立法质量。"《中共中央关于深化行政管理体制改革的意见》中指出：要"加强和改进政府立法工作"。吴邦国委员长在十一届全国人大所作的工作报告中指出：要"扩大公民对立法工作的有序参与"。随着改革开放的不断深入和发展，随着中国特色社会主义法律体系的建立和逐步完善，随着民主法制建设的不断加强，我省地方立法空间和立法重点将进一步发生变化。这种变化是改革与发展的必然。

（一）未来山西省地方立法的指导思想和工作思路建议

1. 指导思想。坚持正确的指导思想，是做好立法工作、提高立法质量的根本保证。未来我省地方立法的指导思想应当是：以邓小平理论和"三个代表"重要思想为指导，按照深入贯彻落实科学发展观和加快构建社会主义和谐社会的要求，认真贯彻落实党的十七大精神，高举中国特色社会主义伟大旗帜，坚持以人为本、实事求是、立法为民，确保立法质量，为山西改革发展稳定创造良好的法制环境，为山西走出"四条路子"、实现"三个跨越"，加快转变经济发展方式，深入推进经济结构调整，加快"三化"，切实改善民生，全面推动"四个建设"，努力建设国家新型能源基地和工业基地，构建"充满活力、富裕文明、和谐稳定、山川秀美"的新山西提供制度保障。

2. 工作思路。地方立法要更好地为经济建设、政治建设、文化建设和社会建设服务，必须不断解放思想，更新观念。立法为民，还是立法治民，这是一个根本性的问题。"三个代表"重要思想的本质是立党为公，执政为民。在立法工作中，就是要牢固树立立法为民的理念，落实"权为民所用，情为民所系，利为民所谋"的要求，把最广大人民群众的根本利益作为立法的最终目的和唯一归宿，努力做到立法为民、法为民用、法为民富、法为民安。

地方立法工作要深入贯彻落实科学发展观，体现时代性、把握规律性、富有创造性，确保法规规章的科学性和合理性，正确处理权力与责任、管理与自律、惩罚与引导、实体与程序的关系。要始终把发展维护实现人民群众的利益作为立法工作的出发点。要保持地方立法的生命力，发挥地方立法的制度职能，从根本上提高立法质量，必须坚持立法决策与改革、发展、稳定的重大决策相结合，突出地方特色。一是要抓住本地方的特有事务进行立法，避免地方立法趋同；二是要选择国家尚未立法，地方改革发展中迫切需要立法解决的重大事项和人民群众关心的重大问题立法，突出地方立法的创制性、试验性，为国家立法积累和创造经验；三是进行实施性立法时，要针对本地的实际问题进行细化、补充，避免上下一般粗或变相照搬。

3. 立法观念。更新立法观念是做好新时期立法工作的关键。要积极转变立法观念，严格按照科学、合理、先进的立法精神、原则和相关程序，抛弃时代和现状的过多限制，努力使得立法新成果本身就是相对积极、合理和先进的，充满公正性、透明性和平等性。只有这样，才能相应地提高立法质量。

未来山西地方立法要强化以下观念：（1）服务的观念。地方立法要服从并服务于改革开放、落实科学发展观、构建社会主义和谐社会的大局。（2）以人为本的观念。要用以人为本这一核心理念引领和指导地方立法工作，切实把体现人民意志、保障人民权利、促进人的自由平等发展作为地方立法的灵魂，作为一条红线始终贯穿于地方立法的全过程和各个环节。如残疾人保障、殡葬管理、垃圾处理、农村合作医疗等立法项目，要充分体现和实现"发展为了人民、发展依靠人民、发展成果由人民共享"。（3）讲求实效的观念。地方立法要符合客观规律、客观要求，最大限度地发挥法规规章的规范、警示、惩戒、教育、激励功能，要立好法、良法，要使法规规章真正发挥作用。要把法治观念转化为依法治国的方略，途径就是通过立法体现人民意志。（4）全面、协调发展的观念。

笔者认为，未来时期我省在立法观念方面应发生以下转变：（1）从激情立法向理性立法转变；（2）从强调山西特色向注重与国际接轨转变；（3）从粗放型立法向精细型立法转变；（4）从部门立法向项目立法转变；（5）由数量规模型立法向质量效益型立法转变；（6）由封闭自固型立法向开放借鉴型立法转变；（7）由政府本位立法向公民本位立法转变；（8）由义务本位立法向权利本位立法转变；（9）由"身份"立法向"契约"立法转变；（10）由偏重制定新法规向注重"立、改、废"相结合转变等。

（二）山西省地方立法内容和项目建议。"完善市场主体、市场交易、市场监管、社会管理、可持续发展等法律法规"，这是党的十七大对立法工作提出的新要求。未来时期，我省的地方立法的重点应当围绕继续完善资源管理、节能减排、环境保护、生态建设、污染治理、文化建设、社会建设等方面进行。"人民的利益是最高的法律。"未来时期，我省应当加大关注民生内容方面立法的力度。未来时期，我省应当继续注重经济和社会方面的立法。在经济立法方面，我省应当将围绕我省八大支柱产业，特别是煤化工、装备制造、新型材料、旅游文化四大新型支柱产业发展的立法作为经济立法的重点。

要制定人民调解条例、慈善募捐管理条例、非税收入管理条例、湿地保护条例、工艺美术保护条例、非物质遗产保护条例、特种优质煤保护条例、社会团体管理条例、志愿者服务条例、精神卫生条例、地方志工作条例、公民义务植树条例、行政执法监督条例、行政复议条例、征收土地管理办法、农村基地管理办法、义务消防队组织管理办法、国防政治动员办法、农村五保户供养办法、农村最低生活保障办法、活动人员服务管理规定、雷电灾害防御条例、人民防空通信管理办法、地名管理办法、预防控制艾滋病性病办法、文物保护单位管理办法、建筑节能管理规定、行政举报投诉处理规定、新型农村合作医疗管理办法、评比管理规定、行政补偿规定等。

我省在优化软环境立法方面也应加大力度。作为地方立法要重视和研究在维护国家法制统一的前提下，要着力为经济和社会发展创造良好的法制环境。如在市场经济条件下，必须营造良好的发展环境。良好的发展环境至少应包括以下几个方面：（1）安全。人身财产安全，合法权益有保障。（2）方便。办事高效便捷，没有人为障碍。（3）畅通。交通、通讯设施好，有利于进出和通讯联系。（4）市场规范。一切经营与流通活动有法可依、有章可循。（5）有利可图。（6）生活舒适。（7）社会风尚好。这些方面都需要法规、规章加以引导、规范、制约、保障。

（三）要进一步强化科学立法的理念。我省的地方立法工作将逐步实行课题先行、理论指导的工作思路。法规规章草案一般事先作为课题进行研究，待成熟后再转化为立法决策。委托立法工作将逐步开展并规范。继续拓宽起草渠道，把多元化起草作为完善立法程序的一项重要工作来抓。省市人大常委会和政府将适应立法工作的现实需要，积极举行立法知识讲座，对人大常委会组成人员、政府组成人员和人大及政府的立法工作人员进行培训。太原市人大常委会从2003年开始，每年根据立法计划组织立法项目的起草人员进行立法培训。每年立法项目确定后，由分管副主任主持，由法制委有关人员讲授立法的基本知识。省市人大常委会的法制工作机构和政府法制机构将定期举办立法培训班或讲座，提高立法工作人员立法的基本技能。对于涉及公共利益、重大或疑难的立法决策问题将举行立法听证会活动。法规规章的立法后评估工作将启动。法规规章的主动审查和废除机制也将启动。人大自身起草法规规章草案的能力将进一步增强。尽快启动人大专门委员会和人大代表联名提出立法议案的工作。

（四）要进一步加大民主立法的力度。一件好的法规规章，应当是人民参与的法规规章，应当是反映人民意愿的法规规章。要让立法与人民群众零距离接触。今后，我省的地方立法应当进一步扩大立法的民主范围，进一步改进调查研究方式、方法，进一步拓宽地方立法反映民意的路子。如果实行分层次征集立法项目的方式，将取得明显效果。所谓分层次征集立法建议项目，就是分四个层次向社会征集立法项目。一是向设区的市及部分县级人大常委会征集立法项目；二是向部分大专院校、科研院所征集立法项目；三是向省市人大常委会组成人员征集立法项目；四是通过报刊向社会公众、人大代表和政协委员征集立法项目。省市立法机构在公开征集立法项目时，将注重立法项目的起草和征求意见过程，把组织社会公众参与立法，向人大代表、政协委员和各民主党派、企业事业单位、行政相对人等有关方面征求意见作为考核立法工作的一项重要指标。人大和政府的立法机构将法规、规章草案通过网站向社会公众征求意见。立法机构应当引导、鼓励社会公众对法规、规章草案提出意见。省市人大常委会审议法规草案时，新闻单位应当及时报道人大常委会组成人员审议讨论法规草案的实况，最好形成场内和场外的互动。重要的法规规章草案应当通过报纸征求意见。

（五）要进一步重视提高地方立法的质量。国务院法制办公室主任曹康泰就政府立法工作接受《瞭望新闻周刊》记者采访时谈到，衡量立法质量如何要看是否符合法定权限和程序；是否坚持以人为本，体现最广大人民群众的根本利益和共同愿望；是否确立了有效的法律实施机制；法律规范的内容是否明确具体、具有操作性，是否能够解决实际问题。此外，笔者认为，是否理顺了现行行政管理体制，是否有利于市场要素的组合，是否有利于市场资源的配置和市场主体的发展等也是衡量经济立法质量的标准。

（六）地方立法工作应当推动公平正义。党的十七大报告把"维护社会公平正义"作为加快建设社会主义法治国家的重要内容。实现社会公平正义，最重要的是建立健全保障公平正义的制度体系，即公平正义的法制化。一个文明社会的重要标志就是每个社会成员都能够平等地享有公民权和国民待遇，而不是根据身份作出歧视性安排。公平正义是社会主义法治的核心价值，是法律制度的生命所在。能否始终体现公平正义，促进和实现社会公平正义，是地方立法必须坚持的原则，是义不容辞的历史责任。实现社会公平正义，核心就是要对社会主体的利益进行必要调整。立法要维护社会公平正义，就要处理好效率与公平的关系，统筹处理好各个方面的利益关系。立法对权利、义务关系的确定，其本质就是对利益的分配和调整。

（七）要进一步重视法规规章的译审、汇编和出版发行。准确及时地将我省地方性法规、规章翻译成英文（或法文、西班牙文），既是履行我国加入世界贸易组织所作的有关承诺，又是宣传我省法制建设新成就，方便国外各方面更加全面了解山西法制投资环境的需要。2007 年，省政府法制办已设立了译审室，专司我省地方性法规和规章的译审工作。

法规规章汇编可以说是立法的最终产品，立法为民不能仅仅局限于制定出台法规规章，而且要从社会和人民的需求出发，搞好法规规章的汇编和出版发行工作。

（八）要进一步提高立法工作人员的地位。"小智者处事，大智者用人，睿智者立法。"卢梭说："立法需要最高的智慧，立法者在一切方面都是国家中一个非凡的人物。"这些话虽然出自几百年前一个资产阶级启蒙学者笔下，但今天看来仍然是睿智和富有启迪作用的。地方立法涉及政治学、经济法、法学、社会学、语言学等多个学科。目前，省和两市人大常委会的组成人员中还没有具备社会学、政治学背景的人员，就人大和政府的立法工作人员来看，其文化和知识结构也极不合理，不仅潜在着立法人才青黄不接的现象，而且存在着如何培养立法人才，留住人才，调动立法工作人员积极性的问题。首先，我省应当学习借鉴省外和外国经验，实行立法专员或者立法助理制度，形成良性互动机制。其次，应当借鉴全国人大常委会的经验，将立法工作人员向人大常委会组成人员推荐。党的十六大提出，要"优化人大常委会组成人员的结构"。党的十七大提出，"加强人大常委会制度建设，优化组成人员知识结构和年龄结构"。再次，应当建立地方立法荣誉制度，对长期从事地方立法的工作人员实行表彰，给予相应的政治和生活优厚待遇。党的十七大报告提出，要"设立国家荣誉制度，表彰有杰出贡献的文化工作者"。法律文化是文化的一种具体形态，属于大文化的范畴。同样，实行地方立法荣誉制度，对长期从事立法工作的人员实行褒扬，给予精神和物质奖励，将有助于鼓舞立法工作者人心，激发工作热情，稳定立法队伍，培养造就一批法律人，提高立法的质量。

# 勃兴、机遇与挑战

## ——中国民法 30 年回顾与展望

李 洁[*]

**摘 要：** 改革开放三十年来，我国民法学研究与民事立法在恢复中发展，在发展中繁荣，见证并反映着我国经济发展和社会变迁的历史进程。从《民法通则》的制定到《物权法》等单行民事法律的颁行，民事法律日趋完善，民法法典化正在成为研究和立法的中心课题。

**关键词：** 改革开放 经济体制 民法学 民事立法 民法法典化

1978 年 12 月，中共第十一届三中全会决定将党的工作重心转移到社会主义经济建设上来，从此拉开了中国改革开放的帷幕，标志着我国社会主义民主政治和法制在经过了一段曲折道路之后，重新开始走上正轨。民

* 本文是山西大学校人文社科项目"侵权法制定过程中若干问题的研究"阶段性成果。作者为山西大学法学院讲师，主要从事民商法学研究。本文的写作主要参考了以下文献：柳经纬主编：《我国民事立法的回顾与展望》，人民法院出版社 2004 年版；何勤华、殷啸虎主编：《中华人民共和国民法史》，复旦大学出版社 1999 年版；文正邦主编：《走向 21 世纪的中国法学》，重庆出版社 1993 年版；程维荣著：《走向法治时代》，上海教育出版社 2003 年版；刘新熙：《我国民法学研究二十五年回眸》，载《江西社会科学》2005 年第 4 期；龙卫球：《法治进程中的中国民法》，载《比较法研究》2007 年第 1 期；余能斌等：《世纪之交看新中国民商法的发展》，载《法学评论》1998 年第 5 期；冉昊等：《新中国法治历程：民法 56 年》，载《当代史研究》2005 年第 4 期；梁慧星：《中国民法学的历史回顾与展望》，载北大法律信息网。

法，作为实行法治的国家中举足轻重的法律部门，是调整商品经济的基本法，是商品社会的"宪法"。改革开放三十年来我国经济得以迅猛发展，社会生活发生了翻天覆地的变化，无不与国家重视对民事活动的法律调整有密切关系。同时，三十年来我国民法的发展与繁荣，也从一个侧面见证并反映了这种经济发展和社会变迁的要求。因此，从民法与社会、经济诸条件互动的角度认真总结我国民事立法与民法学研究的利弊得失，对于完善我国的民事立法体系，更好地利用民法规范促进我国市场经济的发展，具有重大的历史意义与现实意义。下文将以此为线索，对我国民法所走过的三十年历程作一回顾与展望。

# 一、改革开放与民法的恢复（1978—1992）

这一时期党中央确立了改革开放的方针和解放思想、实事求是的思想路线。在经济体制上，确立了农村集体土地家庭联产承包制，进行了以扩大企业自主权为试点的城市经济体制改革，原来大一统的计划经济体制的弊端越来越为人们所认识，真正的商品经济关系开始在中国的经济关系中萌芽生长。同时中国社会实现了从封闭半封闭到对外开放的历史性转变，外商投资者开始进入中国市场。正是在这样的思想、政治、经济条件下我国民法得以迅速恢复。理论界开始重新认识和探讨如何在社会主义商品经济和民主政治背景中完善民事法律调整机制，发挥民法保障和促进改革的作用，民事立法工作也随之迎来它的春天。这一时期以《民法通则》的颁布为界，可大致分为前后两个阶段。前一阶段从思想上进行了轰轰烈烈的拨乱反正；后一阶段以《民法通则》为依托，开始研究民法固有的各项具体制度。

## （一）拨乱反正阶段的民法学研究与民事立法

### 1. 民法学研究

与这一阶段的社会经济条件相适应，中国民法学的研究成果主要为：第一，拨乱反正，从极"左"的政治路线和"法律虚无主义"中解放出来，恢复及确立学科的自主地位。因为，民法是反映并保障市场经济条件的实践性科学。而在计划经济条件下，由高度集中的行政权力来统一配置社会资源，因而不存在民法学生存的土壤。改革开放以后，商品经济关系在部分经济领域得到生存并发展，民法学生存与发展的条件亦得以具备。1979 年，《法学研究》这一以探讨真正科学的法学理论为己任的期刊创刊，其在试刊号上发表的《加强民事立法为实现四个现代化服务》一文，提出民事立法要规定参与经济活动的单位和个人的法律地位，要规定对所有权的具体保护措施，要加强合同制度。此后数年，中国社会科学院法学研究所等研究机构、多所高校及立法、司法机关召开了各种民法学讨论会，提出民法是最应当体现平等、自愿、等价有偿商品交换关系基本原则的法律；质疑民法的基本原则中能否包括不得违反国家计划、保护社会主义公有财产等原则；讨论民法与经济法的调整范围；主张在公民和法人外还存在其他民事主体，如合伙、个体户和农村承包户等；在法人制度设计上，国家对国营企业的债务是否应承担责任；经营自主权、承包权是否属于物权；知识财产权的名称含义；国家财产的保护是否受时效限制等。这一时期民法学研究表现出的特点是：谨慎地移植借鉴前苏联的民法学理论，以此作为文革后国内第一批民法学教材的基本内容；大量的研究成果引证马克思、恩格斯、列宁、毛泽东的著述，以论证学科存在的必要性和正当性，为学科的生存发展争夺一个空间，为其后民法学的发展创造条件。第二，关于民法与经济法的调整对象的论战。核心是民法与经济法的调整对象如何划分，经济法能否成为独立的法律部门。论战始于 1978 年底，经历六七年，随《民法通则》的制定而愈演愈烈。论战的结果使人们越来越清晰地认识到，民法主要调整平等主体间的财产关系，而这种关系正是商品经济关系的体现，商品经济越发达就越需要民法。民法是商品经济关系的法律表现。

2. 民事立法

1979 年全国人大常委会法制委员会组织专家小组，开始了民法典的第三次起草工作，一年后草拟出《中华人民共和国民法草案（征求意见稿）》。由于在当时对立法步骤的争论中，普遍认为，整个社会经济体制尚未定型，制定一部完整的民法典的客观条件还不成熟，因此法制工作委员会决定采取"零售"的方针，先制定单行法，暂不考虑制定民法典。依此方针，全国人大及其常委会放弃了上述民法草案，而陆续审议并公布了一批民事单行法律，包括《中外合资经营企业法》（1979年）及其实施条例、《外资企业法》（1986年）、《森林法》（1984年）及其实施细则、《矿产资源法》（1986年）及其实施细则、《经济合同法》（1981年）、《涉外经济合同法》（1985年）、《商标法》（1982年）及其实施条例、《专利法》（1983年）及其实施条例等。在婚姻家庭方面，颁布了《婚姻法》（1980年），将民法典第四稿中较为成熟的财产继承权编也拿出来单独扩充为《继承法》，于1985年颁布。

应当肯定的是，为满足经济体制改革过程中的实际需要，改革开放之初的短短几年时间里颁行的上述单行民事法律、法规，在民法的多数领域初步解决了"无法可依"的问题，为今后的民事立法奠定了良好的基础。但在"宜粗不宜细"、"条件成熟论"立法思想指导下，此一阶段的立法显得凌乱、松散，内容过于原则，对于自然人、法人、法律行为、民事权利、民事责任等民法中更为基础性的法律问题，立法上仍属空白。这既不利于国内商品经济本身的发展，也不符合对外开放、国际交往建立诚信的要求。在这样的内外压力下，1985年，在上述四稿的基础上，一个类似民法纲要的民事基本法《中华人民共和国民法通则（征求意见稿）》被拟定出来，于1986年4月12日经第六届全国人大第四次会议通过，1987年1月1日起施行。《民法通则》内容共计9章、156条，规定了民法的基本原则、公民（自然人）、法人、民事法律行为、代理、民事权利（包括所有权以及相关的财产权、债权、知识产权、人身权）、民事责任、诉讼时效和涉外民事关系的法律适用。可以看出，这是一个包括知识产权、冲突法在内的大民法概念，但没有包括属于传统民法外延的婚姻家庭法，因此主要是一部财产法。在具体制度设计上，社会主义国情要求在物权内容上必须体现对不同种类所有权进行不同保护的要求外，由于商品经济的共通性，《民法通则》的制度规定，特别是债法部分，还是体现了传统民法的基本内容。但同样出于社会主义意识形态的考虑，其用语和结构具有相当的独创性，结构上延续早期的粗糙立法风格，直观地由各章分别对应规定民事法律关系的一些基本方面，而没有采用演绎式的结构。这部法律确立了公民、法人等民事主体地位，明确保护公民的个人合法财产，规定了民事权利和民事责任制度，体现出了权利本位的立法宗旨，发挥出了近代民法强调平等性、维护市民社会的基本作用；它还规定了承包经营权、国营企业的经营权等，反映了改革开放与商品经济的基本要求，巩固了改革成果；而它关于人格权的规定体现了社会主义法的精神，在世界各国立法中也不失为最先进的立法，为建设社会主义人权、民主和法治国家奠定了第一块基石。总之，《民法通则》的颁布是我国民事立法进程中的一个重要界碑，标志着我国民事立法开始走向体系化。从此，民法和民法学的作用和地位才广为人民所熟知，并逐渐根深蒂固。

**（二）《民法通则》颁布后的民法学研究与民事立法**

《民法通则》颁布后，为适应我国社会主义经济体制改革的迅速发展，立法机关根据 1982 年宪法，结合《民法通则》基本精神和基本原则，又陆续出台了一些单行法。包括 1986 年《土地管理法》（1988、1998 年两次修订）、《企业破产法（试行）》、1987 年《技术合同法》，连同此前颁行的《经济合同法》和《涉外经济合同法》，形成了在流通领域"三法鼎立、多种规范并存"的局面，这显然违反了统一市场要求统一调整的基本原理。1988 年颁布了《水法》、《全民所有制工业企业法》、《中外合作经营企业法》，外国企业在我国享受到了超国民待遇，同时又按照合资、合作、外资投资方式的不同分别适用不同的调整机制，形成了差别待遇，同样违反了统一市场平等对待的基本要求。1990 年颁布了《著作权法》，加上1982、1983 年颁布的《专利法》、《商标法》，我国知识产权保护体系初现雏形。这一时期，还颁布了《未成年人保护法》、《收养法》、《妇女权益保护法》，丰富了我国婚姻家庭法律制度。

《民法通则》的制定结束了民法学者和经济法学者在调整对象上的争论，为民事理论研究提供了法律依据，同时也提出了各种课题。民法学界开始按照民法与商品经济关系的本来面目对各种民法具体制度进行研究。

因此，在这一时期的后一个阶段中，民法学界广泛地探讨了民事主体——公民的一般问题和个体工商户、农村承包户、个人合伙、法人联营等问题，以及民事法律行为和代理制度，债的制度和合同制度，民事责任的归责原则、构成要件和精神损害的物质赔偿，物权和所有权、所有权和继承权的关系，全民所有制企业经营权的性质和实现形式，取得时效等等问题。在此阶段召开的几届民法经济法学年会上，探讨的重心已放在了民法各项具体制度，特别是全民所有制企业的产权问题上，以企业所有权与经营权相分离的视角，研究其实现的基本理论和具体形式。

## 二、市场经济体制目标的确立与民法的发展（1992—1999）

1992 年春，邓小平的"南巡讲话"让人们对市场经济有了更深刻的认识。同年 10 月，中共十四大确立了社会主义市场经济体制的建设目标。稍后，十四届三中全会的决定勾画出了社会主义市场经济体制的基本框架，明确提出"本世纪末初步建立适应社会主义市场经济的法律体系"，这为我国民法发展注入了新的生机和活力，开拓了民事立法前所未有的前景，中国民法理论也得以按民法科学的本来面目充分地发展起来。

### （一）民法学研究

市场经济体制目标的确立，引发了学界对民法当前任务及时代使命的全面深刻的认识。谢怀栻先生指出，十四大报告中要求的"规范微观经济行为"正是民法的任务，应照此改革我国的民法制度，建立适应社会主义市场经济的民法体系。具体说来就是：（1）经济主体多元化。要能形成市场，就必须有多种主体。只有一个主体，就谈不上市场。在法律方面，就是要承认多种主体的法律地位（人格），从法律形式上而不是从所有制方面去区分主体。（2）产权明晰。作为主体确立的基础和目的，每个主体应拥有明确的产权，包括物权、债权、知识产权等，能进行自主自由地处理，并得到法律保护不受侵犯。（3）责任自负。既然是独立的主体，就应该对自己的行为负责。这种认识发挥了正本清源的指导性作用。学界在此认识的基础之上对社会主义市场经济条件下民法的时代使命达成共识：一是为市场交易提供科学完善的交易规则，在促进市场有序繁荣的同时，使资源得以被充分利用和有效配置，从而促进社会生产力的发展；二是通过对个人与社会以及个人与个人之间的利益平衡，建立平等、自由、公平的交易秩序和完善的社会保障制度，以实现社会实质正义；三是通过对人身权利和财产权利的确认和保护，为人权的实现提供最基本的条件和保障；四是通过对民事权利的保障，促进行政机关依法行政，从而逐步建立社会主义民主政治。

这一时期，我国民法学有较大的发展。其表现是出版了大量的法学译著和民法学专著，学者们对构建社会主义市场经济的民事法律体系从一般理论到具体制度进行了潜心细致的全方位研究，取得了丰硕的理论成果，这集中体现在以下几个领域：（1）民法一般理论。学者们提出民法精神、民法观念的核心是主体平等和意思自治，民法是市民社会的法，民法的主体是市民而不是公民。在民法基本原则中，具有弹性调整范围的诚实信用原则就受到了较多的关注，并有学者敏锐地认识到民法既是体现市场经济客观规律的财产法，具有经济性，也是维系人之人格、亲情、伦理的人法，具有人道性和伦理性，应该同时发挥这两种功能，保障财产并尊重人格。此外，一些特殊领域，如消费者保护法、环境赔偿问题等也逐渐得到学者们较多的关注，说明人们在近代民法形式正义的基础上，开始关注现代民法面对的现实问题以及实质公平的实现。学界以纪念《民法通则》实施 10 周年的学术活动为契机，对中国民法的现代化达成共识：它包括内容的现代化和形式的现代化。内容的现代化是指在近代民法的法律结构基础上，以实质正义为理念，以社会妥当性为价值取向，对前者既有原则进行反思，但由于我国曾一度忽视公民权利和利益，因此意思自治仍是私法理论的基石，民法本位的发展顺序只能是由义务本位进到权利本位，最后进到社会本位，不可跳跃，所以在现阶段应以权利本位为主，与社会本位相结合。形式的现代化是指要建立起科学、开放、面向21世纪的现代民法典体系。此外，学者们还深入研究了民法典的经济与哲学基础、立法精神及文化资源，探讨了民法典所应包含的各项基本制度。（2）债权法。学者们主要围绕统一合同法的起草，对合同法上的宏观问题，如合同法的价值、内容的现代化等，以及具体制度诸如合同效力、合同的解除、合同解释的原则、合同成立与生效、不同法系中的根本违约与不安抗辩制度、违约损害赔偿等作了充分研究，这些成果大都被吸收到新颁布的《合同法》中。（3）物权法。学者们将前一阶段研究企业法人财产所有权的目光转移到物权法自身的内容上来。以物权法的起草准备为契机，学者们投入大量精力，开展了有关研究，这个长期为民法禁区的领域终于获得了突破。1995年中国社科院法学所物权法课题组发表了《制定中国物权法的基本思路》，这一前瞻性的做法推动了这一领域的进展。此后，学者们重新认识了国家所有权在物权制度下的定位；深化研究了他物权制度的重新构造、建筑物区分所有权等问题，主张要重新确立物权观念和物权价值；用益物权权能因社会经济的变迁而不断扩大，逐渐上升成为物权法的中心；要改善现行农用权体系等。在这些具体制度的讨论基础之上，学者对物权基本理论进行了深入研究，如物权行为理论、物权变动的区分原则等，以此为物权法的制定作好理论上的准备。（4）侵权法。伴随着社会经济生活的日益活跃和人们权利意识的觉醒，现实生活中出现了大量有关侵害人格权、产品缺陷致损等侵权行为的纠纷，环境侵权、利用计算机技术等高科技侵权也屡见不鲜。民法学者敏锐地捕捉到了生活中的这些热点问题，加强了对侵权行为的归责原则、特殊侵权行为尤其是产品责任、精神损害赔偿、医疗事故赔偿、环境侵权救济、人格权保护等问题的研究，并呈现出了以下三个特点：一是在注重吸收大陆法侵权行为理论的同时，加强了对英美侵权法理论的借鉴，学术界要求将侵权行为从债中分离出来的呼声很高。二是紧密联系现实生活和立法、司法实践，研究成果具有重要的现实意义，甚至有些成果的实用价值更胜于其理论价值。三是关于侵害名誉权、隐私权等侵害人格权问题的研究受到学者的重视。（5）知识产权法。这一阶段，知识产权法的研究非常活跃。最初进行的主要是国内外法律概念的研究和制度的比较，然后由单纯的呼吁、引进逐渐走向理论的具体化和纵深化。研究者从法理学、经济学和社会文化学的角度研究了著作权上的多种问题，并围绕我国知识产权保护与国际接轨的问题，将科学发现、know – how、公司顾客数据等都包括在信息产权中，扩大了知识产权的范围，提出了制定统一知识产权法的主张。学界密切关注互联网在我国的蓬勃发展，对网络环境下的传播权、权利限制、技术措施和权利管理信息等方面都有较深入的探讨。此外，学者们还关注知识产权法与民法的关系。普遍认为，知识产权法得以分立的原因在于其具有特殊性，这应在制定民法典的过程中予以重视。（6）婚姻家庭法。配合婚姻法的修改，学界针对离婚的条件、离婚财产的分割、以及"配偶权"等问题展开了讨论。不仅婚姻法学者参加了这一讨论，一些社会学家和其他领域的学者也积极参与。此外，我国民法学界越来越多的学者关注民法学研究的方法问题，既包括民法的解释问题，也包括民法的基本分析方法，如利益衡量。

### （二）民事立法

依照上述新的民法学指导思想，人大列入立法规划的法律以及各部法律具体内容的规定均按照市场本身的固有要求来设计。1992 年《海商法》，1993 年《公司法》，1994 年《城市房地产管理法》，1995 年《担保法》、《保险法》、《银行法》等，1996 年《乡镇企业法》，1997 年《合伙企业法》，1998 年《证券法》，1999 年《个人独资企业法》等。最值得一提的是《合同法》的颁布。在这部法律起草过程中首要的争论点是合同法所应体现的时代性问题，亦即合同法应着眼于由计划经济向市场经济转轨过程中的经济生活，还是应着眼于 21 世纪中国建成比较发达的社会主义市场经济后的经济生活。最后 1999 年出台的《合同法》剔除了三个合同法反映计划经济体制的内容，实现了交易规则的统一，使法律规则符合社会主义市场经济的性质和要求。统一合同法，从中国改革开放、发展社会主义市场经济、建立全国统一的大市场和与国际市场接轨的实际出发，广泛参考并借鉴发达国家和地区成功的立法经验和判例学说，采纳了现代合同法的各项新规则和新制度；在价值取向上兼顾经济发展和社会公正，强调对消费者和劳动者的法律保护；同时还针对我国转轨时期的特点和社会生活中出现的各种社会问题，采取了相应的法律对策。

　　总之，这一时期的民事立法呈现出以下特点：一是民事法律制度已趋于健全，一个以《民法通则》为龙头，各单行法相配套的适应市场经济要求的民事法律体系日臻完善；二是民事立法一改过去"宜粗不宜细"的指导思路，强调了法律的规范作用；三是反映市场经济要求的平等、权利神圣、意思自治以及诚实信用等私法的理念通过立法得到进一步的彰显。与此同时立法者也清醒地看到，我国民事法律与完善的市场经济法律体系的要求仍然存在一定的差距。仅仅只有156条规定的《民法通则》毕竟过于简单，诚实信用等民法基本原则，法人基本制度，法律行为、物权等基本概念，用益物权制度，以及其他如隐名合伙、表见代理等现实生活中大量出现的情况在其中都没有规定。虽然上述单行法在各自领域发挥着一定的补充作用，但对已登上市场经济快车而急剧变迁的中国当代社会而言，体系本身的不完善和相互冲突再次凸现出来，其规范功能的增强亟须中国民法的再一次变革。从形式上就体现为民法典的第五次起草工作被提上日程。1998年，第八届全国人大常委会王汉斌副委员长邀请五位民法教授座谈民法典起草，五位教授一致认为起草民法典的条件已经具备，王汉斌副委员长遂决定委托九位学者专家组成民法典起草工作小组。小组会议议定了"三步走"的立法规划：第一步，制定统一合同法，实现市场交易规则的完善、统一和与国际接轨；第二步，从1998年起，用4－5年的时间制定物权法，实现财产归属关系基本规则的完善、统一和与国际接轨；第三步，在2010年前制定民法典，最终建立并完善法律体系。第一步合同法的制定，如上所述，已顺利完成。接下来的民事立法就要朝着第二、三步规划迈进。

## 三、21世纪中国民法的繁荣（1999—）

　　进入本世纪以来，随着我国建立社会主义市场经济体系的理论日渐成熟、实践日益丰富，以及依法治国、建立社会主义法治国家的治国方略的确定，使人们进一步认识到民法在建设社会主义法治国家中的重要地位，这也必将促进民法对市场经济规范作用的充分实现。世纪之初，中国加入世界贸易组织，标志着我国的对外开放进入了一个新的历史阶段，这是我国实行社会主义市场经济的当然选择和必然结果，它给我国的民事立法和民法学研究带来机遇，提出挑战。因为在世界贸易组织诞生前后形成的、要求加入世贸组织的成员必须接受的一揽子经贸协定，已经成为世界各国开展经贸合作与竞争的"游戏规则"，并且成为国际经济贸易法律体系的核心部分。我国要加入世贸组织，就必须对现有的民事立法中一些不符合世贸组织规则的规定予以修改、废除和补充。同时，面对加入世贸组织后，民事关系更为活跃的前景，我们必须加快民法典制定的步伐，尽快确立调整市场经济关系的基本法律规则，以便为交易当事人从事各种交易行为提供明确的行为规则，并从制度上保障市场经济的良性运转。

## （一）民事立法与民法学研究概况

为适应加入 WTO 的需要，涉外性较强的一些部门法，如《专利法》、《商标法》已分别于 2000 年、2001 年进行了第二次修订。2001 年，学者们相继完成了两个物权法草案建议稿，法制工作委员会在此基础上制定了《物权法草案（征求意见稿）》，提交全国人大常委会审议。此后，为改善国内法制环境，相关立法的制定被要求加速，2002 年全国人大法工委委托学者起草民法典各编条文，当年即完成一部民法典草案，并于同年 12 月经人大常委会审议一次。鼓动了当时中国民法学界的激情，引发了关于民法典编纂中体系结构的"人文"、"物文"之争，以及松散联邦式、理想主义和现实主义三种法典化思路之论争。2004 年 6 月，十届全国人大常委会变更立法计划，搁置民法典草案的审议修改工作，恢复《物权法草案》的修改、审议。2007 年 3 月 16 日历经七次审议的《物权法草案》最后经十届全国人大第五次会议表决以高票获得通过，同年 10 月 1 日起施行。在物权法起草至尾声之际，侵权法被列入人大的立法规划之中，现已进入实质性草拟阶段。无疑，物权法和侵权责任法的研究成为近几年中国民法学的两大热门板块。就物权研究而言，以物权法颁布为界，之前学界基本围绕立法过程中的争议问题发表见解，之后则较多致力于对物权法立法精神及意义的阐述、条文的解读和相关制度的评析。侵权法起草过程中，学者们就侵权责任法立法模式、归责原则、构成要件、一般条款与特殊侵权行为类型化、共同侵权及其责任承担方式等问题展开了热烈的讨论。大规模侵权、抛掷物致人损害、性骚扰以及夫妻侵权行为等一些新型的特殊侵权行为类型也开始受到关注。一些热点问题如人身损害赔偿中的死亡赔偿、机动车交通事故责任商业险与强制险及民事赔偿制度三者之间的关系、高空抛物侵权责任等继续受到学者青睐。因我国民法典采取分阶段、分步骤制定的方式，侵权法的起草工作是中国民法典起草工作的重要组成部分，我们能否尽快地出台中国民法典，很大程度上取决于一部高质量的侵权法能否及时颁行。故而民法学者将投入更多的热情、智慧，全面深入且富有成效地展开对侵权法的进一步研究。此外，就民法总则领域，学界围绕民法典的制定，展开了多视角的讨论。如民法典的体系问题、总则编设立的必要性、法律行为制度的构建、人格权是否独立成编等，人格权法当中一些基本范畴及其价值和理念的讨论亦仍在延续。总之，中国第五次民法典起草的命运，我们拭目以待。

**（二）中国民法学的进步**

因改革开放和发展社会主义市场经济的历史机遇，中国民法学有了长足的进步，受到社会的关注和尊重，已成为一门"显学"。正如梁慧星先生所总结的，其进步体现在以下五个方面：

1. 继受目标的多元化。以统一合同法为例，该法直接采自德国民法、日本民法、中国台湾地区"民法"的制度不胜枚举，例如，缔约过失、附随义务、后契约义务、不安抗辩权、债权人代位权、债权人撤销权等等。违约责任原则从过错责任改为严格责任，及所规定的预期违约、强制实际履行、可预见规则、间接代理等制度，则是主动继受《联合国国际货物销售合同公约》、《国际商事合同通则》、《欧洲合同法原则》和英美契约法的结果。

2. 对外国民法的态度的转变。现今的中国民法学，对于外国民法制度和理论，不是盲信盲从，而是敢于怀疑，敢于自己决定取舍。例如关于物权行为无因性理论，在30年代制定民国民法时，认为德国民法上的多半是好的，不加怀疑，就移植过来。如今，中国民法学者在研究起草物权法的过程中，对德国民法的制度和理论敢于怀疑，就是否采用物权行为无因性理论进行了热烈的讨论。通过讨论，既加深了对德国民法的认识，也加深了对中国国情的认识，最终决定物权法不采物权行为无因性理论，完全自主地建立了自己的物权变动理论。

3. 敢于针对中国现实问题设计法律对策。现今的中国民法学，能够准确把握现实生活中的问题，并设计切实可行的法律对策。例如统一合同法针对三角债问题规定债权人代位权制度；针对债务人赖帐问题规定债权人撤销权制度；针对拖欠工程款问题规定承包人优先受偿权制度等等。再如物权法针对公权力的滥用问题规定物权具有排他性效力，规定国家征收限于社会公益目的，规定统一的不动产登记制定，规定不动产登记机构不得对抵押物评估和重复登记；针对一房多卖损害买房人利益的问题规定预告登记制度；针对登记名义人抢先下手转让房屋产权的问题规定异议登记制度；针对司法实践中混淆买卖合同的生效和产权过户的生效、混淆抵押合同的生效和抵押权设立问题，创设物权变动与原因行为的区分原则等等。

4. 中国民法学产生了一大批高水平的学术研究成果。改革开放之前，不存在真正的民法学术研究和学术著作。改革开放以来，随着政治禁区的打破，民法学术研究蔚然成风，学术研究成果数量多而且质量高，并且采用了各种传统的和新的研究方法。自90年代以来，产生了一大批长篇专题研究论文和专题研究著作，确有一部分研究成果达到发达国家和地区的学术水准。尤其一批研究发达国家和地区民法制度和民法理论的专题研究著作发表，引人注目。

5. 中国民法学勇于面对来自意识形态的挑战。改革开放以来的重要民事法律的起草，如民法通则、统一合同法，均受到来自计划经济体制和传统理论的挑战，而以这次物权法遭遇的来自意识形态的挑战为最严峻。现在，这场争论已经因物权法最终获得高票通过而宣告结束。中国民法学界应对这场论战，没有动摇，没有分裂，表现出前所未有的坚定，足以说明因改革开放而获"重生"的中国民法学，已经步入自己的"而立"之年，已经能够担当国家、民族和人民托付的历史重任！

### （三）中国民法的繁荣

社会主义市场经济体制的完善和成熟，为中国民法的繁荣提供了丰厚的土壤；依法治国方略的全面实施，到"2010 年形成中国特色社会主义法律体系"目标的确立，为中国民法的发展提供了有力的政策保障和优良的法制环境；科学技术的迅猛发展为中国民法的创新带来了更多的机遇与挑战；市民社会的培育与公民权利意识的增强保证了民法作用的更好发挥。在上述各种因素的有力推动下，我们有理由相信，中国民法法典化的理想即将成为现实，中国将拥有一部可与法、德民法典相媲美的，科学、开放、前瞻的现代民法典，而在此背景下展开的中国民法学研究将在法律继受与本土化的过程中与时俱进，完成法学方法论上的转型，形成有中国特色的民法理论体系，为中国的法治建设做出其独特的贡献。

# 近三十年中国所有权制度的历史考察

周子良*　　王少珺**

**摘　要：** 所有权是人类社会生活中最基本也是最重要的一项权利，它在人类历史发展过程中发挥着至关重要的作用。从古至今，世界各国始终重视对这一制度的探索。改革开放三十年来，我国在民事立法中均明确规定了有关所有权制度的内容，而且渐趋完善。本文通过对改革开放三十年以来我国民法中所有权制度变迁的纵向考察，分析了其中蕴含的思想，并指出了其演变的社会基础。

**关键词：** 所有权制度 制度变迁 物权法 社会基础

"没有任何事物能够像所有权那样，如此广泛地激发人们的想象力与情怀；也没有任何事物像所有权那样，让一个人可以对世界外在之物提出主张、独断专行地加以支配，并完全排除其他任何人的权利。"这是英国著名法学家布莱克斯通在其名著《英国法精要》中对所有权的内涵作出的完美阐释和高度评价。的确，所有权作为反映财产归属关系的法权形式，历来受到立法者和研究者的重视。目前学界多对现行所有权制度进行剖析，提出完善立法的建议。而本文将通过对改革开放三十年以来我国所有

---

　 * 山西大学法学院副教授，硕士生导师，中国人民大学法学院博士研究生。
　** 山西大学法学院 2007 级法律史专业硕士研究生。

权制度的历史考察，揭示其制度变迁的过程，并把握制度演变中蕴含的思想及社会基础，为今后的立法提供历史的参照。

# 一、近三十年中国所有权制度的变迁

所有权制度的理论起源于简单商品经济发达的古罗马社会。现代民法有关所有权的规定是在承袭罗马法所有权理论的基础上得以进一步发展的①。本文所涉及的所有权制度是有关所有权的种类、取得方法以及共有、相邻关系等方面的法律规定。改革开放以来，学界对所有权的理论和制度进行了新的探讨和反思，同时，在所有权制度的构建方面取得了不小的成绩，主要体现在 1986 年 4 月 12 日颁布的《中华人民共和国民法通则》和刚于 2007 年 3 月 16 日出台的《中华人民共和国物权法》两部法律中②。

## （一）《民法通则》中确立的所有权制度

中国在 20 世纪 50 年代和 60 年代便开始了起草民法典的工作，但均因政治运动而未能成功。十一届三中全会以后，我国社会主义建设的重点逐渐转移到了发展经济方面，这就迫切需要制定与此相适应的民事基本法。1983 年全国人大常委会法制工作委员会组建了民法通则起草小组，开始了起草准备工作。1986 年 4 月 12 日，六届全国人大四次会议正式通过了《中华人民共和国民法通则》。这是新中国第一部调整民事关系的基本法律，可以说是我国民事立法发展史上的一个里程碑，使我国民事立法向系统化方向迈出了一大步。所谓"通则"，实际上是将那些贯通总则和分则、渗透基本法和特别法的共同原则、规范集中起来，成为民事活动的准则。"通则"基本上包括了总则的全部内容，但又不限于总则，在传统民法中属于物权编、债权编、亲属编的某些内容也列入了"通则"③。其中，有关

---

① 何勤华、魏琼：《西方民法史》，北京大学出版社 2006 年版，第 88 页。

② 另外，还有在建国后第三次民法起草工作期间发布的四个民法草案征求意见稿（1980 年 - 1982 年）等。

③ 杨一凡，陈寒枫：《中华人民共和国法制史》，黑龙江人民出版社 1996 年版，第 280 页。

所有权的规定包括在"民事权利"一章中，名为"财产所有权和与财产所有权有关的财产权"，共 13 条。

《民法通则》第 71 条首先对财产所有权作了界定："财产所有权是指所有人依法对自己的财产享有占有、使用、收益和处分的权利。"对于所有权的定义，国内外学者有很多观点，在此不一一赘述。我国民法通则中采用的是列举式，列出了所有权传统的四项基本权能"占有、使用、收益和处分"。

关于所有权的类型，《民法通则》中分为国家所有权、集体所有权、个人所有权及社会团体所有权等。关于国家财产，第 73 条规定："国家财产属于全民所有。"关于集体财产，第 74 条规定："劳动群众集体组织的财产属于劳动群众集体所有。"其下列举出了集体财产的范围。关于个人财产，第 75 条规定："公民的个人财产，包括公民的合法收入、房屋、储蓄、生活用品、文物、图书资料、林木、牲畜和法律允许公民所有的生产资料以及其他合法财产。"对于这些财产所有权的保护，《民法通则》规定，国家财产神圣不可侵犯，集体所有的财产和公民的合法财产受法律保护。可以看出，法律保护的重点是国家财产。在如何保护上，《民法通则》中也有针对性地作了具体规定。对国家、集体和个人的财产，都规定了禁止任何组织或者个人侵占、哄抢、破坏。还根据实际情况，对集体所有的财产，增加了禁止私分的规定；对国家所有的财产，增加了禁止私分、截留的规定；对公民个人和集体所有的财产，还规定了禁止非法查封、扣押、冻结、没收①。

关于财产所有权的取得和转移，第 72 条规定："财产所有权的取得，不得违反法律规定。按照合同或者其他合法方式取得财产的，财产所有权从财产交付时起转移，法律另有规定或者当事人另有约定的除外。"过去，在所有权转移的时间问题上，对种类物和特定物是区别对待的，种类物从交付时起所有权转移，特定物从合同成立时起所有权转移。《民法通则》

---

① 顾昂然：《立法札记——关于我国部分法律制定情况的介绍（1982—2004）》，法律出版社 2006 年版，第 237 页。

则未区分种类物和特定物，而规定为"从财产交付时起转移"。这是因为：第一，社会生活中生产和交换的商品大多数是种类物；第二，可以解决合同成立后甲将货物交付当事人乙手中之前，如果发生风险责任由谁承担的问题。问题是如何防止将特定物"一物二卖"，对此可以由合同加以约束，正因为考虑到所有权转移的情况比较复杂，故通则中还规定了"法律另有规定或者当事人另有约定的除外"①。

关于共有，第78条规定："财产可以由两个以上的公民、法人共有。共有分为按份共有和共同共有。按份共有人按照各自的份额，对共有财产分享权利，分担义务。共同共有人对共有财产享有权利，承担义务。按份共有财产的每个共有人有权要求将自己的份额分出或者转让。但在出售时，其他共有人在同等条件下，有优先购买的权利。"

关于相邻关系，第83条规定："不动产的相邻各方，应当按照有利生产、方便生活、团结互助、公平合理的精神，正确处理截水、排水、通行、通风、采光等方面的相邻关系。给相邻方造成妨碍或者损失的，应当停止侵害，排除妨碍，赔偿损失。"这条规定确立了处理相邻关系的四条原则及发生纠纷时的救济措施。这有利于及时、正确地解决相邻关系纠纷，防止矛盾激化，对增强人民之间的团结、维护社会秩序起到了重要作用。

《民法通则》中有关所有权的规定是在总结我国社会主义经济体制改革经验的基础上，将改革成果用法律的形式肯定了下来。但由于《民法通则》是在改革开放初期制定，反映了计划经济和改革初期的情况，具有明显的时代局限性。有些条文过于简约，过于原则化。有的条文缺少准确、详细的规定，难以适用，不能精确地反映当前中国社会主义现代化建设的要求和市场经济发展的现状。因其抽象，最高人民法院不得不颁布《关于执行〈中华人民共和国民法通则〉若干问题的意见（试行）》，这一试行意见长达200条，关于所有权的有20条，超过了《民法通则》中的条文数

---

① 顾昂然：《立法札记——关于我国部分法律制定情况的介绍（1982—2004）》，法律出版社2006年版，第238页。

量，使司法机关的解释权向立法权渗透。而且这种解释不是以立法方式向
社会广泛公布周知的，所以并不为一般人民大众所熟知，这就不利于保护
公民、法人的合法权利，不利于法律的实施①。

**(二)《物权法》中的所有权制度**

为了适应改革的深化、开放的扩大和社会主义现代化建设的发展，顺
应构建社会主义和谐社会的要求，1998 年 3 月 25 - 26 日，民法起草工作
小组讨论物权法的起草，最后作出决议起草物权法草案，从此物权法草案
开始为立法者和众多的民法学者所关注。他们纷纷为制定物权法出谋划
策，并提出了自己对制定物权法的设想②。在 2002 年 12 月召开的第九届
全国人大常委会第 31 次会议上提出关于物权法的立法草案。经过八审，
2007 年 3 月 16 日，十届全国人民代表大会第五次会议通过了《中华人民
共和国物权法》。这是我国民法发展史上的又一里程碑。该法共 5 编 19 章
247 条，其中"所有权"作为第二编，共 6 章 78 条。与《民法通则》相
比，《物权法》中有关所有权的规定更加系统化、科学化、规范化。

关于所有权的类型，《物权法》承袭了《民法通则》中按不同主体来
规定的方式。长期以来，学界对于所有权的类型如何规定一直存有争议，
大致有两种观点：一种认为应当按照民法内在科学体系以及所有权平等的
原则，规定动产所有权与不动产所有权；另一种认为应当考虑到我国的政
治经济制度，着眼于现实，按不同的主体分别规定国家所有权、集体所有
权、个人所有权及社会团体所有权。笔者同意后一种观点。首先，我国现
阶段的经济制度是以公有制为主体、多种所有制形式并存，法律作为经济
基础的上层建筑，必须反映这种基本的经济制度。其次，我国采取的是以

① 杨一凡、陈寒枫：《中华人民共和国法制史》，黑龙江人民出版社 1996 年版，第 283 页。
② 1999 年 5 月 17 日 -19 日，全国人大常委会法制工作委员会在北京召开第一次物权法研讨
会，中国社科院法学研究所研究员梁慧星教授，递交了《中华人民共和国物权法草案建议稿》。
2000 年 12 月人民大学的王利明教授也提交了自己的物权法草案建议稿，另外还有很多学者起草了
自己的物权法草案。2002 年春天，法工委在这两个草案的基础上起草了《中华人民共和国物权法
草案征求意见稿》。

公有制为主体的多种所有制形式并存的经济制度，土地只归国家与集体所有，如果不明确土地的国家所有权与集体所有权，就根本没有办法规定国有土地使用权、集体土地使用权等这些用益物权。第三，只有在明确区分国家所有权、集体所有权和私人所有权的情况下，才能进一步解决国家财产、集体财产的产权不明晰等一系列实践中的问题①。

与《民法通则》相比，《物权法》中规定的国家所有权的范围更加清晰，对国有财产的保护去掉了"神圣不可侵犯"之规定，在表述第三类所有权时将"个人"改为"私人"。还在第 68 条规定了法人财产权："企业法人对其不动产和动产依照法律、行政法规以及章程享有占有、使用、收益和处分的权利。企业法人以外的法人，对其不动产和动产的权利，适用有关法律、行政法规以及章程的规定。"这些规定均体现出一种平等、公平的色彩。

关于所有权的取得，《物权法》第 106 – 116 条分别具体规定了善意取得、拾得遗失物、拾得漂流物、发现埋藏物和隐藏物、主物从物关系及孳息取得这几种方式。而《民法通则》中仅用一条规定了发现埋藏物和隐藏物、拾得遗失物、漂流物或失散的饲养动物之所有权归属，非常简略，在实际适用中存在很多问题。这里重点对新增的"善意取得"作一简要分析。根据《物权法》第 106 条，善意取得是指无处分权人将不动产或者动产转让给受让人，如果受让人受让该不动产或者动产时是善意的、以合理的价格转让的、且转让的不动产或者动产依照法律规定应当登记的已经登记，不需要登记的已经交付给受让人，那么受让人取得该不动产或者动产的所有权，原所有权人有权向无处分权人请求赔偿损失。有学者认为，善意取得对所有权人保护不利，与民法法理有冲突。但多数学者认为，法律规定善意取得制度是为了保护交易的安全②。动产是以占有为公示要件，因此在交易中占有人虽无处分权，但其占有动产的事实足以使该人表现为

---

① 王利明：《中国民法典学者建议稿及立法理由（物权编）》，法律出版社 2005 年版，第 87 页。

② 杨立新：《民法判解研究与适用》，中国检察出版社 1994 年版，第 462 页。

所有权人（占有的推定力），交易中的第三人也有权信赖占有人具有处分权。为了避免交易中的善意当事人因处分人无处分权而受损害，同时鼓励交易，法律遂设立善意取得制度①。

此外，较有特色的内容还有建筑物区分所有权。这是一个新增内容。随着住房制度改革，越来越多的城镇居民拥有自己的房屋，而且大量集中在住宅小区内，业主的建筑物区分所有权已经成为私人不动产物权中的重要权利。《物权法》从维护业主的合法权益出发，明确规定业主对建筑物内的住宅、经营性用房等专有部分享有所有权，对专有部分以外的共有部分如电梯等公用设施和绿地等公用场所享有共有和共同管理的权利。立法过程中，许多业主关心车库、车位的归属问题。《物权法》第74条第2款规定，建筑区划内，规划用于停放汽车的车位、车库的归属，由当事人通过出售、附赠或者出租的方式约定。同时，针对开发商将车位、车库高价出售、出租给小区外的人停放；不少小区没有车位、车库或者车位、车库严重不足，占用共有的道路或者其他场地作为车位的情况，该条第1款、第3款规定，建筑区划内，规划用于停放汽车的车位、车库应当首先满足业主的需要。占用业主共有的道路或者其他场地用于停放汽车的车位，属于业主共有。

## 二、近三十年中国所有权制度变迁中蕴含的思想

任何制度的演变背后都潜藏着特定的思想。通过对改革开放三十年来我国民法所有权制度变迁的纵向考察，我们可以看到其中蕴含的平等与和谐思想。

### （一）平等的思想

从民法的角度看，所有的民事主体其地位都是平等的，法律对民事主

---

① 王利明：《中国民法典学者建议稿及立法理由（物权编）》，法律出版社2005年版，第110页。

体所拥有的财产都应公平对待，平等保护。但是过去，中国更看重对公有财产的保护，而忽视对私人财产的保护。从 1986 年到 2007 年，中国社会发生了翻天覆地的变化。1986 年的《民法通则》和 21 年后的《物权法》之间虽有联系，但两者之间存在的差异也是明显的。《民法通则》中有关财产所有权的规定从原则上对公民个人财产提供了最基本的保障。但鉴于当时的经济政策以及宪法有关基本经济制度的规定，民法通则虽然具有开拓性的作用，却不可能对个人财产权利的保护形成一整套具体的制度。

经过 20 多年的改革开放，我国有一大批公有财产和私有财产，这些财产需要在法律上得到界定、确认和保护，而我们还是缺乏这种制度安排。虽然，在宪法中已经对它做了规定，但是在实际生活中，很多具体产权的界定、确认和保护都是有问题的，同时也出现了不少侵犯公有财产、私有财产的案例。2004 年完成修宪后，保护私有财产权和保护国有财产权被放到了同等的地位。完成修宪以后，紧接着就应该制定出对产权界定、确认和保护的法律，《物权法》便应运而生了。它明确了国有财产的范围和归属、国家所有权的行使和国有企业的物权等，以维护国有经济在国民经济中的主导地位；明确了集体财产的范围和归属，以保障集体经济的发展；明确了私人所有权的范围和对私有财产的保护，以鼓励、支持和促进非公有制经济的发展。对所有权的平等保护实际上反映了权利保护的需求。虽然财产所有人的身份不同，但不影响财产的地位，这就可以防止一些享有特权的人侵犯他人的财产权利，防止强者侵犯弱者。

### （二）和谐的思想

从制度变迁中可以看到，所有权制度的法律规定越来越注重个人利益与社会利益的协调发展。在强调平等保护民事主体所有权的同时，也强化了对所有权绝对原则的限制。

由于当代社会人口膨胀、资源有限，而且贫富差距拉大，财产日益集中到少数人手中。若像以前那样片面强调所有权绝对原则，就会导致社会财富的浪费和资源配置的低效率，容易造成个人利益与社会整体利益的冲突，不利于社会经济的发展。因此各国都对所有权绝对原则进行限制，强调所有权人在行使权利时不得损害公共利益和他人利益，以谋求个人利益与社会利益的协调。就限制所要保护的利益来看，主要突出保护国家利益、社会利益（或称公共利益）、第三人利益（或称其他个人利益）。就限制所涉及的事项来看，大致可以通过不动产相邻关系、土地、矿产、水利、珍稀动植物等自然资源的合理开发、利用、保护、善意取得等制度来限制所有权的行使。

《物权法》规定，所有权人对自己的不动产或者动产，"依法"享有占有、使用、收益和处分的权利。所谓"依法"，就表示所有权要在法律规定范围内行使、受法律规定之限制。在《物权法》中主要体现在善意取得制度、不动产相邻关系的限制，如第 90 条规定："不动产权利人不得违反国家规定弃置固体废物，排放大气污染物、水污染物、噪声、光、电磁波辐射等有害物质。"第 91 条规定："不动产权利人挖掘土地、建造建筑物、铺设管线以及安装设备等，不得危及相邻不动产的安全。"

此外，《物权法》第 42 条所规定的征收，第 44 条规定的征用也起到了对所有权的限制作用。第一，征收是国家以行政权取得他人财产的行为，是行政关系，不是民事关系。民法规定征收的原因在于，征收是对所有权的限制，是一般民事主体丧失所有权的一种方式，又是国家取得所有权的一种方式。民法通常都从这一角度对征收作原则规定，而由行政法对征收作具体规定。国外民法对此的原则性规定通常包含征收的公共利益目的和公平补偿的基本原则。我国公共建设任务繁重而征收较多，在城市是拆迁，在农村是征收集体土地。立法部门与有关部门、专家反复研究认为：在不同领域内，在不同情形下，公共利益是不同的，情况相当复杂，《物权法》难以对公共利益作统一具体界定，因此分别由《土地管理法》、《城市房地产管理法》等单行法律规定。对于征收补偿，有学者认为，征收土地的主要问题是补偿标准过低、补偿不到位，建议作明确规定。《物权法》第 42 条有针对性地对补偿原则和补偿内容作了明确规定。考虑到各地的发展很不平衡，具体的补偿标准和补偿办法由《土地管理法》等有关法律依照本法规定的补偿原则和补偿内容，根据不同情况作规定。目前的法律、行政法规对于征收土地的权限、程序和补偿标准有明确规定。征收应依法进行，切实保护农民利益，保障社会安定和经济的可持续发展。

第二，征用是国家强制使用他人的财产的行政行为，是国家为了公共利益的目的在出现抢险、救灾等社会整体利益遭遇危机的情况下采用的非常手段。征用也不是民事关系，国外通常在紧急状态法中作规定，但有的国家也在民法中作了规定。考虑到征用是对物权的限制，因此《物权法》第44条从民事角度作了原则规定。征用适用于紧急情况，平时不得采用，应符合法律规定的权限和程序，使用后应将财产返还权利人并给予补偿，对物造成损害或者不能返还的当然也要给予补偿，但补偿通常不及于可得利益损失。

# 三、近三十年中国所有权制度演变的社会基础

所有权制度直接反映的是一国的基本经济制度，是调整财产归属的法律规范，具有其本土性和固有性。由于所有权与人类的生存息息相关，其种类和内容的设定、行使和保护的方式，都深受本国现实国情的影响。我国是社会主义国家，坚持和完善公有制为主体、多种所有制经济共同发展的基本经济制度，是由国家性质和社会主义初级阶段的实际所决定的。在现代社会，人们多习惯于以私有制代表资本主义社会，以公有制代表社会主义社会。同样，在中国30年的改革开放中，无论怎样与世界接轨，也始终没有放弃公有制这面社会主义的旗帜①，而是要坚持和完善基本经济制度，毫不动摇地巩固和发展公有制经济，同时鼓励、支持和引导非公有制经济的发展。因此，《民法通则》和《物权法》中有关所有权制度的规定均是以国家、集体、个人这样明显具有公有制色彩的主体来进行分类的，在此基础上具体规定他们享有的各项权利和承担的各项义务。而且，相比之下，后者规定更趋合理和完善。因为这两部法律毕竟相隔20多年，其间我国经济体制改革是不断深化的。

十一届三中全会作出了把工作重心转移到社会主义现代化建设上来的

---

① 孟勤国、黄莹：《中国物权法的理论探索》，武汉大学出版社2004年版，第119页。

战略决策，自此开始了经济体制改革。1979－1984 年是经济体制改革的试点阶段。这一阶段，虽承认市场调节具有重要作用，但仍认为计划经济是社会主义经济的基本特征，实行以计划经济为主、市场调节为辅的方针。1984 年－1992 年是经济体制改革全面展开和治理整顿阶段，也即提出有计划的商品经济阶段①。《民法通则》（1986 年）正是诞生于这一阶段。所以，它只能反映当时的经济状况和经济要求，随着经济体制改革的深入，有些规定显示出了滞后性。1992 年起，我国进入经济体制改革的深化阶段，即建立和发展社会主义市场经济的阶段。从这个时期开始，我国明确提出建立社会主义市场经济体制，使之在资源配置上起基础作用，在微观经济调节上起主导作用。产权明晰、公平竞争是发展社会主义市场经济的基本要求，1993 年便开始起草 2007 年才颁布的《物权法》通过确认物的归属，明确所有权和用益物权、担保物权的内容，保障市场主体的平等法律地位，依法保护权利人的物权等规定，为发展社会主义市场经济提供了法律保障。

## 四、结语

改革开放三十年来，从《民法通则》的颁行到《物权法》的颁布实施，中国民法的所有权制度经历了一个从简单到系统、从粗略到精确的过程，逐步发展到从中国实际出发系统构建中国民法所有权理论体系、为国家立法和司法提供强有力的理论支持的阶段。这反映出，中国民法的所有权制度已经走上了与中国社会同步发展的轨道，为社会主义和谐社会的建设提供了支持。但任何事物都不是完美的。《物权法》刚颁布一年多，还处于实践的检验当中。在实际操作过程中，在不断发展变化的社会之中，我们还应不断注重对社会现实问题的考察，并把握所有权制度的发展趋势，使将来的立法不仅适应现实，又合理地高于现实。

---

① 杨一凡、陈寒枫：《中华人民共和国法制史》，黑龙江人民出版社 1996 年版，第 256－257 页。

# 中国经济法学的发展历程与展望

## 董玉明[*]

**摘　要：**中国经济法学是中国改革开放的产物，随着改革开放的深入而逐步完善。本文在简要回顾中国经济法学的发展历史的基础上，就中国经济法学发展的基本经验与共识，以及进一步发展所面临的问题进行了总结。本文认为，中国经济法学发展的基本经验是以"本土资源"为基本点，坚持理论联系实际的教学与研究方针，其共识主要表现为在法域范畴、价值所在、适度性原则、综合性功能和渊源特征五个方面的基本共识；而在今后面临的问题方面则主要表现为经济法宪法地位的确认问题、基本法的制定问题、实践基础问题、中观经济法理论的创立问题和教育完善问题五个方面。

**关键词：**中国经济法　经济法学　历史回顾　经验与共识　问题与展望

伴随着改革开放，中国经济法学自诞生以来，已经走过了近 30 年的历

---

　　[*] 董玉明，男，（1961 - ），山西平定人，山西大学法学院经济法研究室主任，经济法硕士生导师，教授，法学硕士，武汉理工大学在职经济学博士，主要研究领域：经济法基础理论与宏观调控法。目前的主要学术职务：全国政法院校经济法学研究会副会长；中国高校财税法学教育研究会常务理事；中国法学会经济法学研究会、财税法学研究会、WTO 组织法研究会理事；山西省经济法研究会副会长；山西省法学会经济法学研究会会长。

程。① 经过老、中、青三代学者的不断努力，由不成熟走向逐渐成熟，是
中国法学发展繁荣的重要标志之一。本文作者作为中国经济法学发展的亲
历者之一，经历了中国经济法学整个发展过程，对其重要的理论价值与实
践意义，有着深切的体会。为此，特撰写此文，以求教于学界同仁。

# 一、历史的简要回顾

在中国改革开放以前，并不存在经济法学。中国经济法学的创立本身
是改革开放的重要组成部分。1979 年，随着国家将工作重点转移到经济建
设之后，国家根据国外发展经验②和社会发展的需求，提出了加强经济立
法的问题，并陆续颁布了首批经济法规。③随后，根据国家教委的要求，首
先于 1980 年，在财经类院校开设《经济法概论》课，第一部教材是由前
湖北财经学院先辈杨景紫、郭锐教授组织编写的《经济法概论》，此即为
中国经济法学产生之开端。此后，随着大学法学专业的陆续恢复，各大学
法学专业开始设置经济法学课程，并陆续设立了经济法学专业，使经济法
学的教学和科研进入全面发展阶段。总结近 30 年的发展历程，笔者认为，

---

① 本文指的中国经济法及法学仅指中国大陆的经济法及法学，下同。
② 在当时，国外的经验主要来自于日本和前苏联与前东欧国家经济发展与经济体制改革的
法制经验，为此，国内学者及研究机构翻译了这些国家的一些著作、法规和相关文献，以供教学
和实践部门参考之用。在此方面，最早的出版物是由中国人民大学苏联东欧研究所组织翻译，并
由中国人民大学出版社于 1980 年出版的由前苏联国立莫斯科大学斯米尔德洛夫法学院合编的《经
济法》；1981 年中国人民大学出版社又组织中国人民大学法律系民法教研室翻译出版由前苏联著
名经济法学者 B.B 拉普捷夫主编的《经济法理论问题》；1982 年该所又翻译《苏联经济法论文
选》，由法律出版社出版；到 1985 年，甘肃人民出版社出版了由满达人翻译、日本著名经济法学
家金泽良雄著的《经济法概论》；由群众出版社于同年组织翻译出版，由丹宗昭信、厚谷襄儿编著
的《现代经济法入门》；1987 年，中国社会科学院法学研究所民法经济法研究室组织翻译，由群
众出版社出版了 B.B 拉普捷夫主编的《经济法》；另外，由江平教授组织翻译的前捷克斯洛伐克
共和国《民法典》和《经济法典》，对于中国早期经济法思想的形成有着重要的影响。
③ 一般认为，1979 年 6 月全国人大五届二次会议叶剑英委员长在《开幕词》中和彭真的
《关于七个法律草案的说明》中最早使用了"经济法"一词，并提出了加强经济立法问题，从而，
为中国经济法学的诞生奠定了实践基础。

大致经过以下三个历史发展时期：

## （一）八十年代的探索期

上世纪八十年代，是中国经济体制改革和法制建设全面恢复的时期。为此，中国经济体制改革的总设计师邓小平提出了经济建设和法制建设"两手抓"的战略思想。从经济体制改革方面看，主要经过了由计划经济和商品经济"双轨制"① 到有计划的商品经济的历史发展时期。就改革的成就而言，在农村，广泛实行了土地承包责任制②，而在城市，则表现为对国有企业的"放权让利"③、对外商投资的鼓励④以及对非公有制经济力量的培植⑤。与此同时，在法制建设方面，国家加强了与改革配套的各项经济立法⑥；在司法领域则建立了相应的经济审判和经济检察机构。⑦ 这些改革及制度的创新，为中国经济法学的创立，提供了实践的基础。起初的经济法学教学与科研，及时地反映了国家的经济立法与经济司法的历史进程。至1986年《民法通则》颁布以后，经济法学的学科范围，被学界普遍定位于与国家经济管理及与国家经济管理密切联系的经济协作的经济立

---

① 当时的"双轨制"主要是指对于属于计划调节的产品仍然实施计划价；而对于那些不再实施计划调节的产品（商品）则采用了市场价。其中，前者，主要是指属于生产资料的产品，后者主要是指属于消费资料的产品。

② 中国的农村土地承包制最早起源于安徽凤阳县的经验，1978年后陆续在全国实行。

③ 对国有企业的"放权让利"的背景是：在计划经济时期，国有企业是政府的附属物，其对于生产什么，怎样生产没有任何自主权，其存在的价值是保证完成政府布置的任务。但是，改革开放使企业与政府有了逐步的分离，目标是使其成为独立的商品生产者，为此，便产生了政府对于国有企业的"放权让利"问题。

④ 中国改革开放的起初目标是"对内搞活，对外开放"，而在"对外开放"方面，主要是通过制定有利于外商投资的各项政策与措施，吸引外商来中国投资经商。一方面，可以加快中国经济的发展，另一方面，也使中国的企业学习到外商经营的经验。

⑤ 中国改革开放之初对于非公有制经济力量的培植主要体现在对个体经济的扶持方面。此后，随着个体经济的逐步壮大，国家开始允许私营企业的存在和发展。

⑥ 早期的经济立法，除在1982年《宪法》中确立了以公有制为主体，多种经济成分并存的所有制体制外，国家制定了《中外合资经营企业法》、《经济合同法》、《全民所有制工业企业法》、《全民所有制企业转换经营机制条例》、《专利法》及各类税法等一批经济法规。

⑦ 1979年中国借鉴前东欧国家的经验在法院系统逐步建立了经济审判庭，专门审理经济纠纷案件；而经济检察机关的建立则主要体现为在各级人民检察机关建立专门针对各类经济犯罪的检察机构（如反贪污贿赂的检察机构）。

法与司法领域。① 到八十年代末九十年代初，中国经济法学形成了由总论、经济组织法、经济管理法、经济协作法和经济仲裁与经济司法组成的完整的学科理论体系。在这一时期，除一般的《经济法概论》教学与研究外，经济法学界加强了经济法基础理论和各专项经济法的研究，取得较大的成绩。② 许多经济法的基本理论，经过不断探讨，在学界有了较为一致的认识。经济法学界为国家培养了大批具有经济法素质的和经济法专业能力的理论研究和实践人才。③ 老一辈经济法学前辈做出了历史性贡献，一批中年经济法学者得以成长。

## （二）与市场经济发展相适应时期

由于市场经济要求市场在配置社会资源中应起主要作用，进入二十世纪九十年代以来，随着社会主义市场经济发展目标的确立和市场化改革的逐步完善，国家经济立法的市场化导向日益明显，主要代表国家管理经济的政府职能逐步由直接管理向以间接管理为主的方向转化，由此，作为反映国家经济管理的法律部门，中国经济法学的研究对象，也由几乎无所不

---

① 1986 年之前，人们对中国的经济立法存在模糊认识，即把调整经济关系的法均认为是经济立法。这使经济法的发展遭遇与同样是调整经济关系的民法的争论。至 1984 年，中共中央颁发《关于经济体制改革的决议》，该文件首次肯定商品经济是我国社会主义初级阶段不可逾越的阶段的同时，提出企业是商品经济组织，企业的地位是独立的法人，从而，确立了企业的民事主体地位。两年后的 1986 年，国家颁布《民法通则》。《民法通则》将民法的调整范围界定为公民个人之间、公民和法人之间、法人和法人之间的平等的财产关系和人身关系。而经济法则被界定为国家经济管理关系或与国家经济管理关系相关的经济协作关系，即不平等的经济关系。至此，中国的经济法和民法有了比较明确的法域范畴。此后的经济立法也与民事立法相分离。

② 在此阶段影响较大，并全面反映经济法实践与理论成果的是，在国家教育委员会和司法部的关怀和支持下，法学教材编辑部组织力量编写的一批高等学校经济法专业系列教材，共计 18种。由法律出版社陆续于 1986 年和 1987 年出版。包括《经济法基础理论》、《经济合同法基本原理》、《工业企业法教程》、《财政法教程》、《金融法教程》、《自然资源法教程》、《环境保护法教程》、《保险法教程》、《商标法教程》、《专利法教程》、《司法会计鉴定学教程》、《公司法教程》、《商业法教程》、《农业经济法教程》、《能源法教程》、《特区经济法教程》、《外商投资企业法教程》、《计划法教程》。

③ 此阶段经济法的人才来自三个方面：一是由法律院校、系经济法专业培养的人才；二是由各财经类院校培养的受过经济法基础课教学培养的经济类专门人才；三是在部分理工科院校主要接受过经济法基础课，拥有工业产权法专业知识的理工类专业人才。

包，到顺应市场经济的要求，主要被科学定位于宏观调控法和市场规制（或管理）法两大领域。① 至九十年代末期，国家教育部调整专业与学科，实行大法学格局，取销了大学本科经济法专业设置，原来属于经济法学教学与研究范畴的公司法、破产法、票据法、保险法、证券法被归属于商法学范畴；工业产权法被归属于知识产权法学范畴；经济合同法则归属于民法学范畴。②但经济法学则作为法学专业的十四门核心课之一，主要研究对象被定位于宏观调控法与市场规制法领域，为此，中国经济法学界围绕宏观调控法和市场规制法所蕴涵的经济法的基本理论和实践问题进行了广泛且深入的探讨，经济法特有的理念与范畴日益得到法学界的广泛认同，经济法学的科学性与先进性得以发挥。

### （三）经济法学的进一步发展时期

随着社会主义市场经济的确立和发展，1993 年 3 月 29 日第八届全国人民代表大会第一次会议通过了《中华人民共和国宪法修正案》，该修正案第七条将原来宪法第十五条有关计划经济的规定，修改为"国家实行社会主义市场经济。"并同时规定，"国家加强经济立法，完善宏观调控。"这表明，中国要发展的市场经济并非西方所倡导的自由市场经济，与此同时，发展市场经济需要通过加强经济立法，完善宏观调控予以保障。③ 因此，在中国市场化进程中，除通过民商法的完善，为由生产者、经营者、服务者和消费者构成的市场主体提供一般的规则外，经济法仍负有维护市

---

① 也有的学者认为，经济法还包括社会保障法和经济监督法。但在实际教学与研究中，有关社会保障法和经济监督法的教学和研究由各学校和研究机构自行把握。

② 笔者认为，这次教学体系的调整，只是法学教育范围内知识体系的大致分工，但不等于说原有经济法学范畴的问题，不再属于经济法研究的范畴。事实上，许多问题的研究仍然需要经济法理论的支持，如，经济合同问题、工业产权问题等。在经济法学界，这些领域被视为经济法与其他相关法律部门的交叉领域，并在经济法的教学与研究中得到体现。

③ 对此，党的"十四大"政治报告明确指出，我国的市场经济是宏观调控下的市场经济。强调"坚持和完善社会主义市场经济体制，使市场在国家宏观调控下对资源配置起基础性作用。"参见《江泽民文选》（第二卷），人民出版社 2006 年版，第 17 页。

场经济秩序，完善宏观调控的重要历史使命①。为此，中国的经济法学界以"本土资源"为基本点，② 从"社会本位"的经济法基本价值观入手，结合中国社会主义市场经济的实践，紧紧围绕国家（主要通过政府）对市场经济行为的适度干预、参与和协调（或调节），就经济法的基本理论和市场规制法与宏观调控法的基本理论问题，进行了深入的研究，经过几年的研究使经济法学界对于经济法的范畴问题基本达成了共识。目前的主要研究领域转向了对于经济法实践问题的深入研究。

## 二、基本经验与共识

回顾中国经济法学近 30 年来所走过的历程，一条基本的经验就是理论联系实际，围绕现实经济实践中存在的问题，努力从经济法角度予以理论上的阐述，对于经济法立法实践经验予以理论上的解读；对于经济立法实践中的偏差，则通过理论上的论证予以纠正，以指导实践。坚持了以"本土资源"为主的原则。当然，对于国外既有的合理理论和实践经验，也不是完全予以拒绝。事实上，有关凯恩斯的国家干预经济理论③，美国罗斯

---

① 在市场经济条件下，有关维护市场一般秩序的法律规则资源由民商法供给，而属于经济发展中的与国家利益与社会公共利益相关的特殊秩序的维护则由经济法予以制度保障；但是，宏观调控的法制保障问题则属于经济法独有的范畴。

② 中国经济法学的发展只能以"本土资源"为基本点的理论与实践依据是：中国所选择的市场经济道路是社会主义的市场经济，并非是西方市场经济体制的照搬。它在市场经济发展史上是前所未有的，具有开创意义。因此，国外市场经济发展的经济立法经验，不能完全移植到中国经济法之中，只能参照。中国经济法学的教学与研究应主要以中国的经济政策和经济立法为基本依据予以进行，并为之服务。这是中国经济法学与那些可以直接移植国外经验的传统部门法学，如民法、商法、刑法等最大的不同点。

③ 凯恩斯的国家干预理论起源于英国剑桥大学经济学教授凯恩斯对于由亚当·斯密创造的传统市场经济理论的挑战与批判。按照亚当·斯密的理论，市场具有通过"看不见的手"自发配置资源的调节功能，而国家只是市场的"守夜人"角色。但是，凯恩斯认为，市场存在盲目性和基于市场主体的非理性形成的"市场失灵"现象，其主要问题是造成市场需求的不足，为此，需要国家通过"看得见的手"对之予以干预，以使社会资源得到有效的配置。为此，凯恩斯的国家干预理论成为市场经济条件下经济法得以成立的主要理论依据。

福的新政经验①，德、日、法等国市场经济立法的实践，② 当代西方公共选择理论，③ 以及东欧国家和俄罗斯市场化进程中经济法制的经验与教训等，④ 都是目前中国经济法学界研究与阐述经济法原理的分析工具，并在此基础上达成以下基本共识：

## （一） 法域范围

法域范围是某一法律部门所涉及的法律的管辖范围，也就是法的调整对象。确立经济法的调整对象，不仅关系到法律部门是否独立，而且也关系到经济法学本身的研究范围问题，因而，从中国经济法学诞生之日起，就成为经济法学界，乃至整个法学界所关注的首要问题。中国经济法学界经过20年的探讨，对此形成了共识。这就是：首先，经济法只调整经济关系和与经济关系相关的关系，非经济关系不在经济法法域范围之内；其次，经济法只调整一定的经济关系，以区别于同样主要调整经济关系的民

---

① 20世纪30年代中期，西方资本主义国家爆发了大规模的经济危机，主要问题表现为生产过剩与社会消费需求脱节，工厂大量关闭或破产，工人大量失业，股市崩盘，人们拥有的资本一夜之间化为乌有，使整个经济处于停滞或倒退的状况。为此，时任美国总统的罗斯福，运用凯恩斯的国家干预理论，实施了诸如为维护市场秩序，打破大企业垄断格局、运用"政府赤字财政"手段，组织失业大军开发西部等国家对经济干预的一系列措施，从而使美国摆脱了经济危机，其经验得到各资本主义国家的借鉴。史称"罗斯福新政"，是资本主义国家经济法实践的经典实例。

② 在西方资本主义国家，德国是最早运用经济法手段干预国民经济的国家，为经济法产生的发源地。日本是借鉴德国经验迅速发展本国经济的国家典范。而法国是运用计划调节国民经济和社会发展较为成功的国家。

③ 公共选择理论是现代西方国家分析政府宏观调控的基本理论。该理论由美国经济学家詹姆斯·M·布坎南于1963年创立。该理论将经济学的分析工具和方法扩大到对政府决策过程的研究领域。在此理论指导下，政府的职责主要是为民众提供公共服务，而政府的公共服务必须建立在民众民主意见的基础上。由民众"用手投票"才具有正当性。它体现了在市场经济体制逐步成熟的条件下，经济法的民主性特征。与此同时，该理论还研究了在涉及公共产品选择中的"搭便车问题"、"囚徒困境问题"、"偏好与集体选择规则"，以及非市场缺陷的表象及其成因（包括公共决策失误、政策失效；公共机构的效率；公共机构的内在性和扩张性；寻租行为与腐败等）。该理论对于经济法学界研究"政府失灵"问题，具有重要的参考价值。

④ 关于对国外经验和教训的借鉴问题，在中国早期的经济法教学和研究中，借鉴了前东欧国家及苏联的经验，特别是作为世界上唯一制定经济法典的国家——前捷克斯洛伐克的立法经验，对中国影响甚大。但是，在20世纪90年代确立发展市场经济之后则比较重视美、德、日、法等西方发达国家的理论与实践。目前的研究，已经开始关注与中国国情比较接近的现东欧国家、俄罗斯以及印度等国的情况。

商法；再次，在经济法调整对象的具体表述上，基于经济法学者对于经济法的不同认识，存在有"协调说"、"运行说"、"干预说"、"干预、参与和调节三三制说"、"宏观调控说。"①但是，对于经济法只调整那些体现经济法价值与功能，并与国家进行市场规制（或管理）和政府进行宏观调控有密切联系的经济关系而言，认识基本一致。与此同时，为了科学地反映现实经济法律的运行状态，经济法学并不回避经济法与相关法律在共同调整经济关系时所存在的与民商法的交叉问题②，与行政法的竞合问题③，以及与刑法的衔接问题④。

## （二）价值所在

作为当今中国社会主义法律体系中的法律部门之一，中国经济法的价值在于有别于其它法律部门的有用性。对此，在社会主义市场经济的大背景下，以法的本位研究为基点，中国经济法学界普遍将经济法定位于"社

---

① 围绕中国经济法的调整对象问题，在经济法学内部形成了以杨紫烜教授为代表的"协调说"、以刘文华教授为代表的"运行说"、以李昌麒教授为代表的"干预说"和以漆多俊教授为代表的"三三制说"；而在经济法学外部，则普遍地主张"调控说"。笔者认为，各种学说，仅仅是对经济法功能作用上的不同理解，其并不影响经济法学界对于经济法基本价值、理念，以及制度体系结构的基本认识。

② 经济法的理论研究和实践表明，经济法与民商法的交叉，不仅存在于横向（或平面）领域，也存在于纵向（或立体）领域。其中，从横向领域看，如民商法的物权、债权（主要为经济合同）及侵权责任、公司法律、金融法律始终是经济法存在的基础和重要的研究领域。而从纵向领域看，经济法是在民商法给市场经济发展提供一般法律资源的基础上，为维护市场秩序，引导和保障市场经济健康发展，对市场经济关系的二次调节。体现了经济法对民商法实施的保障，为此，经济法学界认为，经济法是民商法的保障法，其要解决的问题是基于自身缺陷，民商法无法解决的问题。

③ 经济法与行政法的竞合主要表现在三个方面：一是，承担国家管理经济的主要主体（政府）具有行政法主体的属性，因而，经济法的管理或调控主体需要行政法的规制；二是，国家经济管理部门，既是行政法主体，也是经济法主体，因而，其管理行为不可避免地受到行政管理和经济管理规律的双重制约；三是，在经济立法实践中，涉及行政处罚与救济问题时，经济立法借助了行政法的调节手段。

④ 经济法与刑法的衔接问题主要体现在对于经济违法行为的追究问题上。按照部门分工之原理，属于一般经济违法行为，应依据经济法规定予以处罚；而当经济违法行为构成犯罪条件时，则应对之予以刑罚处罚。但当两者出现漏洞时，将会导致对经济违法行为制裁不力现象的发生，进而出现市场经济秩序混乱的局面，为此，经济法与刑法的理论研究与实践必须相互协调，才能使对经济违法行为制裁的法律发挥应有的效用。

会本位"，以区别于以"个体本位"为主的民商法和以"政府本位"为主的行政法。① 在此基础上，经济法的基本价值所在被定位于"保护社会公共利益"（或社会整体利益）的范畴之内。② 为此，在市场经济条件下，经济法可以从两个方面彰显其价值所在：一方面，通过经济法的制定和有效实施，防止基于"个体本位"法律体制下的私权恶性膨胀，使私权行使不损害社会公共利益，具有合理性、正当性；另一方面，通过经济法的制定和有效实施，在授权政府可以对市场经济干预的同时，为了防止政府权力的滥用，又采取了以保护社会公共利益为目的的，对政府经济管理权限的限制与监督措施，即实施"对政府干预的干预"③，这样，从传统法学分类标准判断，经济法既不是纯粹的公法，也不是纯粹的私法，而是以公法为主，公法与私法结合的法。在中国市场经济发展中，经济法既体现着公法的张力，也体现着对于私权的保障。④ 并且，经济法学界认为，只有这样，才能保证一国国民经济健康的、可持续的和稳定的发展，而这一点对于处

---

① 以"本位"之不同区别不同的法律部门，是分析法律部门之间不同点的基本分析方法。它反映了在大陆法系体制之下，不同法律部门的本质特征与价值所在及其基本分工。

② 经济法所指的社会公共（或整体）利益，不仅是指处于静态（当前）之社会公共（或整体）利益，而且，更重要的是指处于动态（长远）的社会公共（或整体）利益。从而使经济法对经济与社会关系的调整具有了可持续发展的属性。

③ 与经济法产生的起初原因是基于"市场失灵"不同，所谓经济法"对政府干预的干预"的实践基础是基于"政府失灵"。其基本的理论假设是，按照公共选择理论，在市场经济条件下，政府也是"经济人"，政府也存在自身利益问题。因此，政府及其官员在进行市场管理与宏观调控时，极有可能从自身利益出发，以政府所拥有的权利（力）资源予以寻租，进而破坏市场经济秩序，损害社会公共利益，特别是长远的社会公共利益。此方面典型的实例是政府官员基于自己的短期政绩工程而对社会长远利益的侵害，以及基于政府寻租带来的腐败现象的发生。另外，与市场主体一样，政府也同样存在基于虚假信息的决策失灵问题。因此，经济法理论认为，国家在对政府授予管理和调控经济与社会发展职权的同时，还必须对之予以限权，并通过有效的监督，不断纠正政府行为的偏差。

④ 对法律予以公法和私法的基本划分，并分析其各自的功能，起源于西方罗马法时期，是法律分析的基本方法之一。在当代中国，尽管有一些人坚持经济法作为国家管理经济的法属于公法的范畴，但从国外经济法的产生和发展历史看，经济法是公法私法化和私法公法化的结果。因此，大部分经济法及法学领域的学者主张在市场经济条件下，经济法属于以公法为主，公法与私法交叉的法。其中，经济法的公法属性，主要体现在国家通过政府对于国民经济与社会发展的干预和调节，而其私法属性则表现为国家通过政府或国有企业以私法主体身份对经济与社会发展活动的参与。

于社会主义初级阶段和由计划经济向市场经济转型的中国的经济法制建设而言，尤其具有重要的理论和现实意义。

### （三）适度性原则

市场经济是以市场为主配置资源，解决有限资源与社会需求矛盾的经济，因而，在市场经济条件下就必须保持作为市场主体的生产者、经营者、服务者和消费者的活力。为此，作为授权经济法管理与调控主体对市场行为进行干预、调控和参与的经济法，除了将保障市场主体权益，维护市场经济秩序作为自己的首选目标外，只有将经济法管理与调控主体对于经济的干预、调控和参与限定在适度的范围内，才能使当今中国经济法的发展具有科学性。为此，中国经济法学借鉴西方当代宏观经济的基本原理，① 普遍地将"适度性"作为市场规制法、宏观调控法、经济监督法，乃至整个经济法的一项基本原则予以阐述，并作为判断现实经济法科学性的重要标准。当然，这种"适度性"是一种动态的"适度"。而这种动态的"适度"又是基于不同经济与社会发展阶段对于经济法律的需求，以及经济政策的不确定性所决定的。② 从现实经济立法的表现形态来分析，其具体表现就是经济法之立法，除了满足特定经济法立法结构的需求外，在制度设计方面，不仅不同时期应有其不同的表现，而且，经济法所规范的

---

① 在宏观经济理论的构建和具体实践中，"适度性"是后西方后凯恩斯主义的重要组成部分，其主要观点是在承认政府在现代市场经济中的地位与作用的基础上，根据经济发展的实际需求，由国家对政府与市场关系不断调整。反映在实践领域即是在混合经济体制下的"私有化"和"国有化"的不断交替进行。

② 经济与社会发展的阶段性是经济与社会发展的特有属性，为此，在不同的经济与社会发展时期，国家经济政策的重点是不同的，相应地其法制需求也不一样。例如，就中国的经济体制改革而言，从改革开放之初到20世纪末，解决经济短缺问题，始终是经济与社会发展的基本矛盾，因此，在此阶段，中国的经济政策采取了区域发展的倾斜性政策，目的是让一部分人和地区先富起来，以带动整个经济与社会的发展，相应地，此阶段的经济法也顺应了这种法律需求，其突出地表现于在税收立法上采取了对于不同企业和不同地区的不同税收立法和优惠性法律规定。而自人类进入21世纪以来，由于国民的基本温饱问题已经解决，"公平"问题日益突出，进而使新阶段的经济政策转向以通过积极解决民生问题而实现公平目标的新阶段，政府也由建设型政府转向服务型政府，在此阶段，经济立法实践与经济法的理论教学和理论研究，也必须在科学发展观的指导下相应地予以调整。

行为，应当是那些急需运用法律手段予以规范的行为，而不是经济行为的全部，其他行为的规范问题，则应通过民商法所确立之一般规则予以解决；或通过市场主体的自律达到协调①。

### （四）综合性功能

对法律调整功能综合性问题的认识，是中国经济法学界的重要理论贡献。总结已有成果，中国经济法学界对于经济法的综合性问题的认识，可以从几个方面加以体现：首先，在普遍主张经济法应是一个独立法律部门的同时，作为一个以公法为主，公法和私法交融的法，中国经济法学界十分重视经济法与相关公法和私法之间相互联系和交叉关系的研究，并且始终认为，只有使经济法与其他相近法律部门的关系得以和谐，才能使经济法得到科学的发展，这使中国经济法学具有了包容性和开放性的特色；其次，经济法学界十分重视经济法在中国当今经济发展、社会发展以及现行政治体制下的地位与作用。经济法学界认为，考察各国及中国经济法的产生与发展，必须考虑其所存在的经济发展背景、社会发展背景，以及特定的政治体制，并且，经济法的产生与发展，必须与之相适应，从而，使经济法具有了综合性特征；最后，在法律调整方法方面，有别于相关法律部门，中国经济法自上世纪80年代产生以来，始终把奖励与惩罚相结合，作为中国经济法综合调整方法的重要表现之一予以推行。笔者认为，这即是

---

① 市场（经济）主体的自治性自律不仅表现为一种行业自律，即由行业协会制定行业自律规范，而且，就微观的经济行为而言，通过长期的经济实践，在经济交往中，逐步形成了有利于经济交易和经济管理的一些经济规则，并且大家能够一体遵循。这种规则即是指经济交往和管理中的习惯或惯例。对此，不需要法律调整，即能达到维护经济秩序之目的。

经济法的先进性所在，是符合当今科学发展的方向的。①

### （五）渊源特征

法的渊源是法的表现形式。经济法的渊源也即是经济法的表现形式，其也是经济法学的具体研究对象。对此，首先，经济法学界普遍一致的认识是，依照国家《宪法》和《立法法》的规定，将宪法中的经济法方面的规定、经济法律、经济法规、地方性经济法规，以及经济规章纳入经济法的渊源范畴；其次，对于依据这些规范性法律的授权，由作为市场主体的企业和管理主体的政府所制订的企业规章、与经济法有密切联系的经济合同与协议、政府旨在管理经济的各类规范性文件也纳入经济法的渊源之内②；最后，值得强调的是，作为一种"政策性"的法律，中国经济法又十分关注经济政策③，以及作为体现经济政策主要载体的国民经济和社会发展规划和相关措施的制定与实施，对于经济法的直接影响。

---

① 现代科学的发展方向之一，就是十分重视在传统学科基础上的相互交叉与融合。在此方面，不仅体现在自然科学研究领域，也体现在社会科学研究领域。就法学研究而言，那种主张进行纯法学研究的理念，已经不适应飞速发展的经济与社会对法律的需求。事实上，法学的研究只有将法律现象放在经济与社会发展的大背景之下，站在政治、经济、社会、技术等角度，以多角度审视法律存在的价值和地位，才能使法律的理论研究具有实际指导意义。换句话说，法律的教学与研究具有综合意义。在此方面，从某种意义上说，中国经济法的综合性研究对于整个法学研究具有示范意义，代表了今后法学研究的方向，也符合马克思主义关于"法只不过是现实经济社会关系的反映"的基本精神。

② 与传统的民法、刑法不同，经济法的实践所面临的现实规范，不仅包括《立法法》所确认的法律规范文件及相关的司法解释，而且，大量的是基于政府颁发的"红头文件"和基于经济法主体之间意思自治的协议或章程。这是由经济法调整对象的复杂性所决定的。对此，经济法对于自身的法律渊源进行了较其他部门法更宽泛的解释，并将那些不属于国家《立法法》确认的，但在经济与社会发展中具有法律意义，能够引起法律后果的红头规范性文件、相关协议、章程等作为经济法的渊源，并统称为"非法律规范渊源"。

③ 按照法律规则主义，政策与法律从来属于具有不同功能和作用的社会规则，并对于政策研究采取了排除的态度。然而，在经济与社会发展实践中，一国经济政策的选择和制定，往往是一定时期经济与社会发展及法制建设的逻辑前提。为此，经济法除了为经济政策的科学制定与实施提供基本法律资源外，它还是保障经济政策实施的重要手段，尤其在市场经济和现代法治社会中更是如此。并且，有些经济法（如产业政策法）本身就是经济与社会发展政策法治化的结果。正因为这样，在经济立法实践和经济法学的教学和研究中，不仅无法回避经济政策对于经济法的影响，而且，经济法实体法和程序法的制定和完善，也是保障国家经济政策制定和实施科学性、正当性、合法性的必要条件。

# 三、今后面临的问题与展望

尽管在以上五个方面基本取得了共识，但是，在一些具体问题上还是存在着争议的。比如，在中国法学会经济法学研究会 2006 年年会上，对于国民经济和社会发展规划是否具有法律效力，也存在着不同的争议。①但是，总的来看，中国经济法学在今后的发展，将会把重点转移到对经济法的实现问题的研究方面，以便使经济法学对于现实经济法制建设更具有指导意义。为此，笔者认为，将面临以下一些基本问题：

## （一）经济法的宪法地位问题

目前，中国经济法的部门法地位，虽然得到了大多数理论界和实践部门的认可，但是，无论在国家基本法的《宪法》，还是在作为宪法相关法的《立法法》中，均没有明确经济法的地位，这使得中国经济法的发展具有了不确定性。② 这是否意味着作为改革开放的产物，改革开放到头，经济法也就完成了其历史使命？答案应是否定的。因为，实践证明，无论是市场规制，还是宏观调控，它们与我国社会主义市场经济的发展并非是对立的，而是市场经济发展的不可缺少的重要组成部分，反观西方现代市场

---

① 在 2006 年中国法学会经济法学兰州年会上，经济法学者们围绕"十一五"规划，就规划与计划的法律属性问题，进行了深入的探讨，有的主张无论是规划还是计划，在当今中国经济发展中均具有法律属性，而有的学者则提出其不具有法律属性。参见：彭飞荣、王全兴：《规划效力与政府责任的法治化》，薛克鹏：《论十一五规划与计划法的终结》，曾明、陈乃新：《论规划的软法属性及其硬法化》，张德峰：《论计划与法律的关系》等文，载《中国法学会经济法学研究会2006 年年会论文集》。

② 在现行的《立法法》中，虽然规定国家基本的经济法律由国家制定，并且还规定，涉及税法、金融法、对外贸易法由国家统一制定，地方无权制定。但是，并没有明确这些法律属于经济法，应适用经济法的理论和原则予以制定，从而使经济法处于不确定的状态。

经济也大致如此①。因此，如何将中国经济法这一宝贵的法律资源，通过宪法和宪法之相关法明确其宪法法律地位，保障其健康发展，将是今后宪法学界与经济法学界共同努力的目标。②

### （二）经济法基本法的制定问题

由于经济法与现实经济活动的密切联系，使得经济法的内容表现十分庞杂，其数量之巨，是任何法律部门所不可比拟的。这样，为了便于人们能准确领会经济法的精神实质，便于学习与运用经济法，也为了避免经济立法中的重复劳动，有必要在总结现有经济立法经验的基础上制定统一的经济法基本法，或制定在市场规制法领域和宏观调控法领域起基本法作用的市场规制基本法或宏观调控基本法，这也是完善经济法体系的内在要求。自上世纪 80 年代中期以来，有关制定经济法基本法的议题，始终是中国经济法学界关注的一个基本问题，而目前的问题是，需要得到立法实践部门和社会各界的广泛认可。③ 这就要求中国经济法学界对于此问题不断研讨和积极宣传，并将其作为自己的历史使命予以不断努力！

---

① 由于现代西方国家的法律体制不同，经济法的表现形式也不尽相同。其中，在英美法系国家，由于不存在部门法，因而也不存在经济法的称谓，经济法表现形式表现为体现法律综合调整功能的一组法群，如美国的反垄断法、英国的公司法；而在大陆法系，虽然与中国一样存在部门法体制，但是，除日本有与中国现行经济法比较接近的部门法和相应的经济法学教学与研究外，有关与中国经济法相对应的是其相关的经济制度的存在与教学和研究，如财经法、金融法等。但是，尽管如此，运用经济法手段及时地调整现实经济与社会发展关系，是当今世界各国普遍的做法，并被视为与市场经济一致，是"法治经济"内涵的不可缺少的组成部分。这也说明，与社会主义市场经济相适应的中国经济法学的创立和发展，具有世界意义，是对当代法学发展和繁荣的历史性贡献。

② 关于经济法的宪政地位问题，目前学界主要集中在对于作为经济法下位法的财税法的宪法地位予以集中的探讨，而对于作为财税法上位法的经济法的宪法地位的探讨则论述不够，对此，本文笔者曾专门发表论文阐述其重要性。参见：董玉明、周瑞铃：《论经济法的宪法地位》，载《理论探索》2004 年第 2 期。

③ 关于经济法基本法的制定问题，早在上世纪 80 年代中期，老一辈经济法学者就制定《中国经济法纲要》问题进行过探讨。进入 21 世纪以来，有关经济法基本法的制定问题又列入了经济法学界的研究范畴，与此同时，在宏观调控法的研究中，对于宏观调控基本法的制定问题也进行过相应的深入讨论。

### （三）经济法的实践基础问题

进入 21 世纪以来，随着法院系统撤销经济庭，实行大民事审判体制①，引发了法学界对于经济法可诉性问题的探讨，进而诱发了人们对于经济法实践基础的怀疑。在司法实践领域，甚至有相当的人做出中国已经没有经济法的结论。为此，中国经济法学界不得不重新审视经济法的实践基础。首先，目前，作为国家最高权力机关的全国人大已经在自己的立法规划上将立法项目做了法律部门的大致分工②，因而，属于经济法部门立法规划范围内的立法显然属于经济法，与之相关的立法，无论是国家立法，还是地方立法，均应属于经济法的立法实践。而已有的经济法实施的基础主要在于政府的经济管理与经济监督领域，在今后，随着政府职能的转变，经济法实施的基础，在经济法领域将更多的体现在政府依法进行经济社会监督与监管方面；其次，法院取消经济审判机构，并不意味着对于现实经济法的不适用，也不意味着经济法的实施没有了可诉性；最后，随着中国进入新的社会转型期，经济法为"效率优先，兼顾公平"的经济发展模式的贡献已经成为历史，在新的社会转型期，经济法将会更多地关注"公平"问题，其不仅应在已有的框架之内考虑如何"以人为本"，而且，应当将自己的调整领域扩展到与经济发展密切相关的

---

① 所谓大民事审判格局是 2003 年以来人民法院进行机构改革的一个重要内容。其基本做法是按照国际惯例，以服务市场、体现市场经济条件下的经济审判特点为导向，将原有的各级经济审判庭予以撤销，并以民事审判庭取而代之，在最高、高级和中级法院分别设立民一庭、民二庭、民三庭、民四庭。改革后，原有经济审判庭承担的审判业务分别由现民三庭和民四庭处理。该项改革，无论从主观上，还是从客观上，均造成了法院对于市场经济条件下"私权利"的更多保护，但是，随之而来的问题是，有关"公权利"的保护却遭遇忽视，甚至一些案件的处理，直接导致了国有资产的流失和社会利益的被忽视或侵害。对此，笔者认为，这并不符合现代市场经济条件下在强调私权保障的基础上，重点注重对于社会公共利益保护的司法实践要求，即社会利益优先，也不符合我国社会主义市场经济的本质属性。其方向路线是否正确？实践的社会效果如何还有待观察。

② 2001 年全国人大经过调研，将中国的法律部门划分为七大法律部门，即宪法与宪法相关法、行政法、民商法、经济法、社会法（主要指劳动与社会保障法）、刑法和诉讼与非诉讼程序法。在此后的立法规划中，相关法律的制定均有了明确的归属。并且提出，到 2020 年形成与中国社会主义市场经济相适应的完备的法律体系。

社会发展领域，而这将是经济法面临的新的课题。①

## （四）中观经济法理论的创立问题

随着国家构建和谐社会战略目标的提出，如何使中央和地方关系法治化已成为今后国家法治建设的重要目标。而实现这一目标的关键是如何看待地方的经济权利。与此同时，跨地区经济协作活动和行业活动的日益活跃，为经济立法提出了新的课题。在经济学看来，市场经济条件下的地方经济、区域经济、行业经济、企业集团经济，均属于中观经济的范畴，其在国民经济体系中，与宏观经济和微观经济一样，具有相对独立的地位，应当纳入法制规范的范畴。② 而在法学界的主流观点，则至今仍不承认中观经济的独立地位，甚至把地方经济立法一律视为"地方保护主义"予以排斥。这就需要经济法理论工作者对于中观经济的基本理论予以深入的探讨，以便为规范现实中蓬勃发展的中观经济提供相应的理论支持。③

## （五）经济法的教育完善问题

当中国经济法学的发展和研究已经深入到对于具体经济法律制度的构建问题的研究时，目前的经济法教学与科研力量出现了在知识资源上的严

---

① 在此方面，经济法学界已经进行了一些初步的探讨，如，徐孟洲教授提出在竞争法领域，经济法应将对消费者利益的保护放在第一位考虑；而笔者则主张，宏观调控法应将社会发展调控法予以单列，其内容涵盖社会保障调控、区域经济调控、自然资源与环境生态调控以及科、教、文、卫、体等社会事业发展调控等方面的宏观调控法问题。参见：徐孟洲、叶姗：《论经营者：经济法上的人——"以人为本"与经济法主体的另一新思考》，载《中国法学会经济法学研究会2006年论文集》；王继军、董玉明主编：《经济法》，法律出版社2006年1月版，第209页。

② 参见张朝尊、陈益寿、黎惠民：《社会主义中观经济学》，成都出版社1992年版，序言。

③ 早在1997年，笔者就率先在全国展开有关中观经济法的理论和实践问题的研究，发表专题论文20余篇。按照笔者观点，市场经济条件下的经济法可以划分为微观经济法、中观经济法和宏观经济法（宏观调控法），而对于中观经济法而言，主要价值在于在承认中观经济主体的相对独立地位的同时，通过规范地方政府、地方区域合作组织、行业管理组织及企业集团的经济行为，使其在整个国民经济和社会发展运行中起到"承上启下"的应有作用。

重不足①。许多问题的解决需要经济法学界与经济学界或社会学界和政治学界，甚至于科技界共同联手，才能完成科学经济法律制度的构建问题，也才能使中国经济法学的研究深入下去。为此，除非教育与研究者具有多种学历与实践背景，中国经济法教育与研究的出路在于进行多学科的开放式教育与研究的实验，在研究生的培养模式上则应提倡双导师制，只有这样，才能使中国经济法学的教育得以完善。

目前，国家已经确定在本世纪20年代形成完整的中国社会主义法律体系。其中，中国经济法将是一个重要的组成部分。通过中国经济法学理论工作者和经济法实践者的共同努力，中国经济法的发展，必将为这一伟大的历史进程做出自己应有的贡献！

---

① 中国经济法学的教学和研究表明，经济法学的教学研究人才，必须具有综合素质才能使自己的教学和研究得以深入，并且能够回应现实经济和社会发展对经济法学教学和研究的实践需求。而目前的现实是，能够具有这种素质的人才，粗略估计大约不足1/3。笔者认为，这是导致经济法教学与研究无法深入地研究现实问题的重要原因。而要解决这一问题，除自身的努力外，展开与其他学科（特别是经济学）之间的合作是今后的必要途径。为此，经济法学的发展必须打破学科界限，加强与相关学科的联合，才能取得更好的成绩，并得到社会的广泛认可。

# 中国环境法学研究的回顾与展望

## ——对环境法学论文发表情况的分析与反思

### 张　钧[*]

**摘　要：** 文章选取 1980 年至 2007 年二十八年间在中国大陆公开发表的环境法学学术论文为研究对象，通过数字统计与整理，结合图表说明和定量分析等方法，讨论了中国环境法学研究的发展情况，指出中国环境法学研究经历了起步——发展——调整——再发展四个阶段，环境法学研究具有明显的阶级性、幼稚性和局限性等特征。结论认为今后环境法的研究应当充分发挥其新兴边缘学科的特点，将其阶级性和自然属性相结合，系统地规划自身的发展，并增强学科交叉研究的意识，以指导环境法实践。

**关键词：** 环境法学　研究　回顾　展望

研究背景：1973 年第一次全国环境保护会议的召开，标志着中国的环境保护事业开始起步。改革开放以后，中国的环境保护事业有了迅速发展[①]。环境法正是在此阶段产生和发展起来的一个新兴法律部门。继而，又有了环境法学这个新的法学部门与之相对应。在我国法学体系中，环境法学可以说是一门正在形成和发展中的、最年轻的分支学科[②]。虽然经历

---

＊　山西大学法学院副教授，法学博士，硕士生导师。

①　吕忠梅：《环境法学》，法律出版社 2004 年版，第 9 页。

②　常纪文、王宗廷：《环境法学》，中国方正出版社 2003 年版，第 13 页。

了近三十年的研究与凝练，但仍然不够扎实、不够成熟。在改革开放三十年后，在中国经济建设和社会发展取得令世人瞩目成绩的今天，在法学研究一片繁荣的大背景下，我们有必要认真回顾一下中国环境法学研究的得与失，以期更好地促进环境法学的发展和深入，进而使环境法在和谐社会构建中更好地发挥其应有的职能。

研究方法及说明：本文选取 1980 年至 2007 年，二十八年间在中国大陆公开发表的环境法学学术论文为研究对象，通过数字统计与整理，结合图表说明和定量分析等方法，直观地讨论中国环境法学研究的发展情况，并得出结论。采取这种研究方式，是基于以下几点考虑。

一是研究对象的权威性。本文的研究基础是公开发表在法学核心期刊之上的学术论文，包括《法学研究》、《中国法学》在内的 17 种核心期刊①的权威性是法学界所公认的。

二是研究对象的全面性。本文研究所选论文发表时间跨二十八年之久，总量达 532 篇②，基本能够涵盖中国环境法研究的方方面面。虽然没有收集这期间出版的环境法专著和环境法年会（或其他环境法学术会议）的文章，但考虑到绝大部分专著的作者会将专著中的精华部分或独到见解撰写成论文公开发表，以及会议文章也大都在进行修改后投稿到核心期刊公开发表，因而本文研究对象的选取应当可以保证研究的全面性。

三是研究数据的客观性。本文研究所采用的各种数据都是直接统计所得，与归纳或演绎等方法比较，显然更加具有客观性。

四是研究结论的可靠性。本文主要是通过对公开发表论文的数据进行统计和整理得出结论，因而主观推理少、客观分析多，这决定了研究结论

---

① 本文研究所选取的 17 种法学核心期刊包括：《法学研究》、《中国法学》、《法学家》、《法商研究》、《中外法学》、《现代法学》、《法律科学》、《河北法学》、《政法论坛》、《法学评论》、《法学杂志》、《法学》、《法制与社会发展》、《比较法研究》、《政治与法律》、《华东政法大学学报》、《甘肃政法学院学报》。等。虽然各地（或各高校）对于核心期刊的认定存在一定差异，但基本都不会超出以上所列期刊范围。为行文方便，本文以下所称"法学核心期刊"指且仅指上述 17 种，数据统计也仅限于此范围。

② 作者在查阅论文时，有个别期刊也收集到 1980 年之前或截至 2008 年第一季度的文章，但大体上都是在 1980－2007 这二十八年间发表的文章。

是相对可靠的。

五是研究结论可能具有的前瞻性。文章研究所选核心期刊关注的问题都是法学研究的前沿，因而发表于其上的论文所具有的前沿性也是不容置疑的。研究对象的前沿性决定了研究结论可能具有前瞻性，如果研究对象本身就不是前沿问题，则研究结论很难具有前瞻性。

# 一、对中国环境法学研究的整体情况的判断

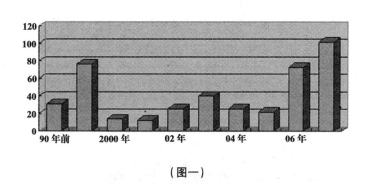

（图一）

## （一）环境法研究在震荡中前行，虽有波折，但整体趋强

如图一所示，中国环境法学研究明显地经过了四个阶段：第一阶段是20世纪90年代之前，即从环境法学研究启动的1975年前后至1989年的近15年间，学者们在法学核心期刊上发表与环境法有关的学术论文30余篇；第二阶段是1990年至1999年，十年间学者们在法学核心期刊上发表环境法学论文近80篇，是前一阶段文章发表总量的两倍还多；第三阶段是2000年至2004年，五年间学者们在各类核心期刊上发表环境法学术论文近200篇，其中02年和04年两个年度的文章发表量都接近第一阶段15年的发文总量，而03年一年的文章发表数量就超过第一阶段15年发文量的总和，形成了此阶段环境法学研究的一个小高潮。第四阶段是05年至今，环境法学研究在经历了小的徘徊之后又再次崛起，06年环境法学文章的发表数量接近第二阶段10年的发文总量，而07年文章（含部分08年文章）数量已经超越第二阶段10年的文章发表总量，真正掀起了环境法学研究的新高潮。

**（二）研究质量越来越高，论文档次稳步提升**

如图二所示，20 世纪 90 年代之前，中国环境法学研究由于正处在起步阶段，研究的质量并不是很高，这反映在论文发表方面，就是没有在《法学研究》和《中国法学》这种高层次的学术期刊上发表文章。直到 1990 年之后，环境法学研究才逐步提高了自己的质量，也开始在高水平的期刊上占有一席之地，但也很有限。在 1990 年到 2000 年的十年间，只有 10 篇文章发表在《法学研究》和《中国法学》之上，其中前者 4 篇（平均要两年半的时间才能发一篇），后者 6 篇（平均要近两年的时间才能发一篇）。而在 2001 年至 2007 年的七年里，已经有 25 篇高水平的文章发表，其中在《法学研究》上发表 6 篇（平均已接近一年一篇），在《中国法学》上发表 19 篇（平均下来每年接近三篇，换句话说几乎是每两期就有一篇环境法学的文章了。）

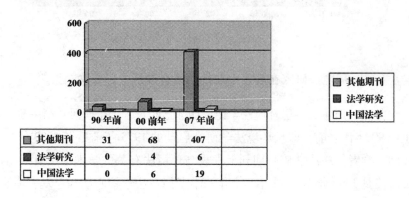

| | 90 前年 | 00 前年 | 07 年前 |
|---|---|---|---|
| 其他期刊 | 31 | 68 | 407 |
| 法学研究 | 0 | 4 | 6 |
| 中国法学 | 0 | 6 | 19 |

（图二）

**（三）结论**

中国环境法学研究经历了"起步——发展——调整——再发展"四个阶段，符合事物发展的一般规律，即波浪式的前进，螺旋式的上升。在此过程中，研究质量和论文档次都在不断提高，相应地，受社会关注的程度也日益提升。

## 二、环境法学研究的阶级性

环境法学是一门新兴的介于环境科学和法学之间的边缘科学，经过近三十年的研究，法学界已经基本认可了环境法学的独立地位，而环境法学者们也一致认为环境法学有自己独特的调整对象、有自己的一套调整方法、有自己的调整原则等等，并且学者们普遍认为环境法学研究应当更多地遵循自然规律，而非政治规律，即环境法学研究受环境科学影响大于法学影响。在谈到环境法学研究的阶级性时，学者们要么避而不谈，要么一笔带过。阶级性不是环境法学的唯一属性是绝大多数学者的共识，理由是全球面临同样的环境问题，要求所有国家共同协手，一同致力于环境问题的解决，因而各国的环境法也应当是趋同的。

然而，对二十多年来公开发表的环境法学文章选题做一个简单的统计，我们会发现事实并非如学者们所愿。

（表一）

| 与环境有关的主题事件 | | 相关文章发表数目（篇） |
|---|---|---|
| 政治事件 | 加入 WTO | 9 |
| | 西部大开发 | 11 |
| | 绿色贸易壁垒 | 3 |
| | 全球化议题 | 3 |
| | 环保风暴 | 3 |
| | 圆明园环评事件 | 3 |
| 自然事件 | 松江水污染事件 | 3 |
| | 太湖流域污染事件 | 1 |
| | 荒漠化问题 | 2 |

在已经公开发表的环境法学论文里，明确是由于社会上发生了与环境有关的主题事件而选题进行探讨的论文不在少数，笔者选取核心期刊上发表的，以一些非常有代表性的事件为选题的文章进行列表比对。如表一所

统计，学者们的兴趣点明显偏向本身带有政治色彩的主题事件，而对自然事件关注不够。政治事件的选题明显多于自然事件，并且就单个选题来看，政治事件每个选题的文章数量也远远多于自然事件单个选题的文章数量。表中关于自然事件的环境法学文章最多的一个选题也只有3篇，反观政治事件选题的环境法学文章最少的也有3篇，最多的竟达到11篇。

结论：政治事件对环境法学研究的影响明显大于自然事件对环境法学研究所产生的影响，前者的影响是深远的并能成为环境法学研究的基础之一。环境法学的研究由于受到国家政治事件的影响，因而也就具有了鲜明的时政性。学者从不同角度、运用不同的方法对政治事件进行全方位的研究，从而创新了环境法学的研究。这也正说明环境法学研究体现的是统治阶级的意志，记载了一定时期内统治阶级的环境立法理念，表现出鲜明的阶级性。

此外，如图三所示，通过对法学核心期刊上所发表的环境法学论文研究内容的统计，还可以看出，在我国环境法学研究多数时候是围绕着环境立法和环境法律条文展开的（图形显示其文章数量仅次于对环境诉讼的研究）。学者们往往喜欢对已有条文进行论证和补充，这就导致"先立法后研究"的现象大行其道，而法条最能体现统治阶级的意志，环境法学研究自然也就烙上了阶级性的烙印。

## 三、环境法学研究的幼稚性

环境法学是一门新兴的部门法学科，只有短短二十多年的学术史，环境法学研究还处于初级阶段，其幼稚性可想而知。我们可以从以下三方面来分析：

其一，环境法学研究水平有限。如前文图二所示，环境法学的文章上档次的很少，1989年之前没有在《法学研究》和《中国法学》上发表的文章，当然由于环境法学研究当时刚刚起步，15年也只在核心期刊发表了30余篇文章，文章档次上不去是可以理解的。时至1999年，又过了十年，环境法学文章总数翻了一番还多，上档次的文章却只有10篇；进入二十一世纪后，文章总数激增至400多篇，比上个十年翻了近七番，而在顶级核心期刊上发表的文章数量同比只增长了1.5倍。可见环境法学研究只是在数量上有了进步，而在质量上没有太多的提升，其幼稚性可见一斑。

（表二）

| 研究选题 | 1988 年—1999 年 | 2000 年—2003 年 | 2004 年—2008 年 |
|---|---|---|---|
| 宏观问题 | 33 篇 | 76 篇 | 165 篇 |
| 微观问题 | 14 篇 | 16 篇 | 96 篇 |

其二，从表二可以看到，在1988年—1998年的十年间，环境法学的文章大多是关于宏观的表面的环境法学问题，涉及具体制度等微观问题的很少。2000年—2003年的四年间，写宏观问题的"大文章"翻了一番，而写微观问题的"小文章"基本没有增加。说明环境法学研究在最初的二十年里并没有真正做扎实，大都是些大而空的讨论，很少有实质性研究。最近几年，随着环境法学研究文章整体数量的激增，更多的学者开始将注意力集中在微观问题的研讨方面，说明环境法学研究逐步深入和扎实起来。

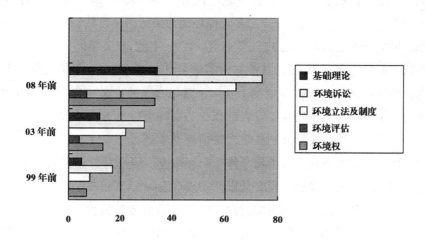

（图三）

其三，环境法学研究没有形成一个有机的整体，其研究内容很不系统。从图三可以看出，学者们将环境法学研究的重点集中到了环境诉讼和环境立法及制度方面，而最应当完善的基础理论研究以及核心的环境权研究却被放在次要地位，近三十年的研究过程中，这种本末倒置的研究状态竟然从未有过改变，每个阶段都惊人地相似。

结论：环境法学研究的幼稚性体现在三个方面，一是研究水平有限，研究质量不高；二是研究选题不深入，只做了表面文章；三是研究内容不系统，环境法学界并没有形成统一的认识，没有明确的研究分工，当然也没有形成有效的研究合力。

# 四、环境法学研究的局限性

最近几年环境法学研究方兴未艾，越来越多的学者正在加入到环境法学的研究队伍中来，但是环境法学研究形势大好掩盖不了其研究的局限性。如果我们再仔细分析一下环境法学论文的发表情况，这一点就不难明白。

首先，由图四可以清楚地看到，环境法学的大部分研究集中在环境保护基本法方面，而忽视了其他方面的研究。在所选取的三个时段中，学者们对环境保护基本法的研究占了绝对优势。1988 年至 1998 年间，环境保护基本法方面的论文有 34 篇之多，而环境污染防治、自然资源保护以及生态环境保护方面的论文总共只有 8 篇。1999 年至 2002 年间，环境保护基本法方面的论文有 43 篇，其他方面的论文只有 18 篇。2003 年至今，环境保护基本法方面的论文猛增到 146 篇，其他方面的论文共有 65 篇。其中，环境污染方面的文章近些年发表的很少，而环境标准方面的文章这么多年只有一篇，可见环境标准的法学理论研究基本还处于学术空白的状态。这种环境法学研究重点与环境法学体系不相适应，研究对象（领域）分布失衡的现象，正是环境法学研究局限性的表现之一。

其次，环境法学与其他部门法学的交叉研究数量偏少，研究视野不够开阔。在所有采样选取的二十八年间共 532 篇法学核心期刊环境法学术论文中，单纯从环境法角度进行研究的论文共 355 篇，占到总数的 66.7%；而涉及其他部门法研究的论文有 177 篇，只占总数的 33.3%。对于环境法学这样一门新兴的边缘性法律学科而言，只有三分之一的论文对其进行交叉研究，是远不能满足其发展需要的。如表三所列，从 1988 年至 2007 年的二十年间①，环境法学与其他学科的交叉研究论文共有 170 篇，其中以与宪法与行政法学的交叉研究为最多，与刑法学和与国际法学的交叉研究次之。相反，环境法学与其他几个部门法学的交叉研究就比较少了，尤其是与法制史的交叉研究基本为零。然而，令人欣慰的是 2001 年以后环境法学者们开始大胆尝试运用交叉学科研究的方法进行环境法学的研究，一半以上的交叉研究论文是在这一时期发表的。环境法学研究的局限性正在逐步缩小。

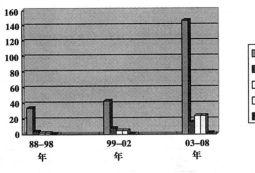

环境保护基本法研究论文
环境污染防治方面的论文
自然资源保护方面的论文
生态环境保护方面的论文
环境标准研究方面的论文

（图四）

（表三）

| 交叉学科<br>年份 | 法理学 | 法制史 | 宪法与<br>行政法学 | 刑法学 | 民商法学 | 诉讼法学 | 经济法学 | 国际法学 |
|---|---|---|---|---|---|---|---|---|
| 88 | | | | | 1 | 1 | | |
| 89 | | | 1 | | | | | |
| 90 | | | 3 | | | | | |
| 91 | | | 1 | | | | | 1 |
| 92 | | | | 1 | | | | 1 |
| 93 | | | | 1 | | | | 1 |

---

① 这里之所以只选二十年的期间进行研究，是因为 1988 年之前涉及环境法学与其他部门法学交叉研究的论文仅有 7 篇，统计进来的意义不大，基本可以忽略。

续表

| | | | | | | | | |
|---|---|---|---|---|---|---|---|---|
| 94 | 1 | | 2 | 2 | | | | |
| 95 | | | 1 | 3 | | | | 1 |
| 96 | | | 5 | | | | | 4 |
| 97 | | | 1 | 1 | 1 | | | |
| 98 | | | | | | | | 1 |
| 99 | 1 | | 2 | 1 | | | | |
| 00 | | | 1 | 2 | 1 | | | |
| 01 | | | 2 | 4 | 1 | | | 6 |
| 02 | 2 | | 4 | | 3 | | 1 | 3 |
| 03 | | | 6 | 2 | 11 | 3 | 2 | 5 |
| 04 | 2 | | 9 | 3 | 1 | 1 | | 5 |
| 05 | | | 7 | 1 | 2 | 1 | | 4 |
| 06 | | | 2 | 1 | 1 | | 7 | 5 |
| 07 | 2 | | 3 | | | 1 | 3 | 4 |
| 合计（篇） | 10 | 0 | 46 | 30 | 22 | 8 | 13 | 41 |

结论：环境法学研究的局限性主要表现在其研究对象（领域）分布失衡和交叉学科研究比例偏低两方面。无论哪一方面的局限都说明了环境法学理论研究的不足。研究对象（领域）失衡表明环境法学理论不成熟，学者的研究多是跟风式的，社会发展的热点决定理论研究的方向，理论未能走在制度之前，理论也不能真正满足社会实践的需要，甚至不能满足自身发展和完善的需要。

## 五、中国环境法学研究展望

首先，环境法学研究在经历了近三十年的"起步——发展——调整——再发展"的历程后，现在的势头正好，也即将进入其繁荣期。环境法学者应当努力抓住机遇，迎接挑战，争取在最短时间内以最快速度推动环境法学研究的繁荣。

其次，环境法学研究的阶级性现阶段仍是环境法学者不可回避也不能回避的选题，围绕这一选题依然可以做出很多好的文章。当然，在以此为题做文章的同时，也不要忽略了环境法学的自然属性，只有双管齐下才能更好地进行理论创新。

再次，环境法学者们应当更多地致力于环境法学研究的体系的确立，统一认识，统一规划，分工协作，使环境法学研究不再漫无目标、不再跟风、不再失衡。同时注意使环境法学研究的选题更加深入，以保证研究质量。

综上，笔者认为：今后环境法学的研究应当充分发挥其新兴边缘学科的特点，扬自然科学之长，避社会科学之短，系统地规划自身的发展，增强学科交叉研究的意识，真正使理论科学化，在完善自身的同时满足制度建设和社会发展的实践需求。

# 中国法理学三十年发展的回顾与反思

## ——马克思主义法理学在中国新时期的发展

史凤林* 王 瑾**

**摘 要：** 新时期中国的法理学从本质而言，属于马克思主义的法理学。改革开放三十年来，中国法理学经历了马克思主义法理学在中国的重新确立、创新发展和不断完善三个阶段的发展过程；中国法理学在新时期实现了学科地位从附属到独立，学科体系从混杂到清晰，学术思想观念从幼稚到逐步成熟的重要转变。同时仍存在着学科研究进路不清、学术自觉不够、理论争鸣欠深度、学术研究方法僵化、教条等严重缺陷。因此，在关注和肯定中国法理学发展进步的同时，必须对其进行全面反思，以期学术重构。

**关键词：** 法理学 发展历程与特点 学术反思与重构

从 1978 年到 2008 年，是中国社会主义改革开放和现代化建设飞速发展的三十年，也是包括法理学在内的整个法学事业取得长足发展的三十年。三十年来，中国法理学在建设和发展有中国特色社会主义伟大实践的

---

\* 山西大学法学院副教授，山西省法理学研究会秘书长，主要从事法理学与法律社会学方面的研究。

\*\* 山西大学法学院 2007 级法理学硕士研究生。

推动下，在邓小平理论、三个代表重要思想和发展观的指导下，使马克思主义法学观在中国实现了不断创新、不断完善。伴随着十一届三中全会后党中央关于"社会主义民主与法制"新模式的提出，"依法治国、建设社会主义法治国家"治国纲领的确立和科学发展观全面系统的阐释，以及学术界"民主与法制"问题的探讨，"法治与人治"的争鸣，"人权、宪政"理论的探究，市场经济与现代法律的精神关系的厘定等一系列学术问题的提出和论证，中国法理学不仅经历了马克思主义法理学的重新确立、创新、不断完善的发展过程，也实现了学科地位从附属到独立，学科体系从混杂到清晰，学术思想观念从幼稚到逐步成熟的重要转变。但是，无论从法理学的学科研究内容与形式，还是学术思想观念的创新与发展，中国法理学仍存在严重的不足。为此，在十一届三中全会胜利召开三十周年即将来临之际，我们对中国法理学三十年之发展进行总结与反思具有十分重要的理论和实践意义。

# 一、新时期中国法理学的发展历程

1978 年党的十一届三中全会的胜利召开，既是当代中国社会主义改革和发展的转折点，也开启了中国法学的复兴之门。特别是 1978 年开展的"实践是检验真理的唯一标准"的大讨论，不仅推动了中国新时期马克思主义的思想解放运动，为社会主义改革开放奠定了思想基础，也为中国法学包括法理学的发展竖起了新的航标、注入了新的活力。关于新时期中国法理学的发展历程的划分与描述，学界有多种观点，有的分为三阶段[1]，也有的分为四阶段[2]，但是他们共同之处有三方面：一是以 1978 年的十一届三中全会为起点；二是以党中央治国方略的转变和学术界关于法理学核心命题的争鸣、论证的转换发展为基本考察线索；三是以法理学的学术研

---

① 张文显、姚建宗等：《中国法理学 20 年》，载《法制与社会发展》1998 年第 5 期。
② 王永虎：《对 25 年来中国法理学研究热点问题的思考》，载《天水行政学院学报》2007 年第 2 期。

究思路、方法的反思为目的。不同之处在于他们对当代中国法理学发展历程考察的终点或期间不同。笔者对新时期中国法理学的发展历程考察是以1978 年至 2008 年三十年为期间，以马克思主义法学观的中国化为主题，将中国法理学的发展分为三个阶段。

### （一）马克思主义法理学的重新确立阶段（1978 年－1991 年）

新中国成立初期，老一辈的法学理论工作者在继承革命根据地法制经验和吸收前苏联国家和法的理论基础上，开始探索运用马克思主义的立场、观点、方法研究法律问题，为我国马克思主义法理学的发展初步奠定了基础[①]。但是 1957 年反右以后，随着极左错误思想、法律虚无主义思想的滋长蔓延，社会主义民主与法制逐渐被破坏，法理学研究也长期处于停滞甚至倒退的状态。1978 年随着党的十一届三中全会的召开和真理标准大讨论，我国法理学又走向了健康的发展道路，马克思主义法理学在中国新时期又重新确立。其具体表现在四方面：1. 马克思主义解放思想、实事求是的思想路线重新确立，使中国法理学发展明确了指导思想。2. "民主与法制"新模式的提出，彻底否定和清除了林彪、"四人帮"破坏社会主义民主与法制的罪行，肃清极"左"错误思想对法学理论研究和法律实践的错误影响，纠正我国法理学界对马克思主义法学观的曲解，恢复了马克思主义法理学的本来面目。3. 中国法理学界在与否定马克思主义法学基本原理的极"右"错误思潮和坚持"以阶级斗争为纲"极"左"错误思潮的斗争中，围绕法的概念和本质、人治与法治、法律面前人人平等、法律与政策等法学理论和法制建设的基本问题的讨论、争鸣、论证，深化了对马克思主义法学观、方法论的认识，丰富发展了马克思主义法理学。4. 这一时期，法理学的教科书开始出版发行，介绍西方法理学的论著开始出现。

当然，这一阶段我国法理学仍处于低水平的原初发展状态，法理学的

① 法理学革新的集大成者当属李达，其于 1947 年春到湖南大学法律系任教授，写成《法理学大纲》讲义。这是历史上第一部用科学的世界观和科学的社会观研究法学基本原理的系统的法理学专著。

学术地位尚不独立，法理学的学术体系框架尚未形成，法学理论学术思想尚处于幼稚状态。法理学在"左"或"右"的思潮影响下徘徊不定，后期曾出现学术研究的沉闷局面。

## （二）马克思主义法理学的创新发展阶段（1992 年 – 2001 年）

1992 年邓小平同志南方谈话后，我国法理学研究加快了观念变革和理论更新的步伐。在这一阶段法理学界在坚持马克思主义法学基本原理的基础上，紧密结合建设有中国特色社会主义伟大实践，在许多重大理论问题上使马克思主义法理学在中国实现了创新发展。其具体表现为五方面：1. 邓小平同志南巡讲话彻底解决了"什么是社会主义"、"如何建设社会主义"等长期制约我国社会主义建设和发展的根本理论问题，同时也为法理学界进一步解放思想、转变观念，实现马克思主义法学观在中国的创新发展指明了方向。2. 法理学界紧紧围绕建立和发展社会主义市场经济体制这一时代主题，对在社会主义市场经济体制下如何更新法治观念和法律精神，建构与适应市场经济要求的法律体系，市场经济与法治的关系等重大理论问题进行了深入细致的研究论证，有力推进了法理学基本问题的研究。3. 对法理学基本原理、原则研究更加深入，法理学研究的视野、方法进一步拓宽。特别是将法理学体系归结为"五论"①，即本体论、价值论、范畴论、运行论、关联论；把法理学研究方法论系统化、科学化为"两个基本层面"② 和"三层次"③，使得法理学研究具有标志性成果。4. 党的十五大首次明确将依法治国、建设社会主义法治国家确立为政治体制改革的基本目标和治理国家的基本方略，并写入宪法，这不仅为社会主义法治实践指明了方向，也为法学研究提供了一个新的发展契机与理论兴奋点④。这也成为之后几年法理学研究主题和马克思主义法学中国化的标志性成果。5. 这一时期法理学的系列学术专著、译著大批量出现，质量也明显提

---

① 李龙：《法理学》，武汉大学出版社1996年版，第9 – 12 页。
② 张文显：《法理学》，法律出版社1997年版，第15 – 25 页。
③ 同②。
④ 李龙主编：《人本法律观研究》，中国社会科学出版社2006年版。

高。

总之，这一阶段法理学基本实现了创新性的发展，独立学科地位得以确立，学科研究体系初步形成，标志性的教材、学术著作大量出版，中青年的法理学家涌现并活跃在法理学的教学和科研岗位上，发挥着骨干示范作用。

**（三）马克思主义法理学的不断完善阶段（2002 年 – 2008 年）**

以人本主义法律观的提出为标志，我国的法理学进入对新时期中国法学和社会经济发展全面反思、总结提高、完善的新阶段。这一阶段，法理学界不仅直面改革开放以来中国社会主义改革发展及法治建设的伟大实践中正反两方面经验教训，而且从经济全球化、法律国际化的视角，对中国法学乃至法理学发展趋势及其归宿，以高度热情予以关注，以严谨审慎的态度予以重构论证，使得马克思主义法理学在中国不断完善。其具体表现在三方面：1. 从学术研究的内容而言，人本主义法律观的提出和论证弄清了法律的出发点和归宿，它既是对人类法律文化遗产的科学总结，也是时代精神的体现，代表了中国法学的方向，同时成为马克思主义中国化的重大成果。它从现实和终极意义上解决了中国法理学的发展目标——培植法律人文精神，树立以人为本的法律理念，构建以人为本的法学理论体系，促进和保障人的全面自由的发展。2. 从学术研究的方法而言，多元法文化学术立场的转变和构建式学术风格逐渐形成，使得中国特色的法理学体系和学术思想不断完善。特别是法理学界关于法制现代化和法学现代化的讨论，使得法理学的学术研究态度确立为"多元法律文化的中国立场"，这样更具建设性的态度；也使得法理学研究在坚持马克思主义法学基本原理的同时，努力与我国社会主义民主法制的实践相结合，并在建设有中国特色的社会主义的实践中应用、检验和发展马克思主义法学。3. 从学术成果而言，法理学标志性的学术成果不断产生，老中青相结合、结构合理的科研、教学梯队形成和壮大，以及以法理学为龙头的学科群的形成和完善，都使得马克思主义法理学在中国日益完善。

## 二、新时期中国法理学发展的反思

改革开放三十年，我国法理学取得了长足的发展，使马克思主义法理学在我国实现了重新确立、创新发展和不断完善；使得法理学实现了学科地位从附庸到独立，学科体系从混杂到清晰，学科思想从幼稚到逐步成熟的重要转变。这些发展成果主要得益于马克思主义基本原理的正确指导，我国改革开放与民主法制建设实践的巨大推动，解放思想、实事求是的思想路线和"双百"方针的实施所形成的良好学术氛围，法学理论工作者积极热忱、不懈探索、理论联系实际的工作作风。但是，法理学研究内容，特别是研究方法上仍存在严重不足。主要表现在下列四方面：

（一）法理学研究的进路不清。所谓法理学研究进路不清是指法理学的研究既不清楚其立足点，也不明白其真正归宿。邓正来教授在其《中国法学向何处去—建构"中国法律的理想图景"时代的论纲》一文中指出，中国缺乏自己的"法律思想图景"。究其原因是独立思考缺失。这确实是中国法理学界的症结之一，应当引起足够的反思①。但笔者认为，中国法理学研究除归宿不清外，同样存在"立足点"不清楚，即法理学应基于什么样的学术立场、学术风格、学术传统、学术氛围、学术方法去展开对其问题的研究。因此，中国法理学在学术立场上应坚持以马克思主义法学原理为指导，吸纳古今中外一切优秀进步的法学思想，从中国的实际出发，着眼于中国民主法治建设的实践，不断实践和发展马克思主义法学，提出一整套适应中国国情而关注人类生存和发展的一般法律问题的独创理论体系②。同时，法学研究进路不清所存在的两方面问题，主要是法理学研究的问题，对此法理学应首当其冲，并推动部门法学的研究。

（二）法理学界学术自觉不够。长期以来，我国学界特别是在法学界，

---

① 王永虎：《对25年来中国法理学研究热点问题的思考》，载《天水行政学院学报》2007年第2期。

② 舒国滢：《法理学科的缘起和在当代所面临的问题》，载《法学》1998年第10期。

学术会议变成了一种政治表态，注释法条成为学者的主要任务，"跟风"研究司空见惯，典型事件的法理解说成为主流。加之我国"左"的政治思维对法理学发展的影响较深，法理学界的学术自觉虽然在特定阶段或个别学者中间表现较好，但整体上仍然未成为主流。具体表现在四方面：一是对法律的终极价值目标的追求不坚定，缺乏法律职业信仰；二是对社会现实"关注"停留在表层，缺乏求真务实的学术姿态；三是学者之间、学派之间缺乏真正的批判精神、合作诚信，对社会事件的评价不能保持一种相对超然的学术品格；四是学术作品原创性价值不高。

（三）法学理论的争鸣欠深度。三十年来，我国法学理论争鸣始终缺乏真正的深度，虽学术争鸣主题渐多，学术批判也渐增，但是这种学术争鸣水准低、缺乏正面交锋，形成一种"对牛弹琴式"或"隔山打牛式"的学术交流状态。具体表现在三方面：一是在内容上法理学的学术争鸣往往演变为政治意识形态主题之争，学术问题政治化、学术见解庸俗化、学术批判标准教条化；二是在形式上法理学的学术争鸣非规范化，学术争鸣缺乏宽容、平等的态度和求真、善意的旨趣，有时甚至蜕变成人身攻击；三是在氛围上法理学的学术争鸣缺乏真正互动的平台。以"权"压人，以"大帽"扣人，学术"权威"垄断学术资源，学术传播"近亲繁殖"现象严重。

（四）学术研究方法僵化、教条化。马克思主义法学之所以能在文明社会的法学史上实现一场伟大的革命，不仅体现在它有科学的世界观为指导，同时也取决于其正确的方法论的保证。因此，中国法理学三十年来的成败得失与学术研究方法的得当与否是息息相关的。尽管我国法理学始终主张坚持马克思主义唯物辩证法方法论原则的指导，但长期存在对马克思主义方法论曲解、误解，以一种教条式、断章取义式的方式来理解、阐释马克思主义观点。其具体表现在四方面：一是理论上主张实事求是、解放思想，实际行动上搞"实用主义"，一切服从政治需要，用简单的概念、原则、口号来硬套纷繁复杂、不断变化的客观现实[1]。把活生生的马克思

---

① 李龙、汪习根：《二十一世纪中国法理学回眸》，载《法学评论》1999 年第 4 期。

主义理论变成了僵死的教条；二是用"阶级对立"的简单公式来取代生动的阶级分析法；三是过分强调意识形态的纯洁性，缺乏重视实践经验的科学态度，注重定性研究，缺乏定量研究；四是注重对法条、党的政策、领导讲话进行理论注释，缺乏相对超然的学术思维方式。当然，这些问题并非全部是法学界或法理学界的问题，它在我国既具有普遍性，也具有特殊性。

# 三、当代中国法理学的学术重构

当今，中国特色的社会主义现代化建设和民主法治建设的实践正向纵深发展，这为法学理论的进一步繁荣发展奠定了坚实的实践基础，马克思主义既相对稳定，又与时俱进的理论品格也为法学理论的发展完善提供了充分的学术研究空间。中国法理学秉承马克思主义法学的基本精神，面对中国社会转型的伟大实践，将具有广阔的发展前景，中国的法理学工作者将迎来尽其所能发挥创造性的历史机遇。因此，重树中国法理学的学术立场，重构中国法理学的学术传统，不断提升中国法理学的学术品位将成为每一个法理学研究者的共识。

（一）重树中国法理学的学术立场。学术立场是学术研究活动的立足点和归宿。中国法理学的学术立场应当是"一元指导思想下多元法律文化的中国立场"，它包括三层含义：第一，中国法理学应从中国的实际出发，着眼于中国民主法治建设的实践；第二，以中国传统法律文化、西方法律文化等多元的法律文化为参照，吸纳古今中外一切优秀的法律思想；第三，中国法理学应坚持马克思主义的基本原理，以尊重客观规律为前提，为绝大多数人谋利益；提出并创建一套既符合中国国情，又关注人类生存和发展的一般法律问题的理论体系，并不断丰富和发展马克思主义法理学。

中国法理学之所以要坚持"一元指导思想下多元法律文化的中国立场"是因为：第一，马克思主义法学观和方法论是人类历史上最科学、最先进的法学理论，只有坚持马克思主义基本原理，才能使法理学研究走向成功；第二，以多元的法律文化为参照，吸收古今中外一切优秀的法律思想，这既是马克思主义对待人类文化遗产的基本立场，也是重构中国法理学学术传统、提升中国法理学学术品位的必要途径；第三，从中国的实际出发，着眼于中国民主法治建设的实践，这既是马克思主义实事求是、理论联系实际基本原则的必然要求，也是任何社会实践活动的理性选择。

（二）重构中国法理学的学术传统。学术传统是在长期的学术研究过程中逐步沉淀下来、凝结而成的知识体系、理论旨趣、研究风格、学术规范等①。它包括三方面要素，即基础要素——知识体系；核心要素——理论旨趣、研究风格、学术规范；环境要素——学术氛围。基础要素是显性要素，主要依靠知识的积累；而核心要素属于无形要素，主要靠长期的学术凝练，它是学术存在与发展的支撑点，也是学术生生不息、推陈出新的活力源头与生长点②；而环境要素属于学术研究的外在要素，它是学术活动和水平的激活剂。中国法学先天不足，后天多经历曲折，导致法学特别是法理学缺乏深厚的学术传统，制约其健康、快速发展。因此，中国法理学学术传统的重构，需要一种跨越式发展。其学术传统重构的基本策略应以有形要素重构为基础，以无形要素的重构为核心，以环境要素的营造为保障。所谓以有形要素的重构为基础，是指以法学知识体系的积累作为基础和前提。具体措施是从古今中外一切优秀进步的法律文化、法学知识体系，从马克思主义法学知识体系，从中国民主法治建设的实践经验中充分地汲取营养和理论资源，并实现良性互动。所谓以无形要素的重构为核心，是指以理论旨趣、学术风格和学术规范的凝练为重点。具体措施：一是树立求真至善的理论旨趣，由服从学术权威（包括革命导师个人）向服膺普遍真理转变，实现法学真、善、美的统一。因为"以善意的批评、合作为出发点，以增进民族和人类的福祉为归宿"始终是学术活动的终极关怀和永恒主题。亚里士多德的"我爱我师，我更爱真理"的至理名言便是这种理论旨趣的体现。二是树立求真务实的学术风格。由服从书本向服膺

---

① 张文显：《法理学》，法律出版社 1997 年版。
② 同上。

实践转变，由注释法条、解释事件向应然与实然相结合的综合研究转变，由批判性法理学向批判性与建构性法理学统一转变。三是倡导求真、严谨的学术规范。坚持历史与逻辑、内容与形式、具体与抽象、归纳与演绎的统一。所谓以环境要素的营造为保障，是指建立和形成宽容平等、诚信合作的学术交流平台或氛围，强化学术争鸣深度，拓宽学术争鸣的范围，提升学术研究的品位。

（三）提升中国法理学的学术品位。学术品位主要是指学术活动及其成果的理论质量和实践价值的档次。它是评价学术活动及其成果的综合指标，是衡量学术立场、学术传统的质量和效益的根本标志。中国法理学虽然经过了百余年的发展历程，但总体上讲学术品位较低，改革开放三十年虽有所提升，但若和发达国家和地区相比仍属原初水平。因此，不断提升中国法理学的学术品位对法理学的发展至关重要。提高当代中国法理学学术品位的基本策略是走马克思主义与当代中国民主法治建设相结合的道路，以最大限度促进人的全面自由发展为宗旨，坚持法理学与应用法学互动结合，加速法理学研究方法的现代化。具体包括四层含义：第一，走马克思主义与当代中国民主法治建设相结合的道路，是提升当代中国法理学学术品位的切入点，因为离开马克思主义基本原理的指导，法理学缺乏科学性，离开中国民主法治建设实践法理学就会变成不切实际、唯心、空洞的理论，缺乏应有的实践价值。第二，最大限度促进人的全面自由发展，这是提升当代中国法理学学术品位的关键要素，因为任何真正科学的理论不仅具有普适的理论价值，而且必然是人类获得真正解放的思想武器。不能给人类的全面自由发展以终极关怀的理论，不是真正的马克思主义，也绝非高品位的学术。第三，坚持法理学与应用法学互动结合，这既是促进法理学、应用法学双赢共进的良方，也是提升法理学学术品位的基本途径。第四，加速法理学研究方法的现代化，这既是法学现代化的基本要求，也是提升法理学学术品位的条件保证。

纠纷解决和行政法：一种复杂关系的历史、需求及未来

# 纠纷解决和行政法：一种复杂关系的历史、需求及未来

菲利普·J. 哈特*　赵银翠**译　宋华琳***校

## 一、概述

此次研讨会的邀请函上提及了对"有关法院案件积压以及全面彻底审判所导致的高额诉讼成本"的关注，认为替代性纠纷解决方式已经成为"亟待法律职业者关注的课题"。① 其他人也用类似的方式描述了替代性纠纷解决方式的潜能：

社会不能也不应完全依赖于法院来解决纠纷。对诸类纠纷而言，其他机制可能更具优越性：费用可能较低，时间更快，更少受到胁迫，能更好地感知到争议当事人的利益之所在，更好地回应具有根本性的问题。这些

---

* 本文作者 Philip. J. Harter，于 1964 年获凯尼恩学院（Kenyon College）学士学位；1966 年获密歇根大学硕士学位；1969 年获密歇根大学博士学位。本文为作者在 1984 年维拉诺瓦法律评论组织的研讨会上的讲演。

** 山西大学法学院讲师，法学博士，主要从事宪法学与行政法学研究。本文为山西大学人文社会科学科研基金项目（0709058）研究成果之一。本文的翻译及出版已获作者授权，在此特向 Harter 教授表示诚挚的谢意。

*** 南开大学法学院副教授，法学博士。

① 1983 年 8 月 10 日维拉诺瓦法律评论的主编 J. Gordon. Cooney, Jr. 给本文作者菲利普·J. 哈特的来信（邀请本文作者参加 1984 年维拉诺瓦法律评论组织的研讨会）。

机制可能更好地分配正义，减少敌意，让当事人感到其争议受到重视，并且保持了其对案件的控制，而不是将争议交由律师、法官以及错综复杂的法律体系控制。①

目前纠纷解决无疑受到极大的关注，寻求法院之外或与法院并行的纠纷解决方式，不仅可以减轻法院的负担，而且可以获得更为满意的结果。

有趣的是，人们习惯性地认为众多行政项目及相关程序的目的在于，它们提供了一种更具回应性的、灵活的社会问题解决之道。② 与法庭审判相比，行政审判被认为不那么令人讨厌，费用更低，也更加节省时间。③ 规则制定被看作是填补立法细节的一种方式，或者是以一种更加简易、迅速的执行性方式对特殊事项进行回应，这有别于立法机关的奇思怪想，也有别于通过普通法发展政策的法庭审判。通过司法审查，法院可以确保规制机构采取的行动不是恣意的、反复无常的，可以确保该行为没有超越法律界限，而不是去包容规制机构的决定。④

同样显而易见的是，行政过程本身也成为问题的一部分。作为对特定

---

① Office Of Legal Policy Of The United States Department Of Justice, Paths To Justice：Major Public Policy Issues Of Dispute Resolution (1984).

② 参见 B. Schwartz, Administrative Law 3 (1976). 因此，行政机关对法院所创设的问题或超越了法院疆域之外的问题，来给予处理或救济。有学者的解释是，联邦行政程序法中"行政机关"的定义是"将行政机关等同于执行分支。"同前注；参见美国联邦行政程序法，5. U. S. C. §§551 –559, 701 –706 (1982). 联邦行政程序法将"行政机关"定义为：行政机关是指美国政府中的各个机构，不论其是否隶属于另一机关，或受另一机关的审查，但不包括——（A）国会；（B）联邦法院；（C）美利坚合众国领地或属地的政府；（D）哥伦比亚特区的政府。5. U. S. C. §§551 (1) (A) –(D) (1982).

③ 参见 K. Davis, Administrative Law Text 194 –214 (3d. Ed. 1972)（描述了行政机关适用的裁决程序）[下文称为 Davis Text]；B. Schwartz, Administrative Law 263 –327 (1976)（讨论了行政机关适用的公正听证要求）。除了更经济和更省时外，程序规则与证据规则也作了相应调整，以实现正义和效率。一般的可见于 2. K. Davis, Administrative Treatise §102, At 308 –09 (1979)（探讨了"公正的非正式程序"，认为其是对目前被称为"裁决"的行政机关行为的一种更为准确描述）[下文称为 Davis Treatise]。

④ 参见 Administrative Law Procedures Act, 5. U. S. C. §706 (2) (A) (1982) 联邦行政程序法规定，审查法院"发现行政机关的行为、裁定和结论恣意、反复无常、滥用裁量权或有其他不合法的情形时，有权宣布其为非法并予以撤销。"同前注；参见 K. Davis, Administrative Law Text (3d. ed. 1972), §6:6（探讨了对行政机关规则的司法审查，以及此审查对行政机关选择规则制定程序的影响）。

问题的回应而确立的项目，越来越变得劳神费力、僵硬严苛。行政过程本身也"因成本过高、繁琐、效率低下而备受责诟"。① 毫无疑问，这些问题的出现部分可归因于官僚制度的惯性以及维护旧有价值的努力，但这也是对实际存在问题的适度回应。

既然我们对行政过程感兴趣，有志于改善影响当事人决定的方式，那么，我们应该有意识地去寻求是否存在某些方法，能够重建对行政法的初始预期，为当事人提供适当的权利保护，去实现相互之间的艰难平衡。②

对行政过程的审视，同对纠纷解决的一般讨论特别相契，因为行政过程的出现满足了纠纷解决的需要。此外，随着行政过程的演进和成熟，必须努力并且也正在努力界定行政过程与法院的关系。因此，纠纷解决的"制度化"（institutionalization）③ 可以从行政过程获益良多，行政过程也可从各种纠纷解决方式所给予我们的洞见中获益。

为了透视纠纷解决与行政过程的复杂关系，有必要对其历史、现实需求及其未来发展进行考察。

## 二、行政法的历史

### （一）规制项目的设立

许多规制机构所实施的规制项目，所发布的规章，至少在某种程度上可以被视为对现行权益纠纷解决机制的不满。④ 对此的回应是设立规制机

① Announcement of ABA Section of Administrative Law, Consensus as an Alternative to the Adversarial Process (program held September 30, 1983).

② 有关权利保护与回应性之间适度平衡的讨论，可参见下文注释31－32及所对应正文部分。

③ 从建立纠纷解决机制的长远发展来看，制度化似乎是一个不太好的词。"设立"有某种成功的意味，而制度化听起来像是向当地精神病院的一项承诺。然而，这一概念作为一个术语看起来已经被人们接受。

④ Perritt, "And the Whole Earth Was of One Language"——A Board View of Dispute Resolution, 29. Vill. L. Rev. 1221 (1984).

构，使其改变受影响当事人的实体性权利，并以行政过程代替司法过程，以更好地实现规制目的。兹以下述五例加以说明：

1. 国家劳资关系法①

法院将传统的法律概念和学说用于劳资关系，如将指控共谋的刑事检举或反垄断法适用于组织工会的活动，其导致的后果是反对工会，反对自助式持股，因而招致广泛的不满。② 最终的结果是通过了国家劳资关系法，由国家劳资关系委员会执行。该法创设了实体性的组织工会权，该权利在此前并不被承认，而且委员会作为一个专家组织，能够同情地看待雇员组织工会权和集体谈判权产生的缘由。③ 加之，一项对劳工有利的法律④禁止法院以发布禁止令的方式干预这一政策，而根据传统律令，法院有权这么做。⑤ 于是，由于对法院所适用的法律的实质性不满，法律被修改了。同样，由于对法官所表现出来的偏见的不满，一个更富有同情心的机构被创设出来以审理出现的纠纷。

2. 环境保护署（EPA）

乍看之下，纠纷解决的失败好象与清洁空气法⑥、联邦水污染防治法⑦

---

① 29. U. S. C. § § 151 – 168（1982）.

② 下文分析的有关规制事项，多是用来解决由于谈判能力不平等所引发的社会问题。

③ 参见 29. U. S. C. § 151.（1982）。该法案的通过是为了保护"雇员依法享有的结社权利与集体谈判的权利"，从而保护商业，"使其免受伤害、侵蚀或中断。"同前注。

④ 诺里斯－拉瓜迪亚法（Norris – LaGuardia Act）"宣称允许雇员结社和集体谈判而免受雇主强制是美国的一项公共政策，在有关劳资纠纷的大多数集体谈判案件中，通过规制和颁发禁令来达到这一目标。"R. Gorman, Basic Text On Labor Law 4（1976）；参见 29. U. S. C. § § 101 – 110, 113 – 115（1982）。

⑤ 参见 R. Gorman, Basic Text On Labor Law 4（1976）；A. Cox, D. Bok & R. Gorman, Cases And Materials On Labor Law 55 – 60（9th ed. 1981）（在诺里斯－拉瓜迪亚法颁布之前，对某些有关禁令基础传统学说的一般性讨论）。

⑥ 42. U. S. C. § §7401 –7642（1982）.《清洁空气法》"通过两种方式对工厂的空气污染进行规制：空气质量控制和排放控制。"R. Zener, Guide to Federal Environmental Law 1（1981）.

⑦ 33. U. S. C. § §1251 –1376（1982）；参见 R. Zener, Guide to Federal Environmental Law 59 –124（1981）（有关水污染控制立法的深入研究）。

或者环境保护署执行的任何其他法律都没什么关系。[1] 如果那些生活在排污工厂附近的居民有一种简便易行的、价格不高的方法来行使"权利"[2]，以清洁空气或水，并从排污者获得赔偿，那么污染的成本将被内化，工厂将不得不在赔偿与污染或治理之间进行经济上的选择。因为受影响的企业被认为有更大的动机和适当的知识来采取行动，这种选择将胜过环境保护署的执法。而且，与命令——控制规制模式相比，这种选择使成本的分摊更加精确，更接近于经济上的理想状态。[3] 由于在这种机制之下不再有外部性的问题，因而也不需要进行规制，规制的正当性也不复存在。但是，当然这种机制不可能存在：没有一种直接的、价格不高的、精确的体制能够使这些成本内部化。这样做将会花费巨大、耗时过长，因而其最终结果是，污染成本由邻近的居民承受。由于成本错置，其结果之一便是设立规制事项，禁止某些行为，并以此作为一种将成本内在化的方式。而且，集权化的规制机构有执行禁令的义务。有时候，正是由于受益人——本案中的邻人——还负担不起行使其新型权利的费用；而在其他他们付得起费用的案件中，被规制的企业会着力促成一个界限，以提高纠纷解决的门槛，

---

① 接下来的分析主要适用于对"外部性"的规制。参见 S. Breyer, Regulation And Its Reform 23－26 (1982)；I. Millstein. &. S. Katsh, The Limits of Corporate Power 138－42 (1981). 该分析也可以适用于需要事先审批的项目，尽管有时并非如此。参见 I. Millstein. &. S. Katsh，前注第142－143页（事先审批式规制要求产品上市前获得行政机关批准）。该分析也可适用于药品安全和有效性规制，因为快速解决纠纷将使错误及其他问题产生的成本内部化。为了使该观点成立，必须假定公司能够事先意识到危险药品上市的不利后果，并因此而采取最佳检测方式以确保其安全性（并且意识到药品上市必须符合法律规定）。毫无疑问，有些人坚持认为，为了获得不安全信息，一些个体将会承担生命危险，因而他们倾向于建立一种事先规制机制，能够预测到风险并且在药品上市之前能够避免不合理风险。即使在此情况下，纠纷解决理论也可适用于现有食品和药品管理局规制的药品有效性领域之中。与纠纷解决模式相比，事前规制是否会在事实上导致更多人的死亡以及严重疾病，关于这一问题存在着广泛争议。例可参见 Roberts & Bodenheimer, The Drug Amendments of 1962：The Anatomy of a Regulatory Failure, 1982 Ariz St. L. J. 581, 612－13. （倡导以非正式纠纷解决方式加快新药审批过程）。

② 该种"权利"可能由制定法创设，并由难以界定的纠纷解决机制予以执行，或者由"普通法"发展而来。可以有几种解决相互竞争利益间冲突的方法，在此需要的是一种功能完好的机制，一旦利益得以确证，就可用其来解决相应的纠纷。

③ 命令－控制式规制是行政机关"要求或者规定被规制企业必须作出特定行为。"Stewart, Regulation, Innovation, and Administrative Law：A Conceptual Framework, 69. Calif. L. Rev. 1256, 1264. (1981). 规制机关通过"命令、禁令、民事罚款以及罚金"等方式贯彻其命令。同前注。

从而达到免于赔付的目的（无论赔付金额准确与否）。①

3. 联邦贸易委员会（FTC）

事实上，联邦贸易委员会的多项规则，即使不是基于其阐明的目的，也是基于委员会的笃信。他们认为，现行的纠纷解决机制不足以矫正已出现的问题。例如，如果不是对普通法或制定法上的欺诈案件进行检举的费用太高、太困难的话，委员会对职业学校②进行规制就没有多大意义。为了更有效的防止类似欺诈案件，委员会制定了学校必须予以遵守的专门规则。③ 违反这些规则就意味着违反了联邦贸易委员会的职责，委员会有权对违法学校强制执行该规则。于是，由于现有救济机制失灵，创设了某种专门的职责，并且受损害的一方从个人转变为委员会。有趣的是，这个学生的处境依旧：除了向委员会申诉之外，没有别的救济途径，而委员会有可能采取措施，也可能不采取任何措施。④ 类似的规则还有联邦贸易委员会关于特许⑤的规则。

4. 工人赔偿⑥

事实上，工人赔偿规制事项的创设是因为侵权法体系对受伤害雇员的

---

① 这里需要注意的是，是否违反《清洁空气法》及其实施细则是由法院进行判断的，而非由行政机关自己进行判断。参见 . U. S. C. §7413.（1982）。如果由行政机关就被规制企业是否履行义务举行听证的做法予以普遍化，则企业可能会担心行政机关会倾向于发现违法证据，而且认为法院举行的听证会更公平、没有偏私。这当然也是职业安全卫生审查委员会从职业安全卫生署分离出来的历史背景，前者颁布了认定违法的标准以及对权威著述。

② 联邦贸易委员会颁布规章，要求私立的职业学校和家庭作业学校必须遵守，以避免不公正及欺骗性的行为。参见 16. C. F. R. §438.（1984）。该规章的目的是"减少当前某些学校从事不公正的、欺骗性的广告宣传和招生活动"等行为的泛滥。Katharine Gibbs School, Inc. v. FTC, 612. F. 2d. 658, 661.（2d. Cir. 1979）〔引证了 43. Fed. Reg. 60, 795 - 817.（1978）〕。

　　联邦贸易委员会的规章在 1979 年被认定无效，其理由是"为了避免不公正的行为而制定的规章在处理违法行为时，其本身是不公正的。"同前注，第 662 页。

③ 参见 16. C. F. R. §438.（1984）。

④ 当然，规章的存在可能会改变学生与学校进行非正式谈判时博弈的能力。然而，在任何能够签发拘束性命令的法庭，学生却没有权利执行该规章设定的义务。该规章规定，学校在与学生签订的合同中可约定特别权利，并且学生可以通过民事诉讼的方式来实现其权利救济；但是，如果合同中没有约定这些权利的话，看起来就只能由联邦贸易委员会执行了。参见 16. C. F. R. §438.（1984）。

⑤ 参见 16. C. F. R. §438.（1984）。

⑥ 类似的分析可适用于残疾人社会保障、肺尘病或者铁路工人退休等事项。

赔偿不能令人满意。该规制事项创设了新的权利并由规制机构加以执行，使现行的实体法归于无效。赔偿争议至少首先不是由法院解决，而是由规制机构解决的。这种程序可能被看作是一种混合的官僚正义，由作为专家的行政官员作出初步决定，适用一种类似于司法程序，但却是富有同情心的辩论程序解决现有纠纷。① 此后才可以向法院提起诉讼。再一次，由于缺少富有同情心的、回应性的纠纷解决机制，导致了又一行政规制事项的创设。

5. 有毒物侵权②

不论是在法院还是在工人赔偿规制机构中，大量案件是关于因接触石棉以及其他有毒物质③而导致职业病的诉讼，因而有人建议创设新的规制机构或者是由现有的某个规制机构来处理此类问题。④ 有学者认为，规制机构能够确定某种特殊疾病与某类物质之间是否有充分的关联，进而决定是否强制工厂主承担责任，从而解决纠纷。⑤ 另有权威性的意见指出，规制机构可以发展出相应的信息和推定机制，以便用于将来的索赔和纠纷解决。

---

① 在残疾人社会保障案件中，有关官僚正义与司法正义之混合的详细讨论，参见 J. Mashaw, Bureaucratic Justice（1983）.

② 关于有毒物侵权案件中相关问题的思考，参见 Seventeenth Annual Symposium, Toxic Torts: Judicial and Legislative Responses, 28. Vill. L. Rev. 1083（1983）; Comment, 28. Vill. L. Rev. 1298（1983）.

③ 参见 Schwartz & Means, The Need for Federal Product Liability and Toxic Tort Legislation: A Current Assessment, 28. Vill. L. Rev. 1088.（1983）.

④ 参见 Schwartz & Means, The Need for Federal Product Liability and Toxic Tort Legislation: A Current Assessment, 28. Vill. L. Rev. 1109 – 15（1983）.

⑤ 谈到致害原因（或者说避免谈及致害原因），这是一个相当尴尬的方法，是认识到根据传统的侵权法，从严格的意义上对原因的认定存在困难。某种疾病可能在接触有毒物之后数十年才会表现出来，可能有多种病源学理论，也可能有非常重要的环境影响，因此，在最佳条件之下，将某种特定疾病归因于特定事件（或许在一段时间之内的持续事件）也许是不可能的，如果发生材料经常不足的情况，则更是如此。其结果是，提出了一种新的解决致病原因问题的方式，即将致病原因归结到接触有毒物质。当然，也有人反对这一主张，其理由是这种不确定性将会不适当地导致过度救济。这种争论有可能会成为这个时代活跃的政治话题之一。参见 Kircher, Federal Product Legislation and Toxic Tort: The Defense Perspective, 28. Vill. L. Rev. 1116, 1119 – 31（1983）.

概括言之，许多规制项目的设立是为了矫正所谓的市场失灵①，而市场失灵可能反映了现行体制事实上没有能力适当地解决实体性纠纷。也就是说，与另外一些人的权利义务相比，一些人因为缺少对其权利和义务的必要救济而被视为"受害者"。那么对此的回应是创设一个行政规制项目来改变实体性关系，并设计更具合意性的程序，来提供内置的纠纷解决机制。②

所有这些经验仅仅表明了纠纷解决与行政规制密切相关。因此，接下来我们既要考虑如何改善纠纷解决机制，也要考虑是否有必要创设一个规制事项以矫正某些社会问题。缺乏对这种联系的敏锐考察可能会带来功能失调，造成事实上的长远损害。此外，我们在考察新的纠纷解决机制的制度化时，也应敏锐考察行政规制事项的历史发展：也许适当的回应并不是建立一种新的纠纷解决机制，而是设立一个规制机构；反之亦然。在某些情况下，经验会揭示出将来可能出现的问题的本质。

## （二）行政程序

在二十世纪二十年代和三十年代，新的行政规制事项被不断地创设，它们有极高的灵活性、能更好地回应新的社会需要，来卫护新的权利。与此同时，人们也努力运用程序将这些新权力的行使限制在国会的明确授权范围之内。③ 而且，在这一时期新设立的许多规制事项都规定了非常正式的规则制定程序，并通过正式的程序来行使权力。④ 国

---

① 这一理论可能不适用于矫正竞争失灵的规制事项。参见 I. Millstein & S. Katsh, The Limits of Corporate Power 132 - 46（1981）.

② 当然，某些纠纷是通过法院或者现行的其他纠纷解决机制加以解决的。然而，随着潜在纠纷性质的改变，纠纷解决机制也随之改变了。

③ Stewart, The Reformation of American Administrative Law, 88. Harv. L. Rev. 1669, 1671 -73（1975）. Stewart 教授以如下方式解释了行政法的界限："对私人行为的强制必须有立法机关的授权，立法机关必须颁布规则、标准、目标，或者一些'可以理解的原则'，以指导行政权的行使。"同前注，第 1672 页（省略脚注）.

④ Attorney General's Committee On Administrative Procedure, Final Report 105 - 08（1941）.

会在 1939 年通过一个法案①, 以将这种趋势法典化, 但该法案因为过于严苛而被罗斯福总统否决。罗斯福总统以回顾既往的措辞, 论及了替代性纠纷解决机制的需要, 以及法院和律师存在的问题, 并提出了对该法案的看法：

> 为了解决特定制定法之下浮现出的争议, 逐步演化出了行政裁判机构或行政规制机构。这些行政裁判机构的特征在于以简化的、非技术性的听证取代了法院审判程序, 以非正式程序取代了严格而正式的起诉和诉讼程序。
>
> ……然而法律职业群体中的一大部分人始终不能接受存在行政裁判机构的现实。他们中的大多数人更偏爱法庭的庄重仪式, 其间律师成为可以发言的一方；而在简化的行政听证程序中, 当事人能理解这些程序并参与其中。②

因此, 在相对正式的程序和更加灵活的行政程序之间, 存在着紧张关系。尽管联邦行政程序法可以将某些类型的程序予以法典化, 但关于行政过程的争论仍在继续。③

不同于法国, 美国联邦行政程序法明确分为相对独立的两部分：通告评论规则制定程序和某些类别的听证程序, 后者着重于正式的、审判式的活动。④ 规则制定部分仅仅要求在《联邦登记》上发布拟制定规则的公告, 接受利害关系人的评论, 考虑利害关系人提出的"相关"事项, 随后公布最终规则, 以及"制定该规则的依据及目的的简要说明"。然而, 制定规则的实际程序远为复杂, 要考虑许多实质性因素。⑤ 另一方面, 行政程序

---

① Walter – Logan. Bill, H. R. 6324, 76th. Cong., 3d. Sess. (1940).

② 86. Cong. Rec. 13, 942 – 43 (1940).

③ Harter, Negotiating Regulation：A Cure for Malaise, 71. Geo. L. J. 1, 2 – 18 (1982).

④ 例如, 联邦行政程序法首先对规则 (rule) 进行了界定。5. U. S. C. §551 (4) (1982). 之后将"命令" (order) 定义为"除了规则制定之外, 行政机关就包括许可在内的某件事项所作出的最终决定的全部或一部分。"同前注, §551 (6)。随之, "裁决"被界定为"形成决定的过程。"同前注, §551 (7)。因此, 行政行为被分为两部分：规则与命令, 相应的程序设计也分为规则制定程序和裁决程序。

⑤ 参见 Harter, Negotiating Regulation：A Cure for Malaise, 71. GEO. L. J. 1, 9 – 10 (1982).

法详细规定了错综复杂的裁决程序和规则制定的正式程序。①

但这两种模式仅仅是连续的行政程序的两极。② 事实上行政程序还有其他形式，也更为复杂。在过去二十多年中，随着行政国家的快速发展，行政过程发生了某些重要变化，而这两种模式却没有反映出这种变化。③

例如，环境保护署依法颁发许可证的行为是制定规则的行为还是作出裁决的行为？④ 对克莱斯勒的贷款担保或其他补贴的性质如何？还有由各州设定的各种条件的性质如何？——比如说，每小时 50 公里的时速限制——同规章一样具有强制性，但却不适用联邦行政程序法。行政机关如何作出这些决定，诸如是否决定在国家森林中铺路，是否批准某项环境影响报告，或者是否批准一项提高受补贴住房租金的申请？而且，裁决本身的性质也存在争议。联邦行政程序法的条款本身确实是拜占庭式的。但这些条款只适用于由行政法法官主持的正式听证程序，而对其他形式的听证则未作规定。此外，劳工、健康与人类服务部每年要雇用 800 多个行政法法官处理 400,000 件案件。⑤ 行政机关实际采用的程序远比联邦行政程序法规定的程序更为多样化。这些程序来源于专案判决，由实体法予以规定，并且由法院强制适用。行政机关为作出要求政府作出的难以置信的各色决定，而创设了宽泛的替代性方式。如果我们能明确地认知这些替代性程序的话，可能会有所助益。也许美国联邦行政程序法会进一步扩展，将正在实际发生的事情考虑进去，从而巩固已有的经验，以便其他人可以利用这

---

① 5. U. S. C. § §557 – 558 （1982）.

② 既然规则制定具有某种结构，而某些行政行为根本没有任何结构，因而事实上规则制定程序并不能成为行政行为的底线。然而，因为规则制定程序是如此灵活，并且有很多例外性规定，它很可能成为任何既定程序的极端情形。

③ 与联邦行政程序法的做法相一致，行政法教科书也倾向于遵循严格的二分法而忽视其他程序。

④ 对规则定义（用以执行、解释或制定法律的，具有一般或特别适用性和将来效力的规定）的解读，可能自然使人认为许可就是一个规则（当然，许可具有特别适用性；在将来生效；执行了法律），但事实并非如此。参见 5. U. S. C. （1982）。然而，联邦行政程序法的裁决部分并未就此作出规定。

⑤ 参见 Lubbers, Federal Administrative Law Judges: A Focus on Our Invisible Judiciary, 33. Ad. L. Rev. 109. （1981）.

种经验。

我们也需要借助于其他人的经验。我们正在获得关于新的纠纷解决方式的洞见，或者更确切地说，是将纠纷解决技术适用于新的领域。有关这一主题的理论正在发展，通常是沿着实体法的线索发展，本次研讨会即为其中一部分。我们要借势将这些经验和见解与行政过程的特殊需要结合起来。

这些替代性技术已经适用于行政过程，而更多的替代性技术在当前呈现出发展的态势。但是，迄今为止还没有发展出一种专门的理论，以指出这些技术应当如何适用，它们如何与传统程序相衔接，应当适用何种程序以确保当事人及国家的利益，以及在特定情形下其利弊如何。对前述问题的研究正在进行，而且随着经验的积累，我们对这些问题的理解无疑会加深。

与此同时，行政程序的四个领域似乎特别需要各种不同的纠纷解决方式，而这些方式并没有被普遍适用于行政过程，或者说，至少尚未被认为已得到广泛适用。

## 三、行政程序的需要

与有关国家的说法相一致，行政法变成了一个"实验室"，在此创设并试验了许多替代性程序，结果有的程序被抛弃了，而有的程序则被制度化了。[①] 但是，在运用和改造我们在此次研讨的各种纠纷解决方式方面，行政法落后于私法。所幸许多行政机关正在对这一挑战作出回应，并为寻求新的纠纷解决方法付诸大量努力。

---

① 参见如：Citizens for a Better Environment v. Gorsuch, 718. F. 2d. 1117, 1133 – 34. （D. C. Cir. 1983）（Wilkie 法官的不同意见）（经双方同意而制作的司法判决书要求新创设的环保规制项目不应该被强制执行，因为它限制了环保署官员在优先次序、方法以及资源配置方面的裁量权），cert. denied, 104. S. Ct. 2668. （1984）。

我们正处于新一轮的行政程序试验的边缘。① 运用和改造这些纠纷解决机制涉及行政法的全部领域，为便于陈述，本文将对这一问题的分析分为四个部分：规则制定；行政裁决；在美国联邦行政程序法中无明确规定的行政决定形式；用以代替行政行为或者是行政行为所要求的私法领域中的纠纷解决机制。

## （一）规则制定

美国联邦行政程序法关于规则制定的条款相当简略——咨询、起草、咨询、公布。这些条款是两种不同意见相互妥协的结果：一些人希望尽量少对行政机关进行限制，而另一些人则希望行政机关的一切活动都适用审判方式行事。② 当行政机关的职责还很少的时候，起草者已经清楚地预料到必要时行政机关可以承担起更多的职责。③ 起草者确信随之会出现的规制有两个理由：一个理由是，行政机关是"专家"，通过运用专家技术能够知道如何最好地应对出现的情况。④ 另一个理由是行政机关乐于在一种政治一致性的界限内行使权力，所以能够直接运用主流标准对行政行为加

---

① 在过去二十五年中有一个有趣的现象，美国行政法变得越来越司法化。不论规则制定程序还是裁决程序，都变得越来越正式，越来越像庭审程序。另一方面，欧洲的行政程序则趋于非正式化、包括更多的主要当事人之间的直接协商而另一方当事人几乎无法改变决定，因此，也就更多地依赖于政治环境来确保决定与公共利益保持一致。然而，近年来，随着对司法审查、内部控制、通过非正式程序的直接参与等方面依赖的不断增加，我们也看到美国行政程序潜移默化的变化，而欧洲国家的行政程序则变得越来越制度化。因此可以这样说，两者正趋于一致。

② 参见 Davis Text, Administrative Law Text 9 (3d. ed. 1972). (1946年美国行政程序法的颁布是在行政当局与美国律师协会提交建议的基础上妥协的产物)。

③ 在是否援用行政机关的替代程序而不是法院或当事人的程序的选择方面，最高法院的态度已经很明确了。参见 Vermont Yankee Nuclear Power Corp. v. Natural Resources Defense Council, 435. U. S. 519, 524 (1978)。

④ 参见 Stewart, Regulation, Innovation, and Administrative Law: A Conceptual Framework, 69. Calif. L. Rev. 1274. (1981)。

以判断。① 然而，在行政国家时代，这两种理论都破产了。新的规制需要相当多的事实材料，其结果是，专家模式不能很好运作：尽管专家模式的痕迹尚存，但是其与规制之间的关系，即使不是很明显，但在事实上已经被切断了。② 很少有行政机关能够就其任务达成一致。许多人强烈感到，行政机关有独立的议程，尽管双方当事人都认为该议程是有利于对方的。于是，行政行为的正当性也开始减弱了。

"混合的规则制定程序"随之发展起来，为行政行为提供了正当性，而这种正当性正在不断地流失。尽管混合程序的细节因程序不同而不同，但是其基本内容是，在该程序中所有利害关系人都有权向行政机关提交事实材料和意见，③ 该制度设计的目的在于检验行政决定所赖以依据的材料并确保该决定的合理性；受案法院会严格审查行政行为，以确保其符合该程序的要求。其结果是，该程序的核心在于通过控制案卷来限制行政机关的裁量权，因此有关案卷的争论变得异常激烈。

尽管一个规则的事实基础无疑是很重要的，但对规则的答案或回应通常不会是纯粹理性的。而且，规则说到底不过是一种政治选择，是多种相互冲突的价值或利益妥协的结果。通常情况下，使这种政治选择合法化的方法是通过立法程序，由利害关系人代表共同磋商，最终达成一个适当的

---

① 参见 Stewart, Regulation, Innovation, and Administrative Law: A Conceptual Framework, 69. Calif. L. Rev. 1274. (1981)。也许这一点可以用证券交易委员会（SEC）的例子加以说明。尽管就一些边缘问题存在多种不同观点，但就其使命则基本达成一致意见，即哪些私人行为是允许的、哪些是不被允许的，以及行政机关如何处理不被允许的行为。在那一时期，证券交易委员会被认为是"最好的"行政机关。现在，证券交易委员会冒险进入到新的有争议的领域，如公司治理领域，共识被打破，证券交易委员会也因此而备受责诟。

② 有关行政法中"行政机关作为专家"模式倾颓的讨论，可参见评论：An Alternative to the Traditional Rulemaking Process: A Case Study of Negotiation in the Development of Regulation, 29. Vill. L. Rev. 1505. (1984)。

③ 当然了，任何人可以提交对规则提案的评论意见，但只有利害关系人可以借助法院的帮助或者强制参加行政听证程序而充分参与这一程序。

决定。① 因此，适当的做法是以立法程序而不是司法程序作为模本设计一个程序：由受到实质影响的主体制定出来的规章，将具有超越于混合规则制定程序所具有的政治正当性。美国行政会议已建议行政机关在受实质性影响的利益主体之间试用协商性方式制定规章。② 宜于适用直接协商的条件包括：

1. 只有少数人的利益会受到重大影响，并能够被选举为代表；根据经验，一次参与的人数应当限制在 15 人以内；③

2. 问题已经成熟，能够作出决定；④

3. 拟议的问题解决方案不能要求任何一方放弃其基本原则或价值，而就此达成一致也是不可能的；⑤

4. 有一个合理的作出决定的时间限制，如果各方不能达成一致，其

---

① 使一项政治决策合法化的历史方法就是借助于立法程序。美国的国父们创立了一种"回应型民主"机制，以协调政治价值冲突，并且通过立法机关的价值选择而使其合法化。参见 G. Wood, The Creation Of The American Republic, 1776 –1787, at 58 –59（1969）（人民代表的直接选举赋予了美国政府一种植根于民主之上的代表制形式）。

② 美国行政会议第 82 –84 号建议，1. C. F. R. §305. 82 –4（1984）。接下来关于协商性规则的讨论是以美国行政会议所提建议为基础进行的综合性讨论。参见 Harter, Negotiating Regulation：A Cure for Malaise, 71. GEO. L. J. 1, 9 –10（1982）；一般性评论参见 An Alternative to the Traditional Rulemaking Process：A Case Study of Negotiation in the Development of Regulation, 29. Vill. L. Rev. 1513 –35（1984），（讨论了 Harter 先生关于协商性规则的提案，以及总结了一个规则制定程序的比较研究，该规则制定程序包括了广泛的公众参与而没有使用 Harter 先生的协商模式）。

③ Harter, Negotiating Regulation：A Cure for Malaise, 71. GEO. L. J. 1, 46（1982）. 评论参见 An Alternative to the Traditional Rulemaking Process：A Case Study of Negotiation in the Development of Regulation, 29. Vill. L. Rev.（1984），at 1535 –36. & n. 118（关于 15 人的人数限制过于僵硬，重点应放在协商过程中所有重要利益的代表性上）。

④ Harter, Negotiating Regulation：A Cure for Malaise, 71. Geo. L. J. 1, 47（1982）. 因为缺少信息，或者因为解决纠纷所牵涉到的利益的不确定性，或者因为利害关系人仅是图谋获利，某一事项可能并没有成熟到可以解决的程度。同前注。

⑤ Harter, Negotiating Regulation：A Cure for Malaise, 71. Geo. L. J. 1, 49 –50（1982）. 没有任何当事人会就根本问题或信念问题进行妥协。例如，工厂和工人关于卫生规制成本在职业安全卫生行政管理中的作用问题存在着根本性的分歧，而这一问题对如何制定将来的标准至关重要，因此不可能达成一致。既然最高法院已经在大力解决这一问题，即使没有最终解决，也已经就此设定了界限，有关标准问题有可能会通过协商解决。同前注。〔引自 Industrial Union Dep't. v. American Petroleum Inst. , 448. U. S. 607, 639（1980）.〕

他任何人可以强行作出决定；①

5. 有众多事项，参与各方能够根据自己的需要和优先次序对此进行排序；②

6. 有足够多的相互抗衡的力量，没有任何一方能够左右决策；③

7. 参与者认为，与传统程序相比，适用该程序利于其利益；④

8. 行政机关愿意适用该程序，并将指定一个高级行政官员来代表其行使行政职权。⑤

协商程序认为，中立第三方将与众多当事人联系，以审查由拟议规章所引发的各种问题，并决定在讨论过程中是否还有其他需要被代表的利益主体。如果存在这种情况，行政机关将在《联邦公报》上发布通知，宣布其想要通过协商程序制定一个规章，希望没有代表的主体能够参加。随

---

① Harter, Negotiating. Regulation：A Cure for Malaise, 71. Geo. L. J. 1, 47 - 48 (1982). 一些当事人可能从拖延当中获利，并且除非必需，没有任何一方利益主体愿意投入时间与精力进行讨论，因此，一个合理的时间限制是非常有用的。那些意图通过拖延程序获利的当事人由此可以得知，拖延会致失控，或者会导致某些不可接受的损失。同前注。

② Harter, Negotiating Regulation：A Cure for Malaise, 71. Geo. L. J. 1, 50 (1982). 对一方当事人最重要的事项对于另一方当事人来说未必如此。讨论最主要的好处之一就是各方当事人能够直接提出其主张，并且通过调整对不同主张的反应，从而使其收益最大化——这一点不同于制定法，其对国家利益作了界定，也不同于先例。单一的、非此即彼的选择并非协商的应有之义。同前注。

③ Harter, Negotiating. Regulation：A Cure for Malaise, 71. Geo. L. J. 1, 45 (1982). 直接协商最主要的激励之一是，否则当事人会争执不下，而且会带来不可接受的成本。在传统程序中，一些当事人可能有权利单方造成一些成本。在那种情况下，必须审慎考察各种情势，以确认启动程序能够使当事人有权利进行协商，或者使用替代性程序是否将会剥夺其进行协商的权利。简言之，在谈判桌上权利不对等的话，协商程序将被滥用。同前注。

④ Harter, Negotiating Regulation：A Cure for Malaise, 71. Geo. L. J. 1, 43 (1982). 如果当事人不认为协商程序有利于其整体利益的话，协商就不可能是建设性的。因此，简单断言规则应如此这般，如果有人想要参加就必须按规则行事，这样可能是不恰当的。另一方面，如果协商程序一旦启动，即使当事人在一开始没有作出如是倡议，也应该经常到会并充分参与。同前注。

⑤ Harter, Negotiating Regulation：A Cure for Malaise, 71. Geo. L. J. 1, 51 (1982). 评论参见 An Alternative to the Traditional Rulemaking Process：A Case Study of Negotiation in the Development of Regulation, 29. Vill. L. Rev. 1536 - 37 (1984)，（行政机关应由高级职员出席之外，也可以由中层职员出席）。不喜欢协商程序的行政机关总会发明一些手段来破坏它。而且，经验非常生动地表明了，如果行政机关自己不参加程序或者与程序有某种利害关系，讨论的结果很有可能因"并非在此制作的"，而遭到拒绝或废弃。Harter, Negotiating Regulation：A Cure for Malaise, 71. Geo. L. J. 1, 51 (1982).

后，参会人员将作为咨询委员会登记在册。① 该委员会的职责是就提议的规则和与之配套的序言达成一致。在本文中，"一致"意味着没有任何利益主体就该建议提出异议。② 这种一致性是必需的，在该程序中没有任何利益主体丧失其权力，而在传统程序中却可能出现这种情况。③ 当然，也存在这种可能，即咨询委员会不能就一个特定提议达成合意，但是讨论却揭示了一个区域或范围，各方当事人在此范围内能够"忍受最终结果"。在那种情况下，提案将是行政机关权衡各种利益的结果，行政机关将在这些界限内形成规则。

行政机关将会同意以最终的讨论结果作为制定拟议规则的依据，除非这些结果确有错误。这样做是可行的，因为行政机关可以推定高级行政官员认同该结论，而且在此之前，行政官员应当已经得到适当的内部授权，因而合意并不违背行政机关的意志。咨询委员会在其为达成合意而花费时间、金钱以及为之苦恼之前，也可能希望得到许诺，以保证其工作至少不会被简单否弃。④ 行政机关可能希望将其意见附加在委员会建议之上，以使公众意见更加充实，但是应当清楚地阐明何者是行政机关的意见，何者是咨询委员会的合意。行政机关随后将会把该建议提交正式的规则制定程序，并且根据有价值的意见对其进行修改。⑤

多个行政机关已经开始采用协商程序。交通部最近宣称，它计划适用该程序修改有关飞行员服役期限的规则。⑥ 事实证明该规则特别难以处理，

---

① 根据联邦咨询委员会法的规定，咨询委员必须注册。5. U. S. C. app. § § 1 – 15（1982）。不论何时，一个委员、会议、小组会议或者类似团体召集开会，向总统或者行政机关提出建议时，咨询委员必须在场。H. R. Rep. No. 1017, 92d. Cong., 2d. Sess. 2 – 4, Reprinted. In. 1972. U. S. Code. Cong. &. Ad. News. 3491, 3492 – 94.

② 参见 Harter, Negotiating Regulation：A Cure for Malaise, 71. Geo. L. J. 1, 92 – 97（1982）.

③ Harter, Negotiating Regulation：A Cure for Malaise, 71. Geo. L. J. 1, 92 – 97（1982）.

④ Harter, Negotiating Regulation：A Cure for Malaise, 71. Geo. L. J. 1, 99 – 102.（1982）；Harter, The Political Legitimacy and Judicial Review of Consensual Rules, 32. Am. U. L. Rev. 471 – 480（1983）.

⑤ Harter, Negotiating Regulation：A Cure for Malaise, 71. Geo. L. J. 1, 100 – 102（1982）.

⑥ Notice of Intent to Form Advisory Committee for Regulatory Negotiation, 48. Fed. Reg. 21. 339（1983）.

联邦航空管理局曾几次试图对其进行修改，每次都因此种或彼种利益而搁置。与其他规则相比，现行规则需要更多的解释，其结果是，对行政机关该规则附加的评论有 1000 多页。十九位当事人①于 1983 年 6 月 29 日②启动了该程序，在八个月的时间内召开了七次会议③。

咨询委员会虽然没能就某一单个建议达成一致，但是，会议确实是周详而富有成效性的。根据这些讨论，联邦航空管理局起草了一份草案，经委员会审议后达成一致意见，并将其作为拟制规则通告而加以公布。此时，判断这些讨论意见最终是否能够被参加讨论的各方当事人以及没有参加讨论的当事人接受并变成规则，为时尚早。④

职业安全和卫生管理局（OSHA）运用一种"可行性分析"方法，来决定适用协商程序制定接触苯的职业安全标准是否可行。⑤ 随后与利害关系人的讨论表明，这种情况非常符合上述适用协商程序的条件。惟一可能的困难是，该标准附加了许多由于该项规制的历史而产生的情感约束，职业安全卫生管理局想要在短短几个月内拿出一份标准的草案，可能没有足够的时间来适用该程序。但是，既然符合适用协商程序的条件，利害关系人也确实有许多问题需要进行讨论，就应当举行一次预备会议，决定是否要举行更多的、非正式的讨论，以就某项标准的大概轮廓达成一致意见。委员会认为此类讨论将是富有成效的，并举行了几次非正式讨论。⑥ 会议充分展示了当事各方的需求和关注的问题，以及实

---

① Notice of Establishment of Advisory Committee, 48. Fed. Reg. 29. 771, 29, 772 (1983).

② Notice of Establishment of Advisory Committee, 48. Fed. Reg. 29. 771, 29, 772 (1983).

③ 从 1983 年 6 月 29 日到 1984 年 2 月 14 日，咨询委员会共召开 7 次会议，长达 17 天。Notice of Proposed Rulemaking, 49. Fed. Reg. 12, 136, 12, 137 - 138 (1984).

④ Notice of Proposed Rulemaking, 49. Fed. Reg. 12, 136, 12, 137 - 138 (1984). （拟议规章的公布）；Advisory Committee Supports FAA Draft for Pilot Time Rules, Aviation Week Space Tech, March. 12, 1984, at 194.

⑤ 参见 Industrial Union Dep't v. American Petroleum Inst, 448. U. S. 607. (1980).

⑥ Failure of Mediation Group to Agree Will Not Delay Rulemaking, OSHA. Says, 7. Chemical. Reg. Rep. (BNA). 1969 (1984). 职业安全卫生管理局没有参与讨论，但公开表示支持他们，并表示对他们的讨论成果感兴趣。职业安全卫生管理局继续关起门来制定其方案，它本来应该处于裁判者的地位，及时对可能已经提出的方案的优点进行判断。同前注。

现它们的不同方法。当事各方几乎都要达成一致了①，但是，许多问题又使他们分裂，讨论不得不延期。② 显而易见的是，就一个极富争议的规章进行讨论，委员会所获得的成果远比每个人预期的成果要多。就联邦航空管理局的规则而言，惟独时间能够证明这次讨论是否对标准的制定产生了直接而有益的影响。③

尽管自始至终委员会远没有就所议规则及其序言达成一致，但是这种受到制约的协商依然带来了极大的好处。它使当事各方能够直接切入主题，并尽可能在协商程序中对其细节进行讨论。前述两个事例证明，通过协商程序阐明极具争议和复杂性的问题，能够消解当事方之间无法解决的分歧。诚如下文将要讨论的那样，正是因为未来各方可能更乐于适用一个"已知"的程序，而不必为未知程序的奇思怪想而担心，这两个事例将有可能为协商程序的适用铺平道路。④

## （二）裁决⑤

行政程序法规定的裁决程序仅仅适用于"依法必须依照行政听证笔录

---

① Failure of Mediation Group to Agree Will Not Delay Rulemaking, OSHASays, 7. Chemical Reg Rep（BNA）. 1969（1984）. 参加者代表包括化学工业联合会、橡胶工业联合会、美国钢铁协会、美国石油协会、美国劳工联合会－美国产业工会联合会、美国钢铁工人联合会、石油、化学和原子能工人国际联合会以及美国橡胶工人联合会等方面的代表。

② Failure of Mediation Group to Agree Will Not Delay Rulemaking, OSHA Says, 7. Chemical Reg. Rep.（BNA）. 1969（1984）.

③ Doug Clark 先生是职业安全卫生管理局局长的特别助理，他认为劳资双方的讨论会导致在将来有关苯的标准生效时"一个强的劳工保护标准"。Failure of Mediation Group to Agree. Will. Not. Delay. Rulemaking, OSHA Says, 7. Chemical Reg. Rep.（BNA）. 1969（1984）.

来自经验的某种优点可能被用于破坏适用该程序的基础；这种做法为参与者提供了一种新的看待规制问题的方法，这些规制可能会引发实践问题。例如，它要求当事人真实地提出他们的需求，并为他们自己作出的决定承担责任。通常来讲，责备政府"没有同情心"要比决定什么是适当的要容易得多。行政官员和当事人必须用超常的精力与能力来应对困难。这将成为将来努力的基础。

④ 相关评论参见，An Alternative to the Traditional Rulemaking Process：A Case Study of Negotiation in the Development of Regulation, 29. Vill. L. Rev. 1505（1984）.

⑤ 前文广泛讨论了规则制定，一方面是因为这方面的研究已经很完备，另一方面是因为新近提出的程序已开始适用。随后的部分将更加简洁，更多的是要提出问题而不是解决问题。这主要是因为，对于美国行政会议与司法机关来说，这一领域的研究仅仅是个开始。

作出决定"的裁决程序，除非有例外规定。① 尽管存在适用范围的限制，事实上行政机关提供了非常广泛的听证程序，而且也有大量文章对行政程序适用范围进行探讨。② 许多文章是对 Goldbergv Kerry 案的回应。③ 在此案中，最高法院认为，在作出终止福利的决定之前举行的听证必须达到宪法规定的最低限度的要求。最高法院的态度表明，法律规定的方法如此之少，惟一可行的方法是效仿法院程序，然而其并不要求举行正式的听证，只要听证符合 Perry Mason④ 式审判的大多数要素即可。⑤ 问题的重点不在于法院强加的诸多可能是实质性的负担，而在于该要求无助于解决问题，而且没有考虑到该种要求的长远影响。所幸的是，该判例并没有被严格遵守。⑥

为此，我们可以适时地提出两个问题：我们应该通过何种程序以满足宪法"某种形式的听证"⑦ 的要求？可能更为重要的是，我们能够提供何种听证程序来自动替代更为正式的程序？可以确信的是，行政机关数十年

---

① 5. U. S. C. §554（a）.（1982）. Section. 554（a）. 第 554（a）节的有关部分规定：

（a）根据相关规定，本节适用于依法必须根据听证记录作出裁决的案件，除非存在下列事项：①以后由法院就事实问题与法律问题重新进行审理的事项。

② 参见 Friendly, "Some Kind of a Hearing", 123. U. PA. L. REV. 1267（1975）; Verkuil, Judicial Review of Informal Rulemaking, 60. Va. L. Rev. 185（1974）.

③ 397. U. S. 254（1970）. Goldberg 案中的事由是"国家在终止向特定的受资助者提供资助前，没有就相关证据举行听证会，是否因违反了宪法第十四修正案的正当程序条款而剥夺了受资助者的程序性权利"。397. U. S. 255（1970）. 法院认为，受资助者应当获得"及时的、详细说明理由的拟终止资助的通知，以及就不利证据进行辩护，并口头提出自己的理由和证据的机会。" . 397. U. S. 267 – 268（1970）.

④ Perry Mason 是 Erle Stanley Gardner 侦探小说中的主人公。Erle Stanley Gardner（1889 – 1970）是美国最具代表性的侦探小说作家，早年曾为执业律师，其创作的小说除《梅森探案》之外，还有《妙探奇案系列》。（译者注）

⑤ 397. U. S. 254（1970）.

⑥ 参见 Mathews v. Eldridge, 424. U. S. 319.（1976）. 在 Mathews 案中，法院认为，要求举行听证的本质在于平衡准确性与剥夺权利案件数量众多以及因强制证证而给行政裁决程序造成负担之间的平衡。同前注，第 339 – 49 页。相对而言，剥夺福利权的案件比残疾人权利案件涉及广度更广，更适合以个案化的方式作出决定。Mathews v. Eldridge, 424. U. S. 340 – 343.（1976）.

⑦ 参见 Friendly, "Some Kind of a Hearing", 123. U. PA. L. REV. 1367（1975）. Friendly 法官解释说，"某种形式的听证"这种表达方式"来自 Justice. white 先生的观点，他说，'在最终剥夺某人的财产利益之前，法院一直举行某种形式的听证。'" 同前注。（转引自 Wolff v. McDonnell, 418. U. S. 539, 557 – 58（1974））（着重号为 Friendly 法官所加）。

来一直适用非正式的"修正听证程序"（modified hearings），目前人们对替代性纠纷解决方式很感兴趣，并且运用替代性纠纷解决方式的经验也在不断积累，在此情况下，对何时它们能够被适用，以及如何对它们进行修改以满足行政程序的要求等问题进行探讨是适时的。

另外一个问题也需要进行探讨，即是否任何采用修正式审判式听证的程序都会有利于实现可欲目标。没有人真的会同意适用审判程序解决一个因包裹邮资而产生的纠纷。进一步讲，更好的方式可能是通过某种"质量控制"机制，确保人们能够接受官僚机构的正确决定。如同其他任何纠纷一样，在设计适当的解决程序之前，必须分析争议事项的本质。①

有一系列技术可能被用作传统行政裁决方式的替代方式。

调解。② 有的情况可能特别宜于由各方当事人之间进行调解或直接协商。上文所述的各项条件也可以用于决定是否适用调解或协商。行政过程中的协商和调解与私人之间的协商和调解最主要的一点区别体现在，至少就某些类型的决定而言，当事人是不能自行处分的，需要辅之以其他程序。这些情况可能是，比如说，有最终决定权的行政官员不在场，或者说决定必须与现行的公共政策相一致而要接受审查，或者是该决定会影响到其他公众的利益，不管怎么说，在最终决定作出之前，他们都有权参与该程序。因此，在进行讨论之前，当事人必须分析在达成最终决定之前必须做的每件事，不然的话，他们的努力就会付之流水。这些事项包括其他人在达成协议后的参与，③ 没有参加协议过程的行政机关对该协议的否决，以及其他诸如此类的事项。在这种情况下，调解和协商程序承认，大量的

---

① 参见 Mashaw，Administrative Due Process：The Quest for a Dignatary Theory，61. B. U. L. REV. 885（1981）。

② 一位权威人士曾经以如下方式描述调解者的角色：

一位调解者是一位无偏私的局外人，力图帮助商谈各方找到一种妥协性和解协议。调解者能够促进商谈程序，但是无权命令如何解决问题。调解者可能甚至无权提出一个最终解决方案的建议；进而言之，调解者的目的是引导商谈各方决定是否存在和解的余地，当事人更倾向和解而不是坚持己见；帮助当事人在他们各自提出的多种和解方案中作出选择。

H. Raiffa The Art and Science of Negotiation 23（1982）（着重号被省略）。

③ 例如，职业安全卫生管理审查委员会可以以违反标准为由，否决职业安全卫生行政管理局就其签发传票而与某企业达成的协议。

行政听证程序通过这种方式被取消了，就像民事协商和调解程序一般。我们需要做的是，承认并鼓励运用调解方法以达成和解。

仲裁。① 仲裁被广泛运用于私人领域的诸多事务。② 有几个行政机关和行政规制事项正开始适用变相的仲裁来代替正式的行政听证程序。例如，功绩制保护委员会（MSPB）开始将仲裁作为听证的一种替代方式，以听取对不利于政府雇员决定不服的申诉。③ 商品期货交易委员会（CFTC）刚刚创设了一个仲裁事项，受理 15,000 美元以下的损害赔偿请求④。仲裁也可用于解决由于超级基金（Superfund⑤）的分配而产生的纠纷⑥、专利纠纷⑦、年龄歧视纠纷⑧、杀虫剂信息的费用决定等。⑨

不同于传统仲裁的是，这些仲裁事项一般由固定的主管行政官员作为仲裁员，当事人不能从某个第三方提供的一组候选人名单中选择仲裁员。不论如何，仲裁决定是基于行政机关的先例而非仲裁者自己的先例作出的。适用仲裁程序的通常是那些时间至少对其中一方当事人而言特

---

① Raiffa 教授曾经以如下方式描述过仲裁者的角色：

一位仲裁员，在听取各方的争论及主张，寻找出"事实"之后，也可能（类似于调解者）力争引导商谈者寻求自己的解决方案，或者也可能提出合理的解决方案；但是，如果前面的这些行为都不起作用，仲裁员有权作出强制性决定。商谈者可能自愿将其争议提交仲裁，或者也可以通过更高权威实行强制仲裁。

H. Raiffa The Art and Science of Negotiation 23（1982）（着重号被省略）。

② 参见 Perritt，"And the Whole Earth Was of One Language"——A Board View of Dispute Resolution，29. VILL. L. REV. 1266 – 1270（1984）。

③ Merit Systems Production Board：Practices and Procedures，5. C. F. R. §§.1201. 200 – 221（1984）。

④ 参见 17. C. F. R. §§.180. 1 – 6（1983）。

⑤ Superfund 是美国联邦政府的基金项目，用来探测、研究和清理全国范围内的最难控制的和被废弃的有毒物场址，由环境保护署管理。也有人认为，该基金的钱可能已经转变为政治现金。（译者注）

⑥ 参见 Comprehensive Environmental Response，Compensation，and Liability. Act，42. U. S. C. § 9612（b）.（1982）。

⑦ 参见 35. U. S. C. § 135.（1982）；37. C. F. R. §§ 1. 201 – 288（1984）.

⑧ 参见 Equal Employment Opportunity Commission – Procedure – Age Discrimination in Employment Act，29. C. F. R. §§ 1626. 15 – 16（1983）。

⑨ 参见 Federal Insecticide，Fungicide，and Rodenticide Act，7. U. S. C. § 136a（c）（1）（D）（ii）（1982）。近来，该条款的合宪性因其用作公用目的而获得支持。参见 Ruckelshaus v. Monsanto Co.，104. S. Ct. 2862，2882 – 83（1984）。

别重要的案件，① 而且不存在复杂的事实问题或政策争议。仲裁员通常是根据发现的某些事实或者当事人提交的资料作出决定，这些事实或资料不需要特别详细，但至少能够足以作出决定。仲裁员的决定可能就如商品期货交易委员会的决定一样，仅仅只是一个权利确认②；或者同功绩制保护委员会一样，仅仅是对事实和法律结论的重新阐述。行政机关本身具有有限的审查权，但是，即使它没有推翻仲裁员的决定，也不必然意味着行政机关同意该决定。这种审查是概括性的，不同于对仲裁裁决的司法审查，除非行政机关能发现仲裁员在适用行政先例时存在明显错误。司法审查的全部特性还有待进一步发展：在何种程度上仲裁裁决变成一个行政"命令"，从而要根据《行政程序法》的规定接受司法审查。只是这种司法审查的类型应该是什么，以及法院据以进行审查的案卷制度也需要进一步发展。③ 简言之，这个行政法领域才刚刚开始发展。然而，也许当所有的问题都被讨论过并被实践过之后，行政仲裁程序可能会在实质上类似于长期以来存在的其他程序。即便如此，行政仲裁也将从私法经验中获得有益的启示。

小型审判。④ 小型审判是从商业诉讼发展起来的。在商业诉讼中，相互对抗的双方当事人的律师在当事人代表在场的情况下提出案情摘要，当事人代表被授权以协商的方式解决纠纷。现在这种方式已经被成功地运用

---

① 一方当事人急于解决问题时就可以将问题提交仲裁。当规定双方当事人一致同意才可以启动仲裁程序时，既然另一方经常能够从拖延中获益，因而其不可能同意启动该程序。然而，在有的情况下，当事人只是想使问题得到解决，因而双方都会同意使用这一程序。问题是，一方是否可以强迫另一方使用该程序，或者行政法庭是否能够强制当事人使用该程序，需要进一步论证。

② 这一制度设计的理由之一是，一项行政决定会产生某些副作用。而避免这些副作用的程序会对某些当事人具有吸引力，否则的话他们将从拖延程序中获益。

③ 在某种程度上，当事人同意使用该程序，正如民间仲裁一样，司法审查的有限性可能是适当的，因为当事人是在全面衡量其利益的基础上才使用该程序的，如果他们因此而遭到不利后果的话，也是其自主选择的结果。然而，如果该程序是强加给一方当事人的，可能需要适用不同的司法审查标准。

④ 参见 Lambros, The Judge's Role in Fostering Voluntary Settlements, 29. Vill. L. Rev. 1363. (1984).

于与国家航空航天管理局之间的极其复杂的合同纠纷。① 为了将该技术运用于更多的由国防部的合同申诉委员会举行听证的常规纠纷，现在有大量工作要做——尽管很复杂。尽管和行政裁决有所不同，但司法部正在考察将小型审判适用于解决合同赔偿案件的可行性，以代替法院审判方式。然而有意思的是，政府可能被禁止通过仲裁合意来解决争端，因为政府不得运用仲裁方式解决有关法律责任的诉求。②

### （三）行政行为的其他形式

虽然《行政程序法》以及之后的法律论文将注意力几乎完全集中在规则制定程序和裁决程序方面，但依然有许多其他类型的行政决定，其中许多行政决定能够通过援用非诉讼纠纷解决机制的经验而获得改进。例如，联邦能源规制委员会的工作人员经常以准调解员的方式行事，以调解因低水头水力发电站引起的环境问题而形成的不同利益团体之间的争执。③ 行政机关已经在范围广阔的其他行政决定中适用调解，这包括濒危物种保护、为遵守依据《清洁空气法》所制定标准而在技术层面的要求，以及诸如此类的事项。④

对这类决定而言，需要去承认这些技术的有效性，行政机关运用该技术可以获得更为满意的决定，而不是非要行政机关自己越俎代庖。

---

① Johnson, Masri & Oliver, Minitrial Successfully Resolves NASA – TRW Dispute, Legal Times, Sept. 6, 1982, at 13, col. 1.

② 参见 31. U. S. C. §1346 (1982)。本节禁止政府未经法律授权将公共基金用于委员会、顾问委员会、公会或者类似机构。总审计长已经指出，本节禁止政府在没有明文授权的情况下，以仲裁协议的方式解决涉及合众国权利的纠纷，8. Op. Comp. Gen. 96 (1928); 7. Op. Comp. Gen. 541. (1928)。但是，这一禁令并不能阻止政府通过仲裁协议的方式解决旨在确定具有理性价值的事实问题，因为这并没有向政府强加任何义务，也不存在仲裁员裁决的"法律责任的问题"。20. Op. Comp. Gen. 95, 99 (1940); 22. Op. Comp. Gen. 140 (1942).

③ 参见 Kerwin, Environmental Analysis in Hydropower Licensing: A Model for Decisionmaking, Envtl Impact Rev, June 1983, at 131, 134.

④ 参见 Susskind, Environmental Mediation and the Accountability Problem, 6. Vt. L. Rev. 1, 2. n. 6 (1981).

### （四）行政行为的替代形式

本文的第二部分认为，许多现代行政规制可以被看作是与行为判断的实体性标准失灵联系在一起的，而且，可能更为重要的是，缺少合适的机制来实现权利。Perritt 教授那个运气不好的学生就是一个很好的例子。[①] 遭遇新车缺陷时，他根据生产者的质量保证书去寻求权利救济；他甚至启动了汽车公司和商业促进局（Better Business Bureau）创设的纠纷解决机制，但没有效果。由于不能得到满意的结果，他不得不诉诸国家权力，惟有通过启动诉讼程序才成功获得救济。在所有救济手段中，国家强制权最终胜出。

这里的问题是，如果这个学生不是法律系的学生并想获得一些实践经验，而是认为诉讼费用昂贵、[②] 折磨情感[③]并且浪费时间的话，会发生什么事情呢？可能的结果是：一无所获，至少是除了几封信以及些许挫败感外一无所获。如果情况是这样，由于缺少纠纷解决机制，会导致准外部性，购买者本来有理由期待产品没有缺陷，也不需要修理，但却必须承受由此带来的成本。对这一问题的经典回应就是规制——行政机关将制定行为标准并惩罚违法者。[④] 因此，合理的、回应性的纠纷解决机制与规制之间存在着明显的关系。如果该学生适用的仲裁程序有约束力[⑤]而且仲裁员是负责任的中立的第三方的话，事态将会缓和得多，因为汽车公司可能也想避

---

① 参见 Perritt, "And the Whole Earth Was of One Language" ——A Board View of Dispute Resolution, 29. VILL. L. REV. 1223 – 1224 (1984).

② 就汽车缺陷将汽车公司起诉到法院所花费的费用，有可能超过了强制修复缺陷的费用。因此，除非制定法、规章或者普通法规则规定了费用幅度，消费者可能决定不提起诉讼。即使美国法律被废止，消费者依然需要考虑是否值得提出权利主张。

③ 目前，大量的流行读物的内容是通过胁迫方式获取自信或成功，这反映了大多数人在面对冷漠或敌意却不得不追讨理当属于自己的东西时的懦弱心理。

④ 参见 B. Schwartz, Administrative Law 3 (1976); K. Davis, Administrative Law Text 194 – 214. (3d. ed. 1972); Administrative Law Procedures Act, 5. U. S. C. § 706 (2) (A) (1982) 以及上文相关部分。

⑤ 应当注意到，事实上许多汽车质量保证案件的仲裁/调解对汽车公司是有约束力的。参见 Brenner, Dispute Resolution Movement Gathers Momentum, Legal Times, Mar. 21, 1983, at 27, col. 1。这些程序在实践中如何运作，裁决不被遵守时将欲何为，需要进一步的评价。

免后续程序所带来的成本，以及由不愉快的结果引发的敌意，它可能已经积极改正错误而不是拖延时间。

这一切所导致的结果是，行政法中出现了一个需要细心关注的问题，那就是建立私人领域的纠纷解决机制，以替代行政机关的规章制定或听证。例如，有几个行政规制项目要求或允许私人组织建立一个机构来审查投诉或者与特定活动相关的事项。① 如果不设立更多的此类规制项目的话，行政机关将不得不在解决纠纷中扮演更大的角色。

运用纠纷解决机制也可能是建议进行"自我规制"的一个重要方面。企业认为，它们正"自愿地"采取适当的行动，因此不需要政府干预，但这是不够的，除非该行为的受益人有权利以某种方式强制其实施这种行为。当然，正如 Perritt 教授的例子所表明的那样，在有些情况下，这种情形可以通过市场交易得以实现，但是在其他情况下，需要某种纠纷解决机制以确保企业承诺的行为能够兑现。

由此而来的一个重要问题是，那些纠纷解决机制的特征应该是什么，它们与行政机关的关系如何？例如，如何确保中立？决定的强制性如何？以及对谁有约束力？是否可以对消费者实施强制？"被告"是否可以拒绝适用该纠纷解决机制，如果可以，其结果如何？执行命令时消费者和企业有何种正当程序权利？有哪种申诉权利以及向谁提出申诉——是高一级的私人权威机构、行政机关还是法院？审查机构是否要尊重该纠纷解决机构的决定或者要对案件重新进行审查？费用如何确定？审查机构在多大程度上受先例的约束以及在此情况下它能够在多大程度上实现正义？我们必须为这一正在形成的领域提供一系列的指导原则和建议。对于这些纠纷解决

---

① Securities Industry Conference in Arbitration, Securities Exchange Act Release No. 13, 470 (Apr. 26, 1977); Magnuson – Moss Warranty Act, 15. U. S. C. § 2310 (1982).

机制，我们需要设定其程序、一般原则，以使其不同于行政行为。① 联邦贸易委员会已经向这一方向迈出了第一步。根据《美国商品质量保证法》（Magnuson – Moss Warranty Act）的规定，质量保证人想要启动纠纷解决程序，必须符合该程序的各项条件，联邦贸易委员会制定的《非正式纠纷解决程序规则》中明确规定了这些条件。② 另一个例子就是证券交易的自我规制规则。③ 该规则的运作受证券交易委员会的监督，但只要符合程序性条件，其运作就具有相对自主性。

## 四、行政程序的前景

行政机关适用替代性纠纷解决方式的前景——或者说，如果"纠纷"或"争议"用词不当的话，可以用"解决复杂的、利益主体多元化的事务的替代性方法"一词——看起来很有发展前途。但这并不会自动实现，依然有一些现存的障碍需要解决。

### （一）通晓

毫无疑问，行政机关最迫切的需要是要通晓替代性程序的各种特征。如大多数人一样，行政机关可能会对未知程序怀有戒心。正因为如此，它们不能确定适用这些程序是否有利。而且，行政机关总是要接受司法机构和国会的监督，所以它们必须确保新的程序符合来自外部的要求。

---

① 对迷你程序规则的破坏会导致行政机关卷入潜在的纠纷，或者行政机关采取的行动违反了其应遵守的一般程序。联邦贸易委员会在职业学校规则中就采用了这种方法。为了防止显失公平的活动，联邦贸易委员会制定了强制性规则，并且将违反这些规则的行为视为本质上是不公平的贸易行为。根据制定法，这种做法是无效的。参见 Katherine Gibbs School, Inc. v. FTC, 612. F. 2d. 658 (2d. Cir. 1979)。有关 Katherine Gibbs 案的深入讨论，见注释 21 和上文相关部分。

最近，通用汽车公司与联邦贸易委员会就缺陷发动机的修理与更换达成一项规则。该规则规定了仲裁机制，其关于通用汽车公司的责任范围以及修理义务的仲裁裁决是有约束力的。这一纠纷解决机制可以适用于那些赞成更为严苛的强制性行为的当事人。参见 General Motors Corp. , 3 Trade Reg. Rep. (CCH) . 22, 010. (1983)。

② 16. C. F. R. § 703. (1984).

③ 参见 Silver v. New York Stock Exch. , 373. U. S. 341. (1963).

以下几个方法有助于行政机关熟悉替代性程序。首先，设计一个完整的模式并对其进行分析将有所助益，行政机关可以由此确定其是否符合需要，因而可以解除对未知事物的某种恐惧心理。其次，其他行政机关的经验也是非常宝贵的，因为经验降低了方法创新的风险。第三，在私人部门中，对替代性程序的实践，以及接受程度的不断提高，也会和行政过程交叠。小型审判就是一个极好的例子。① 第四，通过对话和讨论的形式，比如这次研讨会，也有助于让大家熟悉替代性程序。②

## （二）特殊需求

政府部门也有一些特殊需求，应以某种方式加以解决。

### 1. 协商/调解

当政府部门与利害关系人，或者更糟的是与部分利益关系人，通过协商的方式作出一个决定时，有时会产生一个特殊的问题。协商的公正性通常由每个当事人的自我利益加以保证：除非他们认为协商程序比其他可资利用的替代程序更有助于其利益的实现，否则他们不会同意适用这种方式。但是，政府的利益是什么并不总是非常清晰的，有些人会为了获得其他利益而出让自己的实体性利益，比如说谋求政治利益或官僚机构中一个新的职位。从理论上讲，这种动机可能不会被觉察，参与协商的政府官员可能会受到无端攻击。由是，一个懦弱的政府官员可能不愿意冒这种风险。其结果便是，在一些行政规制项目中需要创立某种机制，以保障协商决定的公正性。这些机制包括：由高级政府官员组成的委员会，由其对和解方案进行审查，③ 架构良好的和解程序，公告拟定和解方案并说明理由以供评议，④ 以及其他机制。

---

① 参见 Johnson, Masri & Oliver, Minitrial Successfully Resolves NASA – TRW Dispute, Legal Times, Sept. 6, 1982, at 13, col. 1

② 例如，某个政府官员对某些替代性程序持怀疑态度，但却准备采纳其优点，其原因正在于这些程序经常被讨论，而且很多值得尊敬的人以及利益团体看起来都好象赞成这些程序。

③ 司法部长必须批准超过 25000 美元的侵权诉讼。Federal Torts Claims Act, 28. U. S. C. §2671. (1982).

④ 联邦贸易委员会在联邦公报上公布其一致决定以供评议。

## 2. 接受

某些政府官员可能因为某些替代性方式与行政机关的主权地位不符而拒绝加以适用，比如说调解和协商程序，有时仲裁程序也被视为如此。在调解/协商的情况下，行政机关只具有主权的幻象而不是真正行使主权。这种认识源于混淆了做某事的权威与做某事的权力之间的区别。协商之所以能够作为一种有吸引力的替代性方式，正是因为其他主体也拥有相应的权力。例如，行政机关毫无疑问拥有颁布规则的权威，但是它颁布规则的努力可能受到其他主体的阻挠。① 因此，直接协商可能并不意味着行政机关放弃其权威或主权，而是促进行政机关利益的切实可行的方法：行政机关可以继续代表其在传统程序中所代表的利益，但如今可以通过互动的方式来获得信息和认可。既然各利益主体通过协商达成合意，他们可能会更满意该结果并能够予以遵守。但是，避免当事人屈服于某种可感知的权力也是行政机关应着力避免的。

## 3. 制度化

我们应当避免通过立法或硬性要求的方式将未成熟的做法制度化，有时可能确实存在这样做的压力。很显然，我们需要时间进行实践并使这一程序变得更加适用。但是，一旦我们认识到某些方法是适宜的，那么将其制度化将有利于克服上文提及的困难。

## 五、结　论

简言之，行政过程中的替代性纠纷解决方式显示出良好的发展前景。事实上，行政过程与纠纷解决机制之间有着漫长而复杂的历史。此外，对行政过程的需要空前强烈：处理大量的积案；发展强制性规制的替代方

---

① 有关这一点的一个特殊的例子，参见 Notice of Intent to Form Advisory Committee for Regulatory Negotiation, 48. Fed. Reg. 21. 339 (1983) 和 Notice of Establishment of Advisory Committee, 48. Fed. Reg. 29. 771, 29, 772 (1983) 所对应的正文部分。

式；解决极其复杂的诉讼。① 目前我们讨论的这些纠纷解决方式对行政过程寄予了厚望。

---

① 从两枚通讯卫星从航天飞机上发射失败而引发的诉讼中，我们可以想象其复杂性。类似的复杂纠纷，当然也包括因通讯卫星产生的纠纷，是通过小型审判程序来解决的。Johnson, Masri & Oliver, 参见 Johnson, Masri & Oliver, Minitrial Successfully Resolves NASA – TRW Dispute, Legal Times, Sept. 6, 1982, at. 13, col. 1。在这些案例中，不论替代性方式是否发挥了其优势，我们提到的这些事件的复杂性是空前的，这一点显而易见，这不仅体现在技术方面，而且考虑到卷入政府纠纷的社会事务，其在社会学上的复杂性也是空前的。

违反安全保障义务的侵权责任

论国际法在中国国内法上之地位
　　——以其立法与司法实践为观察视角

# 违反安全保障义务的侵权责任

汪渊智[*]

**摘　要：**安全保障义务，是指特定场所的所有人、管理人或者社会活动的组织者，对于进入该场所的任何人的人身或财产安全所负有的合理的注意和保护义务。违反安全保障义务的侵权责任属于过错责任，行为人应承担直接责任或补充责任。我国最高人民法院《关于审理人身损害赔偿案件适用法律若干问题的解释》[①] 的相关规定存在诸多问题，需要进一步修正。

**关键词：**安全保障义务 侵权损害赔偿 补充责任

特定场所的所有人、管理人或者社会活动的组织者，对于进入该场所的任何人的人身或财产安全未尽到合理的注意和保护义务，造成人身或财产损失的，应当依法承担侵权损害赔偿责任。我国最高院在 2003 年 12 月发布的《人身损害赔偿司法解释》第 6 条规定："从事住宿、餐饮、娱乐等经营活动或者其他社会活动的自然人、法人、其他组织，未尽合理限度范围内的安全保障义务致使他人遭受人身损害，赔偿权利人请求其承担相应赔偿责任的，人民法院应予支持。因第三人侵权导致损害结果发生的，由实施侵权行为的第三人承担赔偿责任。安全保障义务人有过错的，应当

---

＊　山西大学法学院教授，主要从事民法学研究。

①　以下简称《人身损害赔偿司法解释》。

在其能够防止或者制止损害的范围内承担相应的补充赔偿责任。安全保障义务人承担责任后，可以向第三人追偿。赔偿权利人起诉安全保障义务人的，应当将第三人作为共同被告，但第三人不能确定的除外。"此即违反安全保障义务的侵权责任的规定，这一规定无疑为特定场所的受害人的合法权益的保护提供了法律依据，同时也为我国未来侵权行为法规定违法安全保障义务的侵权责任奠定了立法和司法基础。然而，由于这一司法解释对于安全保障义务的规制在立法层次、适用范围、责任的承担等方面存在诸多问题，因而有深入研究的必要。

# 一、安全保障义务的特征与类型

## （一）安全保障义务的特征

安全保障义务，是指特定场所的所有人、管理人或者社会活动的组织者，对于进入该场所的任何人的人身或财产安全所负有的合理的注意和保护义务，其法律特征如下：

1. 从内容上看，安全保障义务是作为义务。安全保障义务要求行为人为积极的作为义务，保障相关当事人的人身或财产安全，如果消极地不作为，则构成对安全保障义务的违反，应当承担侵权责任，这是对传统侵权法理论的重大突破。因为传统理论认为，"因作为而侵害他人权利时，得成立侵权行为。至于不作为，如邻居失火，坐视不管；孩童落水，不加援手；登山者将掉入悬崖，不予警告；高血压者大吃肉，未加劝阻等，原则上并不构成侵权，何也？其乃基于个人主义思想，避免因此限制人的行为自由"①。不对行为人课以安全关照义务是为了防止限制个人自由，通过法律强制性地让行为人对他人承担安全关照义务是要求行为人对他人的事务和财产进行积极干预，违反了社会通行的个人主义哲学，即每个人仅对其本人的行为负责，除非其与他人有某种关系尤其是自愿建立的关系。否

---

① 王泽鉴：《侵权行为法（第一册）》，中国政法大学出版社2001年版，第92页。

则，任何人没有照顾他人利益的义务。另一方面，如果法律强行让行为人承担此种义务，实际上是要求行为人自己冒生命危险，去挽救他人。法律要求人们为了他人的利益而使自己处于危险之中，这无疑对当时社会的人们，特别是对于 19 世纪个人主义盛行时代来讲，是不可思议的。但是，个人主义在促进社会发展的同时，也导致了社会的剧烈冲突，特别是个人利益与社会利益的冲突，引发了许多不公的现象。例如，营业自由导致了各种工业危险、环境污染等公害行为，造成了极大的损害，产生了所谓的"血汗工厂"。职是之故，现代侵权法扩大了一般侵权行为中的行为，包括作为与不作为，认为不作为义务除了来源于法律与契约外，还来源于一般社会生活法则。认为让行为人承担安全关照义务并非限制个人自由，相反是对个人自由的促进，能更好地促进社会的团结与和谐①。

2. 从产生上看，安全保障义务具有不确定性。行为人负有安全保障义务时，如果不以积极的作为行为履行该项义务，即应负不作为的侵权责任。不作为的侵权责任须以作为义务的存在为前提，否则不能成立侵权行为，而作为义务的存在一般有以下三种情形：一是基于契约的约定，如保姆有照看婴儿人身安全的契约义务，如果看到婴儿吞食玩具而未予阻止即为不作为侵权。二是法律的规定，如我国《合同法》第 301 条规定："承运人在运输过程中，应当尽力救助患有急病、分娩、遇险的旅客"。三是基于公序良俗原则或者诚实信用原则而负有作为义务时，未履行该项义务时也可发生不作为的侵权责任②。由于安全保障义务可以基于以上三个方面的原因产生，尤其是最后一个原因更为灵活，所以此项义务的产生具有不确定性。

3. 从性质上看，安全保障义务具有一般性。即它是民法所设定的防止一般的抽象危险的义务，而不同于特别的高度的危险防止义务，后者对应于危险责任（或无过错责任）。此种危险防止义务包括不适当地开启了危

---

① 苏彦锋：《安全关照义务研究》，郑州大学 2004 年法学硕士学位论文，第 6-9 页。

② 郑玉波：《民法债编总论》，陈荣隆修订，中国政法大学出版社 2004 年版，第 125 页。孙森焱：《民法债编总论（上）》，法律出版社 2006 年版，第 176 页。

险以及在危险持续的情况下未能控制或切断危险。民法理论将危险分为特殊的危险和一般的危险，前者对应于危险责任，它往往指特殊的危险活动，其特殊性主要表现在其危险是高度的或者影响所及广泛的、深远的，且此种危险是已为法律所规范的、在法律允许范围之内的①。我国最高院的《人身损害司法解释》第 6 条的规定就属于一般危险的防止义务，即"本条系以一般安全注意义务理论为基础，剥离出并着重调整那些尚未被法律法规等纳入规范范围的一般安全注意义务类型，将其命名为（社会活动）安全保障义务"，"之所以说是剥离于一般安全注意义务，是因为本条所定的安全保障义务规范的重点并不在于解决既有法律、法规及司法解释（比如本解释第七条、第十一条）业已规定的注意义务类型。但是，相对于上述既有规定所定之注意义务类型，本条之安全保障义务是一个上位概念，它在客观上可以在法无规定或者合同没有约定的情况下为当事人提供请求权的基础"②。

4. 从主体上看，安全保障义务具有广泛性。安全保障义务的主体，既包括制定法和司法解释作出列举性规定的从事住宿、餐饮、娱乐等经营活动的经营者和幼儿园、学校等教育机构，亦包括未作列举性规定的经营者和其他社会活动的组织者，如银行、储蓄所、交易所、旅行社、物业公司、网吧、邮局、游泳馆、公园、博物馆、美术馆、机场、火车站、汽车站以及大型会议、演唱会或其他社会活动的主办者、组织者或场所的提供者，还包括因实施先行行为而致特定他人处于危险之中的自然人。而且随着社会的发展，义务的主体范围将会进一步扩大③。

5. 从范围上看，安全保障义务具有限制性。上述义务主体并非在任何时间、任何空间对任何人都负有无限度的安全保障义务，而是有一定的范

---

① 麻锦亮、张丹：《论安全保障义务的性质》，载《云南大学学报（法学版）》2005 年第 5 期。

② 黄松有：《最高人民法院人身损害赔偿司法解释的理解与适用》，人民法院出版社 2004 年版，第 100 – 101 页。

③ 赵荣强：《论安全保障义务及其责任形态——以第三人介入情形为重点》，2005 年山东大学法学硕士学位论文，第 20 – 22 页。

围限制。就时间范围而言，为义务主体因其经营、服务或从事的其他社会活动或先行行为而致其与他人存在较为紧密关系的持续期间。就空间范围而言，为该义务主体从事经营服务或其他社会活动所涉及的必要场所。就对象范围而言，为在上述时间和空间范围内与义务人具有某种紧密关系的相对人。但该相对人不能仅仅被理解为与义务人具有契约关系的人，如KTV失火，不能仅通知与其有契约关系的客人，还应当通知其他宾客；医院失火时，不仅通知与医院有契约关系的病人，还应告知陪伴的妻儿；百货公司失火时，不仅通知与其订有契约的顾客，还须通知其他逛百货公司之人①。就限度范围而言，应有一定的"合理限度"。安全保障义务之"合理限度"范围的确定，事关义务人责任的成立，亦事关责任范围的界定。当然，该范围的认定，更多地应由法官根据具体的案件事实加以综合分析和判断，而获益的大小、风险或损害行为的来源、预防与控制风险或损害的成本、普通民众的情感等，应为司法实践中判断"合理限度范围"所依据的主要标准②。另外，预见可能性的大小也是作为判断是否属于"合理限度范围"的标准之一③。

### （二）安全保障义务的类型

安全保障义务依据不同的划分标准，可以分为不同的类型：

1. 按危险的来源划分

（1）防止义务人自己侵权的安全保障义务

防止义务人自己侵权的安全保障义务是指安全保障义务人负有不因自己的行为而直接使得特定人的人身或财产受到侵害的义务。例如，宾馆、餐厅应该保证自己提供的营业场所设施的安全，以免前来住宿或就餐的客人受到伤害。

---

① 王泽鉴：《侵权行为法（第一册）》，中国政法大学出版社2001年版，第96页。

② 王利明主编：《人身损害赔偿疑难问题》，中国社会科学出版社2004年版，第272－275页。

③ 黄松有：《最高人民法院人身损害赔偿司法解释的理解与适用》，人民法院出版社2004年版，第116页。

（2）防范、制止第三人侵权的安全保障义务

防范、制止第三人侵权的安全保障义务是指安全保障义务人负有不因自己的不作为而使特定人的人身或财产遭受自己之外的第三人侵害的义务。例如，宾馆对于在本宾馆住宿的旅客负有使其人身安全或财产安全免受来自第三人侵害的义务。

2. 按危险发生的时间顺序划分

（1）危险预防义务

危险的预防义务是指安全保障义务人应当采取必要的措施以防止义务相对人人身和财产损害的发生。危险的预防义务是安全保障义务最重要的内容，其旨在防止危险的发生，没有危险的发生也就不会有损害的发生，因此是防止损害最根本性的方法。危险的预防义务在不同的法律关系之下有不同的要求，一般认为主要包括以下几个方面：首先，经营场所或其他社会活动场所中使用的建筑物体和与服务相关的设施、设备必须保证正常的安全性能，不存在危及人身和财产安全的隐患。其次，在相关的岗位配备足够数量的、合格的工作人员的义务。如在游泳场馆必须配备合法数量、经过专门训练的救生人员。再次，对不安全因素的警示、说明、劝告义务。义务人应当对各种可能出现的伤害和意外情况等做出明显的警示，对于可能出现的危险应当对消费者进行合理的说明，对于有安全隐患的消费者应当进行劝告，必要时通知公安部门采取必要的强制措施。

（2）危险救助义务

对于正在或者已经发生的危险，经营者应当进行积极的救助，以避免损害的发生或损失的扩大。如当消费者在经营者的服务场所受到外来侵袭而发生危险时，经营者的保安及其他工作人员，应当采取适当的措施避免或减少损失的发生。比如帮助消费者共同对付正在发生的危险或正在侵袭的歹徒，拨打急救电话120或报警电话110等。又如当乘客在公交车上受伤或突然发病时，司乘人员应当积极的予以救助以免损害的扩大，否则司

乘人员对损害的扩大部分应当承担责任①。

3. 按危险的类型划分

（1）先行为肇致危险的防范义务，如驾车撞人，纵无过失亦应将伤者送医救治；挖掘水沟，应为加盖或采其他必要措施。

（2）开启或者维持某种交通或交往的危险防范义务，如寺庙佛塔楼梯有缺陷，应为必要警告或照明；在自家庭院举办酒会，应防范腐朽老树压伤宾客。

（3）因从事一定营业或职业而承担防范危险的义务。例如经营旅馆饭店，应注意清除楼梯油渍，维护电梯安全，照明通往停车场的道路，防止发生危险等②。

# 二、违反安全保障义务的侵权责任的承担

## （一）违反安全保障义务的侵权责任的归责原则

违反安全保障义务致使他人受到人身或财产损害的，行为人仅在有过错的情况下承担责任，没有过错则不承担责任。我国最高院的《人身损害赔偿司法解释》第6条的规定就属于过错责任。之所以实行过错责任，而不实行无过错责任，主要是为了平衡社会利益。法律设定安全保障义务，在对受害人提供必要保护的同时，不能不考虑对安全保障义务人如果课以过重的无过错责任所带来的消极作用。随着现代社会经济的发展，每个人都需要与社会不断发生形式各异的交往。这些交往大多数是通过参与一定的社会活动来完成的，如果过于严格地使社会活动主体不得不时常面临巨额的损害赔偿，势必极大地增加其成本与风险，那时最终受到损害的将是

---

① 陈亚玲：《违反安全保障义务的侵权责任研究》，西南政法大学2006年硕士学位论文，第14-16页。

② 王泽鉴：《侵权行为法（第一册）》，中国政法大学出版社2001年版，第94页。

社会本身，这是不符合侵权法制度的目的的①。因此，适用过错责任有其合理性。至于过错的举证责任则由受害人承担。

## （二）违反安全保障义务致人损害的因果关系

在违反安全保障义务的侵权责任中，多数情况下属于不作为的侵权责任，而在不作为的侵权责任中如何认识消极不作为与损害结果之间的因果关系，是一个很重要的理论问题。

在侵权责任中，要么是作为责任，要么是不作为责任。而作为就是侵权行为人在受害人的法益上制造了危险，不作为则是未排除威胁到受害人的危险。换言之，在作为行为中，行为人自己启动了具有法律意义的因果链，而在不作为行为中则是未中断这一因果链。如果一个人导致了事件的发生，通常必须承担责任；相反对没有他的作用力而发生在别人身上的事件就无须承担责任，除非他和受害人之间有特别的紧密关系，或者他对导致损害发生的危险源负有特别责任②。因此，判断不作为行为与受损事实是否有因果关系，不应当从"是否加害行为导致了损害的发生"这一事实上的因果关系层面去理解，而应当从"如果经营者达到了应有的注意程度、实施了其应当实施的作为行为，是否可以避免或者减轻损害后果"的角度来理解③。如果行为人实施了应当实施的作为行为，受害人就可以避免或减轻损害的后果，那么行为人的行为就中断了受害人所受损害的因果链，相反，如果行为人应当实施的作为行为未实施，在受害人受到了损害的情况下，行为人就没有中断所受损害的因果链。

由此可见，判断不作为行为与受损事实之间是否有因果关系，主要是判断不作为者是否中断了因果链。因为在特定情形下，行为人与受害人之间有特别紧密关系，或者他对导致损害发生的危险源负有特别责任，所以

---

① 黄松有主编：《最高人民法院人身损害赔偿司法解释的理解与适用》，人民法院出版社2004年版，第116页。

② ［德］克雷斯蒂安·冯·巴尔：《欧洲比较侵权行为法（下）》，焦美华译，张新宝审校，法律出版社2001年版，第261－262页。

③ 张新宝：《侵权责任法原理》，中国人民大学出版社2005年版，第286页。

他有义务排除威胁到受害人的危险，但是他没有中断这一因果链，因而被认为"不作为"与损害有因果关系。可见这一因果关系的判断，主要地不是一个事实判断问题，而更多地是一个价值判断问题，因为行为人在何种情况下应当中断因果链，涉及到不作为行为是否为社会上一般价值观念所认可，如果是否定性评价，他就应当去中断，否则就无中断的责任。

**（三）违反安全保障义务侵权责任的形态**

一般认为，违反安全保障义务的侵权责任因是否有第三人行为的介入而分为两个不同的责任类型，一是义务人因违反安全保障义务而直接导致他人遭受损害的责任，二是义务人因未尽安全保障义务而使被保护人遭受第三人侵害的责任。这两种侵权责任，有的学者将前者称为直接责任，将后者称为补充责任。

1. 义务人因违反安全保障义务而直接导致他人遭受损害的责任

这种侵权责任主要是由于安全保障义务人自身的原因造成的，没有第三人的参与，是单独的侵权责任，因而属于典型的一般侵权行为。之所以又称之为是直接责任、自己责任，就是因为行为人和责任人是同一人，行为人对自己实施的行为承担责任，而不是由他人对自己造成的损害承担赔偿责任，所以，是为自己的行为负责的侵权责任形态。对此，最高院在《人身损害赔偿司法解释》第 6 条规定："从事住宿、餐饮、娱乐等经营活动或者其他社会活动的自然人、法人、其他组织，未尽合理限度范围内的安全保障义务致使他人遭受人身损害，赔偿权利人请求其承担相应赔偿责任的，人民法院应予支持。"

2. 义务人因未尽安全保障义务而使被保护人遭受第三人侵害的责任

（1）学界争议

在义务人提供的场所中，对于第三人的加害行为，义务人未能尽到防止或制止损害发生的义务，应当承担何种责任，在理论上争议较大，具体而言有以下几种观点：

观点之一：补充责任说。

该说认为，在"经营者消极不作为＋第三人的积极加害行为"的情况下，如何认定经营者的责任尤为复杂，必须考虑当事人之间的利益关系，在义务分配时尽量在消费者和经营者之间寻求利益的平衡。一方面要给予受害人必要的充分的保护，以使其受到损害的法定财产权或人身权得到补偿；另一方面，又必须考虑到经营者的经济赔偿的承受限度。衡量的结果就是让经营者在这种有第三人积极加害行为的情况下，承担补充责任①。所谓补充责任，是指在第三人实施加害行为的情况下，如果第三人可以确定的，则由该加害人（第三人）对受害人承担赔偿责任；加害人无法确定或者无资力承担责任的，义务人在其能够防止或者制止损害的范围内承担补充赔偿责任。之所以承担补充责任，理由在于②：

第一，经营者未尽应当积极作为的安全保护义务，使本来可以避免或者减少的损害得以发生或者扩大，增加了损害发生的机率，因此经营者应当为受害人向直接侵权人求偿不能承担风险责任。让无辜的受害人得到救济，而让那些侵害他人或者无视他人安全的人承担责任和风险符合司法正义的理念。正是这种公平正义的司法理念，法律在损害责任分配上对于消费者一方规定了更多的权利，而对于经营者一方则设置了更多的义务，使经营者对第三人的行为承担责任。只有这样，才能有效地防止各种侵权事件的发生，发生侵权事件以后又能合理地转移和分散损害，给受害人以公平、合理和充分的补救。

第二，第三人毕竟才是直接侵权人，而安全保障义务人只是没有尽到注意义务，因而，要安全保障义务人承担连带责任或者全部责任都是不公平的，在这种情况下就要进行限制，即只有在穷尽对加害人的追偿的前提下，安全保障义务人才承担部分或全部赔偿责任，并且只在与其防范能力相适应的范围内负其责任。不能动辄就对安全保障义务人课以全部的补充

---

① 张新宝、唐青林：《经营者对服务场所的安全保障义务》，载《法学研究》2003 年第 3 期。

② 刘雅静：《经营者违反安全保障义务的民事责任分析》，湖南师范大学 2006 年法学硕士学位论文，第 33 - 40 页。

赔偿责任，必须考虑其能够防止或者制止损害的范围①。

观点之二：连带责任说。

该说认为，因未尽安全保障义务而使被保护人遭受第三人侵害的，安全保障义务人应当在其能够防止或者制止损害的范围内与第三人承担连带责任。作出这样的制度设计，理由如下：

第一，安全保障义务人与第三人对受害者承担连带责任亦符合侵权行为法的功能要求。侵权行为法在现时社会中，其功能有二：一为填补损害，一为预防损害。填补损害系侵权行为法的基本机能，系基于社会公平正义的理念，其目的在使受害人的损害获得实质、完整、迅速的填补。让数行为人承担连带责任，体现了法律对受害人的保护和救济，能让受害人的损害得到有效弥补。预防损害的机能，系指法律确定行为人应遵循的规范及损害赔偿的制裁以吓阻侵害行为的发生。在此类无意思联络的数人侵权中，若规定行为人承担连带责任，就会让行为人为自己的行为造成的损害承担加重的责任，提高行为人在决定自己行为时的注意程度，从而最终起到降低损害发生的作用。

第二，安全保障义务人与第三人对受害者承担连带责任，在其他国家的法律中也有体现。因未尽安全保障义务而使被保护人遭受第三人侵害的案件是属于无意思联络的数人侵权中结合因果关系的情形。在无意思联络的数人行为相互结合而致他人同一损害的情形中，如果各人的行为皆与损害后果之间存在事实因果关系与法律因果关系，英美侵权行为法与德国侵权法的做法都是要求各个行为人承担连带赔偿责任②。

第三，安全保障义务人与第三人对受害者承担连带责任，利于更充分的保护受害人。安全保障义务人与第三人是否承担连带责任的区别在于，若安全保障义务人与第三人间是连带责任，则向第三人追偿不能的风险由

---

① 黄松有：《最高人民法院人身损害赔偿司法解释的理解与适用》，人民法院出版社2004年版，第109页。

② 姚志明：《侵权行为法研究（一）》，元照出版公司2002年版，第171－172页。转引自程啸：《无意思联络的数人侵权》，载王利明、公丕祥主编：《人身损害赔偿疑难问题：最高法院人身损害赔偿司法解释之评论与展望》，中国社会科学出版社2004年版，第207页。

安全保障义务人来承担；若安全保障义务人与第三人之间不是连带责任，承担按份责任，则向第三人请求赔偿不能的风险由受害人承担。两者相较，让安全保障义务人来承担这样的风险相对合理一些。因为从利益保护的角度出发，受害人的利益更值得受法律的首先保护。由于当前我国社会经济发展水平的制约，社会保障制度尚不健全。受害人除了向法院寻求司法救济外，想通过其他方式寻求救济实在很难，因此安全保障义务人与第三人承担连带责任在现实生活中将会对保护受害人利益起到决定性作用。相反，安全保障义务人的风险可以通过责任保险制度予以适当的转移。

第四，连带责任限于安全保障义务人能够防止或者制止损害的范围内，即是说因为安全保障义务人的不作为行为与第三人的侵权行为相互结合造成的那部分损害的范围内，而不是说就受害人的全部损害都由安全保障义务人与第三人承担连带责任。在多数情况下，安全保障义务人就受害人的全部损失承担连带责任；在部分情况下，安全保障义务人只是就其未履行积极的作为义务而使损害扩大的部分与第三人承担连带责任。例如，两名抢劫犯伪装成乘客登上一辆公交车，其中一人用刀架在司机脖子上的方法控制了司机的行为，另一人迅速实施抢劫，两人离车扬长而去。此时司机就应当及时对车上伤者进行救助，打 110 或 120 等。若此时司机对此不闻不问，不理不顾，则应当对伤者扩大的损失部分与实施侵权行为的抢劫犯承担连带赔偿责任，因为司机只对这部分扩大的损失具有过错。

第五，安全保障义务人在其能够防止或制止的损害范围内与第三人承担连带责任，但其内部也存在责任划分问题。若第三人故意侵权，第三人是终局责任人，安全保障义务人可以将自己承担的全部责任向终局责任人追偿。这也符合无意思联络的数人侵权中，数个行为中如果有出于故意的行为，则其他出于过失的行为人将不负侵权责任的理论。若第三人过失侵权，应从行为人主观恶意程度、各行为与损害结果间原因力大小、加害行为形态等来确定各行为人的责任比例，若不能确定责任比例的，原则上应当平均分担责任。向受害人承担了全部或超出自己分担部分责任的行为人有权向其他责任人追偿①。

观点之三：按份责任说。

该说认为，在"安全保障义务人消极不作为＋第三人的积极加害行为"的情况下，二者对损害的产生都有过错，其行为都是损害结果的原因，因此应当依据行为人各自的过错程度或原因力的大小来确定其责任的承担。因为，从安全保障义务人和第三人的关系来看，客观上，安全保障义务人的不作为行为和第三人的作为行为共同作用导致了损害后果，属于广义上的共同侵权行为。主观上，安全保障义务人没有与第三人共同侵害他人的共同故意，也没有共同过失。根据最高院《人身损害赔偿司法解释》第3条第2款的规定："二人以上没有共同故意或者共同过失，但其分别实施的数个行为间接结合发生同一损害后果的，应当根据过失大小或者原因力比例各自承担相应的赔偿责任。"所谓"间接结合"，是指数人的行为不构成损害发生的统一原因，各行为对损害后果之发生分别产生作用，但这些行为对损害结果而言并非全部都是直接或必然地导致损害结果发生的行为。其中某些行为或者原因只是为另一个行为或原因直接或必然地导致损害结果发生创造了条件，而其本身并不会也不可能直接地引起损害后果。基于此，安全保障义务人与第三人根据过失大小或者原因力比例各自承担相应的赔偿责任，即按份赔偿责任②。

（2）法律规定

我国最高院《人身损害赔偿司法解释》第6条第2款规定："因第三人侵权导致损害结果发生的，由实施侵权行为的第三人承担赔偿责任。安全保障义务人有过错的，应当在其能够防止或者制止损害的范围内承担相应的补充赔偿责任。安全保障义务人承担责任后，可以向第三人追偿。赔偿权利人起诉安全保障义务人的，应当将第三人作为共同被告，但第三人不能确定的除外。"可见，依据该司法解释的规定，是采纳了补充责任说。

---

① 陈亚玲：《违反安全保障义务的侵权责任研究》，西南政法大学2006年硕士学位论文，第31～38页。

② 李俊涛：《安全保障义务人的赔偿责任范围研究——以安全保障义务人不作为致他人受损为视角》，载《法制与社会》2007年第2期。

对此，需要说明以下三点：

一是补充赔偿责任的含义。所谓补充赔偿责任，包括两个方面的含义：一是顺位的补充，即首先应由直接责任人承担赔偿责任，直接责任人没有赔偿能力或者不能确定谁是直接责任人时，才由未尽安全保障义务的经营者承担赔偿责任；二是实体的补充，即补足差额。但必须注意的是，经营者在实体上的补充赔偿责任有一个重要的限制，即经营者只能在其能够防止或者制止损害的范围内承担补充赔偿责任。这意味着，经营者的补充赔偿责任的总额，不是以直接侵权人应当承担的赔偿责任的总额为限，而是根据其自己行为应当承担的赔偿责任的总额为限。两者可能一致，例如经营者如尽到安全保障义务，损害结果根本不会发生的情形，经营者应当承担的责任范围与第三人应当承担的责任范围完全一致。但许多情形下，经营者的赔偿责任范围要小于直接侵权人的赔偿责任范围，尤其是第三人故意犯罪致人损害的情形，犯罪者往往利用经营者在安全保障方面的缺陷达到其犯罪目的，经营者虽难辞其咎，但故意犯罪的恶劣性质所产生的恶劣后果，使两者在赔偿责任的范围上不能完全一致。此时，经营者的补充赔偿就自己的责任而言可能是完全赔偿，就补充直接侵权人责任而言则可能不是完全赔偿。这一限制，根据的是责任范围的因果关系理论，即经营者的不作为行为与损害后果在多大的程度或者范围内具有相当因果关系。这与根据过错大小的比例过失原则确定责任承担的按份责任是完全不同的。前者虽是补充责任，但亦是自己责任。后者则是多因一果情形下的按份责任。不作为行为与侵权行为的原因竞合不同于数个作为行为的原因竞合，责任承担的不同是一个重要的分际。

二是补偿赔偿责任的构成要件。经营者承担补充赔偿责任的构成要件是：第一，第三人侵权是损害结果发生的直接原因；第二，经营者对第三人的侵权未尽必要的防范和合理控制义务，即经营者不作为；第三，第三人侵权与经营者未尽安全保障义务发生原因竞合，此种原因竞合系作为行为与不作为行为的原因竞合，它表现为如果经营者尽到作为义务，通常能够防止或者制止损害结果的发生或者扩大。符合以上要件的，经营者应当承担补充赔偿责任。

三是补偿赔偿责任的性质。对于补充赔偿责任的性质，理论上存在争论。一种观点认为，补充责任的理论基础是不真正连带债务。不真正连带债务，是指数债务人基于不同的发生原因，对于债权人负有以同一给付为标的的数个债务，其中一债务人为完全履行，他债务因目的达到而消灭。连带债务与不真正连带债务的区别，一般认为：（1）连带之债系基于同一发生原因如共同侵权；而不真正连带之债基于不同的发生原因，如第三人过失酿成火灾，致寄存人寄存的财产被烧毁，保管人基于保管合同，第三人基于侵权行为分别发生以同一给付为标的的违约之债和侵权之债。（2）连带之债内部为按份之债，超出应承担的债务份额而为清偿的债务人对其他债务人有追偿权；不真正连带之债各自基于独立的债务发生原因承担责任，不能相互追偿。但也有相反的观点认为，不真正连带之债的发生原因如果涉及侵权行为，应当有终局的责任承担人，因而发生单向的追偿权，即实际承担赔偿责任的不真正连带债务人可以向终局责任承担人行使追偿权。只有这样，才符合公平原则，才能保持当事人之间的利益均衡。《人身损害赔偿司法解释》采纳了这一理论，认为经营者未尽安全保障义务承担补充责任的情形，直接侵权的第三人是终局责任人，经营者承担赔偿责任后，可以向直接侵权人追偿①。

### （四）违反安全保障义务的侵权责任与其他相关责任的竞合

如果场所的所有人或管理人所提供的场所是经营场所时，所有人或管理人（即经营者）违反安全保障义务，有可能发生与经营有关的其他责任的竞合，具体而言主要是指与违反以下两种义务的责任的竞合：

1. 违反合同上约定的义务的责任。通常情况下，安全保障义务属于法定义务，但有时该项义务也可能在当事人之间的合同中予以规定，如果义务人违反了此项义务，既是一种违约行为，应当承担违约责任，也是一种侵权行为，应当承担侵权责任，这便是违约责任与侵权责任的竞合。但是

---

① 陈现杰：《〈关于审理人身损害赔偿案件适用法律若干问题的解释〉的理解与适用》，载中外民商裁判网：http://www.zwmscp.com/list.asp? Unid =4720，2007.11.20。

受害人不得就同一损害获得两份赔偿，因此按照我国《合同法》第 122 条的规定①，可以选择行使对自己有利的请求权。

2. 违反合同上的附随义务的责任。合同上的附随义务，是指在合同关系发展的各个阶段，除给付义务外，基于诚实信用原则，尚发生旨在辅助当事人实现其利益的各种通知、协助、照顾、保护、保密等义务。它又分为三个方面②：

（1）先合同义务。即在缔约阶段基于诚实信用原则，当事人要负担诸如不向对方作错误陈述、不隐瞒重要事实真相、不泄露或使用在谈判过程中获知的对方的技术秘密、不恶意终止谈判等义务。我国《合同法》第 42、43 条规定了先合同义务及违反该义务应承担的缔约过失责任。

（2）履行中的附随义务。即在合同履行阶段由主给付义务延伸出来的义务，称为履行中的附随义务，如赠与物品应告知赠与物的瑕疵以避免对受赠人的人身伤害；技术受让方应提供安装设备所必要的物质条件以协助转让方开展工作；出卖瓷器应妥为包装以便买受人安全携带等。我国《合同法》第 60 条第 2 款规定，当事人应当遵循诚实信用原则，根据合同的性质、目的和交易习惯履行通知、协助、保密等义务。

（3）后合同义务。即在合同关系消灭后为了巩固合同履行效果，而由诚实信用延伸出来的义务，如离职后之受雇人得请求雇主开具服务证明书、受雇人离职后仍不能泄露任职期间所得之营业机密、房屋之出租人于租赁关系消灭后应容许承租人于门前适当地方悬挂迁移启事等。我国《合同法》第 92 条规定，合同的权利义务终止后，当事人应当遵循诚实信用原则，根据交易习惯履行通知、协助、保密等义务。

基于上述三项义务，如果在缔约阶段，义务人不履行安全保障义务的，有可能会同时违反先合同义务，此时就会发生缔约过失责任与侵权责任的竞合；如果在合同履行过程中或者在合同关系结束后，义务人不履行

---

① 《合同法》第 122 条规定："因当事人一方的违约行为，侵害对方人身、财产权益的，受损害方有权选择依照本法要求其承担违约责任或者依照其他法律要求其承担侵权责任。"

② 汪渊智、李媛：《论附随义务》，载《山西大学学报》2001 年第 3 期。

安全保障义务的，也会发生其他债务不履行的责任①与侵权责任的竞合。

# 三、对最高院《人身损害赔偿司法解释》第6条的评析

最高院《人身损害赔偿司法解释》第6条规定："从事住宿、餐饮、娱乐等经营活动或者其他社会活动的自然人、法人、其他组织，未尽合理限度范围内的安全保障义务致使他人遭受人身损害，赔偿权利人请求其承担相应赔偿责任的，人民法院应予支持。

因第三人侵权导致损害结果发生的，由实施侵权行为的第三人承担赔偿责任。安全保障义务人有过错的，应当在其能够防止或者制止损害的范围内承担相应的补充赔偿责任。安全保障义务人承担责任后，可以向第三人追偿。赔偿权利人起诉安全保障义务人的，应当将第三人作为共同被告，但第三人不能确定的除外。"

该条在适用中，有以下几个问题需要进一步探讨：

## （一）关于其适用范围

本条是在义务人不履行安全保障义务造成人身损害的情况下方可适用，所以在因违反安全保障义务造成财产损害的情况下则不得适用本条。显然，该解释大大地限制了安全保障义务的功能，因而需要提高立法层次、扩大适用范围，对于人身损害和财产损害应当统一适用。

## （二）关于本条与相关规定的竞合

这里主要有两种情况需要注意：

第一，本条关于安全保障义务的规定在性质上属于一般规定，它是对

---

① 违反履行中的附随义务，究竟是承担违约责任还是其他债务不履行责任，在学界有争议。本人主张，违反附随义务的责任不同于违约责任，首先，从归责原则上看，它实行过错责任，不同于违约责任之严格责任。其次，从责任形式看，主要是赔偿损失，一般不发生强制实际履行。再次，从赔偿范围看不应及于损失的全部。至于违反后合同义务，是对债务的不完全履行或其他义务的违反，它是一种结果损害，是由积极损害产生的扩大了的损害，应当承担违约责任。

义务人提供的场所中存在的各种危险进行防范的抽象规定或概括规定，这就有可能使违反安全保障义务的侵权责任与其他特殊危险责任发生竞合。比如，《民法通则》第 122 条的产品责任、125 条的道路施工者责任、126 条的建筑物或其他工作物责任、127 条的动物饲养人责任。此外，《人身损害赔偿司法解释》第 7 条规定的校园事故中教育机构的责任、第 9 条规定的雇主的替代责任和第 11 条规定的雇主对雇员受害所承担的责任、第 10 条规定的定作人的责任、第 16 条规定的物件致人损害的责任等规定，应当属于危险责任的特别规定，当这些责任是由于义务人违反安全保障义务而发生时，应优先适用这些规定，而不再适用该第 6 条的规定。

第二，如果有关的安全保障义务已经为保护性法律所明定，且该保护性法律已经规定了相应的法律后果，那么，就应当直接适用该法律。如果该保护性法律没有规定相应的法律后果，应当适用《人身损害赔偿司法解释》第 6 条的规定。但是，由于安全保障义务仅仅适用于人身损害，因此，如果受害人遭受了财产损害，那么，适用《人身损害赔偿司法解释》第 6 条就不足以保护其利益。此时，就应当将该保护性法律与《民法通则》第 106 条第 2 款结合起来适用。

但是，在将保护性法律接入《人身损害赔偿司法解释》第 6 条时，如果义务人已经遵守了该法律而仍然造成了损害，那么，能否认定义务人已经履行了其安全保障义务，并因此而免于承担责任？在我国的当前阶段，我们应当努力地保障人们的行为自由，并保障个人对其行为的预期。因此，如果义务人已经遵守了保护性法律，就应当认为其已经履行了安全保障义务，从而不应再承担损害赔偿责任。当然，考虑到我国的立法状况，此处的"保护性法律"应当限于法律和行政法规①。

此外，如果技术规则对于某种安全保障义务已有规定，那么，遵守了技术规则是否认定为已遵守了安全保障义务呢？技术规则可以作为认定安全保障义务的参考，但是不能作为认定是否构成侵权的依据，是否构成侵

---

① 周友军：《社会安全义务理论及其借鉴》，载 http://www.civillaw.com.cn/article/default. asp? id = 24679，登陆时间：2007 年 8 月 2 日。

权应当依据该第 6 条进行独立判断。

### （三）依据何种标准判断本条第 1 款"合理限度范围内的安全保障义务"？

本条解释第 1 款所讲的"合理限度范围内的安全保障义务"是一个不确定概念，其"合理限度"如何把握，应当遵循以下几方面的标准①：

1. 安全保障义务人是否获益。理解这一标准，可分为两个方面：第一，经营性社会活动中的安全保障义务人防止或者制止损害的范围要大于非经营性的社会活动，即前者的安全保障义务的程度要高于后者。比如，社区运动会的召集者的安全保障义务的程度要低于百货公司的经营者；第二，获利多的社会活动安全保障义务人对防止或制止损害的范围要大于获利少的义务人。比如，星级酒店的安全保障义务要强于普通酒店。之所以首先要采用这一标准，是因为达到安全保障义务标准的成本可以通过获益来抵销，这是风险与利益相一致原则的要求。

2. 风险或损害行为的来源及强度。要确定合理限度范围内的安全保障义务，必须对风险或者损害行为的来源种类及其强度进行划分，比如本属于社会公共安全的风险，就应该由公安部门负责，超出一般情形的风险，也不应该由义务人承担。

3. 安全保障义务人控制、防范危险或损害的能力。比如，具有专业知识的安全保障义务人防止或制止损害的范围要大于不具有专业知识的义务人。

4. 受害人参加经营活动或者社会活动的具体情形。比如，向社会开放程度高的安全保障义务人防止或制止损害的范围要大于开放程度低的安全保障义务人。

---

① 杨立新：《中华人民共和国侵权责任法草案建议稿及说明》，法律出版社 2007 年版，第 208 页。

### （四）安全保障义务人未能防止或制止第三人对受害人的侵权行为而承担补充赔偿责任是否合理？

本条解释第 2 款规定："因第三人侵权导致损害结果发生的，由实施侵权行为的第三人承担赔偿责任。安全保障义务人有过错的，应当在其能够防止或者制止损害的范围内承担相应的补充赔偿责任。安全保障义务人承担责任后，可以向第三人追偿。"按照该条规定，存在以下逻辑矛盾：

第一，既然是安全保障义务人有过错，那么义务人对受害人承担赔偿责任就是对自己的过错行为负责，是一种自己责任，为什么要规定为"补充赔偿责任"呢？

第二，既然是一种自己责任，就应当是终局责任，为什么又规定"安全保障义务人承担责任后，可以向第三人追偿"，从而将自己的责任转嫁给第三人呢？

第三，既然允许义务人向第三人追偿是为了限制其责任，那么当第三人无法确定或者虽然已经确定、但根本无资力承担责任时，安全保障义务人就无法得到追偿，此时反而成了终局责任人，不仅没有限制其责任，反而加重了责任，这与其立法宗旨是相悖的！

综上所述，本条解释尽管弥补了我国现行侵权法的漏洞，但仍然存在很多问题，因此在制定我国未来侵权法时必须予以克服，现提出如下建议条文以供立法参考：

第××条 从事住宿、餐饮、娱乐等经营活动或者其他社会活动的自然人、法人、其他组织，未尽合理限度范围内的安全保障义务致使他人遭受人身或财产损害的，受害人有权请求安全保障义务人赔偿。对安全保障义务人的责任法律、法规另有规定的，依照其规定。

因第三人侵权导致损害结果发生的，由实施侵权行为的第三人承担赔偿责任。安全保障义务人有过错的，对于人身损害，应当在其能够防止或者制止损害的范围内与第三人承担连带赔偿责任；对于财产损害，应当在其能够防止或者制止损害的范围内承担相应的赔偿责任。

对上述条文设计，需要说明以下几点：1. 行为人违反安全保障义务，不仅要对因此发生的人身损害承担赔偿责任，而且也要对财产损害承担赔偿责任；2. 本条属于安全保障义务的一般规定，如果法律、法规对此有特别规定时，应当优先适用其特别规定；3. 在第三人实施加害行为时，由于安全保障义务人的过错未能有效防止或制止第三人的加害行为，致使他人受到损害的，安全保障义务人所承担的责任分为两种，一是对于其人身损害，在其能够防止或者制止损害的范围内与第三人承担连带赔偿责任，二是对于其财产损害，则在其能够防止或者制止损害的范围内承担相应的赔偿责任，即按份责任。这样规定，一方面兼顾了受害人与安全保障义务人之间的利益，另一方面也体现了法律对人身权的保护重于对财产权的保护，这也是当代法律重视人权、尊重人权的精神所在。

# 论国际法在中国国内法上之地位

## ——以其立法与司法实践为观察视角

吴煜贤\*

**摘　要：**传统上探讨国际法与国内法关系，主要着重于两者之间的法律位阶（一元论）抑或是各自法律体系的独立性（二元论），虽然在主权概念下，国家政府仍然是一国领域内最高政治与法律权力的垄断者，然而在当前全球化的发展趋势下，特别是法律全球化的议题范围逐渐扩大的情况下，实际上国际法与国内法彼此关系已经愈趋整合了。本文系从中国立法与司法实践作为观察视角，探讨国际法（包括WTO协议群）在中国国内法上之地位，其系如何在其国内适用条约以及如何解决其国内法与条约间之冲突。

**关键词：**国际法　国内法　条约　一元论　二元论　全球化

中国自改革开放后为积极吸引外国直接投资（Foreign Direct Investment，以下简称FDI），除逐步建构属于资本输入国为规制FDI的外国投资法（Foreign Investment Law，简称"外资法"，属于单边的国际投资法制）外，亦自1982年起，陆续与瑞典、德国、法国、日本、印度等国家或经济体分

---

\* 对外经济贸易大学国际法学专业博士研究生、（台湾）财团法人资讯工业策进会资深法律幕僚、世新大学法律系兼任讲师。

别签订百余个双边投资条约（Bilateral Investment Treaty，简称 BIT）①，截至 2006 年 1 月并已与爱尔兰、比利时、阿曼、印度、德国、法国、澳大利亚、英国等 80 余国签订避免双重征税协定（Agreement on Prevention of Double Taxation）②；此外，并已陆续签署加入多个与国际投资有关的国际公约，例如：于 1987 年 4 月正式加入联合国的《承认及执行外国仲裁裁决公约》（Convention on the Recognition and Enforcement of Foreign Arbitral Awards，一般简称为 1958 年《纽约公约》）；1988 年 4 月加入世界银行的《多边投资担保机构公约》（Convention Establishing the Multilateral Investment Guarantee Agency；简称 MIGA）；1993 年 2 月正式加入世界银行的《解决各国与其它国家国民间投资争端公约》（Convention on the Settlement of Investment Disputes between States and Nationals of Other States；简称 1965 年《华盛顿公约》）③，2001 年 11 月加入 WTO 的《马拉喀什设立世界贸易组织协议》（Marrakesh Agreement Establishing The World Trade Organization），同年 12 月 11 日正式成为 WTO 的一员。然而，此等规范 FDI 的国际条约如何在中国境内发生实际效力？进一步而言，中国如何在其国内法中适用国际法，以及如何解决国际法与其国内法之间的冲突，将于本文中进行探讨。

## 一、国际法与国内法的关系

经济全球化（Economic Globalization）虽然对各国经济发展带来新的机

---

① 中国关于双边投资协议所使用之名称或为"保护投资的协议"，或为"相互保护投资的协议"，或为"促进和保护投资协议"，或为"促进和相互保护投资协议"，或为"鼓励和相互保护投资协议"，或为"相互鼓励和保护投资协议"，不一而足。依据联合国贸易与发展会议（Unite Nations Conference on Trade and Development，简称 UNCTAD）统计，截至 2006 年底，中国计已签订 120 个双边投资协议或条约（参见 UNCTAD, World Investment Report 2007: Transnational Corporations, Extractive Industries and development, New York and Geneva, Sales No. E. 07. II. D. 9, 2007, p. 18）。

② 资料来源：中国国家税务总局官方网站，网址：http://www.chinatax.gov.cn。

③ 资料来源：中国外交部官方网站；网址：http://www.fmprc.gov.cn。

遇，然亦成为必须面临的严峻挑战。时至今日，国际经济合作（International Economic Cooperation）已然成为各国从事跨国经济活动的新型交往方式，举凡国际贸易（International Trade）、国际投资（International Investment）、国际金融（International Financial）、国际劳务合作（International Labor Cooperation）、国际技术合作（International Technology – Corporation）、国际发展援助（International Cooperation and Development）等，莫不属国际经济合作的一环，至于因此所衍生的相关活动，即须透过相应的国际法规则予以规范。国际法巨擘史塔克（J. G. Starke）认为："国际法大部分是包括国家在其相互交往关系中，认为应该遵守并经常遵守的原则与规则的法律总体，并包括：一、有关国际组织运作以及国际组织相互间及与国家或个人关系的法律规则；二、某些国际社会关切的非国家的个体及个人权利义务的法律规则。"① 国际法一般系透过国家的实践（习惯）与国家间所缔结的协议（条约）等方式所创制②，易言之，国际法系由习惯（custom）与条约（treaty）两个主要部分所组成③，国际法系基于各国的"意愿"所创制、承认或接受的④，实证法学派（Positivists）认为其所以具有拘束力的基础或依据在于"国家同意"⑤。至于国内法则系由一国的立法机关依据一定的立法程序所制定，而以该国主权所及之范围为其适用范围的法律⑥；亦即由国家单独制定并实施的法，而无须其它独立国家或国际法主体的介入⑦。惟由于两者各自"规范的对象"其性质完

---

① J. G. Starke, An Introduction to International Law, 10th ed, London：Butterworth, 1989, p. 3（转引自丘宏达：《现代国际法》，三民书局股份有限公司1995年版，第5–6页）。

② ［英］Timothy Hillier 著，曲波译：《国际公法原理》（第2版），中国人民大学出版社2006年版，第9页。

③ ［美］Louis Henkin 著，张乃根、马忠法、罗国强、叶玉、徐珊珊译：《国际法：政治与价值》，中国政法大学出版社2005年版，第36页。

④ Louis Henkin：前揭书，第35页。

⑤ 丘宏达：前揭书，第35页。

⑥ 韩忠谟：《法学绪论》，自版1991年5月增订版、2002年再版，第31页；陈丽娟著：《法学概论》，五南图书出版股份有限公司2006年版，第51页。

⑦ ［德］沃尔夫刚·格拉夫·魏智通主编，吴越、毛晓飞译：《国际法》（2001年第2版），法律出版社2002年版，第109页。

全不同，导致国际法与国内法在"法源（source of law）"、"拘束力（binding force）"及"强制性（enforceability）"等方面皆有重大区别。

有关国际法与国内法关系的探讨，在历史上有两个主要的学派，即所谓的"一元论（monism）"与"二元论（dualism）"。前者认为每个国家的法律体系是一个由国际法及其国内法所构成，并以国际法为最高法律的单一法律体系，许多国内法律制度系由于国际法律制度的授权①；法律秩序是统一的，两者有着共同的适用基础，国际法与国家的法律秩序皆为全部法律秩序的组成因子②。至于后者则认为，国际法与国内法系两个显著不同的法律体系，彼此独立地运行及存在，并无法理上的关系③。由于"一元论"与"二元论"对于国际法与国内法两者关系所持观点的不同，进而影响其对于国际法在国内法上地位的认知、国际法透过何种方式在一国领域内适用以及两者产生冲突时如何解决等衍生之相关问题的主张。

有关国际法在国内法上的地位，学说上主要有两种理论，即所谓的授权论（delegation theory）以及质变论（transformation theory，或译为"转化论"）或特别采纳论（specific adoption theory）。前者认为，国际法授权一国宪法自行规定国际条约在何种情况下可在其国内适用；国家为此目的而采纳的程序或方法仅为缔约程序的延续，其中并未变质，亦非产生新的国内法规则，而仅系一个造法（law making）行为得延续而已④。至于后者则认为，由于国际法与国内法系严格区分且构造不同的制度，因此，除非国际法规则经过国内立法机关将其质变为国内法，或透过国内法的宪法机制

① Louis Henkin：前揭书，第92页；Timothy Hillier：前揭书，第328页；J. G. Starke：前揭书，第73－74页（转引自丘宏达著：前揭书，第107页）。

② Kelsen, Das Problem der Souveränität und die Theorie des Völkerrechts, 1920；Verdross, Die Einheit des Weltbildes auf Grundlage der Völkerrechtsverfassung, 1923（均转引自［德］沃尔夫刚·格拉夫·魏智通主编，吴越、毛晓飞译：前揭书，第125－126页）。

③ Louis Henkin：前揭书，第92页；Timothy Hillier：前揭书，第328页；J. G. Starke：前揭书，第72－73页（转引自丘宏达：前揭书，第107页）；Triepel, V. lkerrecht und Landesrecht, 1899（转引自［德］沃尔夫刚·格拉夫·魏智通主编，吴越、毛晓飞译：前揭书，第125页）。

④ J. G. Starke：前揭书，第76－77页（转引自丘宏达：前揭书，第108页）；I. A. Shear-er, Starke's International Law, 11th ed., London：Butterworth & Co., 1994, p. 67（转引自吴嘉生：《国际法与国内法关系之研析》，五南图书出版有限公司1998年版，第81－82页）。

将其特别采纳或编入，否则国际法规则不能直接或依其本身的效力被国内机关（如：法院）适用或对个人生效①。然而，不论是"一元论"与"二元论"，抑或是"授权论"、"质变论"与"特别采纳论"，皆系学者为解释国家适用国际法所采取的不同方式而提出的理论，盖如观察各国宪法的实践，即可发现其中实有许多兼具"一元论"与"二元论"的因素，进而形成一个光谱（a spectrum），其一端的可能是"二元论"形式的英国为代表，另一端的则可能是"一元论"形式的瑞士为代表，其它国家则是介于这两个极端之间，分别依不同程度因素的组合形式呈现，但没有哪个国家奉行严格的"一元论"或完全的"二元论"，每个国家似乎皆系在随机变化的历史进程中，仰赖其宪政制度发展，寻得自己在一定范围内的位置②。事实上，国家的实践无法解决"一元论"与"二元论"这两种理论的不同，加以国际法的发展趋势（例如：国际法主体的扩大）致使其与国内法之间的区别日益模糊，故此两种学理上的区分并无实际上的效果，重要的是国家在其国内法律制度下如何适用国际法，以及如何处理国际法与国内法的冲突③。

## 二、中国如何在其国内适用条约

适用条约亦即执行条约，执行条约系缔约国履行条约义务的关键步骤。签署国签署条约后，即应受该条约之拘束，此乃一项国际法上的基本原则，并已成为1969年《维也纳条约法公约》（The Vienna Convention on the Law of Treaties）的重要条文内容；该公约第26条规定："凡有效之条约对其各当事国有拘束力，必须由各该国善意履行（Every treaty in force is

---

① J. G. Starke：前揭书，第76页（转引自丘宏达：前揭书，第107 – 108页）；J. G. Starke, An Introduction to International Law, 7th ed., London：Butterworth, 1972, p. 82 ~ 83（转引自吴嘉生，前揭书，第80 – 81页）。

② [英] Anthony Aust, 江国青译：《现代条约法与实践》，中国人民大学出版社2005年版，第143页；Louis Henkin：前揭书，第96 – 97页。

③ J. G. Starke：前揭书，第72 – 73页（转引自丘宏达：前揭书，第107页）。

binding upon the parties to it and must be performed by them in good faith. )"①，第 27 条前段则规定："当事国不得援引其国内法规定为理由而不履行条约（A party may not invoke the provisions of its internal law as justification for its failure to perform a treaty. )"②。"条约必须信守（pacta sunt servanda)"作为一项公认的国际法基本原则，是对任何缔约国以及任何可归因于缔约国的主体（包括其国家元首、政府官员、国家机关以及某些情况下的个人等）行为的共同规范。国际法虽未就缔约国应如何适用条约为具体规定，然而，仅可谓各缔约国在具体适用条约的方式选择上享有自主权，非谓各缔约国享有选择不适用或不履行条约的权利，即使是在所谓的国内法层面亦复如此，不论是存在与条约相违的国内法（即积极抵触），抑或是未制定履行条约所必须的国内法（即消极抵触）③。

当一国的机关（特别是司法机关）在面临应如何适用国际法的具体个案时，常运用一些理论来阐述与支持他们对于国际法与国内法事实上关系的观点，而这些学说主要有④：第一，质变论（或称为"转化说"、"变形说"）；第二，特别采纳论（或"并入说"）；第三，授权说；第四，和谐说（Harmonization Doctrine)。然而，学说上的争论大部分是没有实际影响的，盖国际法与国内法关系所引发的诸如国家在其国内法律制度下如何适用国际法等问题，并非参照学说来解决，实系端视各国国内法规则与国际法规则如何规定⑤。国际体系要求一国必须履行自己的国际义务，但国际法通常不要求一个国家须以特定的方式或透过特定的体制或法律来履行那

---

① 条文详见陈治世：《条约法公约析论》，台湾学生书局 1992 年版，第 127 页、第 308 页。

② 条文详见陈治世：前揭书，第 129、308 页。

③ 肖冰：《论我国条约适用法律制度的建构》，收录于陈安主编：《国际经济法论丛》（第 5 卷），法律出版社 2002 年版，第 19 - 50 页。

④ 有关条约在国内的适用方式，参吴嘉生：前揭书，第 77 - 85 页；丘宏达：前揭书，第 107 - 108 页；Timothy Hillier：前揭书，第 331 页；万鄂湘、石磊、杨成铭、邓洪武：《国际条约法》，武汉大学出版社 1998 年版，第 186 - 193 页；孔祥俊：《WTO 法律的国内适用》，人民法院出版社 2002 年版，第 30 - 39 页；李浩培：《条约法概论》，法律出版社 2003 年版，第 314 - 324 页。

⑤ Timothy Hillier：前揭书，第 327 页。

些义务①。虽然，国家或据此认为，其可自主地决定如何履行其国际法上的义务，可决定透过何种方式适用条约；换言之，对待国际法的法理态度系由一国的国内法制度及其法理学（Jurisprudence）决定②，惟国家不能以国内法的规定或不足为借口来逃避其国际法的义务或不履行条约，否则，将因此对其他条约当事国承担国际法上的责任。

中国改革开放后，自1982年起，已陆续与其他国家缔结与投资保护、保险及税收有关的双边投资条约（BIT），并签署加入多个与国际投资有关的公约，并于1997年10月正式加入《维也纳条约法公约》③；然而，有关条约应如何在中国适用，却是随着近年来中国加入WTO进程的推进，方日渐受到重视与讨论。一直以来，中国《宪法》④或其后颁布的《缔结条约程序法》及《立法法》并未就条约在其境内如何适用为一般性的明文规定，而系散见于其它法律、行政法规、部门规章或司法解释的相关规定。以下将以此作进一步说明。

## 三、于宪法以外的国内法中规定适用条约的方式

现在国际实践中，一国决定透过何种方式适用条约，一般取决于该国的宪法。其内容或规定只要所缔结的条约符合宪法的规定（不论系积极地纳入或系消极地未排除），该条约即成为其国内法的一部分并对该国生效，无须就该条约内容另行立法；或规定除非赋予条约效力的立法程序生效，否则并不授予条约任何地位，条约所创设的权利与义务在国内法上不具有任何效力⑤。惟中国对此则欠缺宪法性规定，就此与世界上大多数国家的

---

① Louis Henkin：前揭书，第90页。

② Louis Henkin：前揭书，第94页。

③ 参阅1997年《全国人民代表大会常务委员会关于我国加入〈维也纳条约法公约〉的决定》。

④ 中国现行《宪法》中（主要为第67条第14项、第81条、第89条第9项）仅规定全国人民代表大会常务委员会、国家主席及国务院享有与他国缔结条约与重要协议（或协议）或批准与废除之权力，然并未明确规定可直接适用条约。

⑤ Anthony Aust：前揭书，第143－153页。

情形有着显著的区别。至于其后分别于 1990 年 12 月与 2000 年 3 月颁布的《缔结条约程序法》及《立法法》亦未触及此问题；然而，根据中国的若干立法实践显示，在中国适用条约大致可分为以下几种方式：

### （一）依条约规定办理者

在中国过去或现行的法规中，不乏明确规定直接适用条约，或虽未直接规定可直接适用条约，但却规定条约与其国内法发生冲突时，原则上可适用条约的相关规定。例如：1980 年 9 月所颁布的《中外合资经营企业所得税法》第 16 条第 2 款（该法已于 1991 年 7 月 1 日废止）；1982 年 3 月颁布的《民事诉讼法（试行）》第 188 条（该法已于 1991 年 4 月 9 日废止），同年 8 月颁布的《商标法》第 9 条①；1985 年 3 月所颁布的《涉外经济合同法》第 6 条，同年 4 月所颁布的《继承法》第 36 条第 3 款，同年 11 月所颁布的《外国人入境出境管理法》第 6 条第 2 款；1986 年 4 月所颁布的《民法通则》第 142 条第 2 款，同年 12 月由海关总署所发布的《关于外国驻中国使馆和使馆人员进出境物品的规定》第 10 条；1989 年 4 月所颁布的《行政诉讼法》第 72 条；1990 年 12 月由国务院所发布的《海上国际集装箱运输管理规定》第 12 条第 1 款；1991 年 4 月颁布的《外商投资企业和外国企业所得税法》第 28 条及《民事诉讼法》第 239 条；1995 年 5 月颁布的《票据法》第 96 条②等。

### （二）依对等原则办理者

至于规定依对等原则办理者，如：1982 年 8 月颁布的《商标法》第 9 条规定："外国人或者外国企业在中国申请商标注册的，应当按其所属国和中华人民共和国签订的协议或者共同参加的国际条约办理，或者按对等原则办理。"

---

① 其后本法于 1993 年 2 月 22 日第一次修订时并未修订，2001 年 10 月 27 日第二次修订时，则改列为第 17 条，条款内容并未调整。
② 其后本法于 2004 年 8 月 28 日修订时，则改列为第 95 条，惟条款内容并未调整。

## 四、透过司法解释阐明适用条约的方式

盖中国过去计划经济由于高度集中，政府直接干预企业的生产、经营活动，而其主要的外资法规均系当时所制定，难免带有立法过于僵硬、行政干预过强等计划经济色彩，在经济体制转轨后，显然已无法因应市场交易的实际需求；此外，当时法制建设仍处于初步发展阶段，相关立法无法实时配合市场交易需要制定或修订，无从提供司法机关在审理新型态经济案件（例如：涉外经济案件）时法律适用的需要；为此，全国人民代表大会常务委员会于 1981 年 6 月通过《关于加强法律解释工作的决议》，授权最高人民法院与最高人民检察院对分别属于法院或检察院在从事审判或检察工作中具体应用法律、法令的问题进行解释[①]（惟法律解释权仍由全国人民代表大会常务委员会专属享有[②]），而两院所为的司法解释，或可填补中国因立法滞后导致不可避免的种种空白。时至今日，此项司法解释实具有准立法（quasi legislation）的职能[③]。

中国部分司法解释亦有涉及条约适用的问题。例如：1987 年 4 月，最高人民法院所发布的《关于执行我国加入的〈承认及执行外国仲裁裁决公约〉的通知》，要求各级人民法院切实依照执行该公约；同年 8 月，最高人民法院、最高人民检察院、外交部、公安部、国家安全部、司法部等所

---

① 1981 年《关于加强法律解释工作的决议》对于法律的解释问题作出 4 项规定，其中第 2 项指出："凡属于法院审判工作中具体应用法律、法令的问题，由最高人民法院进行解释。凡属于检察院检察工作中具体应用法律、法令的问题，由最高人民检察院进行解释。最高人民法院和最高人民检察院的解释如果有原则性的分歧，报请全国人民代表大会常务委员会解释或决定。"这成为目前中国法院体系从事司法解释的法源依据（该《决议》全文详见《全国人大常委会公报》，1981 年第 2 号）；尽管该《决议》规定最高人民法院所为之解释应限于"属于法院审判工作中具体应用法律、法令的问题"，然而，综观其所为司法解释的内容仍以具体个案的抽象解释居多。关于司法解释对中国立法的冲击，参阅王文杰著：《中国大陆法制之变迁》，自版 2002 年版，第 190 –194 页。

② 参阅中国现行《宪法》第 67 条第 4 项、2000 年《立法法》第 42 条。

③ 依据 1997 年最高人民法院《关于司法解释工作的若干规定》第 4 条规定："最高人民法院制定并发布的司法解释，具有法律效力。"（该《规定》全文详见《最高人民法院公报》，1997 年第 3 期）。

联合发布的《关于处理涉外案件若干问题的规定》第 1 条指出："涉外案件应…，同时亦应恪守我国参加和签订的多边或双边条约的有关规定。当国内法以及某些内部规定同我国所承担的条约义务发生冲突时，应适用国际条约的有关规定。根据国际法的一般原则，我国不应以国内法规定为由拒绝履行所承担的国际条约规定的义务。这既有…合法权益。"（本《规定》业于 1995 年 6 月 20 日废止）；同年 10 月，最高人民法院所发布的《关于适用〈涉外经济合同法〉若干问题的解答》第 2 条第 8 款规定："我国缔结或者参加的有关国际条约，如果同涉外经济合同法或者我国其它与涉外经济合同有关的法律有不同规定的，适用国际条约的规定，但是我国声明保留的条款除外"①；1991 年 6 月，最高人民法院所发布的《关于贯彻执行〈行政诉讼法〉若干问题的意见（试行）》第 112 条第 1 项规定，人民法院对在中国领域内没有住所的当事人送达诉讼文书，可"依照受送达人所在国与中华人民共和国缔结或者共同参加的国际条约中规定的方式送达"；1995 年 6 月，外交部、最高人民法院、最高人民检察院、公安部、安全部、司法部等所联合发布的《关于处理涉外案件若干问题的规定》其总则第三点中段规定："当国内法或者我国规定同我国所承担的国际条约义务发生冲突时，应当适用国际条约的有关规定（我国声明保留的条款除外）"；2002 年 8 月，最高人民法院所发布的《关于审理国际贸易行政案件若干问题的规定》第 9 条规定："人民法院审理国际贸易行政案件所适用…，其中有一种解释与中华人民共和国缔结或者参加的国际条约的有关规定相一致的，应当选择与国际条约的有关规定相一致的解释，但中华人民共和国声明保留的条款除外。"②凡此，皆为中国司法机关或行政机关在审理案件或处理行政事务时，得以适用条约的依据。

## 五、小结

由上述说明不难发现，中国的立法与司法实践允许直接适用条约者，

---

① 该《解答》全文详见《最高人民法院公报》，1987 年第 4 期。
② 该《规定》全文详见《最高人民法院公报》，2002 年第 5 期。

主要属于涉外民商事、诉讼法等特定事项（领域）的单行法律、行政法规、部门规章或司法解释，其适用范围应有其局限性或特定性；此外，由于中国现行《宪法》、《立法法》或《缔结条约程序法》迄今并未明确规定条约能否在其境内直接适用，因此，可否根据此等立法与司法实践的规定，遽而认为在中国境内直接适用条约系一项普遍采行的法律制度？恐有进一步商榷的余地。盖从一国法律秩序安定性与妥当性的角度，应只有该国法律效力位阶最高之规范（通常即该国的宪法）方得决定是否允许条约在其国内适用；惟反观中国，却系以法位阶较低的法律、司法解释，甚至更低的行政法规（如：国务院所发布的《海上国际集装箱运输管理规定》）或部门规章（如：海关总署所发布的《关于外国驻中国使馆和使馆人员进出境物品的规定》）作为规范条约在其国内效力之依据，是否妥适？非无进一步检讨之必要。至于中国学者与司法实践解读前开规定时多倾向认为，得直接在其境内适用条约，应仅限于条约与其国内法发生冲突时①。

至于中国如何在其境内适用 WTO 协议，学者一般认为，从 2001 年 10 月 1 日【中国加入工作组报告书】（Report of the Working Party on the Accession of China）第 67 段的文字显示②，中国并未承诺 WTO 协议在其国内有直接适用的效力，而只承诺在履行 WTO 协议的前提下，透过修法与制定新法的方式履行 WTO 协议。然而，若在未能及时修法与制定新法将 WTO 协议转化为其国内法前已发生具体个案时，则例外认为司法机关可直

---

① 陈寒枫、周卫国、蒋豪：《国际条约与国内法的关系及中国的实践》，载《政法论坛》2000 年第 2 期；贺小勇：《论 WTO 协议与国内法的法律关系问题》，载《政法论坛》2001 年第 1 期；石慧：《对国际条约在我国适用问题的新思考》，载《法律适用》2004 年第 1 期；李鸣：《应从立法上考虑条约在我国的效力问题》，载《中外法学》2006 年第 3 期。

② 参阅【中国加入工作组报告书】第 67 段规定："中国代表表示，中国一贯忠实履行其国际条约义务。根据宪法和条约缔结程序法，WTO 协议属于'重要国际协议'，需经全国人民代表大会常务委员会批准。中国将保证其有关或影响贸易的法律法规符合 WTO 协议及其承诺，以便全面履行其国际义务。为此，中国已开始实施系统修改其有关国内法的计划。因此，中国将通过修改其现行国内法和制定完全符合 WTO 协议的新法的途径，以有效和统一的方式实施 WTO 协议。"（参阅对外贸易经济合作部世界贸易组织司译：《中国加入世界贸易组织法律文件》，法律出版社 2002 年版，第 775 页）。

接适用 WTO 协议作为裁判依据①。惟依据《马拉喀什设立世界贸易组织协议》第 16 条第 4 项规定："每一成员应保证其法律、法规与行政程序与所附各协议对其规定的义务相一致"②；同条第 5 项则进一步规定："不得对本协议的任何条款提出保留。对多边贸易协议任何条款的保留应仅以这些协议规定的程度为限。对一诸边贸易协议条款的保留应按该协议的规定执行"③；此等规定意味着 WTO 要求成员国的国内法必须与 WTO 协议吻合，中国既然已是 WTO 的成员国，当受此项规定的拘束④，否则，恐有违反国际义务之虞。

## 六、中国如何解决其国内法与条约间之冲突

国家既为国内法的制定者，复为国际条约的缔结者，理论上，其所制定的国内法与其所缔结的条约应不致发生相互抵触的情形；惟条约所体现者为各缔约国间的协调（共同）意志，而国内法所体现者则为国家本身的排他性（exclusive）意志；因此，在实践中就同一事项便可能发生条约与缔约国国内法规定不一致，甚至有抵触的情况⑤，此时两者效力孰优孰劣，便涉及国内法与条约相对地位的问题。

---

① 孔祥俊：前揭书，第 141 - 146 页；石慧：前揭文；韩立余：《WTO 规则的适用与中国国内立法》，收录于陈安主编：《国际经济法论丛》（第 4 卷），法律出版社 2001 年版，第 218 - 235 页。

② 该条款原文为：「Each Member shall ensure the conformity of its laws, regulations and administrative procedures with its obligations as provided in the annexed Agreement.」（参阅对外贸易经济合作部国际经贸关系司译：《乌拉圭回合多边贸易谈判结果法律文本》，法律出版社 2000 年版，第 14 页）。

③ 该条款原文为："No reservations may be made in respect of any provision of this Agreement. Reservations in respect of any of the provisions of the Multilateral Trade Agreements may only be made to the extent provided for in those Agreements. Reservations in respect of a provision of a Plurilateral Trade Agreement shall be governed by the provisions of that Agreement."（参阅对外贸易经济合作部国际经贸关系司译：前揭书，第 14 页）。

④ 王文杰：《中国大陆加入 WTO 后的法制因应》，载《万国法律》2002 年第 4 期。

⑤ 按此处所指与国内法发生冲突的条约系指可由缔约国直接适用的条约，至于那些尚需透过转化为国内法的程序方能适用的条约，由于其本身并无法为缔约国的司法与行政机关所直接适用，而系透过制定相应的国内法以间接适用，故无从发生法律冲突的问题。

按若两个法规范发生冲突时，原则上系透过上位法优于下位法（Lex superior derogat legi inferiori.）、后法优于前法（Lex posterior derogat legi priori.）、特别法优于普通法（Lex specialis derogat legi generali.）等原则解决。惟前述原则在具体情况适用上并不容易（特别是如何辨别何者系特别法？何者为普通法？）。另上述原则基本上应系建立在国际法与国内法属于同一法律体系时方有其实益，盖若认为两者系分属两个显然不同的法律体系，且彼此独立地运行及存在，并无法理上的关系时（即采学说上所谓"二元论"），应无所谓效力优劣的问题产生。然而，倘贯彻"一元论"学者的观点，若国际法与国内法发生冲突，应以国际法优先，则前述原则即无适用之余地，由此，再次证明此两种学理上的区分，实际上并无助于解决现实发生的问题。

# 七、国际间有关条约与国内法冲突的解决

观察各国的实践，条约在国内法上的地位，大致可分为以下三类[①]：

## （一）国内法的地位优于条约

目前采取此种制度的国家已相当罕见。1863 年的阿根廷第 48 号法律第 21 条规定，《宪法》为其最高法律，然后依次为：国会已通过或可能通过的法律、与外国缔结的条约、各省的个别法律、本国过去适用的一般法律及国际法原则[②]，即属于采此制度的立法例。

## （二）国内法与条约的地位相等

采取此种制度的国家通常尚采用"和谐解释"与"后法优于前法"［或称为后法推翻前法（a later law repeals an earlier one）[③]］等原则作为进

---

① 李浩培：前揭书，第 324 - 331 页。
② 李浩培：前揭书，第 324 - 325 页。
③ 丘宏达：前揭书，第 111 页。

一步解决国内法与条约适用冲突的补充原则。所谓"和谐解释"原则，即尽力将表面与条约有抵触的国内法解释为并无抵触，因此两者可以并存适用；特别是法院常将此等条约规定解释为特别法，从而应优先于国内法予以适用①。若条约与国内法确实发生抵触，则采用"后法优于前法"原则，适用制定或缔结在后的法律或条约。国际间采用此种制度的国家较多，例如：美国、德国、日本等②。

### （三）条约的地位优于国内法

实行此种制度的国家包括法国及二次大战后独立的原法属非洲国家（例如：阿尔及利亚）；法国 1946 年《宪法》第 26 条、第 28 条已明确规定条约具有优于国内法的地位；1958 年修宪时，将该两条文合并调整为第55 条，规定："经过合法批准或核准的条约或协议，在公布后，具有高于法律的权威，但以缔约他方实施该条约或协议为条件"③；由此可知，在此等国家国际条约对其国内法具有相对优越的地位。

从以上各国的实践不难看出，由于如何在国内法中履行条约完全是缔约国的内部事务，条约相对于国内法并非处于绝对优先的地位。此外，采取"后法优于前法"的原则，虽可藉此解决两者在适用上的冲突，然而，不可避免的将导致制定在后的国内法将优先于缔结在先的条约，此时，缔约国似将因违背条约义务而须承担国际责任。

## 八、中国解决其国内法与条约间之冲突的方式

现在国际实践中，一国如何解决其国内法与条约间之冲突，一般取决于该国的宪法。惟中国对此则欠缺宪法性规定，就此与世界上大多数国家的情形有着显著的区别。至于其后分别于 1990 年与 2000 年所颁布的《缔

---

① 李浩培：前揭书，第 325 页。
② 李浩培：前揭书，第 325 – 326 页；丘宏达：前揭书，第 115 页。
③ 李浩培：前揭书，第 327 – 330 页；丘宏达：前揭书，第 115 页。

结条约程序法》及《立法法》亦未触及此问题。中国《宪法》及《缔结条约程序法》所规定者，多仅限于条约的类型与缔结程序等内容①，对于条约在国内的法律属性、具体适用以及法位阶地位等内容，则付之阙如。至于《立法法》虽明确规定其国内各类法源彼此间的适用原则（例如：上位法优于下位法，特别法优于一般法，新法优于旧法），惟并未涉及条约在国内法上地位的问题②；然而，在其具体实践中，系以单行法律、法规、规章或司法解释，针对特定规范事项明定其国内法与条约间发生冲突时之解决方式，以下将进一步说明。

### （一）于宪法以外的国内法中规定解决冲突的方式

1. 条约效力优于国内法者

于法律、法规、规章中明定国内法与条约间发生冲突时，应优先适用条约者，例如：1980 年《中外合资经营企业所得税法》第 16 条第 2 款、1982 年《商标法》第 9 条、1985 年《继承法》第 36 条第 3 款、《外国人入境出境管理法》第 6 条第 2 款、1986 年《关于外国驻中国使馆和使馆人员进出境物品的规定》第 10 条、1990 年《海上国际集装箱运输管理规定》第 12 条第 1 款、1991 年《民事诉讼法》第 239 条、《外商投资企业和外国企业所得税法》第 28 条等。

2. 条约效力非必然优于国内法者

于法律、法规、规章中明定，若其国内法与条约就特定规范事项有不同规定，且在其缔约时并无声明保留（reservation）③ 的条款者，则优先适

---

① 参阅中国现行《宪法》第 67 条、第 81 条、第 89 条，1990 年《缔结条约程序法》第 2 条、第 3 条、第 5 条、第 7 条、第 8 条、第 9 条、第 11 条。

② 参阅 2000 年《立法法》第 78 条至第 83 条。

③ 依 1969 年《维也纳条约法公约》第 2 条第 1 款第 4 项的定义，称保留者，系"一国于签署、批准、接受、赞同或加入条约时所作之片面声明，不论措辞或名称为何，其目的在摒除或更改条约中若干规定对该国适用时之法律效果。"（其原文为：A unilateral statement, however phrased or named, made by a State, when signing, ratifying, accepting, approving or acceding to a treaty, whereby it purports to exclude or to modify the legal effect of certain provisions of the treaty in their application to that State. ）

用该国际条约的规定（例如：1982 年《民事诉讼法试行》第 189 条、1985 年《涉外经济合同法》第 6 条、1986 年《民法通则》第 142 条第 2 款、1989 年《行政诉讼法》第 72 条、2004 年《票据法》第 96 条等）。然而，在缔约时有声明保留的条款时，前开条文仅规定"声明保留的条款除外"，惟此所谓的"除外"，究指该保留部分的国内法位阶高于条约（即优先适用其国内法）？抑或指两者位阶相同，须进一步透过"后法优于前法"、"特别法优于普通法"等原则解决？则未臻明确，致留下可予解释的空间，实有碍于法的安定性。

### （二）透过司法解释阐明解决冲突的方式

如前所述，在中国，其最高人民法院与最高人民检察院所为的司法解释实具有准立法的职能；在中国过去或现行的司法解释中，不乏阐明解决其国内法与条约发生冲突时的方式，兹举若干实例如下：

1. 条约效力优于国内法者

主要如：1987 年 8 月，最高人民法院等所联合发布的《关于处理涉外案件若干问题的规定》第 1 条（本《规定》业于 1995 年 6 月 20 日废止）；1991 年 6 月，最高人民法院所发布的《关于贯彻执行〈行政诉讼法〉若干问题的意见（试行)》第 112 条第 1 项等。

2. 条约效力非必然优于国内法者

主要如：1987 年 10 月，最高人民法院所发布的《关于适用〈涉外经济合同法〉若干问题的解答》第 2 条第 8 款；1995 年 6 月，最高人民法院等所联合发布的《关于处理涉外案件若干问题的规定》总则部分第 3 条后段；2000 年 4 月，最高人民法院所发布的《关于审理和适用涉外民商事案件应当注意的几个问题的通知》第 2 条后段、2002 年 8 月最高人民法院发布的《关于审理国际贸易行政案件若干问题的规定》第 9 条等。

## 九、小结

中国现行《宪法》、《缔结条约程序法》或《立法法》迄今并未明确规定条约与其国内法发生冲突时解决的方式，可否根据中国前开立法与司法实践，即遽认条约在其境内的效力优于其国内法？恐仍待商榷；最多仅可认为其立法与司法实践的倾向，条约与其国内法在特定事项（领域）发生冲突时，原则上条约具有优先适用的效力。部分学者（多属国际法领域的学者）以其立法实践中所谓的"条约优先条款"（例如：1986 年《民法通则》第 142 条第 2 款、1989 年《行政诉讼法》第 72 条、1991 年《外商投资企业和外国企业所得税法》第 28 条等）为其论理依据，进而认为条约的地位应优于其国内法，若两者在适用上发生冲突时，应优先适用条约的规定①；然亦有学者认为，条约与其国内法应具有同等效力，没有绝对的地位高下之分，具体效力应视其效力层次而定；当条约与国内法发生冲突时，应当遵循相同的法律适用原则予以解决②。尽管国际法与国内法的关系乃学术界长期以来争论不休的问题，然可确定的是：国家不得援引其国内法的规定或其国内法中存在的缺陷，主张免除其违反国际义务所应承担的责任③。

至于 WTO 协议在中国国内法律体系中居于何种地位，按中国现行《宪法》规定，国务院虽享有与外国缔结条约及协议的权力④，惟赋予全国人民代表大会常务委员会对于条约及重要协议享有批准与废除的决定权⑤，1990 年所颁布的《缔结条约程序法》则再次重申⑥。若对照《缔结条约程

---

① 李浩培：前揭书，第 326 页；万鄂湘等：前揭书，第 192 - 193 页；孔祥俊：前揭书，第 148 - 151 页。其中有学者进一步认为，由于广义的条约包括条约与协议，而条约与协议的缔结程序及核准的机关不同，故条约与协议的法律地位不同，因此其与国内法间效力的优劣不可一概而论，应分就其性质决定其与法律、行政法规及部门规章间效力的优劣（参阅孔祥俊著：前揭书，第 148 - 151 页）。

② 萧冰：前揭文。

③ 参阅 1969 年《维也纳条约法公约》第 27 条。

④ 参阅中国现行《宪法》第 89 条第 9 项。

⑤ 参阅中国现行《宪法》第 67 条第 14 项。

⑥ 参阅 1990 年《缔结条约程序法》第 3 条第 1 款、第 2 款。

序法》第 7 条第 2 款①对于条约与重要协议的界定标准，WTO 架构下的所有协议应属于该法所谓"重要协议"的范畴，从其缔结与修改的程序观察②，WTO 协议的效力位阶应低于其《宪法》以及应由全国人民代表大会所制定的"基本法律"，而与全国人民代表大会常务委员会所制定的"一般法律"（或称为"非基本法律"或"其他法律"）的位阶相同，惟高于行政法规、地方性法规以及规章③。

# 十、结语

由于中国目前并未如世界上大多数国家，在其《宪法》中明确规定在其法律制度下如何适用国际法，以及如何处理国际法与国内法间的冲突，亦未在《缔结条约程序法》或《立法法》触及此问题；为弥补此项空白，虽已透过于宪法以外的国内法或具有准立法职能的司法解释，针对特定事项（非全面性地）规定适用条约的方式以及如何解决在适用国际法与国内法时所发生的冲突，惟此种规范方式不但过于狭隘而且不具全面性，此外，规范本身或因位阶过低（如以行政法规或部门规章等形式规范），或因规范内容不明确而留有过大的解释空间，将导致法的安定性不足，进而影响中国法治建设的持续推动。为从根本上解决此等问题，应可考虑透过修宪，或修订《缔结条约程序法》、《立法法》的方式，从源头上着手厘清国际法与国内法之间的关系，明确规定条约适用的方式以及条约在国内法中的地位，方为正途。虽然，国际法并未要求一个国家须以特定的方式或透过特定的体制或法律来履行其国际条约的义务，国家可自主地决定如何

---

① 1990 年《缔结条约程序法》第 7 条第 2 款所规定条约与重要协议系指："（一）友好合作条约、和平条约等政治性条约；（二）有关领土和划定边界的条约、协议；（三）有关司法协助、引渡的条约、协议；（四）同中华人民共和国法律有不同规定的条约、协议；（五）缔约各方议定须经批准的条约、协议；（六）其他须经批准的条约、协议。"（该法全文详见《全国人大常委会公报》，1990 年第 6 期）。

② 参阅 1990 年《缔结条约程序法》第 5 条、第 8 条、第 9 条、第 11 条、第 19 条等。

③ 石佑昌：《WTO 对中国行政法治建设的影响》，载《中国法学》2001 年第 1 期（转引自王文杰：前揭文）。

履行其国际法上的义务，可决定透过何种方式适用条约，惟国家不能以国内法的规定或不足为借口来逃避其国际法的义务或不履行条约，否则，将因此对其他条约当事国承担国际法上的责任。中国自改革开放以来，经济实力与影响力与日俱增，近年来更已然成为发展中国家中第一大资本输入国；而对外开放最重要的是建立国际信任关系，其中遵守条约义务则又系国际社会观察的指标点，中国在国际地位与影响力不断提升的同时，国际责任亦相对地加重，实不宜贸然逃避或违反应承担的国际法义务，方不失泱泱大国的风范。

法学各科专论

# 论山西村治时期法律中的习惯

周子良* 李芳**

**摘　要：** "山西村治"是民国初年在山西进行的一场乡村自治运动，是近代中国试图实现地方自治的先导。本文以山西村治时期法律中的习惯为解析对象，希望有助于更加全面的认识"山西村治"这一历史现象，进而探究在中国近代化的过程中近代中国法是如何面对传统、怎样转型的。

**关键词：** 山西村治　法规　习惯

民国初期，政局多变、社会动荡、军阀混战、民不聊生。而此时的山西却相对安定，被康有为评价为"模范省"①。当时，阎锡山所创立的编村制度引起世人的关注，山西实施乡村治理的诸多原则和措施也为日后南京政府编订《县组织法》提供了重要的参考和依据。

近年来，在史学界和政治学界，关于清末民初地方自治问题的研究不断升温。其中，关于"山西村治"的研究也取得了一定的成果，主要论著有：李德芳的《民国乡村自治问题研究》②、董江爱的《山西村治与军阀政治》③ 以及韩梅玲的《阎锡山实用政治理念与村治思想研究》④。主要论文

---

\* 山西大学法学院副教授，硕士生导师，中国人民大学法学院博士研究生。
\*\* 山西大学法学院2006级法学理论专业硕士研究生。

① 陈祖溎：《山西调查记》"康有为序"，南京共和书局1923年版，第2页。
② 李德芳：《民国乡村自治问题研究》，人民出版社2001年版。
③ 董江爱：《山西村治与军阀政治》，中国社会出版社2002年版。
④ 韩梅玲：《阎锡山实用政治理念与村治思想研究》，人民出版社2006年版。

包括：孟令梅的《民国初期山西村治述评》、韩梅玲的《民智：阎锡山村治思想主题论析》以及首都师范大学祖秋红博士的学位论文《山西村治：国家行政与乡村自治的整合（1917－1928）》等。但是，笔者了解到，目前关于山西村治中法律问题的专门研究尚属少数。① 本文以山西村治时期法律中的习惯为解析对象，希望有助于更加全面的认识"山西村治"这一历史现象，进而探究在中国近代化的过程中近代中国法是如何面对传统、怎样转型的。

# 一、"山西村治"中的法律与习惯

## （一）山西村治中的法律

所谓"山西村治"，是指民国初年，在山西行政当局的主导下，发生在山西的一场地方行政改革和乡村社会改革、建设运动，其内容包括建立"村政"、实施"六政三事"、实行"村自治"等②。所谓建立"村政"，就是把编村作为基本的行政单位，由政府对其实施管理功能；"六政三事"，则是阎锡山主导下乡村治理的具体措施，"六政"为水利、种树、蚕桑、禁烟、剪辫、天足，"三事"为种棉、造林、畜牧，它们分别为政府发展农业生产和去除封建陋习采取的具体措施；"村自治"是阎锡山"村本主义"的政治制度，主要是指在省府的领导和监督下使乡村实行自治，即"凡村中所能自了之事，即获有自了之权"③。除此之外，山西省公署还要求各编村办理各项公益事宜，如建立村禁约④、发展教育事业以及打井、积谷等。阎锡山村治思想的核心是"村本主义"下的"用民政治"。在该

---

① 如杨猛：《略论"山西村治"中的息讼会》，载《河北北方学院学报》第 22 卷 6 期，2006 年 12 月。

② 祖秋红：《"山西村治"——国家行政与乡村自治的整合》，2007 年首都师范大学博士学位论文。

③ 阎锡山：《呈大总统文》，1922 年 11 月 11 日。

④ 阎锡山在《呈大总统文》中说："村禁约"应为"全村共守之信条，非少数代表之专断，至于约文内容，仍按各村习惯。"因此，"村禁约"常常被称为"一村之宪法"。

思想的指导下，他在编村中设立了五种自治机构，分别为：村民会议、村公所、村监察委员会、息讼会和保卫团。这五种机构职责具体、分工明确，分别行使议事、管理、监督、调解以及保卫的职能，是实施"村治"的组织基础。实践中，阎锡山正是运用这套以"村本主义"思想为指导的编村制度，使山西农村的制度建设，包括经济建设和社会建设，都取得了一定的成效，在北洋政府和南京政府时期均被评为模范省。

在当时积极倡导民主和科学的时代背景下，有着留日经验的阎锡山同样看到了"法治"的力量，在实践中，注重运用法律的手段积极推进村治运动，制定了大量的法规。

村治时期的法律主要分为两部分，一部分为全国通行的法律，一部分为山西行政当局颁布的各项地方性规范性文件。由于以山西村治为研究对象，本文重点关注的是第二部分。另外，为了确保资料的准确性，关于村治时期通行全国的法律，我们主要采用了《中华民国现行地方自治法令》①中的法律；关于山西的地方性法规，我们主要采用官办机构出版的《山西村政汇编》② 以及《山西村政续编》③ 中收集的法规。

《中华民国现行地方自治法令》共收集法规 5 部，主要是关于地方自治的内容，它们分别为：1919 年 9 月 7 日公布的《县自治法》、1921 年 6 月 18 日公布的《县议会选举规则》和《县自治法施行细则》以及 1921 年 7 月 3 日公布的《市自治制》和《乡自治制》。

《山西村政汇编》和《山西村政续编》共收集地方法规 89 部，时间主要集中在 1917——1929 年④，性质均为行政法规，法律的名称主要为简章、须知、条例、章程、规则、程序、注意事项以及办法等，内容涉及社会生活的方方面面，具体包括各类组织机构章程、经济类法规、行政管理

---

① 《中华民国现行地方自治法令》，上海商务印书馆 1922 年版。

② 山西村政处编：《山西村政汇编》，1928 年 1 月版。

③ 山西村政处编：《山西村政续编》，1929 年 2 月版。

④ 其中共有三部不在此时间范围内，它们分别为：《吗啡治罪法》1914 年 10 月 20 日公布、《整理村界简章》1915 年 8 月 7 日公布、《修正严禁缠足条例》1916 年 12 月 27 日公布。鉴于该部分法律规范数目较少，并且都和村治建设时期时间接近，本文仍然将其纳入研究范围。

法规以及社会事务方面的法规等。在组织机构章程中，较为重要的法规有：1925 年 6 月 8 日公布的《村禁约之规定及执行简章》和 1927 年 8 月 18 日公布的《修订乡村编制简章》、《修订村间邻长选任简章》、《村民会议简章》、《村公所简章》、《村监察委员会简章》、《修订地方保卫团条例》等；经济类法规中比较重要的法规有：1929 年 2 月 6 日公布的《奖励农家副业办法》、《奖励家庭工业办法》、《提倡村水利办法》和《提倡村林业办法》等；行政管理方面比较重要的法规有：1915 年 8 月 7 日公布的《整理村界简章》、1927 年 8 月 8 日公布的《清查存款条例》和 1924 年 8 月 1 日公布的《清理村财政简章》等；社会事务方面比较重要的法规有：1922 年 9 月 8 日公布的《查禁贩吸烟民条例》、1919 年 1 月 23 日公布的《修正禁赌条例》、1920 年 3 月 20 日公布的《消除莠民规则》和 1921 年 3 月 23 日公布的《化除土棍规则》等。

这些法规虽然只是山西村治时期制定法中的一部分，但它们却是山西乡村自治主要思想和具体措施的集中反映。因此，研究这部分法律制度，无疑有助于更加全面地认识山西村治的相关内容以及它的历史意义。

### （二）习惯和习惯法

我们在整理材料的过程中，发现这些法律规范与当代法律规范有很大的不同，它们中有相当一部分援引了民间习惯的内容。本文即希望通过对这部分法规的研究，能够对山西村治中的法规有一个更深刻的认识。

习惯包括个体习惯和群体习惯。个体习惯在《辞海》中解释为个体"由于重复或练习而巩固下来的并变成需要的行动方式"；群体习惯是指"在某一特定区域或团体内，人们就某一事项作反复行为，无论该行为是出于主动或被动，久而久之在人们内心产生拘束力，成为该地区或团体中每一个个人的行为准则"[①]。由于个体习惯具有特殊性，是个人的"行动方式"，一般不具有社会普遍意义，因此不属于我们研究的范围。群体习惯

---

① 李卫东：《民初民法中的民事习惯与习惯法——观念、文本和实践》，华中师范大学 2003 年博士学位论文。

相对个体习惯而言具有长期性和稳定性，并具有一定的"拘束力"，是特定群体的"行为准则"，所以群体习惯是本文所谓的"习惯"的研究范围。正如博登海默所说："在法律意义上，一般认为：习惯是一种社会生活的规范，它是不同阶层或个别族群所应一般遵守的行为模式。"①

在中国传统的话语中，习惯一般被称为风俗习惯，事实上，风俗习惯和我们将要研究的习惯仍有一定的差别。风俗习惯主要指在一定区域内，在长期社会文化的影响下形成的一种社会风尚和礼节习惯，其内涵主要是强调人们行为的趋同性②。在风俗习惯中，一部分属于规范人们日常行为的社会风尚和礼节，对人们的行为具有一定的指导力和拘束力，例如婚丧习俗等；另外一部分仅属于人们在长期生活过程中形成的共同的生活习性，这类生活习性对人们的行为一般不具有拘束力，例如除夕夜熬夜、放鞭炮等节日习惯。由于前一部分风俗习惯对人们的行为具有指导性和拘束力，所以属于我们这里习惯的研究范围，后一部分则不在我们的研究之列。

另外，道德习惯是否属于这里习惯的研究范围呢？答案是肯定的。所谓道德习惯，一般指社会道德，它是人们共同生活和行为的准则和规范，主要通过社会舆论对人们的行为起约束作用。道德的拘束力主要来自人的内心信念，但在具有两千余年封建传统的中国社会，"德主刑辅"、"一准乎礼"的思想在人们的观念中根深蒂固，以道德为核心的"礼"实际上已经成为约束人们日常行为的重要准则。虽然民国初期引入了大量西方的民主法治思想，但是中国传统法律文化对立法者和民众所产生的影响仍然不可忽视。因此，道德习惯同样属于我们考察的对象。

需要明确的一点是，这里的习惯，并非指习惯法。"习惯法乃是这样一套地方性规范，它在乡民长期的生活与劳作过程中逐渐形成；它被用来分配乡民之间的权利、义务，调整和解决他们之间的利益冲突，并且主要

---

① [美] 博登海默：《法理学——法哲学及其方法》，华夏出版社 1987 年版，第 429 页。

② 李卫东：《民初民法中的民事习惯与习惯法—观念、文本和实践》，华中师范大学 2003 年博士学位论文。

在一套关系网络中被予以实施"①。从习惯法的概念中我们可以了解到，习惯法来源于习惯，是经过选择后的群体习惯，两者有割不断的联系。但是，二者的区别也显而易见：首先，习惯法是一种行为规范，习惯则为一种行为模式；其次，习惯法是经过权威机构认可的行为规范，而习惯则为社会所认可；第三，习惯法较习惯更加稳定，并且具有强制性。因此，不能将二者等同。

### （三）制定法与习惯、习惯法的结合

明确了习惯和习惯法之间的关系之后，我们来看看它们与制定法的关系。根据苏力先生的观点，与习惯和习惯法不同，制定法"是一种由国家强制力直接制定、采纳或间接认可的具有某种普遍性的社会规范"②。在这一概念中，制定法是一种调整人们行为的社会规范，其创制的主体和方式都具有特定性，它规定了人们的权利和义务，并由国家强制力保证实施。

作为调整人们行为的社会规范，制定法与习惯、习惯法之间存在内容上的相互配合与运作中的相互冲突的问题。一般而言，政治社会中大部分法律关系由制定法调整，市民社会中的法律关系则由制定法和习惯法共同调整，两者相互配合，各自在其领域中发挥作用。事实上，在社会生活中，一些与统治阶级价值追求相一致的习惯和习惯法，经过立法机关的认可，往往被上升为制定法；而在制定法与习惯、习惯法冲突的情况下，在民族性或地域性较强的领域，一般优先适用习惯或习惯法，在其他领域，则主要适用制定法。由此我们可以看出，习惯或习惯法也是法律制度的主要渊源。

我们这里研究的所谓法律中的习惯，则主要是指这样一部分法规，它们以习惯或尊重习惯为内容，其中包括道德习惯和一部分风俗习惯，属于制定法范畴，并具有规范性、强制性和稳定性的特征。

---

① 梁治平：《清代习惯法——社会与国家》中国政法大学出版社1996年版，第1页。
② 苏力：《当代中国法律中的习惯——一个制定法的透视》，载《法学评论》2001年第3期。

## 二、山西村治时期法律中习惯的主要内容

在了解了山西村治的历史背景以及相关概念后，下面我们来具体分析村治时期的全国性法律和地方法规中的习惯问题。

### （一）全国性法律中的习惯

根据上述关于习惯的界定，笔者首先对 5 部全国通行的地方自治法进行分析，分析的过程中，发现有 3 部法规涉及到习惯的内容，它们分别为1919 年 9 月 7 日公布的《县自治法》、1921 年 7 月 3 日公布的《市自治制》和《乡自治制》。

《县自治法》第 16 条第 2 款规定："父子兄弟，同时当选者，应以子避父，以弟避兄"。根据《县自治法》的相关规定，1921 年公布的《市自治制》和《乡自治制》也做了相应的规定。在《市自治制》第 16 条中规定："市自治会会员，为名誉职，由市住民选举之，其选举规则，以教令定之，父子兄弟，不得同时为市自治会会员，若有父子兄弟现为市自治公所职员者，不得为市自治会会员。父子兄弟，同时当选者，以子避父，以弟避兄"；《乡自治制》第 6 条规定："乡自治会员，由乡住民选举之，其选举资格及选举规则，准用市自治会选举之规定，父子兄弟，不得同时为乡自治会会员，若有父子兄弟，现为乡自治公所职员者，不得为乡自治会会员，父子兄弟同时当选者，以子避父，以弟避兄"。

显然，"以子避父，以弟避兄"是我国传统社会中"亲亲"道德习惯的体现。立法者认为，按照现代法治原则，在选举自治会会员时，父子兄弟不能同时当选，如果遇到此种情形，则严格按照传统社会家庭中的等级秩序，由父亲和尊长担任此职。立法者作出这样的规定，虽然符合当时社会中大多数人的心理要求，但是，在一定程度上也忽视了"子"和"弟"的个人权利。

观察村治时期关于地方自治的全国性法律，大多属于原则性的。这就决定了法律规范的内容很难做到因地制宜，也很难将更多的具有地方性特

征的民间习惯纳入其范围。因此，我们也将研究的重点主要放在村治时期的地方法规中。

### （二）地方法规中的习惯

对《山西村政汇编》和《山西村政续编》中的 89 部法规进行整理，有 18 部属于我们的研究范围。根据这些规范性文件中对习惯所持的态度，我们将其分为肯定习惯的法规与否定习惯的法规两类。

#### 1. 肯定习惯的法规

在这部分法规中，立法者援引民间习惯，将其上升为法规的内容。这部分法规共 15 部，根据习惯在法规中的表现形式和所占比例的大小，我们将其分为三类，分别为：

#### （1）内容为习惯的法规

经过整理，我们发现共有 7 部这样的法规。分别为《奖励村仁化办法》、《维持村公道办法》、《整顿息讼会办法》、《奖励农家副业办法》、《奖励家庭工业办法》、《村办理勤俭会简章》、《奖励走上坡人家扶导走下坡人家办法》。这类法规从名称到内容均属民间习惯，具体表现为：

首先，这些法规的名称为习惯。例如《奖励村仁化办法》中的"村仁化"、《维持村公道办法》中的"村公道"就反映出当时乡土社会在要求处理家庭关系和社会关系时，应当仁义、公道，它们属于传统社会中道德习惯的内容；《整顿息讼会办法》中的"息讼"则反映出村民在遇到纠纷时，崇尚调解、追求无讼的司法习惯；《奖励农家副业办法》中的奖励"农家副业"、《奖励家庭工业办法》中的奖励"家庭工业"即是对村民长期以来形成的生产习惯的肯定和鼓励；而《村办理勤俭会简章》中的"勤俭"和《奖励走上坡人家扶导走下坡人家办法》中的"走上坡人家扶导走下坡人家"则是要求村民保持和发扬勤俭和互相帮助的良好社会风俗。

其次，法规中的具体内容为习惯。例如《奖励村仁化办法》第 2 条中规定："村仁化之标准如左：（一）亲慈（二）子孝（三）兄爱（四）弟敬（五）夫义（六）妻贤（七）友信（八）邻睦"。这一标准中前六项是当时乡土社会要求村民处理家庭关系时的道德习惯，后两项是对村民处理社会关系时的道德要求，立法者不仅用法律的形式肯定了这些传统的道德习惯，并规定对"有合于村仁化标准者"①，依法予以奖励，奖励种类在第3条中规定为："（一）匾额（二）褒状"。除奖励外，县区人员还要对符合村仁化标准人员的先进事迹进行宣传，该法规第5条规定："县区各员下乡时，应将得奖村民之事实，随时宣传，以资矜式"。同样，在《村办理勤俭会简章》中也有类似规定。该法规第3条规定："会员对于所操职业，均须努力工作，不得稍涉怠惰"；第4条规定："会员日常费用，均须力求节省，不得涉及奢侈"；第5条规定："会员举行婚丧等事，须力求俭朴，凡涉及达信之无益举动，均应禁除"。从以上3条可以看出，人们在日常生活中养成的勤俭节约的道德习惯，被当局者上升为法律，并且对于违反勤俭习惯的行为，法律规定应当给予相应的惩罚。在该法规第8条中就规定："会员中如有奢侈情事，其他会员，应随时劝告，屡经劝告，仍不改悔，得报由会长，依勤俭公约，予以相当警戒"。另外，在《奖励走上坡人家扶导走下坡人家办法》中第2条和第3条规定："二、各村对于走上坡人家，应按村中习惯，予以名誉上之奖励，使之常常往上坡走原因及所用方法，宣告村人，以资仿效；三、各村对于走下坡人家，应查其原因，分别设法扶导救济，并列表呈报县区"。立法者希望通过奖励走上坡人家、扶助走下坡人家，督促广大的农村家庭形成积极向上的生活风气，从而有助于建立良好的社会秩序。

除了上述道德习惯外，行政当局还十分注重通过尊重和鼓励村民的生产习惯，以促进当地经济的发展。在《奖励农家副业办法》中，第2条规定了奖励农家副业的种类："奖励农家副业，暂定种类如左：（一）家畜类：牛、羊、猪、鸡（以生后三月为限）；（二）果树类：梨、果、桃、杏、枣、核桃、柿子、葡萄、花椒（以已结实者为限）；（三）其他类：养蚕、养蜂"。该法律第5、6、7条则分别规定了奖惩办法："五、本地农家，向有第二条所列副业，其产值量每年增加在前条所定标准一半以上者，给予奖状；六、本地农家，向无第二条所列副业，因倡导开始经营，

---

① 山西村政处编：《山西村政续编》"法规"之《奖励村仁化办法》第1条，1929年。

其产值量达第四条所定标准之一者，给予三十元以下十元以上奖金；达第五条所列标准之一者，给予十元以下一元以上之奖金；七、凡农家经营副业，有合于本办法所定奖励标准者，应报由村长，转报县政府查明，举报者政府核奖"。从以上农副业的种类中我们可以看到，法律所鼓励村民发展的农副业种类均符合民间长期形成的农业生产习惯，它便于村民理解法规，也比较吻合村民的致富心理，一定程度上有利于法律的贯彻和实施。

另外，在《整顿息讼会办法》中第 3 条规定："县长承番番里案件时，应询问其曾否经过息讼会。经过者是否公道，未经过者是何原因，随时以配记载，以便分别指导纠正"；第 4 条规定："各县于每年年终，应将各村息讼会成绩最优及最劣者，各择五村，公布全县，以资劝警，其有调处最公成效特著者，由县酌予特奖，或呈请省政府核奖"。这样的规定显然表达了行政当局希望各类纠纷都能够在息讼会的调解下解决的心理。同时，我们应看到，息讼会在调解案件时，除了援引法律规定外，更多适用的是民间习惯。因此，息讼会的设立及其职能本身就十分符合村民长时期以来形成的追求无讼的司法心理，它是司法习惯上升为法规的具体表现之一。

（2）尊重习惯的法规

村治时期的法规中，在涉及到某一具体的实体问题或程序问题时，有相当一部分法规表示习惯优先或尊重习惯。这些法规具体包括《村民会议简章》、《村公所简章》、《村禁约之规定及执行简章》和《村葬条例》。

在《村民会议简章》第 2 条中规定"村内居民在二十岁以上者，均得参与村民会议，如村中习惯以每户出一人亦可"；与此类似，在《村公所简章》第 6 条中规定"每年于春节后一月内由村长副招集间邻长互选数人，受村长副之指挥，分司存款积谷保卫团学务各项事务；前项分司各项事务人员，如各村习惯上由村民公举者，仍从习惯。"以上两条关于尊重习惯的规定，内容主要为尊重程序性习惯，并且均为尊重实施行政管理过程中的程序性规范。这一点可以使我们认识到，行政当局在实施行政管理的过程中，若涉及到法定程序与民间习惯性程序冲突，在不影响行政目的实现的前提下，行政主体做到了因地制宜、习惯优先，这是值得深思的。

除此之外，对于违反号称"村宪法"的村禁约的行为，立法者认为可以有条件的沿用习惯的惩罚方法。与此同时，在处理违法者时，还要尊重村中的议事习惯。《村禁约之规定及执行简章》第3条规定："违反禁约议处之种类：（一）缴纳村费十五元以下一角以上；（二）习惯上之处罚，如就公庙罚跪或跪者，凡沿用习惯足资儆戒不设凌虐行为者，不妨酌用，但从前纠首社首相沿之吊打恶习，绝对严禁；（三）训诫"。第4条还规定"遇有违反禁约，每村有闾长七人以上者，须由村闾长合议处理，其愿加入邻长者更好，闾长不足七人者，必须加入邻长，共同商酌，如村中向有习惯办法合乎村民公意者，得仍旧施行，违犯禁约之人，于村闾邻长有牵涉应回避者，必须回避"。由此可以看出，行政当局在运用惩罚性措施时，不仅尊重民间习惯，而且比较注重有选择地吸收民间习惯的内容。这一作法既注重运用传统乡规民约对村民的约束力，又保障了村民基本的生命权和健康权。

另外，在面对婚丧等风俗习惯时，行政当局采取不干涉的态度。在《村葬条例》第4条中如是规定："关于村葬，各就地方习惯，由区长派助理员一人会同本村村长副及死者遗族经理之"。这表现出行政当局对地方风俗习惯的尊重。

（3）关键词为习惯用语的法规

虽然此类法规的内容并非民间习惯，但是该类法规中的关键词却属于民间长时期以来形成的习惯用语。梁治平先生就认为民间的习惯用语很重要，他说："仔细地观察各种'乡规'、'俗例'，可以发现它们往往以浓缩和简练的形式表现在民间流行的各种习惯语中……可以说，这些可以被比拟为习惯法上之'概念'和'术语'的'法语'，乃是构成习惯法基础的最坚固最基本的材料"[1]。梁治平先生在此谈论的虽然是习惯用语在习惯法中的重要作用，但是事实上在我们将要研究的这些法规中，如果不能够理解这些习惯用语的内涵和外延，也同样无法理解该法规的内容。此类法规主要包括：《取缔游民办法》、《消除莠民规则》、《化除土棍条例》等。

从以上法规的名称中我们即可看出，"游民""莠民""土棍"均为民

---

[1] 梁治平：《清代习惯法——社会与国家》，中国政法大学出版社1996年版，第40、41页。

间习惯用语，而非严格意义上的法律用语。在这些法规中，关于"游民""莠民""土棍"的定义也主要是按照习惯进行解释的。在《取缔游民办法》中第2条规定："凡壮年村民，素无正当职业者，以游民论"；在《消除莠民规则》中第1条规定："各处莠民，应照本规则消除之，其莠民略分如左：（甲）曾犯窃盗聚赌窝娼及累犯违警处分者；（乙）预备犯聚赌窝娼及违警罪者；（丙）土棍；（丁）外来客民无正当职业，而形迹可疑者；（戊）其他不止行为者"；在《化除土棍条例》中第1条规定："有左列行为之一者，以土棍论：一、武断乡曲；二、把持公务；三、窝娼聚赌；四、讹诈乡民；五、聚众斗殴；六、调唆词讼；七、贩运烟丹"。

由于游民、莠民和土棍在民间习惯中都受到村民的不齿和排斥，行政当局也制定法规对他们实施严格的层层管理。在《取缔游民办法》中第3、4、5条就规定："三、村长副闾邻长对于游民，应随时稽查劝诫，并为介绍相当职业，如有不服劝戒者报由区长处办；四、区长对于各村报告或由区查觉之游民，均应切实训诫，其有训诫不服者，送县处办；五、县长对于各区送到及由县察觉之游民情形，分别训诫或送工厂作工，以期改悔"；在《消除莠民规则》中第2、3条规定："二、莠民调查，由各村村长副随时办理，密报本区区长或由区长自行查觉，均得施以相当之文书训诫；三、经训诫后二个月内，仍无悔改情形，即由区长报明县知事按预戒法，施以相当之预戒，或勒令之为官办之各项工作，或按律惩治，均由知事酌情形办理"；在《化除土棍条例》中第3、4条也规定："三、县知事区长街村长副发见人民有第一条一项二项之行为者，应设法戒饬。发见人民有第一条三项至七项之行为者，由县知事尽法惩治；四、人民犯第一条各项行为之情节最重者，县知事报由省长惩处"。从这些法规的惩罚措施中可以看出，在确定某村民为"游民""莠民""土棍"之后，一般先由街村长副劝戒之，无悔改者，再施以一定的惩戒，仍无悔改，则"尽法惩治"①、"按律惩治"②。这样的惩罚措施，不仅注重惩罚的层次性，还尊重

---

① 山西村政处编：《山西村政汇编》"法规"之《化除土棍条例》，1928年。
② 山西村政处编：《山西村政汇编》"法规"之《消除莠民规则》，1928年。

了乡土社会中礼教为先的改造原则，有利于法规的贯彻和实施。

2. 否定习惯的法规

除了肯定习惯的法规外，村治中还有相当一部分法规的内容为否定习惯的。这些法规主要包括：《禁止早婚条例》、《严禁缠足条例》、《村卫生简章》和《普及法律知识办法》。另外，需要指出的是，与此相关的法规也有很多，包括《天足会简章》、《全省学生不娶缠足妇女会简章》等。这里我们主要考察前四部法规。

从《禁止早婚条例》、《严禁缠足条例》和《村卫生简章》三部法规的名称即可看出，它们分别反对早婚、缠足以及长期以来形成的不良卫生习惯。例如：《禁止早婚条例》中第1条就规定了法定的结婚年龄："男子十八岁女子十六岁为婚期"，对于违反此条例者，该条例第2条规定："凡男女未及婚期，而行嫁娶之礼者，科其主婚人三十元"。第3条和第4条则分别规定了查禁早婚的责任主体和执行主体："区长街长副闾长，也有先期禁止及查报之责"、"本条例由县知事执行之"。对于罚金的用途，《禁止早婚条例》第5条规定："本条例所科之罚金，如数拨作各该城镇村国民学校经费。"

同样，在《严禁缠足条例》中第1条也规定了严禁缠足的主体，"全晋妇女，自本条例施行之日起，凡未经缠足者，不得再缠，已缠足者，年在十五岁以下，一律解放；十五岁以上，不得再饰木底，致蹈恶习"。第2、3、4、5条则分别规定了对于继续缠足的幼女家长、未按规定放足的女子、制卖木底的土商以及为缠足女子做媒的媒人的相应处罚："本条例施行一个月后，如再有新缠足之幼女，经人告发，或察觉属实者，科其家长三十元以下三元以上之罚金"；"本条例施行三个月后，如有年在十五岁以下缠足未放，或年十五岁以上仍饰木底，经人告发或察觉属实者，科其家长或本人以二十元以下二元以上之罚金"；"本条例施行一个月后，如有制卖木底之土商，仍旧制卖者，科以三十元以下三元以上之罚金"；"本条例施行六个月后，如有为缠足及饰木底之女子做媒，经人告发或察觉属实者，科媒人以三十元以下三元以上之罚金"。由以上严厉的惩罚性规范可以看出，当时行政当局对于革除缠足的封建陋习，下了很大的决心。

《村卫生简章》中则主要指出农村有散放牲畜、尸体久停不葬、粪土任意堆积等不良的卫生习惯，并强行要求村民予以改正。对于违反该规定者，立法者在《村卫生简章》第4、5、6、7条中分别规定："村中所有污物，应随时扫除，安置于指定旷野之地或土坑内，其地点由村民会议指定之"；"凡住户对于卫生事项，有怠于履行者，由村长副间邻长切实劝告，限期举办，届期仍不举办，得由村公所派人代为执行"；"前条代执行应需费用，由村公所按所需实数，责令怠于履行者出之"；"各住户对卫生事项，故意违反者，得由村公所按所需实数，责令怠于履行者出之"。

另外，在强行法规与习惯冲突时，立法者认为应当优先适用强行法规。在《普及法律知识办法》中第2条如是规定："强行法规中，如与本地习惯有迥不相同之处，县政府应特别表明，宣布人们俾资遵守。"这无疑是法律否定习惯最直接的立法表现。

从上述四部法规的相关内容来看，行政当局对于封建时期遗留下来的不良的生活习惯，采取各种手段和方法，坚决予以革除。同时，我们也应当承认，在当时这些法规对于肃清封建陋习，的确起到了大的促进作用。

# 三、对山西村治时期法律中习惯的分析

从以上18部法规中，我们进行简单的整理可以得知，其中涉及村民日常经济生活的法规有2部，涉及村民政治生活的有5部，涉及村民社会生活秩序的有3部，涉及村民道德生活的有4部，涉及村民风俗习惯的有4部。在对这些材料进行整理的过程中，我们发现这些法规有一些共同的特点，具体包括以下几点：

（一）这些法规特别重视"家庭"或者"住户"。经分析，在89部法规中，规范对象主要为"家庭"的共11部，其中，有7部包括在具有习惯因素的法规中。这7部法规具体包括：两部经济性法规《奖励农家副业办法》、《奖励家庭工业办法》，两部道德性法规《奖励村仁化办法》、《奖励走上坡人家扶导走下坡人家办法》，3部破除封建陋习的法规《禁止早婚条例》、《严禁缠足条例》和《村卫生简章》。在这7部法规中，无论是法规的实施对象，还是违反法规的责任承担者均为家庭（或者"住户"）。例如：在《奖励农家副业》第 1 条中就明确了该法规的实施对象为"农家"："凡农家副业，其产值量每年增加在规定标准以上者，依本办法奖励之"；在《村卫生简章》第 7 条中则明确规定了违反法律应当承担责任的主体为"住户"："各住户对卫生事项，故意违反者，得由村公所按所需实数，责令怠于履行者出之"。由此我们可以看出，相对于其他法规而言，具有习惯因素的法规十分重视"家庭"或者"住户"。

造成上述现象的原因，笔者认为主要是沿习了中国传统社会重视"家庭"或"户"的习惯①。我们知道，在漫长的封建社会中，社会治理的显著特征是"家国合一"。它不仅是政治领域的集中体现，而且已经渗透到社会生活的方方面面。在经济领域，它表现为家庭是社会生活最基本的生产单位；在思想领域，它表现为"亲亲""尊尊"的指导思想；在文化领域，它表现为强调以"仁"为核心的儒家思想。这些特征经过数千年的历史积淀，已经成为我们基本的民族性格。民国初年，虽然人们经历着由传统向现代的历史蜕变，然而不得不承认，在那个时代，特别是在乡土社会中，小农经济的生产模式在社会经济中依然占主导地位，传统的封建伦理纲常依然是大多数中国人的行为准则。因此，重"家庭"这一传统观念便以各种形式保留在民间习惯中。法律是执政者最直接的制度表达，也是社会生活中各种行为规范的总和，它体现着一个社会的价值追求。因此我们看到，在村治时期的 89 部法规中，虽然大多数法规开始强调以个人为权利义务主体，但仍然有一小部分法规以家庭为权利义务主体，体现出传统对法律的影响。在当时的时代背景下，虽然强调以改造旧社会为主流，法规也更多的体现着"破旧"的色彩，但是由于"家庭"在乡土社会中同样实实在在地起着重要作用，所以它便更多地通过贴近村民日常生活的具有习惯因素的法规表达出来。

（二）这些法规的强制手段以劝诫为主。经分析，在 18 部具有习惯因素的法规中，共有 10 部运用到惩戒手段。其中有 6 部运用劝诫或者首先运

---

① 详细的论述可参阅周子良：《论户与中国古代民法文化》，西南政法大学硕士论文。

用劝诫的惩罚方式，它们分别为《村办理勤俭会简章》、《村禁约之规定及执行简章》、《村卫生简章》、《消除莠民规则》、《取缔游民办法》和《化除土棍条例》。在另外的 4 部法规中，有两部运用罚金和拘留结合的惩罚方式，分别为《禁止早婚条例》和《严禁缠足条例》；有两部运用"追缴奖品和给予相应处分"的惩罚方式，分别为《奖励农家副业办法》和《奖励家庭工业办法》。后两种法规中，前者为革除时弊的法规，故惩罚手段较为严厉；后者为奖励性质的经济性法规，故惩罚手段具有一定的灵活性。因此，我们可以推定，在具有习惯因素的惩戒性法规中，训诫为首要的惩罚方式。例如：在《村办理勤俭会简章》第 8 条中规定："会员中如有奢侈情事，其他会员，应随时劝告，屡经劝告，仍不改悔，得报由会长，依勤俭公约，予以相当警戒"；在《取缔游民办法》第 3 条中规定："村长副闾邻长对于游民，应随时稽查劝诫，并为介绍相当职业，如有不服劝戒者报由区长处办"；在《村禁约之规定及执行简章》第 3 条中规定："违反禁约议处之种类：（一）缴纳村费十五元以下一角以上；（二）习惯上之处罚，如就公庙罚跪或跪者，凡沿用习惯足资儆戒不设凌虐行为者，不妨酌用，但从前纠首社首相沿之吊打恶习，绝对严禁；（三）训诫"；在《消除莠民规则》第 2 条中规定："莠民调查，由各村村长副随时办理，密报本区区长或由区长自行查觉。均得施以相当之文书训诫"。

惩罚手段主要以训诫为主，这主要是由于该法规的内容为习惯的原因。习惯作为人们在长期社会生活中形成的行为规范，并不具有强制性，一般依靠行为主体的心理惯性和自我约束来实现规范作用。法律规范的特点之一则是具有强制性，因此，对于上升为法律规范的习惯，就自然地被赋予相应的强制力。但是由于这些法规来自于民间习惯，习惯本身具有惩罚性较弱的特点，并且习惯与村民的日常生活又非常贴近，所以这部分法规也不宜采取过为强硬的惩罚措施。因此，对于执法者而言，采取以劝诫为主或首先劝诫的惩罚手段惩罚违法者，更加有利于这些法规被接受和遵守。

（三）在这些法规中，完全援引风俗习惯的法规较少。在以上 18 部具有习惯因素的法规中，涉及到尊重风俗习惯的只有《村葬条例》。在《村葬条例》第4条中规定："关于村葬，各就地方习惯，由区长派助理员一人会同本村村长副及死者遗族经理之"。同时，涉及到破除封建陋习的却包括《禁止早婚条例》、《严禁缠足条例》和《村卫生简章》三部。

正如上述内容所体现，风俗习惯被行政当局更多的作为需要革除的时弊来对待。从历史的角度考察，民国初年正处于社会转型时期，大部分旧的风俗习惯例如缠足、留辫、早婚等均被看作是阻碍社会进步的封建陋习，统治者对其坚决予以摒弃，这也可以说是当时社会的巨大进步，与此同时，法规中关于尊重和沿习风俗习惯的内容自然就比较少了。但同时也应当看到，在山西村治时期的法律中，并没有完全抛弃习惯，特别是那些有益于社会治理的习惯，仍然受到法律的尊重且被吸收在村治的法律中。尊重习惯不一定就是落后的表现，也许是一种理性的选择。

此外，在这些具有习惯因素的法规中，民商事习惯较少也是其特征之一。事实上，在明清时期，山西的晋商文化曾经享誉全国。在他们进行商业活动的过程中，积累了大量的民商事习惯。可惜的是，由于政局的动荡，村政时期山西的统治者并没能注意到这部分宝贵的历史经验，使它们仍然散落于民间。

# 四、结语

综上所述，民间习惯是村治时期法规的重要渊源，也是当时法规的显著特点之一。通过对这些具有习惯因素的法规的整理和分析，我们认为：作为社会转型时期的民国初年，法律制度本身也经历着由传统向现代的转变。在这一转变过程中，习惯作为乡土社会中长期形成、较稳定的行为方式，在具有规范作用的同时，也具有自然的亲和力，便于被民众认可和遵守。山西村治时期的统治者看到了民间习惯的这些特性，将其中有益于统治者实施社会管理的内容上升为法律，而将陋俗则予以摒弃。这一举措不仅有利于稳定社会秩序，而且在客观上有助于法律制度从传统向现代的转型。

同时，也应当注意到另外的几个方面。首先，这些法规的法律术语不够严谨，不利于执法者的具体操作。正如前文所说，"游民"、"莠民"、"土棍"这些词汇在民间都没有严格的定义，而立法者却直接将其引用到法律条文中，虽然有相应的法律条文对这些概念进行解释，但界定仍然十分模糊；在司法实践中，执法人员对以上概念的理解和认定依然十分困难。其次，这些法规更多吸收了家庭生活方面的习惯，而很少吸收民商事领域中的民间习惯。众所周知，中国传统法律文化的重要特征之一为"重刑轻民"，所以在中国传统社会民商事立法疏漏的情况下，长期以来形成的民间习惯便成为调整民商事关系的主要手段。但是，在具有习惯因素的法规中，少有吸收民商事习惯的内容。最后，我们应当明确，归根结底，这些法规的本质仍然是为旧军阀服务的，它们是阎锡山为了巩固统治，维护旧政权而采取的工具和手段。

# 现代法治理念与中国传统法律思维
# 的理性超越

史凤林*　　陈会会**

**摘　要**：法律、法治与思维活动及思维方式之间存在着一种必然的、不可分割的联系，任何法治理念的差异，都表现了不同的法律思维方式。而今中国传统法律思维仍是制约中国现代法治理念真正确立和普及的主要因素之一。因此，要确立和完善社会主义法治理念，除了从内容上彻底摒弃传统的人治、专制的法理念外，还应从形式上剔除传统法律思维中"合礼优于合法"的思维定势、"情理分析"的思维线索、重实质轻形式的思维取向、相对主观性的思维倾向、疑罪从有的推理原则等非理性的思维因素，同时要汲取传统法律思维中宏观把握的思维特性、以民为本的思维立场、辩证推理的思维策略、中庸和谐的思维导向等合理的思维因素，全面实现认识理性和实践理性的超越。

**关键词**：现代法治理念　传统法律思维　认识理性的超越　实践理性的超越

　　法律的发展有其自身成长的经济基础、制度基础、思想文化基础和理

---

* 山西大学法学院副教授，主要从事法理学与法律社会学方面的研究。
** 山西大学法学院 2006 级法理学专业硕士研究生。

念基础，同时也有其思维方式基础。现代法治起源于西方，西方资本主义的法治理念较之封建主义的人治和专制理念具有明显的历史进步性。因此，立足于中国国情对西方资本主义的法治理念加以借鉴，对当代中国的法治建设一定会有所裨益。近代以来中国以变法为主题，在借鉴和学习西方法治文明的基础上开启了法治建设的艰辛历程。但是，传统的法律理念和法律思维一直制约着现代法治理念的真正确立。改革开放以来，我们吸收了西方法治的有益经验，社会主义法治建设取得了长足的发展。然而"法治入宪"、"人权入宪"并不意味着现代法治理念的必然生成，也不意味着传统法律思维的理性超越。不断探究法律发展的规律，寻求促进法治理念完善的动因具有重要的理论和实践意义。

# 一、法治理念与法律思维的关系及其意义

## （一）法治理念与法律思维的关系

从哲学的层面看，法律、法治和理念均属于意识的范畴。尽管从历史唯物主义的角度讲，法律、法治和理念同时具有客观性，它们最终是由一定社会的物质生活条件决定的，必然反应或体现一定的客观规律，但是它们的形成必须以人类的思维为中介，它们的表现形式具有主观意志性，使得法律、法治乃至理念与思维具有一种必然的、不可分割的联系。一方面，任何法律、法治和理念都是人类思维的直接产物，同时随着人类思维的发展而完善；另一方面，法律理念和法治理念的发展水平，既取决于人们法律实践的深度和广度，也取决于人们思维对法律实践的理性认识程度。因此，任何法治理念的差异，都表现了不同的法律思维方式。法治理念与法律思维以内容和形式的关系而存在，并以对立统一的关系而互动。

1. 法治理念与法律思维以内容和形式的关系而存在。任何事物都是内容和形式的统一体，在错综复杂的法律现象中，法律的现象与本质、法律的应然与实然、法律的内容和形式是最基本的范畴。法治理念以其法律价值观、法治的理想模式、实现法治理想模式的基本途径与方式等要素构成

了法治的内容；法律思维以其反映和符合法律要求的思维方式成为法治的形式，它们以内容和形式的关系而存在，统一于法治这一基本范畴中。法治理念先进与否和法律思维合理与否，共同成为衡量什么是法治、是什么样的法治的重要指标。

2. 法治理念与法律思维以对立统一关系而互动。法治理念与法律思维作为法治范畴内容和形式的两个方面，它们既相互对立又相互依存，并在一定条件下相互转化。由此推动法治理论与法律实践的共同发展。

3. 法治理念与法律思维还表现为相互作用的关系。这种相互作用表现在下列四个方面：第一，法治理念的产生、发展和内容决定法律思维的产生、发展和内容；第二，法律思维一旦形成便具有相对的独立性，并反作用于法治理念，当法律思维与法治理念相适应时，法律思维对法治理念起着积极促进的作用，反之，法律思维对法治理念会产生消极阻碍的作用；第三，法治理念与法律思维相互作用构成两者的矛盾运动，促进双方共同发展；第四，法治理念与法律思维的相互作用具有复杂性。法治理念决定法律思维是最终意义上的，而非僵化的——对应关系，同质的法治理念可以采用多种法律思维形式；同一的法律思维形式也可以表现不同质的法治理念。法治理念与法律思维相互作用、相互制约，促进或者阻碍彼此的创新和发展。

### （二）把握法治理念与法律思维关系的意义

1. 法治理念与法律思维作为法治的内容和形式具有必然的不可分割的联系，它们共同制约着法治理论的完善和法治实践的创新，落后的法治理念和非理性的法律思维都会影响法治建设的进程。

2. 法治理念与法律思维相互制约着对立面的创新和完善。从一般意义或者最终意义上讲，法治理念决定和制约着法律思维的发展和完善，先进的法治理念引导法律思维的发展和完善；从特殊意义上讲，法律思维也制约着法治理念的发展和完善，落后的法律思维会制约先进法治理念的确立和普及。这正是本文探讨两者关系的意义所在。

# 二、中国传统法律思维的特点及其成因

## （一）中国传统法律思维的特点

1. 中国传统法律思维的判断标准是"合礼优于合法"、"礼法结合"。强调礼是法的灵魂，法是礼的实现手段和工具，"礼优于法"、"礼法结合"，导致法律思维标准的多元化。而现代法律思维是以"合法性"为判断标准，强调在法律调整的范围内任何主体资格必须合法、主体的行为必须合法、行为的程式必须合法，合法性是法律思维唯一的强制判断标准。

2. 中国传统法律思维以"情理"分析为逻辑线索展开，强调"衡情度理"、"恭行天理"、"执法原情"，以实现天理、国法、人情沟通、相合、协调统一。而现代法律思维主张以"权利义务"的分析为逻辑线索展开，其核心是合法性的判断。而传统法律思维违反此特性，具体表现在两方面：（1）立法上使亲情义务法律化；（2）司法上执法原情。主张"法顺人情"、"舍法用情"。

3. 中国传统法律思维的取向是重实质轻形式，从本质上讲，中国传统法律思维属于实质性思维，只注重法律的内容、目的和结果，而轻视法律的形式、手段和过程，还表现为注重法律活动的意识形态，而轻视法律活动的技术形式，注重法律外的事实，而轻视法律内的逻辑。而现代法律思维的基本特性是要实现实质思维与形式思维的有机统一，当二者出现矛盾时，形式合理优于实质合理、程序公正优于实体公正。

4. 中国传统法律思维倾向"相对主观性"。众所周知，法律思维相对于政治思维、经济思维、道德思维、哲学思维来说，特点之一就是倾向于客观性，要求主观服从客观，法律尊重事实。这是由法律思维的内容和结构决定的。因为一方面法律事实认定必须客观，另一方面法律适用虽带有一定的主观性，但也必须以法律为准绳，法官的自由裁量权也是有限的，因此，法官的思维应倾向于客观性，而中国传统法律思维却倾向于主观性，具体表现在：（1）法官在法律目的与法律字义上，倾向于目的。他们主要依靠直觉的模糊思维，运用简朴的非法律语言，脱离法律逻辑推理来探寻法律目的。（2）中国传统法律思维重"民意"轻"法理"，呈平民化倾向和非职业化倾向，把民意作为衡量判决公正与否的主要标准，过分追求"为民做主"。（3）诉状及判决理由不注重明确法律权利义务，而是强调文辞情理并茂。（4）为求"明"而不求"严"，法外开罪。（5）重口供，轻证据，行刑逼供。把犯罪嫌疑人口供作为能否对其定罪的充分条件，得不到口供常常会法外施刑。

5. 中国传统法律思维遵循有罪推定、疑罪从有的推理原则。现代法治精神是"罪刑法定"，遵循"无罪推定、疑罪从无"的推理原则，而中国传统法律思维恰恰相反。

### （二）中国传统法律思维成因探析

中国历史上为什么会形成这种传统的法律思维特点？是什么因素导致这种法律思维倾向的？本人认为主要有下列几方面原因：

1. 思维方式上的原因。思维方式上的原因主要表现在两个方面：（1）中国传统法律思维是一种形象思维，讲究归纳、综合，加之中国的文字属于象形文字，本身蕴涵了很多意义、意境。"这种思维结构使得我们的思维容易带上随意性，让人喜欢宏观而缺乏精细分析，使人欣赏气势而倦于逻辑证明，使人习惯于依附和引证权威而不能勇于创新。"[1]（2）中国人的直觉、类比、笼统和整体式、感性化的思维方式，与创立一门具有严密体系的科学所必需的思维工具——逻辑思辩——相去甚远[2]。传统思维习惯于通过举例、类比、归纳，以证实符合经验的知识。这样的知识缺乏对法律现象的概括和法律规律的把握，不具有抽象性和普遍性，也不可能形成法律逻辑思维。

2. 文化方面的原因。（1）中国的传统文化从总体上有重内容，轻形式的特点。就内容与形式的关系而言，中国文化普遍呈现出重内容，轻形式

---

① 徐友渔：《精神生成语言》，四川人民出版社1997年版。
② 徐忠言：《中西文化比较》，北京大学出版社2004年版。

的价值取向，在"神"与"形"、"意"与"象"、"情"与"景"等一系列关系中只注重前者，忽略后者①。（2）儒家文化思想在中国传统文化中长期占据主导地位，其"天人合一"、"隆礼轻法"、"家族本位"等观念对中国传统法律思维的形成和固化起到了重要的作用。（3）传统汉语语言有模糊性的特点，对中国传统法律思维产生了深远的影响。首先，中国的文字是一词多义，歧义百出。其次，法律语言是一种技术形式，然而中国传统发达的道德意识情态抑制甚至扼杀了语言的技术形式②。

3. 组织方面的原因。历史上中国始终没有形成法律职业的群体，法官是儒家化的兼职官僚。中国的制度设置中也没有正式的法院，而是具有人文修养的行政官员和政府衙门。因此，古代中国执行法律的人不是训练有素的法官，他们既没有统一的职业语言，也没有共同的职业思维方式，从而导致司法的贫民化和思维的非职业化。

4. 社会方面的原因。关于社会方面的原因主要包括两方面：一是中国传统的"和谐、无讼"的理念对法官法律思维的影响。在中国古代，儒、道思想影响深厚，尚"礼"厌"讼"，追求人与人之间的和谐的理想，始终指导着人们的行为。因此，当发生纠纷时，人们首先选择"礼"下的和谐，在法律之外通过劝解、协商消融纠纷。在民间与官方的双向推动下，无讼、厌讼观念深植人心。法律多被限制在仅作为刑事惩罚的工具，诉讼的惩罚性被推到极致，而诉讼的调整、评价、恢复功能被忽略，甚至诉讼作为解决纠纷方式的正当性也受到怀疑。二是中国官本位的思想和重"民意"轻"法理"的社会意识对法官法律思维的影响。我国是一个历史悠久的文明古国，在漫长的封建专制统治下，皇权至尊，司法依附于行政体制；重农抑商，市场交易受到诸多限制，司法没有获得评价功能所必需具备的独立地位。人们对这种司法制度不满，只有把司法寄托于神一般的个别官员身上，希望自己身边也能出现"青天"，为自己申冤昭雪，这种对司法的渴望又正好迎合了皇权天授的需要。至今为数不少的人依然不愿意

---

① 孙笑侠：《中国传统法官的实质性思维》，载《法律适用》2005 年第 8 期。
② 同上注。

承认现代司法程序，"青天"情结仍旧牢固支配着人们的司法观念，自认为手握"正义"，沿用"民意"重于"法理"的司法传统思维方式，以权力或舆论等形式影响甚至支配着法官的法律思维。

5. 法律的原因。中国传统的法律属于伦理法，对传统法律思维产生了深刻的影响。伯尔曼认为中国传统法律有十个基本特征：（1）以政治权威为中心的法律工具主义观念；（2）礼法文化；（3）法律公开维护等级制度及其特权；（4）德主刑辅的教化观念；（5）家族主义是法律的核心概念；（6）礼、道德、民间法对社会的有效调整影响和限制了国家法的调整范围和效力，法律与生活脱节（潜规则效力优于法律）；（7）法律不仅受到法律外因素的影响和干扰，也被法律内的各种形式所分解，律被其他法律形式破坏甚至代替，实践往往以例破律，律成具文；（8）正统儒家观念贬抑法律的地位和作用，法律职业群体难以形成，法律信仰难以树立；（9）以刑为主，公法发达，私法缺弱；（10）重实体，轻程序，使得法律程序有名无实。传统法律理念和制度的上述特点，对传统法律思维的形成、巩固起到了直接的催化作用①。

## 三、现代法治理念背景下中国传统法律思维的理性超越

### （一）中国传统法律思维对当代中国法治建设的负面影响

当代中国社会执法、司法人员仍然保留着中国传统法律思维方式的特性，很多法律传统以"改头换面"的方式存在着，人们的习惯、心理、思维在很大程度上仍然保持着固有的方式。虽然中国经历了百年的社会转型，法律传统在制度和器物层面变化很大，但法律理念、习俗、人心深处变化殊少，特别是法官传统思维的定势仍然存在，这对中国现代法治理念的确立与普及，法治实践的展开和深入具有严重的危害。具体表现在下列几个方面：

---

① ［美］伯尔曼：《法律与革命》，中国大百科全书出版社1993年版。

1. 传统法律思维"合礼优于合法"的思维定势和"情理分析"的思维线索不仅损害了道德的实质合理性，也损害了法律的权威性，导致法律思维道德化、情感化，法律权利义务与道德权利义务不分，道德法律化，法律道德化。

2. 传统法律思维重实质轻形式的思维取向，不仅导致法律术语的贫乏，而且牺牲了法律的形式价值。

3. 传统法律思维相对主观性的思维倾向损害了法律程序的公正性和合理性，使法律程序行政化、庸俗化、集权化，严重违背了现代法治的正当程序理念。

4. 传统法律思维"疑罪从有、有罪推定"的法律推理原则，违背了现代法治罪刑法定、疑罪从无的司法原则，助长了行刑逼供、枉法裁判的不良风气，使理性的法律蜕变为赤裸裸的专政和暴力。

总之，在当今中国法治运行中，法律职业共同体尚未真正形成，法官与律师的职业化或专门化并不明显。中国传统法律思维还严重制约着法治理念的现代化和法律思维的现代化，传统法律思维必须全面实现认识理性和实践理性的超越。

**（二）中国传统法律思维的理性超越**

中国传统法律思维虽然违反法律逻辑思维的基本特性，存在一定的局限性，但并非没有优点。在现代法治理念背景下，它同时具有符合中国现代法治价值趋向的方面。正如昂格尔和滋贺秀三所言，中国传统法律处于与欧洲法对极的位置上，在法律思维上也如此。因此，从辩证唯物主义立场出发，对中国传统法律思维要不断扬弃，并全面实现理性的超越。

1. 中国传统法律思维认识理性的超越。

（1）传统法律思维注重宏观把握，具有思维特性上的优势，它与现代系统论和法社会学的思维方式形成了契合。这主要表现在两个方面：首先，传统法律思维宏观把握的思维特性符合系统论的思维方式。传统法律思维将法律现象放在社会现象或社会关系的大系统中，把法律与社会视为一个有机联系的整体，进而考察其在整体中的地位和功能，以及它与其它社会调控手段的关系，而非就法律论法律，这种思维方式即使在当今的社会也具有先进性。其次，传统法律思维宏观把握的思维特性与现代法社会学整体性思维方式相契合。整体性思维是社会学和法哲学共同具有的一种思维方式，传统法律思维从变动着的宇宙大自然系统和社会系统的整体结构出发，统一考察法律与道德的关系和功能，统一考察国家、家庭和个人的关系，形成了德、法互补，家、国一体的社会运行和调控理念，成为我们现在综合治理思维模式的雏形。这些至少在思维方式和社会控制手段的有效性上是值得肯定的。

（2）传统法律思维倡导以民为本，具有思维立场上的优势，它与现代法治的人道主义理念和以人为本的理念相照应。传统法律思维民本的思维立场，在立法上以主流道德为指导，以悲天悯人的情怀关注立法的人道取向，主张法律应体现一种道德的温情。在司法上善于运用"情"的资源，提倡"明德慎法"、"赦过宥罪"、"中正决讼"、"疑狱缓死"、"惟刑之恤"的理念。虽然不符合职业主义的要求，但也体现了某种可贵的人权关怀和人文关怀。其闪耀着朴素的人道主义光芒，也和今天西方流行的刑罚人道主义颇为接近①。尽管民本理念和人本理念有着本质的区别，而且这种民本的立场也没有改变传统法律"治民"的实质属性，但这些因素经过现代转化后，仍然可以为今天和谐社会的建设提供有价值的精神资源。

（3）传统法律思维主张辩证推理，具有思维策略上的优势，它与现代法治追求实质公平的价值取向相一致。传统法律思维辩证推理的思维策略，从维护实质正义，实现个案公平的目的出发，主张援法断罪、情理兼容；同时，运用辩证推理，以模糊的标准来处理纠纷，法官在法律解释与法律推理中，不拘泥于法律条文的字面含义，这不仅与英美法系的法律思维方法相吻合，也和现代福利主义社会中的法律公平观相一致。这种思维策略可以克服法律的局限性，在法律的稳定性和适应性之间保持一种必要的张力。

（4）传统法律思维追求中庸和谐，具有思维导向上的优势，它与当今

---

① 崔永东：《中国传统法律思想的现代性诠释》，载《南京大学法律评论》2005 年秋季号。

我国和谐社会的理念相衔接。中庸和谐既是一种价值观，也是一种方法论，传统法律思维中庸和谐的思维导向主要表现在其超越了单纯的形式理性和法律逻辑的维度，强调实质理性和辩证思维，将法律思维导向实质理性的维度。立法从维护统治阶级的长远利益和根本利益出发，适当考虑民众的利益，注意寻求各种不同利益的平衡点，追求一种内在的、实质性的中和状态；司法上提倡调解息讼，主张宽严相济、德主刑辅，最大限度地加强道德教化，以实现无讼。同时将上述理念制度化。这既是世界法制史上所少有的，也是中国法律价值观和法律思维的特色之处。如果剔除该理念和制度中的厌讼、贱讼、不恪守法律程序、忽视是非曲直等不合理的因素，并加以改造发扬光大，必然可以使传统法律的精神和理念得以张扬。

2．中国传统法律思维的实践理性超越

在全球化背景下，在中国传统法治文明向现代法治文明转型的过程中，要实现中国传统法律思维的实践理性超越，应当从下列五方面展开：（1）形成合法性优于合理性、法律思维优先于其他政治、经济、道德、哲学思维的思维定势；（2）恪守现代法律思维的基本规则[1]：① 以权利义务分析作为法律思维逻辑线索的规则；② 合法性优于客观性的规则；③ 形式合理性优先于实质合理性的规则；④ 程序公正优于实体公正的规则；⑤ 普遍正义优先于个案正义的规则；⑥ 理由优先于结论的规则。（3）以现代法治理念为导向，逐步推进中国法律职业的同质化，在法律职业主体间建立起语言沟通、交涉与理解的架构，以及对行为模式的检讨[2]。① 运用法律的理性途径和方式实现正义，坚持形式理性的道德不干涉；② 注重程序的意义，主张通过诉讼机制来实现规则；③ 注重事实问题与法律问题的区分；④ 坚持司法资格和标准的统一性。（4）以现代法治理念为导向，以法律思维方式的养成和改善为核心，加强法律职业教育，促进司法的现代化。① 以法律思维品质的养成为起点，以法律思维方式的完善为终点，促

---

① 郑成良：《法治理念和法律思维》，载《吉林大学社会科学学报》2000 年第 7 期，第 6 - 8 页。

② 谌洪果：《法律思维：一种思维方式上的检讨》，载《法律科学》2003 年第 2 期。

进中国司法意识和技能的职业化、司法队伍的精英化、司法过程的理性化；② 以法律思维品质的完善为目标，提高法律共同体对法律真、善、美的感悟、体认和把握的能力，促进和实现司法工作的艺术化；③ 以法律思维方式的认同为目标，逐步在非法律职业群体中普及法律思维，推进非法律思维向法律思维的转化。（5）立足传统法律思维的特色，保持其在思维特性、思维立场、思维策略和思维导向上的优势，以现代法治理念为导向，加速传统法律思维手段和技术的现代转化。

# 商品房预售认购书探析

刘丽萍* 董新宇**

**摘　要：** 商品房预售认购书是商品房买卖双方为实现商品房的顺利交易而订立的一个独立合同，是双方当事人真实意思的表示。商品房预售认购书与商品房预售合同是预约与本约的关系。

**关键词：** 商品房买卖　预约　本约

## 一、商品房认购书的性质

商品房预售认购书，又称订购协议，是指商品房买卖双方（一般指购房人与房地产开发商）在签署正式预售合同前所签订的，就房屋买卖接洽事项作初步确认，为预售合同的订立作准备的书面协议。其内容一般包括：双方当事人基本情况、房屋位置、面积、户型、价款与支付方式、定金、签订预售合同的时限等。

---

*　山西大学法学院副教授，硕士生导师，对外经济贸易大学法学院博士研究生，主要从事民商法学研究。

**　山西大学法学院民商法学硕士研究生，主要从事民商法学研究。

实践中，商品房认购书的订立都要经过三个阶段：第一阶段，开发商将统一印制的认购书文本交给购房者；第二阶段，购房者按要求填写好认购书并签名；第三阶段，开发商在认购书上签名确认。从法律上讲，第一个阶段的认购书是卖方向买方发出的要约邀请，对双方当事人没有实质上的法律约束力；第二个阶段则是买方对卖方的要约，此时，就需遵守要约撤回和撤销的相关规定，否则就要承担缔约过失责任；第三个阶段，卖方签名确认属于对买方要约的承诺。至此，认购书的订立过程结束。实践中，纠纷和冲突大多发生在认购书订立之后的履行，所以本文研究的对象仅限有效成立的商品房认购书。

本文认为，商品房预售认购书应当定性为商品房预售合同的预约。预约，是与本约相对应的概念，缔约人因预约而负有缔结主契约的义务，预约的目的在于为主契约的缔结与内容先做准备，预约当事人相互允诺于较晚时点（如于进一步客观要件澄清后）从事主契约的订定。简言之，预约为约定将来订立一定契约之契约。① 在商品房买卖交易中，由于标的的特殊性，缔约双方尤其是购房者在协商过程中会相当慎重。一般来说，购房者都希望货比三家，开发商则期待尽早卖出，此时，双方都愿意把对自己有利的交易机会固定下来。在购房者，可以以定金为代价，给自己更多的选择余地；在开发商，则借此给对方一个约束，促使其尽快和自己进行交易。此外，双方协商之后，就某些事项达成了一致，但又不能立即明确本约成立所需的全部条款，预约的订立就把这部分合意规定下来，使之对当事人产生约束，并规定在将来某一个时间把这部分条款进一步完善，以订立本约。

## 二、商品房认购书的有效成立

根据我国合同法及其他国家合同法的规定，合同要达到当事人希望达

---

① 黄立：《民法债编总论》，元照出版公司 1999 年版，第 47 页；林诚二：《民法债编各论（上）》，瑞兴图书股份有限公司 2003 年版，第 37 页；王家福：《中国民法学：民法债权》，法律出版社 1991 年版，第 89 页。

到的法律结果，应当具备以下要件：（1）当事人具备相应的缔结合同的能力；（2）意思表示真实；（3）不违反法律的强行性规定和公序良俗；（4）标的确定和可能；（5）在特定的情况下，应当符合法定形式。①

### （一）当事人的缔约能力和法律的强行性规定

在商品房交易中，包括购房者和房地产开发商两方当事人。对购房者的缔约能力，除了民法上有关民事行为能力的规定外，并无特殊要求；因此，此条件主要体现在对另一方主体——房地产开发商的限制上。这方面的规定主要包括《城市房地产管理法》、《城市房地产开发经营管理条例》、《城市商品房预售管理办法》、《商品房销售管理办法》等。

概括而言，房地产开发商进行商品房预售，应当符合下列条件②：（1）已交付全部土地使用权出让金，取得土地使用权证书；（2）持有建设工程规划许可证和施工许可证；（3）按提供预售的商品房计算，投入开发建设的资金达到工程建设总投资的百分之二十五以上，并已经确定施工进度和竣工交付日期；（4）办理预售登记，取得商品房预售许可证明。③

根据规定，房地产开发商只有满足上述要求时才可以进行商品房预售，才可以和购房者签订预售合同。当然，这里也包括预售合同的前奏——认购书。

---

① 李永军：《合同法》，法律出版社2004年版，第213页。

② 参见《城市房地产管理法》第44条；《城市房地产开发经营管理条例》第23条；《城市商品房预售管理办法》第5条。

③ 《商品房销售管理办法》第6条规定："商品房预售实行预售许可制度。"第22条规定："不符合商品房销售条件的，房地产开发企业不得销售商品房，不得向买受人收取任何预订款性质费用。"《城市商品房预售管理办法》第6条规定："商品房预售实行许可制度。开发企业进行商品房预售，应当向房地产管理部门申请预售许可，取得《商品房预售许可证》。未取得《商品房预售许可证》的，不得进行商品房预售。"建设部、国家发展和改革委员会、国家工商行政管理总局《关于进一步整顿规范房地产交易秩序的通知》（建住房［2006］166号）要求，"未取得商品房预售许可证的项目，房地产开发企业不得非法预售商品房，也不得以认购（包括认订、登记、选号等）、收取预定款性质费用等各种形式变相预售商品房。"

### （二）真实的意思表示

意思表示真实是契约自由和契约正义在契约法上的贯彻。[①]

所谓意思表示，是指行为能力适格者发表其自由形成的私法效果目的的行为。[②] 商品房认购书中，双方的意思表示主要体现在：1. 将来签订商品房预售合同的意愿。2. 初步协商后就相关问题达成的一致意见。

意思表示真实，在商品房预售中，尤其强调开发商对购房者的如实说明义务。因为，和开发商比起来，买方显然处于劣势，双方所拥有的信息很不对称。而且，实践中，认购书往往是由开发商事先拟定的格式合同。根据合同法的规定，"合同当事人的法律地位平等，一方不得将自己的意志强加给另一方。""采用格式条款订立合同的，提供格式条款的一方应当遵循公平原则确定当事人之间的权利和义务，并采取合理的方式提请对方注意免除或者限制其责任的条款，按照对方的要求，对该条款予以说明。"[③]

### （三）标的确定、可能

所谓标的，按通说，指权利义务共同指向的对象。[④] 认购书的标的是双方进一步磋商甚至最终签订预购合同的行为。原则上任何一方都可以要求进行磋商甚至缔约，然而履行的要求，只有当主契约的内容在预约中已足够确定时才可。若以预约所建立的缔约义务并不充分确定，亦无法以解释确定预约的内容，则其义务及预约本身均不生效力。例如当事人间"我们愿意成立一家公司"的约定，是不能构成其为预约的，因为，对于公司之目的、所在地、法律形态等尚未有合意的存在。[⑤]

---

① 李永军：《合同法》，法律出版社 2004 年版，第 231 页。

② 张俊浩：《民法学原理》，中国政法大学出版社 2000 年版，第 228 页。

③ 参见《合同法》第 3 条、第 39 条；另外，《商品房销售管理办法》第 23 条规定："房地产开发企业应当在订立商品房买卖合同之前向买受人明示《商品房销售管理办法》和《商品房买卖合同示范文本》；预售商品房的，还必须明示《城市商品房预售管理办法》。"

④ 梁慧星：《民法总论》，法律出版社 1996 年版，第 160 页。

⑤ 黄立：《民法债编总论》，元照出版公司 1999 年版，第 48 页。

### （四）法定形式的要求

根据《城市房地产开发经营管理条例》第28条、《城市商品房预售管理办法》第10条、《商品房销售管理办法》第16条的规定，商品房销售，当事人双方应当签订书面合同。这里指的"合同"显然是指本约——预售合同而言，那么认购书是否也要和本约一样"书面"呢？有两种观点，一种认为如果没有约定的话，应该以不要式为佳[1]；另一种观点认为，应就为要式之理由，分别观察。[2] 如果本约的要式是出于慎重订约的考虑，则预约也应该是要式的；否则，预约不一定必须是要式的。本文赞同后者。我们认为，本约的标的是房屋，有其特殊性，法律规定商品房预售合同为要式合同正是出于慎重订约的考虑，所以，商品房认购书也必须是书面的。

## 三、商品房认购书的效力、履行及其责任

就合同之债而言，当事人之间的某种合同关系一般都是为了满足自己的某种需要而订立的。在绝大多数情况下，债权人的权利只有通过债务人的行为才能实现。也就是说，只有当事人都履行了自己的义务，双方的需要才能得到满足。因而，《民法通则》第88条和《合同法》第8条都规定，依法成立的合同，对当事人具有法律约束力。当事人应当按照约定履行自己的义务。

### （一）认购书的效力

关于认购书的效力，有两种观点："必须磋商"说和"必须缔结"说。所谓"必须磋商"说是指预约的缔结，使双方当事人之间负有在将来某个时候为签订本约而进行磋商的义务；而"必须缔结"说是指预约的缔结，

---

① 林诚二：《民法债编各论（上）》，瑞兴图书股份有限公司2003年版，第39页。
② 郑玉波：《民法债编总论》，三民书局，第42页。

不仅使当事人之间负有进行磋商的义务，而且必须签订本约。依照我国台湾地区"强制执行法"的规定，预约债务人负有订立本约的义务，权利人的诉请履行，法院应命债务人为订立本约的意思表示，债务人不为意思表示者，视同自判决确定时已为意思表示。我们认为，合同属于双方当事人自由意思之表达，强制当事人为一定的意思表示，有违意思自治原则，不可取。本文采前者。

根据"必须磋商"说的观点，认购书的订立产生如下效果：第一，对双方产生一定的牵制。首先，认购书中双方达成的一致意见，比如房屋的价款及付款方式等，对双方产生拘束力，任何一方不得在后续磋商和签署本约之时就认购书中的条款为单方变更；其次，认购书的签订，使开发商在一定的期限内为购房者保留标的房屋，不得另售他人；同时，如果购房者未按认购书约定的时间前来进一步磋商，则开发商将不再为其保留标的房屋，并且有权没收购房人已交纳的定金；若在认购书约定的时间内签署了合同，则定金充抵预付款。第二，使双方负有为进一步磋商的义务。当事人订立认购书，就意味着当事人怀有虔诚的心，欲与对方最终达成合意，签署预购合同，同时当事人也相信对方和自己有着同样的愿望，此时，在双方之间产生了一种信赖。因此，双方在进一步磋商的时候，必须遵守诚信原则。[①] 所谓诚实信用，其本意是自觉按照市场制度中对待的互惠性原理办事，在订约时诚实行事、不诈不霸；在订约后，重信用、守契约，不以钻契约空子为能事。[②] 具体到认购书，就要求双方当事人：（1）本着促成预约合同订立的意图，积极认真地进行磋商；（2）在谈判的过程中，为充分的信息披露。凡事关预约合同订立的有关信息，当事人都要及时准确的告知对方；（3）凡认购书中已经明确的事项，无正当理由[③]或非经双方当事人协商一致，不得任意变更。

---

① 《合同法》第6条规定："当事人行使权利、履行义务应当遵循诚实信用原则。"

② 张俊浩：《民法学原理》，中国政法大学出版社2000年版，第36页。

③ 《奥地利民法典》第936条规定："如因情事更变，致毁灭原有目的（明示的规定或依其情形可推知之目的）或一方对于他方丧失其信任时，失其拘束力。"

### （二）认购书的不履行及其责任

在认购书的履行过程中，会出现三种情况：（1）双方协商一致，签订预售合同；（2）双方协商一致，终止磋商；（3）一方要求履行，另一方不履行。第一种情形下，本约（预售合同）的签订，达到了双方当事人的目的，认购书履行完毕；第二种情况属于《最高人民法院关于审理商品房买卖合同纠纷案件适用法律若干问题的解释》（法释〔2003〕7号）第4条规定的"因不可归责于当事人双方的事由，导致商品房买卖合同未能订立"的情形，"出卖人应当将定金返还买受人"①。剩下的是第三种情况，一方要求履行，另一方不同意履行。这就是认购书的不履行问题。学者认为，本约之违反，依本约之约定或法律规定发生债务不履行之效果。预约之违反，亦发生债务不履行之责任。②

第一，责任性质：违约还是缔约过失？关于预约违反所发生的债务不履行责任的性质，有两种观点，一种认为是违约责任，一种认为是缔约过失责任③。本文认为，应定性为违约责任。所谓缔约过失责任，是指在缔结契约过程中（在契约或磋商之际），一方当事人过失地违反因诚实信用原则而生的相互保护、通知、协力等义务，致使他方当事人遭受损害时，过失者应负的赔偿责任。④ 而预约虽然是本约缔结过程中的一部分，但是和本约一样，都是一个独立的契约。在预约已经有效成立的情况下，一方违反预约的约定，不与相对方为进一步磋商，属于不履行预约合同债务的违约行为。

---

① 《商品房销售管理办法》第22条2款也规定："当事人未能订立商品房买卖合同的，房地产开发企业应当向买受人返还所收费用；当事人之间另有约定的，从其约定。"

② 86台上字461号判决："预约"即为可与"本约"并存之另一种"契约"形态，倘因该"预约"而负"债务"之当事人，由债务不履行之情事，他方当事人（债权人）即非不得依"债务不履行"之相关规定，对之请求损害赔偿。参见林诚二：《民法债编各论（上）》，瑞兴图书股份有限公司2003年版，第40页。

③ 吴颂明：《预约合同研究》，载梁慧星主编：《民商法论丛》（第十七卷），金桥文化出版社2000年版。

④ 王泽鉴：《民法学说与判例研究》（第一册），中国政法大学出版社1998年版，第97页。

第二，责任承担。《民法通则》第 106 条规定："公民、法人违反合同或者不履行其他义务的，应当承担民事责任。"《合同法》第 107 条规定："当事人一方不履行合同义务或者履行合同义务不符合约定的，应当承担继续履行、采取补救措施或者赔偿损失等违约责任。"

关于实际履行。在违约救济手段的选择方面，大陆法系国家与英美法系国家有所不同。按照大陆法系传统的立法、学理和判例，其首选的是实际履行而非损害赔偿。一般认为，签订合同的目的是为了实现一定的利益和需求，是为了履行。因此，当事人违约之后，最佳的办法是让其继续履行。只有在继续履行不能的情况下，再采用赔偿损失的方式予以弥补。与此相对，西方的经济分析法学派提出了"有效违约"理论。波斯纳认为，现实生活中，一方当事人可能仅仅会因为其违约的收益超过他履行的预期收益而选择违约。这种违约从经济学角度看是有效益的。进而，如果对方获得的补偿大于其所受损失，此时，双方当事人都会选择金钱补偿而不是继续履行。比如，购房者和甲开发商签订认购书，约定购买位于 A 区一套80 平米的商品房，价款 50 万，定金 5 万。之后，购房者在乙开发商处获悉，同样位于 A 区的另一套 80 平米商品房售价只有 43 万。此时，从经济的角度考虑，购房者一定会以 5 万的定金为代价，放弃履行和甲开发商签订的认购书，转而选择和乙开发商签约。此时，如果甲开发商仅丧失一个交易机会而没有其他损失，则其会接纳 5 万定金而放弃要求继续履行合同。

有学者指出，适用实际履行的条件包括：（1）必须在违反合同事实发生后，权利人取得赔偿金或违约金而不解除合同并要求强制实际履行的条件下产生；（2）必须有强制实际履行的必要，如果法律规定不需要强制实际履行或强制实际履行没有意义的，也可以不强制；（3）必须有强制实际履行的可能性。①《合同法》第 110 条规定："当事人一方不履行非金钱债务或者履行非金钱债务不符合约定的，对方可以要求履行，但有下列情形之一的除外：（一）法律上或者事实上不能履行；（二）债务的标的不适于

---

① 李由义：《民法学》，北京大学出版社 1988 年版，第 629 页，转引自《法学研究》编辑部：《新中国民法学研究综述》，中国社会科学出版社 1990 年版，第 476 页。

强制履行或者履行费用过高；（三）债权人在合理期限内未要求履行。"由此可知：（1）是否采取实际履行由非违约方决定；（2）债务标的不适于强制履行的，不采取强制履行的救济手段。另外，《合同法（第四稿）立法说明》指出，《合同法》关于违约责任的规定，目的在于补偿因为违约造成的损害，维护商品交易的秩序，只有在金钱赔偿不足以救济受害人的情况下，才例外地允许适用实际履行。① 综上，我们认为，商品房认购书的违约不适合于采取实际履行的救济手段。

关于定金。实务中，在签订认购书的同时，购房者会主动或应邀向开发商交纳一定的定金作为担保。当发生债务不履行情形之后，按照《担保法》第89条和《合同法》第115条之规定，如果是购房者（给付定金的一方）不履行约定的债务，则无权要求返还定金；如果是开发商（收受定金的一方）不履行约定的债务的，应当双倍返还定金。有学者认为，按交易习惯，在房屋买卖交易中，买受人放弃定金的，也应享有解约权。② 也就是说，这里的定金属于解约定金。根据《最高人民法院关于适用〈中华人民共和国担保法〉若干问题的解释》第117条的规定，当事人可以以承担定金罚则为代价而解除合同。同时，《民法通则》第115条规定："合同的变更或者解除，不影响当事人要求赔偿损失的权利。"总之，不管把这里的定金界定为违约定金还是解约定金，当事人不履行合同都要承担定金罚则，同时，承担定金罚则并不能免除其损害赔偿责任。

关于损害赔偿。前面提到，《合同法》关于违约责任的规定，目的在于补偿因为违约造成的损害。《日本民法典》第416条规定："损害赔偿之请求，以因债务不履行通常可生之损害之赔偿为其目的。虽因特别情事所生之损害，若当事人预见其情事或可得预见者，债权人得请求其赔偿。"我国台湾地区现行"民法"第226条第1项规定"损害赔偿，除法律另有规定或契约另有约定外，应以填补债权人所受损害及所失利益为限。"因此，认购书违约的损害赔偿仅限于双方当事人在签订认购书时可预见的，因违

---

① 李永军：《合同法》，法律出版社2004年版，第619页。
② 张俊浩：《民法学原理》，中国政法大学出版社2000年版，第684页。

约造成的利益损失。

合同上的利益，包括信赖利益和期待利益。信赖利益，指原告信赖与被告的约定而使自己产生的自我状态的变更。期待利益则是指基于对约定创造出来的价值的期待。对此保护意味着将原告置于与契约已被履行相同的地位。① 那么这里的"所失利益"是指信赖利益还是期待利益呢？关于认购书的效力，本文采取的是"必须磋商"说。也就是说，认购书的履行，是双方当事人的进一步磋商，但磋商并不必然导致本约即预售合同的签订。81 台上字第 886 号判决也指出，"盖预约之债务仅在履行订立本约，预约权利人仅得请求对方履行订立本约之义务，不得仅依预定之本约内容主张权利。"因此，在认购书的签订和履行，仅能使当事人确信双方将继续就相关事项为进一步磋商，仅此而已。所以，认购书的违约责任只赔偿信赖利益的损失。

---

① 李永军：《合同法》，法律出版社 2004 年版，第 174 – 175 页。

# 再论典权之存废

曹笑辉[*]

**摘 要：**典权的存废是物权法制定过程中争议较大的一个问题，长期以来未有定论。《中华人民共和国物权法》没有规定典权，并不意味着典权存废之争已经盖棺定论。本文对典权存废论争双方的主要观点进行了全面的梳理，通过对典权废除论的论点进行针对性回应，以及对典权保留论的补充阐发，得出典权制度应予保留并完善的结论。

**关键词：**典权　固有法制度　存废之争

典为我国固有法制度，源远流长，几经变易，在习惯法、国家法与西方法律体系的互动中，最终形成了我们今日民法中的"典权法律制度"。1949 年后，由于众所周知的原因，典权见黜。但近些年来，随着经济的发展和物权法研究的深入，典权重新进入了人们的视野，并在物权法制定的过程中，引起了较大争议，即关于是否将典权写入物权法，形成了废除论与保留论两种对立的观点。在很长一段时间里，保留论占据了上风，物权法的最初几个草案中，典权都得以保留；但《中华人民共和国物权法》最终没有规定典权，而对于这种变化，立法者至今并未给出足够的解释。从立法角度来讲，对典权的争议已经告一段落；但从学理上看，典权存与废

---

[*]　山西大学法学院教师，民商法硕士研究生，主要从事民法学研究与教学工作。

的争论，远未达到"盖棺定论"的程度，今后仍有可能通过对典权进行理论分析而推动立法。因此，对典权存废问题进行全面的梳理与深入的探讨，是十分必要的。

# 一、典权存废论争双方之基本观点

纵观以往学界对典权之态度，除清末起草民律第一草案之时，将典权误认为日本之不动产质以外，基本上是以认同典权，对其进行改造为主。其间虽有对典权性质之激烈分歧，但也是建立在承认典权对社会有所贡献、具有积极功能的共识之上的讨论，即如潘维和先生所说："认典权为中国所固有之良法美制。"① 但在最近几年的典权存废争论中，保留论与废除论两派并无这一共识，双方都只是偏于一己之见，多有臆测之语，实际上并未形成真正之交锋。以下是对双方观点的大致梳理：

## （一）典权废除论的主要观点

持废除典权观点之学者认为典权已失去存在之意义，或认为典权自身有其不可克服之弊端，物权法中不应再考虑设立典权，其主要观点如下：

第一，典权随历史之发展，已成为一项没落的制度，失去其存在之必要性。持此观点者认为：典权乃重农时代之产物，为我国传统旧伦理之下的特殊现象。由于古人崇敬祖先，重孝好名，视出卖祖遗财产，特别是作为不动产之田宅为败家不孝之举，故而于急需金钱以济急用之际，以典权保留回赎之可能，为出卖家产遮羞。而今日现代人之观念已完全不同，于急需金钱时，径可出卖家产，无任何伦理负担。且在以往之重农时代，金融不发达，货币投资范围狭小，故而置产几为金钱投资之唯一途径；而如今则信托代理制度发达，金融昌盛，投资领域宽广。故典权制度已是日薄西山，行将退出历史舞台。②

---

① 潘维和：《中国民法史》，汉林出版社1982年版，第396页。
② 王泽鉴：《民法物权》（第二册），中国政法大学出版社2001年版，第103－104页。

第二，典权制度法理难圆，将使物权法之逻辑体系变得混乱。此派观点认为：无论将典权看作用益物权还是担保物权，或是特种物权，都无法自圆其说。无论将典价看作用益典物之对价，还是看作出典人向典权人所借之债款，都会产生不可调和之矛盾，从而使整个民法理论陷入混乱，严重影响民法体系之合理完善，并给民事立法之技术处理带来困难。故而典权不是一项好制度，理应废除。①

第三，典权制度之功能完全可由其它相关制度替代。持此论者认为：典权在担保方面的功能，在西方国家，主要由不动产抵押制度予以实现，抵押完全能替代并超过典权之担保功能。而典权制度之用益功能在西方主要由代理制度与信托制度共同承担，也可由其取代。而集两种功能于一身的不动产质权制度比我国典权制度更优越。故而在社会分工日益分明之情况下，规定典权已完全没有必要。②

第四，典权制度有失公平，且易生纠纷。持此论者认为：典权人无权要求出典人回赎，出典人却拥有典物价格下降时抛弃回赎权、典物价格上升时回赎典物或找贴之自由。典权制度将典物意外灭失之风险负担完全加于典权人一方。在出典后，本应向所有人征收之捐税却均向典权人征收。典权人使用典物与所有人并无二至，但其在典物之改良与恢复原状问题上很难与典权人达成共识。典期之不确定性也使典权人与出典人双方之权利与义务无法明确，使典物归属不明。转典使出典人行使回赎权发生困难，容易导致出典人、典权人、转典权人三方之纠纷。故典权制度应予取缔。③

第五，典权制度不符合全球一体化之潮流。此观点认为：加入 WTO后，中国正在与世界融为一体。在这种大背景之下，二十一世纪之民法典尚规定一项为世界上大多数国家所不采之制度，是一个值得怀疑的问题。④

第六，典权制度在现实经济情况之下已无空间。持此论者认为：中国

①　马新彦：《典权制度弊端的法理思考》，载《法制与社会》1998 年第 1 期。
②　王金泽等：《恢复不动产典权问题刍议》，载《中国房地产》1998 年第 5 期。
③　马新彦：《典权制度弊端的法理思考》，载《法制与社会》1998 年第 1 期。
④　王剑锋、贺冰洁：《也论典权制度之存废》，载《武汉理工大学学报（社会科学版）》第十六卷第五期。

实行土地国家所有与集体所有制度，就土地设定典权已不可能；就房屋设定典权虽无统计数字，但依法院受理案件情形推论，出典房屋实例也较少。① 而年青一代之中已很少有人知道典为何物，就典权所作出的司法解释也多为处理建国前后新旧社会交替时所遗留下来的历史问题。②

总体来看，典权废除论者主要立足于进化论法律观，认典权制度为过去旧社会之遗留物，在今日经济与社会文化均有较大进步之情况下，典权制度已失去其存在之土壤。

### （二）典权保留论的主要观点

第一，典权为中国独特之不动产物权制度，充分体现了中华民族崇敬祖先、济贫扶弱之道德观念，是现行民法物权编之中最具中华文化特色之部分，保留典权有利于维持民族文化，保持民族自尊，同时也符合中国之传统习惯，故不宜废止。③

第二，中国地域辽阔，各地经济发展不平衡，传统观念与习惯之转变不可能整齐划一，纵使少数人拘于传统习惯设定典权，物权法也不能没有相应之规则予以规范。④

第三，典权制度之功能无法为其它制度完全取代。典权可以同时满足用益需要与资金需要，典权人可取得不动产使用收益及典价之担保，出典人则能保有典物之所有权而获得相当于卖价之资金运用，以发挥典物之双重经济效用，为抵押权制度难以完全取代；而附买回条件之买卖为债权制

---

① 梁慧星：《中国物权法草案建议稿条文、说明、理由与参考立法例》，社会科学文献出版社 2000 年版，第 581 页。

② 王剑锋、贺冰洁：《也论典权制度之存废》，载《武汉理工大学学报（社会科学版）》第十六卷第五期。

③ 此观点为大多数保留论学者所认同，如杨与龄，参见其《论典权制度之存废》，载梁慧星主编：《民商法论丛》第 12 卷，法律出版社 1999 年版，第 319 页；房绍坤，参见其《民商法问题研究与适用》，北京大学出版社 2002 年版，第 76 页。

④ 梁慧星：《中国物权法草案建议稿条文、说明、理由与参考立法例》，社会科学文献出版社 2000 年版，第 581 页。

度，其效力不及作为物权之典权。①

第四，随着住房商品化政策之推行，人民私有房屋增加，如有房屋因种种原因长期不使用而又不愿出卖者，设定典权可以避免出租或委托他人代管之烦，因此应保留典权。②

第五，民间仍在利用典权。物权法应制定多种物权方式，使人民有选择利用之余地。此观点主要是依据我国台湾地区之实践而得出，且有相关之数据材料。③

## 二、与典权废除论者商榷

上面简要概括了典权存废之争中双方的基本观点，从中可以看出，相对于典权废除论者咄咄逼人之态势，保留论主要处于消极之守势，其立论并无坚实之基础，对废除论之种种质疑实际并未给予回应，故给人感觉保留典权只是一种权宜之计，说服力不强。笔者以为，虽然典权制度确实已不再像过去那样重要，但也绝不像废除论者所认为的那样一无是处；而废除论者所提出的理由，是完全经不起推敲的。笔者不揣冒昧，针对废除论诸论点，进行如下商榷，以作回应：

### （一）关于典权存在之历史条件问题

典权制度最初是作为一种以财产为主的担保方式而产生的；但历史条件的变化，使其逐渐向用益方向发展，最终成为了集用益与担保于一身的物权制度。典权作为一种可以直接实现之法益，作为一种兼顾静态使用与动态流转的物之利用方式，体现了灵活实用与整体和谐之精神。诚然，固守家业、崇敬祖先之观念在典权发展中确实起到了巨大的作用，但这也只

---

① 持此论点者有屈茂辉，参见其《典权存废论》，载《湖南政法管理干部学院学报》2000年第2期；张晓杰，参见其《设立典权法律制度刍议》，载《学术交流》2002年第4期。

② 此观点几为每个典权保留论者所引用，此处不再举例。

③ 杨与龄：《论典权制度之存废》，载梁慧星主编：《民商法论丛》第12卷，法律出版社1999年版，第319 - 320页。

是其形成条件之一。人与不动产的关系是个永恒的话题，这一关系有时不只是一种单纯的经济利用关系。因为人必须生存在空间之中，而不动产正是这种空间的载体。米健先生曾指出："事实上，对家庭财产的重视与固守是不同民族社会的一种普通现象，它根本上是财产私有观念的一种体现。"① 这表明典权之中蕴藏的价值观念有其恒久意义。我们考察西方同类制度也可看出这一点，比如德国固有法中的担保用益制度并未被《德国民法典》所采纳，但却在上世纪初的司法实践之中复活，充分体现了这种恒久性。作为中国式的解决不动产利用关系的重要方式，典权也能在今日之社会中发挥其固有之作用。

**（二）关于典权制度法理难圆的问题**

典权是中国土生土长的制度，而我们今天的整个民法体系乃至内容都主要是从西方舶来的，所以想让典权和它所处的完全异质的体系及其理论榫合，是非常困难的。实质上完全从西方民法思维（确切的说是"潘德克吞"思维）的角度对典权进行质疑只是一种"自话自语"：废除论者一方面承认典权是中国的固有法制度，而中国古代法律思想贫乏；另一方面却要求产生于法律思想"贫乏"环境中的典权制度去符合抽象的概念推演式的潘德克吞体系。这实际上是与自己论战。因此"典权制度法理难圆"这种说法是有问题的，典权制度并非无法自圆其说，而只是与潘德克吞体系难以简单整合。众所周知，中国自古没有概念推演式的法律思想，无法产生与之相应的制度，但并不能因此就抛弃典权制度，这涉及到潘德克吞是否为所有民法的普世性衡量标准的问题。潘德克吞是随民法的科学化而兴起的，当自然法衰落后，民法需要找到一个新的合法性依据，于是潘德克吞也即形式理性成为了民法合法性之标准，即只要（也可说是只有）每条民法规则都能够在整个民法的逻辑理性架构体系中表现出自身的逻辑自足性，这部民法就（才）是合法的。我们不能否认潘德克吞在《德国民法典》这部伟大法典的缔造过程中的巨大作用；但这并不能说明它是绝对真

---

① 米健：《典权制度的比较研究》，载《政法论坛》（中国政法大学学报）2001 年第 4 期。

理，具有普遍性。潘德克吞产生于对极端理性主义的信仰，对法制绝对统一的追求，以及对国家及其能力的迷信。[1] 但是法律相对生活来说永远是略显苍白的，随着极端理性主义的动摇，后现代思潮的涌现，国家全能论的破产，法律越来越被当作一种"地方性知识"，民事习惯也逐渐得到人们的重视；而民法的科学化被看作未必是一种进步，潘德克吞也不再是唯一的标准。[2] 相反，法律可能是一种生活经验的总结，甚至是一门技艺，而非概念的推演。在这种情况下，我们把决定一个延续了千年的古老制度的生杀予夺之权系于所谓的逻辑与概念，这合理吗？

### （三）关于典权制度的功能完全可由其他制度所替代的问题

废除论者认为抵押、附买回条件之买卖、信托代理与不动产质等制度完全可以取代典权，笔者不敢苟同，现分述如下：

1. 附买回条件之买卖与典权是两种性质完全不同的制度

附买回条件之买卖乃是一种债之制度，其买回权仅具有债权效力，出卖人将标的物出卖于买受人后，一旦买受人将标的物转让他人，买回权势必落空，出卖人只能向买受人提出违约之诉，而不能追及至第三人主张买回权；而出典人典出不动产后，尚保有其所有权，其回赎权属于物权，在法定条件之下均得主张物权效力，其保护较附买回条件之买卖更为周延。可见附买回条件之买卖与典权是两种性质完全不同的制度，无法相提并论。

2. 抵押权制度无法完全取代典权制度

诚如废除论者所言，"在现代市场条件下，不动产非占有性抵押金融已成为房地产金融的核心"。[3] 但他们没有同时考虑到中国的实际国情与担保物权发展趋势的例外。首先，我国现行担保法对农村不动产抵押范围控制极严。当普通农民想要以自有房屋融通资金而受到种种限制时，典权对

---

① 谢鸿飞：《论民事习惯在近代民法中的地位》，载《法学》1998 年第 3 期。

② 于飞：《民法学科学化的反思》，载《华东政法学院学报》2004 年第 1 期。

③ 王金泽等：《恢复不动产典权问题刍议》，载《中国房地产》1998 年第 5 期。

他们来说将显得无比重要。其次，我国金融业发展不平衡，即使在少数大城市到银行进行不动产抵押贷款已非常普遍，但也以商业场合居多；而在广大中小城市与乡村之中，当普通百姓急需货币之时，对相关业务的陌生与中间成本之高昂也会使他们在银行门前望而却步，此时民间长成并以习惯存在的典权制度就显得十分必要。再次，出典人通过典出不动产，往往可以筹措到典物自身价值五到八成的资金，这在不动产抵押是无法达到的。复次，抵押作为担保方式，其实现要通过折价、拍卖、变卖等较为繁琐之程序，在我国今天尚不健全的司法制度之下，这种程序也很难规范化。而典权十分简便灵活，具有抵押权无法达到的优势。最后，典权除具有融资担保作用外，还是一种用益不动产的方式。虽然当今世界，不动产非占有性担保占据主流位置，但占有性担保依然还发挥着重要作用，如上文提到的德国的担保用益。综上，抵押权无法完全取代典权，抵押权制度之存在并不能证明典权已无生存空间。

3. 信托代理制度无力取代典权制度

废除论者认为西方高度发达的信托代理制度，在社会分工趋势之下是不动产用益的发展方向，但笔者认为，并不能因为发展信托代理而否认典权存在的独立价值。信托代理需要相关社会环境的配合，如高度发达的市场经济及城市化之普及，这些条件在我国经济发展不平衡的情况下很难具备；且信托代理产生的中间费用高、不利于保护弱者等问题也是典权可以避免的；我国部分地区在很大程度上依然具有人情社会之特点，乡土气息较浓，在这种情况下，不能过高估计行业化的优势。这些都决定了典权在我国并不能为信托代理制度所取代。

4. 不动产质权与典权相比并无显著优势

民国民法典物权编立法原则第十点称："我国习惯无不动产质而有典，二者性质不同，盖不动产质为担保债权，出质人对原债务仍负责任，苟质物价值低减不足清偿，出质人仍负清偿之责；而典则否。质权既为担保债权，则于出质人不为清偿时，只能将质物拍卖，就其卖得金额而为清偿计算，无取得其物所有权之权利，典则用找贴方法便可以取得所有权。二者比较，典之习惯远胜不动产质。"① 这段话简明道出了不动产质与典之差异。此外，典权人享有比不动产质权人更为灵活之权利，再加上取得典物所有权之可能，更有利于不动产的充分利用与改造；且不动产质权从未在我国推行，而典权却长期存在。因此，以不动产质替代典权并非明智之举。

经过仔细分析，我们可以发现，正如民国民法学泰斗黄右昌先生所言，"典权为我国固有之特种独立物权，殊非他国之立法例，所能牵强附会"。②

### （四）关于典权制度有失公平、易生纠纷的问题

废除论者认为典权制度有失公平，有其深刻根源。在阶级斗争无孔不入的年代，典权被当作地主残酷剥削农民之工具，变得声名狼藉。同样，在西方法律抽象平等与形式理性在行其道时，典权又成了"过分保护出典人利益"的有失公平的旧制度。但是，我们往往忽视了典权在其千年发展中体现出的合理与积极的价值。典权产生之初的确为弱者之融资手段，但其在向用益方面发展的过程中已渐变为一种兼顾双方利益的物权利用形式，比如"买地小亩，典地大亩"这样的民间习惯就是出于保护典主之利益而形成的。③ 还有清代出现的回赎期限的规定，也是如此。且从历史现实来看，出典人并非都是弱者，而典权人也并非总是强者，他们有时是不分强弱，只是出于一种互通有无的需要而设定典权关系。所以俗语有典"救急不救贫"之说。此外，典与卖的结合，使典权人获得了一种几乎与所有权并无二至的权利，可以说是一种"准所有权"，出典人此时之所有权实际已是非常薄弱，在这种急切出卖家产之情形下，典权制度倾向于保护出典人无可厚非。这实际上反映了一种中国式的公平观念，有别于西方民法所强调的理性精确计算的公平观念。此外，即使从西方民法理论来

① 谢振民：《中华民国立法史》下册，中国政法大学出版社2000年版，第772页。
② 黄右昌：《民法诠解·物权编》下册，台湾商务印书馆1977年版，第80页。
③ 前南京国民政府司法行政部编：《民事习惯调查报告录》上册，胡旭晟等点校，中国政法大学出版社2000年版，第47页。

看，保护弱势群体也并不是落后，否则的话，如何解释二十世纪之民法社会化思潮呢？至于认为典权一向易生纠纷的观点，实际上是典权的习惯法特点造成的，还需要具体的分析：

1. 关于典物的使用。废除论者认为出典人与典权人就典物的使用方式易发生争执，这不免有些杞人忧天。典权存续期较长，典权人之权利接近所有人，这些都使典权人用益典物不受限制成为必然。但不受限制并不表明可以为所欲为，典权人对典物的利用如有损于典物价值，出典人可以在抛弃回赎权和要求其进行赔偿之间选择，也可基于典契的特别约定限制典权人对典物之利用，回赎时还可根据添附规则来弥补损失。另外，国家相关法律对不动产之使用亦有规定，典权人同样要受其限制，这都使典权很难被滥用。

2. 关于典权之期限。废除论者认为典权期限漫无节制，这实际上是将历史上的典期与今天的典权期限相混淆，当前实行典权制度的国家都已对典权期限作出了较为合理的规定。关于不定期典，一方面在实践中已越来越少，另一方面，定与不定期限是契约自由的表现，在很多民事行为中都存在，并非典权所独有，如房屋租赁。

3. 关于转典。废除论者认为转典"必然"导致出典人、典权人与转典权人三方利益之争。典权人的权利近于所有权人，转典当然也包括在其中。一方面，转典之典价与典期必须限定在原典之范围内；另一方面，典权人在转典时并未脱离典权关系，故出典人仍可向典权人为回赎表示，同时亦可直接向转典权人进行回赎。这保证了原典关系与转典关系不会发生任何混乱。

4. 关于风险负担。废除论者认为典物灭失之风险完全由典权人独自承担，有违公平，这实际上只是从表面上看问题，有失偏颇。典权不是单纯的担保物权，与永佃权、地上权这样的普通用益物权也有区别，它实际上是将所有权除处分以外的权能都让度给典权人（从典权人可能直接取得典物所有权这点上看，其处分权能亦受到了限制）。典权人几乎可享有与所有权人完全一致的权利，而同时其付出的代价却只是典物价值的五到八成，其受益不可不谓多也。在此种情况下，典权人理应与出典人共同分担典物灭失之风险。这里用"分担"，而不是"独自承担"，因为很明显，典价往往不足卖价，出典人丧失回赎权，实际上也就是丧失了典价与卖价之差额，这对本身就不占有、不使用、不收益典物的出典人来说，理应是公平的。

5. 关于回赎权。废除论者认为回赎权将典物在典期内因某种原因而贬值之风险负担归于典权人是不公平的。但正如上文所说，出典人在出典不动产时实际上就典物之价值是作出了一定的让步的，典权人以较少之货币获得了相当于所有权的使用收益权及未来取得所有权之期待权。同时承担起典物贬值风险，这正符合"享受利益者承担风险"的原则。且从实践来看，不动产往往是升值的，而典权设定后，典物之未来贬值与升值系于典权人之一身，由其承受相关之风险，也是合情合理的。

6. 关于缴纳捐税。废除论者认为典权制度让典权人独自承担不动产之捐税，这完全是出于对习惯法的不了解。我国民间多有"包租认佃"、"大租归原主，瞥学归典户"之法谚，决不是一味将所有捐税都加于典权人一身，而是由双方共担。①

7. 关于典权有碍典物之正当改良。废除论者认为不动产质权存续期较短，更有利于促进不动产之利用。笔者认为恰恰相反，不动产质权人并不能期待取得质物之所有权，其短期利用质物，往往缺乏一种长远之考虑；且不动产归属之不确定性（质物可能由出质人收回，也可能由第三方取得）较典权为大，会影响就不动产之用益作出长远的规划，如增加投资、进行改良等。而典权人可长期用益不动产，且于可预见之将来有取得典物所有权之可能，这正可促使其对不动产进行更好的改造与利用。

8. 关于典权将助长三角债的问题。废除论者认为典权过多的保护出典人利益，实际上是偏袒了债务人，不利于三角债问题之解决，这种说法有些似是而非。虽然典权具有某些担保的特点，但这只是在担保典价本身之对待利益而已，典价决不是借款，因为即使典物完全灭失，出典人也无返

---

① 前南京国民政府司法行政部编：《民事习惯调查报告录》上册，胡旭晟等点校，中国政法大学出版社 2000 年版，第 21、55 页。

还典价之义务。更重要的是，典价远不及典物之足值，如出典人不返还典价，典物归典权人所有，得益的是典权人。如将出典人与典权人看作是"债务人"与"债权人"，那典权制度也只是保护了"债权人"，而不是偏袒"债务人"。由此看来，典权制度不仅不会助长三角债，反而会保护债权人的利益。

### （五）关于典权不符合与国际接轨要求的问题

全球经济一体化的确是当今世界的发展趋势之一，但这是不是就意味着法律之整齐划一呢？笔者认为不是。首先，国家、民族之存在决定着不同政治、经济、文化体系之并存，而这些都是法律赖以存在的基础，在这种差异尚存之时，奢谈法律一体化究竟有多大的意义呢？其次，物权法不同于债法，债法所表达的商品流转关系具有较大的普遍性，而物权法具有固有法之属性，同各国之民俗、习惯、自然气候有较大的关系，要想实现全球一体化恐怕不大可能。最后，自清末变法以来，我国之法律理论界一直存在着照搬照抄西方法制的弊病，立法多不能真正贯彻实施，制度无法与生活衔接，形同具文，这不能不说是法律理论与实践出现了严重的偏差所致。如果都像典权废除论者那样，动辄以"与国际接轨"之类的大帽子去打压本国之固有法制度，一方面弃最具中国特色之典权如弊履，另一方面却要"建立具有中国特色的不动产质押制度"，这样的舍近求远，很难让人信服。

### （六）关于典权存在之现实条件问题

废除论与保留论都同意这样一种观点：典权在现实中很少使用。他们的根据是法院很少受理此类案件，但这并不能说明典权在现实生活中已然绝迹。在笔者居住的城市中，已出现将私产房出典于典当行，由典当行进行用益（主要是出租与人收取租金）的现象，而下文还将提到农村中自发出现的典田现象，这些都证明典并不像学者们所臆测的那样已然绝迹。那么，如果民法典规定了典权，其利用前景如何呢？我国台湾地区与韩国的实际情况可能会为我们提供一点参考价值。台湾地区1997年土地部分之典权登记就有 2002 笔。[①] 而在韩国，典权已成为居民住房制度的重要形式。[②]

# 三、保留典权制度的意义

上面的讨论说明了典权废除论之不能成立；但典权保留论者对典权应该保留的论述又非常不充分，欠缺说服力。笔者认为除上文提到的几点理由之外，保留典权还有以下三点意义：

## （一）从制度价值之角度来看

典权是一项古老的物权制度，但古老并不一定就意味着过时，最古老的制度也可能是最永恒的。典最初是一种交换式的对待利用，这种利用可以将物之交换价值与使用价值同时挖掘。这是一种物之双向利用的形式，典权人可以用益典物，而出典人则可以获得较多的实物或金钱来使用；前者是对典物的直接利用，而后者则是对典物的间接利用，二者各取所需。这种对待交换的利用形式在任何社会中都有存在的必要，只是在不同的法律传统中，其所借以表现的法律外壳与具体之操作细节有所不同而已。在典的发展过程中，从典质到典当再到典卖，均没有背离这种双向利用之特质。尤其值得我们注意的是，典权体现了一种和谐、实用与灵活的法律智慧，典权介于租赁与买卖之间，所有权人可以根据自身的需要而决定是通过设定典权还是直接出卖不动产，抑或是通过租赁形式来用益不动产，而典权人也可在买受、租赁与承典之间进行选择；典权担保与用益的双重功能也使典权关系双方在各取所需的同时又各有所保障，典权人可以从典物之占有与用益中得到物质保证，而出典人也可以运用回赎权回复自己对典物所有权的完满状态；回赎、找贴、别卖等多项制度为出典人提供了灵活实用的选择；而留买、优先购买、转典与典权转让等规定也为典权人免去

---

① 杨与龄：《论典权制度之存废》，载梁慧星主编：《民商法论丛》第 12 卷，法律出版社 1999 年版，第 319 页。

② 高贤升、刘向涛：《中韩典权制度比较研究》，载《政治与法律》2003 年第 3 期。

了后顾之忧；典权还十分强调协商之重要性，多样的选择就为协商构筑了良好的基础；典权期满后，对典物长期利用的典权人还有直接取得典物所有权的可能性，避免了不必要的中间环节，有力的促进了物之利用；典作为取得所有权之过渡阶段，兼具动态与静态之功能，一方面可以相对稳定物权秩序，另一方面可以规范物之流转。所有这些都体现了一种高度圆融的民法智慧，这种智慧也许并不能用公式般的理性计算去解释，但它无疑是一种中国式的法律智慧。故保留典权制度能够满足今日物之利用多样性的要求，对最大限度发掘不动产的价值，以及增进社会财富的利用效率，具有积极的意义。

### （二）从现实的需要来看

典权在其发展过程中，不断的因应社会的新需要，改造与发展自己，为解决新出现的社会问题发挥了巨大的作用，今天也不例外。首先，随着工商业的逐渐发达，都市化成为趋势，人口大量集中在大都市之中，造成城市土地与建筑物等不动产资源稀缺性大增，即通常所说的"寸土寸金"。在此种情况下，拥有不动产之所有权与使用权便拥有了一笔非常大的财富，故而土地与建筑等不动产权利人并不愿一次性的让度其不动产，而同时对都市不动产进行投资却越来越普遍。这时典权未尝不是一个较为折中的解决方案，比如上文提到的台湾地区的典权登记数据已表明，典权有从农村向城市转移之趋势。[①] 再比如二十世纪初德国发生的城市地产危机，直接导致了与典权非常类似的相抵利用制度的复活。[②] 更值得我们注意的是，目前台湾地区房屋租赁中出现了承租人给付出租人巨额押租金，取得房屋之使用权，并以该房屋设定抵押权担保押租金之返还的现象，这使笔者想起明清时期农村颇为盛行的大佃制度。[③] 这些其实都是典权之变体，

---

① 杨与龄：《论典权制度之存废》，载梁慧星主编：《民商法论丛》第 12 卷，法律出版社 1999 年版，第 319 页。

② 米健：《典权制度的比较研究》，载《政法论坛》（中国政法大学学报）2001 年第 4 期。

③ 蔡墩铭、李永然编：《民法理由、判例、决议、令函实务问题汇编》，五南图书出版公司 1982 年版，第 1046 - 1048 页。

说明了典权在这种情况下，能够发挥其重要的作用。第二，我国现阶段正处于贫富差距拉大，社会阶层急剧分化之时期，在社会底层与中层占人口绝大多数、而社会保障制度尚有待完善的情况之下，典权这种灵活简便、扶贫济弱的物权制度绝对有存在之必要。当人们急需一笔大额资金以应付"天灾人祸"时，逐渐普及的居民私产房可能是唯一的一根"救命稻草"。这时典权制度可以使他们既筹措到较多的金钱，又不会完全丧失房屋之所有权，不失为一种好的选择。第三，人口流动的加剧，也要求有典权制度发挥作用。当前我国市场经济的发展使城乡分割被打破，大量的农村剩余劳动力涌入城市。在这种人口流动的大潮之下，不动产用益关系的重新调整需要运用哪些制度，值得我们思考。正如上文提到的，现行担保法对农村不动产抵押规定较死，农民无法通过房屋抵押获取资金为进城打工作准备，而典权却可以为解决这一问题提供一种方案。更重要的还有，农民进城后大量闲置的农用地应以何种方式加以有效利用呢？笔者了解到现在农村中有这样一种现象：进城的农民可以用自家的责任田做抵押，每亩可以得到五千元进城发展的资金，抵押期一般为十年，村长是交易裁决人，出资人十年内享有土地的使用收益权，而进城的人则有无偿使用五千元资金的权利，十年期满之后，双方"完璧归赵"。[1] 这种现象不能不让人感叹"人民的智慧是无穷的"，同时这也从侧面反映了典权制度生命力之顽强。这种农民认为的"抵押"实际上是在农地使用权之上设定了典权关系。相信这种形式的土地利用在经过一些改造之后一定会发挥重要的作用。此外，日益增加的到外地工作和出国留学、工作的现象，也要求我们认真的考虑应该如何使典权因应形势的要求发挥它的作用。总之，在这些新的社会条件之下，典权绝对有其用武之地。

### （三）从法文化的角度来看

许多保留论者都提到了典权对保持民族尊严，维护民族文化的积极意义，这在法学西化大潮之中显得十分难能可贵。但笔者认为这种说法缺乏

---

① 李昌平：《慎言农村土地私有化》，载《读书》2003 年第 6 期。

理论深度，很容易被人误解为一种空洞的宣传，从而将保留典权理解为一种怀旧行为。实际上，典权作为我国法文化环境中成长的制度，其长达千年的存在是一个无可争议的事实，这本身就具有了文化之含义。典权产生于中华文化氛围之内，浸透着中华文明的特质——中和精神，同时典权也反过来影响着中华法文化的形成。在这种制度与文化的互动过程之中，典权成为了中国式的民法话语中的一个符号，正如历史法学派巨匠萨维尼所说："（法律）其为一定民族所特有，如同其语言、行为方式和基本的社会组织体制（Constitution）。不仅如此，凡此现象并非独立存在，它们实际乃为一个独特的民族所特有的根本不可分割的禀赋和取向"，"对于法律来说，一如语言，并无绝然断裂的时刻……民族的共同意识（the Common Consciousness of the People）乃是法律的特定居所"。[①] 典权制度正是这种"民族的共同意识"的产物，同语言一样，深深的打上了民族性格的烙印。典权是真正的中国式的民法话语，是按照中国文化的方式思维着的民法制度，正是在这种意义上，典权成为了一种承载民族法文化的物权制度。

当然，典权制度并不是完美无缺的，它的确存在着一些问题，需要我们不断的去完善；笔者在这里只是想澄清那些对典权不应有的误解与歪曲。实际上在检讨典权存废问题的过程中，笔者感受最深的是，理解我国的固有法制度，需要我们抱着一种"同情的了解"，而不是肆意的"解构"，只有这样，才能真正设计出具有中国特色的物权制度。

---

① 萨维尼：《论立法与法学的当代使命》，许章润译，中国法制出版社2001年版，第7、9页。

# 循环经济理念下的企业环境责任

李冰强*　　侯玉花**

**摘　要：**企业环境责任是企业社会责任的重要组成部分。企业积极履行环境责任，对于保障公民生命财产安全，提升企业社会形象，提高其竞争力，实现循环经济与可持续发展理念意义重大。在我国目前条件下，应当通过建立包括环境信息披露制度、绿色会计制度、生产者责任延伸制度和绿色采购制度等一系列的制度创新，促进企业履行环境保护责任。而企业环境责任的有效实现离不开企业自律、市场引导、政府干预和社会监督。

**关键词：**循环经济 企业 环境责任

二十世纪以来，人类社会得到突飞猛进的发展，经济迅速增长，财富极大增加。但与此同时，也带来一系列严峻的环境问题，如全球气候变暖、环境污染、生态破坏、资源耗竭等等。面对人类生存环境的不断恶化，环境保护运动开始在全球范围内兴起，保护人类共同的家园成为各国人民的共识。在我国，随着经济的快速发展，资源、环境与生态问题愈加突出。因此，党中央高瞻远瞩、审时度势，从战略高度确立科学发展观的

---

　* 山西大学法学院讲师，法学硕士，主要从事经济法的教学与研究。
　** 山西省社会科学院助理研究员，法学硕士，主要从事民商法、经济法的研究。

新理念，提出建设资源节约型、环境友好型社会，积极促进循环经济的形成，走一条与可持续发展与生态文明相协调的道路。而要实现人类社会可持续发展的战略目标，形成以循环经济为核心理念的新型经济发展模式，需要政府、企业与全社会的合力才能实现。其中，企业在循环经济的建设中更是承担着重要角色。这是因为，循环经济要求节约利用资源，保护环境与生态。众所周知，企业与自然环境的关系又十分密切，它从环境中汲取能量、资源，通过有目的的分配和消费，再输入环境中。在此过程中，一些企业由于环境意识淡漠，或基于成本考虑，或由于技术水平落后等原因，往往会对环境或生态造成污染和破坏。据国家环保局统计，我国污染物的排放80%以上都来自企业，特别是煤炭、化工、冶金、建材、造纸、印染、纺织等行业。企业的这种过度消耗资源与能源，排泄大量的污染物和废弃物的行为，严重破坏了生态平衡和人类赖以生存发展的地球环境。因此，作为主要的自然资源的消耗者和自然环境的污染者，企业对资源的合理利用和对环境的合理保护有着不可推卸的责任。

## 一、企业环境责任的基本内涵

对于企业环境责任的性质，通说认为其系企业社会责任之组成部分。代表性的观点如"企业对环境、资源的保护与合理利用承担责任，这是企业对全人类和后代负责的体现，故企业的此项责任是一种典型的企业社会责任。"[1] 但对于企业环境责任内涵的具体界定，则存在着不同观点。

一种观点认为，企业环境责任是指"企业在谋求自身及股东经济利益最大化的同时，还应当履行保护环境的社会义务，应当对政府代表的环境公共利益负一定的责任。"[2]

也有学者从环境伦理角度出发，认为"企业环境伦理责任是企业对社

---

[1] 卢代富：《企业社会责任的经济学与法学分析》，法律出版社2002年版，第103页。

[2] 叶晓丹：《论循环经济下的企业环境责任》，载《福州大学学报》2007年第4期，第77页。白平则：《论公司的环境责任》，载《山西师范大学学报》2004年第2期，第31页。

会所承担的环境保护义务，是企业社会责任体系的重要组成部分。它要求企业在生产经营活动中不能因为追求经济效益而污染环境、破坏生态，必须从保护生态环境，尊重自然的道德责任感出发，以可持续发展为经营活动的指导原则，以正确处理人与自然的关系为企业发展的基本宗旨。"①

也有学者从公司角度予以界定，认为公司环境责任是指"公司在谋求股东最大利益和谋求发展的过程中，必须注意兼顾环境保护的社会需要，使公司的行为最大可能地符合环境道德和法律要求，并自觉致力于环境保护事业，促进经济、社会和自然的可持续发展。"②

上述定义虽各不相同，但是可以看出在对企业环境责任的定义上，大多数学者在肯定企业追求利润最大化的同时，也要求企业承担起作为一个社会主体所应有的保护环境的义务，而这种义务就表现为企业的环境责任。第一种观点中企业"应当对政府代表的环境公共利益负一定的责任"，用语不够规范，企业作为社会主体之一，对于其所处的自然环境负有相应的责任，这种责任是对全体社会的负责，并非只对"政府代表的环境公共利益负一定的责任"。第二种观点，我们认为，环境伦理与企业环境责任密切相关，但将环境伦理等同于企业环境责任，未免失之偏颇。因为企业环境责任包含不同层次，而企业环境伦理从本质上讲，仅是其表现形式之一。笔者赞同第三种观点，因为公司从本质上讲属于企业的一种表现形式。所以，企业环境责任是指企业在谋求投资者和自身利益最大化的过程中，必须注意兼顾环境保护的社会需要，使企业的行为最大可能地符合环境道德和法律要求，并自觉致力于环境保护事业，促进经济、社会和自然的可持续发展。

根据企业承担环境责任要求的不同，企业环境责任可以分为法律责任、道德责任和战略责任三个层次。③最低层次是法律责任，这个层次的环境责任是企业必须履行的，否则就要承担不利的法律后果。也就是说，

---

①　高雅珍：《和谐社会构建中的环境伦理建设——兼论企业的环境伦理责任》，载《毛泽东邓小平理论研究》2007 年第 4 期，第 35－36 页。

②　马燕：《公司的环境保护责任》，载《现代法学》2003 年第 5 期，第 114 页。

③　高利红：《公司的环境责任》，载《中国地质大学学报》2006 年第 6 期，第 15－16 页。

该层次的环境责任是不可选择的，企业的决策者在处理该类问题时，没有自由选择的余地。道德责任主要是应人们对于环境保护的道德期待而产生的，违背此类责任并不必然导致不利的后果。战略层面上的环境责任，是指企业在战略决策时考虑对环境的影响，从而做出宏观和长远战略安排的责任。法律责任和道德责任是企业应该做什么的问题，而战略责任则是企业可以做什么的问题。就我国的现状而言，最低层次即法律责任的实施尚存在诸多障碍，想要企业承担更高层次的道德责任和战略责任更是困难重重。其中原因非常复杂，既有企业发展水平的因素，也有体制、意识等因素。就立法而论，主要是缺乏相应的配套措施。① 因此，在我国，要让企业承担其应负的社会责任与环境责任，还有很长的路要走。

## 二、企业承担环境责任的必要性与意义

现代社会环境问题日益严峻，可持续发展的实现以及循环经济的形成客观上要求企业依法承担环境责任，要求企业在谋求投资者利益最大化的基础上，必须考虑增进投资者利益以外的环境公益。作为企业来讲，积极承担环境责任，对于保障公民生命财产安全，提升企业社会形象，提高其竞争力，实现循环经济与可持续发展理念意义重大。

### （一）有利于保护环境、保障人民的生命财产安全

当代环境问题急剧恶化的最重要原因是企业污染，特别是大工业污染。污染问题解决的好坏，不仅关系到企业行为是否具有经济效益、社会效益，更关系到人民的生命、财产安全。如，1932 年的"比利时马斯河谷烟雾事件"，一周内有数千人发病，近 60 人丧生；1952 年 12 月 5 日－8 日的"英国伦敦烟雾事件"，导致 5 天时间内 4000 多人死亡。类似事件，数

---

① 如 2005 年 10 月 27 日，十届全国人大常委会新修订的《公司法》第 5 条明确规定："公司从事经营活动，必须遵守法律、行政法规，遵守社会公德、商业道德，诚实守信，接受政府和社会公众的监督，承担社会责任。"但由于没有相应的法律制度实现该项原则，更没有针对违背社会责任的法律责任，公司承担社会责任实际上依然停留在道德宣言层面上。

不胜数。同样，在我国，由于企业的违法排污行为所导致的环境污染和损害人民生命、财产安全的事件，也屡见不鲜。可以看出，企业的不良行为，不仅严重污染和破坏环境，而且直接危害人民的生命财产安全，对整个社会造成难以估量的损失。因此，企业必须依法积极承担环境保护责任，从源头上控制和减少对环境的污染和生态的破坏，保障人民的生命财产安全。

### （二）有利于协调企业与政府、社区和居民的关系，为企业创造良好的社会形象

传统观念认为，企业以营利为目的，以追求自身利益最大化为唯一宗旨。在此价值观的指引下，企业为了减少成本，最大地获取收益，通常不会考虑对大气污染、水质污染等环境问题，因而对污染防治、清洁生产自然也无需费心。但在当代社会，企业追逐利益的规则发生了变化，当立法设计导致企业环境违法成本远远高于守法成本时，只有履行环境法律义务，才更符合企业作为"经济人"所具有的理性行为特征。企业只有正确处理治理环境与企业谋利之间的关系，认真实施环境保护，积极承担社会责任，才能赢得良好的声誉，得到社会公众的认同，才能更好地协调其与当地政府、社区以及居民之间的关系，为企业发展营造更佳的社会氛围，使企业保持生命力。当今，越来越多的企业自觉地将生态伦理和环境保护责任融入自己的企业文化当中，来提升企业形象。实践证明，环境保护有利于树立企业良好形象和获得良好的社会评价，有利于企业更好地实现其经济目的。一个成功的企业绝不会因为少量污染治理成本的付出，而牺牲企业生存赖以维系的社会基础。

### （三）有利于企业的持续发展，提高其国际竞争力

在循环经济条件下，社会对企业提出了更高的环境保护要求，不仅要求企业在产品加工过程中的污染达到最小，而且要使产品在整个生命周期过程对环境的冲击达到最小，要求企业对产品生产及工序设计予以彻底变革，从而实现有害物质的低排放，甚至零排放。在规范的市场经济规则下，企业环保不达标，其产品就难以进入主流市场。对环境带来损害的企

业，就会在市场竞争中处于劣势，甚至失去参与竞争的资格。① 只有注意环境保护，积极履行企业环境责任，才能得到良好的社会认可和更多的支持，从而提升企业形象，提高企业的市场竞争力。同时，企业积极履行环境责任，也有利于提高其国际竞争能力。在国际贸易领域，越来越多的国家和地区对企业的产品或服务提出了严格的环保要求，甚至以保护环境、自然资源和生命健康为借口，设置"绿色贸易壁垒"，实施严格的环保法规和苛刻的环保技术标准。实践中，我国不少企业由于在产品农药残留量、安全性、包装的可回收性等方面达不到相应标准和要求，而难以进入国际市场。因此，企业只有严格履行其环境责任，才能有利于其参与国际竞争，从而有利于企业长久地发展。

### （四）有利于实现可持续发展，促进循环经济的建成

可持续发展要求以保护自然环境为基础，与资源和环境的承载能力相适应；要求不仅重视增长数量，更追求改善质量、提高效益、节约能源、减少废物；要求改变传统的生产和消费模式，实施清洁生产和文明消费，保证以持续的方式使用可再生资源。循环经济要求企业在生产、流通和消费等过程中减少资源消耗和废物产生，要求将废物直接作为产品或者经修复、翻新、再制造后继续作为产品使用，或者将废物的全部或者部分作为其他产品的部件予以使用，要求直接将废物作为原料进行利用或者对废物进行再生利用。而这一切的一切，都需要依靠企业或主要依靠企业更新观念、进行技术革新、实施清洁生产、积极履行环保责任才能实现。由此可以看出，在可持续发展的实现与循环经济的建成中，企业承担着重要角色。只有企业积极承担其环境责任，以资源节约和环境友好的方式从事生产经营活动，才有利于实现可持续发展，促进循环经济的建成。

---

① 高雅珍：《论企业的环境伦理责任》，载《上海企业》2007 年第 4 期，第 28 页。

# 三、企业环境责任的主要内容

针对我国企业在承担环境责任中面临的诸多困难，首先，需要进一步完善相关的环境立法，同时加强环境保护执法的力度，促进企业在法律的框架内运作；同时，应积极走出"头疼医头、脚疼医脚"的被动处境，而应通过一系列的制度创新，从更高层次和战略角度培养、形成企业环境责任意识，推动企业积极从事环境保护实践，从而实现人与自然的和谐发展。

## （一）环境信息披露制度

企业环境信息，是指企业以一定形式记录、保存的，与企业经营活动产生的环境影响和企业环境行为有关的信息。包括为保护、预防和治理环境而开展的工作及其所发生的费用、生态资本支出、环境负债，企业所执行的环境方针、计划及实施过程与最终效果，企业活动过程中对环境产生的正负影响，企业执行环境标准与相关法规的情况，企业的环境业绩与目标等等。及时、充分的环境信息披露制度可以起到四个方面的作用：一是企业通过环境信息披露可以满足消费者、投资者、管理者等利害关系人对环境信息的需求，从而使得自己获得竞争优势；二是给予企业环境保护的压力，将环境保护与其经济利益结合起来，从而降低企业经济活动对环境可能造成的不利影响；三是通过信息披露向公众表明其无污染的特性或对环境负责的态度，从而消除公众对企业存在的误解并减轻公众对其环境保护所施加的压力；四是可以使得其他机构借鉴到在环境保护上一些好的做法，获取可循环利用的资源信息，并使得政策制定者能够作出更为有效的决策。① 通过环境信息披露制度我们可以要求企业定期或不定期地公开一切与环境有关的信息，从而打开企业的"后窗"，认清其在环境保护方面

---

① 叶晓丹：《论循环经济下的企业环境责任》，载《福州大学学报》2007 年第 4 期，第 80 页。

的真面目，从而促使企业在社会与法律的监督下积极承担其应尽的环境责任。

## （二）环境会计制度

环境会计又称绿色会计，是指为了建立可持续发展的社会和保障企业与社会之间的良好关系，企业以货币为主要计量单位，以环保法律、法规为依据，运用某些会计程序对日常经营活动中的环保成本和环保效益予以确认，并向社会公开有关信息。① 传统会计制度中规定的会计核算办法未将环境资源列入企业资产核算中，对于企业成本只计算人造成本，造成企业对社会资源的无偿占用和污染，客观上鼓励企业以牺牲环境质量为代价，获取本企业利益，而忽视企业的社会环境效益。故现有的会计制度既不能反映资源损耗的环境成本，也不能适应可持续发展战略的实施。在循环经济下为了充分真实地反映出企业经济、社会、环境效益情况，并配合前文所提到的环境信息披露制度的建立，我们有必要对现有会计制度进行革新，要求企业建立环境会计制度。在企业内部将环境活动纳入企业会计核算体系中，用会计手段来计量、反映和控制社会环境资源的耗费，披露企业生产经营活动对环境的影响以及企业环境责任的履行情况，使得企业在提高自身直接经济效益的同时，更注重企业的社会效益和环境效益。以企业环境社会收益与环境社会费用相配比的环境利润为依据，从而清楚地认识到由于外部不经济而带来的损失与由于节约资源、循环利用而带来的收益，从而为企业真正降低生产成本，实现减量化、再利用、再循环做出贡献，从而达到环境保护与经济效益"双赢"的目的。

## （三）生产者责任延伸制度

在传统的经济模式中，生产者责任仅限于产品质量责任，即对消费者在使用产品过程中的人身、财产安全承担责任。然而产品从生产到使用直至被消耗、废弃无不与环境密切相连。由于产品尤其是日常生活消费品是

---

① 《作为环境经营工具的环境会计》，http://www.studa.net/kuaiji/080222/13540563.html。

分散在广大消费者手中，单个消费者的"产品废物化"不会明显对"生态环境"造成不利影响，但整个社会消费者的"产品废物化"则会对生态环境造成规模性破坏。在循环经济模式中需要有主体直接承担循环利用、节约资源、保护环境的义务，而产品的生产者则是整个社会中最适合的承担主体。因为生产者最熟悉自己的产品是否具有一定的污染性，而且比个体消费者更有能力去承担废弃物的处理工作。所以我们应该对生产者责任内涵加以延伸：即生产者除了应使产品具备安全性与适用性外，还应有更高层次的要求，那就是还应该承担原材料选择及延长产品使用周期及产品报废后进行适当循环利用和处置的责任。这就要求生产者必须节约使用资源并物尽其用，应回收利用和处理自己的产品，在研制新产品时即要考虑废物方便回收和循环利用，努力做到产品寿命长、维修便利、可拆除或重新利用及从原材料的选择、生产、流通与消费领域都尽量避免对环境造成不利影响。

### （四）企业绿色采购制度

原材料的选择是企业在循环经济中承担环境保护责任的重要起点，企业不仅要考虑到原材料的质量与价格，还应考虑该原材料的采集与生产过程是否会对环境造成不利影响，其耗竭程度是否会影响到子孙后代生存发展利益。通过建立绿色采购制度，可鼓励、引导和扶持企业尽量选择较少或不会对环境造成不利影响的原材料；通过环境信息披露渠道获悉并优先采购其他企业生产过程中产生的可以为本企业所用的"废料"。面对国际上愈来愈严格的产品环保要求以及对企业承担环境责任日趋重视，中国企业只有从原材料选购环节就开始贯彻循环经济的"3R"原则，才能真正做到保护环境，合理、节约使用资源并可预防企业遭遇国际绿色贸易壁垒的冲击。

## 四、企业环境责任的实现

目前，多数中国企业发展尚处于起步阶段，又鉴于中国特有的历史背景及经济体制改革的影响，要使企业承担起社会责任，尤其是环境责任，还存在现实和法律上的诸多困难。[①] 我们应结合企业实际，借鉴欧美等一批跨国企业的富有成效的经验，加强国际交流和合作，由政府、环保组织、居民、消费者、企业共同努力，探索中国企业环境责任建设的有效路径，推进经济与社会各个环节、各个方面的协调发展。

## （一）企业内部自律

企业内部的道德自律机制是企业承担环境责任的基础，企业外部的强制只有转化为内部的道德自律才能发挥作用。通过企业内部治理机制的创新，来促成企业履行环境义务。主要包括企业管理人员环保意识的培养与提高，以及利用股东提案权制度督促企业落实其环境责任。

1. 企业管理人员的环保意识与责任

企业决策是否危害环境，是否履行环境责任，其关键在于企业的决策者与日常营运的经营者身上，即董事、经理们身上，所以确立董事、经理的环境责任是重要的一个方面。在国外，有些发达国家，在公司内部治理上引入环保董事、环保监察人，对公司履行环境责任情况进行督促、监管，起到一定的积极作用。所以，我国企业立法也可以考虑在企业管理层引入环保董事，专司企业环保职责。同时，完善企业立法，明确规定董事、经理的环境责任，规定董事、经理应当遵守环境道德，对企业的环境违法行为承担个人责任，把企业环境责任和个人环境责任结合起来。

2. 股东提案制度

股东投资企业的目的是最大可能地获取物质或经济利益，但要实现其目的，需要基于各方面的社会条件和物质因素，其中当然包括环境资源。"现实社会表明，公司目的的实现除了公司自身主观努力外，主要基于各方面的社会条件和物质因素的成就，其中包括人类环境和自然资源。"[②] 而自然资源与环境资源受有限性、稀缺性的影响，一旦受污染或破坏，极难

---

① 高利红：《论公司的环境责任》，载《中国地质大学学报》2006 年第 6 期。
② 马燕：《公司的环境保护责任》，载《现代法学》2003 年第 5 期。

回复。因此股东要实现其盈利就应该兼顾保护环境，因为这不仅关系到个体的利益，还关系到整个人类的生存和发展。而且，随着环境保护的思想和观念不断深入人心，生活的生态化和生态环境的最佳化正在成为文明社会的一种标志，良好的生存环境和丰富的物质需要也正在成为股东的普遍追求，社会需要并期望股东经济利益的取得不能建立在对公众环境造成不良影响的基础之上，股东在获得自身经济利益的同时必须考虑社会公众的环境。因此，一些有远见的、热心于环保事业的股东不再把最大经济利益作为企业的唯一价值取向和追求目标，而是在关注经济利益的同时，开始考虑社会利益、环境利益与生态利益，并通过股东提案权等制度直接或间接督促企业在生产经营过程中，节约、合理利用自然资源，保护环境与生态，并日益成为推动企业践行环境责任的一支重要力量。

## （二）市场引导

市场引导机制是促使企业履行环境责任的最有效的机制，也是政府监管成本最低的一种机制。在此机制下，主要通过环保投资对企业行为的引导，绿色消费选择对企业行为的影响以及国际贸易中环保的要求，促使企业履行环保责任。

### 1. 环保投资者

众所周知，资金是企业运行的血液，没有资金，企业难以生存，更谈不上发展。企业资金的获取通常有两种途径，一是从银行融资，但通常程序复杂，成本较高；二是从市场融资，包括发行股票或债券。随着环保的理念日益盛行，越来越多的投资者开始把目光聚集到环保领域，并出现了一大批绿色投资者和绿色投资基金。他们把资金投入提供环保型产品和服务的企业，或投资于涉足可替代能源的企业。这种转变对企业的经营活动直接或间接产生一定的影响，促使企业以更环保的方式从事生产经营活动，生产出更加环保的产品，对引导企业履行环境责任起到一定的促进作用。

### 2. 绿色消费选择

据20世纪90年代的两项调查显示：67%的荷兰人、82%的法国人、

77%的美国人超市购买物品考虑环保因素，大多数英国人选购商品时还考虑对环境是否有利，而日本人更愿意出高价购买"绿色食品"。① 在这些国家，消费者的环保消费使得企业投资环保可以获得巨额利润，为企业自觉承担环境责任提供巨大的动力。当绿色消费和绿色采购成为主流时，企业为了吸引顾客购买自己的产品必然选择符合环保要求的生产和销售方式，自觉履行环境责任。目前，中国的情况是环保消费和采购没有成为时尚，大多数消费者不愿意为环保买单，多数企业缺乏环保投入的积极性。针对我国的实际情况，政府要积极培育国内市场引导机制，着力提高公众的环境意识，积极引导消费者进行绿色消费，生产者进行绿色采购。

3. 国际贸易压力

当前，随着国际贸易中出现的越来越多的环境壁垒，将导致一些不符合环保要求的产品无法进入国际市场，环保产品受到青睐，迫使一些环保观念淡薄的国内企业开始重视环保问题，自觉采用 ISO14000 国际环境标准管理体系，推行环保管理，开发环保产品，实施环境营销。从 1996 年到现在，我国获得 ISO14000 认证的企业数量迅猛增长，截止 2007 年，我国企业获得质量管理体系（ISO9000）认证 16.33 万份，获得环境管理体系（ISO14000）认证 1.9 万份，共有 5.35 万家企业获得强制性产品认证。② 我国政府应当在反对国际贸易环境壁垒的同时，充分发挥国际市场机制的作用，积极引导本国企业采用 ISO14000 国际环境标准管理体系，建立企业内部环境管理制度，促使企业自觉履行环境责任。

## （三）政府干预

企业内部机制和市场引导机制的形成是一个漫长的过程，是以消费者环境觉悟普遍提高和收入的普遍增加为前提的，是以出现消费者环境偏好为前提的，当今世界上只有少数发达资本主义国家可以满足市场引导机制

---

① 陈景庄：《论 ISO14000 对我国企业参与国际竞争的影响》，载《中央广播电视大学学报》2001 年第 3 期。

② 《喜人数字折射质量光辉》，http：//www. aqsiq. gov. cn/zjxw/zjxw/zjftpxw/200707/t20070726_ 34238. htm。

发生作用的条件，多数发展中国家无法满足这些条件。① 在企业内部机制、市场引导机制没有形成或作用不大的国家，促成企业履行环境责任只能靠政府强制、干预和引导，而且这将成为促成企业承担环境责任的最主要的机制。政府干预机制包括立法规制、直接行政管制和间接引导。

1. 立法规制

立法规制是指国家通过立法给企业强加保护环境的责任并对违法者予以惩罚。一个完善的、具有较强操作性的环境法律、法规对于引导企业按照环境友好的方式进行生产经营非常重要。在国外，但凡企业环境责任落实较好的国家，通常都有一整套较为完善的环境法律、法规。而在我国，从目前环境立法与执法的情况来看，仍存在诸多的缺陷与不足。最为典型的情况就是企业"环境违法成本较低"，在企业环境责任意识普遍没有确立的情况下，企业基于"经济人"的理性，而有意或无意忽视环境保护，甚至促使其违法。而作为政府执法机关，即使有效执法，也难以对违法企业产生应有的约束与威慑作用。因此，必须加快立法进程，以法律手段促使企业积极履行环境责任。

2. 直接行政管制

直接行政管制是指政府以"强制——命令"的方式，对企业严重污染环境、破坏资源生态的行为，直接要求企业限期治理、关闭等。这是最早出现的一种促使企业承担环境责任的机制。实践中，政府基于维护社会整体环境利益的需要，在生态失衡、环境污染严重、环境质量不断恶化的情况下，对企业的生产经营行为进行必要的限制，以促使企业的决策及其生产和经营活动顺从整个社会的生态环境利益。

3. 间接引导

间接引导是指政府采用财政补贴、减免税费、技术援助、发放优惠贷款、发放奖金等方式激励企业在生产经营活动中积极采取环保措施，自觉承担环境责任。政府直接出面制止企业的环境违法行为，迫使企业履行环境责任，由于监管成本过高且无法做到兼顾经济效益和环境效益，实际上

---

① 白平则：《论公司的环境责任》，载《山西师范大学学报》2004 年第 2 期，第 31 页。

只有在迫不得已时才能采用，而间接引导已成为政府干预的主要形式。

## （四）社会监督

这是一种充分发挥社会公众、非政府组织以及环保人士的作用来监督企业履行环境义务的机制。这种机制在发达资本主义国家已经发挥了强大的作用，它可以弥补政府监督的不足，促进政府监督，被称为第三种机制。

1. 非政府组织

非政府组织简称 NGO（Non – Government Organization），是指不行使国家行政权力，不以营利为目的，从事社会公共服务活动的公共组织。作为一种自愿结合的组织性力量，通常具有较强的信息拥有、经济实力和社会影响，在社会宣传、利益表达、政治参与等方面与个人相比具有不可替代的优越胜。在国外发达国家，有大量的环境 NGO，它们多是以公益、环保等事业为目的，从环境污染到生态破坏，从气候变化与特种保护，在环境理念宣传，引导公众行为，监督企业活动，干预政府决策，进行环境诉讼等方面发挥着不可替代的作用，其中对于促成企业积极履行环境责任起到了很好的作用。但是，在我国，非政府组织开展公益活动所需的政策环境和激励机制不完善，生存空间狭小，仅有的一些民间环保组织，无论是在规模上还是实力上都与发达国家有很大的差距。因此，目前在我国，重点是要培育和建立一大批具有环境保护职能的民间组织与团体。

2. 社会公众

环境保护涉及公众利益，是公众的事，应当提倡公众参与。近年来，我国热心于环保事业的人士越来越多，但总体而言，公众在环境保护中实际起到的作用非常有限，与西方发达的资本主义国家相比有很大的差距。西方发达资本主义国家环境保护始终是在公众推动之下进行的，公众对政府的环境立法、环境司法及环境行政行为起了很大的作用。公众参与纳入法治轨道，既可以有效地利用公众保护环境的积极性，又避免给企业和政府造成过大的压力，妨碍企业的运营和政府的管理。实践证明：社会公众是环境保护的一支重要力量，没有社会公众的积极参与和支持，环境保护是很难搞好的。

　　企业承担环境保护责任，是实施经济和社会可持续发展战略的重要步骤，欲实现社会的全面、持续、健康、稳定发展，必须在为企业营造良好的竞争环境的同时，让企业确实负起保护环境的责任，把追求企业的经济利益和社会利益、生态利益结合起来，把企业的眼前利益和长远利益结合起来，以人、自然和社会利益的协调性和最大化为追求目标，促进可持续发展战略的推行。

# 煤电联营竞争法律问题研究

## 李 锋[*]

**摘 要：**煤电两个市场中的经营者从事的经营活动是互补的，他们的合作可以缓解目前的电煤紧张问题，可以有效规避市场风险，缓解煤电行业矛盾，优化产业结构，促使煤电两个行业的健康发展。煤电联营主要通过经营者集中合并的方式进行，从形式上考察，企业合并主要表现为财产权合并、股权合并、经营权合并以及人事联合等。综合考虑煤电联营模式，有利于形成规模经济和组合经济，提高国民经济的总体效率。反垄断法对于这一点所采取的是鼓励的态度。

**关键词：**煤电联营 经营者集中 反垄断 豁免

2008 年初我国南方许多省区受到雨雪灾害影响，集中暴露了煤电市场存在的矛盾。据国家发改委相关负责人介绍，当前煤炭、电力经济运行存在三个方面的主要问题。一是煤炭供求结构性矛盾仍然存在。二是煤炭价格上涨较快，造成下游用煤行业成本上升。三是气候变化等不确定因素对煤、电供需影响比较突出。[①] 电煤紧张是一个全国范围内的难题，煤电联营则是解决电煤紧张的重要方法之一。

---

[*] 山西大学商务学院法律学系讲师，主要从事经济法学、法史学研究。

[①] 参见经济观察网 2008 年 5 月 21 日报道，2008 年 6 月 15 日访问，http://www.eeo.com.cn。

所谓煤电联营是煤炭生产企业和电力生产企业为从事煤炭购销和电力生产活动而形成的联合经营，是解决能源问题，实现我国经济社会可持续发展的一条十分重要的途径。煤电联营分为附属型煤电联营和合作型煤电联营。附属型煤电联营，即主业与兼业联营，或是煤矿办电厂或电厂办煤矿，国内的附属型联营大多为煤矿办电厂。合作型煤电联营，即煤炭企业与电力企业作为两个市场主体实行联营，这种联营主要是以资本为纽带，通过煤电资本的相互持股、参股或者控股，利用不同资本的融合、兼并、重组，实现混合经营。由于煤炭和电力行业分别具有较高的技术要求，煤炭或电力企业进入其他层次市场相对比较困难，所以附属型煤电联营的实际效果非常有限。本文所论述的煤电联合经营主要是指煤炭和电力企业采用集中合并的方式进行的联营，即合作型煤电联营。

煤电联营本身涉及到多种法律或法律关系，当企业联营会影响到煤炭和电力市场竞争时，就涉及到竞争法律的问题。反垄断法对联营的干预取决于其促进竞争的好处与反竞争的害处之间的对比和平衡。如果好处大于害处，反垄断法并不干预；反之，就予以干预。[①] 本文将从竞争法的角度探讨煤电联营的法律问题，希望为解决我国目前电煤供应紧张问题提出合理的建议。

# 一、煤电联营的目标

## （一）缓解目前的电煤紧张问题

2008 年初我国 19 个省级行政区均受到雨雪灾害影响，雪灾期间，主要运煤通道受阻，导致发电总容量 7795 万千瓦的 89 座电厂电煤库存告急，其中半数以上的发电机组一度缺煤停机，被迫关停的发电机组占全国火电装机总容量的 7%，出现大面积拉闸限电，电力短缺造成的直接、间接经济损失数以千亿计，煤电市场之间存在的矛盾暴露无遗。

---

① 孔祥俊：《反垄断法原理》，中国法制出版社 2001 年版，第 446 页。

2007 年我国煤炭的实际运输量超过了 10 亿吨。雪灾期间，大秦铁路每 7 分钟就发出一列万吨列车。据权威人士透露，即便没有年初大面积的雨雪灾害，电煤供应紧张的问题仍然存在。到 5 月份，全国主要火电企业的电煤库存量比上一个月下降了 10%，国家电监会统计，到 6 月初，全国已有 35 台发电机组由于无煤下锅而停机。

年初雨雪灾害只是我国煤电行业存在问题的冰山一角，今年煤电油运紧张的现实再次说明，在远离煤炭基地的东南沿海建设大量燃煤电厂，不仅造成能源的极大浪费，也是国家运输能力难以承受的。所以，统筹规划协调在产煤大省适当增加发电机装机规模，尝试煤电联营模式，培育煤炭就地转化试点，整合电力资源，实施网对网的外送电工程，以减少电煤的运输量，有效缓减公路铁路的运输压力，才是解决电煤紧张的有效方法。

### （二）有效规避市场风险

联营通常发生于特定的经营活动具有风险并要求大量的资本的情况下。在资源开发、技术研究等投资大、风险也大的行业，联营比较普遍。当前煤炭集团自主开发电力项目，电力集团自行建设配套煤矿的办法，容易引发跨行业投资风险，增加电煤供应纷争。煤电联营应该是在有条件的发电企业，特别是大的集团公司与有优势的大型煤炭企业之间更可行，这样就建立了一种互补的、长效的利益共享、风险共担机制，一种煤电内部协调机制，可以减少煤电间不必要的摩擦，减少因为煤炭市场价格波动带来的经营风险。

通过煤炭和电力行业的互相联营，实现煤炭和电力行业的强强联合，依法调整电煤行业的法人治理结构，建立煤电集团以资本为纽带的煤电产业合作共赢发展机制，从而使煤电集团各自发挥技术、人才、设施、建设、运营、管理的优势，增强抵御市场周期性风险的能力。

### （三）缓解煤电行业矛盾

1998 年全国发电用煤 52600 万吨，全国发电用煤 2007 年 140000 万吨，预计 2008—2010 年，随着国家宏观调控成效的进一步显现，以及节能降耗措施的实施，全社会用电增长速度将有所回落，火电用煤需求约为 17－20 亿吨，煤炭总需求可能突破 30 亿吨。近年来随着全国火电装机规模的快速增长，电煤不足、煤价持续攀升的局面短期内不会改变。2008 年一季度，由于电煤持续涨价，煤电联动不能启动，全国火电一季度亏损 42 亿。随着全国火电装机规模的快速增长，电煤不足、煤价持续攀升的局面短期内不会改变。

目前煤炭行业已经实现了市场化经营，而电力行业的市场化改革还在逐步推进之中。煤电矛盾是市场体制与计划体制的矛盾，煤炭价格已进入市场，在煤炭市场化前提下，如果煤价步步攀高，而电价仍然严守"行政审批"，将无法适应电煤价格开放的市场变化。电力价格的市场机制很弱，由于不能及时合理联动，结果使得整个发电企业效益迅速下滑。由于煤炭价格上涨、电煤价格相对偏低，煤炭企业逐渐丧失了出售电煤的热情。在这种利益格局下，单纯要求煤炭企业道德自律，继续以低价供应电煤并不能从根本上解决问题。有关部门除了依靠行政手段协调电煤供应外，还应该选择合适的时机，推进煤电联营，达到资源的优化配置。

### （四）优化产业结构

为实现产业结构调整的社会利益的目标，法律允许经营者为壮大自身实力、提高本行业或本国某产业的竞争力而签订联合协议，采取联合行动。[①] 这集中体现在反垄断法的豁免制度中。为最大限度地实现公平竞争和社会利益的平衡，法律还规定，只有在采取其他手段不足以实现产业结构调整的目标时，才可以采取反垄断法豁免的手段。除提高竞争力外，为应付不景气状态、结构危机等，法律也允许企业之间订立联合协议和采取联合行动以壮大经济力量，振兴经济或改善结构。

反垄断法律制度不仅是经济领域的基础性法律制度，同时也是国家对经济生活进行调控的重要政策工具。所以反垄断法律制度应当适应一个国家的发展阶段、发展状况和发展水平，符合、体现、落实国家的产业政

---

① 张雪楳：《产业结构法研究》，中国人民大学出版社 2005 年版，第 152 页。

策。我国正处于产业结构调整、推进产业升级的关键时期，企业间的重组、并购、联合是形成规模经济、改善资本结构、提高经济竞争力的一个重要途径。①

随着高压特高压电网的建设，长距离、大功率的输电方式是实施煤炭就地转化，更经济、高效、安全地输出能源的重要途径，特别是今年初雨雪冰冻灾害之后，加大输电规模也成为保证输出能源安全的重要举措。实现煤电就地转换，也有利于将地区资源优势转化为经济优势，缩小地区差距，促进区域经济协调发展，有效地拉动地方经济的发展。

## 二、煤电联营的模式

### （一）煤电联营的特点

其一，煤电联营主要通过经营者集中合并的方式进行。所谓企业合并指的是两个或两个以上的企业通过实施一定的法律行为而实现的相互关系上的持久性变迁。由于煤、电行业并不处于同一市场层面，所以煤电企业的集中合并属于纵向一体化，即合并形成一个在不同经济环节拥有互补经营活动的企业组织。纵向一体化通常被认为是导致企业权威的一个根源。它使企业能够组织其经营活动，而不受与供应者或销售者关系的偶然因素的影响。通过纵向一体化，企业可以拥有很难被仿效的竞争优势。

其二，煤电联营的形式具有广泛性。民商法当中也有关于企业集中合并的相关规定，但反垄断法对于企业集中合并问题同民商法的要求是不同的，而且范围更加广泛。民商法侧重从规范权利主体的组织形式的角度对企业合并作出规定，而反垄断法对企业合并作出规定则是为了维持和保护竞争性的市场结构。反垄断法上的企业合并主要体现在企业经济力的集中

---

① 张穹：《反垄断理论研究》，中国法制出版社2007年版，第180页。

上，它泛指任何可能导致经济控制力转移的交易形式①，如果一个企业在财产权、股权、经营权等方面，能够对另一企业施加支配性的影响，这两个企业就出现了合并。②

### （二）煤电联营的表现形式③

我国反垄断法规定的经营者集中主要包括经营者合并、经营者通过取得股权或者资产的方式取得对其他经营者的控制权、经营者通过合同等方式取得对其他经营者的控制权或者能够对其他经营者施加决定性影响三种方式，具体表现为财产权合并、股权合并、经营权合并以及人事联合等。④

其一，财产权合并。是指一个企业通过购买、承担债务或者以其他方式取得另一个企业全部财产或重大部分的财产⑤的法律行为。财产权合并的后果一般是导致被兼并企业不复存在，因为企业是以其财产权的存在为其法律人格的基础的。如果其全部财产被另一企业兼并，则其承担法律责任的基础也就随之丧失，法律人格也将不复存在。

其二，股权合并。是指企业获得某个目标公司的股权并达到控股状态的行为。企业间的控股或者参股在我国也是一种很有前途的企业合并方式，也是煤电联营的最佳途径之一。与财产权合并不同的是，煤电企业股权合并的后果一般并不会导致任何企业的消灭，仍然可以保持各自的独立经营。股权的变更只是意味着投资主体的变更，而公司本身的独立性却不

---

① 卫新江：《欧盟、美国企业合并反垄断规制比较研究》，北京大学出版社 2005 年版，第 1 页。

② 王继军：《市场规制法研究》，中国社会科学出版社、人民法院出版社 2005 年版，第 163 页。

③ 关于经营者集中的具体类型，详情请参见王继军：《市场规制法研究》，中国社会科学出版社、人民法院出版社 2005 年版，第 164－166 页。

④ 参见《中华人民共和国反垄断法》第 20 条。

⑤ 所谓重大部分的财产是指"如果被取得的部分与转让者的全部财产相比，在'数量上'占大多数；或者不考虑其全部财产，这些财产在'质量上'很有意义，特别是所取得的财产部分对于被取得者的特定生产和经营发挥着极其重大的作用，被取得者甚至就是依靠这些财产在其市场上建立了市场地位，这些财产就构成其财产的重大部分。"参见王晓晔：《企业合并中的反垄断问题》，法律出版社 1996 年版，第 88 页。

会因此而受到影响。

其三，经营权合并。是指企业通过订立合同，以租赁、承包等方式取得另一企业经营权的行为。经营权合并一般发生在企业的所有者或出资人不愿或无力经营企业，但又不想失去对企业的所有权或股权的情况下，此时，选择让与经营权不失为一较好的解决途径。这种方式的典型表现为煤炭和电力行业将部分业务授权对方经营，从而建立起煤电企业间的产权联系纽带。

其四，其他合并方式。除了财产权合并、股权合并、经营权合并之外，在实践中还存在着或者在将来还会发展一些可以实现企业间的紧密结合的其他方式。比较重要的其他方式有"人事联合"，即一个企业的主管人员同时在另一个企业担任重要职务，从而使两个企业产生了协调性的关系。建立合营企业也是一种企业联合方式，即煤炭和电力企业共同投资组建一个子公司。特别是在跨国经营中，通过这种方式可以使两个独立的企业在经济或者技术上发生长期性的协作关系。

### （三）煤电联营的申报

由于经营者集中具有合理性，所以法律一般采取经营者集中的申报制度来对合理的经营者集中进行保护。我国反垄断法采取事先强制申报制度，即达到国务院规定的申报标准的经营者集中，要事先向国务院反垄断执法机构申报，未申报的不得实施集中。①

我国目前专家建议的经营者集中申报标准为："参与集中的所有经营者在全球范围内上一年度的销售额超过 120 亿元人民币，并且参与集中的一个经营者在中国境内上一年度的销售额超过 8 亿元人民币。"根据这一标准，煤炭和电力行业的企业联营，大多要经过申报才能够实施。当然，反垄断法还规定如果参与集中的一个经营者拥有其他每个经营者百分之五十以上有表决权的股份或者资产，或者参与集中的每个经营者百分之五十以上有表决权的股份或者资产被同一个未参与集中的经营者拥有的，可以

---

① 参见《中华人民共和国反垄断法》第 21 条。

不向国务院反垄断执法机构申报。①

我国反垄断法规定："审查经营者集中，应当考虑下列因素：（1）参与集中的经营者在相关市场的市场份额及其对市场的控制力；（2）相关市场的市场集中度；（3）经营者集中对市场进入、技术进步的影响；（4）经营者集中对消费者和其他有关经营者的影响；（5）经营者集中对国民经济发展的影响；（6）国务院反垄断执法机构认为应当考虑的影响市场竞争的其他因素。"②

总之，尽管企业合并的形式多样，但是它们无一例外地意味着社会经济力量向着少数经济实体流动的趋势，从而隐含着导致经济力量过度集中，形成垄断性经济结构，侵害经济民主与竞争自由的危险性。根据发达国家的经验，要保持市场的竞争性，防止过度的市场集中，反垄断法就应对企业合并作出规制。不过，企业合并给社会所带来的并不都是负面影响。目前我国的产业集中度不够，国家实行鼓励企业通过重组、兼并、联合做大做强的政策。如果对经营者集中进行控制，可能会影响、限制企业的重组、联合，影响国家产业政策的实施，并最终影响我国的经济发展。综合考虑煤电联营模式，有利于形成规模经济和组合经济，提高国民经济的总体效率。反垄断法对于这一点所采取的是鼓励的态度。

# 三、煤电联营面临的竞争法律问题及对策

## （一）煤电联营双方应避免订立排他性协议

在市场竞争过程中，联营企业在进行交易时总是要求甚至是强迫合作者接受全部或部分的排他性，有可能违反反垄断法的规定。在煤电联营过程中，假如联营的电力企业想与其他煤炭生产企业合作，或者联营的煤炭企业想与其他电力企业合作，很有可能会引起联营另外一方拒绝与其继续

---

① 参见《中华人民共和国反垄断法》第22条。
② 参见《中华人民共和国反垄断法》第27条。

合作。所以联营的煤炭或电力企业在订立的合同中通常规定具有约束性的条款，它们的形式是法律义务，具有强制力。在某些情况下，这些条款规定的是积极义务（比如"必须与某某合作"）；在另一些情况下，它们规定的是消极义务（比如"禁止与他人合作"）。

这种做法有很多形式，有时候还涉及相关供应的数量，这样企业就可以把专有权限制在与需求相应的范围内。例如，合同可以规定电力企业所需供给的一半煤炭必须从另一方处获得，或者规定煤炭企业的一定数量的煤炭必须供给联营的电力企业。在某些情况下，如果合作者不遵守排他性规定的话，企业会以断绝关系相威胁。在另外一种情况下，企业会给予合作者优惠作为他放弃自己的部分或全部自由的补偿。

排他性是反垄断执法机构判断市场竞争状况的重要依据之一，如果在煤电联营过程中订立了具有排他性条款的协议，必然会引起反垄断法的干预和制裁。所以，在煤电联营过程中，要尽量避免这种排他性条款，尽量减小反垄断法的制裁的机率，保证煤电联营的可行性。

### （二）权力机构应正确判断垄断的标准

在判断煤电企业联营是否涉嫌垄断行为时，应当摒弃"本身违法原则"[①] 而运用"合理原则"[②]。在评价一般反垄断案件时，主要应考虑两个方面的效率，资源配置的效率（即国民经济的资源是否实现了有效的利用）和生产的效率（即各个生产企业的资源是否得到了有效的利用，如是否运用了规模经济或者是否节约了交易成本）。"本身违法原则"的判断方

---

① 本身违法原则是指某些损害竞争的行为已被司法判例确定本身就是违法行为，无须通过对其他因素的考虑去判断。如固定价格、限制产量或达成划分销售市场的协议以及联合抵制等行为，都是被司法判例确定的本身违法行为。该项原则体现了反垄断法适用的严格性。参见尚明：《主要国家（地区）反垄断法律汇编》，法律出版社2004年版，第850页。

② 合理原则是指某些对竞争的限制比较模糊的行为是否构成违法行为，必须在慎重考虑行为人的意图、行为方式以及行为后果等因素之后，才能作出判断。合理原则的确定，目的在于使反垄断法的适用能够更好地适应复杂的经济情况，避免机械地执法可能对正常的经济活动造成消极的影响。该原则体现了美国反垄断法的灵活性。参见尚明：《主要国家（地区）反垄断法律汇编》，法律出版社2004年版，第850页。

法已遭各国的淘汰，其原因主要是其理论自身存在着先天的不足，严重地阻碍了规模经济的发展，完全不能适应经济全球化的要求。

我国《反垄断法》在立法时采用了"合理原则"，主张经营者可以通过公平竞争、自愿联合，依法实施集中，扩大经营规模，提高市场竞争能力。[①] 所以，在对煤电企业联营的审查过程中，应当综合考虑参与集中的经营者在相关市场的市场份额及其对市场的控制力、相关市场的市场集中度、经营者集中对市场进入、技术进步的影响、经营者集中对消费者和其他有关经营者的影响、经营者集中对国民经济发展的影响以及影响市场竞争的其他因素，[②] 进行正确的判断。

面对各国企业合并狂潮迭起，企业规模日益壮大的市场环境，以及目前电煤紧张的实际情况，政府应当放松对企业规模的控制，尝试煤电联营模式，培育煤炭就地转化试点，整合电力资源，实施网对网的外送电工程，以减少电煤的运输量，有效缓减公路铁路的运输压力，从根本上解决电煤紧张的问题。

### （三）权力机构应正确运用豁免制度

政府放松对企业规模控制的方式主要应当是在反垄断法中合理运用豁免制度。反垄断法上的豁免制度是指对于在形式上符合反垄断法禁止规定的行为，因其符合免除责任的规定而从反垄断法规定的适用中排除出去。[③] 反垄断法通常会涉及适用除外和豁免两种制度，二者是有区别的。适用除外（exception）一般规定在反垄断法之中，是合法行为，没有明确的范围，不属于反垄断法调整范围，在立法阶段就受到保护。而豁免制度（exemption）虽然也规定在反垄断法之中，但它是违法行为，有确定的范围，而且要适用反垄断法，只是由于其合理性，所以在司法阶段会得到承

---

① 参见《中华人民共和国反垄断法》第5条。

② 参见《中华人民共和国反垄断法》第27条。

③ 孔祥俊：《反垄断法原理》，中国法制出版社2001年版，第658页。

认。① 我国反垄断法规定了经营者集中的豁免情形，如果经营者能够证明该集中对竞争产生的有利影响明显大于不利影响，或者符合社会公共利益的，国务院反垄断执法机构可以作出对经营者集中不予禁止的决定。②

反垄断法中的豁免制度一般认为主要有两方面的考虑，一方面是从《反垄断法》的社会性出发，避免在特定的经济部门进行不必要的竞争而造成社会整体经济效率的降低；另一方面是从《反垄断法》的本意出发，保护那些弱势行业或弱势群体的利益。因为这样的行为虽然从表面上看具有限制竞争的性质，但究其实质则是为了实现自我保护，并未同《反垄断法》的反对垄断、保护竞争的本意相违背。③

随着市场经济的发展，垄断成为一把"双刃剑"。一方面会对自由竞争构成严重威胁，但另一方面，有些领域垄断具有更高的效率，能够发挥更为积极的作用。煤电行业并不属于反垄断法中明确规定的适用除外行业④，所以其涉及的主要是反垄断法中的豁免制度。根据反垄断法的一般规定，豁免属于本应予以限制或禁止的行为，但因其对竞争的损害弱于其给宏观经济或社会整体所带来的利益，而获得合法性的行为。

对于什么样的限制竞争的行为可以得到反垄断法的豁免，其总的原则是依据该行为对经济效率可能产生的影响，由执法机关依据法定的程序作出对其是否豁免的决定。所以，在向反垄断执法机构申报时，煤电联营企业应当大量搜集相关材料，以证明煤电联营对于国民经济效率的促进作用，该集中对竞争产生的有利影响明显大于不利影响，或者符合社会公共利益。笔者认为，在目前的情况下，煤电联营是解决电煤紧张的重要方法

---

① 上述是笔者的观点，在目前国内学界，还有许多不同的观点，详情请参见许光耀：《合法垄断、适用除外与豁免》，载《竞争法评论》，中国政法大学出版社 2005 年版，第 44－58 页。

② 参见《中华人民共和国反垄断法》第 28 条。

③ 王继军、李锋：《论中部崛起与竞争法律秩序》，载《西北大学学报（哲学社会科学版）》2007 年第 2 期，第 135 页。

④ 我国反垄断法明确规定适用除外的行业（领域）主要有两个，即知识产权领域和农业领域。如第 55 条规定："经营者依照有关知识产权的法律、行政法规规定行使知识产权的行为，不适用本法；但是，经营者滥用知识产权，排除、限制竞争的行为，适用本法。"第 56 条规定："农业生产者及农村经济组织在农产品生产、加工、销售、运输、储存等经营活动中实施的联合或者协同行为，不适用本法。"

之一，在反垄断审查过程中，应当考虑社会整体的效益，在煤电联营审查中，适用反垄断的豁免条款，保证国民经济健康运行。

## 四、结语

综上所述，2008年年初雨雪灾害中暴露的电煤紧张问题，只是我国煤电行业存在问题的冰山一角，其根本原因还是煤电市场机制的不健全。所以，要解决突发事件中的煤电问题，就一定要把工作做在平时，深化煤电市场体制改革，提高煤电市场的经营效率。

在现阶段，煤电联营的模式是解决电煤紧张的重要方法之一。煤炭和电力市场具有纵向性质，煤电联营可以把处于不同经济环节的经营者联合起来。当煤电联营影响到煤炭和电力市场竞争时，就涉及到竞争法律的问题。当然，任何集中经营方式，都不必然是垄断行为，反垄断法对联营的干预取决于其促进竞争的好处与反竞争的害处之间的对比和平衡。

所以，我们应当正确运用《反垄断法》的相关规定。在煤电联营中，联营企业在联营协议中要尽量避免订立排他性条款，而执法机构在进行集中申报的审查时，要正确适用反垄断的豁免条款，促进煤电联营，缓解目前的电煤紧张状况，不断提升煤电企业的综合竞争能力，促进国民经济整体的健康运行。

# 中澳夫妻约定财产制度比较研究

白红平* 张 敏**

**摘 要**：澳大利亚作为英美法系一个发达国家，它的《家庭法》对夫妻财产方面的法律问题规定得较详细、完备和合理，代表了当今世界的先进水平和发展方向。其中对约定财产制的规定非常完善，本文对中国和澳大利亚的夫妻约定财产制进行了比较研究，希望能借鉴澳大利亚的先进立法，为完善我国的约定财产制度提供一点建设性的意见。

**关键词**：约定财产制 经济协议 公示制度 变更制度

夫妻约定财产制是指夫妻双方以契约形式商定婚前财产和婚姻关系存续期间所得财产的归属、管理、使用、收益、处分及债务清偿，婚姻中止时财产的分割与清算等事项，并排除法定夫妻财产制适用的制度。[①] 该制度不仅是调节夫妻财产关系的主要依据，同时也涉及到了交易安全问题。当今世界除了俄罗斯、罗马尼亚等少数国家实行单一的法定财产制外，大多数国家都兼采法定财产制和约定财产制。中国和澳大利亚都规定了夫妻约定财产制，但我国对约定财产制的规定简单、笼统，实践中不便于适用和操作，而澳大利亚对约定财产制的规定完整、明确，体现了一项法律制

---

* 山西大学法学院副教授，从事国际私法与国际经济法的研究与教学工作。
** 山西大学法学院国际法专业研究生。
① 杨大文：《婚姻家庭法学》，复旦大学出版社 2005 年版，第 100 页。

度的完善。因此，本文拟对中澳夫妻约定财产制进行比较研究，找出我国立法中的不足，并借鉴澳大利亚的先进立法，提出完善我国夫妻约定财产制的若干建议。

# 一、澳大利亚的夫妻约定财产制

澳大利亚的夫妻财产制有两种形式，即法定的分别财产制和约定财产制。联邦 1975 年的《家庭法》对约定财产制的规定非常完备。

《家庭法》第八章第 71A 条规定："本章不适用于：（a）对双方当事人有约束力的经济协议适用的经济事项；（b）对双方当事人有约束力的经济协议适用的经济来源。"由此可见，《家庭法》对约定财产制作出了明确的规定。在婚姻双方当事人对有关的经济事项和经济来源订立了协议的情况下，调整夫妻财产关系不适用法定财产制，即约定财产制优先于法定财产制。但是，澳大利亚和英国法院一旦认定，配偶在他们法定的扶养和财产权利范围之外订立的协议是违背公共政策的，则该协议无效。因此，约定财产制并不能剥夺法院决定配偶的扶养或变更财产利益的权力。① 在特定的情况下，法院可以撤销双方当事人之间的经济协议。《家庭法》第八A 章对经济协议进行了专门的规定，② 2000 年《家庭法》修改前后对经济协议的规定经历了两个阶段：

## （一）修改前的财产协议

在 2000 年《家庭法》修改前，就解决配偶扶养和财产分割问题的目的而言，婚姻双方当事人可以选择性地达成两种经济协议。这两种协议在本法中被称为"扶养协议"，它是专门用于《家庭法》的第八章中关于配偶之间的经济和财产协议的术语，这两种扶养协议分别是：

---

① Anthony Dickey. Family Law 4th Edition［M］. Sydney：Law book Co.，2002：788.
② 澳大利亚《家庭法》第八章"财产、配偶的扶养和扶养协议"对夫妻财产制度、财产诉讼、配偶的扶养和扶养协议进行了综合的规定。第八 A 章"经济协议"则对第八章中的经济协议（扶养协议）的各方面进行了具体详细的规定。

1. 第 87 条的扶养协议

这种扶养协议可以"制订关于协议实施之效力的条款，关于经济事项的条款，以及取代协议当事人双方根据本章所取得的任何权利的条款。"①换句话说，该协议被表述为取代《家庭法》下的双方当事人的任何配偶扶养权利或财产权利。婚姻双方当事人可以在结婚前、婚姻关系存续期间以及婚姻关系破裂后订立这种扶养协议。这种扶养协议需要满足以下一些条件：（1）它必须是书面的，并由当事人签字或盖章；（2）由具有完全民事行为能力的当事人订立，这些人一般是婚姻的双方当事人，但也可以由婚姻之外的其他当事人订立；（3）协议必须制订关于"经济事项"的条款，即关于"（a）婚姻当事人一方的扶养；（b）婚姻双方或其中一方当事人的财产；或（c）婚生子女的抚养"的事项。②（4）经法院批准。如果协议没有被法院批准，它的条款就不会生效。经批准的扶养协议取代了法院对协议所涉经济事项的管辖权。

扶养协议的终止有两种方式：（1）当事人的终止。当事人可以通过在协议中载入终止条款或者另外订立一个终止协议来终止扶养协议。应当注意，协议一方的死亡并不当然导致协议的终止，它的实施将约束已故当事人的合法代理人。（2）法院的撤销。协议的配偶一方或任何其他有利害关系的人都可以通过提起诉讼来请求法院撤销扶养协议。但是，法院要做出撤销或终止扶养协议的判决，必须确信："（a）该批准是通过欺诈获得的；或（b）协议的当事人双方请求撤销该批准；或（c）该协议是无效的，得撤销的或不能强制执行的；或（d）自协议被批准以来已经发生了一些情况，使得执行该协议或执行部分协议是不合实际的。"③

2. 第 86 条的扶养协议

《家庭法》第 86 条第 1 款规定，如果一个扶养协议并非适用第 87 条，它可以在依据本法享有管辖权的法院进行登记。这种协议与第 87 条的协议

---

① 《家庭法》第 87 条第 1 款。

② 《家庭法》第 4 条第 1 款。

③ 《家庭法》第 87 条第 8 款。

的区别是，它不需要法院的批准，当然，它也不能被批准。该种扶养协议的登记有两个作用：一是它将协议转化为类似于法院命令的东西，因此，法院可以改变一个经登记的扶养协议中的任何扶养条款；登记扶养协议的第二个作用是，使得根据《家庭法》执行该协议的诉讼成为一个"婚姻诉讼"。①不登记不影响协议的合法性，它仅仅使当事人不能根据《家庭法》执行该协议或根据第66S条（"子女抚养命令的变更"）和第83条（"配偶扶养命令的变更"）请求改变协议的扶养条款。这种协议的其他方面与第87条的扶养协议基本上相同。

### （二）修改后的财产协议

从2000年12月27日起，新的第八A章中的条款生效了，它们使婚姻双方能够达成关于配偶扶养、经济来源和财产的协议，该协议约束当事人和法院，并且在协议一方死亡后继续约束已故方的合法代理人，但既不需要批准也不需要登记。这些协议在本法中被称为"经济协议"。据此，婚姻双方不能根据第86条或第87条订立书面扶养协议。

根据新的规定，婚姻双方可以达成三种经济协议：结婚前的经济协议；② 婚姻期间的经济协议③；婚姻解除之后的经济协议。④ 这三种经济协议涉及以下内容：

1. 形式要求。（1）协议必须是书面的，且由双方当事人签字或盖章；（2）协议必须包含一个陈述，即在签署协议之前，每一方都已经听取了关于特定问题的独立的法律意见。这些问题包括：协议对当事人权利的影响；协议是否对他或她有利；当事人达成该协议是否是谨慎的；该协议的条款是否公平、合理；（3）每一方的法律顾问必须签署一个证明，表明提

---

① 《家庭法》第4条第1款"婚姻诉讼"（ea）规定：婚姻双方当事人之间或一方与已故的另一方当事人的合法代理人之间的，关于已批准的第87条扶养协议的执行的诉讼、关系到根据第87条撤销批准的扶养协议的诉讼、关于第86条的扶养协议的诉讼构成"婚姻诉讼"。

② 《家庭法》第90B条。

③ 《家庭法》第90C条。

④ 《家庭法》第90D条。

供了相关问题的法律意见，并且该证明必须附在该协议上；（4）签署的协议的原件交给一方当事人，副本交给另一方当事人。①

2. 实质要求。（1）协议必须涉及婚姻破裂时双方当事人的财产或经济来源的安排或者任何时候配偶的扶养；②（2）协议涉及配偶或子女扶养的条款时，必须具体指出受扶养的那个人、提供的扶养费的数额以及用于支付扶养费的那部分财产的价值；③（3）当事人可以在协议中约定他们的婚姻解除后如何处理他们的退休金利益，不管在订立协议时该利益是否存在。

3. 财产协议的终止。（1）当事人可以在一个新的经济协议中加入终止前一个协议的条款，或者达成一个专门的终止协议来终止前一个协议。④（2）法院可以基于以下原因宣告一个经济协议终止或协议无效：A. 如果协议是通过欺诈获得的（包括不披露重要的事情）；B. 如果协议是无效的，可撤销的或不能强制执行的；C. 如果协议制订后发生了一些情况使得协议的执行或部分执行变得不切实际；D. 如果协议制订后有关婚生子女的照料、福利和发展的情况发生了实质的变化，由于这个变化导致如果法院不宣布该协议无效，婚生子女或对其有照料义务的协议的一方将会遭受困境；E. 如果制订协议时，一方从事了在任何情况下都是不合理的行为；F. 如果一个标记命令根据第八 B 章正在以退休金为依据运作，并且该标记的运作不可能被一个撤销协议的命令终止；或 G. 如果根据第八 B 章该协议中包含一个不可分割的退休金利益。⑤

4. 财产协议的执行。法院有广泛的权力来执行有效的经济协议，就如同它对待一般合同那样。它可以发布其认为必要的命令来执行有效的经济协议，也可以命令协议或部分协议被执行，就好像该协议是法院的一个命令。

---

① Anthony Dickey. Family Law 4th Edition ［M］. Sydney：Law book Co.，2002：793.
② Anthony Dickey. Family Law 4th Edition ［M］. Sydney：Law book Co.，2002：794.
③ Anthony Dickey. Family Law 4th Edition ［M］. Sydney：Law book Co.，2002：795.
④ Anthony Dickey. Family Law 4th Edition ［M］. Sydney：Law book Co.，2002：796.
⑤ Anthony Dickey. Family Law 4th Edition ［M］. Sydney：Law book Co.，2002：796.

## 二、我国的夫妻约定财产制

我国现行的 2001 年《婚姻法》允许当事人实行约定财产制，并明确规定了夫妻约定财产制的约定范围、条件、内容、形式、效力、约定后债务的清偿等一系列问题。

《婚姻法》第 19 条规定："夫妻可以约定婚姻关系存续期间所得的财产以及婚前财产归各自所有、共同所有或部分各自所有、部分共同所有。约定应当采用书面形式。没有约定或约定不明确的，适用本法第 17 条、第 18 条的规定。① 夫妻对婚姻关系存续期间所得的财产以及婚前财产的约定，对双方具有约束力。夫妻对婚姻关系存续期间所得的财产约定归各自所有的，夫或妻一方对外所负的债务，第三人知道该约定的，以夫或妻一方所有的财产清偿。"由此可以看出，我国的约定财产制有以下一些特点：

（1）约定财产制的地位。约定财产制与法定财产制有同等的法律地位，两者共同构成夫妻财产制的两大基本制度。约定财产制有着排斥法定财产制的效力，只要夫妻财产的约定一旦成立并生效，就不再适用法定财产制，即在法律适用上，约定财产制优先于法定财产制。

（2）约定的方式。约定应当采用书面的形式。我国夫妻财产的约定为要式法律行为，要求必须具备书面形式，口头约定没有法律效力。

（3）约定的种类。我国的约定财产制属于选择型契约财产制，规定了三种可以约定的财产制，供当事人双方自由选择。一是分别财产制，指夫妻双方婚前财产及婚后所得财产归各自所有，并各自行使管理、处分和收益的夫妻财产制；二是一般共同财产制，指夫妻双方婚前、婚后的全部财产归夫妻共同共有，但特有财产除外的夫妻财产制；三是限定共同财产制，指当事人双方协商确定一定范围的财产归夫妻双方共有，共有范围外的财产均归夫妻各自所有的财产制。

（4）约定的效力。夫妻财产约定有对内和对外两种效力。对内效力

---

① 我国《婚姻法》第 17 条和第 18 条分别规定了夫妻共同财产和个人财产的范围。

是，夫妻财产约定一旦生效，即在夫妻之间及其继承人之间发生财产约定的物权效力，婚姻当事人双方均受此约定约束。① 夫妻双方都必须按照约定行使财产权利，履行义务。如果要变更或撤销约定必须经夫妻双方一致同意，一方不得依自己的意思变更或撤销约定。"如果属单方要求变更或解除，另一方坚决反对的，有正当理由要求变更或解除的，一方可以向有管辖权的法院提起诉讼，由司法裁决。"② 对外效力要视情况而定，如果第三人知道夫妻财产约定的，具有对抗第三人的效力；反之，第三人不知道有财产约定的，则夫妻之间的约定不得对抗第三人。夫妻一方不得以债务不是自己欠的、夫妻有约定而不承担该债务。

（5）约定的撤销。夫妻双方协议离婚后一年内请求变更或者撤销财产分割协议的，人民法院如果发现订立财产分割协议时存在欺诈、胁迫等情形的，可以变更或撤销。

当然，夫妻财产约定也属于一种合同，因此，它的成立也应当具备合同成立的一般要件，即夫妻双方必须具有完全民事行为能力，约定必须是当事人的真实意思表示，约定的内容必须合法等。

## 三、中澳夫妻约定财产制之比较及对中国的启示

### （一）中澳夫妻约定财产制之比较

1. 约定财产制中的相同点

我国和澳大利亚的婚姻家庭法都对约定财产制作出了明确地规定。

首先，它们的法律地位相同。即约定财产制优先于法定财产制，有财产约定的就排除法定财产制的适用。其次，对内的法律效力相同。夫妻双方均受财产约定的约束，双方必须依约定行使权利，履行义务。当事人均

---

① 贾海洋：《略论中国夫妻财产约定制度》，载《辽宁工程技术大学学报（社会科学版）》2006 年第 4 期。

② 李志敏主编：《比较家庭法》，北京大学出版社 1990 年版，第 186 页。

可向法院申请强制执行财产约定。第三，约定的时间相同。两国法律都允许夫妻双方在婚前或婚后对夫妻财产关系作出约定。① 第四，两国的夫妻财产约定均属要式法律行为，都要求当事人双方对财产的约定必须是书面的。第五，两国法律都规定当事人双方可以通过一致同意来终止他们之前达成的协议。② 对于当事人一方向法院请求变更或撤销财产协议的，法律都规定法院有权审查是否存在欺诈、胁迫等情况，来决定是否撤销协议。

2. 约定财产制中的不同点

（1）约定时间的区别。我国《婚姻法》没有对约定的时间作出任何规定，实践中认为约定的时间可以是婚前，也可以是婚后，这只是从法理上推出来的。而澳大利亚《家庭法》明确规定了婚姻双方可以在结婚前、婚姻期间和婚姻解除后订立经济协议，而且对在这三个时间段订立的协议的内容分别作了详细的规定。

（2）约定或协议形式要求的区别。我国《婚姻法》对协议在形式上只要求是书面的，并没有规定别的要求。而澳大利亚《家庭法》对协议的形式除了要求是书面的外，还要求协议必须包含一个陈述，表明在签署协议之前，每一方都已经听取了关于协议对当事人的影响、协议的条款是否公平、合理等特定问题的独立的法律意见。协议还必须附上每一方法律顾问签署的关于提供了法律意见的证明。

（3）约定或协议内容要求的区别。我国的约定财产制只是原则性地规定了当事人双方可以约定的三种财产制：分别财产制、一般共同财产制和限定共同财产制，对协议具体应该包含哪些内容并没有作出规定。而澳大利亚《家庭法》规定，协议的内容必须涉及婚姻破裂时双方当事人的财产或经济来源的安排或者任何时候配偶的扶养；如果协议涉及到配偶或子女的扶养条款，必须具体指出受扶养的那个人、提供扶养费的数额以及用于支付扶养费的那部分财产的价值；当事人可以在协议中约定他们在婚姻解

---

① 虽然我国《婚姻法》没有明确规定当事人作出约定的时间，但从法理上讲约定的时间可以在婚前也可以在婚后。

② 对此法律虽未明确规定，但从契约自由原则可以推出。

除后如何处理他们的退休金利益，不管在订立协议时该利益是否存在。

（4）终止协议方面的区别

我国《婚姻法》对终止协议的方式并没有作出规定，只是规定当事人请求变更或者撤销财产分割协议的，人民法院只对订立财产分割协议时是否存在欺诈、胁迫等情形进行审查，如果存在，可以变更或撤销。而澳大利亚《家庭法》对协议的终止规定了两种方式：一种是当事人协议终止；一种是法院的终止，法院可以在包括欺诈在内的法定的七种情况下撤销经济协议。

## （二）澳大利亚夫妻约定财产制对我国的启示

通过以上对我国和澳大利亚夫妻约定财产制的比较，我们可以从澳大利亚相对完善的立法和实践中得到一些启示。虽然澳大利亚的约定财产制也有一定的局限性，但与我国的约定财产制相比，其更先进，更科学，可操作性更强。

对于约定财产制，澳大利亚有一套非常完整的体系。《家庭法》对夫妻双方订立的经济协议，从形式要件、实质要件、内容及终止等方面予以综合详细的规定。澳大利亚对约定财产制的类型没有作出限制性规定，当事人可以约定任何形式的财产制。与规定选择型约定财产制的国家相比，澳大利亚这种自由式的约定财产制更能体现对当事人意思自治的尊重。同时，约定财产制的内容规定的非常全面，其首先将财产协议分为扶养协议和经济协议，并且明确归纳出两种协议的共同之处和不同之处，涉及相关争议时，法院更易于作出裁决；这种明确的规定也能更好地指导夫妻双方订立和履行协议。此外，澳大利亚还对协议的订立规定了开放的主体，除了婚姻当事人外，还可以包括夫妻一方的亲属或者赠与财产的人，这与大多数国家只将夫妻作为订约的主体是不同的。当然，这种规定也有它的局限性，即它虽然体现了立法的灵活性，但在实践中，会由于主体的多样而出现复杂的局面，并且增加对第三人利益进行保护的难度，不利于交易安全。但总体上讲，澳大利亚的约定财产制是较为完善的。

澳大利亚约定财产制完善的突出表现是，它要求当事人在订立协议之前必须听取特定问题的法律意见，这样做就使当事人在订立协议时比较谨慎，也可以使协议的内容达到公平、公正，从而减少日后在履行协议中产生的纠纷。另外，《家庭法》对约定必须包含的内容作出了规定，对当事人如何订立经济协议给予了具体的指引。由此可见，澳大利亚约定财产制的实践性和操作性都很强。

澳大利亚这些先进的规定和做法对我国的夫妻财产立法有很大的借鉴作用，我们可以移植并结合我国的具体情况改造其立法来为我所用。

## 四、完善我国夫妻约定财产制的法律思考

### （一）对我国夫妻财产制的评析

我国修改后的《婚姻法》较完整地确立了夫妻约定财产制，在一定程度上完善了我国的夫妻财产制度，具有一定的科学性和进步性。约定财产制的规定吸收了民法充分尊重当事人自由意志的基本理念，在民事法律关系中尽量少地介入公权力的干涉。法院在夫妻离婚时的财产分割问题上首先考虑当事人的约定，如果有真实的约定，就得按约定来判决，而不能行使自由裁量权。但是，现行的夫妻约定财产制仍存在以下一些缺陷和不足，不利于保护夫妻和第三人的合法权利，不利于解决司法实践中的许多问题。

首先，没有规定约定财产制的公示制度。因为约定财产制优先于法定财产制，所以它的法律意义重大。因此，大多数国家都对约定财产制规定了公示制度，使其具有真实性和合法性，以确保夫妻双方和第三人的合法利益。主要有两种公示方法：一是公证方式，德国、瑞士、法国等国都规定夫妻财产协议须在法院或公证人前订立，由当事人签署。二是登记方式，日、韩等国规定夫妻财产协议应于婚姻申报时登记。我国对夫妻财产协议的公示程序没有规定，这在实践中会产生一些不利的影响：如协议内容的真伪无法确认；当事人自身的局限性导致发生争议后对协议内容有不同的理解给审判带来困难；无法防止夫妻利用财产协议来逃避债务等规避

法律的行为；在第三人不知情时，夫妻的约定是不能对抗第三人的，夫妻的利益也因此得不到保证。

其次，没有规定协议的变更和撤销制度。根据一般的民事合同原理，我们可推知，夫妻的财产协议在一定情况下可以变更、撤销，但夫妻的财产协议毕竟不完全等同于一般合同，这一特殊性也就决定了在法律适用上夫妻财产协议应当有它自己的规则。然而，对于在什么情况下可以变更和如何来变更夫妻之间的约定，我国法律没有明确规定。如同合同的变更一样，夫妻之间财产约定的变更也是一项非常重要的法律行为，当夫妻双方需要变更财产约定时，找不到法律依据，他们的变更行为自然就缺乏法律效力，这对当事人权利和利益的保护是很不利的。

另外，《婚姻法》对约定的时间和约定的具体内容都没有明确规定，法律的指引作用不能很好地实现。尤其是，我国约定财产制允许当事人在法律范围内任意约定，但这种任意约定易发生当事人逃避法律规定的现象，如夫妻为逃避债务，约定债务由一方承担，这就可能损害第三人的合法权益。

约定财产制是一项非常重要的制度，它体现了民法的意思自治原则。夫妻之间的财产约定实质上是一种合同，订立合同是非常普遍的一项民事活动，我国制定了单行的《合同法》来调整民事主体之间的合同行为，其中对订立合同的主体、时间、内容、效力等都作了详尽的规定。从法理上讲，夫妻之间的财产约定可以适用《合同法》的规定，但夫妻之间这种带有人身性质的约定毕竟不同于一般的合同，所以，《婚姻法》应当参照《合同法》的规定，对夫妻财产契约这种特殊的合同各项内容作出具体的规定。

### （二）完善我国夫妻约定财产制的建议

通过对我国和澳大利亚夫妻约定财产制的比较分析，我们找出了我国约定财产制中存在的一些问题，同时也从澳大利亚夫妻约定财产制的立法和实践中得到一些启示。借鉴澳大利亚先进的立法和实践，结合我国的具体情况，本文对完善我国的夫妻约定财产制度提出以下一些建议：

1. 明确规定当事人订立财产协议的时间

我国对夫妻约定财产制的时间未作出明确规定，从立法精神来看，我国采用的是自由主义的立法模式，当事人可以在任何时间订立财立协议。这种规定是不足取的，通常人们并不清楚何时可以订立协议，传统的家庭观念使大多数夫妻认为只有在离婚时才可以商及财产问题，在婚姻期间是不能分配财产的，这不利于保护夫妻双方合法的财产权利。因此，我国《婚姻法》中应当明确订立财产协议的时间，如规定婚姻当事人约定财产制的时间既可以是婚前，也可以是结婚时或结婚后。

2. 应当对当事人约定财产制的内容作出明确的规定

首先，对约定的内容可作开放性规定。《婚姻法》只规定了三种可以约定的财产制，但法律不应该仅仅涉及财产的归属，还应涉及夫妻对财产的使用权、收益权、处分权是否可以约定以及如何约定等法律内容。因此应当增加例如规定当事人可以约定婚姻期间双方如何行使财产权，离婚财产如何分割以及配偶的扶养等内容，以充分尊重当事人的自由意志权。

其次，还要对约定的内容加以一定的限制，规定一些原则，如不违反法律的规定、不损害他人的合法利益等。

3. 规定约定财产制的公示制度

应当借鉴国外立法，在《婚姻法》中规定夫妻之间订立的财产协议须依法在登记机关登记备案，否则即使第三人知情，也不产生对抗第三人的效力。当然，登记只是产生对外效力，也就是说约定即使不登记，在夫妻双方之间也是有约束力的。可以由婚姻登记机关来履行财产约定的登记工作，婚姻登记机关应建立起一整套婚姻财产登记制度，同时允许第三人委托律师对夫妻之间的财产协议的情况进行查阅、了解。

根据物权法中的公示制度，如果夫妻不对其财产约定进行公示，该约定就不具有公信力，那么它就不能对抗善意第三人，这样显然不能保障夫妻的合法利益。第三人在不知情的情况下与夫妻一方进行交易行为，其后果是不乐观的，即便通过诉讼证明自己是善意行事，或许可以挽回一定的损失，但仍旧损害了自身的利益。

4. 增设夫妻约定财产制的变更和撤销的规定

夫妻财产关系是动态的法律关系，夫妻作出财产约定后，如情况发生重大变化，原约定内容不再适应婚姻当事人，或者继续适用原约定显失公平时，应允许当事人变更或解除原约定。[①] 夫妻约定财产制的变更、解除也应通过约定的方式来完成，必须履行与缔结财产协议相同的程序。如果协议的内容存在违法、显失公平、存在欺诈等情况，仍需当事人履行协议显然是不公平的，此时，应当允许当事人向法院申请撤销原协议。

所以，可以借鉴澳大利亚的立法，在《婚姻法》中规定当事人双方可以通过在新的财产协议中加入终止条款或者专门订立一个终止协议来终止前面的财产协议。同时规定一些情形，在这些情形下，当事人一方可以请求法院来撤销协议。这些情形可以是：欺诈、胁迫；协议的内容违法；协议的执行不切实际；根据协议承担义务的一方陷入困境等。

---

① 孔国荣：《我国夫妻约定财产制立法完善探究》，载《东华理工学院学报（社会科学版）》2006年第4期。

# 论日本养老保险法制度的特点

王霄燕* 崔 燕**

**摘 要**：目前，日本已形成比较完备的养老保险法律制度，它具有保险负担全民化、国家主导、立法先行，覆盖面广、制度多层，给付标准高以及重视家庭保障等特点。这取决于日本特有的权威主义政治体制，雄厚的经济实力，"孝"的伦理观念以及受德国新历史学派理论的影响等因素。在借鉴日本经验基础上，为完善我国养老保险法律制度，必须推行养老保险制度的法制化建设；科学确定保障水平；逐步扩大覆盖面；完善多层次养老保险制度体系；大力发挥家庭养老保障功能。

**关键词**：日本 养老保险法 特点 借鉴

与欧美国家相比，日本的养老保险法律制度建立较晚，但它在吸收和借鉴发达国家养老保险法律制度经验和教训的基础上，结合本国实际，创建了独具特色的养老保险法律制度。在人口高度老龄化的严峻局势下，鉴于日本和我国同属亚洲国家，不仅在地理上相毗邻，而且有着相似的社会条件，探讨日本养老保险法律制度的特点及其形成原因，并总结经验，对有效推动我国养老保险法律制度的改革和完善具有重要的意义。

---

* 山西大学法学院教授，主要从事中外法制史的研究。
** 山西大学法学院在读硕士研究生，主要研究方向为中外法制史。

# 一、日本养老保险法律制度的特点

日本养老保险法律制度从创建之日起，经过不断的扩充和完善，不仅发展成为项目齐全、内容完备的体系，而且也形成了自身独到的特点，主要表现为：

## （一）推行投保资助型模式，保险负担全民化

日本推行投保资助型的养老保险法律制度模式。该模式要求企业和个人按规定比例定期缴纳养老保险费，同时政府给予适当的养老金补助。即保险费由国家、企业、个人共同负担。而国家负担的费用，实际上是靠税收得来的。这种三方分担费用的方式避免仅由国家统筹保险费用和担负养老责任，而是由全体国民进行合作，家庭之间相互承担扶养义务，下一代人扶养上一代人，基本理念是全体国民共同对全体老年的生活保障负责。

## （二）国家主导，立法先行

日本养老保险制度建立在国家强制性立法的基础之上。战前，日本政府就对军人和官吏实施了"恩给"制度，而后又相继颁行《船员保险法》和《劳动者保险法》，确立起以民间劳动者为对象的养老保险法律制度。战后，随着经济的全面复兴，政府颁行大量养老保险立法，对养老保险制度进行修改、补充、完善，构筑起完备的养老保险法律制度框架，并实现了全民皆保险的目标。后期，伴随经济社会的发展，特别是老龄化社会的到来，日本政府又适时调整养老保险法，对养老保险制度进行改革。总之，日本政府依法积极推进养老保险制度，对养老保险的对象、项目、费用、给付条件和给付标准等都做了明确规定，使养老保险制度在法律规范下高效有序的运作。

## （三）覆盖面广，制度多层

日本养老保险的覆盖范围非常宽泛，是"全民皆保险"的代表性国

家。依据相关法律，日本以国民基础养老保险覆盖所有居住在日本的 20 岁以上而未满 65 岁的人。① 第一类为农民、自营业者及其妻子、20 岁以上的学生，以及非法人化的 5 人以下小企业的职员。第二类为厚生养老保险和共济养老保险的加入者：分别为 5 人以上的工商企业未满 60 岁的雇员和各类公务员、私立学校教职员、农业、渔业团体成员及铁路、邮电等公共性行业的雇员。第三类为受第二类被保险者扶养的妻子，如果妻子本人也参加工作且年收入超过 130 万日元，则失去第三类被保险者的资格，她或是独立加入国民养老保险而成为第一类被保险者，或是加入厚生养老保险成为第二类被保险者。② 总之，日本通过强制立法将不同年龄、不同职业的人都纳入到养老保险体系之内。

日本养老保险法律制度是一个多层次的法律制度体系，主要由三个层次组成：第一层是国家强制性的公共养老保险制度，养老保险费的筹集基本遵循受保人、雇主、国家财政拨款"三方均等负担"的原则。③ 公共养老保险又分为国民基础养老保险和雇员养老保险两层。国民基础养老保险是国家强制全体国民加入的基础养老保险，以保证"国民皆保险"。雇员养老保险作为基础养老保险的附加成份，为雇员提供又一重的老年保障。雇员养老保险分为民间企业雇员参加的厚生养老保险和公务员参加的共济养老保险。第二层主要是自愿性的企业补充养老保险制度，该制度是企业自愿设立的，由企业与职工共同缴纳保险费，供职工退休后作为养老之用。50 年代中期已经有 2/3 的私营企业实行企业补充养老保险，70 年代后期这一比例进一步扩大到 92%。④ 由此可以看出，日本雇员除了可以领取国家法定养老金外，还可以从企业领到补充养老保险金。第三层是个人储蓄养老金制度。储蓄养老金主要有两种给付方式，一是由生命保险公司、证券公司、银行、邮局举办，由个人自愿投保、支付期为 5 ~ 10 年的定期养老金储蓄；二是个人自愿投保、交足保险费，可以终身享受的长寿

---

① 相当于中国的基本养老保险。
② 吕学静：《日本社会保障制度》，经济管理出版社 2000 年版，第 31 页。
③ 刘明：《中国、日本及瑞典社会保障制度比较研究》，2004 年中国政法大学硕士学位论文。
④ 杨红燕：《日本养老保险制度的沿革及启示》，载《国际经济合作》2000 年第 6 期。

养老金储蓄。日本是以居民储蓄多、存储率高而著称于世的国家。[1] 这种体制不仅给予所有社会成员以基本保障，同时也满足了社会各阶层人员的多种需求，兼顾了公平性和多样性。同时，日本第二、三层次的养老保险发展较为成熟，不仅减轻了公共养老保险的财政负担，而且与公共养老保险协调发展，使日本各群体都拥有充分的保障。

### （四）保障水平较高

基于雄厚的经济基础，日本养老保险除了保障范围广之外，保障水平也比较高。以公共养老保险为例，目前公共养老金待遇占老人家庭收入的63.6%，[2] 对于老龄者来说，养老保险等已成为最重要的收入来源。另据有关资料显示，目前一对日本老夫妇在缴足公共养老保险费的前提下，每月就可领到全额约为23万日元的养老金，相当于在职人员平均实际月收入的80%，[3] 待遇水平与西欧各发达国家几乎持平。因此，日本老年人生活可以得到较为充分的保障。

### （五）家庭保障为重要保障形式

家庭保障为日本传统的重要保障方式，但日趋社会化的日本养老保险法律制度仍带有浓厚的家庭保障烙印。受工业化和现代化进程的影响，日本家庭结构受到前所未有的冲击，日益小型化、核心化与程式化，但家庭结构和家庭内的关系仍非常密切。据资料显示，日本老年人的劳动收入和子女的资助是维持其晚年生活的两大收入来源，而其他的如保险金的数额则与此相当。因此，家庭保障是日本养老保险法律制度的重要补充，并仍将发挥重要作用。

---

[1]　山崎泰彦：《日本社会保障制度》，1993 年日文版。

[2]　吕学静：《日本社会保障制度》，经济管理出版社 2000 年版，第 66 页。

[3]　阎中兴：《日本养老保险制度改革及其对我国启示》，载《现代日本经济》2003 年第 2 期。

## 二、日本养老保险法律制度特点的成因分析

日本养老保险法律制度的上述特色，是在日本自身特有的权威主义政治体制，较高的经济发展水平，"孝"的伦理观念以及德国新历史学派理论的影响等条件下促成的。

### （一）权威主义政治体制是促成日本养老保险法律制度的政治条件

日本养老保险制度是国家通过强制立法建立起来的，国家起了突出的推进作用。这与日本一脉相承的权威主义政治体制传统有着紧密的联系。在权威政治之下，政府与人民之间的交流方式主要是垂直的、自上而下的，行政方式主要是命令式、控制式的，民众政治参与受到很大制约，国家和社会关系模糊。战前，日本曾长期实行以天皇为首的中央集权制。战后，在美国民主改革的推动下，日本确立起以"三权分立"为原则的议会内阁制国家政治体制，使其权力结构由战前的一元结构转变为多元结构。然而，在冷战影响下，美国为将日本改造成与其共同对抗社会主义势力的同盟，竭力扶植包括前军国主义分子在内的日本保守势力，并使其占据政治主导地位，由此形成了由保守党——自由党和民主党联合的、稳定的一党体制，其仍然是日本权威主义政治体制的翻版。此后，为适应政治、经济发展的需要，日本在政治上又确立了"政、官、财"三位一体的自民党一党专政及其派阀式、保守主义的代议制政体，形成了独特的带有浓重权威主义烙印的议会民主的政治体制。[①] 这种政治体制决定了日本政府深刻干预经济的运行与发展，并以社会保障立法为手段，协调经济与社会发展的矛盾。而强势政府积极主动推进养老保险法律制度的创立与发展也就成为必然。

---

① 郭定平：《论日本战后政治多元论》，载《日本学刊》1994 年第 4 期。

### （二）雄厚的经济实力是促成日本养老保险法律制度的经济基础

日本成熟的养老保险法律制度是以雄厚的经济实力作为基础的。战后，日本确立了政府主导型市场经济体制，大力发展资本主义经济，促进日本经济发展水平的迅速提高。到 70 年代，就已登上了世界经济强国的地位。伴随经济实力的增强，养老保险法律制度也获得了重大发展。60 年代初期，日本就基本上实现了"全民皆保险"的目标。60 年代后半期，日本政府继续对全民皆保险体制进行调整和充实，进一步提高了养老保险的给付水平。1965 年厚生养老保险达到了 1 万日元的水平，翌年国民养老保险也达到了夫妇 1 万元的给付水平。进入 70 年代后，日本在"从增长转向福利的政策"目标之下，将国民养老保险水平又提高到 5 万日元。① 虽然近年来，由于日本的经济发展处于低迷状态，而老龄化进程加速，政府财政负担加重，日本为此采取调整养老金待遇、推迟养老金领取年龄等措施来缓解压力，但现在日本人均 GDP 仍达 3 万多美元，为养老保险提供了基本财政保证。较高的经济发展水平为日本养老保险保障范围广，保障水平高奠定了物质基础。

### （三）"孝"的伦理观念是促成日本养老保险法律制度的深层文化基因

"孝"的伦理观念是生成独特日本养老保险法律制度的内在动力。截止到二战以前，"家"一直是日本的重要社会基础，而"家"制度在日本起主导作用。这种"家"制度决定，在父权制血亲家庭中，实行长子继承制，由长子继承家业，继承人婚后仍与父母同居，形成三世同堂的大家庭。② 同时，在"家"制度下，"家"一代一代承传，永远持续，长子夫妇必须与父母同住，并承担赡养父母的义务，"孝"的伦理观念深入人心，并牢固植根于日本民族之中。由此，家庭也就成为提供老人资源、援助系统的核心。日本"孝"的传统伦理观念也深受中国儒家文化的浸染与熏

---

① 崔岩：《战后日本社会保障制度的发展及其启示》，载《日本研究》1997 年第 2 期。
② 王伟：《日本家庭养老模式的转变》，载《日本学刊》2004 年第 3 期。

陶。"孝"是儒家文化的核心内容与重要支撑点。孔子把奉先思孝，敬仰老人，"父母在，不远游"，作为孝道的重要内容。孟子进一步发展了孔子的孝文化，提出"不孝有三，无后为大"影响至深的论据，给家庭养老定下性别偏好基调。[①] 后经宋朝的程颢、程颐、朱熹等人进一步演绎，发展成为"君为臣纲、父为子纲、夫为妻纲"的理论学说。其中的"父为子纲"进一步奠定了父子关系和家庭养老的理论基础。日本吸纳儒家学说倡导的孝文化，同日本民族文化相融合，逐步形成了日本养老伦理的文化传统，并且潜移默化的融入在现代化发展、变迁之中。日本家庭养老保障功能的延续，就是这种文化的典型表现。

### （四）德国新历史主义学说是日本养老保险法律制度形成的理论渊源

德国新历史主义学说及其实践的影响是促成日本投保资助型养老保险制度模式，实行保险负担全民化的直接原因。19 世纪下半叶，在德国劳资矛盾异常尖锐的背景下，德国改良主义——新历史学派提出以下政策主张：第一，国家的职能不仅在于安定社会秩序和发展军事实力，还在于直接干预和控制经济生活，即经济管理的职能；第二，国家的法令、法规、法律至上，决定经济发展的进程；第三，国家应通过立法实行包括社会保险、孤寡救济、劳资合作以及工厂监督在内的一系列社会措施，自上而下地实行经济和社会改革。[②] 德国根据该理论于 1889 年颁布了《老年残疾保险法》，该法践行了一个社会保险计划模型，费用来自雇主、雇员和政府三方，使制度的资金来源避免完全由政府负担的财力限制。作为国情相似，曾大量移植德国法律制度的日本，不仅认可了德国新历史学派的理论，同时深受德国养老保险制度的影响，由此走上了创建投保资助型养老保险制度模式，实行保险费用负担全民化的道路。

---

① 杨鹤皋：《中国法律思想史》，北京大学出版社 1999 年版，第 47 页。
② 姜守明、耿亮：《西方社会保障制度概论》，科学出版社 2002 年版，第 11 页。

# 三、中国对日本养老保险法律制度的借鉴

与日本投保资助型养老保险法律制度模式不同，受列宁国家保险理论的影响，我国在建国初创立了与计划经济体制相适应的国家统筹型养老保险模式。该模式是由国家包揽养老保险活动和筹集资金，实行统一保险待遇水平，劳动者个人无需缴费，退休后可享受退休金。① 依据这种保障模式，享有养老保障是公民的一项权利，国家应保障该权利的实现。但实际上，由于当时我国经济发展滞后，养老保险覆盖面很窄，保障水平也不高。后期，随着经济体制的改革，我国对养老保险制度进行了一系列改革，实行了社会统筹和个人账户相结合的保险模式，实现了保险负担的社会化；逐步建立了基本养老保险、企业补充养老保险和个人储蓄性养老保险的多层养老保险法律制度。② 从总体上说，经过多年的改革与探索，并借鉴国际多方面的经验，我国基本建立了适应市场经济体制要求的基本养老保险法律制度。但在现存条件下，我国尚未建立起较为成熟的养老保险法律制度，而在探析日本养老保险法律制度特点及其形成原因的基础上，合理借鉴日本养老保险法律制度的经验，为创设并完善适合我国国情的养老保险法律制度提供了重要的启示。具体表现为：

## （一）推进养老保险制度的法制化建设

养老保险立法是建立和实施养老保险制度的重要前提和保障。日本政府正是通过确立完备的立法实现了养老保险制度的法制化、科学化和功能化。而我国养老保险立法中存在很多问题：第一，立法层级较低。从法律渊源来看，目前我国养老保险法的形式除《中华人民共和国劳动法》外，主要是一些法规、部委规章和通知等，致使养老保险立法在法律体系中层级较低，且政策性强，经常变动，缺乏法律规范应有的规范性、严肃性和

---

① 林嘉：《社会保障法的理念、实践与创新》，中国人民大学出版社 2002 年版，第 52 页。
② 林嘉：《社会保障法的理念、实践与创新》，中国人民大学出版社 2002 年版，第 158 页。

权威性。第二，立法不统一。由于立法层次低，目前养老保险立法多属于部门立法和地方立法，因受部门利益和地方利益的制约，容易造成各部门之间立法的矛盾，各地立法的不协调，最终导致各地养老保险的规定不同，做法也不同。这在一定程度上大大弱化了法律的统一性、稳定性。第三，立法滞后。从养老保险立法的现状来看，远远落后于养老保险制度发展的需要。近年来，随着养老保险改革的深入，我国已经建立起统账结合的养老保险模式，确立了包括基本养老保险、企业补充养老保险和个人储蓄型养老保险的多层体系，但至今仍没有相关立法出台。使养老保险制度存在诸多的立法空白。因此，对于有着政府干预经济社会运作传统的我国来说，应尽快由全国人大制定相应的养老保险法，确定养老保险的基本原则、适用范围和基本制度，为各项具体措施提供基本统一的法律依据，提高养老保险制度立法的权威性。同时，加快养老保险制度的立法进程，使各项改革成果上升为法律规范，在法律规范下有序运行，推进养老保险制度的法制建设。

## （二）科学确定保障水平

科学确定保障水平，即根据社会保障水平与社会生产力相适应的原则和公平与效率兼顾的原则，来确定我国养老保险的水平。雄厚的经济实力是日本较高保障水平和宽泛保障范围的物质保障。目前，我国养老保险的绝对水平较低，如2004年全国企业离退休人员的基本养老金为677元/人。但相对水平较高，据统计，全国基本养老保险工资替代率竟高达85.77%，[1] 远远高出国际上的工资替代率水平[2]。社会保障应是法定的基本保障，任何公民都应纳入社会保障体系之中，不能无故游离于这一保障体系之外。但是同时，这一体系仅是受保障者最基本的保障。因此，在我国养老保险法律制度的改革中，面临生产力水平低，老年人口绝对数量

---

[1] 载《中国劳动保障报》，2006年11月7日。

[2] 工资替代率是衡量一国养老保险保障标准的重要指标。工资替代率是指职工退休后领取的基本养老金占退休前工资收入金额的比例。国际上一般认为70%的工资替代率是比较适宜的。参见林嘉《社会保障法的理念、实践与创新》，中国人民大学出版社2002年版，第176页。

大，又要扩大保障覆盖面的局势，我国必须认真结合现实国情，充分考虑实现养老保障的周期平衡和现实的承受力，将我国基本养老保险的工资替代率确定在 40－60% 之间，维持养老保险法律制度的良性运行。

### （三）逐步扩大基本养老保险覆盖面

社会保障本身是实现公平的政府机制，而公平性又是社会保障制度的重要原则。"全民皆保险"是日本养老保险法律制度的重要特征，它以国民基础养老保险制度把城乡所有居民都覆盖在养老保险的安全网中，体现了公平性。而我国基本养老保险制度长期以来主要覆盖国有企业的职工，尽管按照国务院的规定，基本养老保险的覆盖范围要逐步扩大到城镇所有企业的职工。而目前，许多地区的基本养老保险制度仍然只在国有企业和集体企业实行。[①] 另外，在农村地区，基本养老保险在 2004 年仅有 10% 的覆盖率，没有为占人口绝大多数的国民建立养老保险制度，保护其最基本的生存权利，这无疑是制度最大的不公平。因此，建立覆盖城镇和农村全体国民的养老保险法律制度应该作为我国社会保障制度的目标。但由于我国经济发展条件不成熟，不可能一步到位实现"全民保险"，而应本着循序渐进的原则，逐步扩大保障范围。对于城镇养老保险来说，我们应该首先从沿海地区和经济较发达的省份入手，使原来覆盖不足的非国有企业人员尽快参加基本养老保险制度。此外，只有将占人口 60% 的农民纳入养老保险网，取消城乡差异，实现社会公平，我国的养老保险才能成为一项完全意义上的法律制度。

### （四）完善多层次法律制度体系

日本通过建立强制与自愿相结合的多层次养老保险法律制度体系，不仅体现出效率与公平的动态统一，而且减轻公共养老保险的财政压力，较好地达到了国民养老保障的目标。我国养老保险制度改革也提出了要建立多层次养老保险制度体系的目标，但由于相关的法律法规及政策的不健

---

① 常满荣：《我国养老保险法制化进程分析》，载《河北法学》2007 年第 1 期。

全，以及人们认识的不足，企业补充养老保险制度发展尚未成熟。作为第三层次的个人储蓄养老保险制度，受国民保险意识和税收政策的限制，覆盖的人群也非常有限。第二、第三层次的企业补充养老保险与个人养老储蓄规模较小，发展滞后，导致了基本养老保险的超载，多层次制度体系成为名义和形式上的，其整体功能的发挥受到严重影响。因此，我国应该适当压缩基本养老保险的发展规模，在保证其可以为人们提供最低老年生活保障的前提下，加快建立和完善企业补充养老保险。为此，我国应完善相关立法，并通过制定合理的税收优惠政策，加强对雇主及雇员的企业补充养老保险知识的教育和宣传力度，以促进企业养老保险制度的发展。同时，加强人们的自我保障意识，鼓励个人进行养老保险储蓄，并对个人投保商业寿险、工会互助养老保险等给予税收优惠，最终推动多层次养老保险法律制度体系的发展。①

### （五）大力发挥家庭养老保障功能

家庭供养是传统的养老保障模式，它不仅可以增进家庭内关系的密切，而且可以大大减轻国家和社会的养老负担。日本是在日趋社会化的养老保险趋势下很好保留家庭赡养的代表性国家。众所周知，受落后的生产水平和传统的"孝"为中心的伦理道德观念影响，在我国历史上家庭养老在保障老年人生活方面一直发挥着重要的作用。但随着社会经济的发展，家庭日益小型化以及人口老龄化的加速和计划生育政策的实施，传统的家庭养老功能呈现出了明显的弱化趋势，而人们的自我保障能力又极为有限，因此，要真正解决养老问题也只能是建立社会养老保险制度。但是基于我国深厚的家庭养老传统，同时受经济发展水平的局限，社会养老保险法律制度发展不充分，要把家庭养老保障作为我国社会养老保险法律制度的重要补充。特别是由于当前我国农村存在人口众多、生产力水平偏低、地区发展差异较大以及"养儿防老"观念根深蒂固等种种现实，决定了在

---

① 吴祖兴：《中国养老保险体制路径选择变迁的分析——从国有企业的角度》，载《广东社会科学》2002 年第 2 期。

我国农村不仅要分步骤地、循序渐进地推进社会养老保险制度的建立，首先在农业经济发展水平比较高的地区优先建立和发展养老保险法律制度，而且要实行社会养老保险制度与家庭养老保障并举的方针，实现农村的养老保障目标。另外，在农村欠发达地区仍将家庭养老作为老年人口保障的现实途径和重要手段。

# 外贸代理制的法律适用

## 王悦蓉*

**摘　要：** 1994 年对外贸易法第 13 条与 2004 年对外贸易法第 12 条，就对外贸易经营者在经营范围内可以受他人委托办理对外贸易业务进行了规定，即所谓的外贸代理制。外贸代理制在现行法制上包含了代理、委托、对外贸易等概念，因此与民法通则、合同法、对外贸易法等规范发生关系。本文综合分析现行对外贸易代理制相关的各项法律规定，归纳汇整出彼此矛盾或遗漏未规定之处，并于文末提出相关修法建议，以作为解决之道。

**关键词：** 委托代理　对外贸易代理　国际货物销售代理公约

## 一、问题的起源

1994 年对外贸易法（以下简称《外贸法》）第 13 条与 2004 年对外贸易法第 12 条，就对外贸易经营者在经营范围内可以受他人委托办理对外贸易业务进行了规定，即所谓的外贸代理制。外贸代理制在现行法制上包含了代理、委托、对外贸易等概念，因此与民法通则、合同法、对外贸易法

---

＊ 作者为对外经济贸易大学法学专业博士班学生，台湾执业律师。

等规范发生关系。

其中，2004 年《外贸法》第 12 条规定，对外贸易经营者可以接受他人的委托，在经营范围内代为办理对外贸易业务。1994 年《外贸法》第 13 条规定，没有对外贸易经营许可的组织或者个人，可以在国内委托对外贸易经营者在其经营范围内代为办理其对外贸易业务；接受委托的对外贸易经营者应当向委托方如实提供市场行情、商品价格、客户情况等有关的经营信息。委托方与被委托方应当签订委托合同，双方的权利义务由合同约定。将先后的两个条文内容加以对照可以发现，2004 年《外贸法》的修正，除了将对外贸易由许可制改为登记制外，在外贸代理制的部分，也产生了二项明显的改变：第一个明显的改变在于委托者的资格，自原本"没有对外贸易经营许可的组织或者个人"修正为"他人"，即无论有没有对外贸易经营许可（依据新法为办理对外贸易备案登记），均可委托有对外贸易经营许可（登记）的组织或者个人在其经营范围内办理对外贸易业务；第二个明显的改变，在于删除原来第二项规定的有关接受委托的对外贸易经营者义务的文字。

就外贸代理制所表彰的法律关系来分析，可以发现在受委托办理对外贸易经营者与委托者之间，内部存在着委托合同，对外则藉由被委托者的代理身份，与第三人发生民事法律关系。因此，与外贸代理相关的法令规定，就委托合同与代理而言，必须考虑《中华人民共和国民法通则》（以下简称《民法通则》）及《中华人民共和国合同法》（以下简称《合同法》）的普通适用；至于专门对外贸代理制度制定的特别规定，则包括《外贸法》及 1991 年 8 月 29 日经贸部发布的《关于对外贸易代理制的暂行规定》（以下简称《暂行规定》）。这些法律、法规，在适用上不尽相同，或许也有互相冲突之处，而可能造成适用上的疑虑。再者，考虑到对外贸易代理活动高度的国际经济特性，也必须考虑到国际上的相关规范。这部分则有论者建议[①]，应加入联合国《国际货物销售代理公约》（以下简称

---

① 温法君：《浅谈我国对外贸易代理制度的现状及完善》，http：//www.unitylaw.com/Article-show.asp？id=219。

《代理公约》），以补充目前外贸代理法制上的不足之处。

然而，《代理公约》仅规范以被代理人及代理人为一方、与第三人为另一方间之二方关系，并不论及被代理人与代理人间的权利义务关系（《代理公约》第 1 条第 3 项）；而国内外贸代理制相关法规，规范内容则涵括被代理人（本人、委托人）与代理人（受托人）、及本人同代理人与第三人间之三方关系；且《代理公约》之规范多有模糊笼统之处。就此观之，似非加入《代理公约》即可解决目前外贸代理制的国内法规适用问题。而外贸代理法制中，相关法规适用问题，似乎仍有进一步探讨并思考解决方法的必要。

本文为了避免用词上的混淆以及分析上的便利，在指称授权行为或委托行为时，统以授权或授权（委托）表示；在论及被代理人、本人及委托人相关事项时，统以被代理人或被代理人（委托人）表示；在论及代理人、受托人相关事项时，则统以代理人或代理人（受托人）表示。以下先就外贸代理法制的相关法律、法规进行汇整比较，进而分析现行法制在适用上可能发生的问题，最后就相关问题的解决提出浅见及修法建议。

## 二、对外贸易代理法制相关的法律、法规汇整分析

对外贸易代理法制相关的法律、法规包括《民法通则》第 4 章第 2 节第 63 条到第 70 条关于代理的规定、《合同法》第 21 章第 396 条到第 413 条关于委托合同的规定，以及《外贸法》及《暂行规定》，国际规范则有《代理公约》。

进一步分析，可以从四个角度来观察这些相关的法律、法规规范以及制度。第一个角度是从总的方面来观察。第二个角度是从被代理人方面，可进一步区分为：授权（委托）方式、内容及范围、被代理人（委托人）权利及权限、被代理人（委托人）义务、被代理人（委托人）责任或限制等几个细项。第三个角度是从代理人（受托人）方面，包括代理人（受托人）权利、代理人（受托人）义务与责任、无权代理、过错等。第四个角度是从第三人方面来观察的，可以区分为：合同的三方效力、第三人权

利、第三人责任等。以下就这三个角度出发，对相关的法律、法规进行比较分析。

### （一）先从总体观察：

在《民法通则》中，相关的法律关系称为委托代理，并称委托人为被代理人，称受托人为代理人。同法第 63 条第 2 项规定，代理人在代理权限内，以被代理人的名义实施民事法律行为。被代理人对代理人的代理行为，承担民事责任。

在《合同法》中，相关的法律关系称为委托合同，其第 396 条，系以委托人及受托人称呼合同当事人。《暂行规定》称外贸代理关系所签订的合同为外贸代理委托协议，其第 1 条规定，有外贸经营权者接受有外贸经营权的公司的委托办理对外贸易业务的时候，称作代理人，此时委托者称为本人，且代理人以自己名义对外签订合同；第 2 条则规定有外贸经营权的公司接受无外贸经营权者委托，办理对外贸易的时候，称作受托人，此时委托者则称为委托人，但是对于对外签订合同时，受托人是用何名义来签订，则没有规定。此外，由于《暂行规定》第 1 条规定，有对外贸易经营权的公司、企业作为代理人，可在批准的经营范围内，依照国家有关规定为另一有对外贸易经营权的公司、企业也就是被代理人，代理进出口业务。如代理人以被代理人名义对外签订合同，双方权利义务适用《民法通则》的有关规定。因此，在《暂行规定》规范下，如代理人以被代理人名义对外签订合同，与《民法通则》相同，称委托人为被代理人，称受托人为代理人。

《代理公约》规范国际货物销售中的代理，则直接称当事人为本人与代理人。

### （二）从被代理人（委托人）的角度观察：

1. 在方式、内容、范围方面的比较

在委托（授权）方式的规定上，《民法通则》第 65 条第 1 项规定，委托代理可以用书面形式，也可以用口头形式。《合同法》对于签订合同的方式没有特别规定。《暂行规定》第5条规定，委托协议应采用书面形式。而《代理公约》第9条第1项规定，授权可以是明示的或是默示的；第10条并规定，授权无任何形式限制，并得以任何方式证明，包括人证。但如国内立法要求书面且依《代理公约》第27条宣示者，仍应使用书面。

在委托（授权）的内容上，《民法通则》规定应当载明代理人姓名或名称、代理事项、权限和期间（第65条第2项）。《合同法》就此没有特别规定。《暂行规定》第5条则要求应载明下列事项：（一）委托进出口商品名称、范围、内容、价格幅度、支付方式、货币种类以及其它需要明确的条件；（二）授权范围；（三）双方权利义务及应承担的费用；（四）委托手续费以及其它经济利益的分享规定；（五）争议的解决；（六）委托协议期限；（七）其它。《代理公约》由于第1条第3项规定该公约不规范本人与代理人间关系，因此在这部分没有特别规定。

在委托（授权）的范围上，《民法通则》规定代理人在代理权限内，以被代理人的名义实施民事法律行为（第63条第2项）；《合同法》规定可以概括委托或特别委托处理一项或数项事务（第397条）。

另一方面，《暂行规定》第1条规定，有对外贸易经营权的公司、企业可在批准的经营范围内，依照国家有关规定为另一有对外贸易经营权的公司、企业代理进出口业务；第2条规定，无对外贸易经营权的公司、企业、事业单位及个人，需要进口或出口商品（包括货物和技术），须委托有该类商品外贸经营权的公司、企业，依据国家有关规定办理。如此规定，似乎表示，如有对外贸易经营权的公司、企业所代理的对象为另一有对外贸易经营权的公司、企业，则授权的范围限于进出口业务；反之，如所代理的被代理人（委托人）为无对外贸易经营权的公司、企业、事业单位及个人，则委托范围包括进口或出口商品（包括货物和技术）。而所谓"进出口业务"及"进口或出口商品"的范围，文义解释上可能发生不同的结果。

至于《代理公约》规范的范围，则包括（一）代理人与第三人订立货物销售合同（第1条第1项），以及代理人与第三人订立货物销售合同为目的或有关履行该合同所从事的任何行为（第1条第2项）。

2. 在被代理人（委托人）权利及权限方面的比较

《民法通则》对于被代理人（委托人）权利及权限没有特别的规定。

《合同法》对此规定较为详细，包括：被代理人（委托人）得同意转委托并得直接指示转委托之第三人（第400条）；有偿的委托合同，代理人（受托人）过错所致损失，被代理人（委托人）得要求赔偿（第406条）；因第三人而对被代理人（委托人）不履行义务，代理人（受托人）应向委托人披露第三人，被代理人（委托人）因此可以行使代理人（受托人）对第三人的权利（第403条第1项）；第三人选定被代理人（委托人）行使权利的，被代理人（委托人）可主张其对代理人（受托人）的抗辩及代理人（受托人）对第三人的抗辩（第403条第3项）；被代理人（委托人）经代理人（受托人）同意，得委托第三人（第408条）。

《暂行规定》规定，被代理人（委托人）经代理人（受托人）同意时参加对外谈判（第7条）；并应依约定提供仲裁或诉讼之费用及协助后，享有所生利益（第24条）。

《代理公约》第13条第2项（a）在此部分则规定，代理人无法履行对本人义务时，被代理人（委托人）可以对第三人行使代理人代理本人所取得的权利。

3. 在被代理人（委托人）义务方面的比较

《民法通则》对于被代理人（委托人）的义务，无特别规定。

《合同法》对于被代理人（委托人）义务的规定，主要在于支付费用及报酬的部分。包括预付处理委托事务费用、偿还处理委托事务的费用及利息（第398条）；在代理人（受托人）完成委托事务的情形，被代理人（委托人）应当向其支付报酬，因不可归责于代理人（受托人）的事由解除合同或不能完成委托事务的，被代理人（委托人）也应当向其支付相应的报酬（第405条）等。

《暂行规定》中，被代理人（委托人）义务相关规定包括：办理委托进口或出口商品的有关报批手续（第6条）、及时向代理人（受托人）说明委托进出口商品的有关情况（第6条）、按委托协议和进出口合同的规定履行及时向代理人（受托人）提供进口所需的资金或出口的商品等义务

（第 10 条）、应按委托协议向代理人（受托人）支付手续费、偿付垫费税金及利息（第 13 条），以及依约定提供仲裁或诉讼之费用及协助（第 24 条）等。

此外，在因不可抗力事件不能履行时，《暂行规定》要求被代理人（委托人）得提供证明以便代理人（受托人）与外商交涉免除责任（第 12 条）；另一方面也要求被代理人（委托人）在索赔期内提交必要的索赔证件，接到外商索赔证件后，应根据委托协议及时理赔（第 23 条），且被代理人（委托人）在外商提起仲裁或诉讼时有义务协助代理人（受托人）搜集证据，提供必要支持和方便（第 25 条）。

《代理公约》部分，由于公约第 1 条第 3 项规定，该公约不规范被代理人（委托人）与代理人间关系，因此并未对本人的义务进行规定。

4. 在被代理人（委托人）责任或限制方面的比较

《民法通则》对被代理人义务的规定，相较而言，较为繁复，其包括：

（1）在代理权限内，被代理人对于代理人的代理行为承担民事责任。（第 63 条第 2 项）

（2）委托书授权不明的，被代理人对于代理人的代理行为承担民事责任（代理人负连带责任）。（第 65 条第 3 项）

（3）如果被代理人对于代理人没有代理权、超越代理权、代理权终止后的行为予以追认，那么被代理人必须承担责任；本人知道而不做否认表示的，视为同意，且本人必须承担责任（第 66 条第 1 项）。

（4）被代理的事项违法，或被代理人知道代理人的代理行为违法而不表示反对的，代理人和被代理人负连带责任。（第 67 条）

（5）转托他人代理，经被代理人事先或事后同意的，或紧急情况，为保护被代理人利益而转托他人代理的，被代理人负责。（第 68 条）

《合同法》规定，代理人（受托人）于授权范围内与第三人订立合同，第三人在订立合同时知道代理关系的，合同直接约束被代理人（委托人）及第三人。（第 402 条）

《暂行规定》则限制被代理人（委托人）行为及规定责任如下：

（1）不得自行对外询价或进行商务谈判、不得自行就合同条款对外做任何形式的承诺。就同意的合同条款，不得由于条款本身的缺陷引起的损失向代理人（受托人）要求补偿（第8条）。

（2）不得自行与外商变更或修改进出口合同。与外商擅自达成的补充或修改无效。（第9条）

（3）与外商修改或变更进出口合同时不得违背委托协议。（第15条）

（4）违反第10条不履行协议义务时，被代理人（委托人）应偿付代理人（受托人）垫付的费用、税金及利息，支付手续费和违约金，并承担一切对外的责任。（第11条）

（5）如遇不可抗力事件，代理人（受托人）不能免除的对外商责任，由被代理人（委托人）承担代理人（受托人）的对外责任。（第12条但书）

（6）因被代理人（委托人）过错而未能索赔时承担损失，及因被代理人（委托人）过错而未能理赔时承担代理人（受托人）的对外责任。（第23条）

《代理公约》则规定，第三人如知被代理人（委托人）即不订立合同时，被代理人（委托人）不得对第三人行使代理人代理本人所取得的权利。（第13条第6项）

**（三）从代理人（受托人）的角度观察：**

1. 代理人（受托人）权利：代理人（受托人）的权利主要在于费用与报酬。《民法通则》及《代理公约》对此并无特别规定，而《合同法》在此部分，规定代理人（受托人）可以向被代理人（委托人）请求预付处理委托事务费用、偿还处理委托事务的费用及利息（第398条）；而完成委托事务的，可以向被代理人（委托人）要求支付报酬，即使因为不可归责于代理人（受托人）的事由而解除合同或不能完成，亦得向被代理人（委托人）要求支付相应的报酬（第405条）。至于《暂行规定》第13条则规定，代理人（受托人）能够以合同总价乘以约定的手续费率，要求被代理人（委托人）支付手续费。

2. 代理人（受托人）义务：相关规定可分为本于委托合同（委托协

议）之义务及与第三人签订进出口合同之义务二部分。

（1）本于委托合同（委托协议）的义务，各法律规定比较如下：

《民法通则》在这部分没有特别规定。

《合同法》就此规定，代理人（受托人）应当按照被代理人（委托人）指示处理委托事务，需要变更被代理人（委托人）指示的，应当经被代理人（委托人）同意，但是因情况紧急，难以和被代理人（委托人）取得联系的，代理人（受托人）应妥善处理委托事务，但事后应当将该情况及时报告被代理人（委托人）（第 399 条）；代理人（受托人）应当亲自处理委托事务；但得经同意可以转委托（第 400 条）；代理人（受托人）应当按照被代理人（委托人）要求报告委托事务的处理状况（第 400 条前段）；委托合同终止时，代理人（受托人）应当报告委托事务的结果（第 400 条后段）；代理人（受托人）处理委托事务取得的财产，应当转交给被代理人（委托人）（第 404 条）；如因第三人而对被代理人（委托人）不履行义务时，应向被代理人（委托人）披露第三人（第 403 条第 1 项）。

《暂行规定》规定，代理人（受托人）根据委托协议以自己名义与外商签订进出口合同，将副本送交被代理人（委托人），且须对外商承担合同义务（第 15 条）；代理人（受托人）因法规制度无法执行委托事宜时，应说明情况、重新协商委托事宜（第 16 条）。此外，代理人（受托人）有义务保证合同条款合法、符合国际惯例及被代理人（委托人）利益；并应提供受托商品的国际市场行情、及时报告业务进度及履行义务情况（第 17 条）。代理人（受托人）负责办理履行进出口合同之各种手续（第 18 条）。如有违反委托协议导致进出口合同不能履行等情况，代理人（受托人）应赔偿被代理人（委托人）损失，并自行承担一切对外责任（第 19 条）。

《代理公约》规定，代理人因第三人而无法履行对本人义务时，应将第三人名称通知本人。（第 13 条第 5 项）

（2）代理人（受托人）为被代理人（委托人）与第三人签订进出口合同所涉的相关义务，各法律规定比较如下：

依据《民法通则》第 65 条第 3 项规定，如被代理人出具的委托书授权不明的，被代理人应当向第三人承担民事责任，代理人则负连带责任。

《合同法》第 403 条第 2 项规定，因被代理人（委托人）而对第三人不履行义务时，代理人应向第三人披露被代理人（委托人）。

《暂行规定》就此部分规范较为详细，如下：

（1）第 20 规定，于外商不履行合同义务时，代理人应该按进出口合同及委托协议对外索赔或采取其它补救措施。

（2）第 21 条规定，因不可抗力不能履行，代理人（受托人）应当及时通知被代理人（委托人）和外商，并于合理期限内提供证明。

（3）第 23 条规定，代理人（受托人）接到被代理人（委托人）索赔证件后，应当及时对外索赔并及时通报，如接到外商索赔证件后，则应当及时转交给被代理人（委托人），并及时通报理赔情况。

（4）第 24 条规定，被代理人（委托人）依约定提供仲裁或诉讼之费用及协助后，按进出口合同对外提起仲裁或诉讼。

（5）第 25 条规定，在外商提起仲裁或诉讼时，代理人（受托人）应按照委托协议及进出口合同积极对外交涉，并及时通知被代理人（委托人）。

《代理公约》就此部分，其第 13 条第 4 项规定，代理人因本人而无法履行对第三人之义务时，应将本人名称通知第三人。

3. 代理人责任：可区分无权代理、过错、转委托或共同代理等三部分来进行分析。

（1）无权代理：

《民法通则》规定，代理人没有代理权、超越代理权、代理权终止后的行为，未经追认的由行为人承担责任（第 66 条第 1 项）。

《合同法》规定，代理人（受托人）超越权限所致损失，应当赔偿损失（第 406 条第 2 项）。

《暂行规定》规定，无代理权、超越代理权或代理权终止后的行为，如未经被代理人（委托人）追认，由代理人（受托人）自行承担责任（第 4 条）。

《代理公约》规定，未经授权或超越授权范围，如未经追认，代理人行为对本人及第三人无拘束力（第 14 条第 1 项、第 15 条第 1 项），但有表见代理情形时，被代理人不得以此对抗第三人（第14条第2项）。如果代理人未经授权或超越授权范围的行为未得到追认，代理人应承担对第三人的赔偿责任（第16条第1项）。

（2）过错：

《民法通则》规定，代理人不履行职责，违背委托而损害被代理人利益的行为，代理人对被代理人负责（第66条第2项）；代理人和第三人串通，违背委托而损害被代理人利益的行为，代理人和第三人负连带责任（第66条第3项）；代理人知道被代理的事项违法，或被代理人知道代理人的代理行为违法而不表示反对的，代理人和被代理人负连带责任（第67条）。

《暂行规定》规定，因代理人（受托人）过错而未能索赔或未能理赔时，由代理人承担损失（第23条）。如被代理人（委托人）已经依约定提供仲裁或诉讼之费用及协助后，如代理人（受托人）拒绝按进出口合同对外提起仲裁或诉讼时，应赔偿被代理人（委托人）的损失（第24条）。

《合同法》就此无特别规定，《代理公约》也由于不规范本人与代理人间关系，并没有条文就此为特别规定。

（3）转委托或共同代理：

《民法通则》规定代理人转托他人代理，未经被代理人事先或事后同意的，代理人应当负责（第68条）。

《合同法》规定，代理人（受托人）对转委托第三人的选任及其对第三人的指示承担责任（第400条）。两个以上的代理人（受托人）共同处理事务，对被代理人（委托人）负连带责任（第409条）。

《暂行规定》就此没有特别规定。《代理公约》也由于不规范本人与代理人间关系，并没有条文就此为特别规定。

4. 代理人可免责的相关规定：

就代理人的免责事由，《民法通则》与《合同法》没有特别规定，《暂行规定》中则有较为详细的规定，如下：

（1）代理人（受托人）因不可抗力不能履行合同义务的，免除受托责任（第21条）。

（2）外商因不可抗力不能履行合同义务的，代理人（受托人）免除对被代理人（委托人）的责任（第22条）。

（3）被代理人（委托人）不愿提起仲裁或诉讼或不愿提供费用，代理人（受托人）可自行承担风费用及风险对外商提起仲裁或诉讼，但必须自行承担损失或享有利益（第24条）。就此而言，如被代理人（委托人）不愿提起仲裁或诉讼或不愿提供费用，代理人本无提起仲裁或诉讼的义务。

《代理公约》规定，代理人可按照被代理人的指示，与第三人约定改变第13条第2项①的规定（第13条第7项）。此外，如第三人知道或能知道代理人未经授权或超越授权范围而行为时，代理人不承担责任（第16条第2项），解释上似应由第三人自行负责。

**（四）从与第三人关系的角度观察：**

1. 就合同的三方效力而言：

《民法通则》规定，代理人在代理权限内，以被代理人的名义实施民事法律行为。被代理人对代理人的代理行为，承担民事责任（第63条第2项）。

《合同法》规定，代理人（受托人）于授权范围内与第三人订立合同，第三人在订立合同时知道代理关系的，合同直接约束被代理人（委托人）及第三人（第402条）。

《暂行规定》对此无特别规定。

《代理公约》规定，代理人于许可范围内代理被代理人（委托人）实施行为，且代理人知道或理应知道的，代理人的行为直接约束被代理人（委托人）及第三人（第12条）；对代理人未经授权或超越授权范围之行为，追认后同经授权者同一效力（第15条第1项）。代理权的终止不影响

---

① 《代理公约》第13条（2）规定：但是：（a）当代理人无论是因第三人不履行义务或是因其他理由而未履行或无法履行其对本人的义务时，本人可以对第三人行使代理人代理本人所取得的权利，但应受到第三人可能对代理人提出的任何抗辩的限制。（b）当代理人未履行或无法履行其对第三人的义务时，第三人可对本人行使该第三人对代理人所有的权利，但应受到代理人可能对第三人提出的任何抗辩以及本人可能对代理人提出的任何抗辩的限制。

第三人，除非第三人知悉或可得知悉（第19条）。

2. 就第三人权利而言：

《民法通则》及《暂行规定》对此没有特别规定。

《合同法》规定，因被代理人（委托人）而对第三人不履行义务，代理人（受托人）应向第三人披露被代理人（委托人），第三人可择一为相对人（第403条第2项）；被代理人（委托人）行使代理人（受托人）对第三人权利的，第三人可主张其对代理人（受托人）的抗辩。（第403条第3项）。

《代理公约》规定，对代理人未经授权或超越授权范围之行为，第三人可以拒绝追认，对被代理人（委托人）不负责任（第15条第2项）；对代理人未经授权或超越授权范围之行为，第三人可拒绝接受部分追认（第15条第4项）。

3. 就第三人责任而言：

《民法通则》规定，第三人和代理人串通，违背委托而损害被代理人利益的行为，代理人和第三人负连带责任（第66条第3项）；第三人知道行为人无代理权还与行为人实施民事行为，给他人造成损害的，第三人和行为人对他人负连带责任（第66条第4项）。

《合同法》及《暂行规定》对此无特别规定。

《代理公约》规定，如第三人知道或能知道代理人未经授权，则在合理期间届满前不得拒绝受追认拘束（第15条第3项）；如第三人知道或能知道代理人未经授权或超越授权范围而行为时，代理人不承担责任（第16条第2项）。

## 三、归纳对外贸易代理法制上的一些问题

经过汇整分析，可以发现，由于《暂行规定》是在1991年发布的，因此经过了1999年《合同法》与2004年《外贸法》修正后，目前对外贸易代理法制在适用上可能存在着下列问题：

**（一）当事人名称混淆的问题：**

1.《暂行规定》区分委托或授权代理者有无对外贸易经营权，把有对外贸易经营权而委托他人办理对外贸易业务者叫做"本人"（《暂行规定》第1条），无对外贸易经营权而委托他人办理对外贸易业务者叫做"委托人"（《暂行规定》第2条），并分别在前面的情形，以"代理人"表示接受委托的对外贸易经营者，以及在后面的情形，以"受托人"表示接受委托的对外贸易经营者；但是，《暂行规定》后续条文内容中，并没有区分此"本人/代理人"、"委托人/受托人"二种使用外贸代理制的当事人而做出不同规定，而是在文字上均使用"委托人""受托人"进行规范。

2.《暂行规定》对于使用外贸代理制者，就有对外贸易经营权部分，规定主体为"公司、企业"（《暂行规定》第1条），就无对外贸易经营权部分，规定主体为"公司、企业、事业单位及个人"（《暂行规定》第2条），但后续条文内容也没有区分这四种主体。

3.《民法通则》主要使用"被代理人"及"代理人"之文字，在无权或越权代理时，以"本人"表示被代理人（《民法通则》第66条第1项），以"行为人"表示无权代理人（《民法通则》第66条第4项）。

4.《合同法》文字上使用"委托人"及"受托人"。

5.《代理公约》则使用本人（the principal）及代理人（the agent）的文字。（《代理公约》第1条第1项）

6. 2004年《外贸法》修正后，已放宽外贸经营者之主体为"法人、其它组织或者个人"（2004年《外贸法》第8条），对于使用外贸代理制者则一律称之为"他人"（2004年《外贸法》第12条）。

就此看来，《暂行规定》中，区分对外贸易代理活动不同的当事人情形，分别制定不同的称呼，但是这个分别似乎没有发生特别的实益，却可能造成混淆的问题。

**（二）同为对外贸易代理，却适用不同法律规定的问题：**

1.《暂行规定》于有对外贸易经营权者（本人）使用外贸代理制委托

其他有对外贸易经营权（代理人）对外签订合同的情形，另区分依据代理人是否以自己名义对外签订合同，规定以自己名义签订合同者适用《暂行规定》，未以自己名义签订合同者适用《民法通则》。（《暂行规定》第1条）

2. 《代理公约》规定，无论代理人以他自己的名义或以被代理人（委托人）的名义实施行为，均适用该公约。（《代理公约》第1条第4项）

3. 1994年《外贸法》仅规定没有对外贸易经营许可的组织或者个人，可以在国内委托对外贸易经营者在其经营范围内代为办理其对外贸易业务，对于有对外贸易经营权者委托其他有对外贸易经营权者办理对外贸易业务并无规定。2004年《外贸法》则一律称使用外贸代理制者为"他人"（2004年《外贸法》第12条），仍未区分使用者有无对外贸易经营权。解释上似为不论有无对外贸易经营权，均可委托其他有对外贸易经营权者办理对外贸易业务。

4. 本文认为，《暂行规定》第1条就有对外贸易经营权者使用外贸代理制时，截然区分代理人是否以自己名义对外签订合同、分别适用该《暂行规定》或《民法通则》，徒增适用困扰；再者，就无对外贸易经营权者使用外贸代理制时，代理人是否以自己名义对外签订合同则未明文规定，有挂一漏万之情形；第三，仅记载适用《暂行规定》或《民法通则》，而未考虑如何分别适用《外贸法》或《合同法》，也造成体系漏洞及适用疑义。

5. 综上小结，分别代理人是否以自己名义对外签订合同，滋生许多问题，且未见具体实益，而似乎并无区分的必要。

**（三）《暂行规定》中过度规范被代理人（委托人）义务的问题：**

1. 《暂行规定》第6条及第7条规定，被代理人（委托人）应及时向代理人（受托人）详细说明委托进口或出口商品的有关情况，并应依国家有关法律、法规之规定，办理委托进口或出口商品的有关报批手续。然而，2004年《外贸法》修正后，任何个人和企业都可以直接从事对外贸易了；此种情形下，外贸代理业存在的理由，即其在许可证、报关手续、银行信用证、国外客户信用等方面的专业知识和信息①。

2.《代理公约》第 1 条第 2 项规定，公约也适用代理人以与第三人订立货物销售合同为目的或有关履行该合同所从事的任何行为。

3. 就此而言，《暂行规定》第 6 条及第 7 条之规定除不当加重被代理人（委托人）义务外，与《代理公约》相较，也限缩了代理人（受托人）得提供服务的范围。

**（四）其他问题：**

本文认为，《暂行规定》、《民法通则》、《合同法》规定有不完善的情形，例如，参考《代理公约》第 15 条第 2 项以下规定，对于代理人未经授权或超越授权范围之行为，第三人得依据条文规定拒绝接受被代理人（委托人）之追认或部分追认。这个规定使第三人保障较为周全，但是在《暂行规定》、《民法通则》、《合同法》中，尚没有看到相关的规定。

## 四、结论：对于现行《暂行规定》的修正建议

根据前一节之分析，可看到现行《暂行规定》存有一些问题，除了造成适用上的混淆外，也凸显了对外贸易代理法制上不完善的情形。本文最后谨对现行《暂行规定》提出初步的修正建议如下，希望能有助于对外贸易代理法制进一步的完善：

（一）当事人部分：2004 年《外贸法》修正后，任何人均得委托外贸代理业者进行对外贸易业务，且无论被代理人（委托人）自己有无外贸代理权，其权利义务似无特别不同。因此建议删除《暂行规定》第 1 条及第 2 条区分为有无外贸代理权者之规定，宜采用与 2004 年《外贸法》第 12 条一致之文字。

（二）签订合同名义部分：《暂行规定》第 1 条区分是否以代理人自己

---

① 沈四宝、王秉乾编著：《浅谈我国对外贸易代理制度的现状及完善》，法律出版社 2006 年版，第 26 页。

名义对外签订合同之实益并不明确，建议删除此项规定。

（三）被代理人（委托人）义务过度规范问题：2004 年《外贸法》修正后，揭示国家鼓励对外贸易的政策，被代理人（委托人）与代理人（受托人）间权利义务如不涉公共利益，宜由双方自行决定，以免增加外贸代理制度实行上的障碍。《暂行规定》第 6 条及第 7 条关于被代理人（委托人）义务的规定过于繁琐，建议删除。

（四）第三人拒绝追认权问题：《代理公约》第 15 条第 2 项以下，规定第三人对于代理人未经授权或超越授权范围之行为，得拒绝接受被代理人（委托人）之追认或部分追认；此为现行外贸代理制相关法规所无。为更周全保障第三人权益，建议可斟酌是否增订。

# 知识产权国际保护的发展趋势
# 与应对策略

徐金桂[*]

**摘　要：**随着国际贸易的新近发展，知识产权国际保护已然进入到后《知识产权协定》时代，在保护立法、保护客体、保护程序方面出现了新的发展趋势；由于《知识产权协定》本身的原因，使得新的发展过程中产生了诸如对国际人权公约既定原则的悖离，对发展中国家利益的考量不充分等冲突和问题；我国欲在知识产权保护方面趋利避害，应该在知识产权保护立法、保护战略、国际合作以及对外贸易等方面采取适当的应对策略。

**关键词：**知识产权国际保护　制度冲突　应对策略

知识产权国际保护起因于国际经济贸易的发展对知识产权地域限制的克服，以及知识产权保护的国际协调与国内法单独体系的改变。作为国际经济一体化的具体表现形式的知识产权国际保护制度，在其发展到高水平、一体化保护的世界贸易组织时期，出现了一系列新的趋势，同时也产生了一系列冲突和问题。在国际社会特别是发达国家厉行严格的知识产权

---

　*　对外经济贸易大学博士研究生，主要从事国际经济法学研究。

国际保护的今天，作为知识产权法律保护相关制度后起发展的中国，面对新的趋势和冲突，确需冷静思考、积极应对。

# 一、知识产权国际保护的发展趋势

知识产权国际保护制度，是指以多边国际公约为基本形式，以政府间国际组织为协调机构，通过对各国国内知识产权法律进行协调而形成的相对统一的国际法律制度。知识产权国际保护制度的形成和发展已有100多年的历史。[1] 国际社会基于跨国界的知识产权保护的需要，先后签订了一系列的知识产权保护国际公约，并建立了相应的知识产权国际保护组织或国际机构，形成了一整套知识产权国际保护制度。从知识产权国际保护制度的演变历程的角度来看，当今知识产权国际保护制度已经进入变革时期，即世界贸易组织的建立，特别是《知识产权协定》的形成，标志着知识产权国际保护制度发展到一个高水平、一体化保护的新的历史时期。[2]

自1995年1月1日起，世界贸易组织取代存在了半个世纪的关税及贸易总协定，正式运行，新的世界多边贸易体制已经启动，世界贸易组织在新的知识产权国际保护体制中发挥了主导作用，从此知识产权国际保护制度进入了后《知识产权协议》的崭新时代。虽然该协议制定之后，受到了"对创作者权益保护不完整，对人类传统文化保护缺失，对公共利益和人类健康保护不利以及对发展中国家利益考量不充分"[3] 等诸多方面的责难，但是，在知识产权国际保护的实践中，现今时代呈现出与以往不同的发展趋势，具体表现为：

1. 从知识产权国际保护立法方面看，要求知识产权保护的基本原则和

---

① 吴汉东：《知识产权关键保护制度的变革与发展》，载《法学研究》2005年第3期，第126页。

② 有学者从知识产权国际保护的相关国际公约和国际组织的角度认为知识产权国际保护制度可以划分为以下三个阶段：1. 巴黎联盟与伯尔尼联盟时期；2. 世界知识产权组织时期；3. 世界贸易组织时期。参见吴汉东等：《知识产权基本问题研究》，中国人民大学出版社2005年版。

③ 吴汉东：《知识产权 VS. 人权：冲突、交叉与协调》，http://www.privatelaw.com.cn/new 2004/shtml/20041022 – 1303461html。

具体标准在国际社会范围内一体适用。《知识产权协议》第 1 条义务的性质与范围的第 1 款规定："各成员应实施本协定的规定，各成员可以，但并无义务，在其法律中实施比本协定要求更广泛的保护，只要此种保护不违反本协定的规定。各成员有权在其各自的法律制度和实践中确定实施本协定规定的适当方法。"① 由此可见，《知识产权协定》为各缔约国国内立法创立了基本的原则和标准，国内立法必须以国际法的规定作为依据和准则。由于现今知识产权国际保护的立法活动中，仍然是发达国家占据着绝对的主导地位，它们从旨在维护本国的优势地位和掠夺发展中国家的经济资源的目的出发，制定对广大发展中国家不利的知识产权国际保护法律。《知识产权协定》虽然是发展中国家与发达国家相互斗争、相互妥协、求同存异的产物，但其在一定程度上也反映着知识产权保护立法一体化的趋势和弊端。

2. 从知识产权国际保护的客体方面看，对知识产权所有者的权利有扩大保护的趋势。首先，知识产权保护的客体范围不断扩大，例如将版权和专利保护扩大适用于计算机程序，将专利保护扩大适用于一切技术领域包括生命形式、细胞链和 DNA 序列，对药品给予产品专利保护等，同时电子域名、软件、数据库、链接、"元标识符"等纳入版权和商标权保护范围；其次，限制了对知识产权所有人权利的限制和例外规定，例如对合理使用、强制许可措施施加严格的适用条件、缩小法定许可的范围等等。譬如，在禽流感事件中，罗氏公司拒绝将治疗禽流感的药物"达菲"的生产配方公布于众，这在一定程度上反映出知识产权强制许可力量的弱化。

3. 从知识产权国际保护的程序性规范方面看，强化了制度的完善和机制的权威。首先，《知识产权协定》强化了知识产权的执法程序和保护措施，以敦促各缔约方加强知识产权保护制度的实施。其主要内容包括司法

---

① 该款原文为："Members shall give effect to the provisions of this Agreement. Members may, but shall not be obliged to, implement in their law more extensive protection than is required by this Agreement, provided that such protection does not contravene the provisions of this Agreement. Members shall be free to determine the appropriate method of implementing the provisions of this Agreement within their own legal system and practice."

复审制度、民事程序、损害赔偿、临时措施以及边境措施等一系列较为完善的知识产权国际保护制度。其次，《知识产权协定》作为 WTO 的三大支柱之一（另外两大支柱是"货物贸易"和"服务贸易"），WTO 的争端解决机制当然地适用于国际知识产权领域产生的争端。从而知识产权国际保护中的争端解决机制具有前所未有的权威性和强制性，表现为：（1）建立了统一的争端解决机制；（2）确立了对争端的强制管辖权；（3）加强了对裁决的执行力度。① 总之，在后《知识产权协定》时期，知识产权国际保护在程序性规范上呈现出了制度完善、机制权威的趋势。

## 二、知识产权国际保护的制度冲突

知识产权国际保护发展到后《知识产权协定》时代，在知识产权国际保护制度设计日益细密、并逐渐走向全球化的过程中，一个十分突出的问题开始引起国际社会的强烈关注，即《知识产权协定》对原有的知识产权国际公约进行了突破与变革的同时，现今的知识产权国际保护制度与传统的体制之间也存在着明显的碰撞与冲突。

1. 从价值取向方面看，《知识产权协定》与国际人权公约之间存在着明显的冲突，体现在以下几个方面：第一，从国家主权方面来看，《知识产权协定》会削弱国家对国内人权的促进与保护，会不合适地限制一个国家的自决权利。在《知识产权协定》之前，对于是否、如何给予一项关乎国家发展的技术以专利保护，一个主权国家可以视本国经济发展水平，自由做出选择、决定。这正是《发展权宣言》第二条所要求的，即国家有权利和义务制定适宜的国家发展政策，旨在不断提高全民和所有个人的福利。而《知识产权协定》则创造了知识产权国际保护历史上的重要变革。它迫使成员为某些技术提供专利保护，比如医药。这与国家在其发展策略方面的自决权利，具有明显的冲突。第二，从知识产权保护客体方面来看，《知识产权协定》所限定的对象明显属于已经在西方发达国家发展成

---

① 沈四宝：《世界贸易组织法教程》，对外经济贸易大学出版社 2005 年版，第370－372页。

熟并占据绝对优势的部门，且只涉及发达国家的创新。例如，《知识产权协定》对专利的保护大多是有关于现代技术形式，如生物技术等。形成对比的是，对一直备受关注的文化遗产和土著人技术保护问题，《知识产权协定》没有予以必要的关注。这就产生了不平衡，会对非发达国家和地区的人权特别是文化权利的享有产生冲击。在《知识产权协定》的框架下，知识产权保护与此类传统知识保护之间关系紧张。第三，在承认权利义务平衡时，对于如何实现这些平衡，《知识产权协定》的规定并不明确。作为知识产权的专门协议，《知识产权协定》当然应该把详尽开列知识产权的各种权利作为己任，而不会太多涉及人权内容。但是，《知识产权协定》在提到对人权保障的避让时，其间接提及的方式、原则性规定的模糊、捉摸不定的弹性、对限制进行限制的但书等，从根本上使得执行者无所适从，人权保障无法得到切实贯彻。

对于两者冲突的协调方法，笔者认为，知识产权作为发挥着财产权的激励作用的一种民事权利，它与人类尊严以及人的生命权、健康权等人权之间确乎存在着目标与手段的关系。① 所以，知识产权国际保护的各种制度必须与国际人权公约相协调一致；在知识产权保护实践中必须严格履行国际人权公约规定的相关义务，保证权利与义务之间的平衡。

2. 从发展中国家利益考量方面看，知识产权国际保护制度对发展中国家所处的不同于发达国家的经济发展阶段没有给予应有的制度安排和实体保护。如前所述，《知识产权协定》是发展中国家与发达国家之间相互斗争、相互妥协、求同存异的产物，在一定程度上考虑了发展中国家的一些诉求，如为发展中国家及最不发达国家安排了遵守协议的过渡期。但是发展中国家必须清醒地看到：《知识产权协定》完全由美国、欧盟等主要发达国家所控制，充分体现的是对以美国为首的发达国家知识产权利益的保护，《知识产权协定》实质上是保障发达国家利益的"单赢"协议。将计算机软件作为文字作品予以保护，把药品和农业化学物质纳入专利保护的范围，以及将商业秘密纳入知识产权的范围等等，都在很大程度上反映了

① 对于知识产权的性质，法理上一直存在着不同观念，在此笔者不作展开讨论，只是表明自己观念。

发达国家在国际贸易中的利益。国际知识产权保护义务的设定，大大地强化了国际知识产权的保护程度，使发展中国家失去了对知识产权保护问题的决策权和主动权，给发展中国家技术、经济和社会发展带来了深远的不利影响，使其发展模式发生重大转变。

正是由于发达国家主导知识产权的保护，加大了发展中国家获得知识的成本，扩大了国家之间科学技术的鸿沟，过度不当的保护不仅阻碍了知识和科学技术的进一步发展，甚至产生了人类文明在某种程度上的倒退现象。所以，发展中国家在研究和利用知识产权国际保护制度时，其负面效应应该作为问题的出发点。当然，在国际竞争日益加剧、全球经济加速融合的今天，任何无视或排斥知识产权国际保护的行为显然都是不现实的，只能是作茧自缚。相反，广大发展中国家应当审时度势，有所作为，应当制定和实施积极的知识产权战略，采取积极措施提高本国的知识产权竞争力，从而在最大程度上享用知识产权的利益，维护自身权益。

# 三、知识产权国际保护的应对策略

面对发达国家主导的知识产权国际保护新体制已经形成，国际知识产权竞争日趋激烈的国际环境，我国必须加快融入知识产权国际保护的进程。无疑，只有理性应对知识产权国际保护发展趋势，充分把握本国知识产权战略发展机遇，才可能根据本国经济和社会发展的实际需要，借鉴发达国家和发展中国家已有的成功经验，有针对性地采取应对策略。

1. 从知识产权保护立法方面看，我国应力争在知识产权保护的国际立法活动中发挥越来越重要的作用。当今知识产权制度一体化的基础就是知识产权立法的一体化。[①] 立法一体化的要求就是知识产权国际立法高于各缔约国的国内立法，国内法必须以国际法作为依据和标准，从而形成知识产权领域国际立法在世界范围内的一体适用。我国的经济发展不断在知识

---

① 吴汉东：《知识产权国际保护制度的变革与发展》，载《法学研究》2005 年第 3 期，第127 页。

产权上付出巨大代价的原因就在于，我国在知识产权国际立法活动中还没有自己的话语权和控制权，处于受限制、被剥夺的地位。为此，我国要想改变现状，在知识产权国际立法活动中拥有自身应有的话语权，必须采取以下对策：（1）积极参与新一轮的 WTO 谈判，在《知识产权协定》的完善与修改中，表明自身立场，团结广大发展中国家共同维护自身权益。（2）完善国内知识产权立法。当务之急是尽早出台既体现国情又与国际接轨的《反垄断法》，改变我国知识产权立法滞后，不能满足经济发展中知识产权保护需要的现状。

2. 从知识产权保护战略方面看，由于我国在知识产权的创造、保护和利用的能力上与发达国家还存在极大差距，而知识产权已经成为世界各国在技术、产业、经济和文化等领域展开激烈竞争的战略手段，因此我国必须对国际知识产权保护的新形势做出及时、有效的战略应对：（1）扩大知识产权的保护范围；（2）加大对知识产权侵权的惩处力度；（3）强化知识产权保护的司法职能；（4）加强知识产权保护的国际化与地方化。

3. 从知识产权保护的国际合作方面看，我国应充分利用 WTO 的协作平台，以《知识产权协定》为依托，以争端解决机制（USB）为后盾，积极与他国对话，在交流与协调中发挥后起优势，力争在知识产权国际保护中扮演重要角色。（1）寻求同发展中国家之间的合作。发展中国家在知识产权国际保护中处于相对不利的实力对比之中，这就要求我国政府采取一种积极的对外知识产权的公共政策，加强与第三世界国家的共同合作与协调，与同类国家达成共识，形成一致的对话声音。（2）寻求同发达国家之间的合作。当今的知识产权国际保护体制是在美国、欧盟、日本等强国主导下产生的规则，对发展中国家极为不利。我国要想趋利避害，在最大程度上维护自身利益，就必须利用在国际贸易中的技术接受地位、传统资源等优势与发达国家讨价还价。

4. 从我国对外贸易的知识产权策略方面看，知识产权已成为国际贸易中的最主要的壁垒形式之一，其活动领域逐渐扩大，涉及的商品逐步增多，对有关国家进出口贸易影响也逐步加深。我国在发展贸易的同时，也一直遭遇着多种形式的知识产权壁垒。在对外贸易中积极运用知识产权国际保护制度为我国国际贸易发展和经济安全服务，已成为当务之急。具体策略有：（1）鼓励、引导企业实施积极的知识产权国际保护战略。企业作为国际贸易的主体，只有勇于融入知识产权国际保护的大潮中，才能有所作为、立于不败之地。（2）政府搭台、企业唱戏，积极应对知识产权侵权之诉。解决国际贸易中知识产权壁垒的出路在于应用知识产权国际法律武器，以商会和企业协会的形式积极参与国际知识产权的纠纷法律解决。（3）树立知识产权人才培养策略。我国以往在遭遇知识产权壁垒时处于被动地位的重要原因在于相关专业人才的匮乏，输在"人"上。在中国经济已与世界全面接轨的今天，唯有牢固的树立知识产权人才培养、管理策略，才能从容应对国际贸易中复杂多样的知识产权壁垒，维护自身经济利益。

# 四、结语

于我国而言，知识产权制度是典型的"舶来品"，一直存在着国际化与本土化之间的耦合问题。当今知识产权国际保护新体制的形成与演变趋势，又为我国知识产权制度在后《知识产权协定》时代将走向何处预设了路径。所以，在知识产权保护立法、保护战略、国际合作以及对外贸易等方面采取适当的应对策略，将是决定我国能否消解知识产权国际保护中的制度性冲突，达到趋利避害的关键所在。

# 社会保障立法与我国农村社会保障制度

## ——以家庭保障、土地保障与社会保障的关系为视角

吴文芳[*]

**摘　要**：我国社会保障立法的一大难点是如何认识与处理农村社会保障正式制度与家庭保障、土地保障的关系。目前我国农村社会保障体系不健全，在设计农村社会保障正式制度时，不能低估、轻视现阶段家庭保障与土地保障的功能，盲目地寻求制度创新。在正式制度设计时，必须在农村社会保障建立的进度、水平、与城市社会保障的衔接、筹集资金、待遇支付方式等五个方面考虑到家庭保障与土地保障的具体影响。

**关键词**：社会保障立法　家庭保障　土地保障　农村社会保障

2008 年十一届全国人民代表大会的主要立法任务是完善社会法领域的立法，因此《社会保险法》是本届人大的立法工作的重心，也是"和谐社会"能够得以实现的重要基础。建立覆盖城乡居民的社会保障体系和法律制度是社会保障立法追求的目标，长期以来，中国农村社会主要立足于农

---

　　* 天津师范大学法学院讲师，中国人民大学法学院博士生，主要研究方向为劳动法和社会保障法。

民的自我保障，即以家庭保障为形式，以土地保障为载体。现行的家庭保障与土地保障在市场经济发展的过程中，已经呈现出持续弱化的状态。如何设计农村的社会保障制度，特别是如何认识与处理家庭保障、土地保障与社会保障的关系，从而保障农村人口基本的生存权、维护农村的稳定发展，是"和谐社会"能否实现的关键。因此，明确三者关系，并在此基础上构建社会保障制度是现阶段立法的紧迫任务，也是社会法学者研究的重要问题。

# 一、我国农村社会保障制度的基本框架

农民在中国不仅是指农业生产者，更是中国社会一种身份的代名词。1958 年《中华人民共和国户口登记条例》将新中国成立后形成的城乡有别的户口登记制度与限制迁徙制度以法律的形式固定了下来，国民被分为城市居民与农村居民两大身份系列进行管理，目的是阻止农民向城市流动，缓解城市失业问题，保证新兴工业城市的工业化水平。[①] 在社会保障制度方面，城市与农村的二元体系同样存在巨大区别，现阶段已经颁布实施的社会保障法规，基本是以城市居民为实施对象的。而我国现行的以农民为对象的社会保障制度，主要包括如下内容：

## （一）农村"五保"制度

1956 年颁布的《高级农业生产合作社示范章程》中规定农业合作社对于残老弱寡的农民实行生活照顾的社会救济制度，并在 1964 年二届人大通过的《1956 – 1976 年全国农业发展纲要》中得到完善。改革开放后，国务院于 1994 年颁布了《农村五保供养工作条例》，确定了"五保"供给赡养工作的操作程序和内容，对中国特色的"五保"制度进行了规范化和法制化。农村实行税费改革和取消农业税后，农村的五保对象需要有新的保障

---

① 俞德鹏：《城乡社会：从隔离走向开放——中国户籍制度与户籍法研究》，山东人民出版社 2002 年版，第 17 – 37 页。

机制，在新的时代背景下，国务院于 2006 年制定了新的《农村五保供养工作条例》，1994 年国务院发布的《条例》同时废止。

### （二）农村合作医疗制度

该制度最早源于 20 世纪 40 年代陕甘宁边区的医疗合作社。解放后在农村人民公社的管理体制下，合作医疗在各级政府支持下，按照参加者互助共济的原则，为农村社区人群提供基本医疗卫生保健服务。合作医疗曾经在农村社会保障中发挥巨大作用，到 1980 年，全国约有 90% 的行政村实行了合作医疗，农民看病时实行部分免费。然而农村实行家庭联产承包责任制以后，合作医疗制度受到了严重影响，到 1996 年，实行合作医疗的村占全国行政村总数的 17.7%，农民人口覆盖面仅为 10.1%。[1] 尽管 1997 年国务院转批了卫生部等部门提交的《关于发展和完善农村合作医疗若干意见》，但据卫生部 1998 年第二次国家卫生服务调查显示，全国农村居民中得到某种医疗保障的人口只有 12.56%，其中合作医疗的比重仅为 6.5%，绝大多数农民有病不医或自费医疗。[2] 自 2003 年农村新型合作医疗制度试点开始在全国推行，由于该制度的运行尚处于起步阶段，现实中还存在许多亟待解决的问题。[3]

### （三）农村救济救灾与扶贫制度

民政部门作为农村救灾工作的领导部门，颁布了一系列的部门规章，建立了救灾工作分级管理、救灾款分级负担的救灾管理体制。中共中央和国务院 1994 年制定了《"八七"扶贫攻坚计划》，加大对农村贫困人口的救助力度，扶贫工作取得了较大进展。2001 年国务院在总结《国家八七扶贫攻坚计划》实施的基本经验的基础上，讨论通过了《中国农村扶贫开发纲要（2001－2010）》。扶贫注重提高贫困人口生产自救能力与给予贫困人

---

① 郑秉文、春雷：《社会保障分析导论》，法律出版社 2001 年版，第 266 页。
② 姚丽莎：《现行新型农村合作医疗制度的缺陷》，载《经济研究参考》2008 年第 6 期。
③ 杜爽：《新型农村合作医疗调查后的思考和建议》，载《山西财经大学学报（高等教育版）》2007 年第 11 期。

口最低生活保障的救济。

### （四）农村最低生活保障制度与养老保险制度的探索

1995 年民政部为了帮助农村的贫困户解决衣食之忧，开始在部分地区开展建立最低生活保障制度的试点工作，但是实施的范围仍然十分有限。据有关资料显示，全国 31 个省、市、自治区中，仅有浙江省在 2001 年 10 月 1 日实施《浙江省最低生活保障办法》，以法规形式将农民列入社会保障的保护范围。1992 年 1 月 3 日民政部正式颁发《县级农村社会养老保险基本方案》，但在 1998 年之后，中央决定暂缓发展农村养老保险制度，使得全国性的农村养老保险工作几乎陷入停顿状态，但仍有部分地区在坚持探索农村养老保险制度。2007 年 8 月 13 日，国务院发出《关于在全国建立农村最低生活保障制度的通知》，就农村最低生活保障制度的标准和对象范围、申请及管理程序、资金来源等作出了基本的规范。

由此可见，我国现阶段的农村正式的社会保障制度覆盖面极窄，只有孤老残幼能够得到有限的社会救济待遇。并且，这种社会救济待遇缺乏法律的规范和保障，现阶段政府政策是最重要的制度供给来源。由于尚未落实在法律层面，我国农村社会保障制度最大的弊端是保障程度很低、涉及面窄、不稳定以及可预期性较差。

## 二、家庭保障与土地保障的内涵与功能

现代社会保障的本质与目标取向最重要有二：一是维护社会稳定；二是保障基本人权。在严格制度意义上，中国农村谈不上有更多的社会保障制度。但必须看到，中国农村存在的两大基本保障机制同样承担着维护社会稳定与保障人权的基本功能：

一是家庭保障机制。家庭保障是前工业社会的普遍形态，这种保障来自于二代、三代甚至四代同堂的家庭结构。中国自古以来有亲属互助的传统，这种前工业社会的普遍保障形态在尚未工业化的中国农村仍能发挥其重要作用。家庭保障不仅能够基本上满足老年人衣、食、住、日常生活照

顾等生理方面的需要，还同时建立了家庭成员之间经常的互动，对于满足交往及情感体验方面的需要起到不可替代的作用①，特别是家庭养老的功能体现的更为突出，据有关资料显示，中国90%以上农业人口的老年保障，几乎全部依靠家庭提供；

二是土地保障，"土地是农民的命根子"，在一个小农经济占主导地位的社会里，土地不仅仅是农民的生产资料，更是农民摆脱贫困地位与抵御生活风险的最后依托。作为一个有悠久历史的农业大国，现阶段中国农民社会保障建立在当前家庭联产承包责任制的基础之上，是"以家庭保障为主要的保障方式，土地为社会保障的主要载体和保障基金的主要来源"的②农村社会保障。由此可见，家庭保障与土地保障在农村社会保障中居于核心地位。

## 三、家庭保障、土地保障与社会保障立法之间的关系

社会保障立法必然要改变农村现行的以家庭保障与土地保障为核心的非正式制度安排，代之以一系列的正式制度，包括农村养老保险制度、医疗保险制度、最低生活保障制度等等。然而立法必须建立在充分认识与理解"三种保障"的关系的基础上。现阶段社会保障立法无法回避两个重要的问题：第一，家庭保障、土地保障对社会保障的完全或者部分替代关系；第二，制度设计中是应以家庭保障、土地保障为主还是以社会保障为主，特别是在目前中国农村土地保障资金功能持续弱化条件下，在未来农村社会保障体系设计中将家庭保障与土地保障的功能置于何种地位。

### （一）家庭保障、土地保障对社会保障的替代关系

就我国现阶段而言，农民的生存与农村的稳定更大程度上维系在家庭

---

① 陈一筠：《家庭是社会保障的基点》，载张健等主编：《家庭与社会保障》，社会科学文献出版社2000年版。

② 杨文盛、焦存潮：《我国农村社会保障的制度安排》，载《战略与改革》2007年第7期。

保障与土地保障上，几乎没有或者很少有社会保障制度的保障，家庭与土地保障完全或大部分的替代了社会保障的功能。尽管多有学者指出，这种基于城乡二元社会经济结构产生的社会不公平现象亟需变革，但立足现实，却不得不承认这种格局产生具有一定的必然性：

第一，现代社会保障制度是工业化的产物，西方社会保障制度的发展历程，大体而言，与工业化的发展水平一致。工业化一般经过以农养工，农工自养和以工养农阶段，只有工业化水平处于第三阶段，经济水平总体较高时，才有条件建立农村的社会保障制度。例如，德国是第一个建立社会保障制度的国家。在 1883 – 1889 年先后立法开始了产业工人的"医疗保险"、"事故保险"和"养老保险"，到 1957 年才开始实施"农民养老保险"。日本是 1941 年开办厚生年金保险的，30 年后即在 1971 年才建立农民年金保险。从总体看，农村社会保障法令或社会保障制度虽然有仿效城镇社会保障的内容，但都是在"工业化"经过一个相当时间以后，大体是工业能够"反哺"农业的现代化建设时期，政府才作为社会保障的主体，通过立法形式为农村居民实施满足基本生活保障的社会政策和法律规定。

第二，目前 160 多个国家与地区的社会保障体系中，大多数发展中国家的农业人口还无法纳入社会保障制度[①]。我国处于工业化发展的中期，不发达地区还处于以农养工阶段向工农自养阶段的过渡时期，中国农民这个传统阶层人数仍占据全国人口的 80%[②]，现阶段建立城乡整合的社会保障制度还缺乏足够的经济社会条件，家庭与土地保障对于农民社会保障的部分甚至是全部的替代作用是巨大的、不可忽视的。

现阶段农村社会保障中家庭与土地保障的非正式制度对于正式制度的替代格局，在一定程度上限制了农民社会保障制度的发育和发展，限制了我国工业化、市场化、城市化的深入，弊端相当明显。以土地保障为例，

---

① 郑功成等著：《中国社会保障制度变迁与评估》，中国人民大学出版社 2002 年版，第 256 页。

② 高灵芝、杨洪斌：《农村社会保障的格局与体系》，载《山东社会科学》2007 年第 12 期。

平均主义的承包土地，使小农经济在短期内获得最基本的保障势必与以规模经营为基础的产业化、集约化形成日渐激烈的冲突，而土地附加的保障功能更阻碍了农村土地产权制度改革，既不利于农村土地的规模经营，经济效益的提高，又限制了农村人口向城市转移，阻碍了城市化、市场化的发展。正如有学者所分析的，由于近年来农村人均耕地的相当紧张，土地归集体所有，就意味着作为集体的"一员"，可以得到土地的福利，而这种福利又遵循"出组不带"的原则，使集体成员不会轻易放弃属于自己的"一份"，即土地在、保障就在。[①] 农民离开土地便失去了基本生活保障的现实诱致本该城市化的农民离土不离乡，形成世界上绝无仅有的民工潮，抑制了中国的城市化进程；国家的土地政策在土地集聚和保障农民基本民生、维护社会稳定之间徘徊，无法有大的作为。[②] 因此，难以建立必要的土地流转机制，土地产出的低效率就成为必然。

然而，2003 年《农村土地承包法》对农村家庭土地承包权设定了特殊保护规则，通过稳定承包期，将原来农地的 15 年或 20 年的承包期变更为30 年，稳定承包权、杜绝任何重新调整土地的机会，禁止发包方单方解除家庭承包合同以及承包权的延续性等规定强调家庭土地承包经营权的高度稳定性。[③]《物权法》将土地承包经营权作为用益物权的重要种类规定，其基本着眼点仍然是强调中国农村土地保障在农村及全社会稳定中的重要性。现行立法充分说明土地保障对于中国农村的重要作用以及官方对土地保障替代社会保障制度的基本态度。

## （二）立法中以应哪种保障为主

在农村社会保障立法中，以何种保障形式为主，应当从目标模式与转型模式两方面来考察。中国农村社会保障立法的目标模式应是城乡一体化

---

① 高帆：《我国农村土地的保障功能应逐步弱化》，载《经济纵横》2003 年第 6 期。

② 王国军：《浅析农村家庭保障、土地保障与社会保障的关系》，载《中州学刊》2004 年第 1 期。

③ 郭洁：《农村弱势群体的特殊法律保护——从农村土地承包法的视角》，载《政法论坛》2005 年第 1 期。

的统一模式，即建立以政府参与的、社会互济性强的社会保险为基础，其他保障形式为补充的社会保障体系。按照世界工业化的一般趋势，工业化总是伴随着城市人口增加与农村人口减少，最终社会结构在城市化基础上实现城乡一体化。而在城市工商业人口不断上升的同时，社会保障的享受对象亦将随之扩大，最后农民亦将享受和城市工商业劳动者实质相同的社会保障待遇，从而实现城乡社会保障体系的统一与整合。[①] 城乡一体化并非意味着城市与农村的社会保障制度完全没有差别，即使在社会保障制度非常健全的发达国家，例如法国，农民的社会保障仍然是单独立法模式，只不过城乡最终享有的社会保障水平差别不大。因此农村社会保障的目标模式应当以社会保障制度为主，家庭保障、土地保障为辅。因此，家庭保障与土地保障只是我国农村社会保障制度建设过程中的过渡形式，不是真正意义上的社会保障，因而是不稳定的，必然随着工业化、城市化和农村剩余劳动力的转移逐步向社会保障制度转变。

在社会保障立法目标模式实现的过程中，转型模式的存在具有不可替代的重要意义，即家庭保障、土地保障在我国农村的主要作用在当前尚不能完全为社会保障制度所取代。尽管总体而言，土地保障、家庭保障对社会保障的替代关系必然呈现减弱趋势。特别是由于计划生育政策、人口老龄化等因素对家庭保障功能的削弱，人地关系紧张，市场风险加大，耕地质量下降，农民负担过重等问题造成的土地保障功能持续弱化的客观现实已经导致了家庭保障与土地保障对社会保障的替代作用减弱，社会保障制度的建立日益迫切。但这一目标的实现过程漫长，其主要取决于农村工业化、市场化、城市化的进程，因此在这一过程中，任何弱化家庭与土地保障，低估、轻视家庭、土地保障而寻求制度创新的想法都是不切实际的。

---

① 李迎生著：《社会保障与社会结构转型——二元社会保障体系研究》，中国人民大学出版社 2001 年版，第 55—59 页。

## 四、"三种保障"的关系对农村社会保障立法的影响

### （一）对农村社会保障立法进度的影响

虽然从总体上看，现阶段我国农村尚不具备推行社会保障制度的条件，但由于我国地域之间工业化、市场化与城市化之间的巨大差别，在沿海地区、城市郊区等经济比较发达的农村，土地保障已经"虚化"，土地收益在农民收入中居于次要地位，已经具备了建立一定程度的农村社会保障制度的条件和经验，这些地区建立社会保障制度的进程应较其它地区更快。以上海为例，经过多年的积累和发展，上海郊区集体经济组织经济实力壮大，为农民提供了一定的社区保障，如为农民发放退休金、医疗保障，为困难户提供救济金，甚至还为村民子弟提供学费等。在一些郊区和小城镇，还实行最低生活保障，推行以土地换保障等。社区保障和社会保险的发展，在一定程度上为土地基本生活保障功能的被替代创造了条件。[①]江苏省苏州市经过几年的探索实践，已在全国率先建立起低水平、广覆盖、有保障的农村基本养老保险制度。[②]而落后地区尚不具备社会保障制度的市场化、工业化条件，主要仍在依靠家庭、土地保障对社会保障的替代作用。

据有关学者的研究，我国各地农村经济发展水平大致可以划分为贫困型、中间型、富裕型等三种基本类型[③]，针对不同的农村社会保障需求，可以设计具有不同重点和不同功能的社会保障体系。例如，针对贫困地区经济发展的特征，应当在坚持家庭保障与土地保障的基础上，不断增强集体与社会的责任，社会保障的重点应当是社会救济与扶贫，构建的是以家

---

① 王克强：《上海市农民从土地保障到社会保险过渡的理论与实证》，载《农业经济问题》2005 年第 2 期。

② 蔡跃进：《农民圆了社保梦——苏州市农村社会保障制度发展之路》，载《中国劳动》2004 年第 11 期。

③ 参见左敏、朱德云、李森著：《社会保障学》，经济科学出版社 2001 版，第 293 - 295 页。

庭保障和土地保障为基础，国家救济与扶贫、社区保障为主导，其他保障方式为辅的低层次性保障计划；中间型农村的社会保障体系则可以强调以家庭保障为基础，社区、国家为主导，逐渐引入以个人缴纳、集体补助和政府扶植相结合的社会保险制度的保障模式，特别是养老保险与医疗保险制度；富裕型农村的社会保障体系则可以强调在国家和集体责任的基础上，采取一定强制的方式，以家庭保障为基础，社会保险和商业保险为主导，其他保障方式为补充的高水平保障计划。

## （二）对农村社会保障立法保障水平的影响

现阶段的农村社会保障由家庭保障、土地保障与极少数的社会保障制度构成，城市社会保障则包括家庭保障与社会保障制度。近年来，由于人口老龄化、家庭规模缩小、文化观念变更、计划生育效应等多种因素的冲击，城乡家庭保障作用都在不断减弱。比较而言，由于农村的工业化进程滞后于城市，加之计划生育政策比城市要宽松，农村家庭保障的作用仍比城市家庭保障发挥了更大作用。另一方面，在农村地区，农民对土地拥有承包经营权，土地可以为农民提供一定程度的保障。城镇职工对土地不存在任何产权，在市场经济环境下，只能依赖政府所提供的社会保障制度，否则将失去生活基本保障。正基于此，农村社会保障制度的构建，整体上应低于城市社会保障制度的保障水平，这种差异不是对农民的歧视待遇，而是制度建构的现实基础。但农村存在的土地保障绝不应当成为政府放慢在农村建设社会保障体系步伐的理由，城市与农村社会保障水平的差异只应保持在农村家庭保障与土地保障对于社会保障的合理替代范围内。

## （三）对农村社会保障与城市社会保障立法衔接的影响

农民工是跨越城乡的边缘性群体，他们户口仍在农村，但在城镇干着和城镇居民一样的工作，依其职工身份应当纳入城镇社会保险范围，而依其农民身份则应当纳入农村社会保障范围，因而农民工的社会保障直接关系到农村社会保障与城市社会保障衔接的问题。目前就整体而言，面向农民工群体的社会保障制度的建设严重滞后，部分地区虽出台了与农民工有关的一些社会保障政策措施，但效果不理想，其中突出的问题在于农民工仍然对承包土地享有承包经营权，尚存在回乡务农的可能，而农村的土地保障为其提供了最低生存保障，导致了他们很难为城市的社会保障制度完全接纳。必须针对农民工建立既独立又与城镇社会保障和农村社会保障衔接和可转换的农民工社会保障。笔者认为，设计农民工的社会保障可以按其市民化程度分为不同的制度类型。（1）完全市民化的农民工，即在特定城镇达规定居住年限，并有固定住所，工作单位和稳定收入的农民工，回乡务农的可能性极小，农村的家庭保障与土地保障的替代作用几乎已全部消失，应将其纳入城市社会保障；（2）市民化程度较高的农民工，即常年在不同城镇流动工作，缺乏稳定岗位，在城镇无固定住所的农民工，这部分农民工尚有回乡务农的可能，在农村的承包土地亦为其提供了土地保障，应为其设计介乎农村社会保障和城市社会保障之间相对独立的社会保障制度；（3）市民化程度较低的农民工，即间断性在城镇务工和回乡务农；在城镇无固定住所、工作流动性较大的农民工，[1] 就应适用农村社会保障。

### （四）对农村社会保障筹集资金制度的影响

当前农村社会保障制度建立面临的困难是农民社会保险资金的筹集问题。而涉及到城乡社会保障制度衔接的主要问题是农民工的社会保障费用的历史空账如何解决的问题。鉴于转型模式中土地作为农村社会保障资金的载体和主要来源，在很大程度上替代了社会保障制度，当农民离开土地成为农民工，或者土地被政府征收、农村社会保障资金的筹集应当按"土地换保障"的思路来进行：（1）农业用地转为非农业用地时，被征地单位按规定获得的土地补偿费和劳动力安置费，应当提取一定比例进入农民工社会保险基金，并将其中一部分纳入被安置农民的社会保险个人账户。（2）如前所述，在农业用地转为非农业用地过程中，农民不能参与土地增值收益分配，政府对土地一级市场实行垄断，低成本从农民手中征地后，

---

① 王全兴、汪敏：《我国农民工社会保险立法初探》，载《律师世界》2003 年第 5 期。

在土地交易中获得较为可观的收益，这对农民极不公平，应当通过财政手段将一定比例纳入农村社会保险基金，对此，浙江省等一些省份已经有了较为成熟可行的做法值得借鉴：杭州失地农民的社会保障，其资金筹集分"两大部分"，70%在征地安置补偿费和征地补偿费中列支，30%在政府土地出让金收益或社会保险后备金中列支，在就业促进方面，政府相关政策规定农民享受与市区城镇失业人员、就业困难人员同等的政策待遇。①（3）对于前述市民化程度较高的进城农民，应当从法律层面完善土地承包经营权的流转制度，允许其有偿转让承包土地的经营权，将其转让收入全部或大部分纳入农民工社会保险基金，并折算成本人一定年限的个人账户积累额，这既可以解决农民工社会保险个人账户资金积累的历史空账，又可以促进农村土地经营规模的扩大，有利于农村社会保障制度的建立与农村市场化进程的加快。（4）可以考虑进行农业税改革，把农业税改为社会保障税，将收入用于农村社会保障基金，还可以考虑进行利息税分配体制改革，把从农民储蓄存款利息征收的利息税收入全部留作农村社会保障基金。②

### （五）对农村社会保障待遇支付方式的影响

社会保障待遇包括货币待遇、实物待遇与劳务待遇。社会保险项目通常采用货币待遇的支付方式，社会救济、社会优抚经常给付实物待遇，社会救济如农村的"五保"制度涉及社会保障劳务待遇的支付。由于社会保障常用的手段是提供现金和实物援助，故长期以来经济保障尤其是资金保障比较容易为人们重视，而劳务待遇则很少提及。事实上，在市场经济条件下，仅仅有物质保障，而没有相应的劳务待遇的支付方式为其提供服务保障，社会保障的目标实现将大打折扣，社会保障的服务保障功能也不应

---

① 黄锴坚：《以土地换保障：为失地农民找一条可行的出路》，载 http：//house. focus. cn/newshtml/68269. html；张宪春：《以土地换保障 青岛开发区为失地农民解忧》，载 http：//house. focus. cn/newshtml/65280. html。

② 张立荣：《中国农村社会保障体系重构：缘由与方略》，载《华中师范大学学报（人文社会科学版）》2002 年第 5 期。

被忽视。社会保障只有在经济保障和服务保障的功能相耦合时，才能发挥出其最佳整体效应。

以农村养老保险为例，老年人生活必需品的供给，可以从社会保障基金中支出，但老年人生活照料所需劳务供给待遇应该主要由家庭保障支付。家庭保障不仅能提供社会保障的劳务待遇，并且能够满足老年人所需的精神慰藉，是社会保障劳务待遇支付的最现实便利亦是最有效的方式。当前农村有些地区建立了专门养老机构从而取代家庭保障的劳务待遇支付模式，笔者认为在现有的社会经济条件及中国人家庭本位的观念与文化背景下，适用范围相当有限。因此，在构建农村社会保障待遇支付方式时，应注意家庭保障与社会保障制度的适当结合。

# 构建和谐社会的行政法治解读

陈晋胜[*]

**摘　要：** "和谐"的最高境界是人之思想"和谐"，即人与人之间的"心和"。"心和"的基本要求是"认识一致"。笔者通过对"行政法"与"依法行政"这两个基本概念的行政法治解读，在某种程度上有助于我国构建和谐社会中对相关法律基本理论认识问题的有效解决，这为避免行政法治实践中跌进不应有的常见的认识误区必定有所裨益。

**关键词：** 构建和谐社会　行政法　依法行政　行政法治解读

## 一、和谐社会的文化学诠释

和谐是一个古老而又经久不衰的跨学科概念，具有美学本源、哲学基础、社会科学内涵和实践意义。当代和谐社会，实际上是指以人为主体的社会和谐发展状态，它包括人与自然之间的和谐、人与人之间的和谐、社会结构之间的和谐三个方面的基本内容。事实上，就总体精神方面而言，它与我国传统文化中的和谐精神是一脉相通的。正如著名社会学家邓伟志先生所说的那样，"和谐社会理念弘扬了中华传统文化的理想追求与价值

---

[*] 山西大学法学院教授、法学博士，硕士生导师，主要从事行政法学、行政诉讼法学和警察法学的教学与研究工作。

认同，也彰显着社会主义建设事业'中国特色'的原则与取向。"①建设当代和谐社会，我们必须对现实中的"依法治国"、"依法行政"这些确立、引领、决定着中国法治基本走向的"概念"进行客观的分析，以期对当代构建和谐的社会主义法治社会的事业能有所裨益。

"和谐"的最高境界是人之思想"和谐"，即人与人之间的"心和"。因此可以说，和谐具有精神文化作用。和谐作为控制社会和调整社会成员行为的软环境，在一定程度上与社会法治在各个不同的层面和维度相互交叉、融合，互相配合，互相补充，共同作用。和谐在国家的法治层面，注重道德教化，强调对社会的综合治理，重视对违法、犯罪的预防。但遗憾的是，在当代中国却出现了不能令人满意的景象：一是在"依法治国"的大旗下，法律的作用却常常被无限地夸大，"依法治县"、"依法治村"、"依法治校"等肤浅的口号随处可见，甚嚣尘上，"依法治国"的科学内涵已被严重庸俗化，认为"依法治国"就是"领导"依法治"群众"，"上级"依法治"下级"。一些人甚至从"法律虚无主义"的一端转到了"法律万能主义"的另一端。二是在"依法行政"的口号下，凸显了"行政"的特别权力作用，曲解了所依之"法"的科学内涵，扩大了"法"的边界，使行政机关制定的各种规范不应该地成了"行政"所依之"法"，使"法"成了"行政"控制、管理、约束行政相对人的工具。那么，什么是"行政法"呢？如何理解"依法行政"呢？这是构建和谐社会必须要解决好的基本认识问题。笔者在此敢揣浅陋，运用法理学基本原理、哲学基本方法，在构建和谐社会视野下，对这两个基本问题进行逻辑性的行政法治解读，以求教于同仁指正。

---

① 转引自"人民网"www. people. com. cn/GB/paper2836/14624/1299677. html.

## 二、行政之"法"与法之"行政"：权大于法？
## 抑或法大于权？

### （一）"行政法"概念的语义解析

行政法作为一个重要的部门法，在我国整个法律体系中居于小宪法的特殊地位。它与民法、刑法等部门法相比，又具有鲜明的表象特色。形式上无统一法典，内容上庞杂繁多，时效上多元化，以及结构上实（体）程（序）合一，已成为法学家的共识。虽然专家学者们对行政法的基本理论、基本原理、甚或基本内容的阐释精细入微、探求有致，但至今尚未发现对在 20 世纪 80 年代就昭然若揭的"行政法"概念作一解析。联系当前"权大于法"和"法大于权"的法学焦点问题的思虑，笔者觉得很有必要对"行政法"这一"三字两词"合集的概念给予剖析。

让我们首先咀嚼"行政法"这一概念，通过对"行政法"这个词的轻重不同的细细品读，我们会有一种似乎蕴味不同的感觉，而这种感觉引导我们对"行政法"这一概念的体悟是在一个基点上释放出两条目标不同的射线，即：

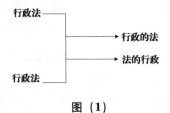

**图（1）**

这就延展出了两个新的概念或观点，即行政的法与法的行政。

请看这两个概念的基础及其继续延展的方向：

"行政的法"的基础是与行政的道德、行政的纪律、行政的原则等同属一类，这样理解的结果便是：法是行政的法，法属于行政的范畴，即行政法是行政的一部分，法从属于行政，其学理意义是：法应当为行政服务。

"法的行政"的基础是与法的经济、法的民事、法的刑事等同属一类，这样理解的结果便是：行政是法的行政，行政属于法的范畴，即行政法是法的一部分，行政从属于法，其学理意义是：行政应当为法服务。

这样，在图（1）上可延展的结果便是：

图（2）

这样一来，又有两个新的观点被延展出来，即法为行政服务与行政为法服务。

请再看这两个观点的基础及其继续延展的路向：

法为行政服务的基础是：法为行政服务的正当性毋容置疑。即法必须为行政服务。换言之，行政有把"法"置于服务于自己的地位的当然性。法具有工具性，也就是说行政大于法。

行政为法服务的基础是：行政为法服务的正当性毋容置疑，即行政必须为法服务。换言之，法有把"行政"置于服务于自己的地位的当然性。行政具有工具性，也就是说法大于行政。

这样在图（2）上可延展的结果便是：

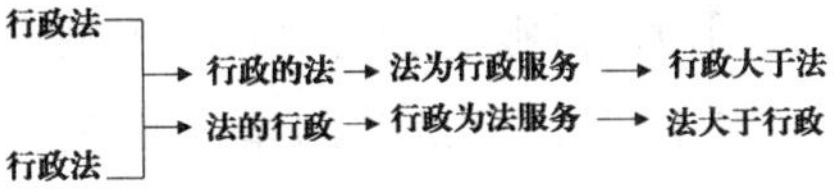

行政法──→ 行政的法 ──→ 法为行政服务 ──→ 行政大于法
行政法──→ 法的行政 ──→ 行政为法服务 ──→ 法大于行政

图（3）

这样一来，又有两个新的观点被自然地延展出来：即行政大于法与法大于行政。

让我们最后透视这两个观点的基础及其继续延展的结果：

行政大于法的基础是：行政大于法的合理性，换言之，即权大于法的合理性。

法大于行政的基础是：法大于行政的合理性，换言之，即法大于权的合理性。

这样在图（3）上可延展的结果便是：

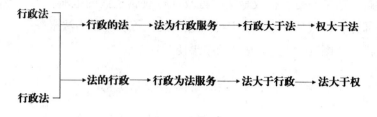

**图（4）**

### （二）权大于法的法理学分析

从一般的法理学意义上来理解，大于法的权应当是指具有立法权的权力机关，在我国通常是指全体公民的代表机关，即全国人民代表大会及其常务委员会。但从"行政法"这一概念的解析中得出的结论是：大于法的权并非指具有立法权的权力机关之权，而是指行政的这种"权"，即行政权。那么行政权能不能大于法呢？应该进行辩证的分析：

一方面，行政权不能大于非行政之法。也就是说，如果行政法的法不是行政（机关制定）的法，而是权力（机关制定）的法，则行政这个权绝不能大于这个（权力机关的）法。可以权大于法的前提应当是：行政法的法并非行政（机关制定）之法。又由于非行政的法并非仅指最高权力（机关制定）之法，而在我国对法的概念和含义的一般理解中对权力之法以外的法不视为是法，也不把地方权力机关制定的规范性文件视为是法，因此，行政权不能大于非行政之法应无疏漏之处。

另一方面，行政权大于（最高）权力（机关制定）之法以外的各种所谓"法"。其一，行政权大于行政法规性的法。因为行政法规是（最高）行政机关制定的法，其法律效力仅次于宪法和法律。其二，行政权大于地方性法规性的法，因为有权制定地方性法规的地方权力机关按照有关法律规定仅有三种：即省级人大及其常委会；省会城市人大及其常委会；经国务院批准的较大的市的人大及其常委会。而这些地方权力机关所制定的地方性法规的法不是仅次于宪法和法律的。其三，行政权大于规章性的法，因为有权制定规章性法的是四种类型行政机关，即国务院的工作部门；省级人民政府；省会城市人民政府；经国务院批准的较大的市的人民政府。这些行政机关制定的规章性的法当然地应当小于行政权。其四，行政权大于其他规范性的法。因为规范性的法在我国通常是指其它规范性文件，即是指县级以上的各级人民政府依法作出的各种行政命令、行政决定、行政措施。这些规范性文件理所当然地小于行政权。综上所述，行政权大于（最高）权力（机关制定）之法以外的各种所谓"法"当属毋容置疑。

通过上述分析，我们认为"权大于法"的前提是基于对"权"和"法"的合理界定，即权大于法的权必须是行政权，权大于法的法必须排除（最高）权力（机关）之法。同时，大于法的行政权必须符合行政规则，否则便会出现下位行政之权大于上位行政（机关制定）之法和同位行政之权大于同（或上）位（级）权力（机关制定）之法。

### （三）法大于权的法理学分析

法理学的一般观点赞同法大于权，但大于权的权多指行政上的下位权和与权力机关同位上的行政权，或者说大于权的法多指（最高）权力（机关制定）之法和与行政机关同位的（地方）权力（机关制定）之法，以及行政机关的上位（行政机关）之法。具体说有如下两种情况：

1. 法大于权的权多指行政上的下位权。法大于权的权也指与权力机关同位的行政权。法大于权，是指对于上级行政机关所立之法下级行政机关必须服从。换言之，下级行政机关行使权力不能与上级行政机关所立之法相背离，应当遵循命令与服从的基本原则。同时任何行政机关行使权力都必须遵守同级权力机关制定的各种"法"。换言之，权力机关制定的各种"法"对同级行政机关的权都有绝对的规制力。

2. 法大于权的法多指与行政权同位及其以上的权力（机关制定）之法。法大于权的法也指行政权的上位法。法大于权，是指对于与行政机关同级的和上级的权力机关所立之法大于该行政机关的行政权。该行政机关上级的行政机关所制定的法也大于该行政机关的行政权。

通过上述分析，我们认为法大于权的前提是基于对"权"与"法"的合理界定，即大于权的法必须是与行政机关同位的权力机关制定的法，必须是该行政机关上位的行政机关制定的法，必须是最高权力机关制定的法。而大于权的权，必须是行政机关的下位权，必须是与权力机关同位的和下位的行政机关的权，必须是行政机关下位的下级行政机关的权。

# 三、依法之"行政"与行政之"依法"：语义分析、认识误区及含义确正

## （一）"依法行政"的语义分析

依法行政，顾名思义，即依据法律规范开展行政。其概念寓存如下两方面含义：

一方面，依法行政的"依法"含义有两点：

一是依据法律规范的原则、精神开展行政。这一含义首先意味着所开展的行政必须具有正当的考虑、正确的动机，必须符合法律规范的立法目的，反映法律规范的本质要求。其次意味着所开展的行政在法律规范指导下必须具有进取的积极属性和拓荒的创新意识，以体现对法律规范的崇高敬意和完美实现。最后意味着所开展的行政必须恪守法律规范的防御界限，以免破损法律规范在该领域内为行政主体修筑的活动藩篱。

二是依据法律规范的具体规定开展行政。这一含义首先意味着所开展的行政必须以法作为启动行政的钥匙。无法则无行政，应是这一含义的本质要求。无行政是因为无法。其次意味着所开展的行政必须严格遵循法律规范的具体规定，无具体规定则无具体行政，则行政不能。最后意味着所开展的行政必须忠实于所依之法的最高法规范，以便在法定职权内通过制定普遍性规则进一步明细其高位法的规范界限。

另一方面，依法行政的"行政"含义有两点：

一是依法行使国家政权，即作为国家政权的主体行使对全国社会公共事务的管理职权。这一含义意味着行政首先是一种国家代表，即代表国家履行对全社会公共事务的管理职责。其次是一种国家职权，即是国家权力机关赋予给行政机关的职权，这一职权既具有独立行使的专属性，又具有接受国家监督的受制性。行政机关作为行政权的使用主体而非所有主体，

决定了"行政"的本质必须体现权力机关的意志，即广大人民的意志。最后，这一含义意味着行政是"依法"的行政，不仅具有不"依法"便不能"行政"的消极一面，更有着忠实于"依法"情景下的积极行政的一面，即反映法的本质、体现法的宗旨、倡扬法的精神的行政。

二是依法行使国家的行政职权，即作为国家行政权的行政主体，在对全国社会公共事务的管理活动中具有独立性和专属性。其独立性既要求行政主体在行使行政职权时要有排他性，即防止他人对行政职权的干扰，又要求行政主体不能随意扩大或延伸行政职权，也避免行使非行政主体的职权。其专属性要求行政主体忠实于行政职权，既不能滥用已有的职权，也不能不行使应该行使的职权。

### （二）依法行政的认识误区

依法行政，简言之，是依据法律来行政。这在我国至少有两点应该不可忽视，一方面，依法既意味着行政主体对权力主体的负责，也意味着权力主体对行政主体有要求，因而衍生出无论在制度层面抑或意识层面上权力绝对高于行政。另一方面，依法既意味着是行政主体的职权，也意味着是行政主体的职责。其职权在"依法"的要求下也必须正确行使，即既不能滥权，也不能不行使职权；其职责在"依法"的要求下，也必须正确履行，即既不能不履行，也不能滥履行，也就是不能渎职。具体说，对"依法行政"的认识误区有如下几方面：

误区之一："无法"则无"行政"。

既然法是行政的前提，是启动行政的钥匙，应该说"无法"则无"行政"。这是一种对"依法行政"的本质认识不足所形成的偏见，是机械唯物论的反映。"依法行政"的本质是通过规范行政来促进行政，而不是限制行政。

误区之二：行政必须有法可依。

这种认识误区是"无法"则无"行政"的翻版。这种认识抹煞了行政的本质属性。行政的本质应是积极行政。行政无创新、无开拓则没有存在的实际意义。行政在国家权力中的地位及其作用与司法权、立法权的根本区别即在于此。司法权、立法权相对于行政权应该是消极的、被动的。

误区之三：行政不能有法必依。

这种认识误区是对行政本质认识的又一误解。认为既然行政依法存有缺陷，既然行政在国家公权力中定位于开拓创新、具有积极意义，而立法不可能超越于行政，行政就该是不能有法可依了。

误区之四：行政所依之"法"是指所有"规范"。

这种认识是扩大了对"法"的理解和解释。至少对行政为依法所立之"法"应予排除，否则将会使依法行政所依之"法"失去应有的尊严，也混淆了行政所依之"法"与行政所立之"法"的概念或含义。

误区之五：依法行政是"用法"来行政。

这种认识是把依法作为手段，这是法律工具主义的认识观点。

## （三）依法行政的含义确正

正确把握依法行政的含义，笔者认为应该注重如下几点：

一是依法行政，强调的是行政规范或规范行政，不是拘禁行政。

不能打击行政的积极性。应保护行政的开拓行为，倡扬行政的创新意识。依法行政应是提高行政质量和效率的保障。

二是行政应注重对所依之"法"的正确认识。

既不能把所依之"法"圈定在法的具体规定的条条款款的表现形式上，应着重强调对法的本质、法的原则、法的精神和立法目的等方面的尊崇，也不能把所依之"法"作随意的扩大或解释，尤其不能把所依之法普遍地理解为行政机关为执法所做的立法之"法"。

三是依法行政其基本目的之一涵盖了对行政相对人的着力保护。

因而凡是对行政相对人构成威胁或造成损害的诸多情形都应归咎于行政未有"依法"的于行政不利的可疑性考虑。

# 从《汶川地震灾后恢复重建条例》
# 透视公共服务中的政府责任

彭云业*　白锐**

**摘　要：**公共服务是政府的基本职能，强化政府在公共服务中的责任，是提升公共服务水平，满足公众日益增长的服务需求，建设服务型政府的重要途径。《汶川地震灾后恢复重建条例》（以下简称《条例》）明确规定了要统筹安排交通、铁路、通信、供水、供电、住房、学校、医院、社会福利、文化、广播电视、金融等基础设施和公共服务设施建设，明确规定了灾后恢复重建中的政府职责。透视《条例》，正视公共服务中政府责任的缺失，从实体和程序方面完善政府责任，以期构筑面向长远的公共服务政府模式，建设服务型政府。

**关键词：**公共服务　政府责任　依法行政

　　汶川特大地震是新中国成立以来波及范围最广、救灾难度最大的一次地震。恢复重建任务重、时间紧、涉及广，需要统筹协调、科学安排。为了保证恢复重建的顺利进行，做到质量与效率、眼前与长远的协调统一，实现科学重建，需要依法而为，用法律来明确政府在公共服务中的责任。

---

　＊　山西大学法学院教授，主要从事行政法学研究。
＊＊　山西大学商务学院法律学系讲师，山西大学法学院行政法学专业硕士研究生。

# 一、《条例》充分体现公共服务中的政府责任

## （一）"以人为本"，"服务为民"

作为政府责任重要指导的"以人为本"原则，贯穿《条例》始终。其主要体现在：一是在保证安全的前提下，并给予适当的补助。如在过渡性安置地点要配备相应的安置设施，临时住所要具备相应的基本功能：防火、防雨。此外，活动板房优先用于重灾区和需要异地安置的受灾群众，倒塌房屋在短期内难以恢复重建的重灾户特别是遇难者家庭、孕妇、婴幼儿、孤儿、孤老、残疾人员以及学校、医疗点等公共服务设施。二是在现场清理过程中要坚持救人第一的原则，尊重少数民族风俗习惯，妥善登记保管财物，建立地震遗址博物馆，一方面为今后科学研究之用，另一方面也能更好地寄托哀思。三是充分尊重群众意愿，发挥政府的服务职能。比如在农村重建中要尊重农民意愿，对捐赠款物的使用要尊重捐赠人的意愿。四是在规划制定和实施中也充分体现了以人为本，如在重点项目安排方面，要重点安排基础设施和公共服务设施，而且规划的编制还要听取专家和群众的意见。

## （二）"六个结合"，强调责任

一是受灾地区自力更生、生产自救与国家支持、对口支援相结合的原则。从地震发生以来，政府举全国之力支援灾区，并给予了财政支持和金融方面的优惠政策，提供了物资、人力以及技术方面的支持。《条例》规定，地方政府首先有责任组织当地企业以及群众开展生产自救，如在农业生产方面，《条例》也规定应当及时组织修复毁损的农业生产设施，开展抢收抢种；在工业生产方面，要尽快优先组织供电、供水、供气等企业恢复生产；灾区农村居民若能够自行重建房子的，政府将给予一定的补助。在乡村恢复过程中还要发挥当地村民自治组织的作用，以群众自建为主，政府予以补助，社会帮扶、对口支援。二是政府主导与社会参与相结合的

原则。组织灾后恢复重建是各级政府的责任。政府应当在恢复重建中发挥主导作用，公民、法人以及其他组织等社会力量参与重建也是必不可少的。三是就地恢复重建与异地新建相结合的原则。恢复重建应当首先确保被安置群众的生命安全与工程质量的安全，要综合考虑当地经济发展水平、建设成本、群众故土难离的心理、地质选址条件、资源环境的承载能力等多种因素，在恢复重建方式上，也要做到灵活多样、统筹兼顾、以人为本。四是确保质量与注重效率相结合的原则。恢复重建，是一个长期的过程。很多建设工程，关乎百年大计。如住房建设、基础设施建设、产业恢复重建等，都是需要在保证质量的前提下，充分考虑效率。五是立足当前与兼顾长远相结合的原则。当前恢复重建的主要任务是积极稳妥恢复灾区群众正常的生产、生活、学习、工作的条件。从长远看，重要的是要恢复并促进灾区经济社会的发展，要达到这两个目的，才能真正实现将来的经济社会可持续发展。六是经济社会发展与生态环境资源保护相结合的原则。在恢复重建中，无论是过渡性安置，还是工程选址以及城乡规划布局，都应在考虑经济建设的同时，兼顾环境资源的承载能力，避免对已经非常脆弱的生态环境造成新的破坏。

### （三）科学决策，合理规划

地震灾后恢复重建规划，是实施整个恢复重建的基本依据。《条例》在第四章专门对规划作了规定。为了保证规划的科学性、民主性，《条例》规定，规划要依据调查评估的结果，包括调查评估所获得的地质、勘察、测绘、水文、环境的基础资料，同时也要依据地震的动参数区划图确定规划编制的基本原则。在《条例》中对于规划编制的程序也作了非常明确的规定，如规划要吸收有关部门和专家来参加，充分听取地震灾区受灾群众的意见，对于一些重大的事项，还要组织专题论证，批准后的规划还要求及时公布，规划制定出来当然就必须严格执行。

### （四）扶持弱者，彰显关怀

《条例》第 62 条规定，地震灾区接受义务教育的学生，其监护人因地震灾害死亡或者丧失劳动能力或者因地震灾害导致家庭经济困难的，由国家给予生活费补贴；地震灾区的其他学生，其父母因地震灾害死亡或者丧失劳动能力或者因地震灾害导致家庭经济困难的，在同等情况下其所在的学校可以优先将其纳入国家资助政策体系予以资助。这次地震是新中国成立以来破坏性最强的地震，大量的基础设施、公共服务设施、住宅毁损，尤其是年久的建筑，毁损更加严重。为了在今后提高抗震设防水平、完善建设工程强制性标准，尽量减少或避免这种情况发生，条例主要在第22条、第45条、第50条、第76条作了具体规定，归纳起来有以下几个方面：一是政府应当组织有关部门和专家，对学校等公共服务设施进行工程质量和抗震性能鉴定，保存有关资料和样本，并进行地震活动破坏机理的调查评估。二是国务院有关部门要组织对地震灾区地震动参数、抗震设防要求、工程建设标准进行复审，确有必要修订的，应当及时修订。三是对学校等人员密集的公共服务设施，应当按照高于当地房屋建筑的抗震设防要求进行设计，增强抗震能力。四是对毁损严重的公共服务设施和其他建设工程，经鉴定确认工程质量存在重大问题，构成犯罪的，依法追究相关人员的责任。

### （五）加大投入，财政支持

重建非常需要政府有关财政和政策的支持。这主要体现在《条例》的第六章：一是支持灾区人民自力更生，国家通过税收优惠、减免相关费用以及提供财政贴息、以工代赈等方式，支持灾区人民尽快恢复生产、重建家园。二是加大国家直接投入。国家设立专门基金，专门用于地震灾后恢复重建。在安排建设资金时，《条例》明确规定要优先考虑地震灾区的基础设施和公共服务设施以及关系国家安全的重点工程设施。对于因地震导致家庭困难的接受义务教育的学生，政府给予生活补贴。三是动员社会力量参与。除了鼓励社会各方面通过捐赠、投资等方式捐赠外，《条例》还明确要求非地震灾区的地方政府采取对口支援的形式参与重建。如中央已经决定，非灾区的各省级人民政府与地震灾区县实行对口支援、全面帮扶。

《条例》是我国首个地震灾后恢复重建专门条例，确立了灾后恢复重建工作的指导方针和基本原则，规定了一系列制度和措施，是开展灾后恢复重建工作的重要法律依据，是我国地震灾后恢复重建工作纳入法制化轨道的重要标志。根据《条例》的规定，优先安排受灾群众基本生活和公共服务设施，尽快让灾区群众恢复正常的生活状态和秩序。对毁损严重的基础设施、公共服务设施等进行抗震性能鉴定，开展地震破坏机理调查评估，有计划、分步骤地组织实施地震灾后恢复重建。随着《条例》的颁布，务实的中央政府对公共服务领域极大关注，使得政府在公共服务中责任的研究成为热点。

## 二、我国现阶段公共服务中政府责任的考察

### （一）我国政府公共服务责任中现实问题的理论分析

在理论上，法国狄骥的《宪法论》和德国福斯多夫的《当前服务主体之行政》及我国学者应松年教授的《行政法学理论问题初探》等文中都早已论证过这一点。笔者认为，政府是全社会成员共同利益的代表和社会成员个人利益的维护者，与公众之间的利益关系是代表与被代表、公共利益与个人利益之间的关系。政府所代表的公共利益，不是供其本身或其工作人员享受的特殊利益，而是分配给公众来分享的利益，是用于保障基本人权的。对公共利益的集合、维护和分配，是因为单个社会成员无法或难以实现自己的这种利益。因此，社会成员需要这样的服务机关，政府必须成为提供该服务的主要机关。政府的服务，既由行政的本质所决定，又反映了行政法的本质。公共服务是行政主体通过对法律的执行来体现和实现的。政府的公共服务是一种职务服务，即法定职责的履行，而不是职责以外的服务。行政权对法律的从属性，说明行政主体的服务是一种"依照法律规则所作的服务"，即依法行政。尽管长期以来，我们一直强调为人民服务，但似乎是指社会成员为他人服务。也就是说，所强调的服务主体是社会成员个人。笔者认为，服务的主体应当是人民的代表即政府，为人民

服务的本意应当是人民的代表者即政府为人民服务。从实体法规范上说，我国宪法明文规定了政府的服务性质，如《宪法》第 27 条规定："一切国家机关和国家工作人员必须依靠人民的支持，经常保持同人民的密切联系，倾听人民的意见和建议，接受人民监督，努力为人民服务。"类似的实体法规范还有很多，① 但总的精神就是——"人民委托行政机关管理国家行政事务，目的就是要使行政机关为自己服务。"② 所以政府在公共服务中要充分体现人民主权原则，把握合法性与合理性原则，依法提供公共服务，履行自身职责。

### （二）我国现阶段公共服务中政府责任的具体问题

1. 公共服务中政府责任的具体问题实体分析

20 世纪 80 年代中期，鉴于中央政府对社会福利的投资长期不足，民政部率先提出了社会福利社会化的口号，并随情况发展将社会化演进为市场化、产业化、民营化。接着，教育、卫生、体育、文化等部门也相继提出了类似的口号。政府公共服务的发展方向从此被导向企业化模式。近 20 年过去了，由于政府改革中放权过度、约束不足，导致基础教育、卫生防疫等承担政府法定责任的机构乃至承担监督执法职能的机构也被允许创收，而且政府对于创收活动的内容、收入比例以及用途几乎没有限制；一些机构的业务活动内容及活动方式过分自由；很多机构的目标和行为偏离社会事业发展的基本要求和规范，过分突出机构和小群体利益，社会公共服务领域出现了混乱局面。

我国现阶段公共服务中的具体问题，笔者归纳有以下几方面：第一，公共服务的投入低于世界平均水平，公共服务覆盖面太窄，如现行公共服务投入在医疗、教育、社会保障上，低于世界平均水平。这成为目前中国弱势群体大量涌现的一个重要原因。同时基本公共服务不到位更是造成一

---

① 叶必丰：《服务与合作》，《宪法与行政法论文选粹》，中国法制出版社 2004 年版，第 360 页。

② 应松年：《行政法学理论基础问题初探》，载《中国政法大学学报》1983 年第 2 期。

些特殊弱势群体的成因。第二，已经建立的义务教育、基本医疗等公共服务，也在实施中被扭曲。比如义务教育演变成收费教育，政府部门把一些好的学校拿出来创收；医疗乱涨价、乱收费导致更多的人看不起病。一些政府机构放弃公共服务职能，而在市场上逐利。第三，公共服务政策的制定、制度安排明显地有失公平，这集中体现在以国家固定投资为代表的公共设施投入。多年来出现了"两多两少"的现象：即城市多，农村少；发达地区多，落后地区少。也就是说，我们在公共设施的建设和投入方面，农村和中西部落后地区，明显处于弱势，这直接影响到国家公共服务均等化在全国的实施，也有可能导致我们在政策制度方面出现结构性的风险。第四，公共服务提供的体制成本太高。这种体制成本过高主要表现在两个层面：一是没有一个合理的中央和地方架构，中央和地方关系的架构整体上在公共服务提供方面有很多值得反思的地方。二是我们提供基本公共服务的基本体系效率不高。在我国，特别是在市场化改革的影响下，一些公共服务提供机构，有明显的营利化倾向。

2. 公共服务中政府责任的具体问题程序分析

就目前的情况看，行政权并没有得到有效的约束，具有很大的随意性，监督和问责机制不健全，一些政府部门没有真正做到依法行政。例如，到目前为止，我国公共财政支出的一半左右还是用在竞争性领域和基础建设的投资上，没有把主要精力和财力用在为社会提供公共产品和公共服务上，更不要说充足优质的公共服务。例如，在 SARS 危机之初，政府出现应对机制不健全，许多行政主体工作不力的情况，就集中反映出转轨进程中政府经济建设职能比较强，公共服务职能相当薄弱的现状。又如，在市场经济条件下，某些公共服务机构改革出现偏差，造成公共服务机构自身利益的集团化、普遍化和机制化，产生了诸如义务教育不到位、高等教育、公共医疗乱收费、药品高额回扣等某些比较严重的民生问题。这些问题已经引起社会公众，特别是弱势群体的强烈不满，成为社会的一个突出矛盾。如果任其发展下去，必定损害政府的社会形象，弱化以至瓦解我国的公共服务体系。随着经济社会的快速发展，人民生活水平的不断提高，公众对公共服务的需求在不断增加，对政府的要求也越来越高。如何适应社会发展趋势，推进公共服务创新，转变政府职能，为公众提供更加公正、快捷、充足、高质量的公共产品和服务，已经成为现今政府必须解决的重大课题。

# 三、完善公共服务中的政府责任

## （一）强化政府公共服务责任的理念

政府责任包括政治责任、行政责任、法律责任和道义责任，责任主体包括各级行政机关、行政首长和一般公务员。要完善公共服务中的政府责任，要促进政府责任法治化，关键是在法治理念和政府治理理念上要有创新，要有突破。首先，法治理念要从过去强调"管制"向维护市场平等权利转变，使政府成为创造良好环境的主体；其次，法治理念从"允许"性规定向"禁止"性规定转变。"禁止"性理念强调的是，法律只规定什么是禁止做的，凡是法律没有禁止的都是可以做的。这种理念可以为创新行为提供空间，有利于促进社会生产力的发展；最后，政府治理理念要从主要依靠行政性规章和文件向依据法律授权转变，从"权力本位"向"责任本位"转变。这是理顺市场经济体制下政府与市场关系的基础，也是避免政府过度随意干预市场的重要保证，有利于防止官员腐败和维护市场秩序。

强化政府公共服务责任理念，需促进政府责任法定化，要建立健全适应各类责任主体的政府责任体系，应大力推进公共服务的法治建设，要在国家相关立法中进一步明确政府公共服务的职责。要通过一系列的实体法和程序法的建构，为公共服务提供制度性的保障。要进一步加强对公共服务的规范和监督，强化政府责任意识。

## （二）公共服务中政府责任的完善

### 1. 公共服务中政府责任的实体制度完善

政府在公共服务中有责任提供制度供给服务。作为秩序化代表的政府，必须为人们和社会提供社会秩序的制度供给，也就是要为社会制定一个权威的、人人必须遵守的制度框架或者制度模式。如法律制度、政治制度、财政制度和社会保障制度等等。政府提供的最好和最大的服务就是良好的制度供给。

第一，加大公共服务的投入。政府在公共服务中的财政投入要具有公共性，广泛且平均的投入到各个层面，避免公共投入分配不均。对全国性公共服务事项，中央和省级政府应该承担更多的投入责任，中央政府应加大转移支付力度，确保实现基本公共服务的有效供给和均等化，而且要加大对医疗、教育、社会保障等基本公共服务的投资力度，减少行政投入，节约资金，扩大公共服务覆盖范围，并且加强立法保障和法制建设，从而使各项公共服务的投入有法可依。政府必须将解决群众关心的热点难点问题、提高百姓的生活水平和生活质量，作为执政为民、构建和谐社会的重要内容。按照事权与财力相匹配的原则，合理划分各级政府在公共服务领域的事权和财政投入责任，并加以规范化、法定化。

第二，要进一步明确政府在公共服务中的种类、范围、幅度，并且加以法律规范。在当前的情况下，政府在公共服务领域、特别在基本公共服务领域如医疗、教育、社会保障、社会福利等方面的主要职责，大体应包括四个方面：一是制定公共服务的规划、政策和标准；二是提供医疗、教育、社会保障、社会福利等最基本的公共服务；三是提供公共服务的财政支持；四是加强对公共服务的监管，包括提高公共服务的质量和效益。明确政府在公共服务中的职责，加以立法规范，从而为杜绝收费教育，医疗乱收费等问题提供法律保障。要对公共服务的政策、范围、边界、政府能力等，进行科学的评估，制定出中国目前现阶段改善和发展公共服务的战略，就是说要有整体的解决思路和应对策略。[1] 政府的公共服务既是服务权，又是一种管理权。行政主体的服务，就是对公共利益的集合、维护和分配。公共服务既是一种权利又是一种职责或义务，政府的公共服务是权利和义务的融合，具有不可抛弃和转让的属性。"完成职务，是阶级统治

[1] 汪玉凯：《解决公共服务突出矛盾的对策》，载《学习时报》2006年第8期。

的义务，也是公共服务的目的"。

第三，笔者认为政府的责任还包括提供良好的公共政策服务。政府制定公共政策要从公共性的角度出发，为解决社会稳定发展和经济可持续发展问题制定政策。如环境保护、社会保障、义务教育政策、金融政策、财政政策等。政府在基本制度已经确立以后，其主要的责任是提供良好的公共政策服务。良好的公共政策服务对政府的公共服务具有导向性，从而为公共服务的各个领域提供良好的指导作用。

第四，公共服务是社会主义市场经济条件下政府的主要职能之一，改革公共服务管理体制，增强公共服务供给能力，是公共服务体制改革和政府职能转变的重要内容。在传统的计划经济体制下，以"公共权力"为核心的，具有单方命令属性的行政手段在行政管理中占主导地位，由此造成政府管制范围无限膨胀与行政管理方式单一化的双重弊端，严重制约了社会发展的生机与活力。随着经济的全球化以及我国改革的深化，这种传统的以"公共权力"为核心的单一行政模式已经无法适应社会发展的需要，必须在"公共服务"的行政理念下，重新评价、界定政府作用，调整政府职能，改变单一的权力行政方式，改革传统公共行政的模式，在满足社会公共需要的同时，深化体制改革，实现"全能政府"向"有限政府"的转变。① 为适应现代社会的发展，首先要明确各级政府在公共服务领域的权责，进而提高行政效率，改革僵化体制，调整政府模式。全体人民共享改革发展成果，是政府转变职能、规范权力运行的最终目标；致力民生，把百姓赋予的权力真正用在为百姓谋利益上，是政府应当承担的责任。

2. 公共服务中政府责任的程序制度完善

随着广大人民群众对公共服务提供的可及性、公平性和优质性要求的不断提高，公共服务供给成为政府一项日益重要的职责，加强对公共服务供给的统筹规划和有效协调是十分必要的。我们要认真借鉴国际经验，建立符合我国国情和社会主义市场经济体制要求的公共服务监管体制，合理

---

① 李昕：《公共服务理念下现代行政的特征》，中国论文下载中心，http：//www. studa. net /xingzhengfa/080414/09484724. html，2008 年 4 月 14 日。

设置监管机构，以达到专业化监管和监管协调的统一。结合我国公共服务监管体制改革的实际，根据具体情况和改革进展确定监管的重点，加强对公共服务领域改革过程的监管，防止由于监管不力导致公共服务职能的弱化。① 如地震灾后重建非常需要政府有关政策支持。对于这些政策，在《条例》中已经作出了规定，下一步就是如何执行的问题。一方面国务院有关部门和地方政府要制定相关配套措施，将相关政策进一步细化；另一方面在监督机制上需要全方位的监督，相关政策要公开，工作程序要规范，政府要通过各种监督形式加强监督，特别重要的一点还是要接受社会的监督，将这些资金和优惠政策用到刀刃上，使优惠措施真正惠及受灾群众。

公共服务之所以存在较多问题，不能均衡发展，究其根源还是缺乏对行政权力的问责机制。我们可以想象，不受制约的行政权力和强大的政府管束机制，必然导致社会大量资源向政府部门自身倾斜。这无疑表明，一个政府如果没有建立起对行政权力的问责机制，国家在分配社会资源的时候，不可能遵循公平原则，也不可能遵循效率原则，而只会运用权力原则，谋求自己的利益。②

只有完善的程序制度才能杜绝上述公共服务中面临的诸多问题，而政府在公共服务中程序制度的完善必须遵循行政法的基本原则：

第一，依法行政原则。依法行政原则是行政法律制度构建的首要、普遍原则。依法行政的基本含意是指政府的一切行政行为应依法而为，受法之约束，具体包括法律创制，法律保留和法律优先三项内容。这三项内容既是依法行政原则的组成部分，也是我国公共服务中政府责任依法行政的理论依据。

第二，尊重和保障基本人权原则。基本人权是指人按其本性所应当享有的在社会中得以生存和发展的自由度。这一原则既是宪法的基本原则，

① 参见国家发展改革委经济体制综合改革司考察团《关于意大利、希腊和葡萄牙公共服务监管体制的考察报告》，载中华人民共和国发展改革委员会网站，http://www.sdpc.gov.cn/zjgx/t20071221_180358.htm，2008 年 8 月 29 日。

② 吴睿鹣：《责任政府才能保证公共服务均等化》，载《济南时报》2006 年第 2 期。

也是行政法的基本原则。作为一个法治政府，自然应该尊重和保障人权，切实维护行政相对人的合法权益，使之不受侵犯。立法者则必须维护公民切身的权益，即基本权利。自行在法律中决定规范、限制人权的内容，使得行政权力在侵犯到公民之权利时，必须是在法律事前许可之范围内，以避免行政权的滥权。

　　第三，正当法律程序原则。这一原则具体要求至少应包括以下几个方面：（1）程序是中立的而不是偏私的。指行政机关及其工作人员应在参与者各方当事人间保持一种超然和不偏不倚的态度和位置。（2）程序是参与性的而不是恣意的。这是指在行政权力运行过程中，相关的当事人及利害关系人有权利通过陈述、讨论、辩驳和说服等方式，表达自己的意见，发挥对权力运行及相关结果产生的影响作用，同时行政主体也负有"倾听"的义务，从而达到公众对权力运行的参与。（3）程序是公开的而不是暗箱的。这是指行政权力运行的全过程都要以一定的方式进行公开，使相对人及利害关系人和社会公众知情。这一原则是整个行政法的程序性原则，其基本含义是行政机关作出影响行政相对人权益的行政行为，必须遵循正当的法律程序。① 即政府的公共服务也必须遵循正当的法律程序。

---

　　① 姜明安：《行政法与行政诉讼法》，北京大学出版社、高等教育出版社2007年版，第68页。

# 期待可能性理论之地位及判断标准

## —— 以我国犯罪构成体系的重构为前提

张天虹*　　徐大勇**

**摘　要：**期待可能性理论，只有对我国犯罪构成体系进行必要的重新构建的前提下，才能最终融入我国的理论并被实践所具体应用。本文通过运用我国现有犯罪构成结构对起源案例的分析，得出我国现有的犯罪构成结构无法适用期待可能性理论的结论。同时认为，犯罪构成体系的重构，应当区分立法层面的犯罪构成和司法层面的犯罪构成。在立法层面下的犯罪成立体系中，期待可能性应作为故意、过失的构成要素而存在，在司法层面上，该内容除具有立法层面的内涵之外，同时应具有阻却、减轻超法规事由的地位。期待可能性的判断标准在不同的结构体系中应采用不同的判断标准：即在立法的层面上应采国家标准说和平均人标准说相结合；而在司法的层面上除严格依照立法层面所设定类型之外，还应赋予司法者自由裁量权，在对具体行为的期待可能性存在与否的判断上适用同等能力标准说与行为人标准说为宜。

**关键词：**期待可能性　立法构成　司法构成

---

　*　山西大学法学院院长、教授，主要从事刑事法学研究。
　**　山西大学法学院讲师，主要从事刑事法学研究。

# 一、对理论起源案例我国理论的考察与分析

期待可能性，德国学者如耶赛克等称为期待不可能性。德、日学者认为，为了行为人对符合构成要件的违法行为有责任，责任能力、故意或过失与违法性的意识的可能性是必要的。同时，还要存在适法行为的期待可能性。适法行为的期待可能性是作为规范的责任论的核心要素的责任要素。"期待可能性的意义有广、狭二义。在广义上，对犯罪行为人而言，指行为人从实施该行为之际的内部的、外部的一切情形观察，期待不实施该行为而实施其他适法行为是可能的情况；在狭义上，指了解上述内部的实情，从行为之际四周的外部的情形观察，期待不实施该违法行为而实施其他适法行为是可能的情况。刑法学上，说到期待可能性时，很少指广义的意义，可以说通常指狭义的意义。"在日本通常"所谓期待可能性，指在行为之际的具体情况下，能够期待行为人避免犯罪行为实施适法行为的情况。没有期待可能性时，虽然有对犯罪事实的认识，也存在违法性的意识的可能性，但认为阻却故意责任或过失责任的学说，称为期待可能性的理论。"① 期待可能性或称为期待不可能性理论起源自德国，发展并成熟于日本，且大多数的相关著作均一致同意其理论起源于德国的"癖马案"（即由于马车夫无可避免驾驶癖马而致他人伤害案件）。在该案中，当时的检察官根据案件事实，对被告以过失伤害罪提起公诉。但一审法院宣告被告无罪，检察官以一审判决不当为由，向德意志帝国法院提起抗诉，但帝国法院审理后，驳回了抗诉。其理由是：虽然马车夫知道该马的癖性，要求换一匹马，但是雇主没有答应他的要求。车夫因为害怕失去工作不得已使用了该马，很难期待他坚决违抗雇主的命令，不惜失去工作而履行避免其已预见的伤害行人的结果发生的义务。② 这个判决意味着当行为人无条件选择合法行为时，即便实施了危害社会的行为，且主观心理有过失，也

---

① ［日］大谷实：《刑法讲义总论》，黎宏译，法律出版社2003年版，第261页。
② ［日］大塚仁：《刑法概说（总论）》，冯军译，中国人民大学出版社2002年版，第93页。

可以阻却其责任。同样，发生于日本的"第五柏岛丸事件"的最终刑事判决结果，基于期待不可能性原则而对被告予以较轻的刑罚处罚。这也被认为是日本刑法判例肯定期待可能性的先例。现在的问题是：如果德国的理论起源案例和日本的肯定该理论的案例发生在我国，依我国现有传统的犯罪构成理论予以分析会得出何种结果？如果依国外之判决是否能得到社会公众的普遍认同？

就期待可能性起源案例的分析，大陆法系国家的德国法院依上述的理由判决马车夫无罪，且判决理由已内含期待可能性的理论内涵，笔者认为，如果这一案例或者类似案例发生在我国，对上述案例以及类似案例以我国之理论背景并按照我国司法实务中的犯罪构成要件理论予以分析，就会发生迥然不同的结果。试看一例：某日傍晚，妇女黑某因家庭琐事与公爹吵架，67 岁的婆婆雷某也站在旁边，不一会儿，雷某回到厨房做饭，约过了 10 分钟，忽然传来了呻吟声，黑某一看，婆婆已晕倒在地上，她急忙让公爹出去找医生，自己则搂着婆婆紧呼慢喊。黑某发现婆婆呼吸困难，料想必定有痰堵在喉中，就急忙用手按摩脖子，见没有效果，又用右手吃力掐、挤，想让痰人工排出。谁知这一招更糟，病人连出气的声音也听不到了。黑某慌了，急忙和一位邻居找村医。几分钟后，公爹和村医赶到家中，雷某已断气。第二天，雷某娘家人给其穿衣服时，看见她脖子上有两块红伤疤，很像掐卡痕迹，便怀疑雷某有可能死于他杀，于是向公安机关报了案，经法医鉴定，雷某系他人扼颈窒息而死。黑某被公安机关讯问，其供认为救婆婆使用右手按摩和掐过死者的脖子，但不承认故意杀人。后又经查明，黑某生性腼腆、老实，虽平日与公婆有过矛盾，但不至于杀人解恨，法院认为：黑某在抢救婆婆过程中，应当预见掐挤脖子的危害性而没有预见，构成过失杀人罪。被告认罪态度较好，有酌定从轻情节，为保障公民人身权利不受侵犯，根据刑法（79 年刑法）第 133 条、第 12 条的规定，判处黑某有期徒刑两年。黑某入狱后，一些群众为其打抱不平，认为黑某主观上没有过错，法律应免予追究。也有人提出，如果黑某当初见死不救将会怎样？纵观此则"救人救出的人命案"，判决黑某成立过失杀人罪是存在疑问的。① 笔者有理由相信，该案例即使发生在刑法修订后的今天，法院对于被告人黑某的判决仍然是同一结果。但是就上述案例中的被告人黑某追究了刑事责任，是否是对我国刑法根基的一个重大危及？从刑法哲学价值论上看，刑法应具有人道性。所谓刑法人道性，是指刑法的制定与适用都应当与人的本性相符合。刑法的人道性，立足于人性。而人性的基本要求乃是指人类出于良知而在其行为中表现出的善良与仁爱的态度与做法，即把任何一个人都作为人来看待。② 正是因为法律把人都作为人来看待，不强人所难，所以当行为人别无选择而作出违法行为时，也就是说当行为人不具有作出合法行为的期待可能性时，法律就不再追究行为人的责任。期待可能性意味着法律不能强人所不能，体现了法律对于人性脆弱的肯定和遵从。刑法的人道性的发展有一个过程，正如陈兴良教授所说"刑法的宽容只不过是社会宽容性的确认，尤其是与政体具有密切联系"。在专制政体中，社会的宽容程度较低，一些违背人性的法律被规定下来，如封建时代的犯罪连坐制度，对不主动检举告发邻里犯罪的人实施连坐同罪，从期待可能性的角度分析，这样的法律规定未免有些强人所难，将这种行为划入犯罪圈予以处罚，显然不合乎人的本性，期待可能性是刑法的人道性价值在犯罪论体系的体现。刑法理论体系包括犯罪论体系与刑罚论体系。最初，刑法人道性价值主要体现在刑罚论当中，主要表现为削减死刑、限制无期徒刑、大量运用自由刑的替代措施等，而刑法的人道性在犯罪论体系中的体现却鲜有论及。刑法的人道性，不仅仅是一个刑罚轻重的问题，更是一个刑法在调整社会与个人关系的时候应当把握的准则。③ 这个准则，体现在犯罪论当中，就是指立法者在设定犯罪圈、司法者在定罪和量刑时要考虑的人道主义原则，蕴涵人道性价值的期待可能性就是这个准则之一。期待可能性理论的哲学根据在于人的意志相对自由。"人的意识和行为在某种程度上是自由的，在某种程度上是必然的。然而

---

① 汪明亮：《救人救出的人命案的引发的法律思索—兼谈期待可能性理论》，载《法学》1998 年第 7 期。

② 陈兴良：《刑法哲学》，中国政法大学出版社 2000 版，第 11 页。

③ 陈兴良：《本体刑法学》，商务印书馆 2001 版，第 83 - 84 页。

既没有自由，也没有绝对的必然……无意识的深处，可能存在使自我的意识作用遵循某一方向的无意的必然性。"① 期待可能性理论正是体现了对这种迫不得已行为的人性的关怀。

## 二、我国犯罪构成体系的再构建与期待可能性的地位

### （一）我国传统犯罪构成体系与期待可能性地位问题分析

犯罪构成理论应是入罪和出罪的规格和标准，可是对于上述案例的现实判决来看，我国目前的犯罪构成理论对这类行为无法作出合乎刑法哲学根基（如刑法的人道性）的解释，因为我国的传统的犯罪构成理论模式只是认定行为人是否要承担刑事责任的基础而非承担责任的必然结果。西方的期待可能性理论处于大陆法系国家（德、日）构成要件该当性、违法性、有责性结构体系中的"有责性"的范畴予以研究，它并不能等同于我国刑法中刑事责任的概念，其内涵与我国犯罪构成要件的内涵存在明显的区别。

对于期待可能性理论在我国犯罪构成理论中可以处于什么地位，我国刑法学界有不同认识，主要有以下三种观点：一是认为期待可能性是刑事责任能力的一个构成要素，而不是什么和责任能力、故意和过失并列的第三要素，也不是故意和过失的构成要素。自然人主体的层次结构为：犯罪主体—刑事责任能力——刑事责任年龄、精神无障碍（积极的、原则的要素）＋期待可能性（消极的、例外的要素）。② 二是认为应将期待可能性引进我国犯罪构成理论的主观要件中，以完善我国犯罪构成理论。认为罪过的构成要件包括：（1）基本要素：故意、过失；（2）评价因素、前提因素和消极因素（即期待可能性）。③ 三是认为期待可能性是能期待行为人选择

---

① ［日］平尾靖：《违法犯罪的心理》，金鞍译，群众出版社 1984 年版，第 77－78 页。

② 游伟、肖晓祥：《期待可能性与我国刑法理论的借鉴》，载《政治与法律》1999 第 5 期。

③ 丁银舟、郑鹤瑜：《期待可能性与我国犯罪构成理论的完善》，载《法商研究》1997 第 4 期。

不做违法行为的综合条件（综合状态），而这综合条件由行为时行为人的责任能力、心理和各种客观状态组成，因此，期待可能性不能作为犯罪主观要件的构成要素，也不能作为犯罪主体的责任能力的构成要素，它专门用于综合评价意志自由有无的法哲学领域。[1] 笔者认为，上述三种观点值得商榷。第一种观点把期待可能性作为犯罪主体的责任能力的一个构成要素显然是不合适的。主体的责任能力应该仅仅指的是主体自身的各种因素和状态，与外在的、客观的条件无关，而期待可能性考察的行为人行为时的附随情状，即由行为人的责任能力、心理和各种外在客观条件所组成的一种综合状态，包括责任年龄、精神障碍和生理缺陷，将其完全归属于主体的责任能力之中，显然很牵强。第二种观点不考虑我国现有犯罪构成体系的基本内容，而是机械照搬大陆法系刑法理论，完全混淆了我国刑法中的"故意、过失"与大陆法系刑法理论中的"故意、过失"的本质不同。大陆法系中故意、过失只是一种单纯的心理事实，是中性无色的，只有加以期待可能性的规范评价才能上升为罪过，这是和西方"事实价值二元论"的思维方式密切相关的。而我国刑法中的故意和过失是主观和客观相统一，内容和形式相统一，事实和法律相统一，其本身就蕴含了社会危害性的否定评价，本身就是罪过。所以这种将故意、过失与罪过相割离而引进期待可能性理论的观点是不足取的。第三种观点虽然有一定的合理性，但是仅仅是将期待可能性界定为法哲学领域，似乎和意志自由并没有太多区别，而并没有确定期待可能性理论在我国犯罪构成理论中的确切地位，找出期待可能性理论与我国犯罪构成理论的契合点，从而看不出期待可能性理论在我国刑事立法和司法中的实际效用，不过是以问答问，过于空泛，并没有太多的实际意义。有鉴于上述理论阐释的不全面性或者与我国犯罪构成体系的不相融洽性，一个必然的结论就是：如果要引入期待可能性理论并具体应用到司法中去，现有理论无法予以纳入，一个可供思考的思路就是必须在改造现有构成体系的基础之上才能有期待可能性理论的恰当地位。

---

[1] 欧锦雄：《期待可能性理论的继承与批判》，载《法律科学》2000 第 5 期。

### （二）立法层面犯罪构成体系的构建与期待可能性的地位

立法上的犯罪构成体系是作为概念刑法学方面的内容而存在的，也是立法上犯罪概念的具体化。立法层面所要解决的是如何将社会中的各个具体行为事实与个人的种种具体行为，从立法者所要设立刑法规范而保护的关系而为这种事实或具体行为所侵害，以致把具有社会危害性的各种具体事实抽象地规定于刑法条文之中的问题。立法者将这种抽象了的具体行为规定于刑法条文之中需要依据立法时的思路和定型的规格化。这种思路和规格就是立法上具有指导立法意义的犯罪构成体系，笔者将之称为设罪的规格体系。笔者认为，这种由客观事实向类型化条文的转化，其依据的体系应该符合这种思维的过程：立法者首先要考察的是社会关系受到侵害，而这种侵害无时无刻不存在于各种具体的行为过程中，立法者需要将由刑法所规制的行为所侵害的社会关系的严重性以及侵害的是何种法律需要保护的社会关系纳入刑法中，进而立法者需要考虑实施这种侵害行为的主体的情况，即发生社会关系的侵害，其侵害行为的实施者的主体应纳入刑法的规定之中，主体是否适合于刑法所要规制的主体状况。第三个层次需要对构成要件中的主客观方面作一评价设定，即需要从哪些方面加以衡量才能得出犯罪成立的结果以及行为对该结果是有责的且需要承担刑事责任，同时需要设立消极评价的要件？即行为人的行为虽然发生了构成要件所要求的一定的结果，然而行为具有阻却责任事由或者减轻责任事由，则行为人不承担刑事责任或者减轻其刑事责任。从而形成一种刑法上的设罪以及责任实现与否、责任轻重程度的评判模型。依上述设立该体系模型的思路，笔者认为立法上的犯罪构成体系包含：客体、主体、构成要件三个方面的内容。这三个内容依立法的思维过程呈递进式的逻辑体系，从而形成一个将行为是否成立犯罪以及行为人是否承担刑事责任、承担多大程度的刑事责任等诸情况纳入刑法之中的判断模型。① 我们认为，在构成要件这一上位概念之下，应分为基本的构成要件与修正的构成要件两个内容。基本的构成要件是对行为普通形态的主客观方面所作的考察和衡量，而期待可能性就应存在于构成要件这一基本的行为的主客观方面的主观要件之中。这里的主观要件不能再等同于我国传统意义上的主观要件，应是作为主观要件中的构成要素的内容而存在。主观要件的构成要素应包括以下内容：故意、过失以及期待可能性。因为期待可能性有无考察的是行为人行为时的附随情状，即由行为人的责任能力、心理和各种外在客观条件所组成的一种综合状态，包括责任年龄、精神障碍和生理缺陷，责任能力问题已在主体要件中予以规定定型，此处无需再进行考察，而只是作为附随情状的参考内容，此处期待可能性的功能重在定型行为当时的心理与各种外在客观条件形成的综合状态对行为人行为时的影响，当出现行为人无法实施合法行为的客观情状时，尽管行为人实施违法行为，但不能认定行为人具有非难可能性，即行为人欠缺罪过，进而行为人的行为无法作为有责行为来评价。即此处期待可能性之有无成为阻却责任事由而存在。当附随情状并不必然迫使行为人只能实施违法行为时，应以附随情状的程度决定行为人责任之轻重，即此处期待可能性之大小成为减轻责任事由而存在。对主观要件的内容作这样的安排，是对我国传统理论中的主观要件内容的一个理论改造。有学者认为："我国传统理论认为主观方面中的故意、过失本身便是心理事实与规范评价的统一，已经完全体现了期待可能性思想，主张将期待可能性引进我国犯罪主观要件中加以完善罪过的观点是完全不足取的。"② 事实上，传统理论主观方面的故意与过失基本上属于心理评价事实而并非有论者认为的心理事实与规范评价事实的统一，在具体的犯罪构成的运作过程中，规范评价的内容往往是在事实评价之后得出的一个结论而已。将期待可能性作为规范评价事实的必要内容明确在立法层面上予

---

① 关于立法层面犯罪构成体系的具体内容，请参见拙作：《立法层面犯罪构成模式的构建思考》，载《犯罪论体系及其完善》，2006 年第三届全国中青年刑法学者专题研讨会暨"犯罪论体系"高级论坛论文集。这里作者仅就期待可能性在立法层面中的地位进行必要的论述。

② 李立众、刘代华：《期待可能性理论研究》，载《中外法学》1999 第 1 期。

以归纳，不仅可以对原有单一的心理事实评价模式进行理论的补充，而且对于司法机关进行必要的规范评价是一个明确的立法指导。

### （三）司法层面犯罪构成体系的构建与期待可能性的地位

司法上犯罪构成体系是作为注释刑法学层面的内容而存在的，也是司法上犯罪概念的具体化。司法层面上所要解决的是依据立法上所设立的犯罪的规格和模型对社会中的具体行为成立犯罪的确证。如果说刑事立法是先于刑事司法而出现的，它主要是根据以往的社会生活经验，通过价值判断和价值选择对具有社会危害性的行为进行筛选后设立犯罪构成。那么对刑事司法而言，其任务就是面对正在发生并已成为事实的具有社会危害性的行为进行规范的评价和判断，其主要的工具就是司法上的犯罪构成。因此，刑事立法和刑事司法是两个不同领域的活动。而在立法上的犯罪构成和司法上的犯罪构成上，其主要的区别就在于客体的地位。笔者认为，司法上的犯罪构成体系应由"主体——构成要件"两部分构成，客体在司法上的犯罪构成体系中没有地位。期待可能性在司法犯罪构成中的地位基本等同于立法上犯罪构成中的地位，只是在司法犯罪构成的具体运作过程中期待可能性不再只是作为原则性规定的标准，因为在具体行为的评价过程中，各种附随情状存在相当大的差别，而这种差别有赖于司法者的具体衡量和判断。如上所述，在立法的构成中，作为法规上的事由予以规定，这种规定具有原则性和类型化的特征。而在司法层面的构成体系中，不能仅仅作为法规上的事由，而应兼具法规上事由与超法规事由的特征，立法上犯罪构成尽管对于阻却、减轻事由予以类型化处理，但同样无法全部予以类型化处理，在对于具体的事实评价时，应考察超法规期待不可能的场合。如西原春夫指出超法规期待不可能的场合有：在极端贫困情况下，实施了轻微的盗窃，或者在再就业极其困难的状况下，受职务上的上司强索，如果拒绝，则害怕失业，而实施某种违法行为（例如行贿），都是这种情况的例子。① 再如义务的冲突、安乐死。这些虽然是阻却违法性事由，但在没有充分具备阻却违法性要件的场合，能够认定没有期待可能性时，应当认为是超法规的阻却责任。② 我们同时认为，司法上的期待可能性的内容设立符合司法实践的思维规律和其所应具有的功能。司法的功能主要体现在认定某种行为是否符合构成要件的诸内容规定，其所要解决的是认定犯罪的成立和印证犯罪成立、责任有无及责任轻重的诸要件。立法上规定了期待可能性的内容，而司法者正是在立法的规定上去对其内容加以选择认定。这种认定既具有法规上事由之认定，同时兼具超法规阻却、减轻事由之认定，这既体现了立法上的规定性，也体现了司法的灵活性，同时考虑了在法规事由之外的超法规事由的不确定性，既对司法者的自由裁量起到一定的限制作用，同时也最大程度地实现了司法者的自由裁量作用，从而对于准确认定行为人的责任问题提供保障。

## 三、期待可能性的判断标准之选择

### （一）既有期待可能性判断标准理论评说

如何认定行为人实施违法行为是否有期待可能性，德国和日本刑法学者曾提出三种判断标准：③

一是个人标准说，也称为行为人标准说。此说认为人的心理活动受客观影响的程度因人而异，所以应根据行为人本人的能力为标准，判断当时的具体情况对行为人的实际影响，以确定行为人是否有实施合法行为的可能；德国学者 Freudenthal、日本学者团藤重光、大塚仁、内田文昭、板仓宏、大谷实、野村稔等持此说。

---

① 转引自马克昌：《德、日刑法理论中的期待可能性》，载《武汉大学学报（社会科学版）》2002 年第 1 期。

② ［日］大谷实：《刑法讲义总论》，黎宏译，法律出版社 2003 年版，第 365 页。

③ 马克昌：《德、日刑法理论中的期待可能性》，载《武汉大学学报（社会科学版）》2002 年第 1 期。

二是通常人（或平均人）标准说，也称为平均标准说或社会标准说。此说认为法律适用于社会上的一切人，应以通常人或平均人处于行为当时的行为人的地位和具体情况，来确定行为人当时是否有实施适法行为的可能；德国学者 Goldschmist、Liszt–Schmicdt、日本学者木村龟二、小野清一郎、江家义男、植松正、西原春夫、前田雅英等持此说。

三是法规范标准说（国家标准说）。此说认为，法律规范体现国家意志，行为的期待可能性的有无，不是以被期待的方面，而是以期待方面的国家或法律秩序为标准，因此应当根据国家或法律秩序期待什么、期待怎样的程度来决定行为人当时是否有实施合法行为的可能。德国学者 wolf、日本学者佐伯千仞、平场安治、平野龙一、中义胜等持此说。

上述三种界定标准均遭到其他学者的批评和反驳，对行为人标准说，学者有如下批判：1. 使刑事司法不适当的弱化；2. 造成极端的个别化，违反法的划一性的要求；3. 确信犯常常没有期待可能性被认为无罪。通常人（或平均人）标准说在日本被认为是通说。然而，对此说也有批判，即认为对平均人期待可能，对直接行为人不一定期待可能，在这种场合，对行为人追究责任，违反规范的责任论的趣旨，并且作为判断的标准是不明确的。[①] 对于法规范标准说，学者们提出更尖锐的批评。他们指出：此说问法律是在怎样的场合有期待可能性，答法律秩序认为可能的场合有之，以问等于答，没有提供任何实质的标准（泷川幸辰），结果在法规之外就不能承认期待可能性（植松正）。[②]我们认为，上述三种判断标准都有其合理性，但同时存在判断时的标准并不明确而使判断产生困难和难以操作的弊端，以行为人标准说为标准，则行为人行为时的附随情状难免存在差异，而对于个体的判断徒增司法难度，同时也等于说没有标准可言；通常人标准说尽管是从行为人角度考虑的，较前说有所进步，但对通常人可以期待的，行为人的能力低于通常人时，以通常人要求行为人未免失之苛刻，因而此说也难认为妥当。国家标准说在于国家对于附随情状的类型化

---

① ［日］西原春夫：《刑法总论（改订准备版下卷）》，东京成文堂1995版，第480页。

② 注同①，第485页。

方面存在困难，对于在法规范中如何设定和限定判断的划一性成为立法上的难题。但我们又必须承认：国家标准应该有其存在的地位和可能，如果不以法规范的标准指导对于行为当时附随情状的判断，而完全交由司法自由裁量，其将更大削弱法规范的划一性和严肃性。但是单纯地以一个标准来进行期待可能性的有无、程度的判断又难免存在上述不可避免的问题，因此，我们认为，依上述立法层面犯罪构成体系和司法层面犯罪构成体系中的期待可能性判断应具有不同的标准。

## （二）立法层面犯罪构成体系中期待可能性判断标准之设立

一些学者认为，国家标准说不仅没有提供判断期待可能性的实质标准，而且从国家方面寻求标准本身就是不妥当的。因为这里要解决的是对行为人的行为的期待可能性的问题，不从行为人方面考虑，这个问题就不可能解决。立法层面所要解决的是行为和行为人的类型化的问题。立法者由客观事实向类型化条文的转化，需要对构成要件中的主客观面作一评价设定，即需要从哪些方面加以衡量才能得出犯罪成立的结果以及行为对该结果是有责的且需要承担刑事责任，或者行为人的行为虽然发生了构成要件所要求的一定的结果，然而行为具有阻却责任事由或者减轻责任事由，则行为人不承担刑事责任或者减轻其刑事责任，从而形成一种刑法上的设罪以及责任实现与否的模型。立法层面上犯罪构成定型依立法的思维过程呈递进式的逻辑体系，从而形成一个将行为及行为人承担刑事责任诸情况纳入刑法之中的判断模型。由此，我们认为，作为类型化的立法层面，以国家标准说和平均人标准说的双标准说为宜，因为作为类型化的立法规定，需要国家基于规范理念而对期待可能性的附随情状予以基本的设定和概括，这也是法规上事由的必然要求，至于国家标准说的标准如何，我们认为国家标准在类型化上并不能解决问题，在国家标准说之中，作为规范的划一性和定型化的要求，引入平均人标准说成为恰当的选择。在关涉行为人行为时主观方面的附随情状不同而予以立法的类型是可行的，法规范的标准在于设定类型化的事由，体现法规范的规定性的权威，同时也是对于具体判断的宏观面的指导，而具体判断的标准以平均人标准设立，也可称为一般指导意义判断标准。

### （三）司法层面犯罪构成体系中期待可能性判断标准之设立

司法层面上所要解决的是依据立法上所设立的犯罪和责任的规格和模型对社会中的具体行为成立犯罪、责任有无及轻重的确证。对刑事司法而言，其任务就是面对正在发生并已成为事实的具有社会危害性的行为进行规范的评价和判断，其主要的工具就是司法上的犯罪构成。司法上的判断标准我们认为应以同等能力标准说和行为人标准说的双标准说为宜。同等能力标准是以立法层面的平均人标准说为依据，但是法规范上的平均人标准说难免有类型化的不周延特征，范围太过宽泛而在具体判断时难以把握，设立同等能力标准说在于考察行为时的附随情状以与行为人处于同等能力条件下予以考察，同等能力在于行为人对于行为的认识和判断能力以及依与行为人同等的知识和社会经验同等能力人为标准考察行为人的期待可能性是否存在、存在程度如何，进而得出行为人的期待可能性的有无和程度，决定行为人的阻却或者减轻责任的结论。但是同等能力标准说仍然会面临行为个体的差异，因而个体情况仍然应作为判断标准，将同等能力标准作为具体判断的指导，同时适当考虑行为人个体的不同情况，可以很好地解决在具体判断时既考察同等能力人的情状又兼顾个体之差异，期待可能性的判断从而具有可操作性和科学性，对于在基本要素判断之外更好地解决行为人的责任有无、责任轻重问题提供具体的依据。当然在法规事由判断之外，不可否认超法规事由的存在，超法规事由的判断应主要由司法者自由裁量加以确定，但仍然依国家标准（指可以在法规范中设立的内容）为指导，既体现立法上的指导性，也发挥司法者的能动性（即自由裁量）。如此并不会产生司法权的滥用，也不会影响法规范的权威性。

# 我国民事诉讼法修改对税务强
# 制执行的影响

金永恒[*]

**摘　要**：税法的价值在于科学地发现和把握征纳双方的利益平衡，在公平、正义的理念指导下，实现国家税收秩序的稳定与和谐。合理设定税务强制执行制度是税法的重要内容之一，但目前我国税务强制执行制度不够全面具体。最近我国民事诉讼法执行程序的修改对税务强制执行制度产生了重要的影响。本文结合税务实践及其相关原理，通过对税务强制执行制度的综合分析，从而揭示我国民事诉讼法执行程序的修改对税务强制执行制度的借鉴意义。

**关键词**：税务强制执行　纳税人　合法性　程序公正

我国《税收征收管理法》规定，纳税人不履行纳税义务，既不申请行政复议也不向人民法院起诉的，税务机关可以采取强制执行措施强制其履行义务，或者申请人民法院强制执行。强制执行措施涉及的问题非常广泛，而且是对当事人财产权利的直接干预，因而必须按照法定的权限和程序进行。但是，到目前为止，税务强制执行除了《税收征收管理法》的原则规定外，一直没有明确制定税务机关在税务强制执行过程中必须遵守的

---

　＊　山西大学法学院讲师，硕士，主要从事民事诉讼法研究。

程序和具体措施，这对纳税人权利保护极为不利，并且影响到我国税收工作公平有效地运行，也不利于税收秩序的稳定与和谐。第十届全国人民代表大会常务委员会第三十次会议决定对《民事诉讼法》修改，其中关于执行程序的修改对我国税务强制执行制度的完善产生了重要的影响，本文拟对此进行一些简要的探讨。

# 一、我国民事诉讼法执行制度修改的主要内容

全国人民代表大会常务委员会《关于修改〈中华人民共和国民事诉讼法〉的决定》共有十九条，主要涉及审判监督和强制执行两部分内容，其中关于执行法律制度的修正有十一个条文，主要内容有以下几点：

第一，扩大拘留适用的对象，提高罚款数额。修改前的民事诉讼法关于强制措施的规定存在的主要问题是罚款数额过低、拘留期间过短，此外，在有义务协助执行的单位不依法履行协助执行义务的情况下，对其主要负责人和直接责任人员仅规定可以罚款，未明确规定是否可以拘留。本次修改加大了对妨害执行行为的处罚力度，一是明确规定有义务协助执行的单位不依法履行协助执行义务的，对其主要负责人或直接责任人员，除可以进行罚款外，还可以予以拘留。二是提高罚款的数额，提高的幅度是原规定的十倍。第二，增加被执行财产所在地法院管辖的规定。修改前民事诉讼法第二百零七条规定，法院判决、裁定的执行由第一审法院管辖。修改后的民事诉讼法第二百零一条在借鉴国外做法的同时，兼顾我国的实际情况，一方面增加了被执行财产所在地法院管辖的规定，同时保留了第一审法院管辖的规定，使债权人可以根据具体情况选择执行法院，将更有利于债权的实现。第三，增加对违法执行行为进行救济的规定。修改前的民事诉讼法未赋予当事人、利害关系人任何法定的救济方法和途径，当事人、利害关系人只能通过申诉等渠道向法院反映问题。修改后的民事诉讼法第二百零二条专门规定了对违法执行行为提出异议的制度，明确赋予当事人和有关利害关系人对违法执行行为提出异议的权利。第四，赋予申请执行人申请变更执行法院的权利。修改后的民事诉讼法第二百零三条从以

下几个方面作了规定：一是明确赋予申请执行人向上一级法院申请变更执行法院的权利；二是明确规定了申请变更执行法院的条件，即执行法院自收到申请执行书之日起超过六个月未执行的；三是明确规定上一级人民法院应当对当事人的申请进行审查，审查后可以责令原执行法院在一定期限内执行，也可以决定由本院执行，还可以指令其他法院执行，究竟采取何种处理方式，由上一级人民法院根据案件具体情况决定。第五，赋予案外人通过异议和诉讼维护自己实体权益的权利。修改后的民事诉讼法第二百零四条规定，对原判决、裁定无关的争议，当事人可以向法院提起诉讼。同时，考虑到诉讼程序相对复杂，本条未采取绝对化的做法，而是规定案外人对执行标的主张实体权利的，应当先提出异议，对该异议应先由执行法院审查。理由成立的，裁定中止对该标的的执行；理由不成立的，裁定驳回。案外人或者双方当事人对执行机构审查后作出的裁定不服的，除涉及原判决、裁定错误的事项通过审判监督程序办理外，其他异议均可以向人民法院提起诉讼。第六，规定各级法院均可设立执行机构。第七，将申请执行期限延长为两年。依照修改前民事诉讼法的规定，申请执行的期限，双方是法人或其他组织的为六个月，一方或双方是个人的为一年。修改后的民事诉讼法第二百一十五条参考民法通则关于普通诉讼时效期间的规定，将申请执行的期限延长为两年。该条将申请执行期限定位为时效制度，明确规定申请执行期限可以中止、中断、延长，体现了最大限度维护债权人利益的基本理念。第八，对执行通知制度作了更为灵活的规定。修改后的民事诉讼法第二百一十六条在保留发出执行通知规定的同时，增加规定被执行人不履行法律文书确定的义务，并有可能隐匿、转移财产的，执行员可以立即采取强制执行措施。第九，增加规定了被执行人强制报告财产制度。修改后的民事诉讼法第二百一十七条明确规定了被执行人报告财产的义务，被执行人未按执行通知履行法律文书确定义务的，即应当报告其财产状况。同时明确了被执行人报告财产的范围和拒绝报告或虚假报告的法律后果，即被执行人拒绝报告或者进行虚假报告的，人民法院可以根据情节轻重对被执行人或者其法定代理人、有关单位的主要负责人或者直接责任人员予以罚款、拘留。第十，为国家执行威慑机制的建立提供了基本法律依据。修改后的民事诉讼法第二百三十一条规定，被执行人不履行生效法律文书确定义务的，人民法院可以对其采取或通知有关单位协助采取限制出境、在征信系统记录、通过媒体公布不履行义务信息以及法律规定的其他措施。这些修改，是我国民事强制执行制度的重大转变，必然会对我国税务强制执行制度产生直接的作用。

## 二、我国现行税务强制执行制度的主要内容

税务强制执行具有强制性、执行性和行政性三大特性。根据执行的方式划分，税务强制执行可分为直接强制执行和间接执行；根据强制执行内容划分，可分为强制扣缴、加收滞纳金、阻止出境和强制拍卖、变价抵缴。目前我国税务强制执行制度的主要内容和存在的问题有以下几个方面。

### （一）税务强制执行的根据

按照我国《税收征收管理法》的规定，税务机关对其作出的具体行政行为，不是全部具有强制执行权的，而是只有在法律授权的情况下才具有，如果没有明确的法律授权，就只能申请人民法院予以执行。《税收征收管理法》第三十七条规定："对未按照规定办理税务登记的从事生产、经营的纳税人以及临时从事经营的纳税人，由税务机关核定其应纳税额，责令缴纳；不缴纳的，税务机关可以扣押其价值相当于应纳税款的商品、货物。扣押后缴纳应纳税款的，税务机关必须立即解除扣押，并归还所扣押的商品、货物；扣押后仍不缴纳应纳税款的，经县以上税务局（分局）局长批准，依法拍卖或者变卖所扣押的商品、货物，以拍卖或者变卖所得抵缴税款。"第三十八条规定："税务机关有根据认为从事生产、经营的纳税人有逃避纳税义务行为的，可以在规定的纳税期之前，责令限期缴纳应纳税款；在限期内发现纳税人有明显的转移、隐匿其应纳税的商品、货物以及其他财产或者应纳税的收入的迹象的，税务机关可以责成纳税人提供纳税担保。如果纳税人不能提供纳税担保，经县以上税务局（分局）局长

批准，税务机关可以采取下列税收保全措施：（一）书面通知纳税人开户银行或者其他金融机构冻结纳税人的金额相当于应纳税款的存款；（二）扣押、查封纳税人的价值相当于应纳税款的商品、货物或者其他财产。纳税人在前款规定的限期内缴纳税款的，税务机关必须立即解除税收保全措施；限期期满仍未缴纳税款的，经县以上税务局（分局）局长批准，税务机关可以书面通知纳税人开户银行或者其他金融机构从其冻结的存款中扣缴税款，或者依法拍卖或者变卖所扣押、查封的商品、货物或者其他财产，以拍卖或者变卖所得抵缴税款。个人及其所扶养家属维持生活必需的住房和用品，不在税收保全措施的范围之内。"第四十条规定："从事生产、经营的纳税人、扣缴义务人未按照规定的期限缴纳或者解缴税款，纳税担保人未按照规定的期限缴纳所担保的税款，由税务机关责令限期缴纳，逾期仍未缴纳的，经县以上税务局（分局）局长批准，税务机关可以采取下列强制执行措施：（一）书面通知其开户银行或者其他金融机构从其存款中扣缴税款；（二）扣押、查封、依法拍卖或者变卖其价值相当于应纳税款的商品、货物或者其他财产，以拍卖或者变卖所得抵缴税款。税务机关采取强制执行措施时，对前款所列纳税人、扣缴义务人、纳税担保人未缴纳的滞纳金同时强制执行。个人及其所扶养家属维持生活必需的住房和用品，不在强制执行措施的范围之内。"除此之外，第八十八条还规定，对于税务行政处罚的决定，税务机关可以直接强制执行，也可以申请人民法院强制执行。

从上述规定来看，我国税务强制执行的根据比较全面具体，但是如果实际贯彻，却会发生一些问题。在实务中，税务机关普遍认为，不管是行政处罚案件，还是税款征收案件，只要符合强制执行的标准，就都可以申请人民法院执行。但是，根据我国民事诉讼法和最高人民法院《关于人民法院执行工作若干问题的规定（试行）》的规定，人民法院负责执行的涉税法律文书只包括以下几种：一是人民法院作出的行政判决和裁定；二是依法应由人民法院执行的行政处罚决定和行政处理决定；三是法律规定由人民法院执行的其他法律文书。所以，我国税务机关作出的征税决定和处罚决定，只有在法律允许的情况下，才能申请人民法院强制执行。对于税收行政处罚决定，《税收征收管理法》第八十八条已经规定，税务机关可以向人民法院申请执行，只要税务机关申请，人民法院就有义务予以执行。可是，《税收征收管理法》第三十七条和第三十八条并没有规定，税务机关可以申请人民法院执行征税决定，而是规定由税务机关拍卖、变卖纳税人财产，或者直接从冻结的存款中划拨应缴税款。对于这种规定，除非经过行政诉讼，征税决定被人民法院生效裁判予以维持，否则，即使税务机关申请人民法院强制执行，人民法院也无权受理。法律赋予税务机关强制执行权的目的，是希望以便利的方式实现税收，如果税务机关对于征税决定不予强制执行，而是向人民法院申请强制执行，是不符合税务执行权的基本原理的。我们应该明确税务机关与人民法院之间在税务强制执行中的权力界限，属于税务机关主管的强制执行案件，人民法院不应受理。

《税收征收管理法》在税务强制执行根据和执行机关方面规定不够明确。根据《税收征收管理法》第三十七条、第三十八条和第四十条，税务机关可以强制执行的根据，都只限于从事生产、经营的纳税人和扣缴义务人。如果是没有从事生产、经营活动的自然人，不论是作为纳税人还是扣缴义务人，税务机关都无权对其采取强制执行措施，也不能授权税务机关申请人民法院强制执行。

税务强制执行的根据和执行机关如何确定，关系到一个国家税收制度的运行模式，是个比较复杂的问题。德国的强制执行制度历来实行法院和执达官的二元制，即执行机关分为执行法院和执达官两种，不过，对于税务强制执行，主要由执达官执行为主，但法律对其权限进行严格限制。[1]美国和法国则以司法机关执行为主，国家原则上不赋予行政机关税务强制执行权。我国台湾地区原先采用司法机关执行的模式，但随着 2001 年"行政执行法"的修订，现在已经改由行政机关负责执行。[2] 目前我国内地的情况较为复杂，强制执行的主体既包括税务机关，也包括经由税务机关申请的人民法院。税务机关对其作出的具体行政行为，并不必然具有税务

---

① 谭秋桂：《民事执行原理研究》，中国法制出版社 2001 年版，第 117 页。

② 沈达明：《比较强制执行法初论》，对外贸易教育出版社 1994 年版，第 145－146 页。

强制执行权。《税收征收管理法》第三十七条和第三十八条规定，税务机关对财产采取保全措施之后，如果纳税人在限期内仍不履行的，可以由税务机关直接强制执行。第四十条规定，对于超过缴纳期限的税款，如果纳税人未在指定的期限内缴纳，也可以由税务机关直接强制执行。第八十八条还规定，对于税务行政处罚决定，税务机关可以直接强制执行，也可以申请人民法院强制执行。这些规定说明，我国的税务执行机关是二元制的，但彼此之间的分工并不明确。

### （二）税务强制执行的当事人

如果税务强制执行是由税务机关向人民法院申请进行的，那么执行当事人应当是税务机关和纳税人，如果税务强制执行是由税务机关自己进行的，那么执行当事人只能是纳税人等。

对于税务强制执行的当事人，在实务中常常难以确定，我国目前在这方面的规定比较零散和不够严谨。一般来说，执行当事人应当有以下几种：第一，纳税人。纳税人只是指税收核定所确定的义务主体，不一定真的负有纳税义务，但纳税人是最主要的被执行人。纳税人负有法定的税款缴纳义务，如果未在法定的期限内申报纳税，税务机关就可以进行税收核定，如果纳税人有逃避纳税嫌疑的，税务机关还可以提前征收。税务机关作出征税决定后，纳税人未能在限期内缴纳税款，税务机关就可以进行强制执行，或者申请人民法院强制执行。第二，扣缴义务人。扣缴义务人有义务将代扣代征的税款，在规定的期限内向税务机关申报缴纳，如果扣缴义务人已经将税款代扣代征，但不按照规定的期限申报缴纳，税务机关就可以对其采取强制执行措施。对扣缴义务人进行强制执行，必须是扣缴义务人已经代扣代征税款，如果扣缴义务人因为懈怠而未履行义务，致使应代扣代征的税款未能实现，税务机关可以处罚扣缴义务人，但扣缴义务人没有填补税款的责任，因而不能对扣缴义务人强制执行。如果对方当事人拒绝代扣代征，致使扣缴义务人无法履行义务，也不能对扣缴义务人强制执行。在实务中，国家税务总局认为，扣缴义务人违反规定应扣未扣、应收未收税款，税务机关除给予处罚外，应当责成扣缴义务人限期将应扣未扣、应收未收的税款补扣或补收，这可以说是一种类似的连带责任，是不正确的。① 第三，纳税担保人。纳税担保人既可以是纳税人本人，也可以是第三人。如果是纳税人，则一般是抵押或质押担保，如果是第三人，还可以是保证担保。纳税担保人同意为纳税人提供纳税担保的，应当填写纳税担保书，写明担保对象、担保范围、担保期限和担保责任以及其他有关事项。纳税担保人之所以有担保义务，是因为与纳税人之间有担保约定。第四，连带责任人。纳税人有合并和分立情形的，应当向税务机关报告，并依法缴清税款。纳税人合并时未缴清税款的，应当由合并后的纳税人继续履行未履行的纳税义务；纳税人分立时未缴清税款的，分立后的纳税人对未履行的纳税义务应当承担连带责任。如果纳税保证人与税务机关约定，当纳税人不履行纳税义务时，可以直接对纳税保证人强制执行，也是一种连带责任。第五，补充责任人。补充责任人在我国税法条文中尚未出现，但是补充责任在税收实践中也应该存在。比如，投资人对独资企业对外债务的责任，合伙人对合伙企业对外债务的责任，清算人对清算债务的责任等，都是一种补充责任。在税务强制执行时，补充责任人位于第二顺位，只有在主责任人的财产不足以偿还税款时，才能执行补充责任人的财产。第六，被处罚人。在税收活动中，无论是纳税人还是扣缴义务人，无论是纳税担保人还是协助义务人，都可能因违反税法而遭受行政处罚。第七，协助义务人。协助义务的主体非常广泛，如果义务人违反协助义务，税务机关可以对其进行行政处罚。如果由人民法院进行强制执行，按照最高人民法院《关于人民法院执行工作若干问题的规定（试行）》的规定，协助义务人还可能要承担赔偿责任。第八，纳税人的债务人。纳税人的债务人可能成为强制执行的对象。按照《税收征收管理法》第五十条的规定，欠缴税款的纳税人因怠于行使到期债权，或者放弃到期债权，或者无偿转让财产，或者以明显不合理的低价转让财产而受让人知道该情形，对国家税收造成损害的，税务机关可以行使代位权和撤销权。在这种情况下，纳税人的债务人可能成为人民法院强制执行的对象。

---

① 刘剑文、熊伟：《税法基础理论》，北京大学出版社2004年版，第452页。

执行当事人，就是执行程序中的债权人和债务人。在税务强制执行中，税务机关就相当于债权人，但债务人的情况比较复杂，除了上面说的几种外，还应当建立执行承担制度。税务强制执行根据的效力，原则上只及于法律文书所确定的权利人和义务人，但是，法律文书生效后，在税务强制执行过程中，案外人因实体法上的原因承受执行当事人的地位，承担被执行人的义务，就会形成执行承担。在税务强制执行中，执行当事人死亡或者被执行人变更和追加的，都会产生被执行对象的变化。① 此外，在税务机关进行强制执行的情况下，还应当明确规定执行参与人制度，建立协助执行人、执行见证人、被执行人家属、代理人和翻译人员参与强制执行的制度，以便更好地开展税务强制执行工作。

## （三）税务强制执行的期限

采取税务强制执行，必须是在纳税人等逾期不履行义务的前提下才能进行，但在实际执行中，由于逾期概念不明确，税务机关难以把握正确的强制执行时间。对逾期的理解，一种认为是超过行政复议期和行政诉讼期；另一种认为是处罚决定所规定的期限逾期。那么，究竟应该如何理解逾期呢？税务机关可以直接采取或者申请人民法院强制执行的条件是当事人对税务机关的处罚决定逾期不申请行政复议也不向人民法院起诉、又不履行的，实际上就是当事人不申请行政复议也不向人民法院起诉并且也不履行的。显然，"对税务机关的处罚决定逾期"是不申请行政复议也不向人民法院起诉、又不履行的前提，因此，处罚决定逾期了，当事人不申请行政复议也不向人民法院起诉、又不履行的，税务机关可以直接采取或者申请人民法院强制执行。反之，如果逾期指的是超过行政复议期和行政诉讼期，那么"当事人对税务机关的处罚决定逾期不申请行政复议也不向人民法院起诉、又不履行的"这句话就应在逾期前添加逗号，以表示逾期是指的逾期不申请行政复议、逾期不向人民法院起诉、逾期不履行的三种并

---

① 江伟：《民事诉讼法》，高等教育出版社 2005 年版，第 457 - 458 页。

列条件。时效制度虽然比较明确，但在一些特殊情况下不易区别，[①] 税务强制执行中的逾期是属于诉讼时效还是除斥期间需要根据立法的本意理解。修改后的民事诉讼法第二百一十五条将申请执行期限定位为时效制度，明确规定申请执行期限可以中止、中断、延长，可供税务强制执行制度参考。

税务机关作出的行政处罚行为有罚款、没收财物和违法所得、停止出口退税权等，最常运用的是罚款。根据《行政处罚法》第四十六条第三款规定，当事人应当自收到行政处罚决定之日起十五日内，到指定银行缴纳罚款。根据《行政复议法》第九条、《行政诉讼法》第三十九条规定，当事人自接到税务行政处罚决定书之日起六十日内或三个月内便可申请复议或提起诉讼。即使"逾期"指的是超过行政复议期和行政诉讼期，在接受文书满六十日未超过提起诉讼期时，当事人已丧失复议权，就不存在不申请行政复议了。从相关法律规定的意思来看，当事人逾期不履行税务行政处罚决定的，税务机关可以直接采取或者申请人民法院强制执行。《行政诉讼法》第六十六条规定："公民、法人或者其他组织对具体行政行为在法定期限内不提起诉讼又不履行的，行政机关可以申请人民法院强制执行或者依法强制执行。"《行政处罚法》第五十一条规定："当事人逾期不履行行政处罚决定的，作出行政处罚决定的行政机关可以采取下列措施：（一）到期不缴纳罚款的，每日按罚款数额的百分之三加处罚款；（二）根据法律规定，将查封、扣押的财物拍卖或者冻结的存款划拨抵缴罚款；（三）申请人民法院强制执行。"《行政诉讼法》的规定中，假如法定期限指的是诉讼期，那么就应该规定为法定起诉期限，而《行政处罚法》则清楚地将其表达为"逾期不履行行政处罚决定"。《立法法》第八十三条规定："同一机关制定的法律、行政法规、地方性法规、自治条例和单行条例、规章，特别规定与一般规定不一致的，适用特别规定；新的规定与旧的规定不一致的，适用新的规定。"《行政诉讼法》和《行政处罚法》都是全国人大通过的法律，但后者的行政处罚规定相对前者而言是特别的规定

---

① 汪渊智：《我国民法诉讼时效制度之构想》，载《法学研究》2003 年第 3 期。

和新的规定，加上《行政复议法》是在《行政处罚法》之后颁布的，因此结合前后规定，应当认为只要逾期不履行行政处罚决定的且同时不申请行政复议也不向人民法院起诉、又不履行的，税务机关即可直接采取或者申请人民法院强制执行。《最高人民法院关于执行〈中华人民共和国行政诉讼法〉若干问题的解释》第八十八条规定："行政机关申请人民法院强制执行其具体行政行为，应当自被执行人的法定起诉期限届满之日起 180 日内提出。逾期申请的，除有正当理由外，人民法院不予受理"。但是要注意，这只是规定了申请人民法院强制执行的一种情况，并没有规定有行政强制执行权的行政机关也必须在法定起诉期限届满之日起实施强制执行。

因此，《税收征收管理法》第八十八条第三款规定应当理解为，当事人逾期不履行税务机关的行政处罚决定的，不申请行政复议也不向人民法院起诉的，作出处罚决定的税务机关可以采取本法第四十条规定的税务强制执行措施；法定起诉期限届满之日起 180 日内，当事人不履行税务机关的行政处罚决定，不申请行政复议也不向人民法院起诉的，作出处罚决定的税务机关可以申请人民法院强制执行。申请税务强制执行的期限是非常重要的问题，现在之所以这么难以辨析，归根到底还是法律规定比较混乱，立法时没有认真考虑各个法规之间的相互衔接，也没有考虑税务强制执行制度的统一和完整，这给税务实际工作造成很多困难。为此，建议设立统一的税务强制执行时限机制，以确保税务公正。

### （四）税务强制执行的救济

税收法定主义是税法的一项基本原则，按照这一原则的要求，不仅税收要素必须由法律加以规定，税务机关也必须依照法律征税，这就是税务合法性原则。[①] 我国虽然没有做到严格的税收法定主义，但法律也在努力对税务机关进行约束。《税收征收管理法》第三条规定："税收的开征、停征以及减税、免税、退税、补税，依照法律的规定执行；法律授权国务院规定的，依照国务院制定的行政法规的规定执行。任何机关、单位和个人

---

① 张守文：《税法原理》，北京大学出版社 2005 年版，第 30 页。

不得违反法律、行政法规的规定，擅自作出税收开征、停征以及减税、免税、退税、补税和其他同税收法律、行政法规相抵触的决定。"但是，当前我国还不能对税务机关进行严格的制约，因而税务强制执行必须有相应的救济保障。

税务强制执行措施一般分几个阶段进行。税务机关首先作出强制执行决定，然后通知当事人限期自动履行，最后才是采取强制执行措施。如果当事人如期履行，就不会采取强制执行措施，只有纳税人在限期内没有履行，税务机关才可以对其进行强制执行。然而，当纳税人对强制执行措施不服时，其申请复议或向人民法院起诉的对象，究竟是税务机关的强制执行决定，还是具体的强制执行措施，是必须澄清的一个问题。

国家税务总局规定，税务执行人员应当按照法定的程序对其应当补缴的税款及滞纳金，采取强制执行措施，填制《查封（扣押）证》，《拍卖商品、货物、财产决定书》或者《扣缴税款通知书》，经县以上税务局（分局）局长批准后执行。被查对象对税务机关作出的处罚决定或者强制执行措施决定，在规定的时限内，既不执行也不申请复议或者起诉的，应当由县以上税务机关填制《税务处罚强制执行申请书》，连同此前资料一并移送人民法院，申请人民法院协助强制执行。这说明强制执行决定属于具体行政行为，可以成为争讼的对象。但是，如果以强制执行决定作为争讼对象，复议机关或人民法院审查的范围是什么呢？强制执行决定是以征税决定为依据的，按照《税收征收管理法》第四十条的规定，只有纳税人未按照规定的期限缴纳税款，经责令限期缴纳后逾期仍未缴纳的，税务机关才可以采取强制执行措施。这表明纳税人可以争讼的理由主要包括：税务机关没有要求限期缴纳税款；税务机关指定的期限仍未届满；纳税人已经按要求缴纳税款；强制执行决定没有经过县级以上税务局（分局）局长批准。至于税务机关的征税决定，法律已经规定了救济渠道。在税收实务中，税收强制性决定之所以违法，经常是因为征税决定错误造成的，因此应当审查征税决定的效力。但这可能会存在程序上的障碍，以至于征税决定的内容不能被审查，因为征税决定与强制执行决定各自独立，救济渠道和条件都不一样，对强制执行决定的审查，只能以征税决定合法作为前提，除非征税决定根本不存在，即使征税决定存在错误，也应在法定期限内申请复议，超过申请复议期限，征税决定的内容就当然有效了。如果纳税人直接向人民法院起诉，人民法院更不能推翻征税决定。按照现行的做法，税收争议的解决实行复议前置，如果没有经过行政复议，法院不能受理。①

除了强制执行决定之外，如果强制执行的方法、程序不合法，是否可以申请复议或者提起诉讼，也值得思考。在税务强制执行过程中，查封财产时没有通知当事人到场，扣押财产时擅自进行强制搜查，查封、扣押财产的价值明显超过税款，可以分割拍卖的财产强制整体拍卖，执行人员以明显的低价转让财产，查封、扣押的对象为日常生活必需品等，都是违法的。税收实践中的很多纠纷和争议，就是因为税务强制执行的过程不合法而引起的。如果不允许当事人诉讼，难以保证税务强制执行的合法性。修改后的民事诉讼法第二百零二条专门规定了对违法执行行为提出异议的制度，明确赋予当事人和有关利害关系人对违法执行行为提出异议的权利。修改后的民事诉讼法第二百零四条规定，对原判决、裁定无关的争议，当事人可以向法院提起诉讼。这些规定对税务强制执行有重要意义。

## 三、民事诉讼法执行程序的修改对完善我国税务强制执行制度的意义

税法有其独立的法律意识和观察视角，税法的一些基础性问题，如课税权力的来源、税收法律关系的性质、税收法定主义的适用范围和纳税人的法律地位等，必须给出清晰的回答。税务强制执行是税法上的一项专门制度，对整个税收活动有重要影响，税种的开征与停征、税率的调高或调低、税收减免的扩大或缩小、税收行政行为的规范和控制，最终都会从税务强制执行中得到体现。② 当前我国的税务强制执行制度不能令人满意，

---

① 蔡小雪：《行政复议与行政诉讼的衔接》，中国法制出版社2003年版，第101页。
② ［日］北野弘久：《税法学原论》，陈刚、杨建广等译，中国检察出版社2001年版，第106页。

原因在于规定庞杂，政出多门，而且不少方面规定得含混不清，已经影响到社会经济的健康发展。这次民事诉讼法执行程序的修改，对完善我国税务强制执行制度有着重要意义，大体来说，至少在以下几个方面可以借鉴。

### （一）建立税务强制执行中的被执行人财产申报制度

修改后的民事诉讼法第二百一十七条规定："被执行人未按执行通知履行法律文书确定的义务，应当报告当前以及收到执行通知之日前一年的财产情况。被执行人拒绝报告或者虚假报告的，人民法院可以根据情节轻重对被执行人或者其法定代理人、有关单位的主要负责人或者直接责任人员予以罚款、拘留。"这是一条新增加的法律规定，由此确立了一项十分重要的执行制度，即被执行人财产申报制度。查明纳税人可供执行的财产是税务强制执行的关键。近几年来，这个问题一直是困扰税务机关强制执行工作的突出问题。究其原因，一是社会信用建设严重滞后，不少纳税人缺乏诚信，逃避执行；二是社会财产监管制度不健全，财产状况不透明，相当多的企业财务数据失真，被执行人能够很容易地转移财产；三是一些协助执行人法律意识淡薄，出于自身利益需要与被执行人恶意串通，帮助被执行人转移财产。[①] 因此，被执行人财产申报制度对强化税务强制执行制度有重要意义。

其实，各国的强制执行立法都很重视这个问题的解决。如瑞士联邦债务执行与破产法第 91 条规定，债务人有义务披露其资产，包括在为实施充分扣押所必需的范围内披露未在其占有之下的资产及其对第三人享有的债权和权利。违者依《瑞士刑法典》第 164 条、第 323 条之规定，可处五年以下有期徒刑或罚款。保管债务人财产或欠债务人钱款的第三人负有与债务人相同的资产披露义务，违者须负刑事责任。德国强制执行制度也侧重于强调由债权人提供债务人可供执行的财产或财产线索。由于德国社会信用发达，财产监管制度完善，债务人的财产相对而言易于查找。当然，德

---

① 杨小强：《税法总论》，湖南人民出版社 2002 年版，第 139 - 141 页。

国强制执行程序中也存在着需要查找债务人财产的情况。查找债务人财产，除了可向执行法官申请签发搜查令进行搜查外，还有一种被称为代宣誓保证的制度。该制度的主要内容为：由执行债权人向执行法官申请代宣誓保证，执行法官命令作为债务人的自然人或法人的法定代表人本人，亲自到执行员面前申报财产并保证其申报的真实性。在下列几种情况下，执行债务人有义务向法院列明其财产的目录，并说明其债权的原因和证据：（1）执行机关扣押的债务人的财产不足以清偿债权人的全部债权；（2）债权人向执行机关释明扣押的财产不足以清偿全部债权；（3）执行债务人拒绝执行机关对其住所进行搜查；（4）执行员多次均未在债务人的住所找到债务人，如果执行员至少在两周前又一次将执行提前通知了债务人，而债务人仍无法找到并对其不在不能释明无过错的。在上述情形下，执行员可以立即接受代宣誓保证。但如果债权人和债务人对立即进行代宣誓保证提出异议的，执行员应另定期日和地点接受代宣誓保证。如果债务人承诺并保证将于六个月内清偿债务的，执行员应将举行代宣誓保证的期日定于该期间经过之后，或者延展到六个月。如果债务人在新的期日能证明已经清偿了四分之三的债权的，执行员可以将期日再延展两个月。①

在借鉴国外立法经验的基础上，根据执行实践的迫切需要，结合我国实际情况，民事诉讼法正式建立被执行人财产申报制度，必将对执行工作产生广泛而深远的影响。在税务强制执行中也确立被执行人财产申报制度，能够更好发挥税务强制执行制度的作用。从税务强制执行角度，纳税人应当报告当前以及收到执行通知之日前一年的财产情况。要报告当时所拥有的所有应当申报的财产。一年是一个时间段，这段时间里的财产情况应该是指在此期间内的财产变动情况，即要报告取得了哪些财产及取得的方式，如购买、建造、受赠、接受支付等等，减少了哪些财产及减少的方式，如消费、转让、赠与等等。从财产种类角度看，被执行人应当申报下列财产：银行存款、现金、有价证券；土地使用权、房屋等不动产；交通运输工具、机器设备、产品、原材料等动产；债权、股权、知识产权等财

---

① 李国光：《民事诉讼程序改革报告》，法律出版社 2003 年版，第 351－353 页。

产权利；其他财产。① 根据我国民事诉讼法第二百二十二条、第二百二十三条及最高人民法院《关于人民法院民事执行中查封、扣押、冻结财产的规定》第五条的规定，人民法院在执行中不得查封、扣押、冻结的财产无需申报。与国外的有关规定相比，我国被执行人财产申报制度规定的处罚措施相对较轻，不能追究刑事责任。而且法律条文对采取罚款、拘留措施的自由裁量空间比较大，什么情况下罚款、什么情况下拘留、什么情况下可以罚款、拘留并用，并没有具体描述和详细列举，在税务强制执行中，可由执行人员根据案件具体情况和情节轻重裁量适用。

### （二）增加不经通知即可税务强制执行的制度

修改后的民事诉讼法第二百一十六条第二款规定："被执行人不履行法律文书确定的义务，并有可能隐匿、转移财产的，执行员可以立即采取强制执行措施。"这是关于被执行人可能隐匿、转移财产时法院可以立即采取强制执行措施的规定。这一条规定，主要是为了解决由于制发执行通知书而产生的问题。由于执行通知书另行指定履行义务的期间，在此期间内不能采取执行措施，被执行人逾期不履行的，才可以实施强制执行。这样一来，很多被执行人接到执行通知书后转移、隐匿财产，逃避执行，使得执行通知书变为逃债通知书。在税务强制执行中，一种观点认为，多年来的实践证明，执行通知书的实际效果与制定该制度的初衷背道而驰。规定该制度的原意在于再给被执行人一次自动履行的机会，尽量避免采取强制执行措施。事先发出执行通知书的做法，实际上等于给被执行人通风报信，被执行人往往借此机会转移、隐匿财产，逃避执行。而且从理论上讲，法律文书生效后，纳税人就应当按照生效法律文书规定的期限履行义务，执行通知书再指定一个履行期限，等于减轻了债务人的负担，有改变生效法律文书内容之嫌。因此，应当全部删除关于执行通知书的内容，只要纳税人不按生效法律文书履行义务，税务机关就可以立即依法采取强制

---

① 章武生、张卫平等：《司法现代化与民事诉讼制度的建构》，法律出版社 2003 年版，第667 页。

执行措施。而根据法律规定，税务机关采取执行措施必须制作并送达法律文书，因此，不会侵害被执行人对执行进展情况的知情权。另一种观点认为，执行通知书制度还是有一定作用的，应予保留，对其带来的问题，可以通过新的规定加以解决。不能否认，许多纳税人是讲诚信的，是会积极想方设法履行义务的。只要纳税人自愿履行，就不要实施强制执行。对那些确实不讲信用，千方百计逃避、对抗执行的被执行人，才有必要采取强制执行措施，这样可以把有限的司法资源配置到确实需要的案件中。为解决由此发生的被执行人借机逃避执行的问题，可以规定在有些情况下可以立即采取税务强制执行措施。

### （三）增加税务强制执行中案外人对执行标的提出异议的制度

修改后的民事诉讼法第二百零四条规定，案外人对执行标的提出异议的，先由执行法院进行初步审查并作出相应的处理；案外人、当事人对执行法院初步审查作出的裁定不服的，可以再区分不同情况，通过审判监督程序或提起诉讼以寻求救济。执行过程中，难免会出现将案外人的财产作为被执行人的财产查封、扣押、冻结以及其他侵害案外人实体权益的情况。有侵害就应当有相应的救济，案外人对执行标的提出的异议，实际上是一种实体争议，只有依照诉讼程序进行审理，才符合审执分立的原则，因此，有必要对案外人异议制度进行改造。

从税务强制执行角度来看，执行救济制度的设计，要考虑为当事人、利害关系人提供充分的救济途径。提出案外人异议的主体须为案外人，这里的案外人，是指执行当事人以外，对执行标的主张权利，认为税务机关对某一项或几项财产的执行侵害其实体法上权利的公民、法人和其他组织。案外人对执行标的提出书面异议，应理解为案外人对执行标的的物主张实体权利，并以此为基础主张税务机关的执行侵害了其实体法上的权利，请求停止对该标的物的执行。基于这种理解，在税务强制执行中对案外人异议的事由有必要把握以下几点：首先，案外人异议的事由不同于民事诉讼法第二百零二条规定的对执行行为提出异议的事由，后者是对执行行为本身违反法律规定提出异议，是一种程序上的异议；而案外人异议则是案外人认为税务机关的执行侵害了其所有权或其他实体权利，是基于对执行标的物的实体权利提出的异议，是一种实体上的异议。其次，案外人所主张的实体权利必须是依法可以阻止该标的物执行的实体权利，而非所有的实体权利。再者，案外人主张的实体权利是否可以阻止税务机关对特定财产的执行，不能一概而论，而应结合案件具体情况确定。例如，案外人对执行标的物有抵押权的，一般不能提出异议阻止税务机关对该标的物的执行，但税务机关对标的物其中一部分执行时，如果将影响整个标的物的担保价值的，抵押权人可以提出异议阻止对抵押物的执行。又如，在执行中，作为案外人的承租人一般不能提出异议阻止对租赁物的执行，但税务机关在执行中不依法保护承租人的租赁权，强制承租人将标的物交付买受人而妨害其占有、使用租赁物的，应当允许承租人提出异议阻止标的物的交付。①

### （四）赋予当事人和利害关系人税务强制执行异议权

本次民事诉讼法修改明确增加了对违法执行行为提出异议的规定，这体现了最大限度保护当事人、利害关系人合法权益的理念。依照民事诉讼法第二百零二条的规定，在执行行为违法的情况下可以提出异议的主体非常广泛，既包括当事人，也包括有关的利害关系人。这里的当事人是指执行当事人，即申请执行人和被执行人。申请执行人和被执行人的合法权益都可能因违法的执行行为受到侵害，因此，对双方当事人都有必要赋予提起异议的权利。② 应注意的是，本条中的当事人不限于执行依据上所列明的当事人，在执行过程中，被人民法院依法变更、追加为当事人的公民、法人或其他组织，也属于该条规定的当事人的范畴。本条中所说的利害关系人，是指执行当事人以外，因强制执行而侵害到其法律上权益的公民、法人或其他组织。例如，在拍卖过程中，有最高应价时，优先购买权人表

---

① 黄金龙：《关于人民法院执行工作若干问题的规定实用解析》，中国法制出版社2000年版，第78页。

② 张馨：《税收价格论：理念更新与现实意义》，载《税务研究》2001年第6期。

示以该最高价买受，法院仍将标的物拍归其他竞买人的，优先购买权人即可提出异议。其他类似的因法院的执行行为而导致其法律上的利益受到侵害的人，都可以作为利害关系人提出异议。[①]

在税务强制执行中，当事人、利害关系人可以基于违反法律规定的执行行为提起异议。所谓执行行为，是指税务机关运行国家强制力，强制实现执行依据中所确定的权利的公法行为。违反法律规定的执行行为，是指法律、司法解释有明确规定，执行人员违反该规定而实施的执行行为。当事人、利害关系人对执行行为有异议的，应当向人民法院提出。执行行为违反法律规定均系程序上的事项，不涉及实体权利义务争议问题，对异议的审查处理是执行行为的有机组成部分。

---

[①] 史尚宽：《债法总论》，中国政法大学出版社2000年版，第57页。

# 论美国股东派生诉讼中律师的角色

郦燕冰*

**摘　要：**在美国的股东派生诉讼制度中，律师的费用问题一直备受争议。为了鼓励股东提起派生诉讼，美国法院允许律师和当事人采用胜诉报酬机制，因此律师成为派生诉讼中受益最多的一方。为了解决这一问题，美国法院采用了百分比制以及北极星制等一系列的方法，以期能计算出合理的律师费用。其中改革幅度最大的莫过于律师的拍卖方法。我国正式建立派生诉讼制度的时间并不长，派生诉讼的律师费用问题不像在美国那么突出。本文全面介绍了美国派生诉讼中的律师费用制度，希望能为规制未来中国派生诉讼制度中律师的行为提供一定的借鉴意义。

**关键词：**百分比值　北极星制　律师的拍卖

　　股东派生诉讼是公司法用来解决管理层和股东冲突的众多工具之一。在他人损害公司利益的情况下，公司享有法律上的诉由，是否提起诉讼首先应由公司的管理层决定。但是如果诉讼潜在地危害了管理层的个人利益，管理层可能就不愿意提起诉讼，典型的情况便是对公司董事提起的违反信赖义务的诉讼。显然，我们不能指望董事会让公司对自己提起诉讼。派生诉讼赋予股东代表公司提起诉讼的权利。

---

＊　对外经济贸易大学法学院博士研究生，主要从事公司法研究。

但是，如果让股东自己承担诉讼费用，他们可能就不愿意提起有价值的诉讼。为了解决这一问题，美国法院允许原告的律师在诉讼所获赔偿中取得律师费。但是原告的律师就有动机提起无价值的诉讼。事实上，滥用股东诉讼的可能性早已为人所知。1949 年，美国最高法院就观察到："这种源于股东的无助的救济（派生诉讼）长久以来都是公司管理的调整者，并且没有提供哪怕一丁点的动机来避免损害股东的利益而获利……遗憾的是，救济本身提供了滥用的机会，这是不容忽视的。有时候提起诉讼不是为了纠正错误行为，而是为了实现它们的有害价值……这些诉讼被专业行话形象地称为'投机性诉讼'。"[①]

由于派生诉讼律师费确定的程序中充满了复杂的矛盾，其计算涉及事项众多、计算方式复杂，有效、公平地确定派生诉讼律师费成为公平、迅速和经济地处理派生诉讼纠纷的重要问题。

# 一、代理成本理论和派生诉讼

律师作为客户的代理人的角色可以从经济学角度用现代代理成本理论进行分析。代理成本理论的创始人詹森和麦克林认为，代理成本可以分为三部分：（1）委托人的监督成本，即委托人激励和监控代理人，以图使后者为前者利益尽力的成本；（2）代理人的担保成本，即代理人用以保证不采取损害委托人行为的成本，以及如果采用了那种行为，将给予赔偿的成本；（3）剩余损失，它是委托人因代理人代行决策而产生的一种价值损失，等于代理人决策和委托人在假定具有与代理人相同信息和才能情况下自行效用最大化之间的差异。在这三部分当中，监督成本和担保成本是制定、实施和治理契约的实际成本，剩余损失则是在契约最优但又不完全被遵守、执行时的机会成本。

1. 监督

监督的有效性取决于代理人行为的可观测性。如果本人比较容易观察

---

① Cohen v. Beneficial Indus. LoanCorp., 337 U. S. 541, 548 (1949).

代理人的行为，监督成本就会很低。但是，在诉讼中，作为本人的客户并不容易观察到律师的努力，因为他们缺乏判断律师工作的质量和效率的专业知识，律师在诉讼中有相当大的权利和自由。

一般来说，降低监督成本的方法主要有两种：一是律师要加入律师协会并保留其成员资格才能够执业，客户可以借此初步评估律师工作的质量，而他们通过别的途径是很难做到这一点的。其次，道德准则禁止律师从事与客户利益相抵触的行为，如律师不得收取不合理的费用、不得泄露客户的秘密、必须恪尽职守等等。

在股东派生诉讼中，原告集体的成员的诉讼请求通常较小，诉讼对他们来说是无关紧要的，这就产生了大量的搭便车现象[①]：没有一个理性的原告愿意作为诉讼的监督者，因为其将承担所有的费用，但是只能按照其持股比例获得赔偿。集合行动和搭便车的问题几乎使得派生诉讼案件中的律师完全不受客户监督的约束。此外，将信息充分告知客户、尊重客户的意见，从而提高客户的监督在策略上是不可行的。与高度分散的原告集体进行沟通的成本过于昂贵。即使与所有的原告充分沟通，原告集体慎重考虑得出的结果也并不一定是最优的。

2. 担保

当监督成本过高时，最优策略是让代理人作出某种形式的保证，使本人相信即使没有有效的监督，代理人也会善意地履行其对于本人的义务。

在法律服务业中，律师执业的权利和律师的声誉都可以作为保证机制。首先，律师享有执业的排他性权利。执业执照使得律师能获取可观的收入，而律师用别的方法不可能获得那么多收入，因为非律师不能执业，

---

① 搭便车是很普遍的集合行动问题。当一个集体有望产生某些集体产品时，一些成员可能拒绝为产品的产生做贡献，即使他们期待从中获利。这些搭便车者预期其他人就已足够保证产品的产生。发生搭便车现象必须满足两个前提条件。第一，对不贡献不会有惩罚措施。第二，搭便车者必须确信个人的贡献不是决定性的。当搭便车现象产生时，集体产品就有可能难产。在公司里，相关的集体产品是监督公司的董事和经理。因为所有的股东都可能认定不监控不会造成惩罚并且他们的监控努力是微不足道的，他们就会有搭便车的动机。在这种情况下，股东对管理层的监督将是次优的。

律师可能收取相对垄断的利益。① 滥用客户信任的律师可能会被吊销执业的资格，从而失去这些额外的利益。其次，律师在声誉上有所投入。例如，经常长时间地为其客户提供服务、从事广泛的社会服务活动以及雇用最优秀的法学毕业生。如果这些昂贵的活动能建立良好的声誉，律师事务所就能提高其费率，由此，在声誉上的投入就有了经济回报。同时，建立了良好声誉的律师事务所会坚持较高的道德准则和质量标准，从而维护其声誉。因此，声誉也是保证机制的一种，使客户相信代理成本不会过高。②

但是，这两种保证机制在派生诉讼中是失灵的。首先，由于客户对派生诉讼并无多大的兴趣，原告的律师在派生诉讼中的不当行为就很少被人发现。其次，派生诉讼中客户监督的缺乏也减少了声誉保证的效力。因为客户在派生诉讼中并不关注律师，原告律师并没有动机去建立声誉以便吸引客户。律师本身提起了诉讼，而不是依赖他们的客户去找他们。

3. 剩余损失

尽管有监督和约束的行为，本人和代理人之间仍有未解决的利益冲突，致使代理人的决策未能让本人的福利达到最大，这一部分称为剩余损失。

由于律师和客户必然存在利益冲突，剩余损失是不可能被消除的，代理成本理论的最终目的在于尽量降低而非消除代理成本。

# 二、派生诉讼中律师费的计算方法

与普通的民事诉讼不同，派生诉讼中的律师费有两个突出特点：一是律师代理原告一方进行诉讼是风险代理，如果原告没有从诉讼中获得收

---

① 迄今为止，并没有研究说明这种垄断性利益的数额。但是，对其他专业许可制行业的研究表明了垄断性利益的存在。Keith B. Leffler, Physician Licensure: Competition and Monopoly in American Medicine, 21 J L & Econ 165 (1978); Lawrence Shepard, Licensing Restrictions and the Cost of Dental Care, 21 J L & Econ 187, 200 (1978) (当主管机关设置了执业的竞争障碍以后，牙医普遍将服务费提高了 12－15%).

② Janet Kiholm Smith and Steven R. Cox, The Pricing of Legal Services: A Contractual Solution to the Problem of Bilateral Opportunism, 14 J Legal Stud 167, 169 (1985) (声誉可以降低产品或服务质量的不确定性).

益，那么律师将得不到任何费用；二是律师费的具体金额需由法院认可，未经法院批准，律师不得从派生诉讼收益中取得律师费。

1. 共同基金案件

派生诉讼收益的当事人既包括直接委托律师的当事人，也包括为委托律师代理其律师的其他人，因此，律师通过诉讼工作获得的利益就可以被看作是一项共同基金，这一项基金按法律规定在受益人之间分配，如果派生诉讼的律师费是从该项基金中支付的，那么，这类案件就属于共同基金案件。在共同基金案件中，法院通常采用两种方法决定律师费金额：百分比制和北极星制（lodestar）。

（1）百分比制

在百分比方法下，律师费是以基金的某个固定的百分比计算的，这种方法目前在美国比较流行。[①] 百分比制类似于普通的胜诉报酬费用。不论案件的事实如何，也不论律师在诉讼中花费了多少时间，原告律师只能收取资金的固定比例。

百分比制容易计算并且有明确的计算标准，这样就减少了诉讼风险，从而可以促进私人的法律执行。百分比方法可以避免律师大量提起胜诉可能性比较高的诉讼，特别是那些被告在工作开始前就愿意和解的案件。设计合理的百分比方法显然比当前广泛采用的北极星制有更多的优点。

但是，百分比方法也有严重的缺陷。首先，在那些损害较大而成本较低的案件中，原告律师将会得到意外的收入，而这种收入是以集体成员的利益为代价的。更为普遍的是，原告律师的费率高于其在有效竞争市场中的费率。在百分比体系下，如果律师提起诉讼的机会成本（以律师的时间价值来衡量）高于预期获得的律师费（等于预期的集体赔偿的价值乘以费率的百分比再乘以律师对诉讼成功率的估算），律师就不会提起诉讼。如果预期报酬等于或超过原告律师预计的成本，律师很有可能就会提起这样的诉讼。

与私人法律市场相比，百分比方法可能导致提起诉讼的案件数量较

---

① Jonathan R. Macey & Geoffrey P. Miller, The Plaintiff's Attorneys Role in Class Action and Derivative Litigation: Analysis and Recommendations for Reform, 58 U. CHI. L. REV. 1 (1991).

少。标准的诉讼经济模式表明当原告在诉讼中的预期收益高于预期成本的时候，原告就会起诉。[1] 在传统诉讼中，即使律师费占据了原告的预期赔偿的很大比例，原告仍然会提起诉讼。因此，百分比方法减少了许多原告在传统模式下会提起诉讼的案件数量。比如，一个案件中预期的律师费比例是 25%，总共的资金是 MYM1,000,000，原告律师提起诉讼的成本是 MYM500,000。因为律师预计能得到的律师费是 MYM250,000，所以他就不会提起诉讼。但是，如果原告是个人而非集体或在恶意的管理层控制之下的公司，原告预期能得到 MYM500,000，他仍然会提起诉讼。

（2）北极星制

大部分的美国法院根据北极星制从共同基金中拿出一部分作为律师费。[2] 在这种方法下，律师合理花费的小时数与合理的小时费率之积成为计算律师费用的"北极星"。法院通常运用一个系数（multiplier）进行调整，系数大小取决于很多因素，最为重要的是诉讼的风险。因此，这些案件中的律师有动力计算更多的时间，不必要地迟延诉讼，或者甚至夸大花费的时间以获取更多的律师费。[3] 原告律师也可能希望在审判前以较低的费用和解案件，因为这么做能使他们从诉讼中得到最大的利益。派生诉讼中对律师费用和和解的司法审查就是为了防止这种滥用。

法官决定合适的北极星费用前必须首先决定花费的合理小时数。这就要求首先决定律师事实上花费了多少个小时。法官在某些程度上可以参考律师的时间表，最高法院也承认如果在费用转嫁案件中原告律师收到了补偿，这样做是必须的。[4] 但是准备时间表对律师来说难以承受，法官对时

---

① John P. Gould, The Economics of Legal Conflicts, 2 J Legal Stud 279 (1973); William M. Landes, An Economic Analysis of the Courts, 14 J L & Econ 61 (1971); Richard A. Posner, An Economic Approach to Legal Procedure and Judicial Administration, 2 J Legal Stud 399 (1973).

② See Robert T. Mowrey, Attorney Fees in Securities Class Action and Derivative Suits, 3 J Corp L 267, 334 – 48 (1978); Alexander Hammond, Stringent New Standards for Awards of Attorney's Fees, 32 Bus Law 523, 525 – 27 (1977).

③ 因为这些原因，一些法院对北极星制提出了质疑。In re Oracle Securities Litigation, 131 FRD 688, 689 (N D Cal 1990); In re Chrysler Motors Corp. Overnight Evaluation Program Litigation, 736 F Supp 1007, 1015 (E D Mo 1990).

④ Hensley v. Eckerhart, 461 US 424, 433 (1983).

间表的评估亦是如此。

其次，法官必须决定多少个小时是合理的。这显然是非常困难的一件事情。法官必须根据派生诉讼的独特结构决定所花费的小时数的合理性，而在这些诉讼中的工作是由律师或律师事务所的联合体在首席律师的指导下进行的。派生诉讼的松散结构意味着要花费大量的时间进行协调和监督。① 这些工作并不意味着本来可以避免的无效率，重复工作或缺少协调会花费更多的时间。

同样，由法官决定合理的小时费率也是非常困难的。为了决定小时费率，法官必须评估一个具有同等经验和技能的律师在通常情况下会收取多少律师费。原告律师通常会提交若干同行出具的说明其小时费率的宣誓书（affidavit）。这些宣誓书只说明宣誓人的小时费率，却没有考虑到有可能通过协商降低小时费率。其次，法官也很难评价两个不同的律师拥有的经验和技能是否相似，特别是提供宣誓书的律师是基于小时费率收费，而原告律师主要是根据胜诉酬金安排收费的。

最后的难点在于调整系数的决定。如果说法官难以决定合理的小时数和合理的小时费率，那么系数的计算则是一个更大的难题。大多数法院把诉讼风险作为考虑因素之一，② 但法官完全凭借自己的主观判断决定诉讼风险的大小。让法院在事后决定诉讼的风险程度是很不适宜的，因为一旦胜诉，法官可能自然而然地形成一种诉讼的风险不是很大的印象。③ 法官可能也会有我们所谓的主观性偏见，他们对诉讼本身的评估影响了对诉讼的风险评估。

系数的调整是很不确定的。我们迄今尚未发现存在决定风险系数的一种固定的模式或标准。④ 相应地，风险系数加深了北极星制的费用计算方

---

① In re Anchor Securities Litigation, Fed Sec L Rptr (CCH) 95, 481 at 97, 511 (ED NY and S D NY 1990)（"有七个律师事务所为了使不同的律师熟悉案件以及不同律师事务所之间的沟通付出了巨大努力"）.

② Pennsylvania v. Delaware Valley Citizens′Council for Clean Air, 483 US 711 (1987).

③ Kirchoff v. Flynn, 786 F2d 320, 325 (7th Cir 1986)（注意到"事后评估风险有失公平"）.

④ 联邦法院研究委员会最近建议联邦法院可以在不同类型的案件中采用统一的标准来评价案件的风险。这种统一的标准可以增强一致性和可预见性，但准确度不高，因为它将事实上不同的案件看成类似的。

法的不确定性。在共同基金案件中，法院可以指定一个监护人保护缺席原告成员的利益。① 此外，至少有一位法官尝试采用省时省力的方法来决定合理的律师费用，比如采用抽样技术决定小时数的合理性或使用统一的小时费率。②

解决律师费计算的诸多问题的方法之一是在律师费听证中增加专家证言。与依靠少数宣誓书和有限的法律实践的法官相比，专家证人在决定合理的小时费率方面显然更加可靠。同样，专家也比法官更有能力评估花费的合理小时数——特别是如果法官过去在大型律师事务所里工作，监督和控制诉讼的模式是完全不一样的。专家能提供有关诉讼风险的有用的信息。当然，专家的作用大小也取决于证人的诚实、判断和知识。但是不论专家的整体作用大小，我们没有理由怀疑专家证人在决定律师费方面的作用会比其在其他诉讼事项中的作用小。

减少计算律师费负担的替代方法是由法院指派一名特别专家（special master）评估律师费。③ 专家有权要求律师提交证据（比如时间表），检查宣誓书或采集证言。④ 除非有明显的错误，⑤ 否则专家的结论应该是决定性的。如果能重复指派一人作为特别专家，他就能形成律师费计算的专业技能，这就能证明特别专家的有用性。决定律师费用的特别专家与英国决定律师费用的诉讼费用评定官（taxing masters）类似。但是迄今为止法院并没有广泛指派决定律师费用的特别专家。⑥

2. 共同受益和费用转嫁案件

---

① 在两个案件中法院指派了监护人：Haas v. Pittsburgh National Bank, 77 FRD 382, 383（W D Pa 1977）；Miller v. Mackey International, Inc., 70 FRD 533, 535（S D Fla 1976）。

② Harman v. Lyphomed, Inc., 734 F Supp 294, 298（N D Ill 1990）.

③ 联邦民事诉讼规则第53条规定了特别专家制度。法院会鼓励利益关联方同意专家的指派。A. Miller, Attorney's Fees in Class Actions at 234 – 36（cited in note 79）（由特别专家决定费用是有效的方法）.

④ 联邦民事诉讼规则第53（c）条。

⑤ 联邦民事诉讼规则第53（e）（2）条。

⑥ In re Flight Transportation Corporation Securities Litigation, 685 F Supp 1092, 1094（D Minn 1987）（在复杂的证券欺诈诉讼中，法院委任了"费用审查委员会"审计28个原告律师的小时数和小时费率；委员会实质性地降低了律师费用）。

在共同受益案件中，原告律师并不设立基金，而是让被告给予公司某些非金钱的利益。[1] 费用转嫁案件则是一些根据成文法提起的案件，成文法规定在某些类型的诉讼中，胜诉的原告可以从被告处就其合理的律师费用得到补偿。[2] 在共同受益和费用转嫁案件中，律师费用来源于被告而非集体的补偿。[3] 因此，与共同基金案件不同，共同受益和费用转嫁案件中有相对方的存在，双方就费用问题进行协商，从而将其限定在一个合理的范围内。

但是，这种方法并没有有效地消除律师与客户的冲突。共同受益和费用转嫁案件中的被告通常希望降低三类费用之和：赔偿费用、自身的律师费用以及原告的律师费用。被告并不关注诉讼的合计费用在这三者之间是如何分配的。另一方面，原告律师希望提高他们自己的费用，即使这样做的代价是降低对其客户的赔偿。因此，原告律师会为了更高的律师费用而接受一个总金额较低的和解。

当被告同意提供一个相对较多的和解金额，前提是原告律师同意放弃某些费用请求或接受较低的费用时，另一个相关的问题产生了。一些法院和评论者呼吁在费用转嫁案件中，制定强制性的规定将费用的谈判从和解中分离出来。[4] 但是，这种规定能否有效地执行还是一个悬而未决的问题。将费用谈判与和解分离并不是解决共同受益和费用转嫁案件中的代理问题的灵丹妙药。

---

[1]　Mills v. Electric Auto – Lite Co. , 396 US 375, 391 – 92（1970）.

[2]　Thomas D. Rowe, Jr. , The Legal Theory of Attorney Fee Shifting: A Critical Overview, 1982 Duke L J 651.

[3]　在成功的派生诉讼中，通常由公司支付这笔费用。这种做法与美国通常的律师费规则是一致的，即诉讼当事人自行承担各自的律师费，见 Alyeska Pipeline Service Co. v. Wilderness Society, 421 US 240, 247（1975）。因为派生诉讼的胜利说明原告律师事实上代表了公司，因此让作为"客户"的公司支付律师费是合理的。

[4]　See, for example, Prandini v. National Tea Co. , 557 F2d 1015, 1021（3d Cir 1977）; Comment, Settlement Offers Conditioned Upon Waiver of Attorneys´Fees: Policy, Legal, and Ethical Considerations, 131 U Pa L Rev 793（1983）; Deborah L. Rhode, Class Conflicts in Class Actions, 34 Stan L Rev 1183, 1251（1982）.

### 三、派生诉讼中律师的拍卖方法

在过去的几十年中，评论家们提出了很多问题解决原告股东和律师之间的利益冲突。如有学者提出政府自身应当参与股东诉讼，或者建立一个机构监管董事的不正当行为，或者授权诸如检察总长的政府官员代表股东起诉。[①] 改革幅度最大的建议是在派生诉讼中采用拍卖模式。

1. 拍卖模式概述

在提起派生诉讼的时候，法官可对案件作初步的调查，并决定能否采用拍卖模式。法官应询问被告以获得必要的信息。法官也可以要求提起诉讼的律师配合进行此项调查，如果案件被拍卖给别的律师，最初提起诉讼的律师能够获得合理的补偿。法官也能指定他人对事实作进一步的调查。

法官在决定能否采纳拍卖模式时应当考虑几个因素。首先，案件是否属于大规模的小额诉讼？其次，就同样的事实提起了多少个诉讼？如果仅仅提起了一个诉讼，拍卖的方法就不应该采用。但是如果提起了若干个诉讼，就可以采用拍卖的方法了。第三，诉讼请求是否足够地确定，从而能采用拍卖的方式？如果请求是分散的或不确定的，拍卖的方法很可能会失败；法院有可能需要等着对案件作进一步的澄清。第四，是否存在不适于采用拍卖方式的其他因素，比如案件的某些细节需要原告的深入参与。

如果决定拍卖的方法是适当的，法官就要对诉讼请求作出简洁明了的定义。随后，法官通过适当的媒体（如报纸或期刊）公告要拍卖的诉讼请

---

① Harris Berlack, Stockholders' Suits: A Possible Substitute, 35 MICH. L. REV. 597, 609, 610 (1937). Roscoe Pound, Visitatorial Jurisdiction Over Corporations in Equity, 49 HARV. L. REV. 369, 393 (1936)（认为检察总长对公司有管辖权，当"不当管理严重影响经济秩序和危害投资公众"时，检察总长有权涉入派生诉讼）.

求，并且制定招标程序。最合适的招标程序莫过于密封投标报价法①，诉讼请求属于最高价竞买人。为了简化程序，所有的报价都必须是现金或现金等价物。为了防止出售价格过低，法官可以自行设定一个价格底线。

潜在竞买人可以在一段适当的时间内对请求进行调查，法官应该将诉讼请求授予最高价竞买人，竞买人向法院缴纳其竞买金额。在拍卖模式下，竞买人并不一定是律师或律师事务所。法官可以扣除一定的费用，比如调查和公告费用，或者是向最先提起诉讼的律师、协助法官进行调查和拍卖的人支付一笔合理的费用。法官随后应负责分配剩余资金。在派生诉讼中，这部分钱通常是向公司支付的。

同时，买受人继受了原告的权利。如果买受人是被告，被告很有可能会要求法院驳回起诉。为了解决这一问题，法官可以规定：如果决定被告就是买受人，那么法官可以直接驳回起诉，但前提是买受人已经正式接受了诉讼请求。为了达到这种效果，被告的投标文件应当要求如果被告是买受人，那么法院就应该驳回起诉。在这种情况下，法院仍应遵守上述程序向原告分配资金。如果被告以外的竞买人中标，买受人应当提起诉讼。这时诉讼的进程就如同标准的派生诉讼。

2. 拍卖法的优点

拍卖法有很多潜在优点，最为明显的便是它能够避免派生诉讼中的代理成本。② 买受人成为诉讼请求的所有人，因此他是作为自己的代理人而

---

① 密封投标定价法，也称为投标竞争定价法，是指在招标竞标的情况下，企业在对其竞争对手了解的基础上定价。这种价格是企业根据对其竞争对手报价的估计确定的，其目的在于签订合同，所以它的报价应低于竞争对手的报价。密封投标定价法公司对竞争对手的报价进行预测，并在此基础上制定自己的价格。在此过程中，价格的制定受到两方面限制：一方面需要考虑完成任务的成本，若低于成本则会损害公司自身利益；另一方面价格不能过高，价格高于成本越多则中标的可能性越小，这又制约着公司不能制定高于竞争者的价格。密封投标定价法主要用于投标交易方式。如建筑施工、工程设计、设备制造、政府采购、科研课题等需要投标以取得承包合同的项目。

② 事实上，拍卖模式也不能完全消除大规模诉讼的代理成本。但是，拍卖模式可以极大地降低代理成本，因为监督和保证机制在拍卖模式下是有效的。

采取行动的。① 换言之，买受人拥有与传统诉讼中同样的动机。代理成本降低的主要优点在于原告律师再也不会与被告达成共谋的和解。原告在诉讼进行前就已经得到了高额补偿，因为如果买受人预计从诉讼中得到比较多的赔偿，他会把这部分钱加到报价中，以提高中标的可能性。

拍卖法也能降低交易成本。比如，法院无须对审查和解和费用要求作实质性审查。如果拍卖以后诉讼达成了和解，这种和解就像在普通诉讼中的一样。买受人会努力实现最好的结果，那些缺席原告的利益也不会受到损害。在共同基金案件中无须法院就费用问题作出决定，因为买受人会支付自己的律师费用。

原告的行为也是降低交易成本的原因。买受人一般会聘请单一的律师事务所或团队来进行诉讼。但在当前的模式下，原告的律师组成了一个松散的团体，首席律师协调着这些律师的行为。由同一个律师事务所来进行诉讼可以避免监督、协调以及重复工作的成本，而这些成本在当前的派生诉讼中是很常见的。当然，拍卖法本身需要一定的交易成本。法官要对请求进行定义，并向潜在竞买人发出公告，竞买人需要进行调查。但是，这些成本远远低于当前体系下的成本。

拍卖法的另一个优点是它能把资源配置给最有效率的使用者。当前的体系不能保证让最资深的律师来处理诉讼，这也是拍卖法与当前体系的主要不同点。事实上，在某些情况下（如证券欺诈案件），一些律所几乎垄断了所有的案件。买受人显然比其他竞买人更有能力和资格去进行诉讼。如果买受人的出价较高，集体成员或公司显然也能从中受益。

最后，拍卖可以促进法律的私人执行。买受人能够尽可能地实现最多的诉讼净收益，而在当前的体系下，律师关心的是尽可能拿到更多的律师费。潜在的被告也会相应地调整他们的策略，尽量平衡守法的边际成本与败诉案件中的边际成本。法律的私人执行能够实现重大的社会利益。

---

① 一些评论家已经注意到了拍卖模式在降低代理成本方面的好处。Geoffrey P. Miller, Some Agency Problems in Settlement, 16 J Legal Stud 189 (1987)（如果客户将请求出售给律师，和解中的代理成本将会极大地降低）；Kevin M. Clermont and John D. Currivan, Improving on the Contingent Fee, 63 Cornell L Rev 529, 596 – 97 (1978)（请求的出售可以解决胜诉报酬安排隐含的问题）.

### 3. 拍卖法的问题

拍卖法并不能解决大规模小额诉讼的所有问题。这种方法在理论和实践中也遇到了很多困难，如果真正运用这种方法，肯定还会有更多的问题出现。

首先，定义诉讼请求在很多情况下是非常困难的。派生诉讼的和解或者判决都是基于一定的事实作出的，可以避免将来有人以同样的事实起诉。但和解或者判决之前，诉讼都已经进行了一段时间，请求的范围也已经被充分发现。而拍卖法在案件还未进入实质程序的时候就需要对诉讼请求作出比较精确的定义。

其次，如果竞买人串通降低竞买价格，拍卖程序便会失去其效力。被告往往会是潜在的竞买人，他们希望竞买人的竞买价格限定在一个合理的范围内。但是，这种共谋的危险不容小觑，特别是在证券业界，这部分的法律业务目前掌握在相对较少的律师事务所手中。但是，由于串通竞买价格的行为有可能受到刑事处罚，这就足以阻遏这种行为了，更不用说吊销律师执照了。因此，串通的可能性还是比较小的。

第三，竞买人人数可能太少，或者竞买人没有足够的经济实力参加拍卖。大规模小额诉讼中的赔偿往往数额巨大，动辄就是成千上百万。显然，没有多少竞买人能有这样的经济实力。如果竞买人人数过少，拍卖的价值也会减少，因为竞买人的竞买价格不会太高。[①]

这个问题也不是那么严重。拍卖是面向包括被告在内的所有的竞买人的，他们可以是律师，也可以是律师事务所。此外，风险投资公司、富有的投资者、专业公司或有限合伙都可以参加拍卖。因为竞买人数量较多，竞买价格也会随之变高。

然而，那些数额极其巨大的诉讼仍然面临严重的资金问题。由于数额过大，这类请求不一定能通过拍卖方式被出售。监管体系可以创设一种特别的拍卖模式，即并不是全部的请求都通过拍卖予以出售。例如，如果律师愿意，法院可以仅仅就诉讼提起权进行拍卖，而不是针对诉讼请求本

---

① 有证据显示，律师可以筹措大量资金进行大规模诉讼，如果法院允许律师这么做的话。

身。事实上，最近联邦法院在一个证券集体诉讼中就首席律师权进行了拍卖，并且取得了巨大的成功。① 这种模式不需要律师拿出任何现金来获得诉讼的提起权，并为原告律师打开了市场，也减少了百分比方法中律师费过高这一普遍问题。但是，这种方法又引发了代理成本的问题，因为竞买成功的律师想尽快地和解以便获得更多律师费。但是如果律师的竞买价格过低，人们又会怀疑他的能力和经济状况。

拍卖法的另一个问题是对首个识别诉讼请求的原告律师的补偿问题。在现有的监管体系下，"首先行动者"能因其识别和调查诉讼请求而取得一些补偿。虽然首先提起诉讼的律师不大可能排除别的律师参与大规模的小额诉讼，但他至少能在原告的律师团体中占据一个相对重要的地位，特别是诉讼请求在提起前并没有得到广泛的关注。如果拍卖法剥夺"首先行动者"从诉讼获得利益，就会阻止他们提起诉讼。

然而，这个问题并非不能克服。首先行动者在大规模的小额诉讼中的作用往往被夸大了。在大多数情况下，由于政府行为②或报纸或其他媒体，原告律师在诉讼提起前就已经知道了诉讼请求的存在。无论如何，首先提起诉讼的人总会收到源自得标价格的一定数量的补偿。法官有自由裁量权来决定补偿的数额，考虑的因素主要包括：如果没有首先行动者识别诉讼和提起最初的诉讼请求，诉讼请求不会被提起的可能性。虽然在这种体系下首先行动者的报酬不能被精确计算，但它至少也不会比现有的补偿首先提起诉讼者的安排差。

拍卖法面临的还有一个不可避免的问题就是跨地区诉讼。如果诉讼是

---

① See In re Oracle Securities Litigation, 131 FRD 688（N D Cal 1990）（法院要求律师提交诉讼预算以便决定首席律师的人选；律师拒绝竞争并且提交了一份联合预算，但法院坚持让律师作出单独报价，包括有关资格和费用百分比的陈述）。法院收到了来自四个律师事务所的报价，随后选择其中一个作为首席律师。See In re Oracle Securities Litigation, 132 FRD 533（N D Cal 1990）.

② See John E. Kennedy, Securities Class and Derivative Actions in the United States District Court for the Northern District of Texas: An Empirical Study, 14 Houston L Rev 769, 809, 824（1977）（至少三分之一的证券集团诉讼是在 SEC 进行调查或破产申请后提起的）；Benjamin S. DuVal, Jr., The Class Action as an Antitrust Enforcement Device: The Chicago Experience（II）, 1976 Am Bar Found Res J 1273, 1282（在政府反垄断执行程序后提起私人集团诉讼）.

在一个联邦地区法院提起的，初审法院可能没有权力在全国范围内进行拍卖，而这会阻碍原告的律师在其他地区提起诉讼。拍卖法是以复杂诉讼指南中的合并程序为前提的。即使这些程序如在联邦地区法院之间那样合并诉讼，但拍卖程序如何应对那些在州法院和联邦法院同时提起的派生诉讼，我们不得而知。① 因为诉讼请求的规模在拍卖程序中是很重要的，这种各州与联邦之间的冲突在拍卖法中必定是比在当前的监管体系下更为严重的问题。

虽然在实行拍卖方法的过程中面临着诸多问题，拍卖方法同时也有很多优点。这些潜在的优点至少值得我们尝试实行拍卖方式。

## 四、结语

派生诉讼在美国经过长时期的发展，"律师经常是提起派生诉讼的主要鼓动者，他们发现了某一诉讼请求，然后寻找有资格提起诉讼的股东来充当原告。"② 如前所述，美国法院在决定派生诉讼的律师费问题时采用多种方法，以防止律师以牺牲公司和原告的利益为代价而攫取过多的利益。

与此不同，我国在2005年《公司法》修订的时候才正式建立了我国的股东派生制度。从总体上说，我国的股东派生诉讼制度的发达程度远远不如美国。因此，在现阶段，充分发挥律师在股东派生诉讼中的作用具有重要意义。律师可以基于专业知识对派生诉讼作出比较准确的判断，提高中小股东胜诉的可能性，也可避免滥诉的现象。同时，还可以对公司的董事会和管理层形成一种无形的威慑力，使他们尽职尽责为公司和股东的利益服务。

为了使律师在派生诉讼中充分发挥作用，就需要完善一些相关的制度，比如提高信息的透明度、构建合理的律师收费制度以及保障律师的调查权等等。这也是我国在股东派生诉讼制度的进一步发展过程中亟待解决的问题。

---

① 在当前法律体系下，各州诉讼不能与联邦诉讼合并，除非被告转而在联邦法院提起诉讼。反禁令法禁止联邦法院向同级的州法院发出禁令。

② Robert W. Hamilton, The Law of Corporations (4th ed.)，法律出版社1999年版，第463页。

# 恢复性司法的基本理念

李　麒[*]

**摘　要：**恢复性司法是国际范围内的司法改革思潮和运动。恢复性司法具有与传统刑事司法较大差异的基本理念。在犯罪观上，它注重犯罪对被害人和社区的侵害；在责任观上，它注重加害人对被害人的赔偿；在程序观上，它注重被害人的参与以及当事人双方的协商与和解。

**关键词：**恢复性司法　犯罪观　责任观　程序观

## 一、恢复性司法的兴起与发展

在各种社会越轨行为中，犯罪作为形式上最激烈、最具对抗性和破坏性的越轨行为，自然成为人们关注的焦点。犯罪和规范的反衬如此强烈，使它不可能逃过任何思想者的视线。在古代，犯罪被认为是对神或君主权威的蔑视和挑战，是一种极大的恶害。规定犯罪和刑罚的刑法形成了以下四个特点：一是干涉性，即刑法干涉到个人生活的所有领域，包括干涉个人的私生活；二是恣意性，即对何种行为处以何种刑罚，事前并无法律的明文规定，主要由法官进行自由裁量，或者虽有规范但君主或法官仍然握

---

　* 山西大学法学院副教授，山西大学经济与工商管理学院博士研究生，山西大学中国社会史研究中心研究人员，主要研究方向为刑事诉讼法学、经济史、法律社会史。

有擅断的特权；三是身份性，即同样的行为由于行为人的身份不同，可以决定刑罚的有无与处罚的轻重；四是残酷性，即刑罚方法大部分是死刑与身体刑。在追究犯罪的程序上，也往往具有压制性、任意性和暴力性的特点。近代刑法思想家贝卡里亚提出了罪刑法定主义、罪刑等价主义和刑罚人道主义三大原则，进行了刑法领域内革命性的突破。同时，他还提出了无罪推定、废除刑讯等刑事程序上的主张，为近现代刑事程序的主体性、人道性、和平性奠定了思想基础。在犯罪原因的探求、犯罪本质的追问和犯罪对策的企划等方面的不懈努力，使得犯罪学、刑法学、刑事诉讼法学、刑事政策学等所谓的刑事科学的基础理论和观念处于不断地修正、发展之中。从以生命刑和身体刑为主体到以自由刑为中心的刑罚体系的转变，再到刑罚的个别化和社会化，从忽视被告人权利、控辩失衡到确认和保护被告人权利、控辩均衡对抗的刑事程序的演变，被告人的地位和处遇确实是大大地改善了。然而，累犯、再犯、暴力犯罪现象并没有得到有效的控制，特别是由于犯罪被普遍地认为是犯罪人和国家的两极冲突关系，作为犯罪行为后果的具体承受者的被害人一直处于刑事司法制度的角落地位，被害人的情感、诉求和物质生活被极大地忽略了，从而引起被害人的不满，而深受犯罪影响的社区利益也没有受到足够的重视，这些都使得被犯罪破坏了的生活和秩序不能得到有效的恢复。因此，重视被害人权利，重建社区和谐成为刑事司法改革的新方向。国际范围内兴起的恢复性司法运动，正是这一方向的集中的和概括的表现。与我国构建和谐社会的目标相契合，恢复性司法是值得我们认真对待的一种国际思潮和运动。

恢复性司法（Restorative Justice，又译为修复性司法）一词最早由美国学者巴内特提出。他在 1977 年发表了一篇题目为"赔偿：刑事司法中的一种新范式"的文章，论述了早期在美国进行的被害人与加害人调解试验中产生的一些原则。此后，一些与此相关的概念也相继出现。例如构建和平、变革性司法、真实司法、共和司法、补偿性司法、关系性司法、积极性司法、融合性司法、社区司法、平衡司法等。目前，较为被广泛接受的恢复性司法是英国学者马歇尔的定义，即"一个特定侵害的相关各方聚集在一起以积极的态度处理和解决该侵害现时所致后果及其对未来影响的过程。"澳大利亚学者对该定义进行了补充，指出了恢复性司法要修复的对象是被害人、加害人和社区，其内容包括财产损失、人身伤害、安全意识、尊严、权利意识、民主、和谐和社会支持。[①] 2002 年 7 月联合国经济和社会理事会通过的《关于在刑事事项中采用恢复性司法方案的基本原则》中指出，所谓恢复性司法包括运用一切恢复性程序和获得恢复性结果的方案。"恢复性程序"是指在调解人帮助下，被害人和加害人及酌情包括受犯罪影响的任何其他个人或社区成员，共同积极地参与解决由犯罪造成的问题的程序的总和。恢复性程序可以包括调解、和解、协商和量刑圈。根据我国学者的介绍，量刑圈是一种设计用来就如何对加害人量刑问题上在被害人及其支持者、加害人及其支持者、社区成员、法官、检察官、律师、警察等中间达成一致意见的方法。量刑圈的目标有：促进所有受害方所受创伤的弥合，提供加害人一个进行补偿的机会，提供多方对话的机会并且分担寻找建设性解决方案的责任；查找犯罪原因；培养社区意识和解决冲突的能力；促进和分享社区价值，强化社区意识，增加社区凝聚力。[②] "恢复性结果"是指作为恢复性程序的结果而达成的协议，包括满足个人和集体需要、责任区分以及使被害人和加害人重新建立联系的任何结果和方案如道歉、赔偿、社区服务等。"调解者"是指以公正、中立的立场促进、指导当事人（被害人、加害人以及任何受到犯罪影响的人）参与到恢复性程序中的人。

从实践的角度来看，恢复性司法成为国际范围内方兴未艾的运动，特别是一些西方国家在这方面已经建立了具有相对稳定性的模式和操作规程，收到了比较显著的成效，积累了一定的经验。被看作是世界上第一个恢复性司法的案例是 1974 年发生在加拿大安大略省基切纳市的两个年轻人侵犯财产案件。该案的大致情况是，基切纳市的两个年轻人实施了一系列破坏性的犯罪，他们打破窗户、刺破轮胎、损坏教堂、商店和汽车，共侵犯了 22 个被害人的财产。在法庭上，他们承认了被指控的罪行，但后来却

① 陈晓明：《修复性司法的理论与实践》，法律出版社 2006 年版，第 10－11 页。
② 陈晓明：《修复性司法的理论与实践》，法律出版社 2006 年版，第 144 页。

没有将法院判决的对被害人的赔偿金交到法院。在当地缓刑机关和宗教组织的共同努力下，这两名犯罪人与22名被害人分别进行了会见，通过会见，两人从被害人的陈述中切实了解到自己的行为给被害人造成的损害和不便，并意识到赔偿金不是对自己行为的罚金，而是给被害人的补偿，于是6个月后，两人交清了全部赔偿金。① 这种被害人和加害人之间通过协商解决问题的方式被称为被害人——加害人和解项目。20世纪70年代末，在加拿大和美国共出现了十多个类似项目。1989年，新西兰以立法的形式肯定了当地土著毛利人的明显带有恢复性特征的犯罪处理方式，并要求司法机关对青少年犯罪只能在恢复性司法方式不能适当处理时才可以动用正规刑事司法程序。到20世纪90年代，恢复性司法已在西欧国家，北美的美国和加拿大，拉美的巴西、智利、阿根廷，亚洲的新加坡，大洋洲的澳大利亚和新西兰等数十个国家得到不同程度的发展和运用，并在降低重新犯罪率、提升被害人满意度、节约犯罪防控支出等方面取得了较好的社会效果。据估计，截至20世纪90年代末，欧洲共出现了500多个恢复性司法计划，北美的恢复性司法计划也达300多个，世界范围内的恢复性司法计划或方案则达1000多个。②

在我国的实践中，恢复性司法也在悄然兴起。

上海市杨浦区司法局与区公安分局、区人民检察院、区人民法院在结合国际先进理念和本土法律文化资源的基础上，创设轻微刑事案件委托人民调解的做法，在探索中国式的恢复性司法模式上进行了有益的尝试。据统计，自2002年《关于对民间纠纷引发伤害案件联合进行调处的实施意见（试行）》印发以来，公安机关共委托各街道、镇调解伤害案件684件，调处成功638件，调处不成46件，履行636件，反悔2件，调处成功率93％，履行率99.7％。取得了"两高、两低、一减少"的办案实效，即调处成功率高、协议履行率高；再犯率低、解决成本低；减少了"民转刑"

---

① 张建升：《恢复性司法：刑事司法新理念——访中国社会科学院副研究员刘仁文》，载《人民检察》2004年第2期。
② 刘恒志等：《关于我国引入恢复性司法制度的前瞻性思考》，载《中国监狱学刊》2006年第4期。

案件的发案率。[1]

无锡市惠山区人民检察院于2005年6月21日通过了《无锡市惠山区人民检察院恢复性司法操作规则》，规定对于犯罪情节较轻、社会危害不大的未成年犯罪嫌疑人、在校犯罪嫌疑人与伤害案件犯罪嫌疑人适用非刑罚化的恢复性司法程序；犯罪嫌疑人系累犯、已受刑事处罚或多次作案情节恶劣的则不适用该程序。2005年8月22日的《江苏法制报》对无锡市惠山区人民检察院适用恢复性司法程序作了相关报道。案例一：17岁的小薛（化名）是不幸的。多年前，母亲因为不堪忍受父亲的家庭暴力而外出打工，他又被父亲赶出家门。在外游荡期间，2004年6月4日，出于好奇，小薛跟随同学到自己的母校盗窃了文曲星等1900余元财物。其间，薛父因敲诈勒索罪，锒铛入狱。后来，母亲回家了，小薛找到了工作，又有了一个温暖的家。然而今年春节，盗窃案发了。小薛的母亲无法接受丈夫、儿子先后入狱的事实，几欲轻生。曾是小薛母校的老师与同学虽然很痛恨窃贼，但他们表示只要小薛赔偿损失，他们同意对小薛不追究责任，给其一个改过的机会。小薛单位的领导也异常惊讶，工作一直非常努力的小薛怎么会是窃贼？出勤表上，除一次工伤事故外，小薛是满勤。无锡市惠山区检察院了解了这些情况后，决定对该案适用恢复性司法程序，在对小薛作出不批准逮捕决定后，于6月27日召开了犯罪嫌疑人、被害人双方的和谈会议。小薛真诚地向失窃的老师、师弟、师妹们道歉，薛母当场全额赔偿了损失，双方达成了谅解协议。惠山区检察院委托小薛的单位领导对其进行帮教后，建议公安机关不追究其刑事责任。自6月21日惠山区检察院检委会讨论通过《无锡市惠山区人民检察院恢复性司法操作规则》以来，已经有7个案件适用了这一程序。该院公诉科科长朱文琴告诉记者，"无论是犯罪嫌疑人还是被害人，对恢复性司法都很欢迎。"案例二：犯罪嫌疑人吴某某在常州市武进区横林镇开了一家废品收购站，去年春节前后，因为收购了一批价值7万余元的赃物，而被警方因涉嫌收购赃物罪刑事拘留。经过恢复性司法程序，吴某某的家属当场赔付被害人现金6万元。

---

① 石先广：《司法新动向：恢复性司法在上海悄然兴起》，载《中国司法》2006年第1期。

惠山区检察院则相应对吴某某变更强制措施为取保候审，并在移送法院审查起诉时，提出判处缓刑的量刑建议。"这要是放在以前，我们肯定就是按照程序直接向法院提起公诉。现在通过恢复性司法程序，犯罪嫌疑人认识了错误，得到了轻缓处罚，同时，被害人也拿到了赔偿，双方都很高兴!"朱文琴告诉记者，6月30日，失窃的三家单位还将一面锦旗送到惠山区检察院。"这就是适用恢复性司法程序的效果。"

## 二、恢复性司法的犯罪观与责任观

恢复性司法与传统刑事司法相比较，在犯罪观上，体现了从国家、社会本位犯罪观到被害人、社区本位犯罪观的转变。社区是恢复性司法的一个关键术语。对于社区有不同的理解，有的认为社区是一个象征性概念，代表了一种集体的态度，也就是所谓的社区意识；有的说社区是一道防护网，是防止外来者入侵的屏障；有的说社区是一个具有共同兴趣的同质邻居的集合体；有的说社区是一个地理概念，是人们分享的空间。我国社会学者认为，社区是进行一定的社会活动、具有某种互动关系和共同文化维系力的人类群体及其活动区域。[1] 社区一般包括以下四层含义：（1）社区总要占有一定的地域，如村落、集镇等，其社区形态都存在于一定的地理空间中。但是也应注意到社区的人文性，社区是社会空间与地理空间的结合。在同一地理空间可以同时存在许多社区。（2）社区的存在总离不开一定的人群。人口的数量、集散疏密程度以及人口素质等，都是考察社区人群的重要方面。（3）社区中共同生活的人们由于某些共同的利益，面临共同的问题，具有共同的行为规范、生活方式及社区意识，如共同的文化传统、民俗、归属感等等。它们构成了社区人群的文化维系力。（4）社区的核心内容是社区中人们的各种社会活动及其互动关系。人们在经济的、政治的、文化的各项活动和日常生活中产生互动，形成了各种关系，并由此聚居在一起，形成了不同形态的社区。传统刑事司法观，把犯罪看作违背国家利益、破坏国家所需要的社会秩

---

[1] 郑杭生主编：《社会学概论新修》（第三版），中国人民大学出版社2003年版，第272页。

序、以各种方式与国家对抗的行为。如有的认为，"凡是从行为的有害倾向性观点，被认为是反对整个社会的违法行为都是犯罪行为。"① 有的认为，"犯罪是对他人权利的一种侵犯行为，是对权利的普遍性的否定，换言之，也是对法律秩序的否定。"② 马克思、恩格斯则以深刻而简练的论断，揭示了犯罪的反社会、反国家本质。如马克思指出："犯罪——孤立的个人反对统治关系的斗争，和法一样，也不是随心所欲地产生的。相反地，犯罪和现行的统治都产生于相同的条件。"③ 所谓统治关系，就是指一种阶级压迫关系，也就是掌握国家权力的阶级为了维护本阶级的利益而建立或认可的社会关系，也就是维护统治阶级政治、经济利益的一种法律秩序。犯罪是统治关系的破坏者，犯罪人是国家的对立面。恩格斯说"蔑视社会秩序的最明显最极端的表现就是犯罪。"④ 在指出犯罪是对社会秩序的破坏的质同时，明确了犯罪所包含的社会危害性的量——"最明显最极端"，更进一步指出了犯罪人对社会秩序的"蔑视"的主观心理态度。以国家、社会为本位的犯罪观，透过犯罪的表象，抓住了犯罪的严重的社会危害性的本质，也为国家垄断刑罚权的合法性提供了有力的论证。在这里，具体的被害人被"国家"这一"抽象物"取代了，退隐了，成了刑事司法中的"影子"。犯罪人因为对被害人所造成的侵害、损失和痛苦而所应当承担的责任，被置换为对国家应承担的责任及其实现方式——刑罚。被害人的欲求和利益被认为可以通过犯罪人承受国家刑罚而受到抚慰和弥补。恢复性司法的犯罪观则从犯罪与被害人、社区的关系上来看待犯罪。被害人是具体的个人，社区具有一定的区域性，犯罪被视为对被害人的侵犯和对社区和谐的破坏。正因为如此，才使得被害人和社区代表参与刑事司法程序具有重要性，也使得寻求刑罚的替代性措施更具可能性。

犯罪必然伴随着责任。恢复性司法在实现责任方式上对传统刑事司法进行了较大的修正。传统刑罚观念，虽然经历了从报应刑到目的刑以及并

---

① 高格：《比较刑法学》，长春出版社1991年版，第82页。
② 高格：《比较刑法学》，长春出版社1991年版，第83页。
③ 《马克思恩格斯全集》第3卷，人民出版社1960年版，第379页。
④ 《马克思恩格斯全集》第2卷，人民出版社1957年版，第416页。

合主义的转变，但惩罚被认为是必要的，无论是古代的以生命刑和身体刑为核心的刑罚体系还是近现代的以自由刑为中心的刑罚体系，对犯罪人施加以国家名义判处的刑罚，使犯罪人遭受一定权利的丧失，承担一定的肉体和精神上的痛苦，毫无疑问构成了惩罚的必备要素。既然犯罪人已经向国家承担了责任，那么，犯罪人对被害人的责任就被大大地减轻甚至淡化了。因为，在国家看来，一般地，如果让犯罪人承担双重的责任，是不正义的，也是不利于犯罪人接受改造进而复归社会的。恢复性司法则特别关注犯罪人对被害人的赔偿问题。被害人作为犯罪行为的直接受害者，往往经受着经济利益的损失、身体健康的损害以及精神痛苦，这些都不是仅仅对犯罪人施以刑罚就可以弥补和修复的。特别是对被害人未来生活的影响以及社区的稳定与和谐来说，需要通过赔偿的协商过程，使得犯罪人对自己的行为给被害人和社区生活带来的不利后果产生具体的、真实的认识，从而对被害人进行赔偿或者以社区服务等方式，重建被害人与犯罪人之间、犯罪人与社区之间的关系。赔偿被认为是不可忽视的和重要的。社区在矫正犯罪方面的作用也受到重视。在社区里，犯罪人可以做一些对社区有意义的人工服务和公共劳动类型的工作，从而为犯罪人发展新的技能、提高工作能力、获得更好的矫正提供了机会，特别是为犯罪人重新获得被社会承认和接受，融入主流社会而做好了准备。惩罚的必要性和强度也应该随之削弱。

## 三、恢复性司法的程序观

与传统刑事司法程序的职权主义模式以及对抗制模式比较，恢复性司法在程序上更加注重参与性和协商性，体现了从国家权威主义到司法民主的转变、从对抗到对话的转变。刑事诉讼模式，也称刑事诉讼构造或刑事诉讼形式，是指在刑事诉讼程序中，控诉、辩护和裁判三方的法律地位和相互关系形式。一般地讲，可以把以法国、德国为代表的大陆法系国家的刑事诉讼模式称之为职权主义，把以英国、美国为代表的普通法系国家的刑事诉讼模式称之为对抗制或当事人主义，其他国家的诉讼模式也各具特色，但大体上都受到职权主义模式或对抗制模式的因素的影响。职权主义模式以理性主义为其哲学思想基础，把国家视为理性的化身，在价值观念上以同属模式为基调，认为政府和人民的利益具有一致性的特点，政府可以代表人民的利益，政府官员可以予以足够的信任，刑事诉讼目的偏重于控制犯罪、追求大众安宁、维护社会秩序。因此，在刑事诉讼中对于代表国家的警察、检察官和法官的权力限制较少，而对于作为辩护方的被追诉人及其辩护人的权利限制较大，在庭审过程中，法官处于积极的调查者的地位，主导着证据调查和诉讼进程，控辩双方相对消极，庭审缺少激烈的对抗。对抗制诉讼则以怀疑主义为其哲学基础，认为国家是一种必要的恶，政府和人民的利益并不总是一致的，在刑事诉讼中为了防止过于强大的国家力量对个人自由的侵夺，以赋予辩护方较大权利的方式来实现控辩双方的平等武装，维持一种均衡的诉讼结构。在庭审中，控辩双方的积极对抗在证据调查和法律论辩中起着主导的作用，法官则往往处于消极的仲裁者的地位。刑事诉讼目的偏重于对被追诉人的权利保障和追求程序的正当性。虽然这两种模式具有很多方面的明显差别，但是，如果从被害人的角度来看，都缺少对被害人程序参与权利的足够保护，也缺少被害人与加害人之间的沟通、协商和对话。在职权主义之下，理论上认为，法官的充分的调查权，使他能够在发现案件事实真相的同时，作出既考虑社会利益、被告人权益，又关照被害人利益的公正裁决，被害人参与程序的必要性和机会都被大大减少了。庭审中，既少有控辩双方的对抗，诉讼过程中也缺少被害人与加害人真正意义上的对话。在对抗制下，审判前阶段检察官所拥有的广泛的裁量权以及将被害人排除在外的辩诉交易，使得被害人基本上成为一个程序的旁观者。在审判阶段，控辩双方的积极性被调动了起来，而由于代表政府的检察官取代了被害人的当事人地位，所谓对抗不过是在检察官和辩方律师之间展开的唇枪舌战，被害人是作为一个特殊的证人来接受盘问和质询，即无从向法庭陈述自己的情感、诉求，也不能有效地和加害人进行沟通和对话。

恢复性司法在程序上注重被害人的参与权以及被害人、受犯罪行为影响的社区与加害人之间的对话和协商。在被害人的程序参与权方面，恢复性司法要求：（1）司法机关能够保证被害人收到关于犯罪、犯罪人和司法过程的充分信息，从而更好地作出相关决定并对司法程序产生影响。（2）被害人能够获得来自律师的法律帮助和国家所提供的参与诉讼的便利。（3）被害人在司法过程中能够充分表达自己的情感和诉求，等等。对话的基础在于共同的价值观。在传统观点看来，犯罪者在价值观方面总有和其他人及社会主流价值观所对抗和背离之处，恢复性司法则认为在对抗或背离的价值观背后，仍然存在着由共同的人性和共同的社区生活所决定的共同的价值观，如对他人遭遇的理解和同情、对未来稳定和和平生活的追求等。对话要求陈述和倾听。只有被害人（或其亲属等）有机会向被告人面对面地讲述由于加害人的行为给被害方和社区所带来的痛苦和不便，才可以使加害人正确认识到自己行为的性质和深切体会到自己行为的后果，进而真诚地悔罪。另一方面，也只有被害方认真听取加害人的讲述，才会真正了解和掌握犯罪形成的动机和原因，才有可能对加害人产生一定的同情和宽恕，进而才有和解的可能。在对话的基础上就赔偿问题进行协商是恢复性司法的中心内容。

## 四、恢复性司法的现实课题

恢复性司法在世界范围内的勃兴和在我国的探索需要我们给予理论上的回应。值得思考的问题主要是：第一，恢复性司法既然在观念上、内容上和程序上都与传统刑事司法具有较大的不同，那么，它与现在奉行的传统刑事司法体制的关系如何。是并行不悖呢，还是有必要在现行司法体制内予以整合？第二，如何确定恢复性司法程序的适用范围。对于可能判处死刑的案件通过协商赔偿而不判处死刑已经引起了广泛的争议，是倡导这种做法呢，还是反对这种做法？第三，如何进行细致的操作规则的构设。

我们认为，恢复性司法在具体目标上的追求虽然与传统刑事司法不同，但是从恢复秩序、预防犯罪特别是减少再犯的角度来看，它与传统理论在刑罚目的上具有一致性的特点，而且，正是对被害人利益的正视，才使得刑罚预防犯罪的目的有了更好的实现条件。罪刑法定、罪刑相当和适用平等的刑法原则并未受到颠覆性的批判和动摇，只是从理想的、形式的、规则的正义转而追求现实的、实质的和具体的正义。中国诉讼文化中的调解传统以及现行刑事诉讼法中关于自诉案件、附带民事诉讼的和解、调解等规定，也含有恢复性司法的精神。构建和谐社会的时代命题，也要求更好地在刑事司法中协调平衡各方面的利益，化解矛盾。因此，从理论上讲，恢复性司法完全可以在现有刑事司法体制内实现，而没有必要推倒重来，另起炉灶。在我国，如果不适当地夸大恢复性司法与现行法律制度的区别，甚至将两者截然对立起来，就会造成理论上的混乱和实践中的无序。

在恢复性司法程序的适用范围和操作规程上，需要在总结各地司法实践做法和适当借鉴国外立法和实践的基础上以立法的形式明确予以规定，以维护法制的统一实施和法律的权威，避免五花八门，各行其是。我们认为，在恢复性司法程序适用的范围上，现阶段可以规定对于以下案件适用：（1）过失犯罪案件如交通肇事案件、过失致人伤害案件、过失损坏财产等案件；（2）轻罪公诉案件，即可能判处三年以下有期徒刑、管制、拘役或者罚金的案件等；（3）自诉案件。包括告诉才处理的案件和法律和司法解释规定的其他轻微刑事案件；（4）未成年人犯罪的案件。对于这些案件如果被告人真诚悔罪并与被害方达成赔偿协议并实际履行的，可予以不起诉、免刑或社区矫正或者责令具结悔过、赔礼道歉等，也可以减轻处罚。对于其他案件一般不适用恢复性司法程序，但是，也应当体现恢复性司法精神，如采取适当方式保障被害人及其家属的知情权和其他利益，促使被告人真诚悔罪等。对于可能判处死刑立即执行的案件，决不允许以钱换刑，但是，如果确实是真诚悔罪，积极赔偿并得到被害人及其家属的真心谅解和宽恕的，结合案件具体情节，还是要和那些罪行极其严重、人身危险性极大的犯罪人区别对待，刀下留人，这也是从程序上控制死刑的需要。恢复性司法在程序设计上应当包括：（1）程序的提出与受理；（2）和解或者调解准备；（3）进行和解或者调解；（4）达成和解或者调解协议；（5）协议的履行和监督等。在这里，一方面要强调和解的自愿性和协议的真实性，另一方面也要注意调解者的适当引导。根据不同的诉讼阶段，参加调解或者和解的除了当事人双方和各自的律师外，要注意发挥人民调解组织、社区代表和行业协会等的作用。

课题成果

论死亡赔偿金

欧共体农产品地理标志法律保护及对
　　我国的启示

新农村建设中提高乡镇党委依法执政能力研究

论法官在证据收集中的职权
　　——以中日证据收集制度之比较为视角

# 论死亡赔偿金

## 李 洁[*]

**摘 要：**生命权本身可以救济。本文认为死亡赔偿金是对侵犯生命权产生的损害赔偿内容的总称，它由死者财产损失赔偿金额和精神损害赔偿金额两部分构成，它是对死者的赔偿，而非对继承人利益的赔偿。法释〔2003〕20 号中所指的死亡赔偿金实质为继承利益损害赔偿金。

**关键词：**死亡赔偿金 继承丧失说 继承利益损害赔偿金

死亡赔偿金，是我国人身损害赔偿制度中的一个特有概念，它以不同的面目频繁地出现在我国近 20 年的民事立法中。由于法律法规和司法解释对其性质一直未予以明确界定，尤其是 2003 年《最高人民法院关于审理人身损害赔偿案件适用法律若干问题的解释》（以下简称法释〔2003〕20号）发布以来，对"同命不同价"的质疑，以及死亡赔偿金能否作为遗产由近亲属继承等问题，给司法实践带来了诸多困惑，引发了学界和公众的广泛争论。本文拟通过探究侵权死亡的损害赔偿相关问题，明晰死亡赔偿金的性质、理论依据及数额确定。

---

* 本文是山西大学校人大社科项目《侵权法制定过程中若干问题的研究》阶段性成果。作者是山西大学法学院讲师，主要从事民商法学研究。

## 一、死亡赔偿金性质之争的历史源流

死亡赔偿金，从字面上可分解为"死亡"加上"赔偿金"，即对侵害生命造成的死亡后果给予的金钱赔偿。我们将这一概念放到我国死亡赔偿制度的立法进程中以梳理其性质更迭。

1986 年颁布的《民法通则》第 119 条对侵权死亡赔偿做了原则性规定："造成死亡的，并应当支付丧葬费、死者生前扶养的人必要的生活费等费用"。这一条文只涉及了丧葬费和被扶养人的必要生活费两种基本赔偿项目，虽然有"等"字表明此为开放式列举，但很显然这种赔偿制度是最低限度的赔偿，内容简陋，且限于财产性赔偿。

1991 年国务院《道路交通事故处理办法》（已失效，以下简称《办法》）第 37 条第 8 款规定：死亡补偿费，按照交通事故发生地平均生活费计算，补偿 10 年。对不满 16 周岁的，年龄每小 1 岁减少 1 年；对 70 周岁以上的，年龄每增加 1 岁减少 1 年，最低不少于 5 年。这是立法中正式出现与死亡赔偿金应为同一语的概念。[①] 从其赔偿标准看，它不是死者未来收入的赔偿费，因未明确其赔偿对象，笔者推定它是为了提高赔偿总水平而对死者家属支付的生活费，其性质亦应为财产性补偿。

立法上首次出现死亡赔偿金的赔偿项目，是 1994 年 1 月施行的《消费者权益保护法》，该法第 42 条规定："经营者提供商品或者服务，造成消费者或者其他受害人死亡的，应当支付丧葬费、死亡赔偿金以及由死者生前扶养的人所必需的生活费等费用。"2000 年 7 月修正的《产品质量法》第 44 条与该规定如出一辙。因为《消费者权益保护法》与《办法》对受害人死亡赔偿的结构设计完全一致，均包括"丧葬费"、"被扶养人生活费"，以及"死亡赔偿金"或者"死亡补偿费"，因此在解释上，立法机关

---

① 通说认为，死亡补偿费和死亡赔偿金虽名称不同，但应属同一性质。

倾向于认为死亡赔偿金具有精神损害赔偿的性质。①

1994 年通过的《国家赔偿法》第 27 条第 3 项规定："造成死亡的，应当支付死亡赔偿金、丧葬费，总额为国家上年度职工年平均工资的 20 倍。对死者生前扶养的无劳动能力的人，还应当支付生活费。"该规定首次用财产损失的计算方法概括的确定死亡赔偿金，明确了其内涵是对受害人收入损失的赔偿。据此，关于死亡赔偿金的定性，又形成了和先前视为精神损害赔偿的不同思路。

2001 年《最高人民法院关于确定民事侵权精神损害赔偿责任若干问题的解释》（以下简称法释〔2001〕7 号）的出台，却将对死亡赔偿金的理解从"物质"又拉向"精神"，被诠释为"精神损害抚慰金"，其第 9 条规定："精神损害抚慰金包括以下方式：（一）致人残疾的，为残疾赔偿金；（二）致人死亡的，为死亡赔偿金"；（三）其他损害情形的精神损害抚慰金。"

法释〔2003〕20 号②对"死亡赔偿金"的理解又开始回归"物质"。第 17 条规定："受害人死亡的，赔偿义务人除应当根据抢救治疗情况赔偿本条第一款规定的相关费用外，还应当赔偿丧葬费、被扶养人生活费、死亡补偿费以及受害人家属办理丧葬事宜支出的交通费、食宿费和误工损失等其他合理费用。"③

通过上面对有关法律、法规和司法解释的梳理，我们可以发现对"死

---

① 黄松有主编：《最高人民法院人身损害赔偿司法解释的理解与适用》，人民法院出版社 2004 年版，第 356 - 357 页。

② 此外，最高院还出台了几部在人身损害赔偿方面有影响的司法解释：如 1992 年《最高人民法院关于审理涉外海上人身伤亡案件损害赔偿的具体规定（试行）》，该解释关于死亡赔偿的项目、赔偿标准、赔偿方法上都形成了自己的特色，但囿于适用范围只为外国国籍的人，我国公民只能按国内有关规定处理，因此制约了该解释在对其后相关司法解释制定上的参考意义；又如 2001 年《最高人民法院关于审理触电人身损害赔偿案件若干问题的解释》，其第 4 条对死亡补偿费作了以当地平均生活费来计算，补偿 20 年的规定。

③ 本条所指的"死亡补偿费"与该解释第 29 条所指的"死亡赔偿金"，在逻辑对应上实指同一概念，但却以不同表述出现在同一法律文件中。此外，其第 18 条作为一指引性规范，导致得出了"死亡赔偿金"在该解释中为收入损失赔偿，而按法释〔2001〕7 号第 9 条的规定又解释为精神抚慰金的矛盾结论。上述不足已为学界和实务界所诟病。

亡赔偿金"的定性经历了从财产性赔偿到非财产性损害赔偿再回归财产性赔偿的发展过程。但由于其间概念使用上的混乱、赔偿项目和赔偿标准的不统一，使得对死亡赔偿金的争论并没有因法释［2003］20号的出台而尘埃落定。同时，学者们在这一过程中，多是随着司法政策风向的改变而对死亡赔偿金的性质加以注释，较少从死亡赔偿的法理基础上对之进行合理解释，因此，下文将作这一方面的尝试，即拟从死亡产生的损害救济中分析各种赔偿内容，以明确死亡赔偿金究竟是对何人而言的赔偿。

## 二、对侵害生命权损害后果的救济

生命权是以对人的生命安全和生命维系为内容的一种人格权。因生命的剥夺而产生的损害事实通常包括四个方面：一是生命丧失的事实；二是生命丧失导致死者近亲属财产损失的事实；三是死者生前扶养的人扶养丧失的事实；四是死者近亲属的精神痛苦损害。①

### （一）对生命权丧失的救济

对于死亡本身的损害，一般学说认为，因生命权主体的权利能力已经终止，无法享有任何权利，所以损害赔偿请求权无从产生。正如德国学者指出的那样："一个被杀死的人不会遭受任何损害，这种说法似乎有些嘲讽的味道，然而这却是为欧洲各国法律所认可的事实。"② 因此，侵权法对人的生命权的保护最终都是通过对死亡者的继承人或其他特定范围内的第三人提供损害赔偿金的方式来实现的。那第三人损害赔偿请求权的基础是什么呢？笔者综合学者们的论述将之归纳为两类：

其一，继承说：这种学说的一个共同点，即皆认为侵害生命权的损害赔偿请求权在被害人死亡时，由其继承人继承。也就是说，该理论肯定了

---

① 王利明、杨立新编著：《侵权行为法》，法律出版社1996版，第168页。
② ［德］克雷斯蒂安·冯·巴尔：《欧洲比较侵权行为法》（下卷），张新宝译，法律出版社2001年版，第70－71页。

两重法律关系的存在：一是加害人与受害人之间的侵权关系，二是受害人与其继承人之间的继承关系。主要包括如下学说：①民事权利能力转化说。当自然人死亡时，其民事权利能力由存在到不存在有一个转化的过程，在这个转化的过程中产生了损害赔偿请求权。②加害人赔偿义务说。加害人的赔偿义务不因被害人死亡而消灭，所以被害人得受赔偿的地位，当然由其继承人继承。③同一人格代位说。继承人与被继承人的人格在纵的方面相连结，而为同一人格，故被害人因生命侵害而生的赔偿请求权由其继承人继承。④间隙取得请求权说。被害人从受致命伤到其生命丧失之时，理论上总有一个或长或短的间隙，在这个间隙中，被害人是有民事权利能力的，故可取得损害赔偿请求权。⑤身体权一部分说。生命权是身体权的一部分，侵害身体权达到足以使生命丧失的程度，就构成对生命权的侵害，受害人自身立即发生赔偿请求权，该赔偿请求权在受害人死亡的同时转移至继承人。①

其二，固有损害说：此说否认遗属的请求权基础源于死者自身的生命损害赔偿权利，而是基于自身利益的损失。主要包括以下学说：①身份权受侵害说。该说认为，侵权行为导致自然人死亡，致使受害者之亲属与死者之间的身份利益遭受侵犯，从而导致死者亲属身份权落空或者消灭。②②双重直接受害人说。指侵害生命权的行为，既造成了生命权人生命丧失的损害事实，又造成了生命权人的近亲属的财产损失和精神痛苦的损害事实。这两重直接受害人享有一个共同的损害赔偿请求权。③

我们在评析继承说各种分支学说时，会发现其难以自圆其说之处：如民事权利能力转化说，权利能力要么存在要么消灭，不可以存在中间状态；加害人赔偿义务说，割裂了权利义务的相对性，无法解释何以"加害

---

① 上述①－④学说，转引自杨立新：《人格权法》，中国法制出版社 2006 年版，第 137－138 页。⑤学说见于敏：《日本侵权行为法》（第二版），法律出版社 2006 年版，第 394 页。

② 南庆明、胡微：《身份侵权精神损害赔偿论》，载《杭州商学院学报》2003 年第 5 期。

③ 双重直接受害人说将死亡赔偿权利主体加以明确，在死亡赔偿制度的体系化研究上具有开拓价值。但此说有疑问之处是不能说明两重直接受害人为何享有一个损害赔偿请求权，是如何合并的。笔者倾向于该理论，但对之应作改良即认为在死者近亲属一并行使损害赔偿请求权的方面，用继承说能较好解释。

人的赔偿义务不因被害人死亡而消灭"；同一人格代位说，与人格独立的基本民法理念相悖；间隙取得请求权说，其生命存续的假设不足以涵盖发生即时死亡的情形；身体权一部分说，与民法上生命权与身体权已为独立权利类型的理论不符。但学界对该说最大的质疑则是，继承说无法回答的一个难题便是死者因死亡丧失了一切权利能力，何以享有损害赔偿请求权。而固有损害说面临的一个问题是：民法怎么让侵权人对受有损失（往往并不是权利受到了侵犯）的第三人负起责任来了？如日本民法典起草过程中，横田国臣委员的提案认为，应该承认子女被杀时惋惜悲痛的父母就自己的悲痛提出损害赔偿请求，但问题是父母并不享有让子女活下去的"权利"。①

虽然，不管采继承说还是固有损害说，因生命权受到侵犯而予以损害赔偿的问题实际上是同那些没有死亡的第三者的权利联系在一起的。但二者最关键的区别是承认生命权本身能否得到救济的问题。笔者认为，从逻辑上讲生命权本身可以救济，从价值判断而言生命权也应该予以救济：1. 对于继承说出现的"死前亦死，死后又死"的尴尬，我们可以在逻辑上做出一个无伤大雅的推定，即推定在死亡这个临界点上，侵权法律关系发生在先，继承法律关系在后，这样死者的损害赔偿请求权作为债权就可发生继承。类似的法技术在民法领域中的运用并不少见，如《关于贯彻执行继承法若干问题的意见》第 2 条规定："相互有继承关系的几个人在同一事件中死亡，如不能确定死亡先后时间的，推定没有继承人的人先死亡"、"尚未出生的胎儿视为已出生"等等，由此来突破法律概念逻辑的桎梏，达到理想的法律调整效果。2. 诚如学者所言，民法问题的核心是价值判断问题。多数情形下可以用"应当"或者"不应当"进行提问的民法问题属于民法上的价值判断问题。② 生命权本身能否得到救济，死者的赔偿请求权可否继承就属价值判断问题，而这全有赖于立法者的态度。首先，在侵

---

① 姚辉、邱鹏：《论侵害生命权之损害赔偿》，载《中国人民大学学报》2006 年第 4 期。

② 参见王轶：《民法价值判断问题的实体性论证规则》，载《中国社会科学》2004 年第 6 期。

害致死的情况下，如果执拗于以死者的法律主体资格丧失为由而免除侵害者对生命的损害赔偿义务，无异于放纵对生命权的侵害，这必然导致"生命权是法律保护的最高利益"实现上的落空。按照有损害有救济的侵权法赔偿原理，生命权必须予以救济，受害人可获得赔偿的资格，这既是对死者生命利益的补偿，也是对加害人的一种惩罚；其次，从伦理上讲，否定生命本身的救济与一般民众的情感不符。如果不能杜绝侵犯人格权的行为发生，那么在侵权行为发生之后进行赔偿难道比不赔更体现对人的尊重吗？进一步说，这种"生命在侵权法上的意义很小，死亡后果仅由那些'痛并快乐着'的近亲属来承担"的观念很难为民众所接受；再者，以"死者主体资格不存在，已无法律上可保护的权利"作为对生命权本身不予以救济的理由并不充分。因为在民法上不乏对无权利对应保障的损害予以救济的规定，如自然人死亡后，近亲属因死者的姓名、肖像、名誉、遗体、遗骨受到侵害可提起精神损害赔偿；最后，人格权法上的权利不蕴含行为规范，只有裁判意义，也就是在权利受到侵犯时，权利的意义才浮现出来。[①]生命权的价值不仅在于宣示，更重要的也是能真正体现生命权价值的是在损害赔偿之时。综上，笔者认为，法律不能囿于逻辑考虑而漠视生活现实与民众情感，应从价值判断出发承认生命权本身可以得到救济。

### （二）对间接受害人的救济

各国法律皆承认，受害人死亡会导致死者的继承人和特定范围内第三人财产利益和精神利益受损，因此在加害人与第三人之间产生侵权法律关系。对于这些第三人是直接受害人还是间接受害人，学界有两种不同的称谓：其一是将此种第三人看作直接受害人，如双重直接受害者说认为的生命丧失的直接受害人是死者，而财产损失的受害人是死者的近亲属。其二，将此种第三人看作是间接受害人。[②] 本文同意如下观点：虽然将因他

---

① 石春玲：《死亡赔偿请求基础研究》，载《法商研究》2005 年第 1 期。

② 此方面论述可见王利明、杨立新编著：《侵权行为法》，法律出版社 1996 版，第 356 - 357 页。邵世星：《间接受害人制度初探》，载《国家检察官学院学报》2001 年第 4 期。

人生命权损害而遭受损害的人看作是直接受害人的确有一定的说服力，但此种第三人所遭受的有形损失或无形损失并非是加害人直接对第三人实施侵权行为所引起的，而仅仅是因为加害人对第三人以外的直接受害人实施侵权行为导致了直接受害人死亡所引起的，这种损害应看作是一种间接损害，故称他们为间接受害人较妥。[①] 为防止行使间接损害请求权的受害人范围过于宽泛，不当加重加害人的损害赔偿责任，间接受害人的范围应受限于因救治、丧葬受害人而受到财产损害及在这一过程中精神受到伤害的死者的近亲属，以及丧失生活来源的死者生前扶养的人。

## 三、死亡赔偿内容分析

通过上面的分析，本文认为，加害人侵害他人生命权，应就下面两大类损失予以赔偿。

### （一）对死者的损害赔偿：加害人对死者的损害赔偿包括财产上的和非财产上的两种

其一，财产上的损害赔偿主要是逸失利益的赔偿。所谓逸失利益，是指被害人因受到不法侵害而死亡时，失去的今后可能得到的利益。对于是否应该要求加害人赔偿死者的逸失利益这个问题，比较法上有两种截然不同的做法。一是否定继承。正如前文所说，一个被杀死的人不会受有损害，因而对死者不予赔偿是欧洲各国普遍认可的事实。因此立法上除葡萄牙外，其他欧陆各国都没有承认死者逸失利益的赔偿请求权，进而否定了逸失利益的继承性。只有当损失属于死者生前财产损失也就是从受伤害到死亡之间所产生的损失，才能为继承人所继承。二是肯定继承。[②] 代表国

---

① 参见张民安：《因侵犯他人生命而承担的过错侵权责任》，载江平主编：《侵权行为法研究》，中国民主法制出版社 2004 年版。

② 来自反对者的批评诸如尊亲属对卑亲属死亡时发生逆继承、与死者生前无甚交往的继承人可能取得巨额的损害赔偿请求权导致"喜笑颜开的继承人"出现等等，在持肯定说的学者那里被认为未必是致命的。具体论述详见孙鹏：《生命的价值——日本死亡损害赔偿的判例与学说》，载《甘肃政法学院学报》2005 年总第 81 期。

家为日本。虽然该国立法未予规定，但出于与伤害的场合之间的均衡论和赔偿额的高额化的要求，判例始终维持此说。① 基于前文生命权本身可以救济这一论断，本文采肯定继承说，即对逸失利益的损害赔偿请求权由受害人享有，死亡后作为债权由继承人继承。

其二，精神损害赔偿。又可细分为两种情形：第一，如果被害人受有侵害到死亡前持续了一段时间，在此期间精神上受到折磨与痛苦，是否发生加害人对死者的精神损害赔偿，从比较法上看存在争议：①持完全肯定说的国家，如德国、奥地利、葡萄牙、法国、比利时等，均认为非财产损害赔偿请求权可以继承；②持有条件肯定说的国家和地区，如希腊、丹麦和我国台湾地区，认为除非侵权人承诺给予金钱赔偿或者被害人已经向法院起诉，非财产损害赔偿请求权专属于被害人，不发生继承；③持否定说的国家如爱尔兰、芬兰和瑞典，不认为非财产损害赔偿请求权为死者的遗产。② 综观三种立法例，否定说因与世界各国不断注重保护自然人的生前利益和死后利益的潮流相违背，实不足采；而在有条件肯定说下，往往因被害人存活时间短暂、加害人逃逸、忙于医治等原因，纵欲起诉实有困难，欲得加害人承诺，在现实中也很难实现；笔者同意完全肯定说，但鉴于精神损害赔偿请求权的专属性，以及防止死者利益过度商业化的倾向，可以作这样的解释：除非被害人以明确方式放弃该赔偿请求，否则推定未予放弃，继承可以继承死者的精神损害赔偿请求权。第二，被害人当场死亡的情形，为解决与第一种情形下赔偿均衡的问题，可以推定被害人未予放弃赔偿请求权。

## （二）对间接受害人的赔偿

关于间接受害人的财产损失赔偿，学界常引用"继承丧失说"和"扶

---

① 于敏：《日本侵权行为法》（第二版），法律出版社 2006 年版，第 397 页。

② ［德］克雷斯蒂安·冯·巴尔：《欧洲比较侵权行为法》（下卷），张新宝译，法律出版社 2001 年版，第 75－76 页。

养丧失说"两种立法例以分析比较其优劣。① 前者认为，受害人倘若没有遭受侵害，在未来不断获得收入，而这些收入本来是可以作为受害人的财产为其法定继承人所继承，因加害人的侵害行为导致受害人死亡从而使得这些未来可获得的收入丧失，以致受害人的法定继承人所能够继承的财产减少。后者认为，因受害人死亡而使其生前负有扶养义务的人丧失了生活的来源，加害人应赔偿被扶养人可获得的扶养费。笔者认为，在转述这两种学说时需要作一澄清。继承丧失说中隐含了一个前提便是确认继承人继承的是死者本人的财产，然后才可能发生继承，因此该说很明显包含了两重法律关系，它是前述学理上的继承说在立法例上的延伸与体现，救济的是受害人本人的权益。所以笔者不赞同那种站在继承人自身损害的角度，将直接收入损失定性为继承人自身的可得利益损害的观点。丧失扶养说立足于加害人与被扶养人之间的法律关系，救济的是被扶养人的权益，它是被扶养人获得赔偿的理论依据。所以，对于间接受害人的财产赔偿除因救治、丧葬受害人而支出的费用外，主要就是扶养费用。

对于间接受害人的精神损害赔偿，立法上给予赔偿已成为通例。但出于防止加害人承担过于广泛的侵权赔偿责任，大都规定仅有死者的部分近亲属有权提起请求。我国法释［2001］7 号第 7 条②的规定就符合这一作法。

综上，笔者试图为死亡赔偿金作一个正本清源的解释：即死亡赔偿金是对死者损害赔偿各项金额的总称，它是对死者的赔偿，而非对继承人利益的赔偿。死亡赔偿金由死者财产损失赔偿金额和精神损害赔偿金额两部分构成，兼具财产性赔偿和精神性赔偿双重属性，并可由继承人予以继承。

---

① 相关论述较多，主要参见曾隆兴：《详解损害赔偿法》，中国政法大学出版社 2004 年版，第 169 页。张新宝：《侵权责任法原理》，法律出版社 2007 版，第 200－201 页。杨立新：《侵权法论》，人民法院出版社 2004 年版，第 639 页。

② 第 7 条规定："自然人因侵权行为致死，或者自然人死亡后其人格或者遗体遭受侵害，死者的配偶、父母和子女向人民法院起诉请求赔偿精神损害的，列其配偶、父母和子女为原告；没有配偶、父母和子女的，可以由其他近亲属提起诉讼，列其他近亲属为原告。"

# 四、我国死亡赔偿金规定的检讨

由于我国的人身损害赔偿立法并无坚实的学理作为支撑，因此死亡赔偿金在民事立法中呈现出一张光怪陆离的面孔。[①] 法释［2003］20 号和法释［2001］7 号是我国侵权法上对人身损害赔偿规定的集大成者，实务中关于死亡赔偿金的纷争也多与它们有关。下面，笔者将以这两个司法解释为讨论的背景，对死亡赔偿项目予以调整，以明晰我国死亡赔偿金的应有内涵。

1. 根据上文对死亡赔偿内容的列项，我们可以将法释［2003］20 号第 17、18 条列举的死亡赔偿项目进行归纳。属于间接受害人财产损失的赔偿项目有：因就医治疗支出的各项费用以及因误工减少的收入、丧葬费、办理丧葬事宜支出的交通费、住宿费和误工损失等其他合理费用、被扶养人生活费。属于间接受害人的精神损害赔偿项目为近亲属的精神抚慰金，剩下的只有死亡赔偿金这一赔偿项目，其归属存有疑问。按照最高院对该司法解释的说明，他们放弃过去司法解释对死亡赔偿采取"扶养丧失说"的立场，而采"继承丧失说"，死亡赔偿金的内容是对收入损失的赔偿，其性质是财产损害赔偿，而不是精神损害赔偿，由此看出这是对法释［2001］7 号将死亡赔偿金定性为精神抚慰金而做的一种自我矫正。根据上文得出的观点，即死亡赔偿金是对死者财产及精神损失的全面赔偿的金额，审视法释［2003］20 号死亡赔偿的内容，可见该解释缺乏对死者精神损害赔偿项目的规定，此处的死亡赔偿金与笔者归纳的内涵不同。因下面还要涉及死亡赔偿金的去留问题，所以这里先暂且搁置不论。笔者建议，增设对死者精神损失的赔偿项目，不妨将之命名为"生命的象征性赔偿"，以体现对死者生命的同等赔偿，也易于与同是精神损失赔偿项目的近亲属的精神抚慰金相区别。

2. 死亡赔偿金与扶养费的关系。继承丧失说与扶养丧失说在立法上的

---

① 王建坤：《论死亡赔偿金的性质》，厦门大学 2006 年硕士学位论文，第 28 页。

区别，表现为二者相互排斥，采前者的立法不再规定被扶养人生活费，因该费用已包含在死者收入损失之中，再作规定就是重复赔偿。被扶养人生活费这一赔偿项目早在《民法通则》时代就已规定，若从现有的制度体系中废除，实属不易，所以法释〔2003〕20号对继承丧失说进行技术处理，将收入损失分解为"人均可支配收入"与"被扶养人生活费"两个部分，以前者为标准计算死亡赔偿金。笔者认为，这种规定将已缩小为死者收入损失的死亡赔偿金再人为的分割出去一部分，极易造成死亡赔偿金内涵的不确定。基于此有两种构想可供选择：一是抛弃被扶养人生活费这一赔偿项目，用继承丧失说构建赔偿体系，即保留司法解释中的死亡赔偿金概念，将之限定为对死者收入损失的赔偿。二是保留被扶养人生活费赔偿项目，将剩余的死者收入损失称之为继承利益损害赔偿金，从而替代司法解释中使用的死亡赔偿金这一概念。死亡赔偿金是死者的收入损失的赔偿，它是作为遗产由继承人加以继承的，因此实践中死亡赔偿金能否偿还死者生前债务的困惑便迎刃而解。

3. 死亡赔偿金数额的确定。法释〔2003〕20号采定型化赔偿标准，城镇居民以人均可支配收入和农村居民按人均纯收入来计算收入损失，这种"一刀切"的赔偿模式招致了广泛的争议，播种了"平等"却收获了"不公平"。由于个体劳动能力的差异产生的收入损失的差异必然要反映到死亡赔偿金的数额上来，那么如何计算死亡赔偿金，笔者认为应将原则性与灵活性相结合，原则性是说应该确立一个以统一的收入标准计算出死亡赔偿金的法定底线，如当地人均收入水平或某一行业收入水平等。当死者无法确定其身份，或者属于生前丧失劳动能力且无收入来源的，或者近亲属无法证明死者的实际收入高于赔偿底线时，法官可按赔偿底线计算赔偿金。当死者实际收入水平大于法定底线时，法官就要采灵活性原则，即就个案情况，参酌多种因素如预想生存期间、被害人职业、能力、地位等等来具体确定赔偿数额，[①] 不论赔偿数额多寡，死者近亲属只能要求继承与损害相适应的赔偿额，而没有理由攀比损害赔偿的绝对数额。

---

① 史尚宽：《债法总论》，中国政法大学出版社2004年版，第212－214页。

# 欧共体农产品地理标志法律保护
# 及对我国的启示<sup>*</sup>

赵小平<sup>**</sup>

　　**摘　要：**为执行世贸组织争端解决机构的建议和裁决，欧共体保护农产品和食品地理标志的 2081/92 号条例已经被 510/2006 号条例所取代。分析 510/2006 号条例的主要内容，可以为我国农产品地理标志保护在立法形式和内容等方面提供有益的启示。

　　**关键词：**510/2006 号条例　农产品　地理标志

　　欧共体知识产权法律制度的建立和发展大致分为两个阶段：第一阶段（20 世纪 60 年代初至 1988 年）欧共体没有任何有关知识产权的成文法律，但欧洲法院产生了一系列具有深远影响的判例，从而奠定了解决知识产权与欧共体冲突的法律框架；第二阶段（1988 年后，特别是 20 世纪 90 年代至今）主要以颁布大量指令、条例以及绿皮书为特征。在欧共体知识产权法的渊源中，《欧洲联盟条约》具有宪法性的地位，由于缺少在成员国范围内统一的知识产权法律法规，欧共体在知识产权领域的绝大多数跨国法

---

　　*　基金项目：山西省软科学项目"山西农产品地理标志法律保护体系完善研究"（2008041027 -02）。

　　**　山西大学法学院副教授，主要从事国际经济法研究。

是地区性公约和指令，只有在涉及地理标志等问题时采取了条例的形式。在欧共体法中，指令（directive）是向成员国发出的要求成员国在规定的日期前实施的法律文件，指令对成员国一般只具有间接的适用性；根据《欧洲联盟条约》的规定，欧共体以条例（regulation）形式采取的立法措施在成员国具有直接的适用效力，条例一旦在欧共体的"官方公报"上公布生效后将自动在成员国生效，成为成员国法律的一部分而得到执行，它不需要再通过国内立法制定相应的执行措施来赋予它直接适用的效力。①

在欧共体法中未规定地理标志这一概念的情况下，欧共体法院通过一系列判例阐述了其内涵并确立了保护原则。② 在此基础上，欧共体又通过立法逐步建立了地理标志保护制度。1969 年 12 月的 70/50 号指令是欧共体关于地理标志的最早立法。③ 该指令规定，将某些命名只保留给本国产品的做法具有对进出口进行数量限制的同等效果，除非这些命名构成原产地名称或来源地标志。欧共体地理标志立法将农产品和食品与葡萄酒和烈酒相区别，分别建立了不同的法律制度。本文旨在对欧共体农产品和食品地理标志保护制度进行分析。

在农产品和食品领域，1992 年 7 月 14 日的 2081/92 号条例④是欧共体地理标志保护的基础性文件。该条例 1993 年 6 月生效后又经过两次最重要

---

① 张旗坤：《欧盟对外贸易中的知识产权保护》，知识产权出版社 2006 年版，第 5 – 10 页。

② See Sekt case（CJCE, 20 février 1975, Commission c. Allemagne, aff. 12/74, Rec. 181），Delhaize case（CJCE, 9 juin 1992, aff. C – 47/90, "Etablissements Delhaize frères et Compagnie Le Lion SA c. Promalvin SA et AGE Bodegas Unidas SA" dit "Delhaize", Rec. I – 3669），Exportur case（CJCE, 10 novembre 1992, aff. C – 3/91, Exportur SA c. LOR SA et Confiserie du Tech dit "Exportur" ou "affaire des Tourons catalans", Rec. I – 5529 ），Warsteiner case（CJCE, 7 novembre 2000, Schutzverband gegen Unwesen in der Wirtschaft eV c. Warsteiner Brauerei Haus Cramer GmbH & Co. KG, aff. C – 312/98）。转引自冯术杰：《欧盟地理标志法律制度述评 ——写在 DS174. DS290 两案裁决之后》，http：//www. wines – info. com/html/13/7085. html。

③ Directive n° 70/50 de la Commission du 22 décembre 1969, JOCE, n° L. 13 du 19 janvier 1970. 转引自冯术杰：《欧盟地理标志法律制度述评 ——写在 DS174、DS290 两案裁决之后》，http：// www. wines – info. com/html/13/7085. html。

④ Council Regulation（EEC）No 2081/92 of 14 July 1992 on the protection of geographical indications and designations of origin for agricultural products and foodstuffs［Official Journal L 208, 24. 07. 1992］.

的修改：一是 1997 年 6 月 12 日的 535/97 号条例①授权欧共体委员会修改 2081/92 号条例附件 II（关于受保护的农产品的范围）；二是 2003 年 4 月 8 日的 692/2003 号条例②对地理标志名称的范围、第三国名称的注册范围和受保护的范围等进行修改，此次修改的主要原因是美国和澳大利亚发起的 WTO 争端解决程序，修改内容也是在相当程度上满足美国和澳大利亚的诉讼请求，即引入国民待遇原则并完善相关制度，提高对商标的保护水平。为全面贯彻 WTO 争端解决机构的建议和裁决，2081/92 号条例已经于 2006 年 3 月 31 日被 510/2006 号条例③所取代。

# 一、510/2006 号条例的主要内容

根据 510/2006 号条例序言的规定，其宗旨有以下三方面：一是促进农业生产的多样化，推动农村经济发展；二是为地理标志产品的生产者提供平等的竞争环境；三是为消费者提供产品的来源信息，赢得消费者对地理标志产品的信赖。在这种目标指导下，在借鉴法国法的基础上，条例确立了欧共体地理标志法律制度。510/2006 号条例涉及保护范围、地理标志的定义、产品说明、注册程序（欧共体成员和第三国）、异议程序、监控体制、对标志和符号的使用规定以及撤销程序等详细规定。

## （一）受保护的产品范围

条例第 1 条将受地理标志保护的产品主要分为 3 种：食用农产品（agricultural products intended for human consumption）、食品（foodstuffs）和非食用农产品。根据欧盟委员会协议附件 1，食用农产品主要是指肉类及相关产品；食品包括啤酒（beers）、植物饮料（beverages made from plant

---

① Council Regulation (EC) No 535/97 of 17 March 1997, OJ, n° L 83, 25. 3. 1997.

② Council Regulation (EC) No 692/2003 of 8 April 2003, OJ, n° L 99, 17. 4. 2003.

③ Council Regulation (EC) No 510/2006 of 20 March 2006 on the protection of geographical indications and designations of origin for agricultural products and foodstuffs [ EN L 93/12 Official Journal of the European Union 31. 3. 2006. ]

extracts）、焙烤食品（bread，pastry，cakes，confectionery and other baker's wares）、果酱和胶体食品（natural gums and resins）、芥末胶（mustard paste）、面制品（pasta），510/2006 条例的附件1 对此有相应规定；非食用农产品在 510/2006 条例的附件 2 中也有相应规定，包括干草（hay）、香精油（essential oils）、原木塞（cork）、动物皮毛（cochineal（raw product of animal origin））、花及装饰类植物（flowers and ornamental plants）、羊毛（wool）、柳条（wicker）和亚麻（scutched flax）等。510/2006 条例不对酿酒工业产品进行保护，但对葡萄酒醋和烈酒饮料的地理标志进行保护。目前，欧共体已有 20 个受保护的矿泉水名称，但从 2003 年起不再受理矿泉水的保护注册申请，已经受保护的矿泉水产品也将在 2013 年 12 月 31 日起退出保护范围。

## （二）"受保护的原产地名称"和"受保护的地理标志"

510/2006 号条例规定了两种类型的地理标志：受保护的原产地名称（Protected Designation of Origin，简称 PDO）和受保护的地理标志（Protected Geographical Indication，简称 PGI）。根据条例，"原产地名称"是指一个地区名称、确定的地方名称或者在特殊情况下一个国家的名称，该名称用来标示一种农产品或食品来源于这个地区、特定地方或国家，并且其质量或特征在本质上或全部的归因于这一地理来源，包括自然因素和人文因素，其生产、改造和制作也在该地理区域进行；"地理标志"是指一个地区名称、确定的地方名称或者在特殊情况下一个国家的名称，该名称用来标示一种农产品或食品来源于这个地区、特定地方或国家，并且它的一种质量、声誉或某种其他的特点可以归因于这一地理来源，其生产和/或改造和/或制作也在该地理区域进行。符合上述定义的地理名称就分别被条例称为"受保护的原产地名称（PDO）"和"受保护的地理标志（PGI）"。例如，法国"孔泰"奶酪（French cheese "Comté"）就是一个 PDO，该奶酪完全由一种特殊奶牛的奶生产，奶牛只能在法国汝拉山区（French Jura mountains）一个划定的地域内喂养，加上该地特殊的气候条件和生产者的特殊技能，赋予这种奶酪不同于其它奶酪的独特特征。西班牙肉类产品"sobrasada 马略卡"（Spanish meat product "Sobrasada de Mall-orca"）则是一个 PGI，该产品在 Mallorca 岛内制造，然而用于生产的猪却不一定来源于 Mallorca 岛①。从上述两个定义和实例可以看出 PGI 和 PDO 具有如下的区别：（1）PGI 的原材料可以来自于该地理区域之内，也可以来自于该地理位置之外，但其制造地必须在该地理区域内，而 PDO 无论是生产、加工、原料准备 3 个环节都必须在受保护的地理区域内，PGI 只需满足其中的一个环节；（2）如果由于产地原料供给受限、生产原料的特征依然存在以及有相关的措施来确保原料的品质与地理区域内原料一致，那么只要来自受保护地理区域内的原料用量大于来自加工区域内原料的用量，其产品依然可以受 PDO 保护。

有两类名称被排除在地理标志保护范围之外：一类是通用名称；另一类是与动植物品种名称相冲突、与根据本条例已经注册的地理名称同音同形或与商标相冲突，从而会就产品真实原产地误导公众的名称。

### （三）权利主体和监控机构

条例规定，只有团体（group）和可以作为团体对待的单个自然人或法人②才有权提出地理标志的登记申请。"团体"是指所有与同一种农产品或食品相关的生产者和/或加工者组织，而不论其法律形式或组成。其他利益相关方也可加入这些团体。这样，生产者团体、批发商团体和经销商团体都可以成为权利主体，条例对团体法律形式的宽松规定，无疑是想尽可能的涵盖成员国内的不同情况。但是，任何团体、自然人或者法人，只能为其生产或获取的农产品或食品提出登记申请。

欧共体委员会是地理标志的主管机构，负责地理标志的审批和监督工

---

① David Vivas – Eugui and Christophe Spennemann, The Treatment of Geographical Indications in Recent Regional and Bilateral Free Trade Agreements, Footnote 36 – 37. UNCTAD/ICTSD, Costa Rica, 10 – 12 de Mayo 2006.

② 根据 510/2006 号条例第 16（c）条，当确定的地理区域只存在一个生产者，而且该生产者实践着当地的、可靠的和稳定的生产方式，该地理区域具有根本上不同于相邻地区的特征，并且/或该产品与其他地区的产品不同，这时，可以将单个的自然或法人看作是团体。

作，受保护的原产地名称和受保护的地理标志常设委员会协助委员会工作。

## （四）地理标志的保护范围及例外

尽管 PDO 和 PGI 在定义和认定标准上不同，但条例对二者的保护却是相同的。条例规定，受保护的地理名称不能成为通用名称。同时规定，下列四种行为构成对地理标志的侵权：第一，将注册的名称在未注册的产品上作直接或间接的商业使用，如果这些产品与注册的产品具有可比性或者这种使用会使这些产品受益于注册地理标志的声誉；第二，侵占、模仿或提及注册的地理标志，即使产品的真实来源地被标明或者被保护的名称经由翻译或者伴以"类"、"型"、"式"、"样"、"仿制"或类似字样；第三，在包装、广告或有关产品的文件上做有关产品来源、产地、性质或主要质量的其它虚假或欺骗性标注，或者用于包装的容器在性质上导致关于产地的错误印象；第四，就产品的真实产地可能误导公众的其它行为。

条例同时规定了地理标志保护的几种例外情形：第一，通用名称。如果注册的名称本身含有被视为通用名称的一种农产品或食品的名称，将该通用名称用于相应的农产品或食品的行为不被视为上述第一种或第二种侵权行为；第二，在先使用的相似名称。不管怎样，在满足下列条件的情况下，成员国可以允许上述第二种行为在 2081/92 号条例公布后的 5 年内有效：在条例公布前有关产品已用同一名称销售至少 5 年；标签清楚表明产品的真实产地，但这些产品不能在本来就禁止该名称的成员国内销售；第三，异议程序中，如果异议申请被受理的理由是，该地理标志注册会损害既存的同音异形或同形异音地理标志或者会损害初审公告之日前已经在市场上至少合法存在 5 年的产品，那么，欧共体委员会在决定注册时可以同时决定最多 5 年的过渡期；第四，在先使用的未登记的相同名称。在不影响第 14 条适用（关于地理标志与商标的权利冲突）和满足一定条件的情况下①，欧共体委员会可以决定注册的名称与未注册相同名称（欧共体成员国境内或符合对等原则的第三国境内的地理区域名称）共存，但共存最多不能超过15年，15年后未注册的名称应当停止使用。

## （五）地理标志与商标的关系

条例第14条规定了地理标志和在后商标及在先商标的两种权利冲突及其解决方法。地理标志注册日之后，如果在同类产品上申请注册的商标会侵犯条例第13条规定的地理标志权利，那么该申请应当被驳回，而违反上述规定的注册商标应被宣告无效。在遵守欧共体法的前提下，在地理标志申请日之前或在来源国对其保护之前，如果有关商标被善意申请注册、善意注册或因善意使用而取得，那么即使违反条例第13条的规定，该商标也可以在地理标志注册之后继续使用，只要该商标没有因欧共体商标法（89/104号条例或40/94号条例）规定的原因而无效或失效。

## （六）注册程序

条例第5条至第12条对地理标志的注册申请、委员会审核、异议与核准注册、修改和撤销作了规定。

第5条规定的申请程序，适用于位于欧共体境内的地理标志注册申请和位于第三国境内的地理标志注册申请。欧共体国民和第三国国民递交的申请材料基本是相同的。第6条规定了地理标志的审核程序。欧共体委员会在12个月内对注册申请进行正式审查，核实申请是否满足条例规定的条件。委员会每个月都会将注册申请及申请日进行公布。如果经审查该地理名称满足受保护的所有要件，委员会就在《欧共体官方公报》上将下列信息进行公布：申请人的名称和地址，产品名称，申请的主要内容，调整产品制作、生产或制造的国内法规以及必要时的结论依据。第7条规定了地

---

① 这些条件是：（1）在1993年7月14日前，未注册的相同名称以合法的方式被连续使用至少25年；（2）经证实，这种使用从未以利用登记名称的声誉为目的，并且也未曾就产品的真实原产地误导公众或能够误导公众；（3）由相同名称引起的问题在地理标志登记前已被提及。只有来源国被清楚而明显的在标签上注明，未注册的相同名称才可以被授权使用。

理标志的异议和核准注册程序。欧共体委员会将初审合格的注册申请公布于《欧共体官方公报》后的六个月为异议期。欧共体成员和第三国均可以向委员会提出异议；任何在欧共体和第三国具有合法利益或有住所的自然人和法人也可以向委员会提出异议。异议应满足以下条件之一才能被受理：表明该注册申请不满足条例第 2 条对于地理标志的定义；表明该注册名称与动植物品种、既存的同音异义或同形异义的名称或商标相冲突，或侵害该条例公布时合法存在于市场上的产品；表明申请登记的名称具有"通用名称"的性质。异议被受理后，委员会邀请有关利益相关方进行协商，并在 6 个月内达成协议。达成协议的当事方将协议内容告知委员会。如果协议结果未改变原申请内容，委员会将对该地理名称进行注册与公告。如果协议改变了申请的内容，委员会将重新进行初审后的公告，并再进行异议程序。如果不能达成协议，委员会将再按第 15 条的规定咨询"原产地名称与地理标志委员会"并做出决定，该决定将考虑到当地传统习惯和混淆的实际可能。如果在规定的期间内没有异议，委员会将核准注册。

有关权利人可以申请修改产品规格，委员会将按第 6 条规定的注册审查程序重新审查该地理标志。如果修改很小，委员会可以决定不重新审查。任何成员国都可以向另一成员国提出，该国境内受地理标志保护的某种农产品或食品不满足产品规格规定的条件。后者应进行审查并将结论和采取的措施通知前者。如果双方不能就此达成协议，欧共体委员会将进行审查，必要时咨询"原产地名称与地理标志委员会"并采取有关措施，包括撤销该地理标志的注册。只有欧盟委员会有权撤销地理标志保护。委员会撤销注册地理标志的条件是：第一，有关团体、自然人或法人提出合理的撤销申请；第二，有充分的理由表明受保护地理标志产品的特定品质不再能够得到保证。撤销地理标志注册的决定也应在《欧共体官方公报》上公布。

# 二、对510/2006号条例的评析

## （一）510/2006条例对一般产品的地理标志提供了比TRIPS协定更 为广泛的保护

条例建立了地理标志的注册体制，未经注册的地理标志不受保护。这不同于TRIPS协定的消极保护，而是一种积极的保护，保护范围比TRIPS协定广泛，对产生误导的条件没有限制。条例第13条规定的第一种侵权行为的定义比TRIPS协定更为宽泛，因为TRIPS协定所明确禁止的是地理名称与实际产地不一致的误导行为，而条例也禁止地理名称与实际产地一致的误导行为；第二种侵权行为的规定几乎是原文照搬了1958年《保护原产地名称及其国际注册里斯本协定》第3条的规定，这是已有国际公约中对原产地名称最高水平的保护。

## （二）510/2006条例解决了DS174案中美国提出的"国民待遇"问题

由于510/2006条例是为全面贯彻WTO争端解决机构的建议和裁决而制定的，条例针对2081/92号条例违反TRIPS协定国民待遇之处进行了修改，在申请注册和异议程序中取消了"相当和对等条件"审查。首先，在申请注册阶段，第三国国民可以直接向欧共体委员会提出申请，也可以通过本国主管机构间接向委员会提出申请；在提交的材料方面，第三国国民除须提供在本国已获得保护这一书面证明外，其他的申请材料与欧共体国民完全相同。其次，在异议程序中，第三国国民可以直接向欧共体委员会提出异议，也可以经由本国主管机关间接向欧共体委员会提出异议。

## （三）关于"法定的非通用名称"问题

条例第13、3条做了一个很特别的规定：被保护的地理标志不能变成通用名称。TRIPS协定规定，WTO成员方没有义务保护其他成员方变为通用名称的地理标志。欧共体这一规定无疑是想使自己的地理标志永远能在WTO其他成员方得到保护。但是，一个地理标志是否变成了通用名称，这是事实问题而不是法律问题，其他 WTO 成员方仍要根据事实审查欧共体地理标志是否变成通用名称，而没有义务直接承认欧共体的立法规定。

### （四）510/2006 号条例很好地解决了新法与旧法的衔接问题

首先，条例第 17 条专门规定了过渡性条款。即针对根据欧共体 2081/92 号条例（包括其修订本 1107/96 条例、2400/96）注册的受保护原产地名称和受保护地理标志依旧有效，其产品规格也继续适用；处于申请注册阶段的地理标志适用本条例的有关规定；欧共体委员会在必要时还可以采纳其他的过渡性条款。其次，附件 3 新旧条例对照表，非常直观，便于了解新条例新在何处，也满足了 WTO 的透明度要求。

## 三、对我国的启示

现阶段我国对农产品地理标志的保护存在商标法和专门法两种模式、三套机制。[①] 根据有关法律法规、条例和部门规章，国家工商行政管理总局、国家质量技术监督检疫总局和农业部各自保护了一批农产品地理标志，而且三家各自有自己的地理标志专用标志。这种保护现状在说明我国有关部门高度重视地理标志保护的同时，也不可避免地带来诸多难以克服的弊端。反观欧共体农产品和食品地理标志保护走过的历程，为日后完善我国有关立法带来一些有益的启示。

---

① 第一，2001 年修订后的《商标法》对集体商标和证明商标作了明确规定，首次明确了地理标志的定义。2002 年 8 月国务院颁布的《商标法实施条例》对地理标志作为证明商标或者集体商标的问题作了规定。2003 年 4 月《集体商标、证明商标注册和管理办法》对地理标志作了进一步的规定。第二，1999 年 8 月 17 日，原国家质量技术监督局颁布了《原产地域产品保护规定》，这是我国第一部专门保护地理标志的专门规章，该规定曾和商标法一度并行形成我国地理标志保护的两种模式；2005 年 5 月 16 日，国家质量监督检验检疫总局（以下简称国家质检总局）局务会议通过《地理标志产品保护规定》，该规定于 2005 年 7 月 15 日起施行，原国家质量技术监督局颁布的《原产地域产品保护规定》同时废止。《地理标志产品保护规定》沿袭了《原产地域产品保护规定》的基本框架，之前已经建立的原产地域产品保护体制基本上被继承下来。第三，2007 年 12 月 6 日农业部第 15 次常务会议审议通过《农产品地理标志管理办法》，自 2008 年 2 月 1 日起施行。

## （一）法出多门，不仅应当注意相互之间的协调，更应当注意新法与旧法的衔接问题

分析我国农产品地理标志保护的现有立法，不难发现其中的冲突和重复保护问题；再者，即便是同一部门的立法，也没能够处理好新旧法衔接问题，仅一句新法"生效之日"、旧法"废止"便草率了事。因此，欧共体 510/2006 号条例有关过渡性条款的规定非常值得我们借鉴。

## （二）借鉴欧共体在新法附件中列明新旧条例对照表的立法技巧

这不仅便于人们非常直观了解新条例新在何处，同时也满足了 WTO 的透明度要求。

## （三）汲取欧共体的教训，尽早在立法中对国外地理标志产品在我国的注册和保护作出规定，切莫待"亡羊"时才想到"补牢"

尽管《地理标志产品保护规定》第 26 条规定，国家质检总局接受国外地理标志产品在中华人民共和国的注册并实施保护，具体办法另行规定。但时至今日，都未见有关规定出台。《农产品地理标志管理办法》第 24 条也规定，农业部接受国外农产品地理标志在中华人民共和国的登记并给予保护，具体办法另行规定。因此，专门法的现有规定很有可能会给 WTO 的其他成员留下我国违反国民待遇的把柄。

## （四）欧共体农产品地理标志保护的立法宗旨和精神以及由此决定的地理标志积极保护，尤为值得我们积极借鉴

进一步讲，农产品地理标志保护法应明确地理标志保护的权利范围、异议理由、与商标的关系、与通用名称的关系等内容。与欧共体相似，中国是一个农业大国，有着丰富的地理标志资源；但不同的是，地理标志保护为欧共体农村经济和社会发展作了巨大的贡献，而我国才刚刚起步。笔者相信，我国农产品地理标志的积极保护，将在很大程度上推进我国农业现代化建设的进程。

# 新农村建设中提高乡镇党委依法
# 执政能力研究[*]

何建华[**]　张进营[***]

**摘　要：**乡镇政权是党在农村的最基层的政权组织，乡镇党委依法执政能力的高低，直接影响着中国共产党总体依法执政能力的强弱与执政的成败，也影响着新农村建设的成败。本文分析了乡镇党委在乡镇政权组织中依法执政能力方面存在的问题，并提出了解决问题的建议方案。

**关键词：**乡镇党委　依法执政　执政能力

科学执政、民主执政、依法执政是中国共产党在新时期提出并将长期坚持的执政方针，十七大报告重申了这一点，并指出："党的执政能力建设关系党的建设和中国特色社会主义事业的全局"。在我国现行的政权体系中，乡镇政权是最基层的政权组织，是党在农村的执政基础。乡镇党委执政能力的强弱，执政水平的高低，直接关系到党的各项方针政策和国家的宪法法律在农村的贯彻执行，关系到农村改革发展稳定的大局，关系到

* 基金项目：山西省社科规划项目（0505108）"党在基层政权组织中依法执政方式研究"成果之一。
** 山西大学法学院副教授，主要研究方向为宪法学与行政法学。
*** 山西大学法学院法律硕士研究生，主要研究方向为宪法学与行政法学。

社会主义新农村建设，关系到党在农村执政地位的巩固。在基层政权组织中加强党的执政能力，提高党的执政水平，这是实现依法执政的基础所在。现阶段转变乡镇党委执政理念，提高执政能力的问题依然存在，本文将进行一些探索以求解决。

# 一、乡镇党委依法执政中存在的问题及原因分析

## （一）乡镇党委依法执政中存在的问题

1. 乡镇党委的职能行政化，党政不分、以党代政现象存在

从乡镇内部看，乡级党政基层组织的主体是乡镇党委、乡镇人大和乡镇政府，各自的法定职能不尽相同。《地方各级人民代表大会和地方各级人民政府组织法》规定乡镇人代会有 13 项职权、乡镇政府有 7 项职权，《中国共产党农村基层组织工作条例》规定乡镇党委有 6 项职责任务。这种制度安排具有相当的合理性。但在乡镇领导和管理体制的改革过程中，一些相应的配套建设和后续工作未能及时跟上，致使乡镇党委、人大和政府的工作职能难以有效到位，导致乡镇基层组织内部权力结构失衡的不合理的现象产生，主要表现在乡镇基层组织体系内，由于党政关系、权力机关与行政机关三者之间关系未理顺而导致政权运作不畅或呈一种无序状态。以党政关系而言，突出地表现为某些乡镇党委违反国家宪政体制，过分地干预乡镇人大与政府的事务，使政权的运行机制失调和功能萎缩。乡镇的大小事务都由党委说了算，乡镇人大一般只是在开人代会时履行一下职责，其它时候则形同虚设；乡镇政府也只能在乡镇党委的号令下做一些具体事情，实际上成了乡镇党委的下属机构。乡镇党委行为超出宪政体制和法律上的规定，使得各政权行为主体不能各司其职，乡镇党委职能行政化现象严重。

从客观上看，乡镇一级由于责任重大而职权甚少，事情冗杂，乡镇党委、人大、政府的职能也的确不好分。乡镇党委实际上扮演着经济活动的组织者、管理者和经营者三重角色，让乡镇党委主要领导终日忙于应付繁

杂的经济、行政事务，在驾驭宏观经济局势、协调社会综合发展时感到力不从心，难以集中精力，切实尽到应尽的政治领导职能。在乡镇与村的关系上，目前大量的应该由村级组织承担的落实国策、管理社会治安、负责民事调解等事务仍然主要得靠乡级组织承担。上级党委、政府也往往要求乡镇党委在处理这些方面的事务中负全责、负总责。实行村民自治以后，乡镇对村的工作任务的落实不能采用行政手段只能通过说服教育的办法，乡镇党委对村级组织和工作事务的领导也只能通过村党组织加以实现。这样难免制约乡镇党委管理和调控职能的到位，在工作中使其不得不采取一些行政手段和方式，结果造成人们对乡镇党委领导合法性的认同率不断下降，严重地影响了乡镇党组织的影响力和号召力。

2. 乡镇党委与人大的关系问题

乡镇人大作为国家权力机关必须自觉接受党的领导，忠实地贯彻党的路线、方针、政策。具体地说，就是在同级党组织的领导下，依法独立的开展工作。而基层党组织对同级人大的领导是大政方针的领导，是政治、思想、组织的领导，不是直接的控制和干预，更不是向他们发号施令。目前，这种领导关系没有得到很好的实施，其中最为突出的问题时，一些农村基层党组织并没能按照党的领导总原则进行领导，而是对乡镇人大过多的指挥、干预，包揽和限制了人大职能的发挥，并且对基层党组织自身建设也带来了消极影响。这主要表现在以下几个方面：

一是基层党组织侵犯了人大的人事任免权。依据《宪法》、《地方各级人民代表大会和地方各级人民政府组织法》的规定，乡镇人民代表大会有权选举本级人民代表大会的主席、副主席，有权选举乡长、副乡长、镇长、副镇长，同时有权罢免本级人民政府的组成人员。有关的人事任免权是乡镇人大行使的重要职权之一，表明人大在乡镇政治生活中的崇高地位。党管干部的原则在乡镇党委应当表现为党委有权在讨论、酝酿候选人时，推荐适合担任人大或政府领导职务的候选人，并通过党内的有关程序加以确定。但推荐权与任免权不一样，党委不能以推荐权来代替人大的任免权。事实上宪法和法律赋予人大的这项神圣职权常常被侵犯，有的地方在没有得到同级人大通过的情况下，就擅自公布干部的任命名单。有的地方不遵循人大选举或决定任命的程序，而是以党委的名义任免干部。还有的地方对人大选举的干部在任期未满的情况下，不经过严格程序而随意变动。这种做法是违反宪法规定的，既损害了宪法的权威，也干涉了地方人大的法定职责的履行，而且给干部任用上的腐败提供了可乘之机，在公众中造成了不好的影响。

二是农村基层党组织对乡镇人大的工作职责进行干预甚至包办、代替。地方各级人民代表大会组织法规定乡镇人大有十三项职权，然而许多乡镇人大很难切实行使这些职权，履行这些职责。例如，每年一次的乡镇人大会，往往是乡镇党委书记主持全体会议，在会上作指示，并借此机会将人大会开成工作会，布置乡镇的各项工作，并要求人大代表回去迅速传达，带头贯彻落实。这不仅影响了人大会议的效果，而且在群众中造成了"人大不重要"的感觉。有些乡镇从人大主席团主席到一般工作人员常年游离于自己的工作职责之外，被抽到乡镇的其他部门，围绕其他工作而忙碌。有些乡镇党委对一些必须经乡镇人大讨论通过方能拍板定案的重大事情，不是认真严格地走法定程序，而是要求有共产党党籍的人民代表遵照党内的民主集中制原则通过党委的意见。

三是农村基层党组织对人大认识不到位，工作支持不力。例如乡镇人大一年一次的人大会会期过短，其主要原因是受财力的限制，这在很大程度上影响会议的效果。对人大中的干部使用、安排则存在轻视的现象，把人大当作老干部退休前的终点站，致使一些乡镇人大主席把从事乡镇人大工作视为"过渡阶段"，影响其工作积极性的发挥。还有的乡镇党委在思想意识深处并没有把乡镇人大当作国家权力机关，而是把它看作党委下属的一个具体工作部门，把乡镇人大领导变为上下级关系，要求他们绝对服从党的指挥，限制其工作的独立性。

### （二）乡镇党委依法执政中存在问题的原因分析

#### 1. 传统执政理念和思维定势的影响和制约

执政党应当如何执政？我们党积累了丰富的成功经验，也经历了惨痛的教训。长期以来，由于我国法治不健全，从执政党到执政党的各级领导干部，在执政理念上往往"人治"重于"法治"，"政策"重于"法律"，按照"领导之言"治国，按照红头文件执政，"文革"期间更是达到登峰造极的地步，形成了一种根深蒂固的传统执政理念和习惯思维定势。这种传统执政理念和思维定势，严重影响到乡镇党组织这个层级。乡镇党组织传统的执政方式虽然也有"依法的成分"，包含有依法执政的内容，但常常表现为主要是按照政策、文件办事，按照领导意图办事，凭经验办事。

2. 乡镇党组织依法执政的具体依据在立法层面规定的不完善

执政党依法执政的理念，需要通过制度建设，成为规范化、程序化、可操作的条文，这对于农村基层党组织，更是一种迫切需要。执政党必须在宪法和法律的范围内活动，① 已先后写进了党章和宪法，党和国家领导人从理论层面明确了"依法执政"的理念，当务之急是要解决实践层面的问题。乡镇党委尤其是"一把手"，急盼解决"如何依法执政"的问题。由于对乡镇依法执政缺乏明确具体的规定，乡镇党组织"总揽全局、协调各方"的工作原则，往往在具体执行中把"总揽"变成"包揽"，"协调各方"变成"命令各方"；乡镇党组织对乡镇政府的行政事务往往容易越俎代庖，代替乡镇政府具体指挥，由此出现"缺位"、"错位"、"越位"。实践中将乡镇党组织及其"一把手"依法执政的基本情况纳入绩效考核机制的甚少。在立法层面对乡镇党组织依法执政未作出具体明确的规定，在实践中就不可能有可操作性和考评标准。

3. 乡镇党组织自身与依法执政的要求还存在较大差距

乡镇党组织依法执政的现代理念比较淡薄。在日常工作中，往往"官本位"、"权本位"的思想比较严重，处理问题有法不依、执法不严、违法不究的情况相对突出。一些乡镇党委领导热衷于庸俗的"关系学"，搞"形象工程"，不依法决策、依法办事，留下不少"胡子工程"和遗留问题，造成群众不满，甚至酿成群体性事件等，极大地损害了党和政府在人民群众中的形象。这种情况在农村计划生育、土地征用补偿、宅基地审批等方面尤为突出。依法执政理念淡薄，是乡镇党组织依法执政的一大障

---

① 刘炳香：《中国共产党执政能力研究》，中国方正出版社2003年版，第12页。

碍。

乡镇党委依法执政的法律专业知识相对缺乏。依法执政要求乡镇党委班子及成员要有系统的法律专业知识，根据一项问卷调查统计，乡镇党委成员有56.4%的人没有系统学习过法律专业知识，仅有46%的人对"依法执政"中的"法"的含义有较为准确的理解；对与工作密切相关的法律规范，有47.3%的人缺乏全面了解和深刻领会；对于新颁布实施的法律规范，仅有48.2%的人及时学习掌握。乡镇党组织成员的法律知识相对缺乏，直接影响到乡镇党组织的整体法律素质和依法执政能力。[①]

目前，乡镇党组织依法执政的能力还处于较低层次。乡镇党委"以权代法"、党政不分的现象还有存在；不依法决策、依法办事，侵犯群众合法权益的事情时有发生；不依法处理与乡镇人大、乡镇政府的关系；"总揽"、"协调"的领导水平不高，乡镇党委依法执政的实践能力还比较弱。执政党依法执政，在乡镇这个层级，主要体现为乡镇党委坚持在宪法和法律范围内活动，带头维护宪法和法律的权威；督促、支持和保证国家机关依法行使职权，在法治轨道上推动各项工作的开展，保障公民和法人的合法权益。

## 二、提高乡镇党委依法执政能力和水平的建议

### （一）推进党内民主，加强乡镇党委依法执政能力和水平

1. 积极推进党内民主，以扩大党内民主带动人民民主

完善乡镇党的代表大会制度，实行党的代表大会代表任期制，选择一些乡镇试行党的代表大会常任制。完善乡镇党委全委会、常委会工作机制，发挥全委会对重大问题的决策作用。严格实行民主集中制，健全乡镇党委集体领导与个人分工负责相结合的制度，反对和防止个人或少数人专

---

[①] 刘卫平、唐晓明：《乡镇党委依法执政面临的问题和对策研究》，载《四川行政学院学报》2005年第4期。

断。推行乡镇党委讨论决定重大问题和任用重要干部票决制。逐步实行乡镇党委领导班子直接选举制度。

**2. 增强乡镇党委领导基层政权的能力**

乡镇党委的执政能力，必须体现在对基层政权有效地领导和驾驭上。在我国，乡镇是国家政权的基础，承担着直接管理和提供服务的职责。党对国家政权的领导，在乡镇就是表现为乡镇党委对乡镇政权机关的领导。要实现乡镇党委对基层政权的正确领导并提升其能力，就必须大力发扬乡镇党内民主。首先，乡镇党内民主的发展，能够确保乡镇党政分开，明确党与乡镇政权机关的职能，改变在乡镇领导和管理体制的改革过程中，由于一些相应的配套建设和后续工作不能及时跟上，致使乡镇党组织、人大和政府的工作职能难以有效到位，导致乡镇基层组织内部权力结构失衡的不合理的现象发生，从而使乡镇党组织的行为与乡镇各政权行为主体能够切实做到各司其职。其次，乡镇党内民主的发展能够保证在乡镇与村的关系上乡镇党组织的管理和调控职能的科学化。在乡镇与村的关系上，目前大量的应该由村级组织承担的落实政策、管理社会治安、负责民事调解等事务仍然主要得靠乡级组织承担。实行村民自治以后，乡镇对村的工作任务的落实不能采用行政手段，只能通过说服教育的办法，乡镇党组织对村级组织和工作事务的领导也只能通过村党组织加以实现。因此，采用什么样的手段和方式来实现乡镇党组织的管理和调控职能就显得尤为重要。而正确手段和方式的选择离不开乡镇党内民主的发展，乡镇党内民主的发展能够保证对采用什么样的手段和方式进行广泛探讨，集思广益，从而保证所采用手段和方式的科学有效性。

**3. 加强乡镇党委服务群众和凝聚人心的能力**

提升乡镇党组织做群众工作的能力，是顺应当前农村社会关系包括群众的利益关系正处在大调整之中，利益主体、社会生活方式、社会组织形式等日益多样化，发展过程中的各种矛盾也接踵而至的客观要求。乡镇党内民主的发展是提升乡镇党组织的服务群众和凝聚人心的能力的前提基础。首先，乡镇党内民主的发展能够保证乡镇党组织的决策的科学性，从而提高乡镇党组织的决策水平，使乡镇党组织的决策切实做到从群众中来，到群众中去，切实做到为人民服务，在利益调整的过程中切实维护好广大农民群众的利益。其次，乡镇党内民主的发展，能够提升乡镇党组织应对复杂局面的能力，对于农村社会中出现的各种社会矛盾加以科学的分析研究，运用科学的手段和方式解决这些矛盾，从而实现更好地为群众服务和凝聚人心的目标。能够为乡镇党组织创造安定团结的政治局面和有利于乡镇经济社会稳定发展的良好环境，从而最大限度地调动人民群众团结奋斗的积极性，体现乡镇党组织的执政能力。

4. 提高乡镇党委依法执政的水平

"依法执政是新的历史条件下规范党的领导活动的基本原则，主要指的是我们党必须依照国家的法律法规来执掌和运用政权，实施对整个国家和社会事务的领导。""依法执政作为民主政治题中应有之义，其重要性显而易见。应当指出的是，对于执政党来说，这一问题同样重要。依法执政不仅意味着领导方式和执政方式的改进，而且事关党的执政地位的巩固。对于这点，必须提到足够的高度来认识。"① 表现在乡镇层面上就是指乡镇党组织要善于运用宪法和法律治乡为民的能力。依法执政既是党的执政能力的一项重要内容，又是乡镇党组织执政能力的应有之义。依法执政就执政党而言，就是要运用宪法和法律规范行使权力的能力，善于把党的主张经过法定程序上升为国家意志，使党组织推荐的人选经过法定程序成为国家机关的领导人员，从制度和法律上保证党的路线方针政策的贯彻实施。乡镇党内民主的发展能够增强乡镇党组织的法制观念，遵守党内法规和形成监督机制，从而实现提升乡镇党组织依法执政能力的目标。乡镇党组织的法制化问题涉及两个方面：一是遵守党内法规；二是建立有力的监督保障实施机制，二者缺一不可。为此，必须做到：要建立健全有关规章制度，保障党内的根本制度——民主集中制在乡镇的贯彻落实，把民主集中制的各项原则和制度与本乡镇实际相结合并使之具体化，同时完善民主集中制在乡镇的运行程序。要建立科学的监督机制和监督权利的保障机制。

---

① 刘彦、孙志森：《在坚持依法执政中提高依法治国的能力》，载《理论探索》2006 年第 1 期。

监督机构缺少独立性，说明权责划分不清楚，这种监督是乏力的。同时还应建立监督权力的保障机制以避免谁监督谁垮台，谁监督谁受损的现象发生；要保障乡镇党员群众的监督权利。要发挥乡镇党员的监督作用，就是要保障乡镇党员的检举、揭发、申诉、控告等权利。同时还可建立乡镇党员献策和质询制度，让乡镇党员在乡镇党组织内有较大的发言权以加强乡镇党组织的建设，加强乡镇党内监督，从而形成整个乡镇党组织全面监督的局面，而不是少数人监督的局面。

### （二）乡镇党委支持和保证乡镇人大依法行使国家权力

1. 加强乡镇党委的领导，支持人大依法行使国家权力

首先，党对人大的领导应该加强和改善，不能淡化和动摇。但应在依照宪法，全面贯彻人民代表大会制度中去实现党的领导，体现党的执政地位。

其次，要正确地通过发挥党员人民代表的作用来实现加强和改进农村基层党组织对乡镇人大的领导，我国乡镇人大代表大部分是共产党员，尤其是人大主席团的成员。如何通过党员人民代表实现既能加强党的领导，又能促进人大自身建设的目标，这是一个需要积极探索的重大理论和实践问题。事实上，党员人民代表的双重身份往往过多地被强调党性的一面，而人民代表的职能常被置于次要的位置。因此，一些乡镇党委经常不适宜地把党内的组织纪律和原则扩大到党外，把党内的服从原则推及到人民代表大会上，用管理普通党员的方式方法去管理党员人民代表，这显然是不恰当的。

最后，要积极推进农村基层党组织与乡镇人大领导的交叉任职，提高人大领导成员在党委系统内的地位。目前乡镇人大领导在党内的地位问题通常有三种情况：一种是设立乡镇人大专职主席，他们作为同级党委委员出席党委会议；一种是乡镇党委书记兼任同级人大主席；另一种是人大主席兼任党委副书记。在近两年的政治体制改革中，许多地方在合并乡镇的过程中，实行了乡镇党委书记兼任同级人大主席的改革。这一举措无疑提高了人大在基层政治生活中的地位和威信，在一定范围内解决了人大运行

中缺乏自身动力机制的问题，同时对于发挥执政党的作用，形成符合我国国情的乡镇党政关系体制、理顺党政关系产生了明显的效果，值得借鉴和推广。

2. 在人事任免方面强化人大的决策作用

决定重大事项、任免各级国家机关的领导人员是全国人大及地方各级人大的职权的重要组成部分，坚持党的领导，加强人大这方面的工作，是完善人民代表大会制度的重要内容和进一步发挥人大作用的重要途径。

任免权在各级人大职权中占有重要地位，同时党管干部一直是我国政治生活中的一条重要组织原则。关于任免的问题，马克思在总结巴黎公社的历史经验时指出，"公社彻底清除了国家等级制，以随时可以罢免的勤务员来代替骑在人民头上作威作福的老爷们，以真正的负责制来代替虚伪的负责制，因为这些公务员经常是在公众监督之下进行工作的。"① 作为国家权力机关，乡镇人大行使好人事任免权，是接受人民监督、对人民负责的重要表现。

当前，在坚持党管干部的基础上，保证乡镇人大依法行使好任免权，需要处理好以下几个方面的问题：第一，实行党内初选，通过差额竞选，做好推荐由人大及其主席团产生的乡镇政权组织领导人选的工作，支持乡镇人大充分行使任免权；第二，乡镇人大的党组织要认真做好工作，积极贯彻党委的意图；第三，对于乡镇人大未通过任命的干部，党组织要尊重人大的决定；第四，对拟提请任命的候选人员，乡镇党组织要尊重非党代表依法提名的人选，不得加以限制。这是地方党组织在各级人大任免工作中依法办事的重要标志，也是严格选好国家工作人员的重要条件。目前，经地方党组织的同意，乡镇人大已经开展对拟任命人员和已任命人员进行法律考试、述职评议、追究违法责任等方面的考核、考察工作，这是有益的尝试，应当在党的领导下逐步推广。

3. 乡镇组织要自觉接受人大监督，克服执政中的官僚作风

首先，要充分发挥人大对同级党组织的制约作用。乡镇人大以其独特

---

① 《马克思恩格斯选集》第2卷，人民出版社1972年版，第375页。

的地位和法定职责从内外两个方面对实现同级党组织领导功能的方式、方法与内容发挥着制约作用。从一般原则而言，各级党组织必须在宪法和法律范围内活动，乡镇人大作为一级国家权力机关，其地位和作用已由宪法和法律作了明确规定。因此，乡镇党组织的决策与活动必须尊重乡镇人大的权威，通过人大把党的意志转化为国家的意志。这是乡镇人大依据法律对同级党委的约束。另外，从乡镇党组织活动的基本形式看，党委对重大问题的主张必须经过法定程序——人民代表大会来体现。党委的意见、建议都要以议案的形式纳入人大的议程，否则只能停留在党的决策活动中，不能产生对全社会的普遍约束力。这是乡镇人大对同级党组织的领导功能内容与程序上的约束。最后，乡镇党组织提出的建议与意见被纳入议案后，要按照法定程序在人大会上讨论，特别是人事任免的提议必须得到广泛地参与和讨论，议案只有全体代表的过半数通过才有效，这也是人大对党组织的领导功能和政治内容的制约。

其次，发挥乡镇人大对同级党组织的监督作用。"掌握权力的人容易滥用权力，这是万古不易的一条经验。要防止腐败，必须以权力制约权力。"① 我国的宪法和法律对人民代表大会的职责、地位作了明确规定，同时也对党的领导地位做出了明确规定。尽管理论界对"人大能否监督同级党委"有争议，但是从实践上看，赋予人大一定程度的监督权无论对党的自身建设还是对推进社会主义民主都是有益的，也是符合宪法规定的。从根本上说，党的领导、人民当家作主和依法治国是一致的。人大的监督是指从工作角度具有的制约关系。如前所述，乡镇人大可以通过其活动监督同级党委的工作，例如，对干部使用任免情况、对重大事情的决策等，党委必须在宪法和法律的范围内活动。宪法和地方组织法也明确规定，各级人大有权监督法律在本行政区域内的贯彻执行，任何一个国家机关、政党和社会团体违反宪法和法律的行为，人大都有权监督并按照一定的程序追究其责任。在今天依法治国和大力推行民主法制建设的形势下，充分发挥乡镇人大的监督作用，对于实现党风政风的好转、加强党的自身建设更具

---

① 孟德斯鸠：《论法的精神（上）》，张雁深译，商务印书馆1982年版，第154页。

有积极意义。

### （三）乡镇党组织支持和保证乡镇政府依法行政

国家行政机关必须服从党的领导，认真贯彻党的路线方针政策，执行党的决议，重大问题向党的领导机关请示报告。在党政关系中，党的领导机关主要决定路线方针政策、重要人事等重大问题；监督重大决定事项的执行，对日常的属行政机关职能范围内的事，则用法律和制度加以规定，由行政机关来依法行政。这样，党组织就处在"超然于"行政机关之上的地位，既能保证党的意志的实现，又不直接面对具体复杂的社会矛盾。各种具体复杂的社会矛盾可根据制度规定由行政机关处理，而一旦行政机关处理不当，造成负面影响，甚至引起社会不稳定，党组织可依照制度进行干预直至出面加以纠正。

处理好乡镇党组织与政府的关系，要克服把"党领导一切"混为"包揽一切、管理一切"，政府则应克服"一切依赖党委、一切游离党委"的倾向，把"党领导一切"与"行政首长负责制"辩证统一起来。乡镇党组织要做到"统揽不包揽，协调不代替"，全乡一盘棋，分工各有侧重，重大问题联合行动，围绕中心力量捆绑使用的良好格局。①

1. 重决策，轻管事。党委通过制定乡镇大政方针、发展规划、发展政策，实现其政治、思想、方针政策和重要事项的领导，而对政府管理职责范围内的事，则由政府依照政务决策的法定程序进行，避免党委陷于事务，政府无事可干。

2. 重监督，轻管施。乡镇党委应根据自身的监督职责，并充分发挥其监督部门的职能作用，重点加强对政府落实党的路线、方针、政策和乡镇党委制定的地方性发展大政方针过程的监督，从组织上确保政府不偏离党的路线方针政策。对施行中的具体方式、方法，则主要由政府根据具体的客观情况来制定，避免以党代政。

3. 重管人，轻管物。党委一方面应重点加强对党员、干部和人民群众

---

① 赵万华：《正确处理乡镇党委与政府的关系》，载《领导工作研究》2006 年第 2 期。

的管理和教育，使其形成强大合力；另一方面，应注意培养和选拔年富力强，德才兼备的优秀分子充实干部队伍，提高乡镇干部队伍的整体素质和工作能力。属于政府管理范围的人、财、物则主要由政府根据有关法律法规和党委制定的相关制度进行管理，以免党委包揽一切，弱化政府职能。

乡镇政权是我国政权序列中的基础部分，它上接国家，下连农民，在政治输出和政治输入中起着关键性的作用，在国家和社会中扮演着极为重要的角色。相应地，乡镇党委在新中国成立后处于乡镇级政权组织的核心地位，是乡镇级政权的中枢神经，它的一举一动，不仅牵扯到国家政权的稳定，而且与基层社会的稳定，农村经济的发展，农民的切身利益，乃至全面建设小康社会，构建和谐社会，建设社会主义新农村均息息相关。应该把提高乡镇党委依法执政的能力和水平，摆到重要的地位来解决好。

# 论法官在证据收集中的职权

## ——以中日证据收集制度之比较为视角*

马爱萍**　王　舒***

**摘　要**：证据制度是民事诉讼制度的核心，其中，证据收集制度又是其他证据制度的前提和基础。法官是证据收集中的重要主体，正确认识与合理配置法官在证据收集中的职权无疑是保障证据收集得以顺利进行的重要方面。本文从比较法的视角出发，通过比较分析我国与日本证据收集制度中法官职权的差异，认为应当从收集证据决定权、程序指挥权、违反提供证据义务的制裁权三个方面重新解析法官的职权，并提出重新配置我国法官在证据收集中的职权的一些建议。

**关键词**：法官　证据收集　职权

证据是民事诉讼的核心。证据收集制度是证据顺利进入诉讼的保障，是质证、认证、证明责任分配等其他证据程序和证据制度的前提，是民事诉讼得以顺利进行的基础。我国目前证据收集制度的立法很不完善，其中

---

* 基金项目：山西省留学基金项目（0505503）"中日民事证据收集制度比较研究"成果之一。
** 山西大学法学院教授，法学博士，硕士生导师，研究方向为民事诉讼法学。
*** 山西大学法学院研究生，研究方向为民事诉讼法。

一个根本性问题就是实务界和理论界对证据收集主体的地位、权利及其配置不明晰，尤其是对法官在证据收集中的职权性质和功能没有合理的认识。与此相应，学界提出了全面收缩法官在证据收集中的职权这一普遍性观点。与我国的状况相反，日本集大陆法与英美法之长，在证据收集方面形成了一套独特的制度，其中对法官在证据收集中职权的认识和规范也足资我们借鉴。他山之石，可以攻玉。本文从中日两国证据收集制度的比较出发，试图对法官在证据收集中的职权进行重新解析，并对我国国情下如何合理配置法官职权提出一些看法。

# 一、我国证据收集中法官的职权

## （一）我国法官在证据收集中的职权变化

我国法官在证据收集中的职权变化与民事诉讼立法是同步的。按照立法的进程，对我国法官在证据收集中的职权状况可以分为以下几个阶段进行考察。

第一阶段，1949 年——1982 年。建国以后到 1982 年《中华人民共和国民事诉讼法（试行）》① 颁布这段时间，我国并没有单独的民事诉讼法，甚至民事刑事程序不分，适用相同的法律规范。这一时期主要的民事程序性立法文件包括《中华人民共和国诉讼程序通则（草案）》、最高人民法院《关于各级人民法院民事案件审判程序总结》、最高人民法院《关于人民法院审判民事案件程序制度的规定》。立法的这种状况使得民事证据收集制度根本没有建立起来。而这些立法文件中一致地强调法院在诉讼中的主导性，体现出了强烈的职权主义色彩，反映在证据收集方面，则是法官对证据收集的大包大揽。法官主动调查取证不仅是一项不争的权力，甚至也成为一项必须履行的义务。例如，《中华人民共和国诉讼程序通则（草案）》第 40 条就规定："刑事民事案件的诉讼人应就其主张的事实提出证明方法

---

① 以下简称《民事诉讼法（试行）》。

（书面证据、证物、证人、勘验、鉴定等），法院亦应自行调查事实，搜集调查证据。法院认定事实，应凭证据，不能单凭诉讼人的陈述。"立法的这种状况充分表明我国在民事诉讼证据的收集上，以追求客观真实为目标，法官的职权具有很强的行政权力色彩。法官全面、主动地参与证据收集在这一阶段被张扬到了极致。

第二阶段，1982 年－1991 年。1982 年《民事诉讼法（试行）》的颁布在我国民事程序立法进程中具有十分重大的意义，它使民事诉讼法与刑事诉讼法分立开来，民事诉讼体制初步形成。但是，从内容上来看，《民事诉讼法（试行）》与前一阶段的三个立法文件相比并无太大的变化，在证据收集方面仍然强调法院的主动干预。该法第 56 条规定："当事人对自己提出的主张，有责任提供证据。人民法院应当按照法定程序，全面地、客观地收集调查证据。"从该条文可以看出，立法上对当事人提供证据规定得相当概括，既没有相关的程序保障，又没有规定相应的法律后果。相反，对于法官在证据收集中主动介入的权力规定得很明确，法官不仅可以参与证据收集，而且可以"全面地"进行调查，决定收集哪些证据，何时、何地、以何种方式去收集。"当事人动动嘴，法官跑断腿"形象地说明了这一时期法官在证据收集中的职权和作用。

第三阶段，1991 年至今。1991 年《中华人民共和国民事诉讼法》① 正式颁布，此后又相继颁行了最高人民法院《关于适用〈中华人民共和国民事诉讼法〉若干问题的意见》②、《最高人民法院关于民事经济审判方式改革问题的若干规定》③ 以及 2002 年的《最高人民法院关于民事诉讼证据的若干规定》④。鉴于《民事诉讼法（试行）》实施期间在证据收集方面暴露出来的缺陷，为了适应建立市场经济体制的需要，这些立法对我国民事诉讼证据收集制度作出了一些修改，对法官在证据收集中的职权也作出了一些限制。例如，《民事诉讼法》第 64 条第 2 款规定："当事人及诉讼代理

---

① 以下简称《民事诉讼法》。
② 以下简称《意见》。
③ 以下简称《规定》。
④ 以下简称《若干规定》。

人因客观原因不能自行收集的证据，或人民法院认为审理案件需要的证据，人民法院应当收集。"最高人民法院的《意见》第73条明确限制了法院负责调查收集证据的情形：（1）当事人及其诉讼代理人因客观原因不能自行收集的；（2）人民法院认为需要鉴定、勘验的；（3）当事人提供的证据互相有矛盾，无法认定的；（4）人民法院认为应当由自己收集的其他证据。最高人民法院1998年通过的《规定》中基本上也重复了上述规定。①至2002年《若干规定》出台，其中对法官在证据收集中的职权作出了进一步的限制。《若干规定》第十五条将人民法院认为审理案件需要的证据明确限制为两种情形：一是涉及可能有损国家利益、社会公共利益或者他人合法权益的事实；二是涉及依职权追加当事人、中止诉讼、终结诉讼、回避等与实体争议无关的程序事项。第十七条规定，当事人及其诉讼代理人可以申请人民法院调查收集的证据限于：（一）申请调查收集的证据属于国家有关部门保存并须人民法院依职权调取的档案材料；（二）涉及国家秘密、商业秘密、个人隐私的材料；（三）当事人及其诉讼代理人确因客观原因不能自行收集的其他材料。应当说，我国证据收集立法已经体现出了逐步增强当事人自行收集证据的能力，弱化法官职权的倾向，与此相一致，理论界也普遍认为我国应建立当事人主导的证据收集模式，严格限制法官在证据收集中的职权。与前一阶段相比，这样的变化应当说是一个进步。

## （二）对我国法官在证据收集中职权状况的评析

通过考察我国法官在证据收集中的职权变化，不难得出结论：我国法官在证据收集中的角色正渐渐由主角转为配角。当事人正日益成为证据收集最主要的主体。虽然法官职权的这种变化表面看来是符合民事诉讼规律的，但是，只要稍加探究就会发现，我国法官在证据收集中的职权配置还

---

① 《规定》中规定的法院调查收集证据的情形有：（1）当事人及其诉讼代理人因客观原因不能自行收集并已提出调取证据的申请和该证据线索的；（2）应当由人民法院勘验或者委托鉴定的；（3）当事人双方提出的影响查明案件主要事实的证据材料互相矛盾，经过庭审质证无法认定其效力的；（4）人民法院认为需要自行调查收集的其他证据。

存在以下几方面的缺陷：

第一，法官对收集调查证据的决定权仍然过大。正如有学者对《意见》中四种限制情形所持的观点一样，第一种情形下法院对客观原因的概念、性质和范围等享有司法解释权，而对于其他三种情形，则法院可依职权予以自由裁量。[①] 即使在 2002 年的《若干规定》中对法院行使调查取证权的情形作出了列举式的限定，但是诸如何为"客观原因"、何为"社会公共利益"等概念界定不明，这就又给法院的裁量留下了较大的余地。实践中，法院证据调查的职权仍然十分强大，法官主动调查审判中所需的证据已成为默认的做法。这种状况极易导致法官中立地位的偏失，影响案件的公正审理。

第二，我国法官在证据收集中的程序指挥权相当薄弱。法官是民事诉讼中的审判者，是案件审理的组织者，拥有指挥程序良性运行的职权。在证据收集立法上，对法官依何程序组织证据交换、审查当事人提出的调取证据的申请，如何令持有证据的当事人或第三方提出证据以及如何行使释明权都缺乏明确的规定。这样容易导致两种极端：要么是法官鉴于法无明文规定而怠于行使指挥权，要么则是法官在缺乏程序规制的情况下过度行使指挥权，甚至导致司法腐败。

第三，我国法官没有对有关人员违反提供证据义务的制裁权。司法实践中，当事人或证人提供伪证，证人、鉴定人拒不出庭，持有证据的当事人或第三人拒不提供证据等都是审判中遇到的突出问题，这些问题之所以令理论界和实务界如此困扰，与法官制裁权的缺失有很大关系。一旦当事人、证人、鉴定人等违反法定的作证义务，法官也束手无策。制裁权的缺失意味着法律责任的追究将会落空，长此下去，立法上对相关人员义务的规定就被虚化了，这直接导致证据收集的困难，极大地损害了司法的权威。

造成上述缺陷的原因是多方面的。首先，我国受职权主义诉讼模式的影响，长期以来在诉讼中依赖法官的职权，扩张法官的职权，法官行政化

---

① 毕玉谦：《民事程序法及其程序功能》，法律出版社 1997 年版，第 343 页。

色彩过重，使得法官主动干预证据收集、全面调查证据成为约定俗成，并为大众所认可和接受；其次，程序理念的淡薄造成法官和当事人不惜一切追求客观真相，长期偏重实体公正而忽视程序正义，法官在程序指挥上的作用没有发挥出来；第三，对法官职权的性质没有深入合理地解析，单一地认为法官在证据收集中的职权就是主动调查收集证据的权力，造成法官职权配置的不平衡。可见，我国法官在证据收集中的职权尚有必要重新予以调整和建构。

# 二、日本证据收集中法官的职权

针对我国的现状，对别国证据收集中法官的职权进行研究有助于我们发现问题、吸取经验。日本的民事诉讼制度既吸收了德国法的养分，又汲取了美国法的精华，无论是理论研究还是立法实践都处于世界领先水平。特别是 1996 年颁布的日本新民事诉讼法更是集大成的立法成果，其中，证据收集制度也体现了两大法系交融的特点，具有很好的借鉴价值。具体到法官职权的配置而言，与我国不同，日本在证据收集中既赋予法官有限的调查取证决定权，又突出了法官的程序指挥权，同时明确规定了法官的制裁权，法官职权的配置较我国更为合理。

## （一）当事人主导下的法官收集证据决定权

在日本的证据收集制度下，法官享有的收集证据决定权，其性质与我国法官的决定权完全不同。我国法官的收集证据决定权，是完全不受当事人因素影响，甚至超越于当事人自行取证权利之上的绝对职权，而日本法官收集证据的决定权则是在当事人主导之下，或者说受到当事人申请的限制。按照日本的证据收集制度，"当事人收集有关证据，不论是要求证人出庭作证、鉴定人进行鉴定还是要求对方当事人提出文书，均须向法院提出申请，经法院审查，再作出决定或发出传票命令证人出庭作证，或指定鉴定人进行鉴定，或发出文书提出命令。"① 可见，法官的收集证据决定权实际上是以当事人提出申请为前提。当事人申请收集哪些证据，法院才有权在此申请范围内审查决定，当事人未提出收集的证据，法官不得主动调查收集。不难看出，日本的证据收集实际上是当事人与法官紧密配合，协作完成的。这种协同型的证据收集模式也体现出了和谐的因素。上述法官收集证据的决定权并非通常意义上的决定权，而是当事人主导下的决定权。从另一个角度来看，把它视为一种程序指挥权也未为不可。

至于通常意义上的法官主动调查取证的职权，在日本已经几乎消灭了。"法官自身主动收集证据的规定被废止。"② "法官主动收集证据的规定被废除并没有在审判实践中引起多大影响，因为这项规定本来就很少被适用。"作为例外的是家事案件的审判当中，家事法院可以主动收集证据。但是，在日本，家事法院的法官与调查官一般是分离的，"为了保证家庭婚姻案件的公正审判，一般由调查官调查后向法官汇报，而是否采纳调查的事实，则由法官决定。"③ 这样一来，法院收集证据很好地回避了裁判者干预证据收集，避免了先入为主的情形。此外，"法院仍可能主动召唤当事者本人进行询问（《民事诉讼法》第 336 条），或照会公共机关，商工会，交易所等要求提供信息（《民事诉讼法》第 262 条）"。但总的看来，法官主动收集证据的职权已经微乎其微了。

## （二）充分发挥的程序指挥权

如前文所述，法官依当事人的申请，审查决定是否收集证据的职权，其内容既有实体上的决定，又有程序上的指挥。日本法官在证据收集中享有充分的程序指挥权，其中一方面表现在证据收集的各项制度中。以文书

---

① 常怡、杨军：《我国证据收集制度的反思与重构——兼论民事审判方式的改革》，载《汕头大学学报》2001 年第 1 期，第 49－56 页。

② 被废止的是日本旧民事诉讼法第 261 条的规定，即"法院在没有获得足以作出判决的确信以及其他认为有必要的情况下，可以采取主动自己收集证据"。参见：谷口安平著：《程序的正义与诉讼（增补本）》，王亚新译，中国政法大学出版社 2002 年版，第 36 页。

③ 白绿铉：《我国民诉制度改革与比较民诉法研究——谈比较民诉法的研究体会》，载《法学评论》1999 年第 5 期，第 71－83 页。

提出令制度为例。文书提出令是指在诉讼中，如果用来证明案件事实的文书为对方当事人或第三人持有，则当事人可以向法院申请，由法院发出文书提出命令，使文书持有人将文书提交出来。"法院对提出文书申请进行审查，认为申请有理由的，以裁定命令文书持有人提出文书。如果法院认为有必要判断该文书是否属于依法应当免于提供的，可以使文书持有人向法院出示该文书，在此种情况下任何人不得请求开示法院出示的文书。"①在文书提出的全过程中，法官的程序指挥权始终引导着证据收集的进行。另一方面，法官的程序指挥权还表示在合理行使释明权上。法官通过行使释明权，促使法官与当事人的意见充分沟通，使双方就有关问题达成一致的看法，有力地推动和保障证据收集的进行。

### （三）法官依法享有违反提供证据义务的制裁权

日本法官在证据收集过程中的职权，也体现在对违反法定义务的制裁权上，例如，法官对第三人不服文书提出命令的，可以处以 20 万日元以下罚款；对证人、鉴定人不履行出庭、宣誓等义务的，有权采取罚款、拘留等制裁措施；对于经宣誓的当事人作虚假陈述的，可以裁定处以 10 万日元以下罚款。法官享有违反法定义务的制裁权，无疑极大地增加了法院的威慑力，有力地保证了证据的及时提出和法律责任的承担。这一点正是我国法官所缺失的。

## 三、重新配置和完善我国法官在证据收集中的职权

通过前文的阐述可以发现，日本在新民事诉讼法中，赋予了法官广泛的程序指挥权和违反法定义务的裁判权，极大地张扬了法官在证据收集中的作用，日本的证据收集因而也成为当事人与法官共同完成的诉讼活动，辩论主义与职权探知主义并行不悖，使得日本证据收集在理念上、制度上

---

① 刘春梅：《完善我国证据收集制度的若干思考——日本证据收集制度及其启示》，载《河南省政法管理干部学院学报》2001 年第 6 期，第 80－85 页。

都具有了很强的先进性。相比之下，我国在证据收集方面，特别是对法官职权配置的理念、认知和制度构建方面都还处于一个较低的层级，借鉴日本理论与实践的优秀成果不失为完善我国相关制度的一个好的方法。

**（一）理念更新**

我国民事诉讼理论界与实务界对法官在证据收集中究竟具有什么样的职权，在指导理念上存在着一些偏颇。更新现有陈旧落后的理念，是合理配置法官职权的第一步。

1. 法律真实理念的贯彻。客观真实与法律真实之争在理论界由来已久，对其相关法理自不必赘言。虽然法律真实理念获得了许多赞同，但仍有不少人，尤其是实务界仍然坚持客观真实的立场。应当说明的是，法律真实并非是与客观真实对立存在的，而只是在现有证据无法还原客观真实时，在法律上达到的一个次位阶的认识程度。法律真实的"真实"是客观的，客观真实的"客观"是合法的。只有明确了这一点，才能正确地树立法律真实的理念。在日本，案件事实可能出现真伪不明的状况，证明活动可能无法充分证明案件真相，这时运用法律真实理念去解释和构建相应的制度已成为共识。我国长期受前苏联诉讼模式的影响，客观真实的理念根深蒂固，反映在证据收集上，就是法官可以主动地收集那些有利于发现案件客观真实的证据，程序的价值长期受到压制。重新配置法官在证据收集中的职权，首当其冲是要贯彻法律真实的理念，摒弃为了追求客观真相而泯灭程序正义的看法和做法。

2. 辩论主义及其修正。当事人主义与职权主义是民事诉讼的两大基本模式，其中当事人主义为当今世界法制发达国家普遍采用，其核心就是辩论主义。按照日本学者的解释："'将作为裁判基础之事实'所必需资料的（主张事实、提出证据申请）权能及责任赋予当事人行使及承担的原则就是辩论主义。"按照兼子一教授的观点，辩论主义的三项基本内容之一就是"法院能够实施调查的证据只限于当事人提出申请的证据（禁止职权调查）"。① 司法实践中，由于当事人双方客观上举证能力不平等，以及新纠纷种类如公益诉讼等的出现，绝对的辩论主义实施起来显得有些吃力。因此对辩论主义的缺陷进行修正就成为必然，而这种修正是通过引入职权探知主义的有关内容完成的。职权探知主义的法理与辩论主义刚好相反，在证据收集上，强调"法院于调查证据认定事实时，除当事人声明之外，得依职权调查其他未声明之证据。"② 鉴于辩论主义的不足，"当事人主导原则在法理上仍然是有效的。但是，法官被期待着发挥更大的作用"。日本证据收集立法突出地表现出了以职权主义修正辩论主义的特点，法官在极其有限的情形下被赋予调取证据的权力，同时引导当事人与法官协同完成证据收集，积极地实施释明权。与此相对，我国现行的民事诉讼模式还是职权主义，法官在证据收集上还有很大的主动干预的权力。近年来，学界在探讨证据收集问题时，普遍提出建立当事人主导证据收集制度的观点，需要提醒的是，我们应当全面认识辩论主义的优势和缺陷，合理保留职权主义的内容来弥补辩论主义的不足，防止从一个极端走向另一个极端。

### （二）重新配置法官在证据收集中的职权

鉴于我国法官在证据收集中职权配置的现状和弊端，对其重新合理地进行配置实为理论研究和司法实践之必要。目前学界普遍观点是保护当事人自行收集证据的权利，全面收缩法官在证据收集中的职权，笔者对此有不同看法。笔者认为，这种观点是建立在对法官职权性质的片面认识基础上的。诉讼并非仅仅是双方当事人的活动，法官在诉讼中行使国家公权力解决纠纷，其地位和作用无疑是至关重要的。具体到证据收集而言，法官的职权是一种复合性权力，它既包括对收集证据的决定权，也包括程序指挥权，还包括对违反提供证据义务的制裁权。借鉴日本的有关制度，笔者

---

① 高桥宏志著：《民事诉讼法制度与理论的深层分析》，林剑锋译，法律出版社 2003 年版，第 12、329、330 页。

② 陈荣宗、林庆苗：《中国台湾"民事诉讼法"》，三民书局股份有限公司 1996 年版，第 44页。

认为，我国在配置法官在证据收集中的职权时，不应笼统地对其加以限制，而是应当区别对待。对于法官主动收集证据的决定权有必要进一步合理限制，而对于程序指挥权则应当予以强调和保障，同时应当弥补法律空白，赋予法官对违反作证义务的制裁权。

1. 进一步限制法官收集证据的决定权

如前文所述，我国现行民事诉讼立法虽然对法官收集证据的权力进行了一定的限制，但是，由于法律规定的模糊和实践操作中的问题，法官实际上还享有很大的主动干预证据调查的权力。通过对日本相关立法的分析，我们发现，日本法官在证据收集中的实体决定权实际上已经微乎其微了。应当说，这是符合诉讼原理的，也是我国相关制度调整的方向。但是，日本的国情环境，法制观念和司法状况毕竟与我国千差万别，盲目效仿不仅不能解决我国的问题，反而有可能带来其他的疾患。应当清醒地认识到，我国目前的国情反映在诉讼上，突出地表现为当事人双方地位难以实现平等，诉讼能力上更是不能平等对抗，在这种情况下，让能力弱小的当事人完全地承担收集证据的艰巨任务，显然是不现实的，这就有必要合理配置法官的职权。当然，这种配置并非要扩大法官的实体决定权，相反，法官主动收集证据的实体决定权还应当进一步得到限制，但这种限制若像日本那样严格似乎又不妥当。在我国立法中，首先应明确一些用语的内涵和外延，如："客观原因"、"社会公共利益"等词语；其次应用列举式的方法，明确规定法官可以主动调查证据的案件范围，如婚姻、公害、环境诉讼等等。

2. 强化法官的程序指挥权

强化法官的程序指挥权与限制法官主动收集证据的决定权是相辅相成的。对此，日本的做法很有参考价值。我们可以借鉴日本的制度，当事人收集证据必须向法院提出申请，由法院审查决定。这样，法官的决定权就脱离了实体处分的泥潭，上升到程序指挥权的层面，同时，程序上的引导直接关系到证据能否被提出，又避免了程序指挥被架空的危险。这种处理方法应当说是颇有技巧的。除此之外，我国立法中还应当赋予法官更多行使释明权的空间，这样可以更好地体现法官在程序运行中的指挥作用，也更有利于缓和削弱法官实体决定权后的不适，保障实体上的公正。

3. 赋予法官对违反提供证据义务的制裁权

赋予法官对违反提供证据义务的制裁权，是解决我国目前司法实践中大量存在的、令人尴尬的诸如证人不出庭、伪证、文书不能及时提出等一系列问题的一剂良药。但是，这里还有一个先决性问题，那就是提供证据究竟是公民对何种主体负有的义务？

理论界对此问题的观点不一。有的认为提供证据是对对方当事人负有的义务，有的认为提供证据是对法庭负有的义务，笔者认为，我国立法应当明确，提供证据是每个公民对国家负有的义务，只有这样，才能够解决前面所说的诸多问题。具体到证据收集中，只有明确举证是公民对国家的义务，法官凭借公权力对违反该义务的行为进行制裁才名正言顺，否则便是师出无名。至于制裁的方式，可以有罚款、拘传、拘留等多种，制裁权的行使也可以广泛适用于证人拒不出庭、当事人与证人提供伪证、当事人或第三人拒不提出自己持有的文书等情形。没有制裁，义务的履行就缺乏刚性的强制力。配置法官职权时赋予其对违反提供证据义务的制裁权是当前的必要和必需。

法学教育

晚清时期英美法对山西大学堂法学教育的影响

案例教学法与 Seminar 教学法综合运用于法学本
科教学的实践与探索

国际经济法双语教学的反思

# 晚清时期英美法对山西大学堂法学教育的影响[*]

吕　江[**]

**摘　要：** 山西大学堂法学教育肇始于1902年，是中国近代法学教育的发源之一。其法学教育，秉持"英伦之风"，成为晚清时期与北洋大学堂的美国法学版本、京师大学堂的日本法学版本并驾齐驱的三大法学教育模式，并对中国近代法学教育产生深远影响。

**关键词：** 山西大学堂　法学教育　英美法

在法学教育发展史上，资本主义两大法系的教育理念对世界各国法学教育有着深远影响，中国的法学教育也概莫能外。但是，纵观中国法学教育的历史轨迹，对英美法系教育理念的认同远不如大陆法系的影响之深、之广。究其原因，可能是多方面的，不能一一而足。然而，尽管英美法系教育理念的影响是微弱的，但对于中国近代法学教育的初创，还是起到了积极的作用。本文仅从晚清时期山西大学堂对英美法系教育理念的接受、发展以及最终的湮没，系统分析英美法系在特定历史时期，对中国近代法学教育如同昙花一现般的影响。

---

[*] 本文为李麒主持的山西大学"研究性理念与法学本科教学模式的创新"项目的阶段性成果。

[**] 山西大学法学院讲师，法学硕士，主要从事国际法研究。

# 一、晚清英美法系教育理念对山西大学堂法学教育影响始末

1840 年之后，中国进入一个风雨飘泊的历史时期，列强的铁骑和清政府的腐败无能，加速了中国封建社会的分崩离析。几千年的封建教育制度也受到了前所未有的冲击，提倡新式教育，改革旧式教育的呼声亦愈来愈强烈。一方面，以李鸿章为首的洋务派在办理外交事务时，甚感翻译的重要，提出建立专门教育机构培养翻译人才。梁启超等维新派也认为，中国要成为强国，就必须从政治、经济、文化教育等方面进行彻底改革，"变法之本，在育人才；人才之兴，在开学校。"① 另一方面，西方列强也逐渐认识到，要使中国完全臣服，单靠武力是不能最终解决问题的，因此形成了一种观点，用西方的教育思想来改变中国。在这种大势所趋的情形下，清政府迫于来自各方面的压力，开始实行"新政"。1901 年 9 月 14 日（光绪二十七年八月二日）清政府发布上谕："除京师大学堂切实整顿外，着各省所有书院于省城均设大学堂。"② 各省纷纷将书院或改建成书院，或建立新学堂。山西大学堂就是在这样一个复杂的背景下被提上了日程。岑春煊当时新任山西巡府，开始筹建山西大学堂，在报请清政府批准之后，山西大学堂于 1902 年 5 月 8 日（光绪二十八年四月初一）正式创立。

然而，在山西大学堂筹建之前，由于义和团运动的爆发，在山西境内发生了教案事件，几名传教士在太原被杀。这起教案的处理将一位对近代中国教育有着深远影响的历史人物推上了舞台，他就是英国传教士李提摩太。李提摩太（Timothy Richard，1845 – 1919），英国威尔士人，是英国浸礼会传教士，1870 年来华传教，他积极参与了山东、山西的赈灾，并就任广学会总干事。李提摩太在华期间极力主张救世济民和兴办教育。1900 年当山西教案发生后，岑春煊邀李提摩太到山西处理教案一事。李提摩太提

---

① 梁启超：《论变法不知本原之害》，《饮冰室合集》第 1 册，中华书局 1989 年版，第 10 页。

② （清）朱寿朋编：《光绪朝东华录》卷 169，中华书局 1958 年版，第 4719 页。

出，将山西的赔款用于建一所中西大学堂。这一提议得到了当时全国议和全权大臣李鸿章的同意。1901 年 11 月，双方在上海经过谈判达成一致，签订了创办中西大学堂的协议。当李提摩太到达太原后，发现岑春煊已建起了山西大学堂，因此，与岑春煊再次谈判，最终将山西大学堂与中西大学堂合并，但仍沿用山西大学堂的名称。① 至此，改变了山西大学堂由清政府自主办学的性质，走上了中西合办的道路。根据 1903 年清政府颁布的《钦定学堂章程》"须设有三科才能成为大学"的规定，其他各省都照章将大学堂改为高等学堂。全国只有京师大学堂、山西大学堂和 1903 年由天津中西学堂改建成的北洋大学堂三所官办大学，这一状况一直延续到 1921年。②

根据创设山西大学堂的协议，山西大学堂分设中西两斋，中学专斋教中学，由华人主持，西学专斋教西学，由西人主持，西学专斋十年后交由中方管理。西学专斋学科分为五门：文学、法律、格致、工程、医学。因此，山西大学堂西学专斋的法律课程是山西法学教育的萌芽，也是中国高等法学教育的发源之一。

在西学专斋初办时只设预科，教习多为外籍人士，教学内容和方法基本上与英国学校相同，开设课程一般为近代学科，有英语、数学、文学、法律、化学、采矿、工程、地理、格致、体操、绘画、生物、西洋史等，西学专斋聘用了英国人毕善功作为法学的专职教习。毕善功（Beren lauis Rliy Oxlay，1874－1945），英国人，法学教授。1902 年被清政府授予二级顶戴、大律师、法律进士、格致举人。1910 年－1941 年先后任北京大学、燕京大学教授，著有《中国的宪政建树》（《字材西报》1910 年），1945年逝世于澳大利亚。

1906 年山西大学堂建立了法律专门科，开设的课程有：法律学、罗马法、国际公法、伦理、英文、财政学、宪法、契约法、刑法、商法、刑事诉讼法、民法、交涉法、国际法制比较、大清律例要义、中国历代刑律

---

① 顾长声：《传教士与近代中国》，上海人民出版社 2004 年版，第 313－315 页。
② 陈景磐：《中国近代教育史》，人民教育出版社 1983 年版，第 157 页。

考、中国古今历代法制考、海军律等。在课程设置上，西斋的法律学门偏重欧美法律，不同于当时法政专门学堂只限于日本法律系统的课程，已与北洋大学法科性质略同。

从 1902 年山西大学堂建立到 1906 年山西大学法律专门学科建立，共毕业预科学生 209 名，前后选派了优秀毕业生 50 多名赴英国留学。1906年法科建立到 1911 年辛亥革命时止，法律专门学科毕业了学生 17 名。

辛亥革命之后，再没有外国人进入山西大学从事法学教学。至此，山西大学堂由原先只有英美法系教育模式，开始逐渐由受大陆法系影响的中国法学教员所影响，逐渐走上了一条受大陆法系教育理念影响的道路。

## 二、晚清英美法系教育理念在山西大学堂法学教育传播上的特点

中国近代法学教育可以说与中国近代高等教育是一起诞生的，而近代法学教育又有其不同于其他学科的特点，以山西大学堂的法学教育为例，首先体现在清政府严格垄断了属于高等教育中的法学教育。根据 1904 年清政府颁布的《学务纲要》，"私学堂禁专司政治法律"，"以防空谈妄论之流弊"，[①] 所以只有国家设立的高等学校可以从事法学教育，禁止私人从事法学教育。而清末，全国正式的三所大学都开设了法律课程，其中 1898 年京师大学堂和 1895 年北洋大学堂都是官办，唯有山西大学堂是由中西合办。在课程教学上，京师大学堂以大陆法教学为主，山西大学堂与北洋大学堂以英美法教学为主，稍有不同的是，山西大学堂以英国法学教育模式为主，而北洋大学堂则以美国法学教育模式为主。尽管私立大学和教会大学开办较早，例如东吴大学（1901 年）等，但是，由于清政府的法令，并没有在初创之时设有法律课程。直到 1906 年京师法律学堂的建立，才有了专门的法律学校。而这些法政学堂则清一色地采用了日本的法学教育模式。因此，在晚清时期，只有山西大学堂与北洋大学堂在从事着英美法的教学。

---

① 《学务纲要》，朱有瓛主编：《中国近代学制史料》第 2 辑上，第 88 页。

其次，中国近代的法学教育可以说直接脱胎于西方的法学教育理念，中国传统儒家学说对近代法学教育几乎没有太大的影响。从山西大学堂的创立来看，它是由书院改建与新建相结合的一种办学模式，而其中的法学教育，直接取法西方先进国家的大学教育，引进西方先进的教育思想和教学内容，采用分科教学的模式，对传统中国旧书院式的教学模式则是完全予以摒弃。

山西大学堂西学专斋采用英式新法，分预科、专科两级，预科学制三年，专科学制四年，专科分法律、工程、采矿、格致、医学五科。分班进行教学，上课有定时，每周 36 小时，每天上下午各 3 个小时，星期日休息。法律专门学科，在课程设置上采用了与英国相同的教学模式，课程类别达到 18 门之多。而且英美法系特有课程例如契约法、普通法、衡平法一直是必修的课目，这一传统，即使在大陆法系占据主要地位的国民政府时期也一直保留了下来。[1]

在法学教学语言上采用英语授课。在教学初期，教学的方式以外籍教习用英语讲授，由译员译出，学生作笔记。对于此种方法，国内有学者认为，并不是一种较好的方法。[2] 但细细推敲，此种方法的优势可能在于学生能迅速理解吸收外来文化，特别是对于英美法系艰深的法哲理的学习与理解大有益处。在中国近代法学教育的早期发展，这其实成为一种主要的教学模式，包括在中国法学教育上占有很大比重的法政学堂，在早期教学过程中，也是由日本教习讲授，华人翻译。[3] 当然，随着法学教育逐渐的发展，这一状况有所变化，从山西大学法学院保留的当时教材来看，在法学教育早期，《万国公法》这门课是由英国人毕善功讲授，而由译员翻译出来。但是到了后期，由于学生的英语水平有了较大进步，则直接使用外文教材，例如《契约法》则是直接使用英文教材进行案例教学。

第三，向英美国家派出高质量的法学留学生。1906 年到 1907 年北洋

---

① 例如，1931 年（民国 20 年），山西大学法学院的课程设置中，依然有普通法、契约法课程。参见山西大学纪事编纂委员会编：《山西大学百年纪事》，中华书局 2002 年版，第 108 页。

② 李连贵主编：《20 世纪中国法学教育》，北京大学出版社 1998 年版，第 43 页。

③ 汪向荣：《日本教习》，中国青年出版社 2000 年版，第 119－220 页。

大学堂派出 50 多名学生留学美国，1907 年山西大学堂亦分两批向英国派出 50 多名学生。在晚清留学各国的学生中，山西籍的学生并不多，而由于山西大学堂与英国这种特殊关系，山西籍留学生在留英生中占有一席之地。"山西大学保送留英的这两批学生，程度极为优良，进入英国大专学校读书，成绩亦甚优秀，大都得有硕士博士学位，返国后服务各界，俱能胜任。"① 在晚清众多的留学生中，虽然派向英美国家的不多，但都进行了严格的筛选，具有较扎实的基础知识，因此，从归国后的贡献来看，与派往大陆法系国家的留学生相比，难分仲伯。特别是在法学基本理论方面，由于英美法系国家注重哲理性分析，对中国法学中的理论发展起到了巨大作用。

第四，传教士对英美法系教育理念的传播做出了直接贡献。晚清时期的三所设有法科的大学可以说都与传教士相联系，京师大学堂的前身是聘用了美国传教士丁韪良的京师同文馆，山西大学堂是英国浸礼会传教士李提摩太建立的，而北洋大学堂则是由美国传教士丁家立主持的。虽然三名传教士对各自所组建的大学有不同的办学模式，但对英美大学中的教育理念的传播是一致的，这其中自然包括了对英美法系教育理念的传播。因此，正如加拿大学者所言，"一些外国传教士，如林乐知（Young J. Allen）、李提摩太（Timothy Richard）和丁韪良（M. A. P. Martin）等人，在传播西方的文化思想方面做了大量的工作。"② 可以说，他们以各种方式对中国近代法学教育产生了积极影响。

---

① 郭荣生编著：《清末山西留学生》，山西文献出版社 1983 年版，第 75 页。
② ［加］许美德：《中国大学》，教育科学出版社 1999 年版，第 64 页。

## 三、晚清英美法系教育理念对山西大学堂法学
## 教育影响的历史终结

### （一）晚清英美法系教育理念对山西大学堂法学教育起到积极影响

第一，英美法系教育理念的首次引进。中国近代法学教育严格意义上肇始于晚清时期的这三所高校。虽然也有早期的学堂，例如湖南时务学堂等讲授法律课程，但都仅是所有课程中的一门而已，没有经过专门的分科教学。从法学教育的一般观点来看，法律专门学科的建立，才是法学教育规范化、系统化的表现。所以，英美法系教育理念的首次引入，则由山西大学堂和北洋大学堂法律专门科的设立而变成了现实。这是英美法系教育理念在中国近代法学教育史上的第一次传播。其所产生的开创性的影响是不容忽视的，并最终波及到民国时期，像东吴大学法学院、圣约翰学院都是对英美法教学的深入发展。

第二，英美法系教育理念为晚清法制近代化提供了专门人才。晚清时期英美法系教育理念对中国法制建议的影响是薄弱的，这也体现在英美国家对中国的教育影响上是薄弱的。自鸦片战争以后，英国成了对中国经济影响最大的殖民力量，但与此形成鲜明对比的是，英国对中国教育的影响甚微，尤其是在高等教育方面。① 但是，山西大学堂作为英国高等教育唯一的传播者，在中国法学教育上是有着广泛影响的，李提摩太如是说："北京有一些反对西斋的势力在活动，在那里，总是有人妒忌西斋及其取得的成就。西斋取得的成就，当时在中国，是无可匹敌的。招收举人、秀才为学子，从 ABCD 学起，从加减乘除学起，经过七年学习毕业之后，就掌握了他们各自所学的学科，这确实是一个大胆的办学步骤。在当时的中国，还没有其他大学做得到。北京方面是产生不出同样成果的。他们感到烦恼，企图贬低山西的成就。"② 不论李提摩太是否真实地反映了当时的晚

---

① ［加］许美德：《中国大学》，教育科学出版社1999年版，第36、308 页。

② ［英］苏慧廉：《李提摩太传》，香港世华天地出版社2002年版，第225 页。

清政治情形，但可以肯定的是，"由于当时人才奇缺，供不应求，因此，毕业生不分优劣，都成为山西各府州县的座上宾。"① 所以，由此来看，英美法系教育理念所培养出来的第一批法律人才成为清政府所急需的，对清政府法制近代化起到不可小觑的作用。

第三，英美法系教育理念成为西方民主法制的首要传播者。晚清建立的三所大学，京师大学堂设有专业七门：经、法、文、格致、农、工、商；北洋大学堂设有专门学五门：工程学、电学、矿务学、机器学、律例学，以及上文所说山西大学堂所设五门专业。从专业来看，法学是三所大学共有的专业，而其他的则大都是理工类学科，所以，法学成为西方民主法制的主要传播学科，自由、平等和民主的西方资产阶级思想通过英美法系的教育理念得以传播，正像在湖中心抛下的一粒石子，激起一圈圈的涟漪。"学校的种种办法与其课程，自然是移植的而不合中国社会的需要，但西方文化的逐渐认识，社会组织的逐渐变更却都植基于那时；又因为西政的公共特点为民权之伸张，当时倡议者为现行政制的限制而不能明白提倡民权，但民权的知识，却由政法义与新闻事实中传入中国，革命之宣传亦因而易为民众承受，革命进行亦无形受其助长。所以西政教育积极方面最大的影响，第一是西洋文化之吸收，第二是中华民国之建立。"②

第四，英美法系教育理念带来了先进的西方法学教育制度。从办学体制、管理办法、专业设置、课程安排、教学方法等方面，英美法系的教育理念带来了当时世界上比较科学合理的学校课程设置和修业年限安排，这对中国近代法学教育的发展有重要影响。如上文所言，山西大学堂参照英国大学的课程设置与教学方法。以丁家立主持的北洋大学堂，则"以美国哈佛、耶鲁等大学学制为蓝本的。"③ 这两所大学都体现出了与大陆法系不同的法律教育模式："英美法学者，恒重法律训练（Legal Training），且汇

---

① 李连贵主编：《20世纪中国法学教育》，北京大学出版社1998年版，第43页。
② 舒新城编：《近代中国教育思想史》，中华书局1929年版，第111－112页。
③ 朱有瓛主编：《中国近代学制史料》第1辑下册，华东师范大学出版社1986年版，第502－503页。

集判例，著成课本。其偏重分析方法，由来久矣。大陆一派，行法典制度。……法律教授，均以理论为主，判例为从。"①

### （二）晚清英美法系在山西大学堂法学教育影响上的局限性

第一，教学规模不大。英美法系教育理念不能深入中国法学教育，与其教学规模太小，也有直接原因。北洋大学堂从 1905 年到 1911 年法科法律学门毕业生仅 9 名，法科教师仅有两名。② 山西大学堂的法科毕业人数较多，正如上文所言，已达 17 名，但师资力量也仅限于英国教师毕善功一人。而京师大学堂与其他法政学堂所聘任的日本教习远远超过了这个数字。③

第二，派出的法学留学生不多。北洋大学堂与山西大学堂在晚清时期，向英美国家派出了大量留学生，但总体上与京师大学堂及其他法政学堂派往日本留学的人数相比，显得非常薄弱。据有关统计，从 1896 年开始到 1912 年截止，共有 39056 人去日本留学，辛亥革命前仅毕业于法政大学的中国留学生就有 1346 人。④ 而就当时全国留学英国的也只有 120 多人，而涉及到法科的则更少了。因此，向英美法系国家派出留学生的规模非常小，这也成为英美法系教育理念在清末民初不能占据主流的一个方面。

第三，对中国传统法律缺乏深入的研究。在英美法系教育理念下，学生更多地是学习英美国家的法律而对中国传统法律制度则缺乏认识，在北洋大学堂，"法科的美国教员没有了解中国社会的能力，他们除给学生讲些固定的课本外，就把学生硬塞到许多美国案例里；法科学生肚子里装满了美国案例，但要当律师、做法官，还得自修中国法律，因此不少北洋法科的毕业生都转入外交界。"⑤ 同样，在山西大学，法科的课程

① 孙晓楼：《法律教育》，中国政法大学出版社 1997 年版，第 185 页。
② 李连贵主编：《20 世纪中国法学教育》，北京大学出版社 1998 年版，第 42 页。
③ 汪向荣：《日本教习》，中国青年出版社 2000 年版，第 72 页。
④ 李喜所：《中国近代留学生》，人民出版社 1987 年版，第 126－127 页。
⑤ 李连贵主编：《20 世纪中国法学教育》，北京大学出版社 1998 年版，第 41 页。

设置中只有三门涉及清政府律例的课程。所以，在这种法学教育理念下培养出来的学生缺乏对中国传统法律精深的研究。但从另一个侧面，也反映出晚清时期，国内法律制度的缺乏，使法科学生没有可以研习的国内法律内容。

第四，对英美法系理念中的哲理性缺乏继承。就人们的一般认识而言，英美法系注重对法律实务的把握，而对理论性的知识所涉甚少。但纵观英美法系的传统，强调法律的哲理性分析亦是其一大特色。所以，英美法系中的许多经典著作能够长盛不衰。片面地认为，英美法系不注重理论的研究显然是错误的。晚清时期，由于英美法教材的匮乏，加之，语言上的阻碍，使得法科的学生对于英美法系中艰深的法理学知识的掌握并不透彻，而更多地则是从案例到案例的认识，这大大地限制了学生对法学基础知识的研究，因此在法学教育中，没有建立起英美法系的理论基石，相反，更注重了急功近利的实用性。这一特点也反映出晚清时期整个法学教育的急功近利。

### （三）晚清英美法系教育理念退出山西大学堂法学教育的历史必然性

第一，从法制的近代化来看，大陆法系的教育理念更有利于中国法学教育的吸收与借鉴。美国法学家庞德（Roscoe Pound，1870 - 1964）曾作为南京国民政府司法行政和教育两部的顾问，对中国的法学教育有着一定的了解。在对中国依循大陆法而没有采英美法这一问题上，他认为，中国的选择"是一个明智的选择"，尽管他是一位英美法的学者，但他并不提倡中国以英美法系为法制建设的蓝本。因为，一个国家在没有英美法历史传统和适用的法律技术时，很难将英美法在短时期内移植到不同地区，而中国却需要有一个系统化的法典来服务于中国的法制建设。在法学教育方面，中国要形成统一的法就需要统一的法律教育。所以，大陆法系的教育理念必然随着主流思想而在中国形成统一的法学教育格局。①

---

① ［美］庞德：《改进中国法律的初步意见》，见《中国法学教育改进方案》。

此外，英美法系国家的法学教育制度不规范也决定了中国近代法学教育不可能采用英美法系的教育理念。这些国家无法向清政府提供准确的法学教育制度资料，因为他们的法学教育制度更多地是既有官方又有民间的办学模式，没有统一的教育制度规范、课程设计等，所以，清政府更倾向于适用准确的大陆法系国家的法学教育制度。因此，"1902 年和 1903 年颁布的钦定章程中含有高等教育的有关条文，这些条文在多大程度上受到了山西大学模式的影响，仍是一个有待研究的问题。"①

第二，晚清时期日本对中国法学教育的影响超越了英美法系国家。英美法系教育理念退出中国法学教育舞台，也与中国派遣法学留学生的国家有直接关系。在中日甲午战争之后，一方面，清政府朝野人士普遍认为日本之所以能在甲午战争中取胜，与其教育制度有着必然的联系，对于中国来说，救亡图存的唯一手段是应向国外派遣留学生，学习他们的政治与制度，而日本是距中国最近、费用最少、语言文字又相近，留学日本显然要比留学欧美具有得天独厚的优势。另一方面，日本认为，对中国的控制就是要让他们接受日本的理念，所以对中国敞开了留学的大门，许多留日学生都是法政科的。日本承袭了大陆法系的教学理念，并通过留学方式又全部传入了中国。此外，为了适应"新政"的需要，各地法政学堂纷纷建立，日本同时向中国派遣了大量日本教习，使法政学堂出现清一色的日本法学教学模式。所以，大陆法系的教育理念无形中增强了，而英美法系的教育理念则逐渐淡出了中国法学教育的舞台。

以上原因造成了晚清时期英美法系的教育理念对山西大学堂法学教育的影响逐渐消退，当然由于私立大学在民国之后逐渐兴起，英美法系的教育理念得以延续，但始终没有占据中国法学教育理念的主流，而更多受其影响的毕业生则都进入了外交界，而非法律界。因此，总的来看，晚清英美法系教育理念的产生、发展及其泯灭，是在西法东渐、以大陆法系为取向的中国法律近代转型时期，英美法系与传统中华法系进行法律交往的一

---

① ［加］许美德：《中国大学》，教育科学出版社 1999 年版，第 36 页。

段艰难探索的历史。它有失败，山西大学堂的英国模式最终消失了；它也有成功，以民初建立的东吴大学法学院等私立学校为代表的美国模式最终顽强地存在了下来。但无论成败如何，它们都在中国近代法学教育发展史上留下了浓厚的一笔。

# 案例教学法与 Seminar 教学法综合运用于法学本科教学的实践与探索<sup>*</sup>

## 刘　荣<sup>**</sup>

**摘　要：**案例教学是现代法学教育的必然要求，但源于哈佛的传统案例教学法，在许多方面并不适应我国的法学本科教育，适合我国法学教育的案例教学模式亟待重新构建。Seminar 教学法由于其独特的实践价值，被西方高校普遍适用。将 Seminar 教学引入案例教学对于构建法学教学新模式是一种有益的尝试。

**关键词：**案例教学法　Seminar 教学法　法学本科教学

## 一、案例教学法在法学教学中的应用

### （一）案例教学法的起源与发展

案例教学法（Case method），最早可以追溯到古希腊、古罗马时代，又称苏格拉底教学法（Socortic method），苏格拉底以问答的形式，通过双方辩论，不断揭露对方的矛盾，迫使对方否定自己原来已经肯定的观点，

---

　\* 本文为李麒主持的山西大学"研究性理念与法学本科教学模式的创新"项目的阶段性成果。

\*\* 山西大学法学院讲师，主要从事刑法学研究。

从而得出一般的概念。他要求学生对已经存在的概念原理，运用辩证法和逻辑推理进一步分析，培养学生独立思考问题的能力和质疑批判的精神。

案例教学法运用于法学教学，始于 1829 年英国学者贝雷斯的尝试，1870 年哈佛大学法学院院长朗德尔教授，在法律教育中引入案例教学法并大力推广，朗德尔教授秉承了苏格拉底教学法独立思考与质疑批判的精神，引导学生对案例中反映出的法律问题进行逻辑推理和深入分析，培养学生法律职业者独立解决问题的基本素质。朗德尔教授在《合同法案例》一书的前言中指出："被作为科学的法律是由原则和原理构成的。……每一个原理都是通过逐步的演化才达到现在的地步。换句话说，这是一个漫长的、通过众多的判例取得的发展道路。这一发展经历了一系列的案例。因此，有效地掌握这些原理的最快和最好的，如果不是唯一的途径就是学习那些包含着这些原理的判例。"① 这种教学模式逐渐形成著名的"哈佛模式"，也成为哈拂大学久负盛名的原因之一。案例教学法已经成为当今英美法系国家最主要的教学方法。

### （二）我国本科法学教学采用"哈佛模式"的案例教学法的可行性分析

首先，我国法律文化和制度与英美法系国家有很大的差异。案例教学之所以能够在英、美等国的法学高等教育中普遍应用，主要原因之一是英、美等国是普通法国家，判例法占有重要地位，如哈佛大学教授梅伦所说："以其由个别到一般的推理过程，案例教学法要比讲授法更接近普通法的天性。"② 案例教学法对于学习和研究英美法律的基本原则和法律推理具有重要作用。然而，我国是成文法国家，判例不是审判的依据，在这样的大背景下，法学教育仍应以系统的法学理论、解释成文规则及其运用等问题为主，完全的"哈佛模式"的案例教学法并不适应我国高校的法律本科教育。

---

① From K. L. Hall, W. M. Wiecek and P. Finkelman: American Legal History, Cases and Materials, Oxford University Press, 1991, pp. 338–339.

② 《中美法律教育比较研究——兼论我国法律教育模式的重构》，http://www.zwxz.com/html/2005–10/1421p4。

其次，法学教育制度与英美法系国家有所不同。英美法系的大学法学教育是一种职业教育，教学目标就是培养从事法律职业的法官、律师等，在他们的大学法学教育中掌握法律推理和如何遵循先例是两大要务。英国大学法学教育中，"重实践、轻理论的法律文化传统仍保持着其潜在的影响。"① 美国的法学教育则是研究生教育，法学院的学生是从优秀的其他专业的本科毕业生申请者中录取的，他们至少具有其他专业大学本科学历，有的甚至还获得了硕士或博士学位，他们在某一专业已经有相当的造诣并具有一定的社会经验和人生阅历。因此，在英美法系国家的法学教育中采用案例教学既适合学生的特点也符合其教学的目标。我国法学专业的本科生绝大多数来自于高中毕业生，他们不具备一定的社会经验和人生阅历，在没有构建一定法律知识体系的前提下，搬照哈佛模式的案例教学法是不切实际的。

此外，哈佛模式的案例教学法本身也有其局限性。一方面，学生的逻辑推理能力在案例教学中能得到显著的提高，但却难以形成系统完整的法律知识体系；另一方面，此教学法因为要求教师通过一系列的问题，引发刺激学生思考，学生通过回答问题锻炼其反应和思辩能力，参与人数有限，英美国家的法学院的班容量一般只有 10 至 20 个学生，即便如此，也常出现那些思维敏捷，口才好的学生在课堂上发言踊跃，而另外一些学生则总是沉默不语的现象，使案例教学效果受到影响。我国法学院本科的班容量一般为 50 至 100 人，有的合班授课甚至达到 200 人，更不可能让案例教学的优势体现在大部分学生的身上。

因此，哈佛模式的案例教学法在我国并不适应法律本科教学，而更适合研究生教学。

### （三）案例教学法在我国高校法学教育适用中的变化

我国传统的大学法学教育一直注重法学理论的传授，"讲——听——

---

① 程大汉：《从学徒制到学院制——英国法律教育制度的历史演变》，载《清华法治论衡》第 4 辑。

记"是课堂教学的典型模式，上世纪八十年代以来，我国法学教育开始逐步引入案例教学的理念，许多法学教育工作者尝试在教学中运用案例教学法，并对此展开了相关的理论研究。目前，我国法学本科教学通常的法学案例教学法，是指教师在宣讲解释某一法律制度理论时，结合较为典型的法律实务案例加以剖析，从而加深学生对该法律制度理论认识与掌握的一种教学方法。[1] 大致可以包括：列举案例法、讲评案例法、讨论案例法、旁听案例法、实习案例法等。[2] 这种案例教学法从整体上看，还是以传统的讲授法为主，教学的主导仍然是教师。因此，我国目前法学本科教育中的案例教学法虽然体现着案例教学的理念，但已经不是秉承苏格拉底教学精神的"哈佛模式"的案例教学法。由于种种原因，"哈佛模式"的案例教学法难以在我国本科法律教学中得到完全的应用，但不可否认"哈佛模式"的案例教学法较我们传统的教学对培养学生法律思维与实践能力具有明显的优势，如何探索出一套既能发挥"哈佛模式"的案例教学法的优势又能适应我国的法学本科教学的案例教学法，仍然是我国法学教育工作者的课题。

## 二、将 Seminar 教学法引入案例教学

### （一）Seminar 教学法的形式、特点

Seminar 一词来源于德文 Seminarium，意思是学术的温床（seed－bed）。在现代英语国家有三种意思：一是指教学的范式或方法；二是指一种学术会议的研讨；三是指大学中开设的一门教师培训课程。Seminar 教学法起源于中世纪欧洲大陆的传统大学，早期的 Seminar 教学法具有很强的研究性取向，主要针对优秀的高年级大学本科生和研究生适用。其较为通行的模

---

[1] 韩登池：《法学教学中的案例教学法探析》，载《高等函授学报（哲学社会科学版）》2002 年第 1 期。

[2] 贺奇兵、张新民：《法学案例教学法应用研究》，载北大法律网，2008 年 1 月 1 日。

式是：导师给学生指定题目；学生课前准备或初步研究，写出发言稿；然后与同学交流，接受其他同学的质疑或批评意见；学生再根据其他同学的意见撰写一个完整的报告；最后在课堂中发言并与导师和同学一起进行讨论。

20 世纪 30 年代后，随着 Seminar 范式在培养学生研究精神和研究能力方面的价值逐步体现，Seminar 教学法被世界许多国家的大学教师广泛地采用，教学对象扩大到了普通本科生。在长期的教学实践探索中，Seminar 教学法并没有统一的模式，而是呈现出各种不同的结构模式并体现着各自独特的实践价值，关于 Seminar 教学的理论研究也越来越多，形成了各种具体实施方案。

例如英国莱斯特大学将本校的 Seminar 教学分为四种基本的类型：教师指定题目的 Seminar（48%）；学生自选题目的 Seminar（37%）；报告 + 讨论式的 Seminar（66%）；讨论式 Seminar（37%）；问题解决式 Seminar（44%）。当然，如果从谁领导课堂来划分，我们可以将英、美大学的 Seminar 教学分为教师领导的（Tutor‐Led seminar）和学生领导的（Student‐Led seminar）二种基本的类型。[①]

虽然 Seminar 教学法的形式多样，但其核心是通过各种形式实现师生之间、生生之间的充分沟通，在互动过程中完成知识呈现、观点碰撞、分析归纳。整个教学过程不是单向传授而是多向互动，不是教师主导而是学生主导，符合了研究的动态过程。

### （二）案例教学与 Seminar 教学结合的意义

针对我国法学教育的特点，笔者认为可以尝试将案例作为 Seminar 的主题，把案例教学与 Seminar 教学各自的优势结合运用于本科教学，其意义至少体现在以下三个方面：

首先，Seminar 形式和案例内容的结合，符合学习的规律，有助于对法

---

① 陈晓端、马启明：《Seminar 教学法：由来、结构与功能》，载陈晓端主编《当代教学理论与实践问题研究》，中国社会科学出版社 2007 年版。

学专业学生知识和能力的同步发展。一方面，运用 Seminar 教学可以从整体上培养学生听、说、读、写四种基本的能力，而这四种能力是法学专业学生进行案例分析所必须具备的，也是其将来从事法律职业的基本素质。传统以传授为主的教学，学生这四种能力的发展处于分离和不均衡状态，Seminar 教学弥补了传统讲授法的不足，它要求学生会读书即能读懂书，会听讲即能听懂他人的发言并能迅速从中提取到他人的主要观点，在此基础上要会把自己的观点准确表达给他人，从而达到相互学习的目的，最后还要求学生有相应的书面表达能力，最终才能完成 Seminar 教学的整个过程。另一方面，案件是法律职业主要解决的问题，传统教学下的很多学生理论和实践分离，以案例作为 Seminar 的主题能引发学生对理论学习的主动性，对理论和立法的思考和质疑，符合学习的规律，有助于学生掌握理论并形成初步的职业能力。

其次，Seminar 形式和案例内容的结合能够引发学生的研究兴趣并培养学生的研究能力。案例教学是一种情景教学，模拟现实可以引发学生的学习兴趣，运用 Seminar 教学又能够培养学生的探索精神、探索习惯和探索能力。不同于传统的讲授教学，Seminar 教学与案例教学是通过案例引发学生对自己所学学科领域中有价值的问题进行探讨和研究，给学生一个开放的学习空间。要完成 Seminar 所要求的任务，学生必须主动去读书、去思考和研究问题，必须认真地准备课堂的展示和参与。为了完成 Seminar 的任务，学生大量的工作要在课外完成，这一过程使学生自然而然地运用了科学研究的方法，经历科学研究的过程。

此外，在这种教学模式下，实现了师生、生生的充分互动与交流，学生活跃的发散性思维，往往能打破教师固有的思维模式，激活教师的研究潜能，改变过去"教研相克"的思想观念，实现"教研相长"。

## 三、案例教学与 Seminar 教学综合运用于刑法学教学的实践个案

2007 - 2008 第二学期，笔者承担了我院刑法学本科教学的一部分课程，根据教学大纲安排，课程内容是刑法学分则，授课对象是法学专业二

年级学生。笔者以一堂 90 分钟的教学完整的尝试了案例教学与 Seminar 教学结合的教学模式。具体作法分为三大部分：

第一部分是课前准备。课前的主要工作是两项。一是布置案例，笔者把此次教学的 5 个关于"夫妻见死不救"的案例用幻灯片演示给全班同学，要求同学对案例进行个案分析，提出对"夫妻见死不救"如何定性的看法；二是分组，笔者把一个班的同学分为三组，第一组是主题报告组，由六名同学组成，他们要共同完成资料的收集、主报告的撰写和发言的任务。第二组是点评组，点评组本打算安排刑法专业的研究生担任，但考虑到尽可能让本班同学多参与，因此由本班三名同学组成，点评人的任务是针对主题报告宣讲者的发言，进行补充、批评、商榷等多种形式的学术评述。其余同学是参与人。

第二部分是课堂教学。课堂教学采用了教师领导的报告 + 讨论式 Seminar，由五部分组成：（1）主持人介绍，约 5 分钟。笔者回放了五个案例，并概要地简述所涉主题的基本内容，但没有作任何评价与定论。（2）主题报告宣讲，约 35 分钟。因为涉及五个案例主题报告组派出 3 名代表发言，其中一名同学分析了其中四个案例构成故意杀人罪，一名同学分析了其中一个案例不构成犯罪，最后一名同学使用自制的幻灯片进行了文献综述，他们的发言言之有物、内容翔实，可以看出他们课下进行了比较充分的准备。（3）点评人评论，约 5 分钟。点评组派一名代表，针对主题报告宣讲者的发言，进行了补充和评论。（4）参与者的提问与辩论，约 40 分钟。围绕主题报告，针对报告人和点评人的发言，同学们有的向报告人提问，有的阐述自己的不同观点，有的对报告人和点评人的发言提出批评意见，报告组成员针对问题分别进行了回答、解释、补充和反批评，期间还与观点不同的参与人进行了几轮有针对性的辩论。从实际情况来看，学生提问踊跃、争先恐后，报告人能有针对性的回应，辩论比较激烈，学生思维发散。通过这一阶段，学生从多角度地对案例进行了剖析和推演，从而深化和完善了对问题的理解，运用、强化了总则、分则中的相关理论。（5）主持人总结，约 5 分钟。由主持人对同学的观点进行全面总结，并就报告人、点评人、参与人的发言与讨论作简要评价，同时公布法院对这五个案件的判决结果，并对相关法学理论和该问题的研究现状简要陈述。最后布置作业。

第三部分是课后作业。要求主题报告组提交一份经过完善的主题报告，形式要规范，点评组的同学从点评人的角度提交一份对此次课程的点评报告，其他同学提交对五个案例的案例分析。

此次教学实践基本达到了预期效果，笔者有如下心得体会：

第一，Seminar 教学中常用的分组形式很适合我国本科法学教育现状，此次教学实践中，先后有二十五名同学发言，报告组成员都参与了资料收集和撰写报告的工作，点评组成员都参与了资料收集和点评报告的撰写，其他同学都提交了案例分析，发言人数占全班的百分之四十，参与人数达到百分之百，比较好的解决了我国法学院班容量大，采取案例教学参与人数有限的问题。

第二，需要正确处理与传统教学方式的关系。刑法学是一门实践性很强的课程，即便如此，一门课程从头到尾都用这种教学方法也是有困难的。首先，内容所限。总则中一些基本原理性的内容，在学生刚接触刑法学时，对刑法学还没有一定理性认识，很难通过课前预习使其掌握基本理论，传授为主的教学方法具有知识系统性、严谨性的优点，有助于学生打下深厚的理论功底，更适合这部分内容。此外，分则中的一些罪名要求学生对其他部门法或其他学科的相关知识有一定了解，否则难以理解，例如破坏社会主义市场经济秩序罪中破坏金融管理秩序罪一节中的许多罪名必须对金融的相关知识有所了解，破坏税收管理秩序罪中的许多罪名就必须对我国的财政税收的政策及原理有所了解，对于这类的罪名就必须用相当的课时给学生把该罪的相关知识和原理讲授清楚，在此基础上才可能案例分析。其次是课时所限，以刑法学为例，根据教学大纲，刑法学是一学年的课程，通过一学年要求学生掌握刑法总则的基本原理和分则的重要罪名，刑法分则四百多罪名，学生能够通过课堂学习的不过三十多个，涉及到罪名的也超不过一百个，而在案例教学与 Seminar 教学中，学生要对一个问题进行多轮辩论，发散性思维充分发挥，在此过程中培养了学生的思辩能力和口才，但同时也占用了大量的课堂时间，一方面影响课程进度，另一方面，因为基础和能力的差异，一些同学不能在同学的辩论中捕捉到准确的信息，使得他们在课堂上的收获大打折扣。刑法学是如此，其他法学课程也不同程度存在以上问题。而且，我国只有案例，没有判例，这就决定了法学教育仍要以法学原理为主要内容，如果只注重在课堂上以Seminar教学的形式解析案例，而忽视法学原理讲授，则是舍本逐末，案例教学与Seminar教学的主要目的还应当是以"案"析"理"。因此，应当针对不同的教学内容，不同的教学目的，选择不同方法，使二者相辅相成。

第三，教师需要重点作好几方面的工作，才能达到预期效果。1. 要慎重选取案例，案例是Seminar的主题，收集资料、课堂讨论都要围绕案例进行，它直接关系到教学效果，因此案例要有实践性、典型性、针对性和综合性。实践性即不能臆造脱离实际；典型性即对学生能起到举一反三、触类旁通的作用；针对性即案例应有意识的针对基础理论和学界有争议的问题，以便于学生掌握、思考重点、难点；综合性即案例要具有一定的深度、难度，让学生能通过运用已有的知识巩固深入，要有讨论和思考的余地。2. 要善于引导学生，维护课堂秩序。课堂上学生有时就一个问题，从一个角度进行多轮辩论，只是反复强调各自的观点，没有新的理由支持，这时需要教师将焦点引出来，拓展引申，培养学生思维的广阔性；有时学生的发言离题万里，则需要教师把学生的引回主题；如果学生的讨论因过度投入而使课堂纪律出现短时间的"混乱"，只要不影响讨论的正常进行，应当采取宽容的态度，以保证学生思路的流畅，激烈的"对抗"可能更容易激起学生智慧的火花；但有时秩序混乱导致讨论不能顺利进行，教师还是要及时"平息"。3. 把握有限时间，作好总结。在极其有限的时间内，教师要作到总结既要精练又要全面，对教师是很大的挑战。笔者认为恰到好处的总结当具备以下四点：把握纲要，要根据学生讨论、归纳结果，引导学生抓住知识间联系，形成完整的知识结构；强调重点，要把讨论过程中的关键内容进行再强调；及时矫正，对学生发言中缺漏、不科学、不严谨之处进行弥补、矫正，以避免学生之间的误导，但教师不能轻易给学生下错误的定论，要切忌主观，把自己的观点强加给学生，学生的观点只要有合理之处就要先予肯定，以商榷的态度，学生更容易接受；适度提高，对学生得出的结论适当拔高，加深，使学生的知识进一步升华；留有悬念，提出课堂上还未解决的问题或与主题有关的新问题，启发学生的深入思考，激起学生的求知欲。4. 对教学中学生的表现进行量化考核是必不可少的，在教学过程中学生要在课下完成大量工作，任何人都是有惰性的，如果不对学生的表现与考试挂钩，进行量化考核，恐怕有些学生就要敷衍了事，为了使学生能持之以恒，把课下的学习逐渐培养成一种学习习惯，考核应该是一个必不可少的环节。

# 国际经济法双语教学的反思<sup>*</sup>

姚　霞<sup>**</sup>

**摘　要：** 国际经济法教学目标的涉外性和教学内容的国际性决定了其课程进行双语教学的必要性。我国各大高校的法学院系也本着培养国际性、复合型法学人才的宗旨，开始了国际经济法双语教学的各种尝试，但这其间还有些思路和措施值得商榷。因此，本文作者就此进行了理性的反思，并给出了一些合理的教学策略，以期对教学实践有所裨益。

**关键词：** 国际经济法　双语教学　教学反思　教学策略

2001 年，国家教育部在《关于加强高等学校本科教学工作提高教学质量的若干意见》中提出法律专业作为试点专业之一应创造条件使用英语等外语进行公共课和专业课教学，力争三年内，外语教学课程达到所开课程的 5% – 10%。双语教学也成为衡量高校法学专业本科建设和教学改革是否达标的一个硬指标。于是，全国各大高校的法学院系为响应这一号召便沸沸扬扬的搞起了双语教学。在法学本科教学的 14 门核心课程中，国际经济法因其教学目标的涉外性和教学内容的国际性率先成为了各高校进行双语教学的实验田。这在一方面有助于我们培养国际性、复合型法学人才，

---

　\* 文为李麒主持的山西大学"研究性理念与法学本科教学模式的创新"项目的阶段性成果。

\*\* 山西大学法学院教师，主要从事国际经济法、国际私法方面的教学和研究。

以适应我国加入 WTO 的新形势及经济社会发展的新要求，但另一方面，在教学实践中确实存在不少问题值得我们反思。

# 一、我国国际经济法双语教学现状及问题

## （一）教师知识结构单一

师资水平高低是能否顺利推行双语教学的关键环节。国经法双语教学对教师素质有较高要求。教师需要不仅懂语言，也懂法律；不仅懂中国的相关规则，也要懂国外相关规则；并能够驾驭不同语言和规则体系。虽然"懂"的概念内涵很大，有相当大的幅度，但能够达到以上目标最低标准的教员在我国现有的法学院中也是不多的。[①] 所以，只有任课教师既具备标准、流利的专业口语表达能力，也拥有厚实的专业背景才能有效地组织双语教学。然而，从我国当前国际经济法双语教学的师资来源看，大多是本院系的法学专业教师，虽然他们有扎实的专业知识，但其中鲜有英语专业教育的背景，因此，即使他们有着良好的阅读与翻译外文资料的素质，却很难在课堂上用流利、清晰的英语和学生进行面对面的交流。在这种状况下的国际经济法双语教学中，教师只能照本宣科，双语教学往往成为了专业资料的翻译教学。

## （二）学生外语应用能力较低

国际经济法专业双语教学要求学生有一定的英语基础。但在我国现行的外语教学模式下培养出的学生，其英文水平确实有限。目前，在我国，一方面，外语受到了前所未有的重视，学生花费大量的时间、金钱和精力学习外语，疲于应付各种考试；而另一方面，学生还不能用英语自由的表达自己的思想，英文理解力也远远达不到工作语言水平，实际语言应用能

---

① 莫世健：《中国特色的国际经济法双语教学模式思考》，http：//www.cuplfil.com/show.php？ArticleID=520。

力较低。

根据美国加州大学科拉申教授所提出的"输入假设理论",语言学习的一个重要条件就是学习者要能理解略高于他的水平的输入语,如果学习者现有水平为 i,那么教材提供的输入只能是 i + 1,如果输入内容太难,那么学生的积极性和自信心将会受到挫伤,最终收效甚微。如果输入内容能为学生所理解,并能引起他们的共鸣和思考,学生的学习动力将会增强,自信心将会上升,渐渐地会形成积极的态度。[①] 所以,大多数学生虽然愿意接受法律专业双语教学,但是由于其英文应用能力较低,导致国际经济法双语课堂交流少,课堂气氛呆板,教学效果不尽如人意。由此不难看出,学生的英语应用的实际能力严重影响了国际经济法双语教学的效果。

### (三) 教材使用存在问题

教材是教学过程中传授知识的载体,是顺利实施双语教学的必备条件。但目前,我国对于国际经济法双语教材的选用还处于探索阶段,基本上还没有形成统一的教材体系。在国际经济法双语教材的选用方面,各高校的做法各不相同,但归纳起来主要有四种:(1)采用国外原版教材;(2)采用国内编写的教材;(3)采用翻译教材(母语教材翻译成英语教材);(4)自编教材、讲义。

采用国外原版教材不能直接满足国内学生的需要。因为这些教材都是针对相应的国外法律专业的学生而作,并没有考虑到中国学生缺乏普通法训练,特别是缺乏普通法逻辑推理知识和方法训练的特点,所以学生在学习时还是有很多理解方面的困难。国内出版的双语教材质量,即外语水平和内容都缺乏保证体系。其中出现的语法错误和中式英语表述过多,法律描述的内容和角度又有不少值得商榷的地方。虽然学者对法律内容可以持不同观点,但资料的客观、全面和准确性,作者本身的专业知识功底,以

---

[①] 刘雅儿、周亚萍:《构建以学生为中心的双语教学模式》,载《浙江海洋学院学报》2004年第3期。

及语言表述的规范性都是教材所必需的最低标准。[①] 将母语教材翻译成英语教材的做法更是不可取的，是为了进行双语教学而勉强为之，并不能实现培养国际性、复合型法学人才这一根本宗旨。学院自编教材、讲义比较灵活，即教师根据原版教材的内容和自己的教学经验，结合学生的特点和接受能力，自编教材和讲义，但这又不可避免的需要投入大量的经费，是一些地方院校的法学院系望尘莫及的。

### （四）教学内容选择不当

国际经济法的范围广泛，无论是国际贸易法中的相关国际公约和国际惯例，还是国际投资法、国际金融法、国际税法以及关于国际经济争议解决的法律制度当中所涉及的具体规定，其内容是纷繁复杂的。初次接触时，有的学习内容即使用中文讲授学生也不能完全理解，这样双语教学就更成了一种奢侈品或摆设了。[②] 在教学实践中，有些教师，没有认识到这一点，不分章节和内容的区别，不进行合理的选择，一味地追求"双语"，不顾及学生的水平，想要"全面开花"，结果却适得其反，使得双语教学成为了教学任务顺利完成的绊脚石。

### （五）教学方法仍然陈旧

教学本来最注重方法和手段，但在不少国际经济法双语教学的课堂上，教学仍然沿用"一本书、一支笔、满堂灌"的教学模式。[③] 虽然有不少高校拥有了多媒体教室，大多教师在教学过程中也使用了PPT，但PPT的内容却只局限于文本的形式，只是课本的翻版，视听资料则很少运用。所以，学生接受的信息量并不大，没有实现多媒体教室的价值最大化。

---

① 莫世健：《中国特色的国际经济法双语教学模式思考》，http：//www.cuplfil.com/show.php? ArticleID=520。

② 莫世健：《中国特色的国际经济法双语教学模式思考》，http：//www.cuplfil.com/show.php? ArticleID=520。

③ 王刚、李岩：《关于国际法学科开设英汉双语教学的思考》，载《安康师专学报》2006年第3期。

### (六) 考核和评价体系不统一

尽管教育部下发关于推动双语教学工作的《若干意见》已有时日，但直到现在，我国还未建立一套完整的双语教学考核和评价体系。主要表现为：缺乏教师的上岗资格认定标准；缺乏具有指导性的双语教学效果的考核评价标准等。考核和评价体系的不统一也给国际经济法双语教学带来了困难。

## 二、国际经济法双语教学的合理设计

国际经济法双语教学是一个系统的教学设计的过程。教学设计是运用系统方法分析教学问题和确定教学目标、建立解决教学问题的策略方案、评价试行结果和对方案进行修改的过程。[①] 教学设计是一项系统设计，设计的对象和因素比较复杂，包括多个层面，具体到国际经济法双语教学的内容，主要包括以下几个层面：教学目标，双语师资，学生素质，双语教材，教学内容，教学模式和教学评价。

### (一) 明确的教学目标

从本质上讲，国际经济法双语教学不是一门语言课，学习英语和能够使用英语本身不是目的，而用英语从事法律实践或教学工作才是目的，不能以降低课程或整个学科的教育质量为代价，来换取一门孤立的全英文及双语教学。国际经济法双语教学不是讲授专业英语，而是用英语讲授国际经济法课程。教师不仅要将相关的英文国际经济条约和惯例融入课堂教学中，而且要始终关注英美等发达国家的有关专家的最新研究动态，以便使课堂教学的内容始终处于"与时俱进"的层面上。与此同时，教师还要注意调动学生用英文参与课堂讨论和回答问题的积极性，避免教师成为英文独角戏演员。必须充分发挥学生的主动性，培养学生的创新思维。所以，

---

[①] 乌美娜：《教学设计》，高等教育出版社 1994 年 10 月版，第 11 页。

培养优秀的熟练掌握最新国际上的相关法律动态，并能用外语熟练加以操作和运用的专业人才是双语教学的出发点，也是国际经济法双语教学的最终目标。①

## （二）适格的双语教学主体

### 1. 双语教学的师资水平

国际经济法课程实施双语教学，教师是关键。双语教师承担双重任务，作为双语教师，他们不仅必须精通学科内容，而且必须是一个双语者。但是，其教学重点首先是学科内容，其次是外语。上好这门课，作为老师首先必须有扎实的国际经济法学理论基础，熟悉涉外法律业务。同时，必须具有较高的外语水平，尤其是专业外语水平，能熟练地进行外语口语交际，熟练掌握国际经济法学专业外语。教师能熟练、准确地用外语进行授课，用规范的专业外语进行板书、制作课件，并能与学生进行课余交流。

但是，国际经济法双语教学，对于以汉语为母语的中国教师来说，毕竟属于弱势语言，利用这样的语言进行专业课程的讲授，还要设法使课堂气氛活跃，将课程内容讲得生动明了，是有一定难度的。所以双语教学师资队伍的建设成为我国加入 WTO 后高等教育面临的一个崭新的课题。双语教学师资的培养，包括职后培训和职前培养两种。教师的职后培训是对在职教师进行双语教学的专门训练或短期再教育，有计划地将外语基础好的专业教师分期、分批委托代培或进修，比如选派教师到国内一流学校进修，或直接派往国外进修，提高教师的外语水平，为实施双语教学打下基础。教师的职前培养是对就业之前的人员进行的正规和专门的教育、培养和训练。当前我国高校加强双语教学师资队伍建设，最有效的途径就是引进涉外法律人才，但就当前的就业形式分析，对这方面的高级人才，地方本科院校是很难引进的。因此，就地方本科院校而言，最佳途径就是加强

① 朱广东：《国际经济法双语教学的创新规划》，载《牡丹江师范学院学报》2006 年第 4 期。

教师的职后培训，有计划地将外语基础好的专业教师分期、分批送出去进修或委托代培。

2. 双语教学的学生素质

实施双语教学的另一个关键因素是学生素质。虽然在校大学生的英语已较以前有很大提高，但个体之间差异较大；英语阅读能力相对较好，听说能力相对较差；公共英语相对较好，专业英语相对较差。由于学生外语水平差距很大，不少学生的听力水平和词汇量远远达不到要求，对他们进行双语教学，无异于拔苗助长。统计数据表明，目前学生"哑巴英语"的现实情况没有改观。学生听说能力不高增加了双语授课难度，极大地影响了双语授课目标的实现。如果外语使用的比例过大，超出了学生的承受能力，学生在课堂上的注意力势必会被分成两部分：一部分趋向语言的学习，一部分倾向学科知识的学习。而学生的精力有限，学习效果可想而知。

所以，要搞好双语教学，必须强化对学生的英语教学，特别是听说能力的培养。树立有效的正规英语教学是基础，双语教学不能替代正规的英语学习的观念。双语教学要与正规的英语课程相辅相成，以相关课程为重点，做好大学英语教学和双语教学的衔接工作。

## （三）适合的双语教材

教材是学生学习基础知识、基本思想和基本方法的基石，是教师备课和授课的基本依据。根据国际经济法双语教学的特点和需要，选用合适的教材是做好双语教学工作中一个至关重要的问题。一般来说，双语教学应该使用英文原版教材，没有原版教材，双语教学就成了无源之水。因此，教师必须使用国外引进教材，即引进英语国家的原版法学教材。使用原版教材的优点很明显，一方面学生可以接触到"原汁原味"的外语，另一方面也可以借鉴国外先进的教学理念和课程体系。但由于国内的学生缺乏普通法训练，所以学生在使用原版教材时难免有很多理解方面的困难，这就要求教师要以原版教材为基础，自编一些讲义。这样，教学就可以以原版教材为基础，自编讲义为补充，作到既有层次，又有深度，立足于学生的实际情况，又拓展了他们的视野。

考虑到欧美法律制度的复杂性和双语教学本身的特殊性，笔者认为，编写国际经济法学科的双语教学的补充讲义应当遵循以下几个基本原则。首先，结构严谨，内容关联。从文体来讲应包括法律条文、法律著作、法庭审理与辩护、司法文书写作以及案例分析等；从内容与结构来讲，应涉及到包括法律英语语言特点的分析及法律英语的中英互译技巧、英美法系与大陆法系的比较、英美律师职业介绍等。国际经济法学包含庞大的法律体系，编写讲义时必须有所取舍，不可能面面俱到，讲义的编排体例应尽量简约合理，章节之间应有紧密的内在联系。其次，术语精确，语言简练。国际法律制度专业性很强，专业术语已约定俗成。讲义使用的术语必须精确恰当，讲义的语言应体现法律英语的庄重和严谨的特征，既避免艰涩难懂，又要避免平白如水。再次，由浅入深，评介结合。讲义不应是专业著作，既要有对具体法律制度的介绍和简要的理论阐述，又要有对实践的总结和相关案例的评析，做到既有层次，又有深度。最后，文化嵌入，法制传承。作为各种国际经济法关系主体的各个国家和国际组织，都是一个多元文化的融合体，各成员国的历史和文化传统差异很大，体现在国际经济交往过程中的影响也各不相同。如果说双语教学课堂应该是跨文化交际的场所，我们编写的双语讲义则是跨文化交际的重要媒介。因此，讲义既要介绍国际经济的有关法律制度，也可多涉及其产生和发展的历史背景及有关成员的政治、经济和社会文化状况，尤其在评析具体案例时，应该涉及有关成员国的政治、经济和文化对国际经济的影响的分析。

### （四）合理的教学内容选择

国际经济法的范围领域广泛，不仅包括国际贸易法中的相关国际公约和国际惯例，而且还涉及到了国际投资法、国际金融法、国际税法以及关于国际经济争议解决的法律制度的具体规定，其内容是纷繁复杂的。在选择双语教学内容时，要根据不同领域内容的特点，区别对待，如国际贸易法的国际法律渊源部分是全球范围内的国际贸易统一法，无论是适用于传统货物买卖领域的买卖合同公约、国际贸易术语解释通则（

INCOTEIRMS），国际货物运输领域的三个提单公约、约克·安特卫普规则（The York – Antwerp Rules），国际支付结算方面的跟单信用证统一惯例（UCPI），还是适用于新兴领域的联合国电子商务示范法和电子签字示范法，其原文大都以英文的形式表述，所以，就国际贸易法部分开展双语教学不仅符合实践意义，而且也便于收集教学资料。而对于国际经济法导论中的理论性问题，开展双语教学的必要性和实践意义就不大。

### （五）循序渐进的教学模式

国际经济法双语教学不是均衡地在课堂上使用两种语言，而是依据教学对象、教学条件、学生的实际接受能力以及所传授内容的信息量来选择双语教学模式。在我国的国际经济法双语教学实践中，就双语教学模式的类型而言主要有简单渗透型、过渡型、浸入型三种。

第一，简单渗透型。即在国际经济法教学中以中文授课为主，适当穿插使用英语。主要是使用一些常规的课堂用语，或将一些国际经济法名词术语讲给学生，并适当辅以中文解说。这种教学模式的优点是简便易行，一般来说，在某一门课程起始时较为适用，也较为有效。这种教学模式对教师及学生的英语水平要求都不十分高，易于推广。从教学效果上看，学生容易形成系统的以中文为媒介的知识体系，而英文掌握的只是零散的一些专业词汇。双语教学的最高目标是在专业文献的使用上、专业实务具体操作上能够做到双语自由转换。这种双语教学模式由于中英两种语言的比重十分不平衡，教学过程中英文信息量不足，所培养的学生就其专业的英文知识而言十分有限，很难达到双语教学的真正目标要求。这显然是简单渗透型的双语教学模式的不足之处。①

第二，浸入型。即在国际经济法双语教学中采取纯英文教学，使用英文教材和英文教案，上课老师提问和学生讨论问题均使用英文，使学生完全沉浸在英文的学习环境中，师生间能进行流畅的互动化交流。这是对专

---

① 刘亚丛、石景峰：《法学专业双语教学模式研究》，载《内蒙古师范大学学报》2006年第3期。

业学生英语能力的强化训练和全面提升，对教师和学生的要求也十分严格。

第三，过渡型。即在国际经济法双语教学中交替使用中英文两种语言，初期以中文为主，在理解中文的基础上适当用英文补充；逐渐过渡到以英文为主，在教学的同时，适当辅以中文解释和说明。过渡型双语教学模式的优点在于双语的比重趋向均衡，采用这种教学模式与采用简单渗透型的双语教学模式相比，教学过程中的英语信息量有了明显增加。但难度又小于浸入型，是在以英文为主，适当辅以中文解释和说明的穿插型双语教学的模式，是一种循序渐进的教学模式，在实践中有较强的可操作性。

### （六）综合的教学评价体系

双语教学必须重视学习效果的评价以避免流于形式。为此，国际经济法双语教学的教师必须做好对学生基本情况、双语教学现状、学生对双语教学的评价、双语教学过程中存在问题以及推广前景的分析调查和评判，及时调整和完善教学方法和内容的重新规划。

具体到学生来说，双语教学的效果要通过合适的考核方式来判断，要把平时考核与最后考试有机结合，平时考核可包括课堂提问、小测验、作业等，着重考核学生的学习态度，对知识的理解、掌握、运用情况。课程结束后的考试主要考查学生对所学知识的整体把握情况，能否综合应用所学知识分析解决现实问题，是否具有较强的创新能力，以及英语在专业知识上的综合运用能力。要结合笔试、口试、开卷、闭卷等多种方式，加强对知识应用能力的考查。

# 三、国际经济法双语教学策略

国际经济法双语教学由于语言因素的影响，教学活动的组织相对比较困难。课堂上学生的注意力更容易分散，其重要的原因之一就是方法单调乏味。因此，国际经济法双语课堂教学就更应当注重策略，激发学生的学习兴趣。总的来说，应确立"以学生为中心"的总的方针，要给学生留下探索的空间，发挥他们的主观能动性，逐渐摸索出适合自己的学习方法，提高学生的学习能力，既培养学生的英语综合运用能力，又使学生较好地掌握国际经济法专业知识。

首先，教师充分利用现代教育技术。如使用图文并茂的多媒体课件，提高学生在课堂上的专注力和学习的积极性。采用多媒体课件，可集声音、动画、文字、图像为一体，容易引人入胜，调动学生学习积极性，达到事半功倍的效果。双语教师可根据教学目的和任务，自行设计制作多媒体课件，聘请外籍教师为口语顾问，该课件可选择采用全英语或兼有中文和英文两种方式（根据学生的外语水平决定采用哪种方式），课件中的讲解可聘请英语专业教师或英、美籍教师来录音，这样一方面可以激发学生的学习兴趣，另一方面，也可避免因教师语言、语调不准带来的负面影响。

其次，教师可适当的进行案例教学。案例教学法是英美法系国家法学教学普遍采用的教学法，它强调通过具体案例讲授引出相关法律规范，且强调学生的主动性，并在教师指导下进行课堂辩论来相互交流，它重在培养学生的法律技能。由于国际经济法的实践中已经形成了大量惯例和积累了大批成例，在实施双语教学的同时采用案例教学应当是完全可行的，教师根据授课需要事先搜集好相关的英文案例，并通过讲授具体案例引出相关法律规范和惯例，这样的教学才是真正的理论联系实际。

第三，可以进行师生角色互换。即突出学生的教学主体地位，鼓励学生参与到教学活动中来，加强师生互动。法律英语文章用词生僻，概念术语较多，句子较长而晦涩，若课前不认真预习，单指望上课听懂并消化是相当困难的。因此，强调学生必须课外预习，带着疑问来到课堂。课堂上可要求学生自己讲解课文，有问题者，再由老师释疑。教师根据每个学生的表现当场打分，学生既感到一定的压力，又产生巨大动力，因而能积极主动地学习。又如在讲解 WTO 产生背景和历史发展以及中国"入世"历程时，鼓励、启发和引导学生自己收集相关资料，展开讨论，思考、分析和总结历史原因，并预测发展趋势，有效地激发他们的参与积极性，取得良好效果。

最后，积极开展第二课堂，创造双语学习环境。课堂教学时间毕竟是有限的，要想切实提高学生的综合水平，必须强化双语氛围，使双语学习无处不在。在课外，教师应为学生提供更多与国际经济法相关的英文书籍与资料，经常组织学生观看与专业相关的英文访谈类影像资料，提高学生学习的兴趣。此外，应塑造浓厚的校园英语氛围，开设英语交流与活动区域，举办国际经济法双语教学论坛和讲座，并采取多种奖励手段，尽可能调动学生的学习热情，创建一个全方位的双语校园环境。

# 四、结语

国际经济法双语教学是经济全球化和教育国际化对我国高等教育所提出的新要求。其教学内容、教学方法和教学手段等诸多方面都是一个创新的一个过程。只有充分认识国际经济法双语教学的必要性与可行性，妥善协调教学规范化和国际化的关系，努力提高教师各种技能与素质的综合集成能力，切实调动学生适应并参与双语教学的积极性、主动性和创造性，强化学生用外语学习理解国际经济法的思维和能力，不断完善双语教学的内外部环境，国际经济法双语教学才能在动态的教与学的过程中真正收到实效。

**图书在版编目(CIP)数据**

三晋法学. 第 3 辑/ 王继军主编. —北京:中国法制出
版社,2008.10

ISBN 978 - 7 - 5093 - 0799 - 1

Ⅰ. 三… Ⅱ. 王… Ⅲ. 法学 - 文集 Ⅳ. D90 - 53

中国版本图书馆 CIP 数据核字(2008)第 151655 号

三晋法学(第三辑)

SAN JIN FAXUE DI SAN JI

主编/王继军

经销/新华书店

印刷/三河市紫恒印装有限公司

开本/787×960 毫米　16　　　　　　　　印张/ 30.5　字数/ 381 千

版次/2008 年 11 月第 1 版　　　　　　　2008 年 11 月第 1 次印刷

**中国法制出版社出版**

书号 ISBN 978 - 7 - 5093 - 0799 - 1　　　　　　　　定价:68.00 元

北京西单横二条 2 号　邮政编码 100031　　　　　　　传真:66031119

**网址:http://www.zgfzs.com**　　　　　　　　**编辑部电话:66010406**

**市场营销部电话:66033393**　　　　　　　　**邮购部电话:66033288**